GOLDMANN

D1994194

Buch

Irland im 15. Jahrhundert. Arrah O'Donnell, die wunderschöne Tochter des Clanchefs O'Donnell, wächst auf der Insel der Adler zu einer temperamentvollen Frau heran. Ihr Vater möchte sie verheiraten, doch Arrah weist jeden Freier ab. Als sie sich den Wünschen ihres Vaters nicht mehr widersetzen kann, flieht sie von der Insel und schleicht sich heimlich an Bord eines Schiffes. Auf hoher See wird sie bei einem Piratenüberfall gefunden und zusammen mit ihrem neuen Freund Carbri über Bord geworfen. Arrah entdeckt nach diesem Vorfall ihre Liebe zur Seefahrt und widmet sich fortan leidenschaftlich der Piraterie. Auf einem ihrer Raubzüge lernt sie den faszinierenden Mann Seaghan MacNamara kennen, der in kürzester Zeit ihr Herz gewinnt. Arrah, die Carbri die Ehe versprochen hat, sieht sich plötzlich in einem Netz von Intrigen und Eifersüchteleien versponnen...

Im Meer der Leidenschaft – eine fesselnde Liebesgeschichte von Elona Malterre, der Meisterin des romantisch-abenteuerlichen Liebesromans.

Autorin

Die junge kanadische Autorin Elona Malterre promovierte an der University of Calgary, wo sie die keltische Mythologie und irische Literaturwissenschaft studiert hat. Ihre Romane wurden von Kritik und Publikum begeistert aufgenommen.

Elona Malterre lebt in Calgary und hält am Mount Royal Community College Vorlesungen.

Demnächst erscheint im Goldmann Verlag
ein weiterer Titel von Elona Malterre:

Krieger meines Herzens. Roman (41249)

Elona Malterre

IM MEER DER LEIDENSCHAFT

Roman

Aus dem Amerikanischen von
Dr. Ingrid Rothmann

GOLDMANN VERLAG

Deutsche Erstveröffentlichung

Die Originalausgabe erschien unter dem Titel
»Mistress of the Eagles«
im Verlag Dell Publishing, New York

Der Goldmann Verlag
ist ein Unternehmen der Verlagsgruppe Bertelsmann

Made in Germany · 7/91 · 1. Auflage
Genehmigte Taschenbuchausgabe

Umschlaggestaltung: Design Team München
Umschlagillustration: Schlück/Ennis, Garbsen
Satz: IBV Satz- und Datentechnik GmbH, Berlin
Druck: Elsnerdruck, Berlin
Verlagsnummer: 41077
Lektorat: Ursula Walther · SD
Herstellung: Heidrun Nawrot
ISBN 3-442-41077-0

Da ein Roman nie das Werk einer einzigen Person ist, widme ich dieses Buch jenen, die mir halfen, es zu vollenden:

Graham Young, dessen Geschichten vom Meer ihren Widerhall auf diesen Seiten finden;

Pat Allan, die am Rande des Ozeans ihren ureigenen irischen Zauber webt;

Mark und Alexandra, deren unerschütterliche Geduld und deren Zuspruch für mich bei stürmischer See festes Land bedeuteten;

Mary Lichota und Jenny Delson, deren verlegerische Erfahrung mich durch die rauhe Passage der Endfassung geleitete;

und der Besatzung der Golden Hinde (wo immer ihr jetzt fahren mögt) schulde ich für den verzauberten Nachmittag, den wir gemeinsam verbrachten, besonderen Dank. Mögen eure Segel wieder gehißt werden.

Euch allen sage ich danke und gute Fahrt.

Prolog

Irland, 1425

Die Insel der Adler liegt vor der Westküste Irlands, umgeben von steil aufragenden Klippen und Felsnadeln, die sich förmlich in den Himmel zu bohren scheinen, ein windgepeitschter Ort von düsterer, wilder Schönheit, der Gewalt des Meeres ausgesetzt, ein Ort, an dem die Verwünschungen sterbender Frauen vom Gift der Prophezeiung getränkt sind. So war die Sippe der O'Donnell von einem Fischermädchen auf dem Totenbett mit einem Fluch belegt worden: In der Familie sollte es keine männlichen Erben geben, ehe nicht eine O'Donnell von ihrem Geliebten gehenkt würde.

In dieser Nacht heulte der Wind wie ein Weib, das durch den Verlust aller seiner Kinder dem Wahnsinn nahe war.

Hoch oben auf der Adlerburg schrie die von ihren Frauen umgebene Herrin in Geburtswehen auf.

Ein Geschoß unter der Herrin lag eine Magd in den Wehen, allein, in einen dunklen Winkel verkrochen. Vor der Tür toste der Wind. Blitze durchzuckten die Finsternis und erfüllten sie mit blendender Helligkeit. Das Gesicht der Frau war schmerzverzerrt. Um ihre Schreie zu unterdrücken, biß sie sich in die Handknöchel.

In dem höher gelegenen Gemach beugte sich die Wehmutter, deren Gesicht von einem Tuch halb verhüllt war, über ihre Herrin. Der Wind blies so heftig, daß ein Fensterbalken aufgerissen wurde und Gardinen flatterten. Das Tuch wurde der Hebamme vom Gesicht geweht. Ein großes, purpurnes Geburtsmal wurde sichtbar. Jäh wandte sie sich von der Herrin ab, lief, um das Tuch zu erfassen, und bedeckte hastig ihr Gesicht.

Schließlich wurde nach langen und qualvollen Wehen ein Mädchen geboren, und die Wöchnerin fiel in einen Schlaf der Erschöpfung. Die anderen Frauen verließen das Gemach.

Die Hebamme wickelte das Kind in Windeln und Tücher, dann trug sie es zum Kamin, legte es auf eine Schaufel und hielt es über das schon niedrig brennende Feuer. Böse Geister, die sich am Wochenbett einzufinden pflegten, stahlen die Neugeborenen und vertauschten sie mit ihrer eigenen Nachkommenschaft. War der Säugling ein Wechselbalg, würde er zum Kamin hinausfahren. Feuer war der ärgste Feind aller bösen Geschöpfe. »Brenne, brenne, brenne«, sang die weise Frau. »Wenn du des Teufels bist, dann brenne, wenn du Gottes bist, dann mögest du vor Schaden bewahrt werden.«

Die Hebamme kehrte ihrer schlafenden Herrin den Rücken zu. Hastig holte sie unter ihrer Schürze einen Strick hervor. Sie zog ihn durch eine Schlaufe, die sie aus den Wickelbändern des Kindes gemacht hatte. Nun ließ sie das heftig schreiende Neugeborene durch eine geheime Öffnung an der Rückwand des Kamins ins darunterliegende Geschoß hinunter. Mühsam kämpfte sich die Magd auf die Beine. Sie küßte ihr eigenes Kind, band das Neugeborene der Herrin los und vertauschte es mit ihrem eigenen Töchterchen.

So kam es, daß das Kind der Herrin mit dem einer Magd vertauscht wurde.

I

1. KAPITEL

Irland, 1446

Carbri O'Connors Stiefschwester Finola war von unruhiger Wesensart. Sie steckte noch in den Windeln, als ihre Mutter für sie ein Horoskop erstellen ließ. Die Astrologen sagten voraus, Finola würde reich an Macht und Schönheit werden. Da Finolas Mutter den Sternen allein nicht traute, setzte sie nun alles daran, daß die Weissagung sich erfüllte.

Als erstes ermordete sie ihren Gemahl, der einem geringeren Zweig des Clans der O'Connors angehörte. Sie vergiftete ihn mit Pilzen. Daraufhin vermählte sie sich mit einem Verwandten ihres Mannes, der einer bedeutenderen Linie der O'Connors entstammte.

Als Finola ihre Periode bekam, verabreichte ihre Mutter ihr einen Schlaftrunk und bezahlte einen der Knechte, daß er mitten in der Nacht zu Finola ins Bett stieg, ihre Schenkel spreizte und sie berührte. Sie drohte ihm mit dem Tod, falls er mit seinem Glied in sie eindrang, da das Mädchen für ihre Hochzeit jungfräulich bleiben mußte.

In ihren Träumen spürte Finola einen kraftvollen Leib, roch den warmen Sandelholzduft eines Mannes, der ihre Brüste küßte, sie streichelte, ihren Mittelpunkt fand und sie berührte und immer wieder berührte. Nacht für Nacht sollte fortan dieser Traum sie heimsuchen und sie mit einem heftigen Schmerz erwachen lassen.

Am Tag bewegte sie ihren Körper und ihre Augen auf eine begehrliche Weise, die viele Männer aufreizend fanden, so daß es ihr nicht an Freiern fehlte, denn die Ehe mit der Stieftochter eines der oberen Chieftains des Clans bot mancherlei Vorteile. Bei der Wahl des Bräutigams hatte sie selbst nichts zu sagen. Ihre Mutter wählte für sie einen reichen, mächtigen Witwer vorgerückten Alters aus.

Finola hatte ihrer Hochzeitsnacht voller Ungeduld entgegengesehen, in der Meinung, die Begierde, die sie ununterbrochen quälte, würde Erfüllung finden. Unglücklicherweise erregte Finolas Leidenschaft ihren Mann so heftig, daß er sich verströmte, kaum daß er sie mit seiner Männlichkeit berührte. Daraufhin hatte er es von neuem versucht, doch als er entdecken mußte, daß Finolas Jungfräulichkeit so unnachgiebig war, daß er sie nicht zu durchdringen vermochte, wurde er erst ungeduldig, dann müde und schlaff.

Die Alte, die in solchen Dingen Erfahrung hatte, mußte gerufen werden. Sie kam mit einem Krug Fett und dem Horn eines Bullen. Finolas Mutter half mit, ihre Tochter festzuhalten, erst mit den Händen, dann mit Seilen, während die Alte mit dem Horn des Bullen ihre Jungfräulichkeit durchstieß, die schließlich unter viel Blut und Geschrei nachgab.

Die folgenden Ehenächte Finolas waren nicht viel anders als der erste Versuch. Ihr Gemahl hatte nur wenig Gewalt über seine Manneskraft und ergoß sich so schnell wie ein Jüngling bei der ersten Begegnung. Anstatt Finolas unerträglichem Verlangen Erleichterung zu verschaffen, hatte das Ehebett alles nur noch schlimmer gemacht.

Und dann erlitt Finolas Gemahl den ersten einer Reihe von Schwächeanfällen. Die anregenden Behandlungen mit Mannstreu und anderen Kräutern verfehlten ihre Wirkung gänzlich und vermochten seine Leidenschaft nicht wieder zu wecken.

Finola erwählte sich Liebhaber unter den Wachen ihres Gemahls. Sie rief sie zu sich in ihr Gemach und wies sie an, sich vor ihr zu entkleiden, damit sie ihre Wahl treffen und sich den Kräftigsten aussuchen konnte. Nun war sie freilich eine Frau, die zu lieben nicht einfach war. Keiner der Männer besaß die Ausdauer, um ihr Erfüllung zu bringen.

Da traf Seaghan MacNamara zu einem Besuch bei ihrem Gemahl ein. MacNamara war der hübscheste Mann, den Finola je gesehen hatte. Er strahlte so viel Männlichkeit und Kraft aus wie ein Hengst auf einer Koppel. Beim festlichen Tanz ließ sie die Hände über seine kraftvollen Lenden gleiten und drückte die Handflächen gegen seine Männlichkeit. Sie spürte, wie sein Griff um ihre

Mitte fester wurde. Da nahm sie seine Hand und führte ihn treppauf zu ihrem Gemach. Obschon seine Männlichkeit gewaltig war, wollte er sie nicht in Besitz nehmen. Zunächst führte er nur die Finger ein, bis Finola vor Begierde raste und ihn anflehte. Schließlich drang er in sie ein, langsam zunächst, und füllte sie mit seiner Größe aus. Über längere Zeit hinweg bewegte er sich langsam und kaum wahrnehmbar, ehe seine Stöße drängender wurden und sie unter ihren Fingern die ruckartige, rhythmische Bewegung seiner Gesäßbacken spürte. Sie grub ihre Nägel in sein Fleisch, und sein Rhythmus wurde noch schneller und drängender, ohne daß er innehielt, um Atem zu holen oder seine Lage zu verändern oder gar weil er einen Fußkrampf hatte – Ausflüchte, die sie von anderen zu hören bekommen hatte. Er hielt überhaupt nicht inne, sondern machte weiter, kam auch nicht zum Höhepunkt, ehe sie nicht vor Wonne bebend in seinen Armen lag. Der scharfe, verzehrende Hunger, der sie so lange geplagt hatte, war gestillt. Finola war eine Knospe, die erblüht war, eine Glocke, die zum Erklingen gebracht worden war.

In der Vergangenheit hatte Finolas Körper nur das Verlangen gekannt, nun aber, da er Befriedigung kennengelernt hatte, wurde sie vom Verlangen nach Wiederholung geplagt. Immer wieder flehte sie Seaghan an, er solle sie mit sich nehmen. Er aber widersetzte sich und erinnerte sie daran, daß sie bereits verheiratet war.

Da suchte Finola eine Hexe auf und bat sie um einen Liebestrank. Doch als sie den Krug nach Hause trug, ließ sie ihn im Burghof fallen, und eine Ziege leckte den Inhalt auf, um ihr sodann unter kläglichem Gemecker überallhin zu folgen. Das Gesinde lachte über Finola, die daraufhin das Tier töten ließ.

Einen wie Seaghan hatte es nicht mehr gegeben, weder vorher noch nachher. Es sollten ihm viele folgen, denn Finola wählte sich unter den Wächtern ihres Gemahls fünf oder sechs am Tag und konnte dennoch die Gefühle nicht wieder erleben, die sie bei Seaghan empfunden hatte. Die anderen entfachten nur immer von neuem die in ihr brennende Glut. Manchmal gelang es dem einen oder anderen, sie der Wonne nahezubringen, dann aber ging ihnen die Kraft aus, oder sie ergossen sich. Der Rhythmus war unterbrochen, sie mußten von neuem ansetzen. Ihre Finger, ihre Münder, ihre Zungen fanden nicht die richtigen Stellen. »Hier, ihr Tölpel!« herrschte sie die Männer immer wieder an. »Hier! Hier!« Und die Männer rissen entsetzt die Augen auf, als wäre es ein böser Geist, der sie anschrie.

Nur MacNamara hatte instinktiv gewußt, wo er sie berühren mußte, wo er seine Finger und seine pralle Männlichkeit einsetzen mußte, damit die Liebe einem langen Lied ähnlich wurde, das sich unausweichlich und sicher, geduldig und stetig zu einem ekstatischen Höhepunkt steigerte. Niemals wieder hatte sie solche Wonne erfahren.

Mit ihren achtzehn Jahren hatte Arrah O'Donnell nichts vom zarten Liebreiz anderer Mädchen an sich. Im Gegenteil, ihre kühne, kraftvolle Schönheit schlug Männer wie Frauen in ihren Bann. Schritt sie an einer Gruppe von Soldaten oder Seeleuten vorüber, dann hielt alles im Reden inne und ließ die Blicke verstohlen über ihre schmale Mitte und ihre von ihrer kastanienbraunen Haarfülle umwogten Hüften gleiten.

Seit mehr als drei Jahren hatten die Söhne benachbarter Chieftains um sie geworben, sie aber hatte alle abgewiesen. Als Arrah noch ein Kind war und ihre Großmutter noch lebte, hatte die alte Frau oft eine selbsterdachte Weise gesungen, die sie ›Lied für Arrah‹ genannt hatte. Es fing an:

> Arrah mit dem entrückten Blick.
> In dir singt der Wind.
> Arrah mit dem entrückten Blick.
> Stets wählst du den Pfad,
> der wild und rauh.

Arrah hatte ihren Spaß mit den Fischersleuten, rannte den Strand entlang, schwamm im Meer, ungebärdig und frei wie eine Seejungfrau. Von den Fesseln der Ehe wollte sie nichts wissen.

Immer wieder wurde sie durch Männer in Versuchung geführt. Bei Festlichkeiten tanzte sie mit ihnen, und die schwere Wärme ihrer Körper erregte Sehnsüchte in ihr, aber sie sah das Leben vor sich, das ihre Mutter führte – Näharbeiten an Wandbehängen,

Stickereien anfertigen, das Überwachen der Färberei. Arrah O'Donnell hatte nicht die Absicht, sich durch diese eintönigen Pflichten einengen zu lassen.

Eines Tages hatte sie ihre Mutter gefragt, wie es war, mit einem Mann zusammenzusein. Margaret O'Donnell hatte sie nachdenklich angeblickt. »Tochter, es wird Zeit, daß du das selbst entdeckst.«

Während der Festlichkeiten der vergangenen zwei Wochen hatte Arrah des öfteren mit Carbri O'Connor getanzt, und jetzt tanzte sie wieder mit ihm. Er wurde zum Ersten Offizier ihres Vaters ausgebildet. Nach der Rückkehr von seiner Arabienfahrt würde Carbri ein eigenes Schiff befehligen. Er war ein großer, drahtiger junger Mann mit blondem Vollbart und lausbübischen braunen Augen.

Die große Halle war dicht gedrängt mit Menschen. Dudelsackpfeifer legten sich tüchtig ins Zeug und jagten die Luft immer schneller durch ihre quäkenden Instrumente, Bodhranspieler schlugen den Rhythmus auf ihren mit Ziegenfell bespannten Trommeln, Mundschenke, die die Humpen füllten, eilten zwischen den Reihen der Seeleute hin und her. In der Küche tanzte und hüpfte das Hausgesinde so fröhlich wie die Krieger. Der Wein und das Bier flossen in Strömen. Wurde den tanzenden Männern zu heiß, entledigten sie sich ihrer Lederwämse, legten den Kopf in den Nacken und ließen noch mehr Ale die Kehle hinunterfließen.

Carbri nahm Arrahs Hand und führte das Mädchen aus dem Lärm in einen stillen Alkoven hinter der Festhalle. Arrah war sich wohl bewußt, daß sie nicht mit Carbri hätte gehen sollen. Er war Agneis de Burgo, der Tochter eines benachbarten Lords, versprochen. Seine Stiefschwester Finola war gekommen, um ihm mitzuteilen, daß die Verlobung nun beschlossen sei. Aber Arrah hatte Carbri O'Connors unbefangenes munteres Wesen immer gemocht, und die Kühle des Alkovens gestattete ihr eine Atempause nach dem Tanz.

Aus dem Augenwinkel erhaschte sie einen Blick auf Finola, die an der Wand gegenüber stand und suchend unter schweren Lidern hervorblickte. Arrah hatte auf den ersten Blick Abneigung gegen Carbris Stiefschwester empfunden, denn Finola, eine dunkelhaarige Frau, deren Augen ständig in Bewegung waren, als suche sie jemanden, hatte eine Stimme, die vor falscher Freundlichkeit triefte.

Arrah glitt tiefer in den Alkoven hinein. In der Dunkelheit ließ sie es zu, daß Carbri sie an sich zog. Sie roch Wein in seinem Atem und wußte, daß er sie küssen wollte. Unbefangen hob sie ihm ihren Mund entgegen.

Ihre Mutter störte den Ansatz zum Kuß in scharfem Ton. »Arrah! Du weißt, was mit der Schwester deines Vaters geschah, die mit dem Verlobten einer anderen tändelte! Jetzt geh und suche deinen Vater!« wies Margaret sie an. »Sein Kapitän will ihn sprechen.«

Arrah tat, wie ihr die Mutter geheißen.

Arrahs Vater Reevnarg – der Name bedeutete soviel wie ›rote Kreise‹, wegen der Blutspur, die er hinterlassen hatte, als er sich sein Territorium sicherte – war der bedeutendste Chieftain der irischen Westküste, zu Lande und zur See.

Aus Kindertagen hatte Arrah ihn als umgänglich in Erinnerung, seitdem sie aber zahlreiche Freier abgewiesen hatte, war er unberechenbar und barsch geworden, ließ sie oft seinen Zorn spüren und brüllte sie an wie ein wütender Stier. Seine Liebe und Zuneigung war ihr nur sicher, wenn sie sich seinem Willen gehorsam fügte. Zum Teufel mit ihm, dachte sie. Sie war nicht gewillt, eine Ehe einzugehen, nur damit sein ständiges Gebrüll ein Ende nahm.

Vorsichtig näherte sie sich ihrem Vater, als der Kapitän an ihr vorbeilief und ihm eine Botschaft überbrachte. Reevnarg hob witternd den Kopf, als rieche er Blut. Arrah sah es mit Erleichterung. Sie konnte wieder zurück zum Tanz.

Ein dunkler, hochgewachsener Fremdling mit tiefschwarzem Bart kam auf sie zu. Sie erkannte ihn auf den ersten Blick als Seemann, denn er bewegte sich mit dem unverkennbaren wiegenden Gang eines Menschen, der es gewohnt war, schwankende Decksplanken unter den Füßen zu spüren. Seeleute baten immer erst um Erlaubnis, ehe sie mit Arrah tanzten, dieser Mann aber faßte wortlos nach ihrer Hand, und seine Finger umschlossen sie wie eine Zwinge. Dunkle Ringe unter seinen Augen ließen sein Gesicht düster erscheinen.

Ehe sie ihn nach Namen und Rang fragen konnte, rief er laut nach dem Schwertertanz und zog zwei Schwerter aus seinem Gürtel, die er zu Boden warf und über Kreuz legte.

Nun war der Schwertertanz ein Tanz, der nur nach einem großen Sieg in der Schlacht getanzt wurde, doch die Musikanten spielten auf, obwohl es keinen Kampf gegeben hatte. Arrah schwang ihre Arme keck und herausfordernd, während sie sich im Rhythmus der Worte bewegte:

Feuer! Feuer! Stahl, o Stahl!

Feuer! Feuer! Stahl und Feuer.

Der Fremdling hielt bei jeder Schrittfolge mit, und sie tanzten in perfektem Einklang. Die raschen Wendungen machten Arrah schwindlig, ihr Atem kam rasch und erhitzt. Immer schneller ging es im Kreis. Der Fremde sorgte für einige Verwirrung bei Arrah, denn trotz der mächtigen Schultern, wie sie nur ein Ruderer haben konnte, trug er einen Bart. Nach dem Brehon-Gesetz, das Sitten und Gebräuche in allen Einzelheiten bestimmte, durften nur Chieftains, sowie deren Söhne, Brüder oder Neffen Bärte tragen. Doch der Bart des Fremdlings war nach ausländischer Art eckig gestutzt, während Carbri und Reevnarg Vollbärte trugen. Immer schneller bewegte er sich wie ein dunkler Wirbel neben ihr.

Da sie sich nicht übertrumpfen lassen wollte, wurden auch ihre Schritte und Drehungen immer schneller.

Feuer! Feuer! Stahl, o Stahl!

Seine hünenhafte Gestalt hinderte ihn nicht daran, sich mit unheimlicher Behendigkeit und Leichtigkeit zu bewegen, während sie eine Schrittfolge nach der anderen absolvierten.

Feuer! Feuer! Stahl, o Stahl!

Arrah registrierte, daß das Innere seines groben grünen Umhangs mit grünem Satin gefüttert war. Mitten in einer Schrittfolge hielt sie inne, um ihn zu fragen, wer er sei. In diesem Augenblick des Stillstands packte er sie und hielt sie mit so gewaltiger Kraft fest, daß sie zur Reglosigkeit verdammt war. Noch nie war Arrah von jemandem dergestalt überwältigt worden.

Die Musik verstummte, und sie machte sich los. Übertrieben keuchend schützte sie Atemlosigkeit vor. »Genug jetzt«, stieß sie hervor.

»Ich möchte tanzen.« Er sagte es mit schneidendem Unterton. »Musik!« rief er laut. Die Pfeifer und Trommler setzten wieder ein.

Unwillig entzog sie ihm ihre Arme.

Er ergriff sie, hielt sie fest und drehte und wirbelte sie im Kreis. Arrah trat ihm hierauf mit Absicht auf den Fuß, da sie aber nur *brocas* trug – weiche, absatzlose Wildlederschuhe –, zeitigte es nur wenig Wirkung, und der Fremdling drehte sie nur um so heftiger. Sie rief nach den Wachen ihres Vaters, doch der Lärm der Dudelsäcke, Flöten und Trommeln war so ohrenbetäubend, daß keiner sie hörte. Der Fremde zog sie an sich. Sie spürte, wie ihre Brüste gegen seinen warmen Leib gedrückt wurden, spürte, wie ihr sein Atem ins Gesicht wehte. Seine Hände machten sie zu seiner Gefangenen und verdammten sie zu völliger Reglosigkeit. Er überragte sie bedrohlich, seine dunklen Augen funkelten sie finster an. Momentan war Arrah ratlos. Sie wußte sich nicht zu helfen.

Da glitt Finola an seine Seite und berührte seinen Arm. Trotz ihrer Abneigung war Arrah sehr erleichtert, Finola zu sehen, denn der Fremde jagte ihr Angst ein – für sie ein sonderbares Gefühl, denn noch nie hatte sie jemanden oder etwas gefürchtet.

Er ließ Arrah unvermittelt los, obwohl die Musik noch weiterspielte. Sich umwendend entfernte er sich mit Finola und ließ Arrah stehen. Das Dunkelgrün seines Umhangs überragte den Rest der tanzenden Menge, während er sich seinen Weg bahnte.

Carbri nahm Arrahs Arm, Spottlust lag in seinen braunen Augen. Die Musikanten stimmten eine andere Weise an, und die Dudelsackpfeifer bliesen mit frischer Kraft.

»Wer ist das?« rief sie Carbri über das Gequäke der Dudelsäcke zu.

Sie sah, daß der Unbekannte ihrem Vater zunickte, worauf beide den Festsaal verließen. Finola, die plötzlich unbeachtet dastand, ging ihnen nach, bemüht, mit den ausgreifenden, kraftvollen Schritten der Männer mitzuhalten.

»Seaghan MacNamara«, erwiderte Carbri, der seine Lippen auf ihr Ohr und ihren Nacken preßte. Sie zog sich zurück, seine Lippen aber folgten ihr sanft, aber beharrlich, und jetzt wich sie nicht mehr zurück. Carbri führte sie wieder auf den Alkoven zu.

»Warum segelt ein MacNamara-Chieftain mit den Schiffen der O'Donnells?« fragte sie im stillen Alkoven.

»Er war der Tanaist der MacNamara, ausersehen, seinem Vater nachzufolgen, der der Chieftain der MacNamara ist, aber er wurde verstoßen.«

»Warum?«

»Wegen einer Frau. MacNamara ist ein Frauenheld. Er wirft sie fort und legt sie ab wie schmutzige Hemden. Ähnlich verfuhr er mit Finola. Genug davon.« Er zog sie an sich, und sie spürte seine Lippen auf ihrem Nacken, immer höher, auf der Wange, am Kinn.

Da ertönte ein Klirren, Stahl gegen Stahl. Jäh verstummten die Musikanten. Jemand rief: »Angriff! Angriff! Die MacNamaras greifen an!«

Allgemeiner Tumult entstand, als die Männer hastig nach ihren Waffen griffen. Carbri drückte Arrah einen flüchtigen Kuß auf die Lippen, zog sein Schwert und stürzte davon.

2. KAPITEL

Der Kampf fand ein rasches Ende, da man Reevnarg vorher gewarnt hatte, daß ein Angriff bevorstünde, und er seinen Leuten befohlen hatte, den Angreifern einen Hinterhalt zu legen. Unter der ausgelassenen Feststimmung hatte Kampfbereitschaft gelauert. Die MacNamaras mußten einen schmählichen Rückzug antreten. Die zurückgelassenen Verwundeten wurden behandelt, damit sie als Ruderknechte in Reevnargs Flotte Dienst tun konnten. Bestanden keine Aussichten auf Genesung, wurde der Gefangene getötet.

Die Nachricht vom bevorstehenden Angriff war von Seaghan MacNamara gekommen, der insgeheim von Bres, einem Angehörigen seines Clans, vorgewarnt worden war.

Bres, ein schmucker Jüngling mit Haar, das reifem Korn glich, und mit Augen, die blau waren wie die Seen von Killarney, hatte im Kampf eine Stichverletzung davongetragen. Debrogail, eine der Küchenmägde, hatte spontan Gefallen an ihm gefunden, denn seine Augen hatten sie keck angeblickt. Er sah ihr zu, wie sie die

Heilpflanzen zerkleinerte und mit den Kräutern die Blutung seiner Armwunde stillte.

Nachher hielt er ihre Hand und wollte nicht, daß Debrogail von seiner Seite wich.

Anders als das übrige Gesinde, das oft zu Verdrossenheit und Jähzorn neigte, war Debrogail ein unbeschwertes junges Ding mit einer begnadeten Stimme. Wenn sie Brotteig knetete oder Butter rührte, sang sie dazu wie ein Engel.

Bres hatte Debrogail auf dem Tisch tanzen sehen, als die MacNamaras die Burg erstürmten. Ungeniert hob sie ihre Röcke und unterhielt damit die ganze Küche, während ihr rötlichblondes Haar ihr wie ein Seidentuch eines Magiers um die Schultern schwang. Ihre langen Beine und ihr Gesang hatten ihn bezaubert. Als die Wachen kamen, um die MacNamaras zusammenzutreiben, wußten sie nicht, daß Bres, der eine Armwunde abbekommen hatte, die Warnung ausgesprochen hatte. »Wie kann ich kämpfen«, sagte er, den Blick mit unverhohlen begehrlichem Lächeln auf Debrogail gerichtet, »wenn meine Augen durch so viel Schönheit und Anmut gefesselt werden?«

Da niemand erfahren durfte, daß Bres der Verräter war, wurde er zum Schein als Gefangener behandelt. Doch als er abgeführt werden sollte, wollte es der Zufall, daß Naira O'Donnell, Arrahs ältere Schwester und seit kurzem verwitwet, ihn erblickte. Bres' schmale Lenden, geschmeidig wie die eines Hirsches, hatten es ihr sofort angetan, so daß sie ein Wörtchen mit ihrem Vater sprach. »Du tust gut daran, ihn in meinem Gemach in Eisen zu legen. Wirfst du ihn ins Verlies, dann ist er dem Tod geweiht – so sicher wie die Märtyrer. Dann kann er dir auch an den Rudern nichts mehr nützen. Ich will mich seiner annehmen.«

Reevnarg zeigte sich ihrer Bitte zugänglich.

Naira rief Debrogail zu sich und wies die Magd barsch an: »Du wirst dich um den verwundeten Jüngling kümmern!« Naira hatte sich diesen herrischen Ton zu eigen gemacht. Da Arrahs wilde, ungebärdige Art unweigerlich die Aufmerksamkeit von Freiern und anderen Besuchern auf sich zog, wurde Naira von rasender Eifersucht auf ihre jüngere Schwester verzehrt. Diese Eifersucht hatte sie mit der Zeit scharf wie ein Schwert werden lassen.

Naira verließ Debrogail mit genauen Anweisungen, was die Pflege von Bres MacNamara betraf, und Debrogail war entzückt über diesen Auftrag, da sie den Jüngling liebenswürdig und begehrenswert fand.

Sie wusch und reinigte die Wunde, nicht ohne ihm aus den Winkeln ihrer dunklen, funkelnden Augen schüchterne Blicke zuzuwerfen. Bres zog ihr das Tuch vom Kopf, so daß ihr das mandelfarbene Haar bis zu den Schultern fiel. Doch als er versuchte, seine Wange an ihre vollen warmen Brüste zu schmiegen, versetzte sie ihm ob seiner Kühnheit einen leichten scherzhaften Nasenstüber. Bres heulte übertrieben auf.

»Was treibst du da?« Nairas scharfe Stimme durchdrang schrill das Gemach. Der Hysterie nahe, versetzte sie Debrogail einen Schlag ins Gesicht, daß diese flach auf den Boden fiel. »Wie kommt es, daß du dein Kopftuch abgelegt hast?«

»Ich wollte nicht…«, unternahm Debrogail den Versuch einer Rechtfertigung – vergebens. Naira schlug sie abermals. »Still jetzt! Oder du landest im Verlies!«

Bres versuchte vermittelnd einzugreifen. »Es war gar nichts. Ich schrie nur, weil… ich einen Muskelkrampf im Bein hatte.«

Naira, die entschlossen war, Bres zu ihrem Gatten zu machen, wollte ihn nicht verlieren, nur weil eine Magd sich bei der Wundpflege unbeholfen anstellte. »Solltest du ihm wieder weh tun, dann lasse ich dich vierteilen, hast du verstanden?«

»Sehr wohl, Herrin«, murmelte Debrogail.

»Sie hat nichts getan«, behauptete Bres beharrlich. »Sie versorgte meine Wunde und bemühte sich, mir Erleichterung zu verschaffen.«

»Sollte sie etwas anderes tun, lasse ich sie den Haien zum Fraß vorwerfen.« Naira sagte es mit einer Bestimmtheit, die einen schaudern machte.

Debrogail und Bres wechselten einen verstohlenen Blick, ehe die Magd wieder zu Boden sah. »Sehr wohl, Herrin«, ließ sie sich vernehmen.

Nach dem Sieg über die MacNamaras machte Reevnarg sich an die Vorbereitungen für die Fahrt nach Portugal und Afrika. Am Tag vor dem Auslaufen war er in leutseliger Stimmung wie immer, bevor er in See stach, und fragte Arrah, was er ihr mitbringen sollte. Sie aber erwiderte, daß sie nichts wollte. Doch als er in sie drang, bat sie ihn um ein zahmes Äffchen. Einer der Männer hatte einen Affen mitgebracht, doch die Seeleute hatten ihm in ihrem Übermut Heidebier zu trinken gegeben. Der Affe war umgefallen und während der ausgelassenen Tanzerei unbemerkt zertrampelt worden.

Ihr Vater gab zurück: »Du bist über das Alter hinaus, da man mit Schoßtieren spielt. Höchste Zeit, daß du anfängst, mit einem Mann zu spielen.« Er zwinkerte seiner Frau zu. »Mit einem, der deinem unbezähmbaren Willen gewachsen ist. Sieh zu, daß du Kinder in deinen Bauch bekommst, dann hört deine Torheit von selbst auf. Ich kann es nicht länger dulden – Reevnargs Tochter treibt sich bei den Fischern wie ein gemeines Mädchen herum.

Der Chieftain der Joyce von Connemara hat eine kranke Frau, die nicht mehr lange leben wird. Als er jüngst bei mir war, hast du sein Wohlgefallen erregt. Sein Landbesitz ist so groß, daß er für dich als Brautpreis hundert Kühe zahlen würde.«

»Ich will aber niemanden heiraten.«

»Mann, ich sagte dir des öfteren, daß es ein Unglück war, sie nach deiner Schwester zu nennen«, mischte Margaret sich ein. »Sie ist von derselben unbezähmbaren, kühnen Art.«

Reevnarg ignorierte die Bemerkung, die er schon unzählige Male zu hören bekommen hatte. »Sein Silberhaar soll dich nicht abschrecken. Der Joyce hat noch ausreichend Feuer in den Lenden. Seiner letzten Frau hat er zwei Kinder gemacht. Zusätzlich zu den Kühen wird er mir noch ein seetüchtiges Schiff überlassen. Nach meiner Rückkehr führe ich dich in sein Bett. Und sobald man dir ansieht, daß du seinen Samen trägst, wird es ein Hochzeitsfest geben.«

»Ich will nicht!«

»Ich habe dir schon genug Torheiten durchgehen lassen!« brüllte er sie in jäh aufflammendem Zorn an.

Wütend stürmte Arrah aus der großen Halle und lief zu den Klippen, wohin sie sich stets flüchtete, wenn sie nachdenken wollte. An den dreihundert Stufen angekommen, blickte sie hinunter auf den aufgewühlten Ozean, der sich grün und silbern gegen den Fels warf. Arrahs graugrüne Augen waren so veränderlich wie die See, im Zorn wurden sie silbern wie die Gischt.

Sie versuchte, sich an Joyce zu erinnern, und schaffte es nicht. War ihr Vater zu Hause, dann waren ständig Chieftains und Kapitäne auf der Insel der Adler zu Gast, da Reevnarg mit Häuten und Wolle Handel trieb. Schwierige Gezeiten und Windverhältnisse machten die Küste heimtückisch und das Navigieren sehr schwierig, so daß oft allein das Geschick Reevnargs und das seiner Leute die Schiffe der Besucher in den sicheren Hafen brachte. Sie konnte sich an das Gesicht des Joyce nicht erinnern, doch es war ohnehin unwichtig, wer er war und wie er aussah, denn eines stand für Arrah fest – sie würde nicht seine Braut werden.

Sie wünschte sich, ihre Großmutter wäre noch am Leben – ihre Muim mit dem weißen Seidenhaar hatte stets eine Antwort auf alles gehabt. Anders als Margaret, die sich wünschte, Arrah würde sich benehmen, wie es sich für die Tochter eines Chieftains geziemte, hatte Muim verstanden, daß Arrah sich nicht wie ein Huhn einsperren lassen wollte. Die Worte aus Muims Lied kamen ihr in den Sinn:

> Dort unten, wo einsam die Möwe fliegt,
> findest du deinen Weg…

Gegen Süden zu stiegen die Klippen der Insel noch steiler empor. Vögel nisteten in den Spalten: Tordalke, Kormorane, Lummen und Möwen sowie Adler, von denen die Insel ihren Namen hatte. Laut bellende Seehunde sonnten sich auf den zahllosen Felsen. Arrah liebte diese schlanken schimmernden Tiere, weil sie so verspielt waren. Oft schwamm sie mit ihnen hinaus zu ihren angestammten Felsen.

In früheren Jahren war Arrah die von der Brandung glitschigen Stufen hinauf- und hinuntergerannt, mit den Kindern der Fischer, die ihre Spielgefährten gewesen waren, um die Wette. Die Fischersleute hatten ihr gezeigt, wie man die Haut der Haie trocknete und sie als Sandpapier benutzte, um die Holzrippen der Boote zu glätten, damit kein Span die aus Rinderhäuten bestehenden Außenwände der Boote durchlöcherte.

Mit Carbri und Debrogail zusammen hatten sie ein kleines Boot gebaut und Seefahrer gespielt, indem sie die Bucht umrundeten.

Reevnarg war ans Ufer gekommen. »Tochter, es ist ein wahrer Jammer, daß du ein Mädchen bist. Aus dir ließe sich ein kühner Seemann machen, wenn nur dein Geschlecht ein anderes wäre.«

»Aber ich kann Seemann sein!«

»Unsinn!« hatte er gelacht. »Der einzige Mast, der zu einer Frau paßt, ist der eines Mannes, der ihn in ihr versenkt.« Damals hatte sie nicht gewußt, was gemeint war.

Als Arrah nun aufs Meer blickte, sah sie zu ihrer Verwunderung ein Schiff vor Wolf Rock. Sie sah seine Breitseite und erkannte sofort, daß es kein irisches Schiff sein konnte. Die Schiffe der irischen Westküste waren Einmastkoggen mit Rahsegeln, die zusätzlich mit Rudern ausgestattet waren.

Das Schiff vor den Felsen war ein Viermaster mit großer Segelfläche und großer Breite. Der auffallend nach vorn ragende Bug sah aus wie ein Rammbock.

Und dann entdeckte Arrah die Geschütze. Noch nie hatte sie so schwere Geschütze gesehen. Sie zählte fünf Kanonen auf der ihr zugewandten Seite, das bedeutete, daß die andere Seite ebenso bestückt war. Von ihrem Standort aus hatte sie den Eindruck, die Kanonen könnten Kugeln von Kälbergröße abfeuern.

Joyce oder nicht Joyce, die Sicherheit der Insel hatte Vorrang. Sie mußte ihrem Vater Meldung machen. Sicher würde er irgendwo jagen, ehe er in See stach. Sie wußte, daß sie ihn finden mußte, und lief behende am Steilhang entlang.

Vom Klippenrand aus bot sich nicht nur der Blick aufs Meer, man sah auch die grünen Hügel des Inselinneren. Die sahnigweißen Vliese der friedlich grasenden Schafe hoben sich wie schaumige Milchspritzer vom Grün der Weiden ab.

Sie fing zu laufen und zu rufen an, so daß ihre Stimme als Echo von den Hügeln zurückgeworfen wurde. Andere Chieftains pflegten mit Falken zu jagen, Reevnarg aber hatte Adler für die Jagd abgerichtet. Auf seine Vögel war er ungeheuer stolz.

Über den Kamm eines nahen Hügels flog eine weiße Taube, deren Schwingen wie zwei helle Bögen am blauen Himmel schimmerten. Ein großer Schatten huschte vor Arrah auf den Boden.

Aufblickend erkannte sie den unverkennbaren Flügelschlag eines Adlers. Was jetzt kam, wußte sie. Erst stieg der Adler hoch, um sodann blitzschnell herabzustoßen. Es gab weder ein Geräusch noch einen Kampf, als die zwei Vögel eins zu werden schienen. Dann breitete der Adler die Schwingen aus und stieg abermals, die schlaffe Taube in den Fängen, auf. Arrah lief dem Vogel nach.

Als Kind hatte sie ihren Vater angefleht, er solle sie zum ›Adlern‹ mitnehmen. Immer hatte er sich geweigert, aber Arrah hatte sich so hartnäckig gezeigt, daß er eines Tages nachgab.

Hoch zu Roß ging es auf die Jagd, da Arrahs kürzere Beine mit Reevnargs ausholendem Schritt nicht mithalten konnten. Als Chieftain ritt er einen Hengst, und Arrah, die schon eine geübte Reiterin war, saß im Sattel einer feurigen jungen Stute. Beide ritten mit nur einem Zügel und benutzten zusätzlich einen *eshlasc,* einen Eibenholzstock mit einer kurzen Gerte an einem Ende, mit der sie den Pferdenacken berührten und das Tier damit lenkten.

An ihrem Ziel angelangt, saßen sie ab, und Arrah bestürmte ihren Vater, er solle ihr erlauben, den Vogel zu halten, ein Ansinnen, das er zunächst ablehnte. Der Vogel sei noch zu nervös, sagte er, noch nicht verläßlich auf die Beute dressiert. Aber Arrah war niemand, der sich entmutigen ließ. Der Vogel war auch zu prächtig mit seinem golden glänzenden Gefieder.

»Nun, meinetwegen. Aber ich warne dich – laß ihn ja nicht los. Und streif dies über«, wies er sie an und reichte ihr einen großen Lederhandschuh.

Als sie diesen anzog, spürte sie, daß er innen schweißnaß war. Zudem war er für sie zu groß.

Mit äußerster Behutsamkeit übergab er ihr den Vogel, der auf ihrem Handgelenk unruhig von einem Klauenfuß auf den anderen trat. Trotz der Kappe, die das Tier zur Beruhigung trug, spürte Arrah seine Aufregung. Ihr Vater, der seine Notdurft verrichten mußte, verschwand hinter einem Stein. Sie sah ihn dort stehen, mit dem Rücken zu ihr, und hielt die Schnüre ganz fest. In der Annahme, ihr Vater würde sich, wenn er zurückkam, freuen, daß der Vogel jagdbereit war, nahm sie dem Adler seine Kappe ab, worauf das erschrockene Tier mit dem Schnabel auf Arrahs freie Hand loshackte.

Mit einem erschrockenen Aufschrei ließ sie unwillkürlich die Lederschnüre los, die an den Krallen des Vogels hingen.

Der Adler flatterte auf, die Lederriemen baumelten nutzlos an seinen Krallen. Reevnarg lief herbei und schwang den Köder über seinem Kopf, der Vogel aber stieg immer höher und flog auf den fernen Berg zu.

Reevnarg blickte ihm nach, bis der Adler nur mehr ein Pünktchen in der Ferne war. In der Hand die Reitgerte, sah er Arrah an. Sie beobachtete sein Gesicht und suchte den Zorn darin. Seine Miene blieb scheinbar unverändert, der Mund reglos, die Augen ohne Wimpernschlag. Nicht ein einziger Muskel schien sich zu regen, nur sah alles irgendwie anders aus. Die graublauen Augen wurden unmerklich, aber unverkennbar dunkler, so, wie eine blaue Prellung sich dunkel färbt.

»Los, Arrah, nach Hause mit dir!«

»Ich will dir helfen, ihn einzufangen.«

»Du hast schon genug angerichtet!« Er faßte nach dem Zügel seines Pferdes.

Sie spürte schwer die Schmach, ihren Vater enttäuscht zu haben. »Bitte«, flehte sie. »Laß mich dir helfen!« In der Absicht, die Richtung einzuschlagen, in die der Vogel davongeflogen war, ging sie zu ihrem Pferd.

Die Stimme ihres Vaters hinderte sie am Aufsitzen.

»Lauf nach Hause!« sagte er. »Und zwar rasch. Aus meinen Augen!«

»Ich will dir bei der Suche helfen«, beharrte sie.

»Ich werde dich Gehorsam lehren!« Er stürzte auf sie zu und ließ die Peitsche um ihre Beine züngeln.

»Nach Hause mit dir!« schrie er. »Du wirst nie wieder mit mir jagen.«

»Warum weinst du so?« fragte Debrogail teilnahmsvoll, als sie Arrah sah.

Arrah berichtete, was sich zugetragen hatte, und die junge Magd erklärte mit der Weisheit der drei Jahre, die sie ihr voraus hatte: »Arrah, du bist Beelzebubs dumme Gans. Wenn du in einer Männerwelt mitspielen willst, dann darfst du nicht die Torheiten eines kleinen Mädchens begehen. Damit dein Vater dir wieder gewogen ist, mußt du den Adler finden. Deiner Mutter werde ich sagen, daß du mit mir Kräuter sammeln gehst.«

Am nächsten Tag suchte Arrah allein die Stelle auf, wo sie den Adler verloren hatte, und rief und pfiff nach Leibeskräften. Sie hatte Brocken rohen Hühnerfleisches mitgebracht und befestigte diese an einem Köder. Zwei Tage lang wartete sie und pfiff und rief. Dann sah sie den goldenen Adler auf sich zufliegen, die Lederriemchen noch um die Beine geschlungen.

Sie ließ den Köder kreisen und pfiff, und der Vogel fing ihn mit dem Schnabel auf, ehe er auf ihrem Arm landete. Zu ihrem Leidwesen hatte sie keinen Lederhandschuh mitgebracht, so daß die Fänge des Vogels in ihr Fleisch drangen. Dennoch hielt sie ihn fest. Dann flog ein Fasan über sie hinweg, und der Adler zerriß, in dem Versuch fortzufliegen, die Haut an Arrahs Arm, während ihr seine Flügel ins Gesicht schlugen, und doch ließ sie ihn nicht los. Hände und Finger waren schlüpfrig vor Blut, die Unterarme aufgerissen, trotzdem ließ sie ihn nicht los.

Auf der Adlerburg angekommen, lief sie in den Raum, in dem ihr Vater stand und auf die See starrte, breitbeinig, die Hände in die Hüften gestemmt. »Ich habe ihn gefunden!« rief sie aufgeregt.

Er wandte sich um, sah erst sie an, dann den Adler und dann ihren blutigen Arm. Er griff nach dem Adler, und mit der anderen Hand zog er Arrah an sich. An der Wand über seinem Stuhl sah Arrah das Schwert der O'Donnells mit dem eigroßen Smaragd. Kleine Rubine umkränzten den grünen Edelstein. Der Ledergeruch des väterlichen Wamses stieg ihr in die Nase. Sie unterdrückte ihre Tränen.

Arrahs Mutter war entsetzt, als sie die Wunden ihrer Tochter sah, und rief sofort Gesinde herbei, das sich darum kümmern sollte.

Debrogail wusch den Arm mit einem Absud aus den getrockneten purpurnen Blüten des Moorwundkrauts, doch die Narben sollten für immer auf Arrahs Arm sichtbar bleiben.

Naira verhöhnte sie deswegen oft. »Du wirst nie einen Mann bekommen«, bohrte sie immer wieder. »Kein Mann möchte eine Frau, die Narben trägt wie ein alter Krieger. Mit deiner sonnenbraunen Haut siehst du ohnehin aus wie eine Mistbäuerin.«

Arrah schenkte ihr keine Beachtung. Nie würde sie den Gesichtsausdruck ihres Vaters vergessen, als er sie mit dem Adler wiederkehren sah. Er hatte sie daraufhin noch oft zum Jagen mitgenommen, wenn er nicht in Begleitung von Gästen mit dem Adler auf Pirsch ging.

In der Ferne konnte Arrah die Umrisse zweier in dunkle Umhänge gehüllter Gestalten ausmachen, die auf sie zukamen. Erst war sie der Meinung, Carbri sei mit Reevnarg gegangen. Im Weiterlaufen aber wurde ihr klar, daß der Kleinere zu breit war, um Carbri zu sein. Der Kleinere mußte ihr Vater sein, der Größere jener Fremde, der mit ihr am Abend zuvor getanzt hatte – Seaghan MacNamara.

Ihr Vater empfing sie mit den wohlwollenden Worten: »Alle Welt weiß, daß Iren die schnellsten Läufer sind. Willst du uns nun glauben machen, daß dies auch für die Frauen Irlands gilt?«

Hastig versuchte sie nun zu erklären, was sie gesehen hatte, doch sie war so außer Atem, daß ihr die Worte nur stockend und kaum verständlich über die Lippen kamen.

»Was ist denn, Tochter, daß du nach Luft schnappst wie ein Fisch, der kein Wasser hat?«

Nach einigen tiefen Atemzügen wiederholte sie, was sie von dem Schiff gesagt hatte.

Aus dem Augenwinkel nahm sie wahr, daß MacNamara die Stirn runzelte und seine Miene sich verfinsterte, doch sie wollte ihn nicht ansehen und hielt deshalb den Blick auf das Antlitz ihres Vaters gerichtet.

»Tochter! Wieso diese Hast? Du siehst aus, als hättest du ein Gespenst mit dem Kopf unter dem Arm gesehen. Beruhige dich!« Er strich dem Adler, der die Kappe trug, mit zwei Fingern über den Hals. Die erlegte Taube steckte in einem Beutel. Reevnargs Hand war voller Blut.

»Aber...«, Arrah war noch immer außer Atem, »dieses Schiff hatte Geschütze. Kanonen« – sie versuchte mit den Händen die Größe anzudeuten – »und so viele.«

Sie hörte, wie der Fremde eine leise Verwünschung ausstieß.

»Ja, die Engländer bereiten wieder einen Angriff auf Frankreich vor«, sagte Reevnarg, der nicht aufhörte, den Adler zu streicheln. »Der englische König hofft, daß ihm de Burgos Zauberei hilft. Finola berichtete es mir. Seaghan, habt Ihr heute mit ihr gesprochen? Ihre Blicke durchsuchten jeden Winkel nach Euch.«

MacNamara ging auf Reevnargs Frage nicht ein. »Wenn die englische Flotte in See sticht, bedeutet es immer Unheil. Heinrich VI. möchte seine Stellung in Irland festigen.«

»Seine Stellung in Irland festigen!« höhnte Reevnarg. »Wenn er es kaum schafft, unter den Yorks in England Frieden zu halten! Wir sind zu weit entfernt von London, als daß die Engländer uns etwas anhaben könnten.«

»Ihr kennt gewiß die Weissagung: Es werden Engländer in Irland sein, solange die Elster hier wohnt«, erwiderte MacNamara darauf.

Die normannischen Engländer waren in den Jahren nach 1100 nach Irland gekommen. Devrogilla O'Ruaire, die schöne Gemahlin eines der irischen Könige, sandte ihrem Geliebten Diarmuid, einem benachbarten König, die Botschaft, er möge sie entführen und zu der Seinen machen. Doch bald darauf änderte sie ihre Gesinnung. Diarmuid aber schleppte sie ohne Rücksicht auf ihr Wehklagen davon. Als Vergeltung verwüstete O'Ruaire das Land Diarmuids und sperrte Devrogilla zur Strafe für ihren Ehebruch lebenslänglich in ein Kloster. Diarmuid, den er verbannte, segelte nach England, wo er den Lords einen Teil Irlands versprach, wenn sie ihm halfen, sein Land zurückzugewinnen. So geschah es dann auch, und 1175 wurde der englische König Heinrich II. als oberster Herrscher Irlands anerkannt.

Devrogilla aber, die im Kloster in ihrer Todesstunde eine Elster auf dem Fensterbrett sitzen sah, weissagte: »Ich fürchte, wir haben Irland verwirkt, denn die Engländer werden bleiben, solange die Elster bleibt.«

Doch als sich im Laufe der Zeit die Anglonormannen irische Frauen nahmen, nahmen sie damit auch irische Sitten und die irische Sprache an. Die englische Herrschaft in Irland schrumpfte auf zwei kleine Gebiete zusammen.

»In Galway oder Dublin richten sie nicht viel Schaden an«, meinte Reevnarg.

»Verflucht sei die ehebrecherische Hure, die sie ins Land brachte!« fluchte MacNamara mit einer Heftigkeit, daß Arrah ihn erstaunt ansah. »Ja, wieder die Schuld eines Weibes«, fuhr er fort. »So wie Eva im Paradies. Alle Übel, von denen Männer heimgesucht werden, haben ihren Ursprung bei den Frauen.«

»Und umgekehrt«, schoß Arrah zurück. »Devrogilla hat Diarmuir angefleht, sie nicht zu entführen.« Sie sah MacNamaras dunkle Augen blitzend auf sich gerichtet.

»Genug davon. Ich will keine Runzel im Gesicht meiner Tochter sehen«, sagte nun Reevnarg.

Reevnarg versuchte Arrahs Stirn zu berühren, doch sie wich seinen blutigen Fingern aus. Er beachtete ihr Widerstreben nicht und fuhr, den Arm um ihre Schultern gelegt, fort: »Nun, meine Schöne, hör auf, dir Sorgen zu machen. Du wärest eine Schönheit, wäre da nicht deine verdammte braune Haut. Aber was soll man machen, wenn die eigene Tochter glaubt, sie sei ein Fischermädchen? Ich frage Euch, MacNamara, ist sie nicht ein prachtvolles Füllen, wenn man von der braunen Haut absieht?«

»Ich habe sie schon an dem Abend bewundert, als mein Vater den Angriff unternahm. Sie und ihren anmutigen Fuß, doch Eure Tochter scheint sich aus Bewunderung nicht viel zu machen.«

Arrah sah MacNamara scharf an. »Ich nenne es nicht Bewunderung, wenn man zum Tanz förmlich gezwungen wird.«

Arrah sah, wie ihr Vater MacNamara zublinzelte. »Ja, ja, eigensinnig ist sie obendrein.« Reevnarg reichte MacNamara den Adler, und ehe Arrah sich zur Wehr setzen konnte, hatte ihr Vater ihren Arm gepackt und den Ärmel hochgeschoben. »Seht diese Narben!«

Arrah riß ihren Arm los. Sie wollte mit MacNamara nichts zu schaffen haben, wollte vor allem nicht, daß er sie ansah.

Ihr Vater ließ sich nicht beirren. »Sie war noch ein Kind, als sie einen meiner Adler entkommen ließ. Damals hätte ich fast einen Heiligen erschlagen mögen. Aber sie lief zurück und blieb drei Tage in den Hügeln. Dann kam sie mit dem Adler und mit diesen Wunden heim. Ja, sie ist ein richtiger Wildfang. Deshalb ist der Joyce für sie der Richtige. Er hat viel Erfahrung mit Frauen und wird ihre Wildheit zähmen.«

»Dazu wird er mehr als nur Erfahrung benötigen. Um mit ihr Schritt zu halten, bedarf es eines guten Atems«, lautete MacNamaras Antwort.

Arrah spürte den Blick seiner schwarzen Augen auf sich, aber sie war in diesem Moment zu wütend, als daß es ihr etwas ausgemacht hätte. Ungestüm befreite sie sich aus dem Arm ihres Vaters. »Ich will den Joyce nicht zum Mann!«

»Tochter, ich möchte vor Gästen keine Widerworte!«

»Ich heirate, wen ich will, wann ich will... falls ich überhaupt will.«

Da packte ihr Vater sie unsanft am Arm. Seine Gutmütigkeit war wie weggeblasen. »Du bist meine Tochter und wirst heiraten, wen ich dir zum Gemahl bestimme. Deinen Ungehorsam kann ich nicht länger dulden!«

»Was bin ich denn? Eine Zuchtstute, die man für ein Dutzend Kühe austauscht und begattet...«

»Du bist ein Weib! Deine Pflicht ist es, Söhne in die Welt zu setzen.«

»Wie kommt es dann, daß meine Mutter ihre Pflicht nicht erfüllt?«

Die Ohrfeige des Vaters brachte sie zum Schweigen. »Du wirst tun wie dir geheißen.« Er langte in seine Jagdtasche und zog den toten weißen Vogel hervor, dessen Kopf über der blutig aufgerissenen Kehle leblos von einer Seite zur anderen baumelte. »So, jetzt nimm dies und sage der Köchin, ich möchte heute zu Abend eine gebratene Taube verspeisen. Auf See werde ich noch genug Fisch vorgesetzt bekommen.« Er warf ihr den Vogel zu.

Arrahs Reaktionsvermögen hätte nicht besser sein können. Geschickt fing sie den Vogel auf, um ihn blitzartig wieder ihrem Vater zuzuwerfen. Dabei zielte sie auf seinen Kopf, so daß er mit einem Sprung ausweichen mußte. »Ich nehme deinen verdammten Vogel nicht!« Die Röcke raffend lief sie los.

Sie lief zum Klippenufer zurück. Dort sah sie, daß das Schiff die Insel der Adler passiert hatte und auf südlichem Kurs weitersegelte. Die Segel wurden immer kleiner, während es wie ein großer, anmutiger Vogel vom Wind in die Ferne getragen wurde. Verdammt! Sie würde den Joyce niemals heiraten!

3. KAPITEL

Die Züge von Brion, dem Chieftain der MacNamaras, der in seiner Jugend als schöner Mann gegolten hatte, waren wutverzerrt. Erbost durchmaß er die Haupthalle von Knockmoyle Castle und traktierte Hunde, Möbel und Gesinde mit Fußtritten. Die Insel der Adler, die einstmals generationenlang den MacNamaras gehört hatte, war ihnen vor vielen Jahren in einem blutigen Kampf von Reevnarg O'Donnell entrissen worden.

Am anderen Ende seiner Banketthalle angelangt, hieb er mit den Fäusten gegen die Steinmauer, bis seine Knöchel bluteten. Er hätte Seaghan töten sollen, als sich die Möglichkeit bot. Er hätte ihn töten sollen, gleich nachdem dieser aus dem Leib seiner Mutter gekommen war, und er hätte ihn den Krähen und Raben zum Fraß aufhängen sollen, die ihm die Verräteraugen ausgehackt hätten! So viel Verrat vom eigenen Sohn! Wer hätte das nur für möglich gehalten! Als erstes hatte Seaghan unter dem Dach des Vaters Ehebruch begangen, und jetzt dieser Verrat! Den Urfeind Reevnarg vor dem Angriff zu warnen! Seinen Vater daran zu hindern, sich die Insel der Adler wieder anzueignen!

Brion ging ans Fenster und stieß den Laden mit so viel Kraft auf, daß die Scharniere ächzten.

Dereinst, vor langer Zeit, war er glücklich gewesen. Er und Reevnarg O'Donnell waren wie zwei Lämmer gewesen und hatten unbekümmert auf der Weide umhergetollt. Als Knaben hatten sie gemeinsam mit Cormac Joyce gelernt, Pfeil und Bogen zu handhaben. Damals waren die Frühjahre mild gewesen und die Sommer sanft. Dann war die Jünglingszeit gekommen. Die Jagd auf den ersten Elch, der Sieg über den ersten Feind und die Wonnen mit der ersten Frau. Die Jagd, der Kampf, die Frauen. Dies war die Reihenfolge der wichtigsten Dinge in seinem Leben.

Später hatte er sich in Arrah, die Schwester seines besten Freundes Reevnarg, verliebt. Aber Arrah war einem anderen angetraut. Sein Rivale war außer Landes und verhandelte in England über die Bildung neuer Herrschaftsgebiete in Irland. Arrah war voller Leidenschaft, wild und eigensinnig. Stets hielt sie ihr Antlitz dem

Wind entgegen. Er liebte sie, liebte sie mehr, als er je für möglich gehalten hätte.

Ihre Liebe war sündig und verstieß gegen sämtliche Gesetze Irlands, der Christenheit und des eigenen Verstandes, und doch konnte keiner sie im Zaum halten. Sie lebten für die Nacht, in der sie sich in den Armen des anderen vergessen konnten. Und die Liebe brachte sie dazu, von wahnwitzigen Plänen zu sprechen. Flüsternd besprachen sie sich, ihren Gatten bei seiner Rückkehr zu töten.

Brion, der niemanden mit dieser Tat betrauen wollte, hatte vor, sie selbst auszuführen, und Arrah bestand darauf, mit ihm zu gehen. Gemeinsam machten sie sich im Dunkel der Nacht auf den Weg und legten sich hinter einem Geröllhaufen an der Wegkreuzung in den Hinterhalt. Die Wartezeit nutzten sie für die Liebe.

Brion und Arrah ahnten nicht, daß Reevnarg ihrem Gemahl in jener Nacht das Geleit gab. Als Brion ihn töten wollte, stand Reevnarg Arrahs Mann bei und verwundete Brion. Die als Magd verkleidete Arrah, deren Gesicht von einer Kapuze verhüllt wurde, stürzte unerschrocken hinter den Felsbrocken hervor, um dem Geliebten zu Hilfe zu eilen, denn Reevnarg war ein gefürchteter Kämpfer.

In der Dunkelheit sah er nicht, daß er sein Schwert in die Brust der eigenen Schwester stieß. Erst als sie auf dem Boden niedersank und die Kapuze zurückglitt, erkannte er, wen er vor sich hatte. In diesem Moment schwor Brion, das Haupt der Geliebten Arrah im Schoß, Reevnarg ewige Rache. Der Mann, der sein bester Freund gewesen war, wurde nun sein Feind für alle Zeiten. Zwischen den O'Donnells und MacNamaras tobten fortan Kämpfe, und es herrschten Raub, Plünderungen und Mord. Die MacNamaras verloren die Insel der Adler an Reevnarg. Und jetzt hatte Reevnarg Brions verräterischen Sohn bei sich aufgenommen.

Brion hatte später eine andere zur Frau genommen, die Seaghans Mutter geworden war. Da sie starb, als Seaghan noch ein Knabe war, hatte Brions ganze Liebe seinem Sohn gegolten. O Gott, wie glücklich war er gewesen, als er seinen Sohn im Sattel der MacNamara-Hengste sah! Wie stolz machte es einen Vater, wenn er mit ansehen konnte, wie sein Sohn das Schwert immer geschickter führte, bis er praktisch unbesiegbar wurde. Der Knabe wurde zu einem ungewöhnlich schönen Mann und zu einem immer besseren Jäger und Krieger. Seaghan MacNamara war wie ein Gott unter Menschen.

Eine dritte Frau gebar Brion einen zweiten und dritten Sohn, diese aber konnten es mit ihrem älteren Bruder nicht aufnehmen. Niemand zweifelte daran, daß Seaghan zum Tanaist, zum Stellvertreter des Clan-Oberhauptes, werden würde. Es war für einen Vater die größte Ehre, wenn sein Sohn dazu erkoren wurde. Häufig machten die Clans einen Neffen oder Bruder zum Chieftain.

Frauen waren schwache Geschöpfe, ständig in Gefahr, einem Leiden zum Opfer zu fallen. Auch seine dritte Frau verstarb, und Brion betrauerte sie nicht. Seine Leidenschaft für Arrah war zu groß gewesen, als daß er jemals wieder Liebe für eine andere empfunden hätte.

Er vermählte sich ein viertes Mal, diesmal mit einer Frau namens Tiltiu.

Seaghans männliche Schönheit sorgte indessen schon für viel Aufsehen unter den Frauen. Über seine sexuelle Unersättlichkeit und seine Männlichkeit wurde allenthalben getuschelt. Auch Tiltiu kam dieses Gerede zu Ohren. Tiltiu und Seaghan... Hatten sie Brion MacNamara für einen Narren gehalten? Hatten sie geglaubt, ihm wären die Blicke zwischen ihnen entgangen? Die hastigen, viel zu hastigen Blicke aus niedergeschlagenen Augen?

In jener Nacht hatte ein Unwetter getobt, Donner hatte Brions Schritte übertönt, als er sich in die Kammer seines Sohnes stahl. Plötzlich war die Dunkelheit von einem Blitz erhellt worden, und er hatte Tiltiu rittlings auf Seaghan gesehen, auf dessen erigiertem Phallus. Ihr Antlitz mit dem aufgerissenen Mund hatte eine Ekstase widergespiegelt, die er, Brion MacNamara, in den ganzen fünf Jahren ihrer Ehe nicht in ihr zu erwecken vermocht hatte.

Allmächtiger! Wie grausam war Gott, wenn er zuließ, daß ein Mann mit ansehen mußte, daß der eigene Sohn sein Weib beglückte!

Brion MacNamara schrie es zum Himmel empor: »Im Namen Gottes schwöre ich, daß ich nicht rasten noch ruhen werde, ehe ich nicht meinen Ältesten getötet habe!«

Als Arrah sich der Burg näherte, vernahm sie die Töne eines Pfeifers, Töne, die ihr ansonsten sehr willkommen waren, da sie einen Gast ankündigten. Oft war sie an den Strand gelaufen, um den Neuankömmling zu begrüßen, in ihrer momentanen Niedergeschlagenheit aber hatte sie jetzt nicht das Verlangen danach.

Die Adlerburg war ein hoher, vierstöckiger Wehrbau, von zwei Fuß dicken Steinwällen umgeben.

Verglichen mit einigen Burgen auf dem Festland, deren Mauern eine Dicke von zwölf Fuß hatten, wirkte die Adlerburg klein und angreifbar. Doch es bestand wenig Notwendigkeit für schwere Befestigungsanlagen, da eventuelle Angreifer von der Dünung des Atlantiks abgeschreckt wurden.

Von einigen flachen Stellen abgesehen, war die Küstenlinie im Westen abweisend und schroff, aus steil aufragenden Felsplatten gebildet, die so scharf waren wie Glasscherben. In Minutenschnelle konnte sich der Himmel verfinstern, Windböen konnten ein Schiff erfassen und es gegen diese Felsen werfen, ehe es der Besatzung gelang, die Segel einzuholen. In der schlechten Jahreszeit wehte ein füchterlicher Wind, heulend und gierig, der tosend nach Opfern verlangte.

Von der Adlerburg ging die Sage, daß sie trotz ihrer bescheidenen Wehranlagen uneinnehmbar sei, da in ihren Grundmauern eine Frau bei lebendigem Leibe eingemauert worden wäre. St. Columkille, Gründer des schottischen Iona, hatte einen seiner Mönche lebend unter den Grundmauern seiner Abtei begraben lassen. In zahlreichen anderen Burgen und Klöstern waren Männer, Frauen, ja auch Kinder eingemauert worden, um dem Gebäude Kraft zu verleihen. Des Nachts konnte man zuweilen den Geist der Frau über die Festungsmauern der Adlerburg wandeln sehen. Und jedesmal folgte ihrem Erscheinen ein Todesfall.

Arrah hatte den Geist noch nicht gesehen, doch die Wachen redeten davon, ebenso wie ihre Mutter und zu ihren Lebzeiten ihre Großmutter. Als Kind hatte Arrah sich vorzustellen versucht, wie es wohl sein mochte, lebendig eingemauert zu werden, den Druck des Mörtels gegen Nase und Mund zu spüren, sich gegen die Fesseln zu wehren. Nicht ein einziges Mal ging sie über den Burghof, ohne an den Geist zu denken.

Debrogail war neben einem Brunnen in der Mitte des Hofes an der Arbeit. Mit gerafften Röcken stand sie in einem großen Holzzuber und bot mit ihren bis zu den Knien entblößten bläulich verfärbten Beinen einen etwas lächerlichen Anblick. Ein frischgefärbtes Bündel Tuch mußte ein letztes Mal ausgeschwemmt werden. Bres, Seaghan MacNamaras Clan-Angehöriger, stand in der Nähe und lachte und neckte sie.

Arrahs Mutter war auf ihre gefärbten Stoffe sehr stolz, da sie daraus für sich und ihren Gemahl Mäntel fertigte, die in Irland nicht ihresgleichen hatten. Die buntgefärbten Umhänge der irischen Chieftains prangten meist in Rot oder Safran, doch die Umhänge und Mäntel von Reevnarg und Margaret waren von tiefem Purpur, einer seltenen und hochgeschätzten Farbe.

Gewöhnliche blaue Farbe wurde aus Blaubeeren hergestellt, Margaret aber pflegte ihre Frauen zum Sammeln von ganz bestimmten, selten vorkommenden, Wellhornschnecken genannten Schalentieren auszuschicken. Immer wenn die Frauen auf eines dieser raren Tiere stießen, herrschten eitel Freude und Jubel bei ihnen.

Margaret hielt diese Wellhornschnecken lebendig in Fässern in einer dunklen kühlen Kammer in einem der unteren Burggeschosse.

Die Gewinnung der Farbe aus den Schalentieren erforderte so viel Genauigkeit, daß Margaret mit dieser Arbeit niemand anderen betraute und sie lieber selbst tat.

Mit einem Nadelstich zwischen die Schalen holte sie eine weiße Ader heraus, die einen Tropfen der Farbflüssigkeit abgab. Dann legte sie das Tier zurück ins Faß und wiederholte den Vorgang nach einigen Tagen, bis der Farbstoff in der Wellhornschnecke erschöpft war, die nun den Katzen zum Fraß vorgeworfen wurde.

In Arrahs Kinderzeit hatten Debrogail und Arrahs Großmutter eines frühen Morgens ein schönes Lied gesungen, von einem Prinzen und einer Prinzessin, die einander liebten, obwohl ihre Väter sich im Krieg befanden. Prinz und Prinzessin wollten sich eines Nachts heimlich treffen. Ein Unwetter kam auf. Ohne des Sturmes zu achten, fuhren die beiden in kleinen Booten von ihren Inseln aus zum Stelldichein. Die Boote wurden ein Opfer der Wellen, die Liebenden ertranken.

Ihr Mut weckte das Mitgefühl der Götter, die sie in Wellhornschnecken genannte Meerestiere verwandelten, da Purpur eine Mischung aus Blau, dem Symbol der Treue, und Rot, der Farbe von Mut und Leidenschaft, ist.

Damals hatte Arrah lange an den Mut der Liebenden denken müssen, die dem Sturm trotzten, um zusammensein zu können, und an die spitze Nadel ihrer Mutter, die die weiße Ader ausstach. Sie dachte an die Finsternis in der Färbekammer, an die Tiere in den Eichenfässern und an den Geruch der aufgebrochenen Schalen.

Die kleine Arrah rief Debrogail, nachdem Margaret sich zur Ruhe gelegt hatte. Gemeinsam machten sich die zwei Mädchen daran, die Fässer mit den Wellhornschnecken an die Küste zu schleppen. Prinz und Prinzessin waren nicht in Meerestiere verwandelt worden, um mit Nadeln gestochen und den Katzen vorgeworfen zu werden.

Doch die Mädchen hatten eben mit großer Mühe das erste Faß ans Wasser geschleppt, als Naira sie entdeckte und schreiend zu Margaret lief.

Margaret, die außer sich geriet, befahl beide Mädchen in die Färbekammer. Dort streute sie getrocknete, harte Erbsen auf den Boden. »So, ihr beide kniet hier nieder und betet zum lieben Gott um Vergebung für eure Untat. Ihr bleibt auf den Knien, bis man euch zum Abendbrot ruft.«

Kaum hatte sich die Tür hinter Margaret geschlossen, als Arrah und Debrogail sich erhoben.

»Arrah, du bist Beelzebubs dumme Gans«, schalt Debrogail und rieb sich die Knie, auf denen die Erbsen Abdrücke hinterlassen hatten.

»Wenn ich Beelzebubs dumme Gans bin, dann bist du Beelzebubs noch viel dümmere Gans, weil du mir geholfen hast«, sagte darauf Arrah, die sich ebenfalls die Knie rieb.

»Und Naira ist eine feige Verräterin.«

»Ach, am liebsten würde ich ihr den Kragen umdrehen«, tobte Arrah.

Unverzüglich machten sie sich daran, die Erbsen kreisförmig zum Togaim-Spiel zu ordnen. Sie trachteten nun, die Erbsen wie Murmeln wegzuschießen.

In das Spiel vertieft, nahmen sie plötzlich wahr, daß von den Steinen Dampf aufzusteigen begann... Arrah war begeistert vom Nebel und wollte den Stein anheben, um festzustellen, woher der Dampf käme, doch die entsetzte Debrogail rief nach Mistreß Margaret.

Kaum sah Margaret den Dampf, als die Bestrafung der Mädchen vergessen war und sie aus der Kammer gescheucht wurden. Entzückt, wieder frei zu sein, liefen Arrah und Debrogail kichernd davon.

Seit langem hatte Arrah nicht mehr an diesen Vorfall gedacht. Doch als sie jetzt Debrogail mit den blauverfärbten Beinen sah, fiel ihr alles wieder ein. Der aufsteigende Dampf stand vermutlich mit dem Färbeprozeß in Verbindung, einem Vorgang, den Arrah haßte. Insgeheim war sie froh, daß sie nicht mehr gezwungen war mitzuhelfen. Debrogail als Magd war nicht so gut dran.

Kaum setzte bei Arrah die Monatsregel ein, als Margaret behauptete, daß es für die zur Frau gewordene Arrah unschicklich sei, Mägde zu Freundinnen zu haben. Trotz Margarets Protesten hatten die beiden jungen Mädchen ihre Freundschaft bis zu Arrahs vierzehntem Sommer fortgesetzt, so lange, bis Margaret verlangt hatte, Debrogail solle Arrah Mistreß nennen. Diese Anrede hatte im Laufe der Jahre eine unüberwindliche Schranke zwischen Debrogail und Arrah aufgerichtet. Es war eine Schranke, die Arrah immer noch bedauerte, besonders dann, wenn sie die lachende Debrogail sah und daran denken mußte, wie sie als Kinder Freud und Leid geteilt hatten.

Ganz plötzlich verstummte das Lachen von Debrogail und Bres.

»Bres, Bres! Wo bist du?« rief Naira.

Bres stahl sich davon und verschwand im Rinderstall.

Naira, die aus der Kapelle kam, ging in ihrer gewohnten hochmütigen Haltung auf Arrah zu. Diese sah, daß ihre Schwester eines ihrer schönsten Gewänder trug, ein Kleid in Purpur, Blau und Silber mit hoher Taille. Nairas Augen waren von stetigem, kaltem Blau.

»Hast du Bres gesehen?« fragte Naira Arrah.

Arrah sah zu Debrogail hin, die mit aller Kraft bloßfüßig das

Schwemmwasser schäumen ließ und ihr Gesicht gesenkt hielt. »Ich glaube, ich habe ihn vorhin mit Vater und den Adlern auf die Pirsch gehen sehen«, log Arrah, der nicht entging, daß Debrogail unmerklich lächelte und dabei ihre Füße noch schneller im Wasser bewegte.

»Wie kommt es nur, daß Vater jeden Mann, der Interesse für mich bekundet, auf die Jagd mitnimmt?« fragte Naira.

»Du kannst gern meinen haben«, sagte Arrah. »Vater hat mich mit dem Joyce verlobt.«

»Von deinen alten, abgelegten Freiern habe ich genug«, stieß Naira verbittert hervor. »Diesmal habe ich mir selbst jemanden erwählt.« Nairas verstorbener Gemahl hatte erst um Arrah angehalten. Als diese ihn abwies, hatte er um Naira geworben.

»Schwester, du weißt gar nicht, was dir entgeht. Vater sagt, der Joyce hätte noch viel Metall in seiner Klinge«, spottete Arrah.

Nairas Sinn für Humor war nicht sehr ausgeprägt. »Dann behalt ihn doch«, fuhr sie Arrah an und ging zurück zur Kapelle.

Arrah zwinkerte Debrogail zu.

»Dank Euch, Mistreß, daß Ihr nichts von Bres und mir verraten habt.« Debrogail lächelte ihr zu. Arrah hatte sich nie daran gewöhnen können, von Debrogail Mistreß genannt zu werden, deshalb klang es ihr auch jetzt unnatürlich in den Ohren. Du bist Beelzebubs dumme Gans, wenn dir ein Mann gefällt, auf den Naira ihre Augen geworfen hat, hätte Arrah am liebsten gesagt. Zu gern hätte sie von ihrer Kinderfreundschaft wieder etwas aufleben lassen. Sie wollte bei Debrogail ihr Herz ausschütten, weil sie einen Mann heiraten mußte, den sie nicht wollte. »Sei lieber auf der Hut«, sagte sie statt dessen ganz ernst. Einmal in Wut geraten, konnte Naira unberechenbar sein.

Normalerweise wäre Arrah zum Vordereingang der Burg gegangen, wo sie innegehalten hätte, um mit Paddy Ohnebein zu schwatzen.

Paddy Ohnebein hatte beide Beine durch Haie verloren, als er einmal auf einem von Reevnargs Schiffen über Bord gegangen war. In ihrer Kindheit hatte Arrah viele Stunden mit Paddy Ohnebein verbracht und seinen Geschichten gelauscht, die vom Meer, vom Wind und den Sternen handelten. Er hatte kleine Tonfiguren für sie gemacht, Enten, Gänse, Hunde und Schweine, ja sogar Segelboote, die dann in der Küche gebrannt wurden. Mit diesen Figürchen hatten Debrogail und sie gespielt.

Immer wenn Paddy Arrah sah, kam die Frage: »Na, Mädel, wie steht's mit der Ente, die ich für dich gemacht habe? Benimmt sie sich auch anständig?«

Arrah ging auf Paddys Spiel gutmütig ein. »Ja und wie«, lautete ihre freundliche Antwort.

Mit den Jahren hörte sie auf, mit Paddys Tieren zu spielen, doch er hörte nicht auf, die Figürchen zu kneten. »Arrah, Mädel, dieses Schiff, das ich für dich geformt habe... Gesunken ist es wohl nicht, aber segelt es auch richtig?«

Sie hatte einmal ungeduldig reagiert. »Ich spiele nicht mehr mit Spielzeug.«

Da waren Paddy die Tränen in die Augen geschossen. »Jetzt will niemand mehr Paddys Sachen.«

»Ach, das war ja nur ein Scherz, Paddy«, hatte sie ihn beruhigt und das kleine Tonschaf aus seiner Hand entgegengenommen. Danach hatte sie ihn immer angeschwindelt. »Ja, die Lämmer fressen brav und gedeihen gut... ja, die Entchen schwimmen alle... die Mutter und alle ihre Jungen...« Und jedesmal verzog er sein häßliches Affengesicht zu einem Lächeln. Nie hatte sie das Herz, ihm zu gestehen, daß die Figürchen ihr nichts mehr bedeuteten und im Meer landeten.

Heute aber war Arrah gar nicht danach, Paddy Ohnebein eine Freude zu bereiten, deshalb lief sie zur Hintertür.

Sie kannte den Mann nicht, den sie heiraten sollte, sie wußte jedoch, daß sie ihn nicht wollte. In alten Zeiten hatte kein Mädchen den vom Vater für sie Bestimmten heiraten müssen. Das Flaggschiff ihres Vaters, die ›Maeve‹, war nach der Kriegerkönigin von Connacht benannt. Von ihr wußten die Barden zu singen, daß sie keinem Mann angehören wollte, ehe er sie nicht im Schwertkampf besiegt hätte, und daß, wenn sie einen liebte, bereits zwei andere in dessen Schatten ihrer harrten. Ein anderes Schiff ihres Vaters hieß ›Skatha‹. Auch Skatha war eine Kriegerin gewesen, geübt in allen Kampfarten, nicht nur mit Schwert und Schild, sondern auch im Kampf mit der Streitaxt. Wie kam es, daß Frauen sich in alten

Zeiten ihre Geliebten und Ehemänner selbst wählen durften? Daß sie leben konnten, wie es ihnen beliebte, und nicht dazu verdammt waren, Strickarbeiten zu machen oder Stoffe zu färben wie ihre Mutter? O Gott, wie sie dieses graue Einerlei haßte!

Bran, einer der großen Wolfshunde ihres Vaters, wedelte winselnd mit dem Schweif, als er sie sah. Größer als ein Fohlen, lag das graue, struppige Tier vor der Küche an der Kette. Arrah streichelte ihn, und er stieß ihr dankbar die feuchte, kühle Schnauze in die Hand.

Eine mit Küchenabfällen halbgezähmte Elster hockte in einiger Entfernung auf einem Abfallhaufen. Sie flatterte auf und stieß sogleich wieder herunter, um Haaresbreite an den Fängen des Hundes vorbei, um diesen zu reizen. Arrah fielen MacNamaras Worte ein. Ihr kennt die Weissagung: *In Irland wird es Engländer geben, solange die Elster hier wohnt.* Wieder stieß die Elster herunter, diesmal aber verschätzte sie sich in der Entfernung. Der Hund sprang auf, die Kette spannte sich, Kiefer schnappten zu. Ehe Arrah erfaßte, was vor sich ging, zerriß der Hund den Vogel mit federn- und blutverschmiertem Maul in Stücke. Arrah wandte den Blick ab.

Ein ekelerregender Geruch nach verbranntem Haar, naß und feucht, erfüllte die Küche. Der größte Teil des Raumes wurde von einer gewaltigen, zwölf Schritt langen Feuerstelle, über der Küchengeräte und geschwärzte Töpfe hingen, eingenommen.

Neben der Feuerstelle raschelte es. Arrah sah Hinterbacken, die sich stoßweise vor und zurück bewegten, vor der blanken Mauer, wie es zunächst schien, die Hinterbacken eines Mannes. An den mausartigen wirren Haaren am Hinterkopf und den schmalen, vornübergebeugten Schultern erkannte sie, daß der Halbentblößte einer der Seeleute ihres Vaters war. Doch es war nicht die Mauer, gegen die er stieß, denn auf seinen Schultern sah Arrah kleine Finger, und sie hörte das erregte Stöhnen einer Frau.

Nichts an der Szene war für Arrah überraschend. Diener, Leibeigene und Krieger paarten sich, mit wem sie wollten, sooft sie wollten. Sie wechselten Bettgefährten und -gefährtinnen so leicht, wie eine Kuh alljährlich im Frühling ihr Fell wechselte. Die Küchendirne durfte sich den Geliebten selbst wählen, Spatzen und

Krähen wählten ihren Gefährten, doch sie, Arrah O'Donnell, mußte den zum Gemahl nehmen, den ihr Vater ihr bestimmt hatte.

»Bridgett!« rief Arrah ärgerlich. Erschrocken fuhr der Seemann herum. Sein Mund blieb vor Verblüffung offen. Hinter ihm stand das Küchenmädchen, ein mürrisches dunkeläugiges Ding, dessen Kopftuch verrutscht war. Ihr Gesicht war wie vom Laufen gerötet. Die Röcke waren ihr wieder heruntergeglitten, als der Mann von ihr abließ.

»Was stinkt hier so grauenhaft?« wollte Arrah wissen.

»Das sind die Hühnerfedern, die ich siede.« Bridgett rückte ihr Tuch zurecht und strich mit der Hand über ihre Brust. Der Seemann bewegte sich zur Tür hin, doch Bridgett faßte nach seiner Hand und hielt ihn zurück. Ihre Zähne, klein und weiß wie die eines Kindes, waren beim Reden zu sehen. »Die Mistreß, Eure Mutter... sie hat einen Fettfleck im Kleid. In ihrem roten und schönsten, deswegen wollte sie, daß ich den Fleck herausmache. Und es gibt hierfür nichts Besseres als gekochte Hühnerfedern.«

Der Gestank war so scheußlich, daß Arrah sich die Nase zuhielt. Als sie aus der Küche ging, hörte sie hinter sich wieder Bewegung und Bridgetts Kichern, als die zwei dort weitermachten, wo sie von Arrah gestört worden waren.

Margaret war nicht in der großen Halle, nur ihr Nähbeutel lag auf einem Tischchen neben ihrem Stuhl. Die Schere! Arrah wollte danach greifen, zog aber die Hand zurück, als ihre Mutter mit zwei Gästen, einem hochgewachsenen schlanken Graukopf und einem jüngeren Mann, eintrat. Margaret erschien in einem Gewand aus fließender purpurner Seide, mit Goldstickerei um die Mitte, ein Zeichen dafür, daß der ältere Besucher ein Mann von Bedeutung sein mußte.

Die Haltung des Älteren zeigte an, daß Margaret ihn betört hatte. Seit frühesten Kindertagen hatte Arrah die Wirkung beobachtet, die ihre Mutter auf Männer ausübte. Mit ihren Haselnußaugen schien Margaret alle Männer ohne Rücksicht auf Rang und Herkunft zu bezaubern.

Das Haar des Älteren war grau wie sein Bart. Sein weiter Umhang und die goldene Brosche, die diesen zusammenhielt, kennzeichneten ihn als Chieftain. Der jüngere Mann hatte helles, fast weißes Haar, sein Auftreten war anmaßend und wichtigtuerisch, obwohl er klein von Wuchs war, kleiner als Arrah. Seine Rechte umfaßte ständig den Schwertgriff.

»Arrah«, ließ ihre Mutter sich vernehmen, »dieser Herr ist deinetwegen hier.«

Arrah bedachte den Fremdling mit einem finsteren, abweisenden Blick. Was hatte ihr Vater vor? Wollte er sie an den Meistbietenden verhökern wie ein Schaf auf dem Markt?

Ihre Mutter und die Männer traten näher. »Arrah, mein Kind, das ist Cormac, Chieftain der Joyce, und sein Neffe Glundel, der Tanaist.«

Cormac griff in einer überschwenglichen, Beglückung ausdrükkenden Geste nach Arrahs Händen. »O Arrah, du bist jedesmal schöner, wenn du mir vor Augen kommst.«

Die zurückweichende Arrah schaute ihn an, Gewitter im Blick. Das also war der greise Narr, den sie nach dem Willen ihres Vaters heiraten sollte! In ihren Augen war er wie ein lahmes Roß – ein salbungsvolles zudem. Und Glundel – sein Name bedeutete soviel wie ›weißes Knie‹ – tat nichts, als seinen Schwertgriff zu umfassen, als würden sich plötzlich aus der Luft Feinde auf ihn stürzen.

Der Joyce räusperte sich dezent. Ein Ausdruck des Unbehagens und der Verwirrung huschte über sein Gesicht. Dennoch bewahrte er Haltung, wandte sich an Margaret: »Euer eigenes gutes Herz muß übergehen vor Stolz und Freude, wenn Eure schönen Augen sie erblicken. Es ist unverkennbar, woher sie ihre Schönheit hat – man muß nur die Mutter ansehen.«

Margaret errötete tief. Der Gast beugte sich ganz nahe zu ihr hin. »Ach, solch Erröten habe ich seit meiner Knabenzeit nicht mehr gesehen, als ich, kaum der Unmündigkeit entwachsen, mit Mädchen tändelte.«

»Nach allem, was ich hörte, möchte ich wetten, daß Ihr mit den Mädchen gehörig getändelt habt.«

»Ja, ich war mit guten Frauen gesegnet. Alle waren sie gut. Nun habe ich zwölf der lieblichsten Töchter, die ein Mann sich nur wünschen kann. Lieblich wie die Monde des Jahres. Jede einzelne.« Er blickte zu Boden. »Leider waren meine Frauen… nicht von starker Gesundheit. Ich verlor kürzlich meine geliebte Cathleen.«

Margaret schlug ein Kreuz. »Gott sei ihrer Seele gnädig.«

Arrah sah sie an. »Vielleicht wäre es um die Kräfte Eurer Frauen besser bestellt gewesen, wenn Ihr weniger Zeit damit zugebracht hättet, ihnen Kinder einzupflanzen.«

»Arrah, solche Dreistigkeit dulde ich nicht! Der Joyce hat die weite Fahrt nicht unternommen, um sich Schmähungen anzuhören.«

Doch der Joyce drückte Margarets Hand. »Nicht doch, holde Lady. Scheltet sie nicht. Sie ist jung und feurig, wie die Jugend eben ist. Wir haben viel Zeit, sie zu bändigen.«

Reevnarg, der nun die Halle betrat, begrüßte den Gast mit dröhnender Stimme. »Cormac, alter Freund. Willkommen! Willkommen unter meinem Dach!« Er übergab den Vogel einem Diener mit der Anordnung: »Gib ihm ausreichend Futter. Er hat heute viel geleistet.«

»Mein alter Freund!«

»Ach, könnte ich einige des irischen Clans so zu meinen Freunden zählen wie dich, Cormac, dann wäre ich glücklich dran«, sagte Reevnarg. Die zwei Männer umfaßten gegenseitig die Unterarme in der förmlichen, unter Chieftains üblichen Begrüßung. Dann legten sie sich die Hände auf die Schultern und standen sich lächelnd gegenüber.

Arrah war erleichtert, daß der schwarzbärtige Seaghan MacNamara nicht zugleich mit ihrem Vater eingetreten war. Sie hoffte inständig, er wäre von den Klippen gestürzt und von den Haien gefressen worden.

»Glundel, ich sehe im Gesicht deines Onkels Sorgenfalten«, bemerkte nun Reevnarg.

»Keine Sorgenfalten, sondern Kummerfalten. Meine Cathleen ist nicht mehr von dieser Welt«, gab Cormac selbst die Antwort.

Reevnarg zog ihn an sich, und die zwei Männer umarmten sich kurz.

Cormac wischte eine Träne ab, die über seine Wange rollte. »Der Himmel ist nun schöner, da sie sich dort befindet. In ganz Irland war keine von sanfterem Wesen. Als sie noch bei Kräften war, weckte sie mit ihrem Gesang Sonne und Vögel und hieß den Tag willkommen.«

»Wie wahr, eine gute Frau vermag dem Haar auf dem Kopf eines Mannes Gesang zu entlocken. Meine eigene Maggie ist da nicht anders, wenngleich zwei Löffel in einer Holzschüssel wohltönender sind als sie. Ihre Mutter freilich hatte eine schöne Stimme. Und Debrogail, die Magd, singt engelsgleich. Aber meine Maggie hört sich an wie eine Krähe.« Er faßte nach seiner Frau, versetzte ihr einen Klaps aufs Hinterteil, um sie gleich darauf zu kneifen.

Margaret stieß seine Hand weg.

»Ja, ihre süße Stimme fehlt mir am meisten«, sagte nun Cormac. »Doch das Ende bedeutete für sie die Erlösung, denn sie litt an gräßlichen Leibschmerzen. Wir brachten sie an den Ort, wo sich die heilenden Steine befinden, zur Quelle St. Patricks. Drei Tage war sie dort und drückte die warmen Steine an ihren Leib. Sie schien auch wirklich Erleichterung zu verspüren, doch als wir nach Hause zurückkehrten, hatte sie noch mehr Schmerzen. Ein zweites Mal hätte sie das Geholper einer Fahrt in einem Karren nicht mehr überstanden, und keine Heilkräuter vermochten ihr Leiden zu lindern. Ja, ja, wenn der Tod langsam und qualvoll kommt, ist es gar zu schrecklich. Sie hörte nicht mehr auf zu schreien, und was das schlimmste war, ich konnte ihr nicht helfen. Ich konnte ihr nur die Hand halten und zusehen, wie sich ihr Gesicht vor Schmerz verzerrte. Da ist es besser, rasch den Tod durch Feindeshand zu erleiden, als zu leiden wie meine Cathleen. Das Ende war für sie eine Erlösung. Der liebe Gott möge mir verzeihen... solche Qualen hat sie nicht verdient.« Der Joyce bekreuzigte sich. Reevnarg, Margaret und Arrah taten es ihm gleich.

Arrah sah plötzlich den Joyce in einem anderen Licht. Da er so viel Gefühl für seine Frau aufbrachte, konnte sie ihn nicht mehr hassen. Wie oft hatte sie die Seeleute von Frauen sprechen hören, und sie kannte deren grobe Ausdrucksweise: »Fleischbrocken, Zottelstück.« Noch nie hatte sie jemanden von einer Frau so liebevoll sprechen hören! Sie unterzog ihn einer eingehenden Musterung und sah nun an seinen klaren Zügen, daß er einst ein sehr schmucker junger Mann gewesen sein mußte. Seine Haltung verriet Würde und Anmut.

»Nun, wo sie sich jetzt befindet, muß sie nicht mehr leiden«, sagte ihr Vater.

»So ist es. Es heißt, daß zuviel Trauer Unglück bringt und die Seele hindert, in den Himmel zu kommen. Ich habe Cathleen mit einem ordentlichen Leichenschmaus auf den Weg geschickt, mit reichlich Gesang und Tanz. Aber wenn ein Mann so lange mit einer Frau gelebt hat, dann bleibt unwillkürlich Trauer zurück.«

»Dann brauchst du eine neue Frau.«

Arrah biß sich auf die Unterlippe. Jetzt war freilich nicht die Zeit für Wut und Zorn. Sie wußte, was sie zu tun hatte.

»Ja, es wäre schön, wenn ich einen Sohn bekäme. Ich liebe meine Töchter, aber eine Frau kann ihrem Vater nicht als Chieftain nachfolgen.« Der Joyce legte den Arm um die Schulter seines Neffen. »Glundel wurde zum Tanaist ernannt und wird mir als Chieftain nachfolgen. Hätte ich jedoch einen Sohn, dann könnte er wiederum Glundels Nachfolge antreten.«

Nun mischte sich Glundel in das Gespräch. »Mit Arrahs Ländereien, die von ihrer Mutter auf sie übergehen«, er lächelte Margaret zu, »werden die Linien der Joyce und O'Donnells eine Blüte erleben.«

»Es wird höchste Zeit, daß meine Arrah endlich einen Mann bekommt. Sie ist widerspenstig wie ein Frühlingsfüllen. Für eine Frau ziemt sich diese Wildheit nicht. Ein guter starker Mann – fest, aber sanft –, das ist es, was Frauen auf sich spüren wollen, was ihr Gemüt verlangt. Maggie, laß ein Gemach für Arrah und Cormac bereiten, und sorge dafür, daß die Vereinigung von Erfolg gesegnet ist. Nur ungern würde ich ein einziges von Cormacs Schiffen oder eines seiner schönen schwarzen Rinder zurückgeben, nur weil meine Tochter unfruchtbar ist.«

Margaret widersetzte sich. »Es ist Freitag. Der liebe Gott würde Freitag nicht billigen.«

»Ach was, Weib, ich will nichts von deinen Verboten hören. Ich möchte einen Enkelsohn haben. Ja, diese neue Wendung verlangt nach einem Fest. Und in wenigen Monaten, wenn ihr Leib sich wölbt, wird es eine Hochzeit geben.« Er griff in seinen Wildbeutel und holte zwei Tauben hervor. »Sorge dafür, daß dies für mich gebraten wird! Mich gelüstet nach Taubenbraten.«

»Du scherzt. Hast du es vergessen, obwohl ich es dir sagte? Es ist Freitag, und die ganze Heilige Dreifaltigkeit samt der Heiligen

Jungfrau und allen Heiligen werden taube Ohren für deine Gebete haben, wenn du heute nur einen einzigen Bissen Fleisch zu dir nimmst.«

»Schreckliches Frauenzimmer... aus meinen Augen, wenn du so redest wie Pater Thomas. Gewiß wird unser Herr mir nicht einen Bissen Geflügel mißgönnen, wenn ich auf See einen Monat lang von Fisch und Hafermehlbroten lebe.«

»Du bist und bleibst ein Heide und wirst deswegen in der Hölle schmoren.«

»Nach einem Leben auf See kann die Hölle so übel nicht sein.«

Margaret bekreuzigte sich. »Hüte deine Zunge, O'Donnell, ehe der liebe Gott dich hört und dich tot umfallen läßt.«

»Und gib in der Küche Bescheid, daß wir auch Hammelfleisch wollen. Wenn Cormac uns besucht, werden wir nicht Fisch essen.«

»Nein, mein Lieber, am Freitag, Samstag oder Mittwoch rühre ich weder Fleisch noch Geflügel an«, sagte der Joyce.

»Seit wann fürchtest du den Teufel?«

»Man wird älter... und nachdenklicher. Man hat die Schrecken des Kampfes kennengelernt. Deshalb möchte ich nicht in die Hölle. Mein Leben habe ich auf dem Schlachtfeld verbracht, Feuer und Speere ausgekostet. Mir reicht es. Die Hölle überlasse ich lieber den Jüngeren. Ich für meinen Teil möchte einen Sitz im Himmel, vorausgesetzt natürlich, daß er so schön wie Irland ist. Und es heißt, er soll so schön sein.«

»Das versteht sich. Der Himmel ist genauso schön, da er nichts anderes ist als jener Teil Irlands, der nicht auf die Erde gefallen ist.«

Während ihr Vater und der Joyce sich unterhielten, nahm Arrah unbemerkt von allen die Schere aus dem Nähkorb ihrer Mutter. Dann kniete sie lächelnd vor ihrem Vater nieder und küßte seine Hand. »Im Namen der Jungfrau und aller Heiligen, wirst du mir verzeihen, lieber Vater, daß ich mich so hinreißen ließ?«

Erstaunt zog er die dichten Brauen hoch. »Steh auf, Tochter. Natürlich verzeihe ich dir.« Er reichte ihr die Hand und half ihr aufzustehen. Dann legte er den Arm um sie, und Arrah schmiegte den Kopf an seine Schulter. »Arrah, du bist reizend, wenn du so pflichtbewußt und sanft bist, wie es einer Tochter zukommt. Cormac, ich sage dir, du hast mich übers Ohr gehauen, denn manch einer würde mir für Arrah den doppelten Brautpreis zahlen.«

»Mag sein, daß es Männer gibt, die mehr für eine Frau zahlen, doch dann prügeln sie sie ärger als das Vieh auf dem Feld. Ich werde sie liebevoll behandeln.« Er lächelte Arrah zu.

Arrah erwiderte das Lächeln und entdeckte zum erstenmal warme Herzlichkeit in seinen braunen Augen. Jetzt erst sah sie, daß ein Lid schlaffer hing als das andere. Über dem rechten Auge verlief eine Narbe, von einem Dolch oder Schwertstich herrührend. Der Alte konnte von Glück reden, daß er sein Auge behalten hatte, denn manch einer trug eine Binde über einer leeren Augenhöhle. Aber es zogen sich noch andere Narben durch sein Gesicht.

»Mein Vater, ich weiß, daß ich draußen in den Hügeln ungehorsam und keck war. Es geschah aus Zorn darüber, daß ich mir meinen Gatten nicht selbst wählen durfte. Aber jetzt habe ich Cormac, den Joyce, gesehen und mit ihm gesprochen, und ich weiß, daß er stattlich und ehrenhaft ist. Jede Frau würde sich glücklich schätzen, sein Eheweib zu werden.«

Arrah merkte, daß ihre Worte den beabsichtigten Zweck erfüllten, denn Cormac reckte stolz sein Kinn und nahm Haltung an, und die finstere Miene ihres Vaters wurde von einem Lächeln erhellt. Arrah fuhr fort: »Ich füge mich freudig dem Willen meines Vaters und dem meines künftigen Gatten.« Sie neigte den Kopf. »Ich bitte um Vergebung für meine rüden Bemerkungen von vorhin. Ärger über meinen Vater war der Grund, zudem bin ich eine Frau und daher meinen Launen unterworfen. Nichts würde mich mehr beglücken, als heute Euer Lager zu teilen, damit Eure Männlichkeit mir den Weg von der Jungfräulichkeit zur Weiblichkeit weist. Aber zu meinem Leidwesen ist es unmöglich, da ich meinen Monatsfluß habe. Seid gewiß, daß ich Euch begierig empfange, wenn Ihr Euch einige Tage geduldet.« Wieder neigte sie den Kopf.

»Herrjeh, die Weiber und ihre Tage! Wenn ein Mann ein Weib braucht, dann ist sie gewiß unpäßlich. Aus diesem Grund hatten unsere Altvorderen mehrere Frauen.«

Glundel befingerte sein Schwert.

»Aus demselben Grund halten es auch heute noch manche so«, meinte der Joyce darauf.

»Ein Brauch, den die Kirche nicht billigt. Geh jetzt, Tochter, und pflege die Ruhe, damit du bei Kräften bist, wenn dein künftiger Gatte dich begehrt. Cormac, ich gehe auf große Fahrt nach Spanien und Afrika, aber wenn Arrah wieder wohlauf ist, dann stille deine Sehnsucht an ihr. Mögen die Engel und Heiligen euren Bund segnen. Sie wird dir starke Söhne schenken, das spüre ich in meinen Knochen. Du wirst selbst sehen, mein Freund, daß die Verwünschungen von Fischermädchen Humbug sind, nichts weiter als Altweibergewäsch.«

»Kommt jetzt, Reevnarg«, forderte nun Glundel den Burgherrn mit einem Lächeln auf, während er wieder sein Schwert anfaßte. »Da die Gedanken meines Onkels anderweitig beschäftigt sind, wollen wir uns über die Einzelheiten des Brautpreises unterhalten.«

Arrah verließ nach einer Verbeugung die Halle. Sie hatte, was sie brauchte.

4. KAPITEL

Alle Geräusche des Wachzustandes, Harfenklänge, Gesänge, Tanz, Gelächter, waren auf der Adlerburg verstummt, dennoch konnte der neben seinem Onkel liegende Glundel keinen Schlaf finden. Als Ehrengäste hatte man Cormac und Glundel in einer eigenen Kammer ein Nachtlager mit Leinen auf dem Bett bereitet, statt sie wie die gewöhnlichen Seeleute auf dem Boden der Festhalle nächtigen zu lassen. Das Bett war zwar bequem, aber sein Onkel schnarchte wie ein gereizter Bär. Zweimal stieß Glundel grob seinen Ellbogen in Cormacs Seite. Der Alte hatte sich umgedreht, das Schnarchen war für eine Weile verstummt, um sodann wieder einzusetzen. Der alte Narr! Er hätte ihm eins über den Schädel geben können, und alles wäre erledigt gewesen, doch es war günstiger zu warten, bis sie sich an einem abgeschiedenen Ort befanden und er Cormacs Tod als Unfall tarnen konnte. Nach dem Tod seines Onkels würde Glundel als Tanaist Chieftain der Joyce werden. Bis dahin aber mußte er den Ergebenen und Getreuen mimen.

Seit Monaten schon spann er ein Komplott, wie er die strategisch bedeutsame Insel der Adler an sich bringen konnte. Wer diese Insel in der Hand hatte, der kontrollierte die gesamte Schiffahrt an der Westküste und wurde reich. Glundel selbst hatte seinem Onkel vorgeschlagen, sich mit Arrah zu verbinden. Der Alte war ein Narr und hatte immer wieder eingewendet, er sei zu alt für Reevnargs Tochter. Es hatte stetiger Schmeichelei der törichtesten Sorte bedurft, bis Glundel Cormac überredet hatte, um Arrahs Hand anzuhalten.

Glundel dachte an die Bedingungen der Eheschließung.

Es handelte sich um einen besonders komplizierten Erbschaftsvertrag, da Reevnarg sich an eine alte Bestimmung der Gesetze Brehons gehalten hatte. Dieses alte irische Gewohnheitsrecht war bis zum neunten Jahrhundert in voller Gültigkeit, wurde aber durch Mischehen mit norwegischen und anglo-normannischen Invasoren mit der Zeit verwässert.

In alten Zeiten galten Frauen nach dem Gesetz Brehons als gleichberechtigt und besaßen dieselben Eigentumsrechte wie Männer. Im Laufe der Jahre war dieses Recht abgewandelt worden. Frauen durften Vieh und persönliche Dinge wie Webstühle und Tuch besitzen, nicht aber Land, das als Besitz des Chieftains galt.

Reevnarg aber hatte Margaret die Insel der Adler aufgrund einer Wette übertragen.

Da sie über die geheime Gabe der Weissagung verfügte, hatte sie Reevnargs blutigen Sieg vorausgesagt, als er die Führerschaft der O'Donnells unter Beweis gestellt hatte – aber er hatte seinen Angriff bei Vollmond ausführen müssen, sonst wäre er unterlegen gewesen. Reevnarg hatte eingewendet, daß nur Tölpel und Irre bei Vollmond angriffen, wenn der Feind einen deutlich sehen konnte. Zudem glaubte er nicht an Weissagungen, Verwünschungen, Zukunftsvisionen oder Voraussagen, die er samt und sonders als ›Geschwätz hasenfüßiger Weiber‹ abtat.

Margaret aber war so sicher, daß Reevnarg Chieftain würde, daß sie mit ihm eine Wette abschloß. Sollte sich ihre Voraussage als falsch erweisen, wollte sie in eine Scheidung einwilligen, damit er eine andere heiraten und versuchen konnte, einen Sohn in die

Welt zu setzen. Sollte sich ihre Verheißung aber erfüllen, würde er ihr die Herrschaft über die Insel der Adler überlassen.

Ihre Prophezeiung ging in Erfüllung, und Margaret wurde Herrin der Adler. Die Insel würde nun in alle Ewigkeit an weibliche Nachkommen übergehen.

Ursprünglich hatte Margaret geplant, die Insel an Naira, ihre Erstgeborene, zu vererben. Doch nachdem Arrah mit Reevnargs Adler und den Wunden am Arm nach Hause gekommen war, deutete sie dies als Zeichen, daß die Insel der Adler nach ihrem Tod an Arrah übergehen sollte.

Arrah wiederum würde die Insel an ihre Tochter weitergeben.

Starb Arrah jedoch ohne weibliche Nachkommen, sollte die Insel an die Familie ihres Gatten fallen. So lauteten die Bedingungen des Verlobungsvertrages.

Glundel hatte freilich nicht die Absicht, sich daran zu halten. Dem Gesetz nach hatte eine Frau keinen Anspruch auf den Besitz eines Chieftains. War Cormac erst tot, würde Glundel die Insel der Adler unverzüglich als Eigentum des Chieftains der Joyce beanspruchen. Er dachte nicht daran, sich die Insel aufgrund eines alten Gesetzes entgehen zu lassen. Mehr noch, er hatte die feste Absicht, dafür zu sorgen, daß Arrah O'Donnell kinderlos starb.

Dabei würde er mit größter Vorsicht vorgehen müssen. Offen durfte er keinesfalls agieren. Es galt, sich auf geheime Machenschaften zu stützen. Nicht ohne Grund hatte man Reevnarg den Namen ›Roter Kreis‹ verliehen. Seine Härte war sprichwörtlich.

Die Männer der O'Donnells rasten vor Wut, weil sie bei der Nachfolge auf der strategisch wichtigen Insel von einer Frau ausgestochen worden waren. Bei einer Versammlung hatten sie Reevnarg ihren Unwillen auch deutlich spüren lassen. Aber dieser war der einmal eingegangenen Verpflichtung treu geblieben und hatte vor den O'Donnells das Gelöbnis abgelegt, daß jedermann, der Margaret die Insel streitig machen wollte, sich zuvor dem ›Schwert Reevnargs‹ stellen müßte.

Als jemand Protest einlegte, warf Reevnarg ihn zu Boden und schnitt ihm die Kehle durch. Danach wagte niemand mehr, Einwände zu erheben, daß Reevnarg die Insel der Adler einer Frau überlassen wollte.

Der Joyce hatte zu jeder Bedingung des Vertrages genickt wie ein trunkenes Schaf.

Was für ein Führer! Glundels Onkel war nicht mehr als ein schwacher Windhauch. Ein Entenfurz. Wegen einer Frau zu heulen! Jesus, wie Glundel Frauen haßte! Wie sie ihn immer ansahen! So als wäre er ein Stück Hundedreck. Nun, er würde es ihnen gehörig zeigen. Einer Frau Besitz zuzubilligen war die größte Dummheit. Als Chieftain würde er Arrah O'Donnell gehörig in die Schranken weisen. Wieder stieß er seinen Ellbogen Cormac in die Rippen.

Behutsam erhob Arrah sich vom Bett. Sie wünschte nur, sie hätte ihr Herz zur Ruhe bringen können, denn sie war sicher, man würde seine Schläge in der ganzen Burg hören, als sie die schmale Steintreppe von den Schlafgemächern im dritten Stock hinunter zur Festhalle schlich. Als sich ihre Augen an die Finsternis gewöhnt hatten, konnte sie die dunklen Gestalten auf dem Boden unterscheiden, die dort lagen.

Einen Moment lang verspürte sie erstickende Hitze, als drückte ihr das heftig pochende Herz die Luft ab. Im nächsten Augenblick empfand sie Kälte, als stieße man ihr einen Eisstab in den Rücken.

Durch die Küche schlich sie hinaus. Sie sah die Glut, die noch in der Feuerstelle glimmte. Es war Bridgetts Aufgabe, die Glut zu hüten, damit das Feuer nicht ausging, das Küchenmädchen aber hatte sichtlich anderes im Sinn. Es schlief mit einem Mann auf einem Strohhaufen neben dem Feuer.

Auf dem Boden lagen Hafermehlkuchen verstreut, eine Schüssel voller Würste war von einem Schrank gestoßen worden. Eine Ratte machte sich darüber her, die beim Anblick Arrahs zornig den Rücken krümmte, ehe sie davonschoß. Arrah bückte sich nach ein paar Würsten und lief hinaus.

Der Gedanke an die in die Grundmauern eingemauerte Frau ließ sie zögern. Zuvor hatte ihr Herz aus Angst vor Entdeckung durch einen der schlafenden Seeleute oder Bediensteten geklopft, denn diese hätten ihren Vater geweckt. Jetzt aber wurde sie von einer Kälte erfaßt, die sie zittern machte. Sie hatte das Gefühl, von einer kleinen steinkalten Hand berührt zu werden, als hätte das

Gespenst der Frau nach ihr gefaßt, sie am Rücken berührt und angefleht, sie nicht bei lebendigem Leib begraben zu lassen. Sie dachte an das, was hinter ihr lag, an die Gewißheit, den Joyce heiraten zu müssen. Dann aber dachte sie an das vor ihr Liegende, an eine ungewisse Geistererscheinung im Burghof. Da war es besser, der sicheren Gefahr zu entfliehen, als vor der unsicheren zurückzuschrecken. Arrah setzte ihren Weg fort.

Sie betrachtete den Vollmond. Es war ein herrlicher Mond, von leuchtendem Silber, so voll, daß man vermeinte, er müßte bersten.

Da stieß sie einen Pfiff aus, ganz leise, daß sie selbst ihn kaum vernahm. Bran und Cuch, die großen Wolfshunde, die während der Nacht nicht angekettet waren, sprangen auf. Cuch drückte seine feuchte Schnauze in ihre Hand, Bran drängte sich an sie. Die Tiere, die die Wurst witterten, versuchten danach zu schnappen, sie aber steckte die Wurst in die Tasche.

Im Schatten der Wand verborgen, lief sie hinter den Stall, in dem das Vieh eingeschlossen war. Der Geruch nach Rindern und Schafen erfüllte die Nacht. Arrah blickte zum Himmel empor und versuchte aus Gewohnheit, die Sternbilder auszumachen: der Große Bär mit seinen zwei Rückensternen, die auf den Polarstern wiesen, und all die anderen Sternbilder, die Paddy Ohnebein ihr Nacht für Nacht erklärt hatte.

Als Arrah sich dem Tor näherte, konnte sie die aus dem Häuschen dringenden Stimmen der Wachmänner hören.

Sie schlich ans Haupttor und tastete sich in der Dunkelheit an den rauhen, feuchten Balken entlang, die nach Leinsamenöl rochen. Vorsichtig hob sie den hölzernen Riegel an. Er ließ sich so leicht und lautlos bewegen, daß sie sicher war, ihn einfach anheben und davonlaufen zu können. Mit angehaltenem Atem hob sie ihn abermals. Ein lautes Scharren von Holz auf Holz durchbrach die nächtliche Stille. Arrah erstarrte, die Wachen verstummten jäh. Dann hörte man ein Schlurfen und sah Lichtgeflacker, als die Wachen zu einer Fackel griffen und ins Freie treten wollten.

Jetzt hielt sie den Hunden die Wurst dicht an die Schnauzen. Sie wartete, bis sie die Wachen herauskommen sah, und warf die Würste, so weit sie konnte, worauf die Hunde sofort der Beute nachsetzten. Die Wachen wurden fast umgestoßen, als die zwei Riesenhunde an ihnen vorüberhetzten. Verdutzt folgten die Männer den Hunden, um festzustellen, was sie verfolgten. Jetzt hob Arrah den Riegel und schlüpfte durchs Tor.

Sie lief in südliche Richtung, bis der Steilhang der Klippen in ein flaches Strandstück überging, und spürte die Hitze der Steine unter ihren bloßen Füßen.

Zu ihrer Linken schimmerte das Wasser silbern und schwarz. Die Sommerflut kam, glitzernde Wellen hoben sich dem Himmel entgegen, fielen ebenholzschwarz zurück, um wieder vom Mond versilbert anzuschwellen. Im Osten lag gleich einer schlummernden Katze die schwarze Küste Westirlands in der Ferne. Silber und Schwarz. Das vor allem liebte sie an der Nacht – diese Extreme. O Gott, wie schön die nächtliche See war!

Wie ein Dieb schlich sie zur Küste. In ihrem Packsack hatte sie ein Paar Hosen und eine weitärmelige Tunika, wie Männer und Knaben sie trugen. Die Nacht erschien ihr wie ein dunkler, mit kristallenen Sternen besetzter Mantel. Sie betrachtete den Mond, während sie nach der Schere in ihrer Tasche tastete. Ihrer Mutter hatte sie weisgemacht, sie sei unpäßlich und wolle ins Bett. Margaret würde daher erst am Morgen nach ihr sehen.

Arrah blickte zurück zur Adlerburg, die klobig und abweisend aufragte. Der Vollmond verwandelte die grauen Befestigungen der Burg in geheimnisvolle, wundersame Gebilde, aus zauberisch schimmerndem Gestein gehauen, das vom Mond selbst zu stammen schien.

Pater Thomas besuchte Arrah täglich, um sie die lateinische Schrift zu lehren. Er hatte ihr die Geschichte der römischen Märtyrerin Eugenia erzählt, die sich die Haare abgeschnitten und Männerkleider angelegt hatte. Später war sie Abt eines Klosters in Ägypten geworden. Diese Geschichte und der Anblick der Schere hatten Arrah auf diese Idee gebracht.

Ihr Vater wollte mit den drei Schiffen auf Fahrt gehen, die sie draußen in der Bucht ankern sah. Die Umrisse ihrer Maste streckten sich wie astlose Bäume dem Mond entgegen. Das größte Schiff, die ›Maeve‹, war das Flaggschiff, ein Zweimaster mit Haupt- und Fockmast, der das Wappen der O'Donnells trug. Es war das Wappen, das auch an der Wand über dem Stuhl ihres Vaters auf der

Burg hing: ein Adler, der Schwingen, Fänge und Schwanzgefieder ausstreckte, den Kopf auf die rechte Seite geneigt. Der Adler füllte das Schild aus, in den Fängen hielt er das Motto der O'Donnells: *In hoc signo vinces.* In diesem Zeichen wirst du siegen.

Arrah zog die Schere hervor, ehe sie das Bündel Männerkleidung auf den Boden legte. Dann fing sie an, sich ihrer Frauenkleider zu entledigen: erst das Übergewand aus Leinen mit dem schmucken Spitzenleibchen, dann den langen Kittel, den sie darunter trug. Sie grub ein Loch in den Sand, legte ihre Kleider hinein und rollte einen Stein darüber. Nun stand sie aufrecht und nackt da. Das Mondlicht verwandelte ihre hellen kraftvollen Schultern zu Elfenbein, ihre Brüste wölbten sich wie alabasterne Hügel. Arrahs Schönheit war von kühner, mondkühler Art. Sie streckte ihre langen straffen Glieder und grub die Zehen in den Sand. Das Haar fiel ihr in dichten Locken bis zu den Oberschenkeln. Sie spürte, wie die seidige Flut ihren nackten Rücken und die Flanken berührte. Tagsüber war ihr kastanienbraunes Haar mit roten und goldenen Funken durchsetzt. Jetzt aber, im Mondschein, schimmerte es tiefschwarz wie die Nacht selbst. Nur das Wasser glitzerte unter dem Mondlicht. Nackt am Ufer stehend, hatte Arrah das Gefühl, als seien sie, der Mond und die See eins. Unterwarf sie sich dem Ehejoch, dann würde ihr dies alles versagt sein.

Sie ließ sich in der kühlen Brandung nieder und spürte den tastenden mächtigen Schub des Wassers zwischen den Beinen, immer höher, mit jeder Woge. Wie mochte es sein, von einem Mann geliebt zu werden? Seine Bewegungen zwischen den Beinen zu spüren? Sein Gewicht auf den Brüsten? Was ließ ihre Mutter aufschreien, wenn ihr Vater zu Hause war? Was ließ Bridgetts Gesicht glühen?

Wankelmut ist der stärkste Feind eines Chieftains, hatte ihr Vater immer behauptet. Während man die Zeit vertut und hin und her überlegt, schneiden einem die Feinde die Kehle durch. Nein, sie wollte Unentschlossenheit gar nicht aufkommen lassen. Ihr Entschluß stand fest, und dabei sollte es bleiben.

Arrah führte die Schere an ihr dichtes Haar und fing zu schneiden an. Seitlich am Hals und an der Schulter verspürte sie plötzlich Kühle und kam sich verletzlich vor. Sie hielt inne und faßte nach ihrem Hals, von einem unerklärlichen Gefühl drohenden Unheils erfaßt, als würde sie gewürgt und gehe einem schrecklichen Schicksal entgegen. Unwillkürlich dachte sie an den Fluch, der über den O'Donnells hing: Es würde in der Familie keinen männlichen Nachkommen geben, ehe nicht eine Frau von ihrem Geliebten gehenkt würde. Ihr Vater glaubte nicht an Verwünschungen, also wollte auch sie nicht daran glauben. Das dunkle Haar war längst in die abwechselnd dunkle und mondhelle See gefallen.

Die See wogte und trug ihre abgeschnittene Haarpracht davon.

Sie konnte in keinem *currach* zum Schiff fahren, da das Geräusch der Paddel die Wachen alarmiert hätte. Sie mußte schwimmen, zur ›Mary‹ oder zur ›Skatha‹, denn auf der ›Maeve‹ führte ihr Vater das Kommando. Und an Bord kannte er keine Gnade. Sie wußte, wie er mit den Leuten verfuhr, die seine Befehle nicht befolgten. Sie mußte ihr Gesicht mit Teer schwärzen und sich als Seemann verkleiden.

Aus dem Kleiderbündel zog sie nun ein langes schmales Stück Stoff hervor, das sie von einem Bettlaken abgerissen hatte. Diese Bandage wickelte sie straff um ihre Brüste, um sie flachzudrücken. Dann zog sie das *léine* und die Hosen an, steckte einen Dolch in den Hosenbund und sprang ins Wasser.

Wenn beim Nähen Margarets Nadel wie ein Silberblitz in ihren Fingern leuchtete, hatte sie Arrah Geschichten erzählt. Margarets Sippe sollte von Meergeschöpfen abstammen. Ihre Urgroßmutter, die in der Burg der O'Sullivans gelebt hatte, hatte im Alter immer mehr Zeit in den Höhlen von Kerry verbracht, in denen es ein Echo gab wie im Bauch des Meeres selbst. Viele behaupteten, sie sei wahnsinnig gewesen, andere hatten sie für eine Hexe gehalten.

Als Kind hatte Arrah sich oft vorgestellt, sie sei eine Nixe. Die Beine zusammengepreßt, als wären sie ein Fischschwanz, so war sie im Wasser geschwommen. Einmal hatte sie sogar geglaubt, eine Meerjungfrau unter Wasser zu sehen. Es war nur eine graue undeutliche Gestalt, die sie mehr spürte als sah. Arrah war aufgetaucht und hatte Naira und Debrogail zugerufen, sie hätte eine Meerjungfrau gesehen, doch Naira hatte sie eine Lügnerin gescholten. Naira hatte an ihren Spielen nie teilgenommen und diese nur als dumme Zeitverschwendung angesehen. Debrogail war oft mit

Arrah hinausgeschwommen. Gemeinsam hatten sie nach der Meerjungfrau gesucht, sie aber nie gefunden.

Unter Wasser war es herrlich. Es gab keine Geräusche bis auf ihren eigenen Atem, wenn sie die Luft in kleinen Mengen ausstieß.

Jetzt aber fühlte sich Arrah durch irgend etwas gezwungen aufzutauchen. Nicht daß ihr die Luft ausgegangen wäre oder daß sie etwas gespürt hätte. Sie fing an Wasser zu treten, ließ den Blick über die schwarzsilberne Wasseroberfläche wandern und lauschte. Nicht weit entfernt sah sie die dunklen Umrisse der Schiffe auf und nieder schwanken. Und dann sah sie etwas anderes. Die unverkennbare silbrige Flosse eines Hais, der zwischen ihr und der ›Skatha‹ dahinglitt. Sie fuhr fort, lautlos Wasser zu treten.

Haie verfügten über kein gutes Sichtvermögen, hatten aber ein ausgezeichnetes Gehör und einen Geruchssinn, der dem der Hunde überlegen war. Sie konnten im Wasser Blut über fünfhundert Armlängen wittern und über noch größere Entfernung die Geräusche eines Schwimmers hören. Was für ein Glück, daß sie unter Wasser geschwommen war! Sie würde sofort erfahren, ob der Hai sie beim Auftauchen bemerkt hatte.

Von der Küste war sie nun ein gutes Stück entfernt. Höchste Zeit, daß sie das Schiff erreichte. Aber was würde ihr Vater tun, wenn er sie entdeckte? Sie an den Hauptmast binden, sie auspeitschen oder kielholen lassen? Würde er sie mit einem Ziegenbalg an die Spitze des Hauptmastes binden und verdursten lassen? Mit anderen war er so verfahren.

Der Hai wendete und glitt auf sie zu. Arrah tauchte unter.

Die Todesangst kam ihr zugute, aber die Geschwindigkeit forderte ihren Tribut. Die Luft ging ihr aus, sie mußte auftauchen. Dabei verschluckte sie sich und mußte husten. Die Flosse kam näher. Und dahinter eine zweite, knapp gefolgt von einer dritten. Alle hielten sie in einer geraden Linie auf sie zu.

Vater oder nicht, ihr blieb jetzt keine andere Wahl. Die ›Maeve‹ ragte so mächtig vor ihr auf, daß die Masten den Mond zu durchbohren schienen. Sie erreichte das Schiff steuerbords. Schon spürte sie die Haie hinter sich. Sie konnte sie nicht hören oder sehen, wußte aber, daß sie da waren. Gelang es ihr, das Ankerseil zu erreichen, dann konnte sie sich hinaufziehen. Sie schwamm schneller, doch das Wasser schien wie Leim an ihren Armen zu kleben. Sie spürte Bewegung im Wasser und wußte, daß die Haie knapp hinter ihr waren. Wie Schwerter durchschnitten ihre Flossen das Wasser. Ein Hai schoß wie ein Blitz aus Mondlicht auf sie zu. Arrah versetzte ihm mit aller Wucht einen Tritt in die Flanke, obwohl das Wasser ihre Kraft dämpfte. Die Haut war rauh wie eine Katzenzunge. Durch den eigenen Schwung wurde Arrah nach vorn geworfen und spürte das Ankerseil im Wasser. Sie faßte danach und zog sich hoch. Unter ihr beschrieb der silberne Hai seine Kreise, wendete im Wasser und suchte nach Beute. Hand über Hand, wobei das Seil ihr in die Handflächen schnitt, arbeitete sich Arrah immer höher.

Ihr Atem kam keuchend und stoßweise, ihre Knöchel brannten, als sie über die Bordwand glitt und sich erschöpft aufs Deck fallen ließ. Sie atmete aus und sog tief den Teergeruch des Schiffes ein, ganz laut. Die Schritte auf Deck spürte sie, bevor sie sie hören konnte.

Sie huschte übers Deck und suchte nach einem Versteck. Vorhin war sie froh über den Vollmond gewesen, jetzt verwünschte sie ihn, weil er das Deck in helles Licht tauchte. Auf dem Vorderdeck lagen wie schlafende Schlangen Hanfseilrollen. Süßwasserfässer standen Wache wie träge, beleibte Posten, *currachs* lagen kieloben da. Rasch ließ sie sich flach auf den Bauch nieder und zwängte sich zwischen ein Faß und den Schiffsrumpf. Die Schritte kamen näher. Arrah zog sich eine Seilschlinge übers Gesicht, damit das Mondlicht nicht reflektiert wurde, und drückte das Kinn auf die Brust. Jetzt waren die Schritte ganz nahe, ein leichtes Tappen bloßer Füße auf Holz. Ihr eigener Atem erschien ihr viel zu laut.

Die Schritte entfernten sich wieder. Erleichtert atmete Arrah aus.

Mit der ersten Morgenröte würde die Besatzung an Bord kommen, um das Schiff für das Lichten der Anker bereitzumachen.

Lautlos bewegte sie sich vom Bug nach mittschiffs, fand die zum Laderaum führende Luke und spähte hinunter in die totale Finsternis. Ihre Augen gewöhnten sich rasch daran, so daß sie sich die Leiter hinuntertasten konnte. Vorsichtig zog sie den Lukendeckel über sich zu.

Auf Deck hatte sie frische Seeluft geatmet. Hier im Laderaum empfing sie der dumpfe, abgestandene Geruch von modrigem Holz, von Schwärze und Enge, nach feuchtem Salz, Teer und Ungeziefer. Sie wartete, bis sich ihre Augen vollständig an die Dunkelheit gewöhnt hatten, aber sie konnte dennoch kaum etwas erkennen. Wie eine Blinde tastete sie sich die gestapelten Fässer mit Pökelfischen entlang. An den Handflächen fühlte sie die Faßdauben und die Stellen, wo Bretter zusammenstießen. Dann ertastete sie etwas anderes, nämlich glatte gegerbte Rinderhäute. Diese wiederum wichen gebündelten Schaffellen. Als sie die straffgespannten Seile spürte, die diese Bündel zusammenhielten, überkam sie ein Gefühl großer Schläfrigkeit, als sei ihr Kopf zu schwer für ihren Körper, zugleich wurden ihre Beine kraftlos. Die Begegnung mit den Haien hatte jede Faser ihres Körpers beansprucht. Im stillen, warmen Gestank des Laderaums kam nun die Gegenreaktion. Sie kroch auf ein Fellbündel und ließ sich vom Geruch der kratzenden Wolle einlullen wie von einem Laken. Dann schlief sie ein.

In ihrem Traum wurde ein Seil um ihren Hals gelegt. Sie versuchte zu schreien und brachte keinen Laut heraus. Sie versuchte die Seile abzustreifen, die ihre Hände hinter den Körper banden, und erwachte dadurch. Da wurde sie gewahr, wo sie sich befand, und dann schläferte der Wollgeruch sie von neuem ein.

Der Morgen kam unbemerkt. Arrah hörte nichts von dem Getrampel über ihr. In ihren Träumen tanzten Seeleute einen Matrosentanz. Ein dunkler, bärtiger Fremdling kam, zog sie an sich und wirbelte sie herum, daß ihr schwindlig wurde, trotzdem hielt er nicht inne. Dann zog er sie in eine Nische, wo er sie gegen die Wand drückte. Seine Atemzüge kamen aus unmittelbarer Nähe.

Ein abgehacktes Geräusch riß Arrah aus ihren Träumen. Die Luke wurde geöffnet. Sofort war sie hellwach und blinzelte gegen das einfallende Licht. Behaarte Seemannsbeine stiegen die Leiter herunter. Der Mann pfiff vor sich hin.

5. KAPITEL

Glundel tastete über den Griff seines Schwertes, den Blick aus einem Fenster der Burg der O'Donnells auf den Nieselhimmel gerichtet. Ein grauer Nachtfalter kroch über das Fensterbrett. Seine feuchten Flügel hinderten ihn am Fliegen. Glundel faßte nach dem Nachtfalter und riß ihm einen Flügel aus. In diesem Moment betrat Margaret die große Halle. Glundel, der ihr mit einem Lächeln entgegensah, ließ den Falter fallen und rieb sich den Staub von den Fingern.

Die Schatten unter Margarets Augen vermochten ihrer königlichen Haltung nichts anzuhaben. O Gott, wie er diese überlegene Haltung bei Frauen haßte! Nichtsdestoweniger wußte er sehr gut, was Frauen gern hörten.

»Ach, teure Lady, was für ein reizender Anblick! Wäre ich der Gatte einer so schönen Dame, ich würde wohl nie von ihrer Seite weichen, um die Meere zu befahren.«

»Glundel, Ihr schmeichelt mir.«

»Wäret Ihr meine Gattin, ich würde Euch den ganzen Tag mit Komplimenten überhäufen.«

Margaret sagte nichts darauf. Sie hatte Glundel nie gemocht, ohne daß ihr der Grund ihrer Abneigung klar gewesen wäre. Rein äußerlich war er nicht so übel, doch sie konnte ihrer Gefühle nicht Herr werden, obwohl der geheime Traumweiher in der Färbekammer ihr nichts Böses über ihn verraten hatte. Unter den Gefolgsleuten ihres Mannes hatte sie gefährliche Männer gesehen, Männer, die eines falschen Blickes wegen kämpften und töteten. Doch deren Wildheit lag etwas Geradliniges zugrunde, während sie bei Glundel Berechnung und Tücke ahnte. Dazu verfügte er über eine dreist anmaßende Art, die er vergeblich zu verbergen suchte.

»Sagt mir, teure Lady, ob Ihr schon Kunde von Arrah habt?«

Die Erwähnung ihrer Tochter schien die Schatten unter Margarets Augen zu vertiefen.

»Heute morgen hat einer der Fischer, der sein Boot die Küste entlangzog, ihre Sachen und dies unter einem Stein gefunden.« Margaret zeigte ihm die Schere. »Sie war immer schon ein *cailin*, ein Lausbub. Ich bin ganz sicher, sie ist mit ihrem Vater davongesegelt.«

»Eine Frau auf See!«

»Ihr kennt meine Tochter nicht«, meinte Margaret seufzend. »Gott sei der Besatzung gnädig.« Eine Frau an Bord galt als Unglücksbringer. Margaret hatte in ihren Traumweiher geblickt, und später hatte sie von einem Schiff geträumt, von einem Schiff, so prächtig, wie man es an der irischen Westküste nie gesehen hatte. Das schimmernde Holz war mit Goldornamenten geziert, hundert Mann bedienten auf jeder Seite die Ruder. Am Bug stand eine in Purpurgold und Silber gewandete Frau. Doch als sich die Frau umwandte, war ihr Gesicht das eines Totenschädels. »Eurem Onkel habe ich schon davon erzählt«, fuhr Margaret fort.

Wieder ging die Tür auf, und der Joyce trat ein. »Komm, Glundel. Es wird Zeit für einen törichten Greis, die Heimfahrt anzutreten.«

»Ihr werdet nicht ohne geziemende Vorbereitungen aufbrechen«, wandte Margaret ein. »Ich sorge dafür, daß in der Küche für Euch Mundvorrat zurechtgemacht wird.«

»Dank Euch, teure Lady.« Cormac verbeugte sich, als Margaret hinausging.

»Zurückkehren!« stieß Glundel ungläubig hervor. »Onkel, du beliebst zu scherzen!« Er rieb nervös seinen Schwertgriff.

»Mitnichten, Schwestersohn. Es ist kein Scherz, sondern die bessere Einsicht eines Greises, der sich zu Torheiten hinreißen ließ. Als ich Arrah und ihr Feuer sah, begehrte ich ihre Jugend. Ein alter Mann gibt sich zu gern dem Irrglauben hin, eine junge Frau sei ein Jungbrunnen, ich den er eintaucht, um verjüngt herauszukommen.« Der Joyce blickte aus dem schmalen Fenster auf die See. »Sollen die Jungen sich zu den Jungen gesellen. Ein neues Segel auf einem alten Schiff macht kein neues Schiff. Die Leinwand ist neu, doch das Holz schon morsch. Nein, komm jetzt, Glundel. Noch heute wollen wir aufbrechen. Ich habe zwölf Töchter und einen wackeren Neffen. Der liebe Gott möge mir verzeihen, daß ich glaubte, ich brauchte eine junge Frau, die mir mein Alter ertragen hilft. Ich bedaure, daß ich mich von dir beschwatzen ließ, um ihre Hand anzuhalten.«

»Alter oder nicht... Onkel, die Ehre der Joyce erfordert, daß die Bedingungen des Abkommens mit den O'Donnells erfüllt werden.«

»Der Ehevertrag wurde zwischen zwei törichten alten Männern aufgesetzt, von Männern, die den Eigensinn der Jugend nicht bedachten. Ja, ja, die Alten denken mit den Köpfen und vergessen, daß die Jugend mit den Gliedern denkt.«

»Ich weigere mich, mit anzusehen, wie die Clan-Ehre der Joyce von einem eingebildeten Weibsstück lächerlich gemacht wird.«

»Glundel, hüte deine Zunge! Sie ist die Tochter meines Freundes.«

»Eines Freundes! Alter, du nennst den O'Donnell Freund? Er nimmt deine Rinder und gibt seine Tochter nicht her.«

»Reevnarg ist ein Ehrenmann. Er wird das Vieh zurückgeben.«

»Ich möchte wetten, daß er ein Komplott gegen dich schmiedet. Am Ende wird er deine Rinder und seine Tochter dazu haben, und du wirst als alter Narr dastehen.«

Der Joyce legte den Arm um Glundels Schulter. »Neffe, du bist jung und ungestüm.«

Glundel schüttelte den Arm ab. »Ungestüm! Pah! Mit den Jahren vergißt man offenbar, was Ehre bedeutet. Und es geht dabei nicht um deine Ehre allein. Es geht auch um meine als Tanaist der Joyce, der bald Chieftain werden wird.«

»Was ist so lächerlich daran, wenn jemand an Weisheit zunimmt?«

»Weisheit! Das soll Weisheit sein, wenn du zuläßt, daß deine Verlobte dir durch die Finger schlüpft? Dann gnade uns Gott. Da spiele ich an deiner Stelle willig den Narren.«

»Glundel, du bist von meinem Blut, Sohn meiner Schwester, und doch wünschte ich zuweilen, es wäre nicht so, denn du bist zu hitzig. Herzensaffären sollten nie mit dem Schwert ausgetragen werden.«

»Mein Onkel, der Chieftain der Joyce, ist ein Feigling und spricht mit der Zunge eines Feiglings.«

»Höre, Glundel...« Wieder umfing er die Schultern des jungen Mannes.

»Ich will nichts hören!« Glundel stieß den Arm des Alten fort.

»Du bist Chieftain, und du wirst als solcher handeln, sonst wird ein anderer deine Pflichten übernehmen...« Er zog sein Schwert und ließ es vor seinem Onkel aufblitzen.

In einer blitzschnellen Bewegung, die seinen Neffen völlig überrumpelte, zog der Joyce sein Schwert und hielt die Spitze an Glundels Kehle. »Neffe, hüte dich, gegen mich dein Schwert zu ziehen. Dieser Körper hat viele Schlachten überlebt und gelernt, mit der Waffe umzugehen. Hör gut zu...«

»Ich habe Anweisung gegeben, Wegzehrung...« Margaret öffnete die Tür und schloß sie hastig wieder, als sie sah, was im Gange war.

»Du wirst mich jetzt anhören«, fuhr der Joyce fort. »Du bist noch nicht Chieftain, und wenn du nicht auf mich als Onkel hören willst, dann wirst du auf mich als deinen Chieftain hören.«

Glundel spürte den bitteren Geschmack der Demütigung würgend in seiner Kehle. Der Alte hatte ihn gedemütigt. Schlimmer noch, er hatte es vor einer Frau getan. Seine Hand umschloß das kalte Metall seines Schwertes fester.

»Laß dein Schwert sinken«, befahl der Joyce.

Glundel senkte den Arm, worauf der Joyce beifällig nickte. »Du bist jung und ungestüm. Ich war als Jüngling ähnlich. Ist es nicht köstlich, jung und so beherzt zu sein?« Nun steckte er seine Waffe in die Scheide und rief laut: »Teure Margaret, tretet ein! Was für Narren Männer doch sind, edle Damen mit ihren öden Wortgefechten zu vertreiben.«

Margaret bedachte Glundel mit einem Seitenblick. »Ich wünschte, meine Tochter besäße weniger Mut und mehr gesunden Menschenverstand.«

»Habt keine Angst, sie wird zurückkommen. Eine Tochter kehrt immer zu ihrer Mutter zurück. Die Schuld liegt bei mir – ich habe sie mit meinem Drängen vertrieben. Sonderbar – ich habe gar nicht das Gefühl, alt zu sein. Am Morgen komme ich nun etwas langsamer auf die Beine, doch mein Arm führt das Schwert noch immer behende. Und doch... wenn ich die Jugend sehe« – er schaute Glundel an – »wenn ich sie neben mir sehe, muß ich zugeben, daß ich alt werde. Und obschon ich es als unbedacht verurteile« – er berührte den Arm des Neffen – »beneide ich sie um ihr

Feuer. Ein alter Mann ist stetig wie die Glut, die Jugend aber ist wie das auflodernde Feuer, sprühend und heiß.«

»Ist es denn nicht viel behaglicher vor einem Glutfeuer als vor züngelnden Flammen, wenn man ständig Funken vom Kleid streifen muß?«

»Ihr mögt recht haben, teure Lady. Ich will meine alten Knochen mit dem strammen Hinterteil einer Konkubine trösten.«

Glundel lauschte den Worten des alten Narren mit äußerer Gelassenheit, während er innerlich kochte.

»Genug der Worte«, sagte der Joyce. »Wenn Ihr gestattet, möchte ich mir Reevnargs Adler noch einmal ansehen. Dann werden wir aufbrechen.«

Glundel beugte den Kopf. Diesmal wollte er stillhalten. Doch die erlittene Demütigung konnte er dem Alten niemals verzeihen.

»Aber gewiß, Reevnarg würde sich geehrt fühlen, wenn er wüßte, daß Ihr seinen Vögeln so viel Aufmerksamkeit erweist. Der Koch bereitet für Euch eine Wegzehrung vor. Sie wird bereit sein, wenn Ihr es seid«, sagte Margaret.

»Onkel, ich will hier auf dich warten.«

Margaret durchschritt nun den Raum, um nachzusehen, ob in den Lampen noch genug Fischöl war. In jüngster Zeit war Bridgett ihren Pflichten im Haus nur ungenügend nachgekommen, und am Tag zuvor war eine Wandleuchte ausgebrannt.

Glundel, der Margaret beobachtete, trat so unvermittelt nahe an sie heran, daß ihr Gewand über seine Zehen streifte.

Sie fuhr herum. »Glundel, wie habt Ihr mich erschreckt!«

Margaret versuchte zurückzutreten, doch knapp hinter ihr war die Wand. Mit einer Hand tastete sie hinter sich und bekam die Tapisserie zu fassen.

»Glundel, laßt mich in Frieden. Ich habe keine Zeit für Tändeleien mit jungen Männern, die ihren eigenen Chieftains keine Ehrerbietung entgegenbringen.«

So so, diese Kuh hatte also gehört, daß der alte Schwachkopf ihn gescholten hatte. »Teure Lady, Ihr werdet für mich Zeit haben, wenn ich erst Chieftain bin.« Er wollte ihr über die Wange streichen, sie aber wandte sich jäh ab.

»Hört auf, mich zu befingern wie ein Küchenmädchen, oder ich rufe die Wache. Vergeßt nicht, daß Ihr Euch unter dem Dach der O'Donnells befindet.«

»Ja, und der O'Donnell ist fort und hat sein Weib allein gelassen. Wartet Ihr auf seine Rückkehr?«

»Laßt mich gehen!«

»Braucht Ihr in seiner Abwesenheit keinen Mann?«

»Glundel, gewiß meint Ihr nicht im Ernst, was meine Ohren mir melden.«

»Teure Lady, von mir kann nicht die Rede sein. Ich möchte nur wissen, ob eine Frau wie Ihr nicht einen Mann braucht. Vielleicht läge Euch an ein wenig Gesellschaft, ehe mein Onkel und ich aufbrechen. Ich weiß, daß mein Onkel mehr als...«

»Ihr verhöhnt die Führerschaft des Joyce und die Gesetze der Gastfreundschaft.«

Unwillig wandte er sich von ihr ab. »Ich begreife gar nicht, weshalb mein Onkel Eure Arrah erwählt hat. Braunhäutige Frauen könnten mein Gefallen nicht erregen.«

»Dann bin ich sicher, Ihr werdet eine Frau wählen, deren Haut so rein ist wie Euer Begehren.«

»Aber ich bin schon verheiratet, teure Lady. Kennt Ihr denn meine Gattin nicht? Sie heißt Branwen. Branwen O'Donnell. Die jüngste Tochter eines der Gefolgsleute Eures Gatten.«

Margaret zögerte, als bereite es ihr Mühe, sich zu entsinnen, dann runzelte sie die Stirn. »Branwen... ihre Mutter muß wahnsinnig sein und ihr Vater desgleichen, so etwas zuzulassen.«

»Sie hat einen gespaltenen Gaumen. Als ich um ihre Hand anhielt, wußten ihre Eltern sehr gut, daß niemand sie zur Frau nehmen würde, wenn ich es nicht täte. Eine unvermählte Tochter ist ein Unglück.«

»Sie ist doch noch ein Kind!«

»Eine Frau ist wie ein Weidenzweig, bestimmt, um daraus Körbe zu flechten. Ist der Zweig zu alt, wird er spröde und läßt sich nicht mehr biegen.«

Margaret geriet in Zorn. »Zum Korbflechten nimmt man ausgereifte Zweige und nicht die ersten Knospen.«

»Eine Frau ist keine Knospe, und eine Frau soll früh lernen, was ihre Bestimmung ist. Ein Mädchen ist leichter zu lenken als eine

Frau, wie mein Onkel leider erfahren mußte. Ich habe nicht erst gewartet, bis der Vogel flügge wurde, sondern habe ihn in Besitz genommen, ehe er davonfliegen konnte.«

»Ihr seid abscheulich!«

»Mir fehlen die Geduld und die Torheit meines Onkels. Ich will eine gefügige Frau.«

»Mitnichten, Gundel. Ihr wollt gar keine Frau. Mich dauert das arme Kind! Armes Eselchen, das seinen Rücken vor Eurer Lust krümmen muß.«

»Sie ist alt genug, um zu wissen, was von ihr erwartet wird. Anders als Eure Tochter, die dazu neigt, sich Freiheiten herauszunehmen, die ihr gar nicht zustehen.«

»Arrah ist die Tochter ihres Vaters. Würdet Ihr meinen Gemahl kennen, dann wüßtet Ihr, woher sie ihren Eigensinn hat.«

»Von Eurer Tochter weiß ich nur, daß sie ihren weiblichen Pflichten nicht nachkommt. Ich werde nicht müßig zusehen, wie mein Onkel zum Gespött gemacht wird. Sein Verstand ist schon altersschwach und bedenkt nicht, was die anderen Clansleute dazu sagen werden.«

»Euer Onkel ist voller Weisheit und weit davon entfernt, ein Greis zu sein. Ich rate Euch, seine Worte zu beherzigen.«

»Und ich rate Euch, Eurer Tochter nach ihrer Rückkehr zu sagen, daß sie meinem Onkel versprochen ist. Eine Verlobung ist so bindend wie eine Heirat. Ich verlasse Euch nun, teure Lady.« Mit einer Verbeugung empfahl er sich unvermittelt.

Margaret empfand Hilflosigkeit und Enttäuschung – Gefühle, die sie noch ungehaltener werden ließen. Da fielen ihr die leeren Wandleuchten ein, und sie rief zornig nach Bridgett.

Glundel, der ihren Ton sehr wohl vernahm, hielt vor der Haupthalle inne. Vor einiger Zeit hatte Bridgett ihn mit einem mürrischen und verächtlichen Blick angesehen. Wäre sie seine Magd gewesen, er hätte sie verprügelt. Nun aber ging ihm auf, daß es aus diesem Zwist zwischen Herrin und Magd Gewinn zu ziehen galt. Glundel schlich zurück in die Halle, verbarg sich hinter einem Mauervorsprung und spähte in die Küche, wo Margaret nun stand.

»Debrogail, wo ist Bridgett?« fragte Margaret.

»Ich weiß es nicht.« Debrogail schüttelte den Kopf, ihr Blick aber glitt unwillkürlich die Treppe hinauf, die zu den oberen Gemächern führte.

Margaret bemerkte ein hellgoldenes Seidentuch auf dem Boden. Sie hob es auf und steckte es in die Tasche. Ihre Stimme klang wie sprödes Eis auf kleinen Winterpfützen. »Hat Bridgett etwa mein Tuch getragen?«

»Ich weiß es nicht.« Debrogail zog die Schultern hoch. »Ich...«

Die Röcke raffend lief Margaret die Treppe zu ihrem Gemach hinauf. Glundel schlich ihr nach.

In einem goldfarbenen Seidenkleid, das ganz offenkundig ihrer Herrin gehörte, stand Bridgett vor dem Spiegel und bewunderte sich. Als sie das Spiegelbild ihrer Herrin sah, wandte sie sich ruckartig um. Glundel erhaschte einen flüchtigen Blick auf die junge Magd, der das edle Gewand zurückhaltende Eleganz verlieh.

»Du dreckige Schlampe!« schrie Margaret erbost und riß ihr das Gewand vorne auf. »Du würdest dich auch mit Hunden paaren, wenn sie dich wollten! Du wagst es, meine Gewänder an deiner schmutzigen Haut zu tragen!«

Glundel sah nun, daß Bridgetts Brüste nur andeutungsweise vorhanden waren, genauso wie es ihm gefiel.

»Und auch meine goldenen Armreifen! Sofort herunter damit!«

»Ja, Mistreß«, sagte Bridgett tonlos.

»Freches Gör! Die nächsten zwei Wochen schläfst du im Stall bei Schafen und Rindern!«

»Ja, Mistreß!« Bridgetts ergebene Worten waren von Haß gefärbt.

Glundel gab seinen Lauscherposten auf und verzog sich rasch und lautlos. Das Gesetz Brehons sah vor, daß Margaret ihm Unterkunft nicht verweigern durfte, wenn er danach verlangte. Daher suchte er seinen Onkel auf und eröffnete ihm unter viel ergebenem und höflichem Getue, daß er noch einige Tage auf der Adlerburg zu verweilen gedachte, um zu sehen, ob Arrah etwa eine Sinnesänderung zeigte. Dann zog Glundel seinen Onkel an sich, drückte ihm einen Kuß auf die Wange und wünschte ihm eine gute Heimreise.

Im Stall herrschte feuchtwarmes, von Heu- und Tiergeruch erfülltes Halbdunkel. Hölzerne Tröge säumten die Wände. Jener Teil, in dem Heu gelagert wurde, war durch grobe Bretter abgeteilt.

Bridgett saß, in ein grobes Umschlagtuch gewickelt, im Heu. Zu ihren Füßen pickte ein rotbraunes Huhn etwas vom Boden auf. Bridgett versetzte ihm einen Tritt, daß es durch den Stall geschleudert wurde.

»Bridgett!« rief Glundel gedämpft.

Bridgett hob den finsteren, wölfischen Blick.

»Was wollt Ihr?«

»Ich habe dich gesucht.«

»Alle Welt sucht nach mir«, versetzte sie spöttisch.

»Hast du geweint?« Er berührte ihre Wange.

Sie entzog sich ihm rüde. »Nein.«

»Wie abscheulich von deiner Mistreß, dich so zu behandeln! Mein Gesinde darf schöne Kleider tragen.«

»Die Mistreß hat hundert Kleider... so viele, daß es ihr gar nicht auffiele, wenn ich eines nehmen würde.«

»Ich kann dir schöne Kleider verschaffen«, sagte er nun.

»Was für Kleider?«

»Was für Kleider? Welche du willst. Jede Farbe, aus Seide, Satin. Wenn du mir einen Gefallen tust, werde ich dir Kleider schenken.«

»Die Seeleute versprechen einem immer Kleider und andere hübsche Sachen. Doch dann bringen sie nichts als gewöhnlichen Plunder.«

»Ich bin kein gemeiner Seemann, sondern Tanaist der Joyce. Das Wort eines Tanaists gilt als heilig. Gibt er sein Wort, dann muß er es halten.«

»Komm, faß mich hier an.« Sie öffnete ihr grobes Hemd, um ihre Brüste freizumachen. Ehe er reagieren konnte, hatte sie seine Hand erfaßt und an ihre kleine, dunkle Brustwarze geführt.

Dunkle Brustwarzen waren ihm so widerwärtig, daß er den Anblick unerträglich fand und den Blick auf ihr Gesicht gerichtet hielt. »Gefällt es dir, wenn Männer dich anfassen?« fragte er.

»Ich erlaube, daß Männer mich anfassen, wenn sie mir Geschenke versprechen.«

»Das nenne ich ein entgegenkommendes Frauenzimmer!«

»Wie viele Kleider wirst du mir schenken?«

Er zog die Hand fort. »Für den Anfang eines.«

»Zwei!«

»Wenn du tust, was ich verlange, dann bringe ich mehr. Ich verspreche es.«

Sie beäugte ihn argwöhnisch. »Und du wirst nicht wortbrüchig?«

»Nein.«

»Dann will ich es tun.«

»Braves Mädchen.« Er kniff ihr in die Wange.

Sie erfaßte seine Hand und zog sie zwischen ihre Schenkel. Glundel empfand Abscheu, entzog sie ihr aber nicht. Sie öffnete ihre Beine für ihn, und er mußte ihr in die Augen sehen, weil er den Anblick ihrer Blöße nicht ertrug. Bridgett trug eine Miene zur Schau wie ein schmollendes Kind, das eben einen Sieg errungen hatte. Als sie sich mit offenen Beinen zurück ins Heu legte, umfaßte er jäh ihre Hüften, drehte sie um und bahnte sich, die Augen geschlossen, mit den Fingern den Weg, ehe er eindrang.

6. KAPITEL

Arrah sah, daß der Matrose in den Laderaum kletterte, und flüchtete sich rasch auf einen Fellstapel, so eilig, daß sie mit dem Fuß gegen ein Faß stieß, das mit lautem Krach umkippte.

»Was, zum Teufel...«, hörte sie den Seemann fluchen.

Arrah drückte sich in den Zwischenraum zwischen Bordwand und Fellstapel. Mit dumpfem Aufprall landete sie auf dem Boden.

Der Seemann stieß abermals einen Fluch aus. »Bei allen Heiligen, bald werden wir Ratten von Kälbergröße an Deck haben.«

Ein Lichtfleck tanzte über die Decke des Frachtraumes. Der Mann hatte eine Laterne bei sich.

Das Licht kam unaufhaltsam näher. Arrah duckte sich tiefer in ihr Versteck. An der Innenseite ihres Fußes verspürte sie ein heftiges Jucken, doch es war nicht genügend Platz, um sich zu bücken und zu kratzen. Der Juckreiz wurde so stark, als hätte man ihr eine

Nessel an die Haut gedrückt. Der Mann suchte schlurfend und fluchend auf der anderen Seite des Fellstapels den Boden ab. Lautlos rieb sie einen Fuß am anderen, dabei rutschte der eine Fuß aus und schlug gegen die Bordwand.

Der Matrose hielt inne. Sie hörte das Klirren einer Schwertklinge, die aus der Scheide gezogen wurde. Das Laternengeflacker kam näher. Der Mann machte sich daran, das Fellbündel zu erklimmen. Da knurrte Arrahs Magen. Mit angehaltenem Atem preßte sie die Finger auf ihren Bauch, um das nächste Knurren abzublocken.

»Wer ist da?«

Arrah stellte sich vor, immer kleiner, fast vom Fellstapel aufgesogen und ein Teil der Ladung zu werden. Das Schiff schlingerte unmerklich, das Wasser schlug gegen den Rumpf, sie sah das Licht in die andere Richtung wandern. Lautlos und unendlich erleichtert lehnte sie sich an die Bordwand.

»Verdammte, dreckige Biester!« Arrah hörte das Schwert auf Holz treffen, als der Matrose einen Versuch unternahm, eine Ratte aufzuspießen, diese aber verfehlte.

Die Ratte sprang auf den Fellhaufen und lief über Arrahs Kopf. Arrah spürte die pelzigen Beine in ihrem Haar, ehe das Tier über ihren Körper huschte und über den Boden lief. Arrah kreischte vor Entsetzen auf.

Diesmal näherte sich die Laterne um vieles schneller. Arrah versuchte, sich wieder unsichtbar zu machen. Da spürte sie, wie das Licht der Laterne auf sie fiel. Sie spürte kaltes Metall auf sich, das sie anstieß. Das reichte.

»Carbri O'Connor!« stieß sie wütend hervor. »Ich bin nicht hier, um mich gleich am ersten Tag erstechen zu lassen.«

Totenstille trat ein, die Schwertspitze ließ von ihr ab. Arrah vernahm das Ächzen des Schiffes überdeutlich.

»Carbri, willst du mir nicht aufhelfen?«

Carbri O'Connor war überzeugt, eine Geistererscheinung vor sich zu sehen. Er war mit Agnes de Burgo verlobt. Seine Stiefschwester Finola hatte die Verbindung zustande gebracht, doch er hatte nur Arrah im Kopf – seit Tagen schon dachte er an nichts anderes, weil sie ihn beim Fest mit einem Lächeln im Blick angesehen hatte. Beim Tanz hatte er ihre schmale Taille umfaßt, ihre Brüste an sich gedrückt und das Verlangen empfunden, sie zu berühren. Des Nachts wälzte er sich schlaflos in seiner Koje hin und her, von Verlangen nach Arrah geplagt. Die Geister wußten, woran ein Mann dachte. Und jetzt benutzten sie Arrahs Stimme, um ihn zum Narren zu halten.

Arrah versuchte, nach den Schnüren der Bündel zu fassen, um sich daran hochzuziehen, doch zwischen Fellstapel und Bordwand war zuwenig Raum, um die Arme anzuwinkeln und die Hebelwirkung auszunutzen.

»Carbri!«

Carbri tat, als höre er nichts. Er würde nicht zulassen, daß die Geister ihn übertölpelten.

»Carbri, du bist ein ganz gemeiner Kerl! Willst du mich hier unten verhungern lassen und den Ratten ausliefern, oder hilfst du mir hinaus?«

Das hörte sich wenig gespenstisch an. Gespenster sorgten sich nicht ums Verhungern. Vorsichtig hob Carbri die Laterne hoch und spähte in den Zwischenraum. »Arrah!« flüsterte er verdutzt.

»Gaff nicht wie ein Narr! Hilf mir endlich auf!«

»Wie kommst du hier herunter?«

»Die Ratten haben mich entführt, damit sie was zum Nagen haben, wenn sie des Holzes überdrüssig sind. Reich mir die Hand!«

»Kannst du nicht hochklettern?«

»Wenn ich es könnte, würde ich keinen hirnverbrannten Seemann um Hilfe bitten.«

Er langte hinunter, und sie erfaßte seine Hand. Dann stellte sie sich auf die Zehenspitzen und versuchte, mit dem Fuß in dem Fellhaufen Halt zu finden, vergebens, wie sich zeigte. »Ich kann nicht auf. Gib mir die andere Hand und zieh ganz fest.«

Carbri zog. Als sie auf halber Höhe war, umfaßte er ihr Gesäß, um sie ganz herauszuziehen.

Sie drehte sich um, und er starrte sie ungläubig an. Ihr Haar war ganz kurz geschnitten! Der Laternenschein ließ die hohen Wangenknochen breiter erscheinen, und ihre Augen waren noch dunkler vor Entschlossenheit. O Gott, sie war ein wahres Teufelsweib, auch wenn ihre Schönheit von herber, knabenhafter Art war.

»Arrah, was hast du bloß mit deinem Haar gemacht?« Er wollte es berühren, sie aber entzog sich ihm mit einem Ruck.

»Nun, was glaubst du denn? Hast du denn keine Augen im Kopf? Abgeschnitten habe ich es! Ich möchte ein Seemann werden.«

»Ein Seemann! Allmächtiger, Arrah! Und was wird Reevnarg sagen, wenn er dich sieht?«

»Wie soll er mich sehen, wenn du ihm nichts verrätst?«

»Er wird dich finden. Du kannst hier nicht bleiben. Wir verschaffen uns ein Beiboot und rudern zurück zur Insel.«

»Ich bin nicht herausgeschwommen, um wieder an Land zurückzukehren!«

»Hier kannst du nicht bleiben!«

»Warum nicht?«

»Jemand würde dich finden.«

»Du hättest mich auch nicht entdeckt, wenn mich die Ratte nicht erschreckt hätte. Ich war halb tot vor Angst.«

»Daß ich nicht lache! Ein feiner Matrose, dem eine Ratte Todesangst einjagt.«

»Ich wußte ja nicht, was es war«, rechtfertigte sie sich. »Du wärst genauso erschrocken.«

Carbris braune Augen funkelten im Licht der Laterne. Ein Heiligenschein umgab ihn golden wie auf den Heiligenbildern, die Arrah gesehen hatte. Nur waren Carbris Augen nicht die eines Heiligen, denn er hielt den Blick auf ihre Brüste gerichtet. »Und was hast du mit deinen Brüsten gemacht? Gestern auf dem Fest warst du nicht so flach. Hast du sie auch abgeschnitten?«

»Dummkopf! Natürlich nicht.« Ihr Magen knurrte wieder ganz ungeniert.

»Um Himmels willen, dein Bauch ächzt ja wie ein Scheunentor.«

»Das täte deiner auch, wenn du Hunger hättest.«

»Ich werde dir ein paar Hafermehlbrötchen bringen... Arrah! Dein herrliches Haar. Weißt du, daß ich nach dem Tanz mit dir davon träumte, dich nackt über eine Kleewiese laufen zu sehen, eingehüllt von deinem Haar. Und dann kamst du in meine Arme geflogen.«

Sie schenkte seinen Worten keine Beachtung. »Gibt es auf diesem Schiff etwas zu trinken?« Die Strecke, die sie schwimmend zurückgelegt hatte, sowie ihr verzweifelter Versuch, den Haien zu entkommen, hatten ihre Kehle ausgedörrt.

»Was du gemacht hast, war reine Torheit.«

»Es war ganz einfach: entweder die Haare abschneiden oder mein Leben eingesperrt mit Stickarbeit und Garn verbringen.«

»Ist das hier mehr Freiheit? Der dunkle Laderaum eines Schiffes?«

»Ich bin tausendmal lieber im Laderaum eines Schiffes als mit dem Joyce in einem Bett.«

Seine feingezeichneten Brauen zogen sich zusammen. »Dein Vater wollte, daß du den Joyce heiratest?«

Arrah nickte.

Carbri blickte zu Boden. »Und hier teilst du das Lager mit Ratten.«

»Der Joyce hat auch Ratten auf seiner Burg. Und jetzt bring mir etwas Eß- und Trinkbares. Wie kann ich mich in die Ruder legen, wenn mein Magen leer ist.«

»Du kannst nicht an Deck. Du wirst hier unten bleiben müssen. Ich werde dich versorgen, und wenn wir Frankreich erreichen, kümmere ich mich darum, daß du eine Überfahrt nach Hause antreten kannst. Der Joyce ist ein kluger Mann. Er wird eine Frau nicht gegen ihren Willen zu einer Heirat zwingen.«

»Aber ich kann von hier unten die See nicht riechen und die Sonne nicht sehen.«

»Die Sonne wirst du vom Grund des Ozeans aus auch nicht sehen. Denn dort wirst du landen, wenn die Besatzung dich entdeckt.«

»Ich werde mein Gesicht mit Teer färben und eine Mütze aufsetzen, wenn ich an den Rudern bin.«

»Sieh dich an.« Nach ihren Händen fassend, drehte er die Handflächen nach oben. »Das sind keine Matrosenhände. Es sind Frauenhände.«

Da spürte sie, wie tief in ihrem Innern etwas aufwallte, ein Gefühl, das sie nie zuvor gekannt hatte, als wollte sie, daß er hier in dem abgeschlossenen und dunklen Raum nicht nur ihre Hände berührte. Sie entzog sie ihm nicht. Carbri saß mit gekreuzten Beinen vor ihr, so daß sie sehen konnte, wie sich die Umrisse seiner Männlichkeit durch seine engen Beinkleider abzeichneten. Er streichelte ihre Handflächen mit einer federleichten regelmäßigen Bewegung.

»Weißt du noch, Carbri, wie wir als Kinder mit Booten in der Bucht umherruderten? Wir taten so, als wären wir Seeleute. Weißt du noch, wie wir beide nackt ins Wasser gesprungen sind?«

»Arrah, damals waren wir Kinder.« Er hörte auf, ihre Hände zu streicheln, und faßte ihr unters Kinn, den Blick auf ihre Brüste gerichtet. »Jetzt sind wir keine Kinder mehr. Mit kindlichen Spielen können wir uns nicht abgeben.« Er wollte sie berühren, ihre Haut, ihre Brüste, alles. In den letzten Tagen hatten sich seine Gedanken nur mit einem befaßt: wie sie beim Lachen den Kopf zurückwarf, ihre stolze Kinnhaltung, wenn sie sprach, die dunklen Augen, in denen stets eine Spur von Herausforderung zu liegen schien. Er wußte, daß die Augen einer Frau nach der Liebe sanft wurden, und wünschte sich, ihre Augen so sanft zu sehen. »Du könntest dein Gesicht mit noch soviel Teer anschwärzen, man würde doch merken, daß du eine schwache Frau bist.«

»Schwach lasse ich mich nicht nennen! Du weißt sehr wohl, daß du mich als Kind nicht zu Boden werfen konntest. Du hattest mit anderen Knaben ein leichteres Spiel als mit mir.«

»Ich habe seither meinen Teil auf der Ruderbank geleistet. Heute würde es mir leichtfallen, dich zu Boden zu werfen und dich dort beliebig festzuhalten.«

Sie sah ihn an und wußte, daß er recht hatte. Sie hatte seine Kraft beim Tanzen gespürt, als er sie an sich gedrückt hatte. Hier im Laderaum fragte sie sich, wie es wohl sein mochte, von Carbri O'Connor geküßt zu werden. Doch sie verbannte diese Gedanken rasch aus ihrem Bewußtsein.

»Die Arbeit an den Rudern wird mithelfen, das Mädchen in mir auszutreiben.«

»Es gibt nur etwas, um das Mädchen in dir auszutreiben, und das ist kein Ruder.«

»Hör auf, mich anzusehen wie ein Hirsch in der Brunft!«

»Wie erwartest du denn, daß ein Mann dich ansehen soll?« Er wollte ihre Wange berühren.

Sie stieß ungehalten seine Hand weg. »Bring mir lieber etwas zu essen und zu trinken.«

Carbri bemerkte erst jetzt das verkrustete Blut an ihrem Bein und berührte die Stelle. »Du hast dich verletzt.«

»Das war ein Hai, der mich fressen wollte.«

Fasziniert starrte Carbri sie an. »Arrah, was für ein Mädchen du doch bist!«

Da dröhnte Reevnargs Stimme durch die Luke. »O'Connor, bist du eingeschlafen dort unten?«

Arrah sprang auf und drückte sich flach an die Bordwand. Carbri schnellte hoch. »Aye, Kapitän. Ich wollte eben nach oben kommen.« Zu Arrah gewendet flüsterte er: »Ich komme wieder.« Er hob die Laterne an, um das Mädchen besser sehen zu können. »Arrah, du hast dich zwischen zwei Stühle gesetzt. Die Haie oder Reevnarg.«

»O'Connor!« ertönte es barsch von oben.

Carbri kletterte hurtig die Leiter hinauf.

»Was, zum Teufel, hat dich aufgehalten?« kläffte ihn Reevnarg an.

»Ratten.«

»Ach, Ratten.« Reevnarg warf einen Blick auf Carbris Hosen. »Ein Haufen Knochen wie du... dich könnte man glatt im Spantenwerk verwenden. Und wir sind noch nicht mal einen Tag auf See.«

Ganz plötzlich wurde die Luke mit einem Knall geschlossen, und Arrah war wieder von totaler Finsternis umgeben.

Da sich mindestens vierzig Mann an Bord befanden, würde sie unentdeckt bleiben, solange sie nicht ihrem Vater unter die Augen käme... Sie strich mit dem Finger über die Bordwand und schmierte sich Teer, der zum Abdichten der Fugen verwendet worden war, ins Gesicht. Dann erklomm sie die Leiter, ging auf Deck und genoß das Tageslicht.

Carbri wurde blaß, als er sie bemerkte. »Zurück mit dir in den Laderaum!« raunte er drängend. »Ich bringe dir, was du brauchst.«

»Du kannst mir Speis und Trank bringen, nicht aber Sonne und Wind.« Sie lehnte sich an die Reling, das Gesicht dem Wind zugewandt, damit er den Geruch des Laderaumes von ihr nahm.

Carbri starrte Arrah an, ihr edles Profil, den hocherhobenen Kopf, den aufrechten Rücken. Hier oben, wo Wind und Gischt ihr ins Gesicht wehten, wirkte sie, als sei sie auf einem Schiff zu Hause und wäre immer schon zur See gefahren.

»Sollte dir jemand Fragen stellen, dann sage, daß du mein Vetter bist und ich dich an Bord gebracht habe. Du bist jetzt Padraic, der Schwabber, und wenn du schon Schwabber bist, dann nichts wie an die Arbeit! Zurück in den Laderaum! Ich möchte einen Eimer voller Ratten über Bord gehen sehen, und anschließend mußt du unten saubermachen.«

Arrahs Augen nahmen die Farbe der Gischt auf den Wellen an. »Ich fahre nicht zur See, um unter Deck eingesperrt zu sein.«

»Ich bin hinter dem Kapitän der zweite Mann. Befolgst du meine Befehle nicht, dann erfährt Reevnarg, daß du an Bord bist.«

Sie bedachte ihn mit einem zornigen Blick, tat aber wie ihr geheißen. Nachdem sie einen Eimer mit toten Ratten gefüllt hatte, schleppte sie diesen an Deck und warf den Inhalt über Bord.

Hinter ihr dröhnte plötzlich die Stimme ihres Vaters wie ein Kanonenschlag. »Du Narr, straffe das Segel! Es flattert ja lose wie die Zunge eines Greises.«

»Aye, Sir«, rief ein Matrose.

Arrah, die hastig ihren Umhang über den Kopf zog, verdrückte sich unter den Schanzdeckel. »He, Bursche, was treibst du da?« hörte sie ihren Vater.

»Reevnarg!« rief in diesem Augenblick Carbri. »Schiff steuerbords!«

»Und du, Bursche, mach kein dummes Gesicht, sonst werfe ich dich über Bord. Für lahme Enten ist hier kein Platz!«

Arrah nickte wortlos und zog den Umhang noch höher, als ihr Vater auf die andere Seite ging, um einen Blick auf das gemeldete Schiff zu werfen.

»Ihr mit euren jüngeren Augen – könnt ihr erkennen, was das ist?«

Die Matrosen hielten in ihrer Tätigkeit inne. Sogar die Ruderknechte hielten still, standen auf und spähten hinaus, um festzustellen, ob sie das Schiff erkennen konnten, von dem nur der oberste Teil des Mastes zu sehen war.

»Noch nicht! Es ist zu weit!« hörte man rufen.

War es ein Piratenschiff, dann mußten sie ihm entkommen, wenn sie einen Kampf vermeiden wollten. Die Männer bekreuzigten sich, rieben ihre Talismane und drückten Küsse darauf.

»Zurück an die Arbeit, ihr Lahmärsche!« brüllte der Ruderführer und ließ die Peitsche über den Köpfen der Männer schnalzen.

Ein Rahsegler konnte nicht jeden aus einer beliebigen Richtung kommenden Wind nutzen. Da ein Südwest blies und das Schiff auf Südostkurs segelte, mußten sich die Ruderer nun mit zusätzlicher Kraft in die Riemen legen. Ein Bodhrantrommler gab den Rhythmus auf einer Ziegenfelltrommel an. Das andere Schiff blieb als Bedrohung ständig am Horizont. Mit dem Fortschreiten des Tages wuchs der Mast stetig höher aus dem Wasser.

Gekocht wurde über einer offenen, in einer Sandkiste untergebrachten Feuerstelle. Die Besatzung ernährte sich von Fisch, Schiffszwieback, von Suppe, die aus Pökelfleisch, getrockneten Bohnen, Zwiebeln, Salz und Kohl bestand, und trank eine dem Tee ähnliche Flüssigkeit aus Minze und Eisenkraut. Carbri brachte Arrah bei, wie man ein Stück Fleisch abbiß, dieses im Mund behielt und einen Schluck Tee nahm, mit dem das Fleisch aufgeweicht wurde.

Das Schiff, das ihnen folgte, hatte aufgeholt, so daß nun der gesamte Mast am Horizont sichtbar war. Aber noch immer hatte es sich nicht zu erkennen gegeben – eine Tatsache, die Reevnargs Besatzung mit Sorge erfüllte. Führte das Schiff nichts Böses im Schilde, dann bestand kein Grund, die Identität zu verheimlichen.

Einem der Ruderknechte wurde übel. Er fing mit Gestöhne und damit an, daß er seinen Leib massierte. Nicht die wüstesten Drohungen des Ruderführers konnten ihn dazu bringen, wieder sein Ruder anzufassen. Um die Mittagszeit wurde der Mann schweißüberströmt aufs Vorderdeck gebracht. Immer wieder umfaßte er seinen Leib, als glühe ein Feuer darin. Am nächsten Morgen war er tot.

Die Seeleute warfen ihn ins Wasser und ließen sich in ihren Arbeiten nicht weiter stören.

Carbri maß, wieviel Fahrt sie machten, indem er ein hellrot bemaltes Holzstück am Bug ins Wasser warf. Mit einem Minutenglas schritt er nun die ganze Länge bis zum Heck ab, wobei er abmaß, wie lange er dazu brauchte. Auf diese Weise konnte er die Fahrtgeschwindigkeit berechnen. Das Verfolgerschiff war nun zur Gänze am Horizont sichtbar. Der Trommler bekam Order, einen rascheren Rhythmus zu schlagen.

Arrah konnte ein Gespräch zwischen Reevnarg und Carbri belauschen. Ihr Vater sagte: »Dieser Junge, dein Clansmann... bei den Rudern ist jetzt eine Bank frei. Zeig ihm, wie man rudert. Zeig ihm, was es heißt, ein Seemann zu sein.«

»Reevnarg, er ist ein Schwächling. Der kann ein Ruder kaum heben, geschweige denn damit rudern.«

»Wer ist hier Kapitän? Carbri O'Connor oder Reevnarg O'Donnell?«

Arrah kannte diesen Ton. Ohne abzuwarten, verbarg sie ihr Gesicht und schlich zur Ruderbank.

Es dauerte nicht lange, und das hölzerne Ruder hatte ihr die Haut aufgerissen. Auf ihrer Handfläche zeigten sich Blasen, die erst aufbrachen und dann bluteten. Arrah riß Stoffstreifen aus ihrem Umhang und umwickelte dann die Ruder. Diese aber waren dadurch zu dick und unhandlich geworden. Sie wickelte den Stoff um ihre Hand, doch der Ruderführer, der die Bänke ständig abschritt, brüllte sie an: »Rudern, verdammt noch mal!«

»Ich wollte nur...«

Die Peitsche zischte um ihren Kopf, und sie mußte sich ducken. Hastig griff sie nach dem Ruder.

Sie konnte sich nicht erinnern, wo der Schmerz angefangen hatte. Im Rücken, im Nacken, in den Schultern, Armen oder gar in den Beinen. Sie hatte Schmerzen am ganzen Körper, jedes Gelenk und jeder Knochen taten weh. Und hielt sie inne, dann schnalzte die Peitsche über ihrem Kopf.

Sie dachte an die kräftigen Arme der Ruderknechte um sie herum. Sie alle hatten einmal angefangen, erst einen Tag, dann einen zweiten und dritten an den Rudern. Sogar ihr Vater hatte an den Rudern angefangen. Alle hatten sie mit schmerzenden Rükken, Bäuchen und Schultern und mit blutenden Händen begonnen. Allesamt waren sie von der Anstrengung stark geworden. Sie betrachtete die Reihe der Männer, die so breite Schultern wie Bullen hatten, erst vornübergebeugt, dann an den Rudern ziehend. Wie viele mochten wohl zugrunde gegangen sein? Die meisten aber überlebten und gewannen dabei Kräfte. Während sie ruderte, schien der Schlag des Trommlers in ihren Ohren einen Sinn anzunehmen. »Macht... mich stärker... macht... mich... stärker.« Immer wieder.

Die Sonne sank. Die See verfärbte sich grünlich, dann golden, als wäre die Sonne geschmolzen und hätte sich in den Ozean ergossen. Dann verwandelte sich die Farbe zu Krabbenrosa, zu Austerngrau und Schwarz. Die See wurde zu einem schwarzen Spiegel. Der Mond, der sich darin spiegelte, war nicht mehr voll, er sah nun aus, als hätte jemand ein Stück abgebissen.

Die Ruderknechte bekamen zu essen, aber Arrah, die zu müde war, schlief auf ihrer Bank in den Umhang gehüllt ein. Carbri behielt sie im Auge. Die Schönheit ihres vom Mond beschienenen Antlitzes zerriß ihm das Herz.

In der Nacht nahm er unter Zuhilfenahme der Gestirne eine Positionsbestimmung vor. Dazu klemmte er eine geknotete Schnur zwischen den Zähnen fest, richtete ein Ende auf einen Stern über dem Horizont und maß den Winkel zum Horizont. Dann blickte er zu der zusammengekauerten Gestalt auf der Ruderbank. Vorsichtig sah er sich um. Niemand beachtete ihn. Er berührte Arrahs Wange, zog ihr den Umhang höher ans Kinn und drückte ihr einen leichten Kuß auf die Wange. »Arrah«, flüsterte er, »ich liebe dich.«

In der Nacht hatte das Verfolgerschiff wieder aufgeholt. Nur ein Piratenschiff konnte sie derart hartnäckig verfolgen. Am nächsten Tag war der Ruderführer erbarmungslos mit seinem ständigen: ›Rudert! Rudert!‹

Die Stunden schleppten sich als reinste Quälerei dahin. Das andere Schiff verringerte den Abstand ständig. Schließlich meldete der Mann im Mastkorb, daß er eine rote Fahne sah. Piraten pflegten ihre Fahnen in das Blut ihrer Opfer zu tauchen als Warnung für die anderen, es mit Gegenwehr gar nicht erst zu versuchen.

Der Ruderführer verfiel in wüstes Fluchen. »Aye, Burschen, legt euch ins Zeug, damit ihr eure Ärsche rettet. Die werden euch die Eier abschneiden und ins Maul stopfen.«

Der Wind legte sich.

»Legt euch ins Zeug, ihr Landratten. Immer fest gerudert! Holt auf! Holt auf! Schneller!« brüllte der Ruderführer. Der Trommler schlug den Takt schneller.

Die Ruder trieben einen endlosen Tag lang das Schiff vorwärts. Arrah verfiel in einen Zustand, in dem alle ihre Sinne abgestorben schienen. Das einzige, was sie sah und spürte, das einzige, woran sie dachte, war das Ruder in ihren Händen. »Macht mich stärker... macht mich stärker...«

Die Ruderknechte ruderten die ganze Nacht, und der Trommler beschleunigte immer wieder den Takt, und doch holte das Piratenschiff auf. Ausladend ragte sein Segel vor dem Silbermond auf.

Carbri blickte über die ruhige nächtliche See. Auf eine so beängstigende Flaute wie diese pflegte oft ein Unwetter zu folgen. Er hielt Ausschau nach Wolken, doch es gab keine.

Der Mann im Ausguck sah die ersten Anzeichen der Dämmerung, und noch immer wollte kein Wind aufkommen. Das andere Schiff war wieder näher gekommen, so daß man bei Tagesanbruch bereits die Piraten mit Hellebarden und anderen Waffen erkennen konnte. Arrah sah die Morgenröte, die sich blutrot in den scharfen Klingen ihrer Waffen spiegelte.

»Macht euch bereit, wir kommen an Bord!« ertönte der Ruf vom Piratenschiff her.

Reevnarg brüllte zurück: »Macht euch bereit, daß ich euch mein Schwert in den Arsch schiebe, so weit, daß ich euch die Zunge spalte.«

Reevnarg gab den Befehl, die Waffen auszuteilen, Seeleute und Krieger wurden mit Hellebarden und Piken bewaffnet. Die zwei Schiffe berührten einander fast, ehe Carbri versuchen konnte, Arrah in den Laderaum zu schaffen. Er wurde daran gehindert, als eine durch die Luft sausende Pike nur knapp seinen Kopf verfehlte. Hastig drückte er Arrah unter die Ruderbank.

Ganz plötzlich waren die Piraten, die mit Leitern das Schiff enterten, an Bord. Carbri blieb in Arrahs Nähe und schirmte sie nach besten Kräften ab. Doch die Piraten kämpften so wild, daß Carbri, der ständig Schwertern, Äxten und Piken ausweichen mußte, selbst kaum ungeschoren davonkam.

Einer der Freibeuter schwang sich an einem Seil von seinem Schiff herüber und traf Carbri mit den Füßen in den Bauch, so daß der junge Mann umfiel und auf dem Rücken quer übers Deck schlitterte.

Arrah sprang ihm nach, um sich zu vergewissern, ob er unversehrt geblieben war. Da stürzte ein Pirat mit gezücktem Messer hinter ihr her. Er wollte zustechen. Die Klinge fuhr so knapp an ihrem Gesicht vorüber, daß sie darauf silbrige getrocknete Fischschuppen erkennen konnte. Sie riß ihren Kopf zurück, versuchte nach hinten auszuweichen, doch die Bordwand versperrte ihr den Weg. Das unverkennbare Geräusch von reißendem Stoff drang an ihr Ohr. Das Gesicht des Mannes vor ihr veränderte sich jäh. Plötzlich wußte sie, daß er ihre Brüste gesehen hatte.

Sie versuchte, nach einem Ruder zu fassen. Es war zu schwer, um es aus der Halterung zu ziehen.

Der Pirat umfaßte ihre Mitte, worauf sie ihm auf die Schultern und ins Gesicht schlug, vergebens. Sie griff nach ihrem Dolch, doch der Mann verdrehte ihr Handgelenk, so daß die Waffe nutzlos auf dem Boden landete. Da stieß sie ihren Ellbogen in seinen Bauch. Er kippte vornüber, und Arrah konnte ihm entkommen. Von irgendwoher fiel eine Pistole aufs Deck, nach der faßte sie und zielte auf den Mann. Die Waffe war nicht geladen, wie sie sofort merkte. Im nächsten Moment kam der Pirat mit gräßlichem Lachen auf sie zu und zog seine eigene Pistole aus dem Gürtel. Er packte Arrah an ihren Haaren und hielt ihr die Waffe ans Ohr.

»Du wolltest mich also abknallen, du elendes Biest, du! Ich werde dich erschießen und auf die einzige Stelle zielen, auf die man bei einer Frau zielen soll – genau zwischen die Beine!«

Er stieß Arrah unsanft gegen die Kajüte ihres Vaters. Er drückte die Tür auf, versetzte ihr, als er Arrah hineingeschoben hatte, einen Tritt, daß sie ins Schloß fiel, und schubste Arrah auf die Koje. »Hier drinnen sind wir ungestört. Erst bin ich dran, dann lasse ich alle anderen ran! Mal sehen, wieviel Kampfgeist du noch hast.« Er faßte nach ihrem Wams und riß es auf. Arrah schrie. Niemand hörte es.

»Umdrehen!« befahl er. »Keine Tricks, oder ich schieße in dein Loch!«

Sie spürte das Leinen des Bettüberwurfs im Gesicht, rauh wie Kieselsteine. Auf dem Boden stand eine massive Holzkiste. In den schimmernden Messingbeschlägen konnte sie ihr verzerrtes Spiegelbild sehen. Sie schloß die Augen.

Der Pirat riß ihr die Hose herunter. Von draußen hörte sie metallisches Klirren, die Schreie von Männern, die töteten und getötet wurden. Sie spürte das ekelhafte Gefühl seiner dreckigen Hände auf ihrem Gesäß. »Jetzt wirst du merken, was es heißt, wenn ein Pirat dich nimmt.«

Arrah spürte die kalte Pistole zwischen ihre Beine gleiten, höher zwischen ihre Gesäßbacken, dann zog der Pirat sie an sich. Lautes hölzernes Ächzen war zu hören. Es hörte sich an, als würde die Wand des Deckhauses aufgerissen. Auf dem Tischchen neben der Koje lag die Chieftainbrosche ihres Vaters. Sie griff danach, drehte sich mit einem Schwung um und fuhr mit der Nadel, die sie tief ins Fleisch stieß, über das Gesicht ihres Bedrängers, wobei sie ihm das Auge aufriß. Mit einem lauten Schrei faßte er an sein Gesicht und sprang auf. Arrah ergriff seine Pistole und schoß ihm in den Schritt. Der Pirat ging zu Boden und wand sich wie ein Wurm am Angelhaken. Es war die letzte Kugel, aber Arrah versuchte immer wieder abzudrücken.

Mit einemmal wurde die Tür mit einem Fußtritt geöffnet. Hinter ihr blitzte ein Schwert auf, Arrah aber sah nur den sich auf dem Boden krümmenden Piraten. Das Schwert bohrte sich in das Herz des Mannes, den ein Krampf zu durchlaufen schien, ehe er endgültig erstarrte. Eine Hand umschloß sanft Arrahs Hand und entwand ihr die Pistole. Carbri griff nach Arrahs Hose und zog sie hoch.

»Carbri!« rief sie in ihrer Verzweiflung. »Halt mich fest!«

Er zog sie an sich, berührte ihre Wange, während das Verlangen, sie für ewige Zeiten zu beschützen, ihn schmerzhaft erfüllte.

Ein Seemann trat in den Eingang, um zu verkünden: »Das war's wohl! Wir haben sie besiegt, die Pir...« Mitten im Wort hielt er inne, als er das zerrissene Mieder und Arrahs Brüste bemerkte, die unter Carbris schützenden Armen zu sehen waren. »Eine Frau!« brüllte der Mann entsetzt auf.

Sofort war er von Kameraden umringt. »Eine Frau! Werft sie über Bord! Rasch!«

Arrah versuchte vergebens, die zerrissenen Ränder des Stoffs zusammenzuhalten.

Carbri griff nach der Bettdecke von Reevnargs Koje und warf sie Arrah um die Schultern.

Sie nahm wahr, daß sich ein drohender Schatten inmitten der Männer aufbaute, und sie hörte die Stimme ihres Vaters. »Bindet die Piraten ans Ankerseil. Ersäuft sie bis zum letzten Mann!«

»Sie ist schuld!« rief einer aus der Mannschaft. »Ersäuft sie dazu!«

Die Menge teilte sich. Aus ihrer Mitte trat eine dunkle, furchteinflößende Gestalt.

Von irgendwo aus ihrem Innersten bezog Arrah die Kraft, dem Blick ihres Vaters zu begegnen.

»Arrah!« Wie ein Donnerschlag hallte seine Stimme durchs Schiff. Seine Augen funkelten schwarz.

Arrah gestattete sich keinerlei Schwäche. Sie bemerkte die Blicke der Besatzung auf sich, spürte den Haß der Leute, ihre Angst und ihre Begierde. »Ich sagte dir doch, daß ich den Joyce niemals heiraten werde.«

Wind war aufgekommen und füllte die Segel.

»Und deswegen bist du an Bord gegangen? Nun, dann wird es Zeit, daß du zu spüren bekommst, was es heißt, zur See zu fahren! Bindet beide und peitscht sie aus! Tochter oder nicht, auf meinem Schiff dulde ich keinen Ungehorsam!«

7. KAPITEL

Debrogail war in den Hügeln und suchte nach weißen Tausendgüldenkrautblüten, eine für die Heilung von Stichwunden sehr wirksame Pflanze. Ihre Gedanken waren jedoch nicht beim Kräutersammeln. Sie konnte es kaum erwarten, daß der Abend kam, da sie mit Bres ein Stelldichein hatte. Seine Wunde verheilte gut, so daß sie kaum mehr die Möglichkeit hatte, mit ihm allein zu sein. Naira war ständig in der Nähe und überwachte sie mit scharfen Adleraugen. Bres und Debrogail mußten sich mit Bruchstücken von Momenten zufriedengeben, mit verstohlenen Küssen in dunklen Nischen, heimlichen Berührungen der Hände, wenn sie sich auf dem Korridor begegneten.

Heute abend aber würden sie beisammen sein. Debrogail wollte ein Schlafmittel in Nairas Wein tun, eine Droge, die sie bis in den Morgen schlafen lassen würde. Endlich würden sie und Bres ihre Liebesnacht erleben.

Sie dachte daran, wie zärtlich und sanft seine Lippen gewesen waren, als er sie geküßt hatte. Nun war Bres beileibe nicht der erste, der sie geküßt hatte. Als Magd konnte man es sich nicht aussuchen, wer sich des Nachts mit einem vergnügte.

Debrogails Mutter war früh gestorben, nach langer Krankheit und heftigem Husten. Sie hatte Debrogail gelehrt, welche Pflanzen die verschiedenen Leiden heilten. Doch auch die Behandlung mit der Ehrenpreispflanze hatte ihr keine Linderung gebracht, als sie anfing, Blut zu spucken.

Eines Nachts war Debrogail erwacht und hatte wahrgenommen, daß der Husten aufgehört hatte. In ihrem kindlichen Halbschlaf war sie der Meinung gewesen, Kräuter und Kräuterauszüge hätten endlich eine Besserung bewirkt. Eine innere Stimme aber hatte sie gedrängt, aufzustehen und nach der Mutter zu sehen.

»Mutter!« hatte Debrogail ausgerufen. »Mutter!« Ihre Mutter war stumm geblieben.

Roter Glutschein war auf das unbewegte Antlitz ihrer Mutter gefallen. Ein sonderbares himbeerrotes Geburtsmal hatte fast die ganze rechte Wange verunstaltet, und Debrogail war davon verschont geblieben. Entstellende Male dieser Art übersprangen angeblich oft eine Generation.

Debrogail hatte die Wangen ihrer Mutter berührt. Sie war steinkalt gewesen.

Nach dem Tod ihrer Mutter hatte Margaret Debrogail auf einem Strohsack bei sich im Gemach schlafen lassen. »Die Krieger sind wie Tiere«, hatte sie zu Debrogail gesagt. »Sie lassen nicht zu, daß ein Mädchen lange Kind bleibt.« Einige Monate lang hatte Debrogail im Gemach ihrer Herrin geschlafen.

Eines Abends hatten Margaret und Reevnarg die Insel verlassen, um eine ihrer zahlreichen Burgen auf dem Festland aufzusuchen. Debrogail war zu Hause gelassen worden, und in jener Nacht hatte sie sich in der Küche neben der Feuerstelle zur Ruhe gelegt. Ein Krieger war gekommen und hatte ihr die Decke weggerissen. Erst hatte sie die Kälte, dann seine groben Hände gespürt. Als sie hatte aufschreien wollen, hatte er ihr den Mund mit dem seinen verschlossen. Sie hatte ihn heftig in die Lippe gebissen, bevor er ihr einen Hieb versetzt und sein Messer gezogen hatte.

»Siehst du die Klinge?« hatte er mit einer Stimme, die rauh war vor Bier und Lust, gebrummt. »Ein Schrei, und ich schneide dir die hübsche kleine Kehle durch.« Dann hatte er ihr die Beine auseinandergezwungen, und er war stöhnend und grunzend auf so brutale Weise in sie eingedrungen, daß sie heftige Schmerzen hatte, die nicht aufhören wollten.

Ein Krampf hatte ihn überfallen, und in seinem Erbeben hatte er den Dolch fallen lassen. Debrogail hatte danach gefaßt und ihm die Kehle aufgeschlitzt. Diesen Dolch bewahrte sie noch heute zur Erinnerung an jene Nacht auf und ging nie ohne diese Waffe zu Bett.

Reevnargs Krieger und Seeleute wußten Bescheid und hielten sich von ihr fern, wenn sie nicht eingelassen wurden. Besucher wie Chieftains und Kapitäne durfte sie jedoch nicht abweisen, und sie vergnügten sich nach Belieben mit ihr.

Einmal hatte ein Chieftain sie so heftig in die Brüste gekniffen, daß sie aufschrie. Er hatte sie vor Zorn geschlagen, Debrogail hatte ihren Dolch gezückt, um sich zu wehren, er aber hatte sein Schwert gezogen und gedroht, sie zu töten. Mit einemmal hatte Mistreß Arrah vor ihnen gestanden, Debrogail den Dolch aus der Hand genommen und den Mann zur Rede gestellt. »Geht schlafen, oder ich rufe meinen Vater!« hatte sie gesagt. Mistreß Arrah, die häufig in der Nacht umherstreifte, war aus dem Nichts aufgetaucht.

Am nächsten Tag stellte Reevnarg den Mann persönlich zur Rede. »Ihr dürft gern mit dem Gesinde Euer Vergnügen haben, doch Ihr dürft niemanden mißhandeln.« Dieser Chieftain hatte sich nie wieder blicken lassen.

Mistreß Naira hatte es nie gekümmert, was mit dem Gesinde geschah. Stets hoheitsvoll und stolz, spielte sie zu gern die große Dame. Ihre raschelnden Seidengewänder in Grün und Blau prunkten mit Perlen- und Goldstickerei. Doch ihre Schönheit war von berechnender Art. Während Arrah ständig in Bewegung schien, ließ sich Naira immer Zeit und schritt mit der gelassenen Würde einer Frau einher, die sich der Welt und den Menschen überlegen fühlt. Sie verachtete Krieger und Seeleute, am meisten aber verachtete sie Arrah wegen ihrer wilden und gar nicht damenhaften Art.

Nachdem Naira vermählt worden und aufs Festland gezogen war, wurde das Leben auf der Adlerburg für Debrogail und die anderen Mägde viel leichter. Dann aber war Nairas Gatte bei einem Jagdunfall ums Leben gekommen. Er hatte sich beim Sturz in die Zunge gebissen und war einer Blutvergiftung erlegen. Naira war daraufhin auf die Insel der Adler zurückgekehrt, um den vielen hohen Chieftains zu begegnen, die ihren Vater besuchten.

Sobald sie einen zweiten Mann gefunden hatte, wollte sie der Insel den Rücken kehren und in ihre Burg auf Glen Head zurückkehren. Debrogail wußte, daß sie und Bres mit größter Vorsicht vorgehen mußten, um nicht von Naira ertappt zu werden.

»Ich hasse sie«, hatte Debrogail Bres anvertraut. »Sie ist wie eine Spinne, die alles in ihrem Netz fangen möchte. Vor allem dich.«

»Ja«, sagte Bres darauf, »sie weiß aber, daß ich dich begehre.« Er berührte Debrogails Wange.

»Seit du hier bist, schlägt sie mich doppelt so oft.«

Bres sprang auf, seine sonst so neckischen Augen funkelten zornig. »Ich sorge dafür, daß es damit ein Ende hat. Wie kann sie es wagen…«

Debrogail legte ihm begütigend den Finger auf die Lippen. »Pst, sie wird dich noch hören. Du darfst gar nichts sagen, ansonsten sorgt sie dafür, daß wir uns nicht wiedersehen.«

»Debrogail, mein Liebling, könnte ich jeden einzelnen Peitschenhieb auf mich nehmen, ich würde dir die Schläge ersparen.«

»Viel Kraft hat sie ohnehin nicht«, erwiderte Debrogail. »Die Schläge tun mir nicht sonderlich weh.«

»Ich habe dir nur Schmerzen bereitet.«

»Nein, Geliebter, du hast mir Freuden gebracht. Meine Gedanken gelten einzig und allein dir.«

Nach einem endlos langen Tag kam für Debrogail der Abend.

Die fernen Hügel des Festlandes wurden vom Sonnenuntergang blau, dann purpurn und schließlich schwarz gefärbt. Die Fackeln wurden angezündet, die Barden stimmten ihre alten Lieder an. Zuweilen ließen die Barden zu, daß Debrogail sang, das geschah jedoch nur selten, da sie ihr die herrliche Stimme neideten.

An diesem Abend bat Margaret sie um ein Lied. Debrogails Stimme klang unbeschreiblich lieblich, als sie das melancholische Lied von den Königskindern aus verfeindeten Geschlechtern sang, die sich liebten und in Geschöpfe des Meeres verwandelt wurden, weil ihre Liebe so groß war, daß sie dem Tod trotzte.

Kaum hatte sie geendet, als sich lauter Beifall erhob. Bres, der auffallend laut klatschte, bat Debrogail um ein weiteres Lied, aber Naira, die wohl bemerkt hatte, wie sehr er Debrogails Gesang genossen hatte, wehrte ab: »Nein, ich habe genug von diesen Klageliedern. Spielt auf, ihr Barden! Spielt etwas Fröhliches und Munteres.« Nur zu gern kamen die Barden dieser Aufforderung nach.

Als Naira Bres um einen Tanz bat, schützte er einen verstauchten Knöchel vor. »Nun gut«, gab sie sich zufrieden. »Spielen wir statt dessen lieber Karten.«

Den ganzen Abend behielt Debrogail Bres im Auge und wandte den Blick nur ab, wenn Naira sie ansah. Bres griff über den Tisch hinweg nach Nairas Hand und drückte einen Kuß darauf. Mit einem Kartentrick lenkte er Naira ab, damit Debrogail indessen einen Schlaftrunk in Nairas Wein schütten konnte. Dann ging Debrogail in die Küche, um abzuwarten.

Bres hob seinen Pokal zu einem Trinkspruch. »Auf die lieblichste der O'Donnell-Frauen!« rief er aus.

Naira lächelte. Ihre Augen waren bezaubernd, wenn sie lächelte. Die Fackeln spiegelten sich darin wie kleine helle Nadelstiche. Doch ihre Augen waren, anders als die von Debrogail, von Härte geprägt. Bald würde er in Debrogails sanften, einladenden Armen liegen. Naira führte den Becher an die Lippen.

In diesem Augenblick entstand Bewegung am anderen Ende der Halle. Ein Ringkampf, als reines Kräftemessen begonnen, artete zu einer Prügelei aus. Bres sprang mit dem raschen Reflex des Kriegers auf und näherte sich dem Unruheherd.

Margaret ließ im Vorübergehen verlauten, ihre Näherin hätte

das neue Kleid aus roter italienischer Seide bereit. Naira setzte den Pokal ab, ohne daraus getrunken zu haben, und folgte ihrer Mutter. Die mürrische Bridgett, die noch immer grollte, weil man sie in den Stall verbannt hatte, sah das fast volle Trinkgefäß. Dem Gesinde war es nicht gestattet, die edlen französischen und italienischen Tropfen zu trinken, es mußte sich mit Bier und Ale begnügen. Bridgett nahm den Humpen und trank ihn mit feindseliger Genugtuung leer, nachdem sie sich vergewissert hatte, daß sie niemand beobachtete.

Ein Windstoß erfaßte die Takelage von Reevnargs Schiff, als Carbri und Arrah an den Hauptmast gebunden wurden. Alle an Bord hatten den Sturm gerochen, hatten ihn in den Knochen gespürt. Verwundert war die Besatzung nur über die Schnelligkeit, mit der er nun hereinbrach. Schwarzes Gewölk jagte gleich einem Raubtier vom Horizont heran.

»Luken dicht!« rief Reevnarg.

In diesem Augenblick waren Arrah und Carbri vergessen. Der Wind heulte, beruhigte sich wie durch ein Wunder, um sogleich wieder wie ein Faustschlag zuzustoßen. Der Geißbockkadaver, der vom Hauptmast hing, um günstige Winde zu gewährleisten, stürzte aufs Deck. Ein böseres Omen gab es nicht.

»Holt die Segel ein!« brüllte Reevnarg.

»Es ist ein Teufelswind!« rief einer der Matrosen. »Dieses Weibsstück hat ihn gerufen. Werft sie über Bord!«

»Das Weibsstück!« heulte die Besatzung auf. Alle starrten Arrah mit Augen an, aus denen ihr häßliche Furcht entgegenschlug.

»Laßt sie in Frieden! Segel reffen, verdammt!« schrie Reevnarg und griff nach der Peitsche des Ruderführers. »Ich will wegen euch Feiglingen nicht mein Schiff verlieren!« Er fing an, auf die Seeleute einzuschlagen.

Doch die Besatzung fürchtete die Hexe an Bord mehr als die Peitsche. Sie wußten um die Zeichen – den Teufelswind nämlich –, und sie waren zur Meuterei bereit, nur um sie von Bord zu schaffen.

Wie eine Horde Wildgewordener stürmten sie auf Arrah zu, fünfundzwanzig oder dreißig Mann, die Reevnargs Peitsche und seine Befehle mißachteten, weil sie nur ein Ziel hatten – sich der Hexe zu entledigen, die die Ursache des Sturms war.

Carbri warf seine Fesseln ab, nahm vor Arrah Aufstellung und zog sein Schwert. »Mach den *currach* los!« rief er ihr zu. Die aufgebrachten Seeleute hätten auch ihn erfaßt und über Bord geworfen, wäre nicht eine Riesenwelle herangerollt, die das Schiff anhob. Und als es sich wieder senkte, wurden einige Männer mit dem Kopf voran in die schäumende See gespült. Arrah prallte gegen die Reling und wäre ebenfalls im Wasser gelandet, hätte sie sich nicht mit aller Kraft festgehalten.

Auch Carbri fiel um und verlor dabei sein Schwert. »Mach das Boot los!« rief er, während er nach der Waffe eines anderen Mannes griff, der ebenfalls den Halt verloren hatte. »Wirf es über Bord!« Die Wogen wuchsen immer höher, so hoch, daß sie bis zum Himmel zu reichen schienen. Der Ozean schien vor sich selbst auf der Flucht zu sein, als ein Brecher übers Deck fegte. Arrah klammerte sich wieder an die Bordwand. Gleich darauf hatte sie das Gefühl, von der See aufgesogen zu werden. Auch dieser Brecher ging vorüber.

»Schnell!« rief Carbri.

Arrah schob das Boot über die Reling.

Wieder zerriß das Knallen von Reevnargs Peitsche die Luft. »Fischfutter, das seid ihr alle! Die Frau geht von Bord, seht ihr nicht! Dreckige Landratten. Ich werde noch mein Schiff einbüßen… mein Geist wird euch bis in die Hölle verfolgen. Jeden einzelnen werde ich mir vorknöpfen!« Die Peitsche knallte. »Los, an die Segel! Holt ein!«

Arrah hob ein Bein über die Reling. Carbri war an ihrer Seite. Sie warf einen Blick auf die grauweiße See, dann zurück zu Reevnarg. Ihre Blicke trafen aufeinander. Seine Miene rief eine Erinnerung in ihr wach. Mit diesem Gemisch aus Stolz und Bedauern hatte er sie auch angeschaut, als sie ihm den Adler zurückgebracht hatte. Er senkte die Peitsche, als ob er etwas sagen wollte, doch die Besatzung drängte heran, so daß seine Worte unausgesprochen blieben. Wieder ließ er die Peitsche knallen. »Spring, Tochter! Verdammt, spring doch, bevor dieser Abschaum dich erwischt!« rief er ihr zu.

Sie faßte nach Carbris Hand. Gemeinsam hielten sie das Seil des *currach* fest und sprangen.

Das Wasser schlug über ihnen zusammen, doch Arrah kam bald an die Oberfläche. Sie hielt sich an der einen Seite des kleinen Bootes fest, während Carbri von der anderen Seite hineinkroch. Sodann half er ihr, ins Boot zu kommen. Zwei Ruder waren im Inneren angebunden.

Wieder kam eine hohe Welle und hob das Schiff ihres Vaters an. Der kleine *currach* befand sich im Wellental, so daß sie einen Augenblick den Eindruck hatte, das große Schiff schwebe über ihnen in der Luft, völlig reglos, wie erstarrt. Arrah schrie, weil sie Angst hatte, die ›Maeve‹ könnte sie erdrücken.

Doch der Wind riß ihr jeden Laut von den Lippen. Die Woge senkte sich, so daß jetzt Arrah und Carbri auf dem Wellenkamm waren und die ›Maeve‹ unter ihnen.

Land war nicht in Sicht. See und Himmel schienen ineinander überzugehen. Wind und Wasser tobten mit aller Gewalt, doch Arrah und Carbri in ihrer blinden Konzentration vergaßen die Elemente, vergaßen alles, bis auf die Tatsache, daß sie das Boot am Kentern hindern mußten.

Arrah wußte nicht, wie lange der Regen trommelte und wie oft die Wellen über ihnen zusammenschlugen. Die Zeit verging, mehr wußte sie nicht. Die Dunkelheit kam früh. War es Nacht? Sie hatte keine Ahnung. Sie war nur entschlossen, das Boot nicht kentern zu lassen.

Sie sahen auch nicht den Felsen, der den Boden des Bootes aufriß. Ganz plötzlich stürzten Arrah und Carbri in die brodelnde, graue See. Arrah wurde hochgehoben und dann vom Wasser in die Tiefe gerissen.

Bres war in leidenschaftlicher Umarmung mit Debrogail vereint. Die kühle Nacht war von Blitzen durchzuckt. Ihre Helligkeit zeigte Mann und Frau entblößt, ihre Körper glänzten vom Schweiß ihrer Leidenschaft. Bres drang tief in Debrogail ein, und sie hob die Füße auf seine Schulter, um ihn besser aufnehmen zu können. Das Donnergrollen war so laut, daß sie nicht hörten, wie die Tür geöffnet wurde.

Als das Paar ineinander zusammensank, stand eine Gestalt reglos im dunklen Schatten des Eingangs.

»Meine Geliebte! Meine Geliebte!« In Bres' Stimme war die Atemlosigkeit, die nach der Liebe kommt, zu hören.

»Mein Schatz«, seufzte Debrogail. »Ich danke Gott für die Schwertwunde, die du damals davongetragen hast.« Sie legte sich zurück, die Finger in sein Haar vergraben.

»Und ich danke ihm, daß er mir eine so schöne Pflegerin gegeben hat.«

»Wie kam es, daß Reevnarg vom Angriff deines Onkels Kenntnis hatte?« fragte Debrogail.

»Ich habe Seaghan die Nachricht überbracht.«

»Dann bist du ja ein Verräter«, sagte Debrogail halb scherzend, halb im Ernst. »Wirst du eines Tages auch ein Verräter an unserer Liebe werden?«

»Nein, ich bin kein Verräter. Seaghan ist mein Vetter. Ich liebe ihn wie einen Bruder. Deshalb habe ich ihn vor dem Angriff seines Vaters gewarnt.«

»Dann bist du auch ein Ausgestoßener wie er.«

»Besser mit denen, die man liebt, ausgestoßen sein als ein Freund derer, deren Gedanken man nicht teilt. Brion MacNamara gibt seinem Haß gegen Seaghan zu sehr nach. Ihm konnte ich nicht länger die Treue halten.«

»Mein geliebter Bres! Wenn Naira merkt, was uns verbindet, wird sie mich töten lassen.«

»Wir gehen nach Frankreich zu Seaghan, sobald sich das Unwetter verzogen hat.«

»Ich könnte ja eines von Mistreß Margarets feinen Kleidern anziehen wie Bridgett und so tun, als sei ich gar keine Magd«, gab Debrogail sich Träumen hin.

»In Frankreich wirst du viele Kleider haben. Seaghan ist steinreich. Er wird mir meinen Dienst gut lohnen. Margarets Kleider brauchst du nicht.«

»Ich kann es nicht ändern, daß ich eine Magd bin. Nur Bridgett tut so, als sei sie keine. Wie lange wirst du eine Magd lieben?«

»Ich liebe dich«, sagte Bres ernst und stützte sich auf den Ellbogen auf. Sogar in der Dunkelheit war sie reizvoll und schön.

»Das mag ja stimmen. Du liebst mich, weil ich deine Wunden geheilt habe. Aber du bist der Neffe eines Chieftains.«

»Ich bin niemandes Neffe mehr. Ich habe meine Entscheidung getroffen, als ich mich Seaghan anschloß. Auch ich bin jetzt bettelarm.«

»Du kannst keine Magd heiraten«, wandte Debrogail ein.

»Bricht ein Mann auch nur eines der Gesetze seines Landes, dann befreit er sich damit auch von allen anderen. Die Freiheit ist wundervoll. Ich kann heiraten, wen ich will.«

»Du wirst eine Dame von Rang zur Frau nehmen müssen.«

»Damen von Rang! Glaubst du, diese Damen wissen ihre Zunge so zu gebrauchen wie du? Diese Damen sind viel zu sehr mit ihrem Rang beschäftigt, um einen Gedanken an das Vergnügen eines Mannes zu verschwenden.«

»Dann werde ich deine Beischläferin sein.«

»Die liebreizende Debrogail! Glaubst du, eine Ehefrau würde dulden, daß du mich verwöhnst?« Er küßte sie ausdauernd auf den Mund.

»Alle Chieftains haben Konkubinen.«

»Ja, später, wenn die Frauen ihrer Männer überdrüssig sind. Aber nicht am Anfang ihrer Ehe. Deine Schönheit würde jede Frau grün vor Neid werden lassen. Du hättest keinen Frieden mehr.«

»Wie wahr!« kam eine Stimme von der Tür her.

Debrogail und Bres schnellten entsetzt hoch.

Wieder erhellte ein Blitz die Dunkelheit, und sie sahen Naira. »Wachen!« rief sie gebieterisch.

Bres und Debrogail sprangen auf. Bres faßte nach seinem Schwert, aber die Wachen kamen ihm zuvor.

»Zurück ins Bett!« befahl nun Naira. »Du nicht, du Schlampe, nur Bres!«

»Naira!« rief Bres. »Tu dem Mädchen nichts! Es ist allein meine Schuld!«

Naira ließ sich hoheitsvoll lächelnd auf dem Bettrand nieder. Im Licht der Fackel einer der Wachen sah sie aus wie eine Katze kurz vor dem Verspeisen einer Maus. Ihr Blick glitt anerkennend über den im Bett sitzenden Bres.

»Bres!« schrie Debrogail. »Ohne dich ist mein Leben nichts!«

Jetzt erst spürte sie, daß die Wachen sie wie gebannt anstarrten, und sie versuchte, ihre Blößen mit den Händen zu bedecken.

»Um Christi willen, Mann!« rief Bres dem Posten zu. »Laß sie sich ankleiden!«

Die Wachen verharrten reglos. Auf Nairas Nicken hin faßte einer der Männer nach einer Decke und warf sie Debrogail zu.

Naira fuhr fort: »Ich erlaube, daß Debrogail unversehrt gehen kann. Ich werde sie auf eine meiner Burgen schicken, so daß sie sich mit ihresgleichen vergnügen kann. Ich lasse sie gehen« – Naira zögerte –, »wenn du mir die Ehe versprichst.«

Bres zog die Decke höher. Tausend Gedanken überstürzten sich in seinem Kopf. Er mochte Naira nicht und würde sie nie lieben. Er liebte Debrogail, und er wollte nicht zum Verräter an ihrer Liebe werden. »Ich werde nicht...«, setzte er an.

»Dann lasse ich sie töten. Vor deinen Augen werden die Wachen ihr die Kehle durchschneiden.«

Der Wachposten legte seine Klinge an Debrogails Kehle.

»Tu es nicht!« schrie Debrogail auf. »Ich selbst fürchte den Tod nicht.«

Bres sprang auf, um seiner Geliebten beizustehen. Sofort wurde er von drei Männern überwältigt. Debrogail, die zu ihm wollte, verlor ihre Decke. Die beiden Liebenden standen nackt da. Ihre Verzweiflung und Wehrlosigkeit bot ein traurig schönes Bild, als sie vergeblich versuchten, die Hand des anderen zu erfassen.

Wieder schwang der Wachposten sein Schwert.

»Ja, ich nehme dich zur Frau!« rief Bres Naira zu.

»Nein!« schrie Debrogail.

»Ich heirate dich! Ich tue alles, wenn du sie am Leben läßt!« flehte er.

Auf Nairas Nicken hin zerrte der Wachposten die um sich schlagende Debrogail aus dem Raum.

»Eine kluge Entscheidung, mein Geliebter«, ließ sich Naira vernehmen. »Morgen schon will ich mit den Hochzeitsvorbereitungen beginnen.« Sie küßte ihn auf den Mund. Zu den Wachen gewandt, sagte sie: »Bewacht ihn gut, damit er mir nicht entfliehen kann.«

Sie verließ die Kammer und rief einen anderen ihrer Leute herbei. »Wenn das Unwetter nachläßt, bringst du Debrogail nach Glen Head aufs Festland. Sage dem Baumeister, er möge sie unter der Burg lebendig einmauern. Niemand darf davon erfahren. Hast du verstanden?«

»Ja, Herrin.«

»Tu, was ich dir sage, und ich werde dich nach deiner Rückkehr reichlich belohnen.«

»Ja, Herrin!«

II

8. KAPITEL

Es war nur ein undeutliches Gefühl – ein Gefühl unerträglichen Durstes. Ihre Kehle war trocken und aufgerauht wie Pergament. Sie war bei lebendigem Leibe begraben worden. Sie war die unter der Adlerburg begrabene Frau. In Nase und Mund spürte sie Erde, schnappte nach Luft und bekam doch keine. Ein Geräusch war zu hören: eine Möwe mit silbernem Flügelschlag, hoch oben am Himmel. Unter sich spürte sie etwas Festes und zugleich Nachgiebiges. Wärme auf dem Rücken und das Tosen der Brandung, verhalten und rhythmisch.

Jetzt merkte sie, was die Trockenheit im Mund war – Sand zwischen den Zähnen und auf der Zunge.

Sie spürte eine Hand auf ihrer Schulter – ein sanftes Rütteln. Langsam hob sie den Kopf. Sie sah bloße Füße, große, gespreizte Zehen. Langsam setzte sie sich auf. Carbri half ihr dabei, indem er ihre Schultern anhob. Er lächelte ihr zu.

Arrah versuchte etwas zu sagen, doch ihr Mund war zu ausgedörrt und ihre Stimme zu rauh. Sie waren an einen Sandstrand geschwemmt worden, das Wetter hatte aufgeklart. Über ihnen wölbte sich das helle, dunstige Blau des Sommerhimmels. Sie spürte die Sonnenhitze auf Gesicht und Brüsten und kniff die Augen gegen die Helligkeit zusammen. Carbri kniete direkt vor ihr.

Er half ihr auf die Beine, und gemeinsam machten sie sich auf die Suche nach Süßwasser. Ein Stück landeinwärts stießen sie in einer Senke auf eine Stelle, wo sich Regenwasser angesammelt hatte.

»Wo sind wir?« fragte Arrah.

Carbri wandte den Kopf. »Siehst du dort drüben den Felsen?«

Arrah sah in ein paar hundert Schritt Entfernung einen gewaltigen abfallenden Felsbuckel.

»Dort liegt ein Fischerdorf, es heißt Biarritz. Die Menschen sprechen weder Französisch noch Spanisch, sondern eine sonderbare Sprache, das Baskische. Wenn wir nach Paris wollen, müssen wir nach Norden. Dort lebt ein Ire namens O'Reilly. Dein Vater kennt ihn. O'Reilly kann uns sagen, wann ein Schiff nach Irland segelt.«

»Wie lange sind wir schon hier?«

»Eine Nacht«, gab Carbri zurück.

Sie spürte eine Wunde auf der Wange und berührte sie. Carbri griff ihr unters Kinn und hob ihr Gesicht an.

»Arrah, was bist du doch für ein Mädchen!« In seinen klaren braunen Augen lag unaussprechliche Bewunderung. Dann wanderte sein Blick zu ihren Brüsten.

»Ich habe Hunger!« sagte sie.

»Bei allen Heiligen, ist das das einzige, woran du denkst? Immer nur an deinen Magen!«

»Woran soll man sonst denken, wenn man Hunger hat? Gib mir deinen Dolch.«

Wie alle Seeleute hatte Carbri an seinem Dolch eine Seillänge befestigt, damit er ihn bei rauher See nicht verlor.

Sie gingen an den Strand und gruben nach Muscheln, von denen sie bald einen stattlichen Haufen beisammenhatten. Mit seinem Feuerstein entfachte Carbri ein kleines Feuer. Es dauerte nicht lange, und die Muscheln platzten auf, und Arrah und Carbri machten sich gierig darüber her.

»Schade, daß wir nicht mehr davon haben«, meinte Arrah, die sich suchend umblickte.

»Du hast gesagt, wir hätten genug!«

»Ich war zu hungrig und konnte nicht mehr warten.«

»Morgen gehen wir nach Biarritz. Dort gibt es Essen in Hülle und Fülle. Es wird auch für dich reichen, du Vielfraß!« Wieder ruhte sein Blick voller Bewunderung auf ihr. »Arrah, du siehst aus, als würde dir dieses Abenteuer ungemein bekommen.« Es war die Wahrheit. Trotz der Schramme im Gesicht und des vom Seewasser durchnäßten und vom Sand durchsetzten Haares strahlte ihr vor Erregung gerötetes Gesicht Kraft und Lebensfreude aus. Er berührte ihre Wange.

Ihr gefiel seine Berührung, und wieder empfand sie in sich diese merkwürdige Regung...

Carbri strich mit dem Daumen über ihre Wange, und sie wich nicht aus. Sein Daumen glitt weiter zu ihrem Halsansatz. Dort hatte noch niemand sie berührt, und sie schloß die Augen. Ihr Atem kam schneller, als sie die sanfte Berührung seiner Lippen an ihrem Nacken und am Kinn fühlte. Da wandte sie ihm den Mund zu. Carbris Lippen waren ganz sanft, nicht mehr als ein Hauch. Sie aber wollte mehr und küßte ihn. Sein Gewicht drückte sie in den Sand zurück. Es war ein gutes Gefühl, wenngleich nicht so von Leidenschaft erfüllt, wie sie gehofft hatte. Sie spürte, wie seine rauhen Finger ihr zerrissenes Hemd wegschoben. Sachte umfaßte er ihre Brüste und spielte mit ihrer Brustwarze. Er senkte seinen Mund, und als sein Atem ihre Brust erwärmte, überlief sie ein Schaudern. Dann war Carbris Mund auf ihrem, und er küßte sie, diesmal sehr heftig. Sie merkte, daß sich seine Hände an ihrer Hose zu schaffen machten. Sie begehrte ihn. Plötzlich spürte sie die Sommerluft an ihren Schamlippen. Die erste Berührung mit seinem Fleisch war sanft, dann erst kam der Schmerz, und sie wich unwillkürlich zurück. Auch Carbri zog sich zurück, war aber nicht imstande innezuhalten, und ehe sie wußte, wie ihr geschah, durchdrang er die Schranke ihrer Jungfräulichkeit und ergoß sich in sie.

Carbris schwere Atemzüge streiften ihren Hals. »Es tut mir leid«, keuchte er, »aber du hast so viel Begierde in mir geweckt.« Wieder küßte er sie auf Stirn, Wangen und Augen.

Arrah war enttäuscht. Sollte das alles sein, was Liebe zu bieten hatte? War dies der Grund, weshalb die Barden Lied um Lied sangen? Wimmerten deshalb die Frauen unter ihren Männern? Wenn das die Liebe war, dann war es die größte Enttäuschung ihres Lebens.

Dann aber empfand sie ein wohliges Pulsieren an der Stelle, in die Carbri eben eingedrungen war. Er fing an, sich wieder zu bewegen, in einem stetigen Rhythmus, der sie an die Trommeln beim Tanzen erinnerte, und während er nicht aufhörte, sich zu bewegen, schwand der Schmerz und wich der Wonne einer Frau, und als er sich ein zweites Mal verströmte, antwortete sie mit einem wilden Lustschrei.

Als Händler von allerlei Tand und Zaubermitteln verkleidet, segelte Glundel Joyce zur Insel der Adler. Das Gesicht hatte er mit Walnußschalen geschwärzt, auch der helle Bart war gefärbt. Er trug einen groben, zerfetzten Umhang, seine Zähne waren mit Pech verschmiert, damit sie verfault aussahen.

Seinen Onkel hatte Glundel bereits aus dem Weg geschafft, auf ganz einfache Weise. Der Alte war ein Dummkopf und vertrauensselig wie ein Kind gewesen. Zusammen waren sie auf die Jagd gegangen, doch bevor sie die dichtbewaldeten Gebiete erreicht hatten, in denen man die größte Beute machte, hatte Glundel sich über gewaltigen Durst beklagt und alle anderen vorausgeschickt. Auch Cormac war durstig gewesen. Das mit Zwiebeln und Fett gebratene Schweinehirn, das Lieblingsgericht des Alten, dem sie am Abend zuvor reichlich zugesprochen hatten, war sehr salzig gewesen. Kein Wunder, da Glundel seinem Onkel heimlich eine ordentliche Prise Meersalz auf den Teller gestreut hatte.

Glundel und Cormac suchten gemeinsam einen Brunnen auf. Glundel ließ den Eimer hinunter und zog ihn wieder herauf. »Trink, Onkel«, hatte er Cormac großzügig angeboten.

Der Alte führte den Eimer zum Mund. Da versetzte Glundel seinem Onkel einen Hieb – dorthin, wo er am empfindlichsten war. Cormac sank zu Boden. Glundel griff nach einem Felsbrocken und schlug ihm damit auf den Kopf, ehe er ihn in den tiefen Brunnen warf.

Dann fing Glundel laut zu rufen an. »Hilfe! Hilfe!« Die übrige Jagdgesellschaft fand sich rasch ein. Ein Seil wurde in den Brunnen gelassen, einer der Jagdgehilfen wurde hinabgeschickt, um den Alten zu holen. Glundel Joyce, der neue Chieftain, vergoß heiße Tränen neben dem Leichnam seines toten Onkels.

Bis zu diesem Zeitpunkt war Glundels Plan, sich die Insel der Adler anzueignen, reibungslos verlaufen. Vor einiger Zeit hatte er langsam Cormacs Frau vergiftet, bevor er dem alten Narren vorsichtig klargemacht hatte, er müsse um Arrah anhalten. Mochte der Alte sagen, was er wollte, eine Verlobung war so bindend wie eine Ehe. Cormac war tot. Glundel hatte nicht die Absicht zuzusehen, wie die Insel der Adler ihm durch die Finger schlüpfte.

Mit seinem groben Umhang und den verfaulten Zähnen betrat

Glundel Joyce die Küche der Adlerburg. Er hatte einen großen Ledersack bei sich, der seine Waren enthielt. Bridgett stand über einen Tisch gebeugt. Ihre Kehrseite zeichnete sich rundlich unter ihren Röcken ab. Sie war ganz allein. Lautlos hinter sie tretend, strich Glundel mit der Hand über ihre Hüfte. Er wollte sie von hinten nehmen, damit ihm der Anblick ihres Gesichts erspart blieb. Bridgett erschrak.

»Pst!« flüsterte Glundel ihr ins Ohr. »Dreh dich nicht um!«

So willig Bridgett im allgemeinen war, hatte sie doch nicht die Absicht, mit jemandem, den sie nicht kannte, etwas anzufangen. Es galt, Vergünstigungen zu gewinnen, mochten diese auch noch so klein sein, und sie dachte nicht daran, sich auch nur eine einzige entgehen zu lassen.

»Ach, Herr Glundel«, quiekte sie entzückt, als sie sah, wer sie bedrängte.

»Pst, kleine Närrin! Soll alle Welt merken, daß ich hier bin?«

»Du kannst Mistreß Margaret mit deiner Aufmachung hinters Licht führen, nicht aber Bridgett«, sagte sie nun gedämpfter. »Und ich dachte schon, du hättest mich vergessen. Und jetzt bist du da...« Sie kniete vor ihm nieder.

Dies allein genügte, um Glundels Hose eng werden zu lassen. Es war in seinem Sinne, daß sich eine Frau der Befriedigung eines Mannes unterwarf.

Mit geübten Händen faßte sie nach seiner Schwellung und fing zu reiben an. Dann griff sie in seine Hose und zog die erigierte Männlichkeit hervor, ein klägliches Ding, klein und dünn wie das eines Knaben. Wäre er einer vom Hausgesinde gewesen, sie hätte ihn ausgelacht und verhöhnt, da er aber Tanaist war, besann sie sich eines Besseren. »Sieh einer an, was für eine Elle das ist!« log sie frech. Es war ein Spiel, das sie des öfteren mit Männern trieb. »Ach, wie macht mich das glücklich!« Und alle glaubten ihr. Alle. Männer waren ja so dumm! Mochten ihre Schwänze winzig und nutzlos sein, nahm man sie in den Mund, dann konnte man alles von den Kerlen haben. Sie nahm sein Glied in den Mund und fing zu saugen an. Dabei ließ sie die Lippen gekonnt an seinem pulsierenden Schaft auf und ab gleiten. Ihre Verachtung für das männliche Geschlecht hätte gar nicht größer sein können. Nach lächerlich kurzer Zeit setzte das lebhafte Pulsieren ein. Er packte ihren Kopf und zog sie in einer ruckartigen Bewegung näher. Sie lachte insgeheim, als er kam.

Dann stieß sie seine Hände von sich und stand auf.

»Hast du mein Kleid gebracht?« fragte sie.

Glundel nickte mit geschlossenen Augen.

»Was für eines?«

Er sah sie an und brachte, tief Atem holend, seine Hose in Ordnung. »Eines, wie ich es dir versprochen habe.«

»Welche Farbe?«

»Es ist sehr hübsch.« Aus seinem Sack zog er ein sandfarbenes Samtkleid von schlichtem Schnitt, mit hoher Taille, aber ohne die Zierstickerei, die der Frau eines Chieftains angestanden hätte. Im Vergleich zu Bridgetts grobem Kittel war es ein Prunkgewand. Bridgett befingerte es neugierig.

Glundel zog das Kleid an sich. »Erst sollst du mir einen Gefallen tun.« Er zog ein Fläschchen aus seiner Tasche. »Als Gegenleistung für das Kleid…«

Bridgett schaute das Fläschchen an. »Das Kleid könnte ich ohnehin nie tragen«, sagte sie. »Meine Herrin würde glauben, ich hätte es gestohlen.«

»Bridgett, dein Mund hat besondere Gaben.« Er versuchte, ihre Wange zu berühren.

Sie wich seiner Hand aus.

»Ich könnte dich hier herausholen.« Er durchmaß die Küche, faßte nach Löffeln und Küchengerät, das er sofort wieder geringschätzig fallen ließ. »Du bist ein begehrenswertes Frauenzimmer. Ich habe gesehen, welche Figur du in Margarets Gewändern machst. Du siehst ebenso vornehm aus wie sie. Kleider und Schmuck machen eine Frau erst schön. Möchtest du für immer eine Magd im groben Kittel sein?«

Aus Bridgetts Blick sprachen Verachtung und Spott. »Was soll ich tun?«

Glundel hielt das Fläschchen in die Höhe. »Es enthält Gift. Bilsenkrautöl, ausreichend, um deine Herrin zu töten«, flüsterte er. »Mein Onkel ist in einen Brunnen gestürzt – er ist tot. Ich bin jetzt nicht mehr nur Tanaist, sondern Chieftain der Joyce. Geht es nach

Mistreß Margaret, dann fiele die Insel der Adler nach ihrem Tod an Arrah. Dem Gesetz nach ist die Insel freilich eine Domäne der Chieftains und kann gar nicht an eine Frau übergehen. Wenn Mistreß Margaret stirbt, müßte die Insel an mich als Chieftain fallen, da Arrahs Verlobter tot ist. Meine Liebe, ich könnte dich aus der Küche in mein Bett befördern.«

»Ich hasse Mistreß Margaret!« flüsterte Bridgett heiser.

»Ich werde dich von ihr befreien. Warte, bis niemand von der Familie auf der Insel ist. Dann schütte das in ihren Schlummertrunk. Ich verspreche dir, daß du nach ihrem Tod als Herrin der Adler an meiner Seite sitzen wirst!«

Die Sommersonne Frankreichs brannte auf Arrah und Carbri nieder, die nach Norden auf Paris zustrebten. Die zwei Liebenden waren Vagabunden, verliebt ineinander, verliebt in die Sonne und in das Land.

Zu Anfang waren Carbri und Arrah als junger irischer Tanaist und sein blutsverwandter Geselle in öffentlichen Herbergen abgestiegen. Doch anders als die Kelten hielten die Bewohner des europäischen Festlandes nicht viel von Sauberkeit, und in den Räumen der Herbergen wimmelte es von Läusen und Wanzen. Es war ein schöner Sommer, so daß die beiden, wann immer sich die Gelegenheit bot, in den Heuschobern auf den Feldern aneinandergeschmiegt nächtigten.

In Navarra schliefen sie bei würzigem Mimosenduft ein. Noch nie hatte Arrah einen so betäubenden Duft gerochen. Am Morgen erwachte sie und sah, wie die Sonne auf die gelben Blüten fiel und sie in glühendes Gold verwandelte. Sie betrachtete Carbris hübsches junges Gesicht, sah die feinen Härchen auf den Wangen und die im Schlaf unmerklich bebenden Lippen. Sie küßte ihn wie immer und schimpfte ihn Schlafmütze. Oft liebten sie sich, bevor sie aufstanden und weiterzogen. Diese Reise, die mit sich brachte, daß man sein Haupt täglich an einem anderen Ort zur Ruhe bettete, weckte in Arrah eine Abenteuerlust, von der sie seit Kindertagen geträumt hatte.

In Navarra waren die Häuser mit roten Ziegeln gedeckt und boten ein völlig anderes Bild als die grauen, verwitterten Schindeln der irischen Dächer. Die französischen Häuser waren weiß getüncht und hatten bunt gestrichene Blumenkästen, himmelblau, blutrot und grün. Der Himmel war unendlich und blau, ein Blau, das sie von Irland her nicht kannte. Und die heiße Sonne war von einem Gelb, das fast weiß wirkte.

Sie kostete Speisen, die sie noch nie gegessen hatte: einen süßen Kuchen aus Yoghurt, Honig und Mehl, der köstlich schmeckte. In einer anderen Stadt aß sie *piperade,* einen Gemüseeintopf, dessen Aroma ihr den Mund wäßrig gemacht hatte, kaum daß sie die Taverne betraten. Der Wirt stellte sofort eine Holzschüssel vor sie hin, die mit der köstlichen Speise gefüllt war. Arrah, die vom langen Fußmarsch hungrig war, langte tüchtig zu und nahm sich wiederholt von dem Eintopf, der aus Schinken, Zwiebeln, Peperoni und Eiern bestand. Verglichen mit den Hafermehlfladen, dem gekochten Rindfleisch und den Fischen Irlands waren die Speisen Navarras ein wahres Göttermahl.

»Arrah, du schlingst ja in dich hinein wie ein verhungertes Straßenkind«, neckte Carbri sie.

»Wenn du mich so weit zu Fuß laufen läßt, Carbri O'Connor, dann muß ich essen, beim Namen der Heiligen!« Sie erbat vom Wirt einen Nachschlag.

»Monsieur«, mahnte der Wirt gutmütig. »Ihr dürft Eurem Gefolgsmann nicht erlauben, so viel zu essen. Er wird faul, jawohl, und er wird nicht mehr arbeiten.«

Carbri zwinkerte Arrah zu, ehe er dem Wirt antwortete: »Faul, ja, er ist sehr, sehr faul.«

»Dann solltet Ihr ihn nicht so gut füttern. Es sei denn, er fängt tüchtig zu arbeiten an.«

»Euer Rat ist vernünftig, guter Mann. Morgen wird er weniger bekommen. Leider ist er ein launenhafter Bengel. Wenn er den Bauch nicht voll hat, wird er mürrisch. Heute hat er einen langen Marsch hinter sich. Seid so gut und tut ihm noch auf.«

»Wohin wollt Ihr denn?«

»Nach Paris.«

»Ach, nach Paris. Dorthin ist es noch weit. Und zwischen hier und Paris treiben sich viele Langfinger herum, Diebe, die Euch die Kehle durchschneiden, ehe sie nach Eurem Geld fragen.«

»Die sollen ruhig kommen. Carbri O'Connor führt sein Schwert gegen den Besten von ihnen.« Carbri bewahrte sein Gold in einem Lederbeutel auf, den er um den Hals trug. Sein erster Griff, nachdem er an den Strand gespült worden war, hatte dem Beutel gegolten. Später hatte er auf einem Markt eine Klinge aus Toledo von einem dunkelhäutigen spanischen Händler erstanden. Für Arrah hatte er auch ein Schwert gekauft.

Zwei Männer würfelten an einem Tisch im Hintergrund. Da rief plötzlich jemand: »Du dreckiger Betrüger!«, und ein Tisch krachte auf den Steinboden.

Der Wirt, der nach einer langen Stange faßte, rief: »He, werft nicht mit meinen Tischen um Euch!«

»Ich zertrümmere deine Tische und deinen Kopf!« brüllte einer der Würfelspieler. Er nahm einen Stuhl und schleuderte ihn gegen den Wirt, so daß dieser sich hurtig ducken mußte.

»Faß ihn, Hund!«

Ein Schuß ertönte. Carbri sprang auf Arrah zu und riß sie zu Boden. Ein Getöse von splitterndem Holz, von Fäusten gegen Knochen, Stahl gegen Stahl brach aus. Carbri versuchte, Arrah aus der Taverne zu schaffen, doch ihr war nicht entgangen, daß eine Pistole zu Boden fiel, und sie hatte Carbris Hand weggestoßen. Jetzt kroch sie eilig auf die Waffe zu. Die gesamte Gaststube war nun in Aufruhr und in die Schlägerei verwickelt. Ein Mann fiel auf Arrah und warf sie um, sie aber ließ die Pistole nicht los und schob den Körper von sich. Arrah richtete sich auf, als jemand einen Humpen nach ihr warf. Geduckt lief sie, gefolgt von Carbri, hinaus.

»Bist du wahnsinnig?« brüllte Carbri sie an. »Man hätte dich töten können.«

Ihr Gesicht war hochrot vor Erregung. »Sieh mal, was ich gefunden habe.«

»Nutzlose Dinger«, tat er die Pistole ab. »Das Laden dauert so lange, daß dir unterdessen jemand zehnmal die Kehle durchschneiden kann.«

»Aber damit tötet man jemanden auf eine Entfernung von zwanzig Schritt –, das bringt man mit dem Schwert nicht zuwege.« Sie steckte die Pistole in ihren Gürtel.

»Ich werfe meinen Dolch ebensoweit und treffe immer.«

Sie wanderten von einer von Mauern umgebenen Stadt zur anderen und konnten das alltägliche Leben beobachten: Kühe, die von der Weide in den Stall getrieben wurden; Kinder, die spielten; Männer und Frauen, die schwatzend in den Türen standen. Sie sahen aber auch, daß Verbrecher auf öffentlichen Plätzen ausgepeitscht wurden.

Arrah zog das Land den Dörfern und Städten vor. Auf der Straße und in der Einsamkeit erkannte Carbri sie als Arrah an. Er hielt beim Gehen ihre Hand oder legte den Arm um ihre Schultern. In den Städten und Dörfern hingegen verhielt er sich anders.

»Ich bin nicht dein Bediensteter, den du herumkommandieren kannst«, beklagte sie sich.

Er versetzte ihr einen Klaps auf die Kehrseite. »Wenn du dich nicht mehr wie ein Mann kleidest, dann wird man dich auch nicht mehr wie ein Mannsbild behandeln. Aber bis dahin bist du mein Bursche. Und jetzt tu, was dein Tanaist dir sagt. Sag dem Wirt, daß er mir noch ein Bier bringen soll.« Carbri konnte etwas Französisch, da zwei oder drei Mann von Reevnargs Schiffsbesatzung aus französischen Häfen stammten. Arrah, die bei Pater Thomas Latein gelernt hatte, verstand immer mehr von dem, was um sie herum gesprochen wurde.

Weiter im Norden wichen die dichten Wälder Reihen schnurgerader Büsche.

»Sieh mal«, sagte Carbri mit ausgestrecktem Finger, »wie man die Weinstöcke hochbindet, damit man die Trauben besser ernten kann.«

»Das Land sieht ausgedörrt aus«, sagte Arrah, von plötzlicher Sehnsucht nach der grünen Pracht der irischen Westküste erfaßt.

»Tja, Irland ist es nicht. Aber dafür gibt es hier etwas anderes. Komm.« Er blickte sich verstohlen um, und als er sich vergewissert hatte, daß kein Bauer in der Nähe war, bedeutete er Arrah, ihm zu folgen. Er schlich zu einem Weinstock und pflückte eine Traube. »Iß«, forderte er Arrah auf. Die durchscheinenden grünen Beeren zerbarsten wie kleine süße Schauer in ihrem Mund. Etwas so Herrliches und Saftiges hatte sie noch nie gekostet.

Carbri sah ihr zu, wie sie eine Beere nach der anderen pflückte, elfenhaft und spitzbübisch. Sie nahm eine Traube zwischen die

Lippen, küßte ihn und schob die Traube in seinen Mund. Er nahm sie, drängte seine Zunge zwischen ihre Lippen, drückte Arrah zu Boden und liebte sie im Schatten der Weinreben. Nachdem er ihre Stirn und Nase mit Küssen übersät hatte, faßte er nach oben, riß eine ganze Traube ab und fütterte Arrah damit.

»Die Franzosen sind Dummköpfe«, stellte er ganz ernst fest. »Man braucht dich nur anzusehen, um zu erkennen, daß du kein Mann bist. Sie sind allesamt mit Blindheit geschlagen.«

Plötzlich stieß Arrah einen Schrei aus.

Carbri sprang auf und sie ebenfalls, um wie verrückt etwas von ihren Füßen herunterzustreifen. Sie lagen neben einem Ameisenhaufen. Jetzt krabbelte ein gutes Dutzend der kleinen Biester über ihre bloße Haut.

»Der größte Dummkopf bist du selbst, Carbri O'Connor! Mich neben einen Ameisenhaufen zu locken!«

»Jetzt wissen die Ameisen, daß dein Arsch der reizendste auf dieser Seite des Himmels ist«, meinte er lachend. »Wie könnte man es ihnen verübeln, daß sie ein kleines Häppchen davon möchten!« Er tat so, als wolle er sie wieder zu Boden werfen. Arrah schrie auf, doch anstatt innezuhalten, fing er an, sie zu kitzeln.

Ein Hund fing zu bellen an. Carbri packte Arrah und ihre Sachen, und sie liefen durch den Weinberg und sprangen über den Zaun.

Ein Blick zurück zeigte Arrah einen kleinen, rundlichen Bauern, der ihnen, mit einer Mistgabel bewaffnet, laut rufend nachlief. Aber seine kurzen Beine konnten es mit Arrahs und Carbris Geschwindigkeit nicht aufnehmen, deshalb ließ er bald von der Verfolgung ab. Lachend und atemlos schlüpften die zwei Vagabunden in ihre Sachen und setzten ihre Wanderung fort. Sie schliefen unter Bäumen und in Heuschobern und liebten sich, wann immer die Lust sie überkam.

Trotz der Aussichtslosigkeit und Verzweiflung der Kerkeratmosphäre und des trübseligen Einerleis der Abfolge von Tagen und Nächten war Debrogail entschlossen, die Hoffnung nicht aufzugeben. Sie vertrieb sich die Stunden, indem sie sich immer wieder das kurze mit Bres erlebte Glück ins Gedächtnis rief.

Ihr einziger Kontakt war der mit dem hartherzigen alten Kerkermeister, der sie in ihre Zelle gesperrt hatte.

»Ich friere«, sagte sie verzweifelt zu ihm.

»Ach, nicht möglich. An deiner Stelle würde ich mich daran gewöhnen. Dir steht etwas bevor, was noch viel kälter ist und viel länger dauert«, erwiderte er mit einem bösen Lachen.

»Was hat man mit mir vor?«

»Das wirst du noch früh genug merken«, kläffte er zurück.

Um den Mut nicht zu verlieren und um sich zu wärmen, fing Debrogail zu singen und zu tanzen an.

Da kehrte der Kerkermeister wieder zurück und hämmerte an ihre Zellentür. »Hör mit dem Geheule auf!«

»Wenn ich schon an diesem schrecklichen Ort festgehalten werde, dann werde ich wenigstens singen! Das kannst du mir nicht versagen.« Da schloß er die Tür auf und schlug sie so heftig mit dem Stock, daß sie auf dem Boden zusammenbrach.

»Du wirst auf das hören, was ich sage, wenn du nicht noch mehr Prügel bekommen willst.«

Obschon der Kerker unerträglich kalt und das Essen so armselig war, daß sie die ganze Zeit über Hunger litt, hatte Debrogail fest daran geglaubt, daß Bres sie retten würde. Doch als sie mit nun schmerzendem Kopf auf dem Boden lag, gab sie ihre Hoffnung auf. »Bres, Bres! Wo bist du?« rief sie unter Tränen. »Womit habe ich das verdient?«

Nein, sie wollte sich nicht unterkriegen lassen, und sie wollte nicht aufgeben. Sie konnte leise vor sich hin singen, und sie konnte in ihrer Zelle tanzen, um sich warm zu halten. Sie wußte, daß sie in der Kälte zugrunde gehen würde, wenn sie aufgab – vermutlich beabsichtigte Mistreß Naira genau das. Aber so leicht wollte sie ihr den Sieg nicht machen. Debrogail fing an, sich zu drehen. Ihre langen anmutigen Beine huschten wie Schatten durch die dunkle Zelle.

Indessen wurde Debrogails Grab unter der Burg gegraben. Doch der Baumeister war schon alt und gebrechlich. Die Schwerarbeit, ein Loch in festes Gestein zu hauen, verschlechterte seinen Zustand, und es dauerte nicht lange, und er machte sich auf den Heimweg, um sich ins Bett zu verkriechen.

Zuvor aber gab er einigen der Wachposten Anweisung, am Grab weiterzuarbeiten. Diese sahen, wie elend der Mann beisammen war, und wußten zudem, daß das Gelände rings um Glen Head das härteste und felsigste auf Gottes Erdboden war. Daher sahen sie keinen besonderen Grund zur Eile.

Eines Abends brachte nicht der grimmige alte Kerkermeister Debrogail ihre tägliche Brotration, sondern ein anderer, ein auffallend dünner Mann, den sie noch nie gesehen hatte.

Debrogail hatte sich im Tanz gedreht, als er eintrat. Die schmale Kost hatte sie schon schwächer und dünner werden lassen, und sie tanzte auch nicht mehr so oft wie zu Anfang und auch längst nicht mehr so ausdauernd. Doch während sie tanzte, bildete sie sich ein, für Bres zu tanzen.

»Wo ist der andere?« fragte sie den Dünnen.

»Krank«, lautete die knappe Antwort, ehe er die Tür wieder schloß.

Sie lief zur Tür und rief ihm nach: »Komm zurück! Komm zurück! Ich friere! Was hat man mit mir vor?« Doch sie hörte nur, wie die Außentür ins Schloß fiel, und war wieder allein.

Da der grausame Kerkermeister nicht mehr da war, wollte sie es wieder mit dem Singen versuchen. Sie nahm einen Schluck Wasser aus dem Krug, den der Wärter ihr gebracht hatte, und fing zunächst zu summen an. Bald sang sie so laut, daß ihre klare, wohltönende Stimme von den Steinen zurückgeworfen wurde und es sich anhörte, als wäre ein Engel an diesen höllischen Ort geraten.

Nach einer Weile spürte sie, daß dunkle Augen sie durch die Stäbe der Zellentür beobachteten, doch als sie hinsah, war der Lauscher verschwunden. Sie fuhr fort zu singen, und als sie diesmal aufblickte, war ein Irrtum ausgeschlossen – jemand beobachtete sie. Sie sah das Huschen des Schattens, als er sich verbarg.

»Wer bist du?« rief sie. Die Stille des Kerkers war die Antwort.

»Komm zurück! Bitte!« sagte sie. »Ich singe weiter, wenn du mich hören willst.«

Da hörte sie schlürfende Schritte vom Korridor her, und der Mann, der sie beobachtet hatte, kam wieder. Sein Gesicht konnte sie nicht sehen, doch die Geräusche seiner Schritte ließen vermuten, daß er sein Bein oder etwas, das als Bein diente, nachzog. »Du mußt ja etwas Schreckliches begangen haben, daß Mistreß Naira dich trotz deiner schönen Stimme hier gefangenhält«, gab er leise von sich.

»Mein einziges Verbrechen war es, einen Mann zu lieben, in den meine und deine Herrin sich auch verliebt hat.«

»Liebe sollte kein Vergehen sein«, sagte er leise. »Dich hier zu sehen ist, als sähe man eine Nachtigall im Käfig.«

»Eine Nachtigall hat wenigstens ihr Gefieder, das sie warm hält. Ich habe nichts.«

»Warte.« Er schob eine alte Decke durch die Stäbe des Guckloches an der Tür. Es war eine mottenzerfressene und zerschlissene Decke, aber Debrogail faßte danach und hüllte sich darin ein. Es war seit vielen Tagen das erste Mal, daß sie nicht fror.

»Wie lange bist du schon da?« fragte der Mann.

»Ich weiß es nicht. Der alte Kerkermeister hat mir nichts gesagt.«

»Ach, dieser Rory. Der hat kein Herz, außer für sich selbst. Würdest du für mich singen? Du hast versprochen, du würdest nicht aufhören, wenn ich lausche.«

Das klang so traurig, daß sie nicht ablehnen konnte. Diesmal sang sie nicht die wilden Lieder, zu denen sie getanzt hatte. Statt dessen sang sie die Ballade von den zu Geschöpfen des Meeres verwandelten Königskindern.

»Danke, Debrogail«, sagte er schlicht und leise, als sie geendet hatte.

»Du kennst meinen Namen, während ich deinen nicht kenne«, gab sie zurück.

»Magnus heiße ich«, antwortete er.

»Weißt du, was man mit mir vorhat?«

»Ich muß jetzt fort.«

Als er sich zum Gehen wandte, hörte sie seinen dumpfen, schleppenden Schritt auf dem Stein.

Am nächsten Abend kam Magnus nicht wieder.

»Wo ist Magnus?« fragte sie den Wärter.

»Man bezahlt mich nicht dafür, daß ich Fragen beantworte«, sagte er voller Bosheit und schloß hinter sich die Zellentür.

Beim nächsten Mal, als ein Wärter in ihre Zelle kam, war es wieder einer, den sie noch nicht kannte. Eine Laterne in der Hand, so humpelte er auf Krücken herein, die er aus einer Astgabel verfertigt hatte. Sein rechtes Bein endete am Knie. Seine gebückte Haltung ließ Debrogail vermuten, daß sie einen Greis vor sich hatte, doch als er näher kam und ihr mit der Laterne ins Gesicht leuchtete, sah sie, daß er jünger war, als sie zunächst angenommen hatte. Gesicht und Nacken waren narbenübersät und verliehen ihm ein bedrohliches Aussehen.

»Debrogail, das hier bringe ich dir«, sagte er und zog unter seinem Kittel ein paar Holzpantinen hervor. Sie erkannte die traurige Stimme als die von Magnus, dem Mann, der vor zwei Nächten mit ihr durch die Tür gesprochen hatte.

Debrogail, die zu sehr fror, als daß sie sich bedankt hätte, nahm die Pantinen in Empfang.

»Es tut mir leid, daß ich gestern nicht kommen konnte, aber das Befinden meiner Frau hat sich verschlimmert. Sie ist schwanger, und ich mußte bei ihr bleiben. Ich erzählte ihr von dir und deiner Stimme, und da wollte sie, daß ich dir die Holzschuhe bringe.«

»Ach, Magnus, ich danke dir, daß ich wieder an Güte in der Welt glauben kann.«

»Auf der ganzen Welt gibt es kein gütigeres Geschöpf als meine Cathlin«, antwortete Magnus. »Sie ist eine wahre Heilige.«

Da sie nicht wußte, was sie davon halten sollte, richtete sie den Blick auf seine Krücken.

»Mein Fuß«, sagte er wehmütig, »ich habe eine Speerwunde aus einem Kampf mitgebracht und bekam den Brand. Der Arzt mußte das Bein abschneiden. Fast wäre ich draufgegangen. Viele Frauen würden für einen wie mich keinen zweiten Blick erübrigen. Ich bin ja zu nicht mehr viel nütze. Doch da traf ich Cathlin, und sie erbarmte sich meiner. An Schönheit kann sie es mit dir nicht aufnehmen, dafür hat sie die liebevollsten Augen und das beste Herz von ganz Irland. Ich wünschte, ich könnte deine Lieder in einem Gefäß einfangen und ihr nach Hause bringen. Immer schon hat sie gern Lieder gehört. In ihrer Familie wurde seinerzeit viel gesungen. Ich bat den Barden, zu ihr zu gehen, aber er ist wie alle Sänger. Er spielt vor dem Lord und der Lady, aber für uns gemeines Volk hat er nichts übrig.«

»Ich weiß«, sagte Debrogail. Auf der Adlerburg hatte sie Neid und Eifersucht der Barden miterlebt, die das Recht, zu singen und Harfe zu spielen, ausschließlich für sich beanspruchten, da sie auf jahrelange Ausbildung und Erfahrung pochten.

»Würdest du eines Abends für sie singen, wenn ich sie zu dir brächte?« fragte Magnus.

Wenn du eine Schwangere hier herunterbringen kannst, könntest du mir zur Flucht verhelfen, dachte Debrogail voller Hoffnung.

9. KAPITEL

Seaghan MacNamara, der in seinem Haus in Paris keinen Schlaf finden konnte, wälzte sich unruhig im Bett hin und her.

Arrah O'Donnell wollte ihm nicht aus dem Sinn und trieb sich in seinem Kopf herum wie eine Motte, die immer wieder gegen ein Laternenglas flatterte. Es war nicht allein ihr Äußeres, das ihn bezauberte, denn trotz ihrer auffallenden Erscheinung war sie nicht hübsch im landläufigen Sinn.

Arrah hatte ganz andere Qualitäten. In ihr glühte ein Wesen, das alles und alle in die Schranken verwies. Damals, als Reevnarg Arrahs Ärmel zurückgeschoben und ihm die Narben auf ihrem Arm gezeigt hatte, hatte Seaghan gespürt, daß Begierde ihn heiß durchdrang wie ein scharfes Schwert. In jenem Augenblick hätte er ihr am liebsten die Kleider vom Leib gerissen und sie auf der Stelle im Gras in Besitz genommen, ungehemmt, wie ein Hengst eine Stute bestieg. Er wußte noch, wie sie sich beim Tanz angefühlt hatte, als sie ihm ganz nahe gewesen war und er ihre Weiblichkeit an seinem Schenkel gespürt hatte.

Bei einem seiner Aufenthalte in Genua hatte er im Hause eines Edelmannes geweilt. Der Genuese hatte zu seinem Vergnügen in einem abgeschlossenen Teil seines Gartens in zwei einzelnen Käfigen zwei Tiger gehalten. Da das Weibchen in der Brunft gewesen war, hatten die zwei Tiere einander mit heißem und zischendem Atem, der wie der Odem zweier Drachen war, angefaucht. Immer wieder hatten sie versucht, die trennenden Metalldrähte durchzubeißen. Wie eingefangenes Sonnenlicht hatten die prachtvollen Leiber die Käfige durchmessen und die Tigeraugen geglüht. Auf ein Zeichen des Hausherrn hin hatte ein Wärter die Käfige geöffnet, und die Tiger hatten sich hitzig und mit animalischer Heftigkeit gepaart. Diese Paarung hatte ihn damals aufs höchste erregt.

Arrah O'Donnell übte eine ähnliche Wirkung auf ihn aus. Das Heben und Senken ihrer Brüste, ihre Blicke, die ihn beim Tanz angeblitzt hatten, die Entschlossenheit, als sie versuchte, sich ihm zu entziehen. Er hätte ihren Arm knicken können wie einen Zweig, wenn er es darauf angelegt hätte, so, wie er es mit den Armen vieler Feinde getan hatte. Ihr offener, kühner Blick, die Herausforderung, die ihre Augen darstellten, die feuchten Lippen, ihre vor Atemlosigkeit beim Tanz bebenden Nasenflügel. Doch sie war dem Joyce anverlobt. Er mußte sie aus seinem Bewußtsein verbannen.

Im Bett liegend, verspürte er einen aufsteigenden Schmerz im Kreuz. Die Erinnerung an andere Frauen regte sich, der Augenblick, wenn er sich auf sie legte und sie sich ihm entgegenwölbten. Er spürte, wie ihm die Hitze in die Lenden stieg und der Druck in seinem Glied unerträglich wurde. Ruhelos drehte er sich auf den Bauch. Draußen tobte der Wind.

Der Tyrannei der Wolken entkommen, wurde der Mond sichtbar, verführerisch und schlank, und beschien seine straffen, muskulösen Flanken und die dunklen Haare auf den Beinen.

Er drückte sich tiefer in die Matratze, doch es wollte sich keine Erleichterung einstellen. Nackt erhob er sich und ging den Gang entlang zur Kammer der Hausmagd, die er nahm, ehe sie erwachte.

Sie schrie erst auf und beruhigte sich gleich, als sie merkte, was vor sich ging. In der Dunkelheit blickte sie zu ihm auf, bevor sie die Augen schloß und den Mund öffnete und unter seinen Bewegungen zu stöhnen begann. Seaghan suchte verzweifelt nach Erleichterung für seine Pein. Sie erbebte unter ihm eins über das andere Mal, und doch hielt er nicht inne. Schließlich aber spürte er die Kontraktionen im Kreuz immer heftiger, bis er sich ergoß und Erleichterung fand.

Er sah das Mädchen an, das ihm zulächelte. »O Monsieur«, seufzte sie, »erst dachte ich, es sei ein Traum, und dann… o Monsieur«, wiederholte sie und zog ihn an sich. Der Ausdruck tiefer Wonne wich Besorgnis. »Habe ich euch nicht *plaisir* bereitet?« fragte sie ihn, der ein finsteres Gesicht machte.

»Ja, doch.« Er stieß ihren Arm weg. »Komm morgen zu mir, dann werde ich…«

»Aber mit Vergnügen«, raunte sie.

Ihr Ton verriet ihm, daß sie ihn mißverstanden hatte.

»Ich werde dir Geld geben!« sagte er voller Ungeduld.

Wieder wollte sie seine mächtige, dunkelhaarige Brust berühren, hielt aber in der Bewegung inne. »So viele Narben, Monsieur! Wo habt Ihr so viele Narben bekommen? Habt Ihr zuviel gekämpft?«

»Ja.« Er stand bereits, und sie blickte bewundernd zu ihm auf.

»Ihr seid schön, Monsieur… Ich habe viele Männer gesehen, aber keinen wie Euch. Aber warum kämpft Ihr so viel?«

Er bückte sich und tätschelte ihre Hüfte. »Schlaf jetzt, und komm morgen zu mir.«

Eine Stadt wie Paris überstieg Arrahs Vorstellungskraft. Das Geratter der mit halsbrecherischer Geschwindigkeit über das Pflaster holpernden Holzkarren war ohrenbetäubend, der Gestank nach menschlichen Exkrementen, die mit Hundekadavern, Tierkot und faulem Gemüse in der Gosse landeten, erregte in ihr Ekel und Abscheu. Dazu kam das Gedränge, das bewirkte, daß die Ellbogen der Menschen auf den Straßen sie ständig anstießen. Ihr ganzes Denken kreiste plötzlich um die Rückkehr nach Irland, wo die reine Meeresluft durchdringend war, wo man, so weit das Auge reichte, die wogende See sah und die spitzengesäumten weißen Häubchen der Wellen mit den Wolken zu verschmelzen schienen.

Arrah und Carbri, die nebeneinandergingen, wurden fast von einer Ladung Küchenabfälle getroffen. Arrah sprang zurück, und als sie in einem Fenster des zweiten Geschosses eine Frau sah, rief sie Schimpfworte hinauf. Die Frau schrie zurück, steckte den Daumen hinter die Vorderzähne und ließ ihn dann vorschnellen.

Arrah hoffte inständig, sie würden bald das Haus finden, das sie suchten, weil sie Paris so widerwärtig fand. Eochan O'Reilly, der Bruder des Chieftain der O'Reilly, hatte sich vorübergehend in

Frankreich niedergelassen, nachdem sein jüngerer Bruder ihn als Tanaist abgesetzt hatte. Er wußte über alle Schiffe, die nach Irland ausliefen oder von dort kamen, Bescheid. Arrah und Carbri hofften, eines zu finden, das sie nach Hause bringen würde.

Als sie am Ufer der Seine entlanggingen, merkte Arrah, daß sie ein wohlhabenderes Viertel der Stadt erreicht haben mußten. Hier sah man weniger Zerlumpte, und die Häuser waren besser instand gehalten. Gleich bei ihrer Ankunft in Paris war Arrah ein gewaltiger Steinbau aufgefallen, dessen grauer Turm nadelgleich in den Himmel stieß. Carbri hatte ihr erklärt, es sei eine Kathedrale. Notre Dame de Paris. Sie lag in der Richtung, die sie nun eingeschlagen hatten. Erst überquerten sie eine Brücke, die zu einer im Fluß gelegenen Insel führte. Auf dieser Insel hatte O'Reilly sein Haus.

Carbri blieb stehen und fragte nach dem Weg, während Arrah langsam vorausging, um einen Blick auf die riesige Kirche werfen zu können. Da erblickte sie vor sich auf der Straße in einiger Entfernung eine elegante zweirädrige Kutsche aus golden schimmerndem Eichenholz mit einem Gespann prachtvoller Apfelschimmel. Der Wagen hielt an. Ein Lakai in vornehmer blauer Livree öffnete den Wagenschlag, worauf ein hochgewachsener Mann in einem Umhang aus grobem grünem Tuch der Kutsche entstieg. Sein Profil war nur kurz zu sehen, ehe er ihr den Rücken zuwandte, doch es genügte Arrah, um Seaghan MacNamara zu erkennen. Überglücklich, einen Bekannten zu sehen, rief sie nach ihm und fing zu laufen an, doch ein vorüberrollender Karren übertönte ihre Rufe.

Seaghan MacNamara drehte sich zur Tür um und reichte jemandem die Hand. Der Fuß einer Frau wurde sichtbar. Arrah hielt abrupt inne. Das kleine anmutige Füßchen war mit einem so weichen Leder umhüllt, daß Arrah vermeinte, es sei Satin. Auf der Schuhspitze hockte ein ausgestopftes Vögelchen, eine kleine Schwalbe, rot bemalt, damit sie zu den Schuhen paßte.

Die Frau glitt über den Fußtritt des Wagens in die Arme MacNamaras. Sie bewegte sich in einer Wolke aus edlem Satin, so, wie Arrah ihn noch nie gesehen hatte – es war eine strahlende Farbe, reifen Kirschen ähnlich, mit silberverzierter Schulterwattierung und silbern unterlegten Ärmelschlitzen. Silberblütchen zierten den Rock. Um den weißen Hals lag eine Perlenkette, an der ein in eine Goldkugel von Walnußgröße eingebetteter Rubin hing.

Das lose dunkle Haar war mit Perlenschnüren durchzogen. Unwillkürlich faßte Arrah nach ihrem eigenen kurzen Haar.

Die Frau ging mit MacNamara auf ein Haus zu, wurde aber von frisch gefallenen Pferdeäpfeln, die von einigen Tauben belagert wurden, aufgehalten. Die Frau wollte das Hindernis umgehen, doch McNamara streckte einen Arm aus und hob sie in einer fließenden, leichten Bewegung hoch, als wäre sie ein Kind. Dabei blickte er auf, und Arrah wendete abrupt den Kopf, damit er sie nicht sehen konnte.

Kritisch blickte sie an ihren eigenen Sachen herunter. Hose, Hemd und schmutzige Stiefel ließen sie aussehen wie einen reisemüden Jüngling.

Die Frau lächelte Seaghan MacNamara zu, der sie einen Moment zu lange festhielt, ehe er sie auf die Beine stellte. Vor der Haustür küßte er ihr die Hand. Arrah drehte sich um und schlenderte auf Carbri zu.

Carbri hatte sie gebeten, ihn nach der Rückkehr nach Irland zu heiraten. Er behauptete, als Tanaist des Clans der O'Connors könne er heiraten, wen er wolle. Er wollte Agnes de Burgo nicht zur Frau nehmen, ungeachtet der Abmachung, die seine Stiefschwester Finola diesbezüglich getroffen hatte. Arrah war einverstanden. Auch sie durfte sich ihren Ehemann frei wählen. Als Carbris Frau würde sie Kleider tragen, so schön wie jene, die sie jetzt in Paris zu sehen bekam. Ihr Vater hatte immer feine Materialien von seinen Fahrten mitgebracht. Arrah wollte ihren Näherinnen zu Hause ganz genau sagen, wie sie alles haben wollte: bestickte Wattierungen und silbern unterlegte Ärmelschlitze. Die Perlenkette nicht zu vergessen! Ihr Haar war schon ein schönes Stück gewachsen. Bald würde sie so schönes Haar haben wie früher.

Sie lief zu Carbri zurück und berichtete, daß sie glaubte, Seaghan MacNamara gesehen zu haben.

»Schon möglich«, gab Carbri zurück. »O'Reilly wohnt auch hier in dieser Gegend. Er ist mit MacNamara befreundet.«

Carbri fand endlich das gesuchte Haus und klopfte an. Ein Bediensteter führte die Reisenden durch das Haus in einen Garten.

Niemand hätte vermocht, Arrah auf den Anblick vorzubereiten, der sich ihr hier bot, denn es war ein wahrer Paradiesgarten voller seltener Pflanzen, die sie noch nie zuvor gesehen hatte, mit großen, farbigen Blüten, größer als eine Männerhand. Das wandernde Sonnenlicht huschte von tiefroten Blütenblättern zu himmelblauen. Mit dem Heranrücken des Abends wurde der Duft der Hyazinthen, Rosen und exotischen Blumen, die sie nicht einordnen konnte, immer betäubender.

In einer Ecke standen ein paar Männer in ein Gespräch vertieft. Den einen erkannte sie auf Anhieb; die breiten Schultern, das dunkle Haar und der grüne Umhang verrieten ihr, daß es Seaghan MacNamara war, obwohl er ihr den Rücken zukehrte.

Ein Mann mit adrett gestutztem strohblondem Haar und kurzem blondem Bart stand so, daß er sie sofort bemerkte. Er war von mittelgroßer Statur und bewegte sich mit Anmut und Unbefangenheit.

»Carbri O'Connor! Willkommen in meinem Haus! Das hier sind meine Freunde«, begrüßte er den Gast mit ausgestreckter Hand.

Carbri und MacNamara beschränkten sich auf ein Kopfnicken, während Carbri und die anderen einander umarmten, indem sie sich an den Unterarmen und Schultern anfaßten. Arrah versuchte sich erst gar nicht in dieser förmlichen Art der Begrüßung, da sie nur Männern von Rang, Chieftains und ihren Tanaists, zustand. Sie warf MacNamara einen verstohlenen Seitenblick zu und sah sofort wieder weg, als sie den Blick seiner dunklen Augen auf sich spürte.

Nun stellte Carbri Arrah als seinen jungen Clansmann Padraic vor. Arrah nickte mit gesenktem Kopf, da sie noch immer MacNamaras Blick auf sich fühlte.

»Willkommen, willkommen, junger Paddy!« begrüßte O'Reilly sie. »Jeder O'Connor ist willkommen und findet Gastfreundschaft unter meinem Dach. Ich werde für euch beide unverzüglich ein Bad bereiten lassen.« Er rief dem Bediensteten seine Anweisungen zu.

Arrah wußte, daß Gesicht und Hände dringend der Reinigung bedurften. Sie zog ihren Umhang enger um sich und starrte nach wie vor auf den Boden.

»Hm, für einen O'Connor etwas schüchtern oder nicht?« Arrah

erkannte MacNamaras Stimme. Der Schatten, der nun knapp vor ihr die Erde verdunkelte, sagte ihr, daß er näher getreten war.

»Ein Junge vom Land, der mit seinen Schafen die Hügel durchstreift hat und dann mit Reevnarg auf Fahrt ging. Er ist ein guter Junge, wenngleich etwas scheu und wortkarg. Aber zwei Wochen in Paris, und er kennt den Unterschied zwischen einer Frau und einem Schaf. Na, habe ich recht, Junge?«

Allgemeines Gelächter erhob sich. Verdammter Carbri! In Gesellschaft anderer pflegte er immer Witze auf ihre Kosten zu reißen.

Sie entfernte sich unauffällig von der Gruppe und ging einen kurzen in den Garten führenden Weg entlang. Ein Blick zurück zeigte ihr, daß Seaghan MacNamara sie nicht aus den Augen ließ. Hastig wandte sie sich wieder ab.

Unwillkürlich fiel ihr Blick auf einen mit perfekten Miniaturfrüchten bedeckten Orangenbaum. Sie streckte die Hand aus und berührte eine der orangefarbenen Kugeln.

»Euer Clansmann scheint sich sehr für die Bäume unseres Gastgebers zu interessieren.« Arrah, die MacNamaras Stimme erkannte, hörte deutlich den schneidenden Ton heraus. Sofort wandte sie sich vom Baum ab.

»Ach, der Garten gehört zu meinen Zerstreuungen«, versetzte O'Reilly. »Ich probiere verschiedene Pflanzen aus. In Irland könnte man doch nie Orangenbäume pflanzen. Und dennoch – die Heimat ist es nicht, das laßt euch gesagt sein. Kein Mensch kann seine Heimat vergessen.«

»Aber Euren Bart tragt Ihr nach französischer Sitte«, bemerkte Carbri. In der Gruppe hatten allein MacNamara und Eochan kurze und abgeflachte Bärte, die anderen trugen sie lang wie Reevnarg. »Und wie fein Ihr gekleidet seid... die Schaffellmäntel der O'Reilly habt Ihr gegen französische Seide eingetauscht.« Eochan O'Reilly trug ein helles Satinhemd mit feinen blauen Nähten und mit Ärmeln, die an den Manschetten gerafft waren. Die Vorderseite seines Wamses, das lange Schöße hatte, war dunkelblau. Dazu trug er kniehohe blaue Stiefel.

»Tja, wenn man sich nicht nach der Mode kleidet, wird einem bei Hofe keine Beachtung zuteil. Bis auf diesen Tunichtgut hier, der mehr Aufmerksamkeit erntet als alle anderen Männer zusammengenommen. Von Prinzessinnen angefangen bis hinunter zu Mägden. Habe ich nicht recht, MacNamara?«

Arrah blickte auf. Neben der modischen Eleganz O'Reillys, die sich harmonisch in die abgezirkelte Formalität des Gartens einfügte, wirkte MacNamara fehl am Platze. Das kantige Kinn und die breiten Schultern waren zu anmaßend und maskulin, zu primitiv und ungeschlacht für die abgewogenen Konturen dieses Gartens. Bei den meisten Männern hing ein Mantel einfach schlaff von den Schultern, aber MacNamaras Umhang schien durch die Breite der Schultern weit hinauszuragen und ließ ihn noch eindrucksvoller und männlicher aussehen. MacNamara hatte unbestritten etwas Brutales und Gefährliches an sich. Diese verdammten dunklen Augen! Wieder hatte er sie dabei ertappt, daß sie ihn musterte. Sie sah weg, spürte aber seinen Blick auf sich. Heiß stieg ihr die Röte in die Wangen.

Entschlossen wandte sie ihm den Rücken zu. Er sollte sie nicht mit der Frau vergleichen, der er vorhin aus dem Wagen geholfen hatte. War sie eine der Hofdamen gewesen, von denen O'Reilly gesprochen hatte? Arrah war entschlossen, MacNamara keines Blickes mehr zu würdigen. Statt dessen wandte sie ihre Aufmerksamkeit einer Ameise zu, die eine Brotkrume über die geneigte Oberfläche eines Steins schleppte.

»Möchtet Ihr uns nicht bei einem Humpen Rebensaft berichten, was Euch nach Paris führte?« fragte O'Reilly Carbri.

»In der Biskaya gerieten wir in einen Sturm. Wir segelten mit Reevnarg O'Donnell.«

»Und wie geht's der alten Natter?«

»Er ist unberechenbar wie eh und jeh. Sein Ziel ist Portugal, wo er irische Häute und Schaffelle gegen Wein tauscht.«

»Die besten Weine kommen aus Frankreich.«

»Ja, nur behauptet er, die französischen Händler würden heimlich Löcher in seine Häute stechen und dann vorgeben, sie seien von Ratten zerfressen. Bei den Portugiesen erzielt er die besten Preise. Wie gesagt, wir gerieten in ein Unwetter. Paddy und ich holten eben die Segel ein, als eine Woge uns erfaßte und über Bord schwemmte. Das Meer war uns gewogen und trug uns an Land.«

»Dann eßt mit uns zu Abend und bleibt über Nacht. Euer Bad wird bald bereit sein.«

»Wir bedanken uns für eure Gastfreundschaft«, sagte Carbri höflich, während er den Blick ringsum wandern ließ. »Trotz Eurer Sehnsucht nach Irland sehe ich, daß das Leben in Frankreich Euch gewogen ist.«

»Dennoch möchte ich wiedererlangen, was rechtmäßig mir gehört. Ich besitze ein Schiff, das Waffen und Söldner transportiert, die meinen mir ergebenen Clansleuten helfen sollen, mich gegen meinen Bruder durchzusetzen. Leider wurde der Kapitän gestern in einer Kneipe bei einem Streit um ein Frauenzimmer getötet.«

Als das Wort Schiff fiel, kam Arrah zurück und blieb neben Carbri stehen. O'Reilly starrte sie an und fuhr fort: »Carbri, Ihr wißt einen Segler zu steuern... Würdet Ihr das Schiff übernehmen? Ziel ist Rathlin Island, wo Ihr die Söldner an Bord nehmt.«

Seaghan MacNamara warf spöttisch ein: »Gewiß werdet Ihr keinem Knaben die Aufgabe eines Mannes übertragen.«

Arrah warf ihm einen kurzen Blick zu und schaute sofort wieder weg, um nicht erkannt zu werden.

Carbri wußte sich zu verteidigen. »Vergebung, MacNamara, aber ich bin nicht jahrelang mit Reevnarg gesegelt, ohne etwas zu lernen.«

»Sehr richtig«, meinte O'Reilly, »wenn der Bursche für den O'Donnell navigieren kann, dann reichen seine Kenntnisse aus, um selbst ein Schiff zu führen. Nachdem Ihr gebadet und zu Abend gegessen habt, könnt Ihr Euch das Schiff ansehen.«

»Eure Gastfreundschaft in allen Ehren, aber wir möchten jetzt gleich gehen und uns das Schiff ansehen«, gab Carbri zurück. Sein Gesicht und das von Arrah waren hochrot vor Erregung.

»Jugendlicher Übereifer!« meinte O'Reilly lächelnd. »Lauft ein Stück zurück, dann über die Brücke, an den Getreide- und Vogelhändlern vorbei. Dort liegt mein Schiff, die ›Belle Étoile‹. Es ist nicht das schnellste, dafür aber verläßlich. Sucht Euch direkt am Dock die Besatzung aus, obzwar die Auswahl kümmerlich ist. Aber was will man machen, bei den Kriegen...« Er zog die Schultern hoch. »Hier, ein Beutel Gold für die Heuer. Aber denkt daran, keinen einzigen Sovereign, ehe Ihr nicht auf offener See seid!«

»Ich bin nicht mit dem O'Donnell gesegelt, um mich von schrägen Vögeln aufs Kreuz legen zu lassen!«

O'Reilly ließ sich nicht beirren und fuhr fort mit seinen Instruktionen.

»Danke Euch, Eochan O'Reilly.« Carbri und O'Reilly umarmten sich noch einmal, dann wandten Carbri und Arrah sich zum Gehen. Da vertrat ihnen MacNamara unerwartet den Weg. »Wartet, das ist eine Expedition für Männer, nicht für Knaben«, sagte er, den Blick unverwandt auf Arrah gerichtet.

»Gewiß, er ist jung«, versetzte Carbri unbefangen, »aber er hat ein tapferes Herz. Er ist ein braver Junge und dient mir eifrig.« Kameradschaftlich legte er den Arm um Arrah.

»O'Connor, das Aussehen deines Clansmannes will mir nicht gefallen. Er sieht einem Milchgesicht ähnlicher als einem Mannsbild.«

»Freund, Ihr vergeßt, daß auch wir einst jung waren«, mischte O'Reilly sich ein. »Ich habe als Jüngling mein Schwert ebenso gut wie jetzt geführt.«

»Ja, aber Ihr habt nie so ausgesehen wie dieser Hasenfuß.« Damit versetzte MacNamara Arrah einen gewichtigen Schlag auf die Schulter.

Arrah war zu wütend, um noch länger seinem Blick auszuweichen. »Grobian!« Sie stieß ihn zurück, er aber war unerschütterlich wie ein Fels.

Carbri trat nun zwischen die beiden. »MacNamara, tragt Eure Zwistigkeiten mit einem aus, der es mit Euren Fähigkeiten aufnehmen kann!«

»O'Connor, Ihr seid zu Eurem Gefolgsmann wie eine Mutter zu ihrem Töchterchen. Ich möchte doch nur die Kraft des Jungen prüfen. Auf dem Schiff wird er sich inmitten von Männern behaupten müssen. Da wird es Zeit, daß er lernt, sich wie einer zu benehmen.« Sein übelwollender Blick traf Arrah, um sodann die Pistole zu erfassen, die in ihrem Hosenbund steckte. »Er trägt zwar eine Waffe, sieht aber nicht so aus, als könnte er eine Geliebte befriedigen, wenn er sie nackt in den Armen hält.« Er faßte ihr hart unters Kinn. »Und er hat noch nicht einmal einen Anflug von Bart.«

Sie schlug ihm auf die Hand. »Und Ihr, Sir, habt den Bart und die

Manieren eines Ziegenbocks.« Und dann vollführte sie dieselbe Geste, die sie vorhin an der Frau im Fenster gesehen hatte. Sie biß in ihren Daumen und ließ diesen dann gegen MacNamara vorschnellen.

Er lächelte mit gefährlich funkelnden Augen. »Sieh an! Der Junge hat Mumm! Bist du mit deinem Schwert so gut wie mit deiner Zunge?«

»Laßt das! Mit Waffen hat er keine Übung«, mischte sich Carbri ein.

»Ihr erzieht Euren Clansmann sanft wie eine Mutter. So wird er nie lernen, das Schwert zu handhaben. Es wird höchste Zeit, daß er es lernt! Komm, Junge! Zeig uns, was du kannst!« Damit zog MacNamara seine Klinge.

»Laßt Euch nicht mit Knaben ein, MacNamara, und kämpft lieber gegen Euresgleichen. Ich will es Euch zeigen.« Nun zog auch Carbri sein Schwert, aber MacNamara schlug es ihm aus der Hand, daß es klirrend aufs Pflaster fiel.

»Ungeheuer!« schrie Arrah ihn an.

»Knabe oder nicht!« stellte MacNamara mit ironischer Belustigung fest. »Er muß es lernen. Man schließt allzuleicht vom Zustand des Heuhaufens, ob die Heugabel etwas taugt.« Mit boshaftem Lächeln ließ er sein Schwert kurz über ihren Schritt gleiten. »Hast du deinen Stahl schon bei einem Weib eingesetzt? Jede Wette, daß es nicht der Fall ist!«

»Das hat Euch nicht zu kümmern!«

Da drehte MacNamara sich zu den anderen um und scherzte. »Wir wollen ihm einen gepolsterten Hosenlatz besorgen. Die Damen pflegen ihre Blicke stets dorthin zu lenken, um die Waffe eines Mannes abzuschätzen. Ich bin sicher, daß du für eine Frau eine herbe Enttäuschung darstellst.«

Arrah dachte an die Dame, die aus der Kutsche gestiegen war. »Und ich wette, Ihr seid selbst die herbste Enttäuschung.«

Sie spürte seinen boshaften Blick auf sich. »Beim Jupiter! Hört Euch den Grünschnabel an! Kein Haar am Kinn, nichts zwischen den Beinen, und dennoch führt er kecke Reden. Komm, aufgepaßt!«

Arrah zog.

»Nicht! Der Kampf ist zu ungleich!« rief Carbri. »Haltet ein! Im Namen der Gastfreundschaft, O'Reilly, hier kämpft ein geübter Fechter mit einem Knaben!«

»Ruhig Blut, Mutter O'Connor«, rief MacNamara. »Ich will dem Jungen nichts Böses. Doch es wird Zeit, daß er den Umgang mit dem Schwert lernt. Komm, Junge, zeig uns, was in deinem Schwert steckt.« MacNamara ließ die Zähne aufblitzen. Mit spöttischem Lächeln erwartete er die Eröffnung. »Komm, Junge, höchste Zeit, daß du die Lektion lernst.«

Da führte Arrah mit aller Kraft einen Schlag gegen MacNamaras Waffe, und dieser wich einen Schritt zurück. Einige Schritte hinter ihm ragte eine hohe Steinmauer auf. »Gut getroffen, Junge!« Und wieder wich er zurück. Sie faßte Mut, schlug fester zu und drängte ihn abermals gegen die Mauer zurück.

Aus dem Augenwinkel nahm sie wahr, daß Carbri zu seinem Schwert sprang, O'Reilly aber hinderte ihn daran. MacNamara parierte Arrahs Hieb. Es fiel ihr leicht, seine Paraden abzublocken, und sie ging schließlich in die Offensive, da sie immer mehr Selbstvertrauen gewann. Noch ein paar Schläge, und MacNamara würde mit dem Rücken an der Wand stehen. Doch da kreuzte er ihr Schwert und blockierte es mit dem seinen, um plötzlich hinter sie zu springen. Dabei ließ er ihr Schwert los, und sie vollführte eine Wendung und stand ihm wieder gegenüber. Seine Schläge wurden nun härter und rascher, so daß sie allmählich in die Defensive geriet. MacNamara ließ ein kaltes Lächeln sehen.

Da wurde ihr klar, daß er mit ihr spielte wie eine Katze mit der Maus. Er gestattete ihr zuzuschlagen, nur um ihr zu zeigen, wie sehr er die Situation beherrschte. Dabei rückte er ständig gegen sie vor, drängte sie zurück und ließ sie in die Falle laufen, die die Mauer hinter ihr darstellte. Arrah versuchte, seitlich auszuweichen, aber jedesmal kam ihr seine Klinge mit blitzartiger Geschwindigkeit zuvor und schickte sie unbarmherzig wieder zurück. Sie konnte nichts tun, als MacNamaras Hiebe zu parieren. Schon spürte sie die kalte Mauer im Rücken. Verdammt! Mit beiden Händen das Schwert umfassend, führte sie mit aller Kraft einen Hieb, so fest, daß sie den Aufprall schmerzhaft bis in den Kopf spürte. Er lächelte nur. Da hob sie erneut den Arm und versuchte zuzuschlagen, ohne die geringste Chance, ihr Ziel zu treffen, denn MacNamara erfaßte mit einer raschen Aufwärtsbewegung ihren Ellbogen und nagelte ihn über ihrem Kopf fest. Trotz ihrer einengenden Bekleidung wurde die Rundung ihrer Brust sichtbar. Sie sah, wie sein Blick sich darauf senkte, und hörte ihren eigenen Atem schneller kommen. MacNamara keuchte ebenfalls, und der Druck seines Armes war heftig.

Sein Gesicht war ihr ganz nahe.

Seine erhitzte, geradezu überwältigende Männlichkeit stieg ihr in die Nase, als seine Hünengestalt sich eng an sie drückte, so daß sie seinen harten Schenkel heiß an ihrem Bein fühlte. Ihren Arm hielt er noch immer fest, und sie bemühte sich vergebens, ihn freizubekommen, nicht, um sich vor seinem Schwert zu schützen, sondern vor seinem unaufhaltsam näher kommenden Mund. Die Wärme seines Atems streifte ihre Lippen.

In seinen Augen, die so schwarz waren, daß man die Iris nicht von der Pupille unterscheiden konnte, sah sie ihr Spiegelbild. Sie konnte weder an ihm vorbei- noch über ihn hinwegsehen, denn er füllte ihr gesamtes Gesichtsfeld aus und drängte immer noch näher heran. Arrah hatte das Gefühl, er wollte sie in sich aufsaugen, sie umfangen, sie in seiner Hitze in Besitz nehmen.

Da hörte sie Carbri rufen und O'Reillys Antwort, Carbri solle sich beruhigen. Aber Carbris und Eochans Stimmen waren gedämpft und entrückt wie in einem Traum.

Nun stieß MacNamara ihren Arm heftig gegen die Wand, so daß ihr Schwert ihr klirrend entglitt. Als er ihren Hemdsärmel aufriß, lagen die Narben am Unterarm frei. Sein Blick traf den ihren.

»Der Teufel soll Euch holen, MacNamara! Ihr habt Euer Spielchen genossen, und jetzt laßt mich gehen!« Sie drängte sich gegen ihn.

»Halt still, Arrah«, raunte er, um den Männern im Hintergrund laut zuzurufen: »Der Junge hat Kampfgeist! Ich möchte ihm ein paar Tricks beibringen. Eochan, führt Carbri hinein und zeigt ihm die neuen Karten, die Ihr angefertigt habt.«

Arrah wollte Carbri etwas zurufen, doch in ihr war nur eine dunkle, heiße Stille.

Die schwindelerregende Hitze MacNamaras bedrängte sie noch

immer, und als er zu sprechen anfing, spürte sie seinen warmen Atem an ihren Lippen. »Dir wird immer das Schwert eines echten Mannes fehlen«, sagte er leise und faßte in den Bund ihrer Hose. Seine schwielige Hand berührte ihren Leib, als er die Pistole herauszog. »Jetzt spüre ich dich, wie ein Mann eine Frau spüren möchte.« Arrah wiederum fühlte die entwaffnende Härte seines Schrittes an sich.

Sie wollte zurückweichen, aber sie hatte keine Rückzugsmöglichkeit. Der Druck zwischen ihren Beinen blieb beharrlich fest und heiß. So nagelte er sie fest und drückte sie an die Wand.

»Warum möchtest du keine Frau sein, Arrah O'Donnell?«

Sie wechselte aus dem entrückten Zustand in die Wirklichkeit über. »Was wißt Ihr schon von Frauen?« Sofort bereute sie ihre Worte, denn buchstäblich alles an MacNamara, sein Aussehen, seine Arroganz, seine überwältigende Männlichkeit, war Anzeichen dafür, daß er sehr viel von Frauen verstand. Zudem war ihr nur zu deutlich in Erinnerung, mit welcher Leichtigkeit er die Frau auf der Straße in die Arme genommen und wie sie ihn angesehen hatte. Arrah versuchte, ihm die Pistole zu entwinden. Da umfaßte er ihr Handgelenk mit einer Kraft, die sie von neuem in Erstaunen versetzte, obwohl ihr männliche Griffe nicht unbekannt waren. Jahrelange Mühsal an Rudern und Seilen verwandelte die Finger eines Mannes in Zwingen. Ihr Vater und Carbri besaßen auch kraftvolle Hände, aber noch nie hatte sie so viel Stärke verspürt wie in den Fingern MacNamaras.

»Weshalb willst du ein Mann sein? Warum tust du so, als hättest du etwas zwischen den Beinen?«

»Her mit der Pistole!«

»Warum willst du zwischen den Beinen Härte, wenn du doch...« Sie spürte, wie sein Daumen über ihr Handgelenk glitt und er ihre Hand umdrehte, damit er ihre Handwurzel streicheln konnte, dort wo die Haut besonders empfindlich war. »...wenn du doch so weich bist...« Seine Stimme ließ das Wort auf der Zunge zergehen wie eine Liebkosung. Obwohl er vor ihr stand, hatte sie das Gefühl, als wären Atem und Lippen über ihren Nacken gestrichen.

»Warum laßt Ihr mich nicht in Frieden?«

Seine Stimme sank zu einem Flüstern herab. »Ich begehre dich, Arrah. An dem Tag, an dem du den Adler gefangen hast, war dein Geist stolz und hochfahrend wie der eines Vogels. Seit ich davon erfuhr, wollte ich dich besitzen, Arrah von den Adlern! Aber Reevnarg sagte, du wärest verlobt.« Er sah beiseite und schien kurz zu überlegen. »Schon einmal bin ich zwischen einen Mann und dessen Frau geraten. Wäre es noch einmal geschehen und noch dazu im Haus meines Gastgebers, dann hätte ich gegen alle Gesetze der Gastfreundschaft verstoßen.« Sein Blick ruhte wieder auf ihr. »Und dann bist du entflogen, wie ein Vogel dem Hüter entfliegt. Du bist mit diesem Jungen auf und davon. Und jetzt, da dein kurzes Haar deine Schönheit unterstreicht und du um so stolzer wirkst...«

Seine Überheblichkeit machte sie wütend. »Allmächtiger... Ihr glaubt, daß Carbri und ich... die ganze Zeit über... nun, Carbri kann es mit Euch aufnehmen.«

»Carbri ist ein Jüngling. Arrah, du brauchst einen Mann, der dich liebt und so in Besitz nimmt, wie Carbri es nie im Traum wagen würde. Man muß ihm zugestehen, daß er ein tüchtiger Navigator ist, aber er ist ein Jüngling und trinkt zuviel.«

»Lügen!« Sie umfaßte ihren Dolch und versuchte, damit auf ihn loszugehen. MacNamara umfaßte ihre Finger.

»Laß den Dolch fallen!« befahl er ihr.

»Nein!«

»Fallen lassen, sagte ich!« Er quetschte ihre Finger zusammen. Arrah spürte das scharfe Metall in ihre Handfläche dringen.

»Nein!«

»Verdammt, Arrah O'Donnell, ich kann dich dazu bringen, daß du es fallen läßt!« Er faßte nach ihrem Arm und riß ihn scharf nach hinten gegen die Mauer, so daß sie unwillkürlich die Hand öffnete und der Dolch herunterfiel. Über ihre Handfläche zog sich ein blutiger Schnitt. »Dieser verdammte Eigensinn!« MacNamara griff in sein Hemd und holte ein Taschentuch hervor. Sie versuchte, ihm ihre Hand zu entziehen, er aber drückte sie wieder grob gegen die Mauer.

»Gib deinen Widerstand auf!« Seine Augen, aus denen jede Heiterkeit geschwunden war, funkelten sie dunkel an. Er band ihr das

Tuch um die Hand. »Laß ab von Carbri O'Connor, und komm mit mir!«

»Ich liebe Carbri! Ich werde ihn heiraten!«

Seine Miene verschloß sich. Er ließ ihre Hand los, und sie glaubte schon, er würde sie gehen lassen. Plötzlich drückte er sie erneut gegen die Mauer. »Gut, dann heirate ihn! Dein eigensinniges Herz sei verdammt! Heirate ihn! Aber eines sage ich dir.« Er umfaßte sie und senkte seine Stimme, so daß sie ein vertrauliches, leises Grollen zu hören vermeinte. »Wenn du deinen Irrtum einsiehst, dann werde ich dich holen und dich lieben, wie es dir zukommt. Ich werde jene Stelle in dir finden, die weich, dunkel und geheimnisvoll ist... und du wirst nie wieder ein Mann sein wollen.« Er überreichte ihr die Pistole. Dann ergriff er ihre Schwerthand und drückte einen Kuß darauf. »Ich wünschte, wir wären uns früher begegnet, Arrah von den Adlern – bevor dich dein Vater dem Joyce versprochen hat«, sagte er gedämpft und ging.

10. KAPITEL

In einem der dunklen schmalen Gäßchen von Paris kämpfte Seaghan MacNamara mit hochgezogenen Schultern und gesenktem Gesicht gegen den Wind an. Nach einem sonnigen Nachmittag hatte sich das Wetter drastisch verschlechtert. Er fluchte leise vor sich hin, indem er seinen Umhang enger um sich zu ziehen versuchte, doch der Wind blies so heftig, daß ihm der Stoff aus der Hand gerissen wurde. Der Regen hatte sein Hemd bereits so durchnäßt, daß es ihm an der Haut klebte.

Er kam vor einer windschiefen Tür an, die in eine ebenso windschiefe Mauer eingelassen war, deren Steine brüchig waren. Er klopfte mit aller Kraft an.

Das viereckige Guckloch ging auf, eine Laterne wurde innen gehoben, damit der Besucher zu erkennen war. Doch das Licht enthüllte mehr von der Person, die die Laterne hielt, als von dem, der Einlaß begehrte. Das Gesicht hinter der Tür war verstümmelt, ohne Ohren, ohne Lippen. Der so Entstellte konnte nicht lächeln, doch er nickte dem Besucher zu und öffnete ihm die Tür.

In dem Raum saßen zwei Männer an einem rohen, langen Tisch. Auf dem Tisch standen eine Kerze, deren Wachs in weichen, verformt wirkenden Gebilden über den Halter lief, drei hölzerne Becher, ein paar Würfel aus zurechtgesägten Schweinsknochen, mit schwarzen Punkten markiert, sowie ein Kartenspiel und ein zylindrisches Holzstück von der Länge eines Unterarms, an dessen einem Ende ein Stahlhaken hervorragte. Einer der zwei Sitzenden hatte einen am Ellbogen endenden Armstumpf, der andere trug eine Binde über einem Auge.

Der Einäugige erhob sich sofort, als er MacNamara eintreten sah. Er lächelte, dann schloß sich sein gesundes Auge zwinkernd und enthüllte eine Tätowierung auf dem Lid, die in Tiefblau, Rot und Grün prangte. Die Tätowierung stellte ein offenes Auge dar.

Der Mundlose bot MacNamara einen Becher Wein an, aber MacNamara lehnte ab. »Danke, nein.« Als ein Windstoß den losen Fensterflügel erfaßte und aufstieß, erlosch die Kerze, und der Raum lag in totaler Finsternis da.

»Schließ das verdammte Ding«, befahl der Tätowierte. Man hörte schlurfende Schritte, das Heulen des Windes, das Zuknallen des Fensterflügels.

MacNamara sagte etwas, doch seine Worte wurden vom Geräusch des Fensterflügels und dem Wind übertönt. Der Tätowierte neigte sich dem Besucher zu, damit er besser hören konnte.

Das Wort ›Frau‹ war zu hören, Münzen klirrten. Es folgte das gedämpfte Geräusch eines gefüllten Lederbeutels, der auf die hölzerne Tischplatte geworfen wurde. In der Dunkelheit wandte sich der Mann mit dem Armstumpf zum Tisch um, ließ jedoch den Beutel unberührt.

»Ich werde mein möglichstes tun«, versprach der Tätowierte.

»Ich muß gehen«, sagte MacNamara, der ohne ein weiteres Wort die Tür öffnete und im Sturm verschwand.

Naira erwartete Bres im Bett. Seit zwei Wochen waren sie verheiratet. Bald würden sie nach Glen Head, zu ihrer eigenen Burg, reisen, denn sie bedurfte der Hilfe ihres Gatten bei der Befestigung der Anlage, da gerüchteweise verlautete, die Sippe ihres früheren Mannes plane, ihr den Besitz streitig zu machen. Zudem konnte

Naira es kaum erwarten, Debrogails Grab zu besichtigen, um sich zu vergewissern, daß die Rivalin tot war, auch wenn dies bedeutete, daß man ihren Leichnam freilegen mußte.

Zuerst hatte Bres sich in der Liebe sehr schüchtern gezeigt und war Debrogail geradezu unverschämt treu geblieben, aber Naira verfügte über die geheime Essenz, das Begehren eines Mannes verläßlich zu wecken. Sie hatte die Alte aufgesucht, die in der Höhle am Meeresstrand hauste, die Alte, deren Hals und Wange von einem großen himbeerroten Geburtsmal entstellt war. Naira bat sie, ihr einen Trunk zu mischen, der ihr half, Bres' Leidenschaft zu wecken.

»Kommt, meine Teure«, hatte die Alte, die ihr Gesicht stets verhüllte, gesagt. Doch während sie den Trunk gebraut hatte, war das Tuch verrutscht, und Naira hatte das Mal gesehen. Sie wußte, daß die Alte Hebamme geworden war, weil kein Mann sie hatte heiraten wollen. Als der Trank fertig gewesen war, hatte Naira die Worte sprechen müssen:

Drei Kirschkerne gemahlen,
Milch von Kräh' und Honigbiene
Schafft mir meines Liebsten Minne.

»Vermengt dies mit Nüssen in einen Kuchen«, wies die Alte sie an. »Er wird nicht merken, was er zu sich nimmt. Und nutzt Eure eigenen Gaben. Ihr besitzt bestimmte Muskeln in Eurer Lusthöhle. Öffnet und schließt sie fünfhundertmal am Tag, damit sie sich kräftigen. Und benutzt sie, wenn Ihr mit Eurem Liebsten beisammen seid.«

Doch als Naira sich zum Gehen gewandt hatte, hatte die Alte ihren Arm erfaßt und gesagt: »Da ist noch etwas, was Ihr wissen sollt. Kennt Ihr die Geschichte des Fluches, der auf den O'Donnells lastet?«

Wie alle anderen hatte auch Naira die Geschichte schon oft gehört. Die Geschichte war Teil des blutigen Erbes der O'Donnells. Als junger Mann war Reevnargs Bruder bei einer Seefahrt über Bord gegangen und von der Tochter eines armen Fischers gerettet worden, einer ausdauernden Schwimmerin, die von allen Männern abgewiesen worden war, da sie von einem rötlich-purpurnen Geburtsmal entstellt gewesen war, das eine Gesichtshälfte fast ganz bedeckt hatte. Kaum war Reevnargs Bruder wieder zu Kräften gekommen, hatte er sie entkleidet und sie zu der Seinen gemacht. Ihre langen, blassen Glieder waren ohne Makel. Er hatte sie wiederholte Male genossen, und sie hatte ihn geliebt. Doch als er hatte Abschied nehmen wollen, hatte sie ihn gebeten zu bleiben. Da gab er zur Antwort, er könne als Sohn eines Chieftains keine Gezeichnete zur Frau nehmen.

In rasender Wut hatte das Mädchen ihr Schuppenmesser gezogen und ihn getötet. Reevnargs Vater hatte Rache geschworen und befohlen, sie zu fesseln und mit einem schweren Stein um den Hals von einer Klippe ins Meer zu stoßen. Bevor sie gestorben war, hatte sie Reevnargs Familie verflucht und vorausgesagt, daß es bei den O'Donnells keine männlichen Erben geben würde, bevor nicht eine Frau dieser Familie von ihrem Geliebten gehenkt würde. Kurz danach war Reevnargs Vater umgekommen. Er war auf seinem Schiff in die Takelage geklettert, ausgeglitten und hatte sich in den Seilen erhängt. So war die Geschichte des Fluches.

Die Alte hatte ihr noch viel mehr erzählt. Es waren Dinge gewesen, die bewirkten, daß Naira zwei Tage lang vor Entsetzen das Bett hüten mußte.

Naira hatte ihr langes Haar gebürstet, bis es prächtig schimmerte. Sie benetzte ihre Schultern und Brüste mit Rosenduft.

Als Bres zu Bett ging, erwartete Naira ihn in den Kissen lehnend. Zugegeben, sie war reizvoll, falls man eine Schlange reizvoll nennen konnte. Über dem weißen, durchsichtigen Gewand aus fein bestickter Seide fiel das Haar locker auf ihre Schultern. An einer Schulter war das Nachthemd verrutscht und hatte das Haar verschoben, so daß ein winziges rotes Geburtsmal zu sehen war.

»Willst du mich nicht anfassen?« fragte sie ihren Mann.

Er legte einen Finger auf das Mal. »Das Zeichen des Henkers. Noch nie habe ich es an einer Frau gesehen«, meinte er nachdenklich.

»Ach das.« Sie zuckte in gespielter Gleichmut mit den Achseln und zog ihr Gewand hoch. »Meine Mutter hat mir erzählt, daß ich damit geboren wurde, weil sie vor meiner Geburt der Wehmutter ins Angesicht blickte. Und jetzt komm, mein Geliebter! Deine Frau möchte dich lieben!«

Bres hatte sich gelobt, Debrogail nie zu vergessen. Er dachte an ihre lachenden Augen, an ihre Hände, wie sie sich an seinem verwundeten Körper angefühlt hatten. Erst hatte sie ihn nur berührt, wenn sie an seiner Armwunde den Verband wechselte, später hatte sie ihn geneckt und behauptet, sie suche Wunden an seinem Schenkel. Er wußte noch genau, wie ihre Finger seine Männlichkeit berührt hatten.

Naira war leidenschaftlich, und sie küßte ihn. In seinem Bewußtsein wurde Naira zu Debrogail, und er küßte sie und nicht Naira. Er sah auf ihre bleichen Brüste hinunter. Sie hatte schöne Brüste mit vollendeten Spitzen, nicht zu groß und nicht zu klein und von perfektem rötlichem Ton. Dazu besaß sie eine duftende Haut. Als er ihre Brustwarze küßte und diese hart wurde, spürte er Hitze in seinen Lenden. Bereitwillig öffnete sie die Schenkel. Er wünschte sich, er könnte Debrogail treu bleiben, aber als er in Naira drang, setzte sein Verstand aus, und er konnte an nichts anderes mehr denken als an die heiße Feuchtigkeit, die ihn umklammerte. Sie hatte irgendwie gelernt, ihr Venustor um seinen Schaft wie einen Mund zu öffnen und zu schließen. Steckte er in ihr und sie fing mit ihren rhythmischen Bewegungen an, dann hatte er das Gefühl, sein Phallus sei ins Schlüsselloch zum Himmel geraten. Er hatte sich geschworen, Debrogail wenigstens im Geist treu zu bleiben, doch sein Glied kannte keine Treue, es kannte nur Wonne, selbstsüchtige, schwelgerische Wonne. In der Ekstase, zu der Nairas rhythmische Muskelbewegungen ihn führten, war er nicht mehr imstande, an sich zu halten.

11. KAPITEL

Die Place des Grèves, jener Platz, wo Seeleute und Hafenarbeiter sich auf der Suche nach Arbeit zusammenfanden, war ein wüster Ort, erfüllt von Geschrei, Flüchen und schrillem zügellosem Gelächter, eine Gegend voller Spelunken, Riesenratten, Fischhändler und Betrunkener, ein Viertel, in dem grellgeschminkte Frauen, aneinander Halt suchend, die Gassen entlangtorkelten.

Carbri und Arrah begannen unverzüglich mit der Auswahl einer Besatzung. O'Reilly hatte es ihnen vorausgesagt: Was sich hier auf dem Platz herumtrieb, war tatsächlich ein armseliger Haufen. Nicht ein Mann war darunter, der unversehrt war, vielen fehlte ein Ohr, ein Auge, ein Finger, eine Hand, ein Fuß.

Während Carbri mit den Seeleuten verhandelte, regten sich in Arrah Zweifel, ob er überhaupt imstande war, einen guten Seemann zu erkennen, denn er wählte Männer, die ihr Vater niemals genommen hätte. So nahm er einen, der ständig an sich herumfingerte, als würden die Läuse ihn bei lebendigem Leibe fressen. Es war eine Wahl, mit der Arrah ganz und gar nicht einverstanden war. Ein ständig mit sich beschäftigter Mann war nicht imstande, gewissenhaft seinen Dienst zu tun. Nach einigem Hin und Her gab Carbri nach. Noch einen lehnte sie ab, einen Mann, der von den unzähligen Malen der Kursbestimmung nach dem Sonnenstand erblindet war. Arrah tat der Kerl leid, doch eine der eisernen Regeln der Seefahrt lautete, daß ein Seemann seine Heuer verdienen mußte.

Ein Mann mit einem schwarzen Lederfleck über dem rechten Auge näherte sich Arrah und Carbri. »Verzeiht, Freunde, aber ich hörte, Ihr heuert Leute für die Belle Étoile an. Man kennt mich als Patch, und diese beiden sind meine tüchtigen Gefährten.«

Arrah besah sich den Mann mit Namen Patch. Auf dem Lid seines unversehrten Auges war ein offenes Auge tätowiert, so daß bei jedem Blinzeln ein rot-blau-grünes Auge sichtbar wurde. Seeleute hatten oft tätowierte Lider, da sie dem Aberglauben anhingen, das tätowierte Auge hielte Wache, während sie schliefen. Patch war ein drahtiger kleiner Kerl, dessen Gesicht unrasiert war. Ein paar rote Strähnen leuchteten aus dem Graubraun seiner Gesichtsbehaarung. Sein lebhaftes helles Äuglein gemahnte Arrah an das Blau der Seen von Connacht. Eines allerdings war ihr ein Rätsel: Trotz seines verwitterten Gesichts besaß er unnatürlich weiße Hände.

»Los, sag uns, wo du schon auf Fahrt warst!«

»Ich habe alle Meere befahren. Ihr werdet keinen finden, der mehr von Schiffen versteht. Ich leiste gute Dienste und meine zwei Gefährten ebenso. Mute, dem man die Zunge abgeschnitten hat, und der andere, der Hook heißt.«

Arrah warf dem Mute Genannten einen Blick zu. Sein Gesicht war von Narben durchsetzt und entstellt. Lange konnte sie nicht hinsehen, da ihm Unterlippe und Ohren fehlten und sein Anblick ihr unangenehm war.

Hook hatte ein dunkles, pockennarbiges Gesicht. Statt seines linken Armes besaß er nur einen Haken. »Ja, ja, ja, laßt Euch durch den Anblick von Angel, meinem Schatz, nicht narren.« Er hob den scharfen, grausig aussehenden Haken, der zugespitzt war wie eine Messerklinge. »Hab' sie selbst zugefeilt und geschliffen. Brauch' keine andere Waffe außer Angel. Ich und Angel. Wir haben mehr Teufel zur Hölle geschickt, als man zählen kann. Stimmt's, Angel, mein Schatz?« Er drückte zwei Küsse auf den Holzstumpf, in den der Haken eingebettet war.

»Und was ist mit den Seilen? Werden die nicht durchschnitten, wenn du sie anfaßt?« erkundigte sich Carbri.

»Ich nehme den Mund und die andere Hand. Wie ein Papagei. Hast du schon gesehen, wie ein Papagei in seinen Käfig klettert? Er schafft es mit dem Schnabel. Hält sich damit fest. So wie ich.« Und er preßte die Lippen zum Beweis ganz fest aufeinander. »Ich habe schon Schwielen auf Lippen und Zunge wie andere an den Händen.«

Carbri, der unentschlossen war, drehte sich um und besprach sich mit Arrah. Er mißtraute dem Trio, da es ungewöhnlich war, daß Seeleute sich so begierig zeigten, gemeinsam angeheuert zu werden. Von der Höhe der Heuer war noch gar nicht die Rede gewesen...

»Patch, du kannst anheuern«, sagte er schließlich. »Aber deine Freunde muß ich ablehnen.«

»Aber es sind gute Maate. Die besten weit und breit. Sie werden Euch nicht enttäuschen. Lieber segle ich mit diesen beiden als mit fünf anderen, die zwei gute Hände und dazu Lippen und Ohren haben.«

»Nur du«, blieb Carbri hart, »andernfalls kommst auch du nicht mit.«

In einem Gäßchen, zwei Türen von der Place des Grèves entfernt, stürzte ein Mann atemlos in eine Bierkneipe. »Kapitän Whip!« rief er laut.

In der Schankstube war es so dunkel, daß der Mann einen Moment brauchte, bis seine Augen sich nach der hellen Morgensonne daran gewöhnt hatten. Männer hockten in Gruppen um derbe Tische.

Das Feuer war nicht entfacht worden, so daß nur die Reste warmer Asche vorhanden waren. Durch Ritze an den Rändern der Fensterbalken drangen Lichtstrahlen ein, schräge Strahlen, die den Staub sichtbar machten, der Nebelschwaden gleich in der Luft hing. Ein paar Nischen im Hintergrund verdüsterten die Atmosphäre zusätzlich. Auf eine der Nischen steuerte der Bote zu. Auf dem Tisch stand eine Kerze, die nicht brannte, so daß es unmöglich war, die Züge der Männer auszumachen. Man konnte nur sehen, daß der eine einen breitkrempigen, federgeschmückten Hut trug. Neben ihm auf dem Tisch lag eine geringelte Peitsche. Ihr verdankte der Mann seinen Spitznamen.

»Was hat das Schiff geladen?« fragte Kapitän Whip.

»Das hat er nicht gesagt«, antwortete der Bote atemlos. »Aber, Kapitän, er trägt einen Haufen Gold in der Tasche.«

»Wie viele sind es?«

»Nur zwei. Ein junger Kapitän und ein Knabe.«

Kapitän Whip wandte sich an die drei Männer an seinem Tisch. »Camel und Christophe – und du, Sebastian. Ihr tragt eure Dienste an. Und denkt daran – versucht ja nicht, mich übers Ohr zu hauen, sonst schneide ich Euch die Klöten ab und werfe sie Hirple zum Fraß vor.«

Drei dunkle Gestalten erhoben sich. Dann stand noch ein vierter auf, ein älterer Mann, der Hirple genannt wurde, was in der Sprache der Seeleute soviel wie hinken oder stolpern bedeutet. Er blieb in sonderbar gebückter Haltung stehen. Eine alte Fußwunde, die nie richtig verheilt war, machte ihm zu schaffen.

»He, Hirple! Wo, zum Teufel, willst du hin?« rief der Kapitän aufgebracht. Er griff drohend nach seiner Peitsche.

»Mit ihnen.« Hirple deutete auf die drei, die im Begriff standen zu gehen.

»Du bleibst hier!« Er hob die Peitsche.

»Wenn mehr von unseren Leuten an Bord sind, dann sind die Chancen...«

Kapitän Whip schlug dem Sprecher mit dem Peitschengriff ins Gesicht. »Du Hai, du elender. Noch eine solche Lüge, und ich ramme dir den Griff in den Arsch und zieh' ihn am Hals raus.« Er lachte boshaft. »Das käme dir gar nicht so ungelegen, oder?«

Hirple sagte nichts.

»Na, was ist?«

»Nein!«

»Fehlt dir schon das Arschloch von deinem Knabenschätzchen?«

Wieder sagte Hirple nichts.

»Verlogener Dreckskerl! Hirple, ich kenne dich besser und anders, als deine eigene Mutter dich kannte.« Kapitän Whip warf den Kopf in den Nacken und lachte schallend. »Du hältst es doch nicht fünf Minuten ohne Christophe aus. Und eifersüchtig bist du wie ein Hund. Verdammt, Hirple, was soll das? Wenn ich es recht überlege, täte es dem Jungen ganz gut, merk dir das. Wie eine neue Takelung am Schiff.« Wieder fing er zu lachen an.

Hirple ballte die Hände zu Fäusten, ohne etwas zu sagen.

Kapitän Whip entging seine Haltung nicht. »Hm, jetzt sind wir aber zornig... ach was, Hirple, mach dir nichts draus! Ist doch nur ein Scherz. Ich lache eben gern. So und jetzt trink aus! Oder ich pisse in deinen Humpen und schütte dir das Zeug in die Kehle.«

Draußen auf dem Platz wollte Carbri einen Seemann nehmen, der Arrah nicht gefiel, denn die Augen des Mannes wanderten ständig zu der Auswölbung in Carbris Tasche hin, wo der Beutel mit dem Gold steckte. Carbri aber bestand darauf, den Mann, der über langjährige Erfahrung verfügte, anzuheuern.

Als das künftige Besatzungsmitglied merkte, daß es seine Heuer erst an Bord bekommen sollte, zog es verstohlen sein Messer. Carbri, der in ein Gespräch mit einem anderen vertieft war, übersah das stählerne Aufblitzen, nicht aber Arrah, die, auf Carbris Knie zuschnellend, ihn zu Boden warf. Eine Klinge zischte durch die Luft und traf den Unterarm des angreifenden Seemanns, der aufschrie und seinen Dolch fallen ließ, als sei sein Arm vom Blitz getroffen worden.

Carbri und Arrah lagen am Boden. Die verzweifelten, zu allem entschlossenen Seeleute umdrängten sie zum todbringenden Schlag wie Wölfe ein lahmendes Stück Wild.

Da ertönte ein Schrei, und Patch sprang mit seinen zwei Gefährten mitten in die Gruppe, in der einen Hand ein Schwert schwingend, in der anderen einen Dolch. Auch Mute hatte sein Schwert gezogen.

Hook schlug mit dem scharfen Spitzhaken seines Holzarmes um sich. »Ein Schritt vorwärts, Kameraden, und Angel und ich schikken euch ins Jenseits.«

Allgemeines Grollen, aber keiner wagte mehr, einen Schritt zu tun. Hook streckte die unversehrte Hand aus, um Carbri auf die Beine zu helfen. Carbri sah die Hand verdutzt an, ehe er sie ergriff. Der Kreis der Männer löste sich auf, und Carbri klopfte den Schmutz aus seinen Kleidern. »Mann, dir schulde ich eine Entschuldigung. Und deinem Freund auch. Ihr beide könnt mit Patch bei mir anheuern.« Die zwei Männer lächelten. Hook mit zwei gelben Zähnen und Mute mit seinem bizarren, entstellten Gesicht.

»Dank schuldet Ihr Eurem Jungen«, sagte Patch, der auf Arrah wies. »Hätte er Euch nicht beiseite gestoßen, Ihr wäret jetzt ein toter Mann.«

»Recht hast du«, sagte Carbri und lächelte Arrah zu.

»Machst du mich zum Bootsmann?« fragte sie.

»Bootsmann... du hast doch gar keine Erfahrung«, entrüstete sich Carbri.

»Ich hatte auch keine Erfahrung, jemandem das Leben zu retten«, erwiderte sie keck. »Ich kann alles lernen. Du und Patch, ihr könnt mich unterrichten.«

»Der Junge hat gar nicht so unrecht«, meine Patch, der Arrah mit seinem tätowierten Auge zublinzelte.

»Eine närrische Idee!« rief Carbri aus.

»Ist es nicht! Du hast von meinem Vater alles über die Seefahrt gelernt. Als du anfingst, wußtest du gar nichts. Auch ich kann lernen!«

»Nein!« Carbri zeigte sich unbeugsam.

»Doch – oder ich segle nicht mit dir!« Arrahs Ton klang stahlhart.

Carbri atmete verärgert aus. Er hatte nicht die Absicht, sie Bootsmann werden zu lassen, doch es war unklug, sich vor der versammelten zukünftigen Besatzung zu zanken. »Na schön«, gab er widerstrebend nach. »Aber du wirst genau das tun, was ich dir sage.«

Arrah sah, daß Patch seinen Dolch wieder in den Stiefel steckte. Zunächst hatte sie an ihm nur den einen Dolch gesehen, den er zusammen mit dem Schwert im Gürtel stecken hatte. Und doch hatte er einen geworfen und einen zweiten in der Hand gehalten. Und der Dolch im Gürtel steckte noch immer dort. Der Seemann, der sie angriff, hatte ebenfalls einen versteckten Dolch gezogen. Sie sah nun Patch seinen Dolch an sich nehmen. Er wischte die blutige Klinge an der Hose ab und langte dann nach hinten. Wie viele verborgene Dolche hatte ein Seemann bei sich?

Carbri besaß nur einen, der zusammen mit dem Schwert im Gürtel steckte. Carbri aber war geradeheraus und von offener Wesensart. Da ihm Verschlagenheit fremd war, vermutete er sie auch bei anderen nicht und trug seine Waffen offen. Somit wurde Arrah eines klar: Carbri mochte zwar die Grundlagen der Seefahrt von ihrem Vater gelernt haben, doch was die Seeleute betraf, gab es vieles, was er nicht wußte. Sie selbst würde sich nie wieder sicher sein, ob ein Mann unbewaffnet war, auch wenn keine Waffe an ihm sichtbar war. Auch sie wollte von nun an Dolche in den Stiefeln und hinten im Gürtel tragen. Nun war sie froh, Patch und seine Getreuen an Bord zu haben, und sie schämte sich über ihr anfängliches Zögern.

Während sie in Gedanken noch bei versteckten Dolchen war, heuerte Carbri weitere Leute an: Sebastian, einen gutaussehenden, dunkelhäutigen Franzosen mit einem roten Tuch um den Hals, und dessen Gefährten, der Christophe hieß. Und dazu noch einen namens Camel, einen buckligen Seemann, dessen dunkles Haar so fettig glänzte, als hätte man es mit Teer eingerieben. Es dauerte nicht lange, und die Belle Étoile verfügte über eine bunt zusammengewürfelte Besatzung von dreißig Mann.

Die Männer gingen unverzüglich an die Arbeit, um das Schiff

seeklar zu machen. Muscheln wurden vom Rumpf geschabt, die Bordwand geteert, morsche Planken ersetzt und die Segel geflickt.

Arrah hörte nicht auf, Fragen zu stellen, von den einfachsten bis zu den kompliziertesten Dingen. »Wie hast du das Seil so rasch befestigt?« – »Wann bringst du mir bei, mit dem Astrolab umzugehen?« Erst stellte sie diese Fragen nur Carbri, der aber sagte immer nur: »Zerbrich dir darüber nicht den Kopf. Sag lieber Patch, daß steuerbords der Boden nicht ausreichend geteert ist. Sag ihm, er soll die Dinge mit seinem guten Auge und nicht mit der Augenbinde ansehen.«

Da Carbri auf ihre Fragen nicht einging, wandte sie sich an die Besatzung, bekam aber immer wieder zu hören: »Wenn du das nicht weißt – was, zum Teufel, hast du hier zu suchen?«

Nur Patch zeigte Geduld und guten Willen, ihr alles zu erklären, was sie wissen wollte. Als erstes brachte er ihr bei: »Die erste Regel der Seefahrt heißt: Wenn man keine guten Knoten machen kann, muß man viele machen.«

Auf ihre Frage, weshalb er so weiße Hände hätte, vertraute er ihr an, sie wären ihm bei einem Feuer an Bord verbrannt.

Arrah und Carbri machten sich gemeinsam auf die Suche nach Munition für die zwei drehbaren Geschütze am Heck, mußten jedoch entdecken, daß Schießpulver und Kugeln von der Armee requiriert worden waren. Der Munitionshändler behauptete, die nächste Lieferung käme erst in der kommenden Woche. Sie würden also ohne Munition auslaufen müssen.

Das Schiff war seeklar, die Fracht – Wein, für Rathlin Island bestimmt – war geladen. O'Reilly hatte Carbri angewiesen, den Wein auf der Insel zu verkaufen und den Erlös als Vorschuß für die Söldner zu verwenden.

Die Belle Étoile glitt die Seine abwärts, dem Ozean entgegen, gefolgt von einem ansehnlichen Kielwasser.

Magnus brachte seine Frau Cathlin in Debrogails Zelle. Seiner Verletzung wegen konnte er sie nicht selbst tragen, da aber Cathlins Güte das Herz der Wachen anrührte, trugen vier Mann ihre Bahre und stellten sie auf dem Boden ab. Debrogail kniete sofort an ihrer Seite nieder und ergriff die Hände der Frau.

»Cathlin, du und Magnus, ihr wart so gut zu mir«, sagte sie. »Die Welt ist voller kleiner guter Taten. Gott hat mir den gütigsten, besten Mann gewährt, den eine Frau sich wünschen kann, und wenn ich meinen Dank durch ein kleines Zeichen der Güte jemand anderem gegenüber abtragen kann, dann will ich es tun.« Sie lächelte matt.

Cathlin hatte ähnlich wie Debrogail mandelfarbenes Haar. In gesundem Zustand wäre sie eher stattlich als hübsch zu nennen gewesen, doch ihr Leiden hatte Gesicht und Hände durchscheinend und abgezehrt werden lassen. Trotz ihrer Schwangerschaft war sie mitleiderregend dünn. Die Wachen halfen ihr beim Aufsetzen, und da saß sie nun, die Hände auf ihren Leib gelegt.

Debrogail begann mit besinnlichen alten Oden und Balladen und beobachtete Cathlin, die den Eindruck machte, als sei sie nicht von dieser Welt, so hingebungsvoll lauschte sie Debrogails Gesang. Als die Gefangene das Lied von den verwandelten Königskindern anstimmte, schossen Cathlin die Tränen in die Augen, und sie fiel mit dünner und unsicherer, aber angenehmer Stimme in den Gesang ein. Als das Lied zu Ende war, sagte Cathlin: »Ich weiß noch, wie meine Mutter mir als Kind dieses Lied vorsang.«

Nun ging Debrogail zu fröhlicheren Weisen über und fing an, sich im Tanz zu drehen, wobei sie die Decke als Requisit benutzte, um ihre Bewegungen verführerisch zu machen. Die Wächter begannen zu pfeifen und zu rufen und im Takt zu klatschen. Einige von ihnen, die am Vortag gemeinsam mit Magnus ihren Liedern gelauscht und ihr zugesehen hatten, waren so weit gegangen, ihr eine warme Brühe mit einem Stück Fleisch darin zu bringen... Alle waren begierig, sie wieder zu hören. Einer rief die anderen von draußen herein, und es dauerte nicht lange, und die Zelle war gedrängt voll mit Beifall klatschenden Wachposten. Plötzlich packte einer die Hand des anderen und sie fingen an, im Takt zu hüpfen.

Auch Cathlin klatschte im Takt, doch sie ermüdete rasch und ließ bald die Hände sinken. Der ergeben neben ihr sitzende Magnus, der den Kopf in ihren Schoß gelegt hatte, beugte sich über sie und gab ihr einen Kuß.

Als Debrogail endete, sagte Cathlin: »Ach Debrogail, mir ist gar nicht wohl, und es ist lange her, seitdem ich so große Freude erlebt habe. Meine Eltern waren Sänger, keine Barden, sondern nur Sänger fürs niedere Volk. Abends saßen wir vor dem Feuer, und sie sangen uns vor. Sie starben an der Pest, als ich noch klein war. Ich nehme es als gutes Omen, daß ich kurz vor der Geburt des Kindes so große Freude erleben darf. Würdest du noch etwas singen?«

Alles pfiff und rief zustimmend, und Debrogail wollte eben ein neues Lied anstimmen, als Rory, der Kerkermeister mit der eisernen Miene, eintrat und der fröhlichen Stimmung ein jähes Ende bereitete. »Was geht hier vor? Ist dies ein Verlies oder eine Spelunke?« brüllte er erbost.

»Na, was hast du vor? Wirst du Mistreß Naira verraten, daß wir ein Lichtlein an diesen Höllenort gebracht haben?«

»Wäre möglich.«

»Rory, das sähe dir ähnlich. Du mußt ihr auch immer alles stekken, nur damit du dich vor ihr großtun kannst.«

»In der Welt kommt man nicht weiter, wenn man sich dieses gespenstische Geheule anhört, und ihr Dummköpfe tätet gut daran, euch das zu merken. Gerade ist ein Bote angekommen. Er wäre schon eher hier eingetroffen, aber sein Boot wurde von einem Unwetter vom Kurs abgebracht. Mistreß Naira kommt in drei Tagen, um sich zu überzeugen, daß ihre Befehle ausgeführt wurden. Die Gesänge müssen ein Ende haben.«

Drei Tage! Und sie wollte sehen, ob ihre Befehle ausgeführt worden sind! Die Angst fiel wie ein Stein mitten in die Zelle. Das Loch mußte erst gegraben werden! Da Mistreß Naira weit weg war und der Baumeister krank, hatte man keinen Grund zur Eile gesehen, und schon gar nicht, als sie gehört hatten, wie schön sie sang.

Jetzt wurden alle von Angst und Hast erfaßt. Mochten sie mit Debrogail Mitleid empfinden, so waren sie doch Männer und keine Narren. Nur ein Narr ließ sich von einer einfachen Magd betören. Zum Vergnügen gab es schließlich Schankdirnen, und die boten mehr als nur Lieder.

Eilig drängten sie aus der Zelle, ohne Debrogail noch einen Blick zu schenken. Vier Mann bückten sich und hoben Cathlins Tragbahre.

»Wollt ihr mich denn alle allein lassen?« rief Debrogail in ihrer Verzweiflung.

Keiner gab Antwort. Sogar Magnus wich ihrem Blick aus, als er sich seiner Frau zuwandte und so tat, als kümmerte er sich um sie.

»Wartet!« rief Cathlin plötzlich, die Debrogail ihre Hand entgegenstreckte. »Du hast mich gütig genannt. Und doch war niemand gütiger zu mir als du, als du mich deine Engelsstimme hören ließest.« Tränen schossen in Cathlins Augen. »Ich wünschte, ich könnte dir hier heraushelfen… Ich…«

»Bringt sie weg!« ordnete Rory barsch an.

»Gott segne dich, Debrogail«, sagte Cathlin. »Morgen schicke ich dir durch Magnus süßes Backwerk.«

»Und solltet ihr Cathlin wieder herbringen, melde ich euch Mistreß Naira.«

Debrogail war verzweifelt. Mistreß Nairas Ankunft stand bevor. Am nächsten Abend ließ Magnus sich nicht blicken. Beim kleinsten Geräusch stürzte sie an die Tür, in der Meinung, er sei endlich doch gekommen, aber niemand betrat den Korridor vor ihrer Zelle. Nicht einmal Rory ließ sich blicken, um ihr Brot und Wasser zu bringen. Sie argwöhnte schon, Mistreß Naira hätte befohlen, sie Hungers sterben zu lassen.

Allmählich bekam sie das Gefühl, daß die Leute sie nur ausgenutzt hatten. Sie alle hatten sich von ihrer Stimme eine Zeitlang unterhalten lassen, sogar Cathlin hatte sie benutzt, um ihren eigenen hinfälligen Zustand zu vergessen. Und jetzt, da Nairas Ankunft bevorstand, war sie von allen verlassen. Niemand wagte sich in ihre Nähe.

Da vernahm sie plötzlich Schlüsselgeklirr und das unverwechselbare Geräusch von Krücken. »Magnus!« rief sie laut.

Als er die Tür öffnete, genügte ein Blick in sein Gesicht, und sie wußte, daß etwas Schreckliches passiert sein mußte. »O Magnus«, sagte sie, »ich…« Ihre eigenen Worte kamen ihr hohl und unzulänglich vor, so als hätte nicht sie sie geäußert, sondern eine andere Person, eine Fremde. Nur wenige Augenblicke zuvor hatte sie geglaubt, auch Magnus hätte sie nur benutzt…

»Das Kind war zu groß und lag nicht richtig. Man konnte ihr nicht helfen. Die Hebamme war nicht einmal imstande, das Kind zu holen. Beide sind tot.« Die Krücken fielen zu Boden, er sank auf die Knie. Seine Schultern zuckten, als er zu schluchzen begann. »Ach Debrogail, ich habe sie so sehr geliebt.«

Nun wünschte sie, sie hätte ihm etwas Tröstliches sagen können, doch es sah ganz so aus, als würde sie bald selbst dem Tod ins Auge sehen müssen.

»Debrogail«, seufzte er schließlich, nachdem er sich mit dem Ärmel die Tränen getrocknet hatte, »es gibt da etwas, was du nicht weißt... Du sollst lebendig begraben werden.«

Lebendig begraben! So tief saß also Nairas Eifersucht! Wie ungerecht das alles war... ihre Mutter hatte recht gehabt. Sie war eine Magd, und ihre Pflicht war es zu dienen. Sie hätte lieber sein sollen wie Bridgett, verdrossen und übellaunig, und sie hätte bei der Arbeit immer nur das mindeste tun sollen, anstatt guter Dinge und gewissenhaft ihren Pflichten nachzugehen. Ihr fröhliches und munteres Wesen war schuld, daß Bres sich in sie verliebt hatte! Und jetzt mußte sie Nairas Eifersucht mit dem Leben büßen.

Wie naiv sie doch gewesen war!

Debrogail schrie Magnus verzweifelt an: »Du wußtest es die ganze Zeit, und doch hast du mich gebeten, für dich zu singen und dich und deine Frau glücklich zu machen! Glücklich! Und wo bleibt denn mein Glück?!«

»Bitte... Rory ist im Moment nicht auf dem Posten, aber er ist in der Nähe und schläft in einer stillen Ecke. Er wird dich hören.«

»Wenn er schläft, dann hilf mir zu fliehen, Magnus! Hilf mir! Tu so, als hätte ich dich niedergeschlagen und dir die Krücken abgenommen! Ich bitte dich!«

»Morgen soll Mistreß Naira kommen. Sie hat angekündigt, daß sie selbst ins Grab schauen wird, um zu sehen, ob du darin liegst.«

»Das werde ich nicht!« Damit stürzte Debrogail an die Tür, Magnus aber bekam ihren Fuß zu fassen und hielt sie fest.

»Laß mich los, Magnus!« Sie schlug auf seinen Kopf ein.

»Hör zu!« rief Magnus. »Cathlin ist tot. Vor ihrem Hinscheiden sagte sie nur noch, es sei eine Sünde, jemanden mit einer Engelsstimme wie dich zu begraben. Es wäre so, als töte man eine Nachtigall«, brachte er erstickt hervor. »Hör zu, bitte! Mir fehlt die Kraft, um mit dir zu kämpfen!«

Debrogail hielt inne, während Magnus fortfuhr: »Sie riet mir, ich sollte ihren Leichnam hierherschaffen und ihn an deiner Stelle begraben. Einer meiner Freunde ist eben dabei, sie zu bringen. Aber wir müssen uns beeilen, bevor einer der anderen die Runde macht. Mistreß Naira ist hier sehr gefürchtet. Man würde uns gewiß verraten. Der Baumeister hat weder dich noch Cathlin zu Gesicht bekommen. Wir werden ihm weismachen, wir hätten dir Unmengen von Ale eingeflößt, um dich zu beruhigen, aber du seist bewußtlos geworden. Er ist noch immer nicht ganz auf den Beinen und wird nicht protestieren. Man hat das Loch in blanken Stein gehauen, erst vor einer Weile wurde die Arbeit zu Ende gebracht. Der Mann steht Todesängste aus und möchte alles möglichst schnell hinter sich bringen. Und Rory ist krank – heute morgen hat er Blut gehustet. Wir werden Cathlin deine Sachen anziehen.«

»Magnus, sag mir nur, wie ich den Weg hinaus finde!«

»Wenn Mistreß Naira in dem Loch keine Leiche vorfindet, wird sie uns vierteilen lassen. Das Loch wurde an einer dunklen Stelle gegraben, und ein Körper verändert sich im Tod. Dazu kommt, daß sie der Meinung ist, du seist seit einem Monat tot. Wir werden Cathlin so hinlegen, daß nur der Hinterkopf sichtbar ist. Für die meisten Frauen ist der Anblick von Toten unerträglich. Mistreß Naira wird da nicht anders sein, denke ich. Von hinten sieht dein Haar so aus wie Cathlins, mandelfarben.«

In diesem Moment kam einer der Wachen mit Cathlins leblosem Körper. Der Mann gehörte zu denen, die ihr an dem Abend zugehört hatten, als Cathlin sie besucht hatte.

Debrogail zitterte so heftig, daß sie sich nicht von der Stelle rühren konnte. Ihre Zähne schlugen laut aufeinander.

»Debrogail, bitte beeile dich!«

Der Krieger, der sie von der Adlerburg fortgeschafft hatte, hatte ihr einen alten Kittel übergeworfen. Jetzt versuchte sie, diesen über den Kopf zu ziehen, aber sie zitterte so stark, daß sie es nicht schaffte und Magnus ihr dabei helfen mußte. Und als er daranging, seine Frau auszuziehen, fing er wieder zu weinen an. Er faßte nach der Hand der Toten und führte sie an die Lippen.

Er schien frische Kraft aus der Berührung zu beziehen und fing an, sie langsam ihrer Kleidung zu entledigen.

Er reichte Cathlins Nachtgewand Debrogail, die es trotz ihres Zitterns schaffte hineinzuschlüpfen. Der Wachposten gab ihr Cathlins Umhang.

»Debrogail, er wird dich zu meinem Haus führen. Warte dort auf mich. Ich helfe, Cathlin zu begraben, und komme nachher zu dir.«

Debrogail konnte sich vor Entsetzen noch immer nicht rühren. Da umfaßte der Wachposten ihre Schultern und führte sie an die Tür. Einen Moment hielt sie inne und schaute zu Magnus zurück.

Sein Kopf lag auf dem Schoß seiner Frau, und sie hörte ihn flüstern: »Lebwohl, mein Kind.« Dann bedeckte er sie mit Debrogails Decke, drückte der Toten Küsse auf Augen und Lippen. »Lebwohl, meine Cathlin. Möge Gott dir im Himmel Frieden schenken!«

Dann verharrte er reglos neben seiner Frau. Die Lampe warf ihren Schein auf die Gesichter der beiden.

»Cathlin, du hast dich geirrt«, flüsterte Debrogail. »Die Welt ist nicht nur voller kleiner, sondern voller großer Güte. Gott segne dich!«

Eilig folgte Debrogail dem Wachmann.

Patch behielt mit seinem tätowierten Auge die Stellung der Segel im Auge. Arrah fragte ihn, woher er wisse, wie sie zu setzen seien. Wie immer gab er gutmütig Antwort. »Also, siehst du die roten Dinger da oben, die wie Schleifchen aussehen? Das dort drüben, das im Wind weht, heißt Großmutters Zunge. Wenn die wackelt wie bei einem keifenden Weib, dann weiß man, daß das Schiff zu nahe am Wind segelt. Man muß Wind wegnehmen, das heißt mehr Segel einholen. Wenn aber die Schleifchen gleich ausgerichtet wehen, dann heißt das, daß die Segel richtig gesetzt sind.«

Arrah nahm jede kleinste Einzelheit über den Wind, die See und das Schiff begierig in sich auf. Ihre Neugierde war grenzenlos, ebenso wie ihre Energie, wenn sie sich auf Deck zu schaffen machte oder in den Wanten kletterte. Ihr angeborenes Bewegungstalent ließ sie so geschmeidig und geschickt wie eine Katze sein; so kam es auch, daß sie sich hoch oben in der Takelage so wohl fühlte wie eine Katze auf einem Baum.

Der Wind brachte ihre Wangen zum Glühen. Und sie hörte nicht auf zu fragen. Es war ein nicht enden wollendes Warum und Weshalb. Und wenn sie sich unbeobachtet fühlte, warf sie Carbri einen heimlichen Kuß zu. Hin und wieder ertappte sie Patch, wenn er sie beobachtete. Mitunter verfolgten sie auch Sebastian und Camel mit Blicken, aber sie reagierte abweisend.

Einmal bat sie Carbri, ihr die Handhabung des Sternhöhenmessers zu zeigen.

»Arrah, das brauchst du nicht zu lernen«, meinte er darauf voller Ungeduld.

»Ich möchte es aber wissen! Wenn du es mir nicht zeigst, wird es ein anderer tun.«

Widerstrebend brachte er ihr bei, wie man das Instrument richtig gegen den Himmel hielt. Als nächstes zeigte er ihr die Konstellationen auf einem Himmelsatlas und wie man daraus die Position des Schiffes ablas. Sie hielt den Sternhöhenmesser hoch, bis ihre Arme schmerzten, behielt die Bezeichnung am Bogen im Auge, maß den Sonnenwinkel während des Tages ab und stellte auf dieser Grundlage Berechnungen an. Des Nachts hielt sie sich an die Sterne, so daß Patch eines Tages zu ihr sagte: »Du wirst noch mondsüchtig, wenn du zuviel in den Himmel schaust.«

Sie vertiefte sich in das Kartenmaterial, lernte Landmarken und Küstenverläufe auswendig. Nachts lag sie neben Carbri in der schmalen Koje und studierte im Schein einer Lampe die Land- und Seekarten. Wenn Carbri sie zu streicheln anfing, nahm er ihr die Karte aus der Hand und ließ sie zu Boden gleiten. Dann küßte er ihre Lippen und ihre Brüste. Vorübergehend vergaß sie die Karte, nach einer Weile aber griff sie wieder zu dem Pergament und versenkte sich von neuem ins Kartenstudium. »Arrah, du zeigst für die Karte mehr Interesse als für mich«, klagte Carbri eines Abends.

Sie sah ihn an, sah die feinen goldenen Härchen auf seinem Arm und küßte ihn auf die Schulter. »Nein, stimmt nicht«, erwiderte sie, widmete sich jedoch unbeirrt wieder dem Studium der Karten. Carbri drehte sich auf die Seite, betrachtete sie eine Weile und fing an, sachte über ihre Hüften zu streichen. Dabei übermannte ihn der Schlaf.

Sie war so begierig, alles über das Schiff und die Seefahrt zu lernen, daß sie nur wenig schlief und zu jeder Tages- und Nachtzeit auf Deck anzutreffen war. So kam es, daß die Besatzung mißgünstig hinter ihr her tuschelte und sie ›Lustknabe‹ nannte.

Arrah wußte wohl, was über sie gemunkelt wurde, kümmerte sich aber wenig um das Geschwätz. Sie hatte auf dem Schiff schon genug mitbekommen, um zu wissen, daß die Männer es häufig miteinander trieben.

Eines stillen Nachmittags, an einem schönen Tag mit frischer Brise, die dem Schiff zu guter Fahrt verhalf, hockte die Besatzung müßig auf Deck. Auch Carbri saß da und knüpfte Knoten um Knoten in ein Seil.

»Was machst du da?« fragte sie ihn.

»Um Himmels willen, du brauchst nicht zu wissen, wofür jeder Knoten gut ist«, schalt er sie unwirsch.

»Es gehört zu meiner Arbeit, dies zu wissen.«

Carbri merkte, daß die anderen die Ohren spitzten. Da nahm er Arrah beiseite und zischte ihr leise zu: »Gott im Himmel, ich habe gesagt, du könntest Bootsmann werden, doch damit meinte ich nicht, daß es tatsächlich dazu kommen würde.« Er seufzte. »Eine Frau kann ebensowenig Bootsmann sein, wie sie Kapitän sein kann.«

»Verdammt, Carbri O'Connor, ich werde sehr wohl Bootsmann.« Damit drehte sie sich abrupt um und marschierte zum Bug.

Mute, der dasaß und einen Teller Linsen samt einer Scheibe harten Brotes vertilgte, war Ohrenzeuge des Wortwechsels. Er erhob sich steif, tauchte seinen Napf in einen Eimer Salzwasser, um ihn abzuspülen, und hängte ihn sodann in einen Netzbeutel, damit er trocknen konnte. Dann trat er neben Arrah, die reglos dastand und auf die See starrte, vollführte eine Reihe von Gesten und Wurfbewegungen und erzeugte unverständliche Grunzlaute.

Patch gesellte sich zu ihnen. »Er versucht, dir die Affenfaust beizubringen. Seeleute knüpfen diesen Knoten, wenn sie sonst nichts zu tun haben oder über etwas nachdenken müssen. Oder aber wenn eine frische Brise weht und sie einen freien Kopf haben. Es sind Knoten, die einem Mann Glück bringen. Ein alter Seemannsaberglaube sagt, wenn man zehntausend Affenfäuste knüpft, erreicht man ein hohes Alter und stirbt im Schlaf.

Eine Affenfaust hat aber auch praktischen Nutzen. Man benutzt diesen Knoten, wenn man ein schweres Stück Seil werfen muß. Komm, ich zeig's dir.« Er nahm eine Länge leichtes Seil sowie ein Stück schweres. »Man knüpft eine Affenfaust in das Ende eines leichten Seils, dessen anderes Ende man an das schwerere Seil bindet. Gib acht! Hook!« rief er zur Rahnock hinauf. »Halt fest!« Er warf das leichtere Seil hinauf, und Hook zog es zu sich, wobei das schwere Seil am anderen Ende mitgezogen wurde.

Arrah war wütend auf Carbri. Sie würdigte ihn keines Wortes mehr und schlief auch nicht mehr mit ihm, sondern ruhte sich bei ruhigem Wetter auf Deck oder im Laderaum wie die anderen aus. Jetzt wandte sie sich mit allen Fragen an Patch.

So fragte sie ihn unter anderem auch, was Mute zugestoßen war.

»Piraten«, erklärte Patch, »im Namen Kapitän Whips. Wenn Piraten angreifen, dann greifen sie meist Schiffe an, die kleiner sind als ihr eigenes. An große Frachtschiffe wagen sie sich nicht heran, weil die zu viele Wachen und Krieger an Bord haben. Aber kleinere Pötte wie unseren können sie ohne große Gefahr entern. Sie schnitten Mute die Ohren ab und zwangen ihn, sie aufzuessen. Dasselbe ist mit seiner Zunge passiert.«

Arrah spürte, wie Übelkeit sie zu überwältigen drohte.

»Was ist denn, Junge? Für einen Seemann hast du aber einen schwachen Magen. Auf See passieren noch viel ärgere Dinge, und ich habe davon viel mit angesehen.«

Die anderen nannten Arrah einen Pergamentfurz und machten sich über ihren Eifer lustig. Nur Patch war über ihr Interesse erfreut. Er sprach vom Ozean wie andere Männer über eine Frau, indem er ihn abwechselnd verwünschte und dann wieder seine Tugenden in den höchsten Tönen lobte.

Arrah vermißte die Wonnen von Carbris Männlichkeit und ertappte sich des öfteren dabei, daß sie sich nach ihm sehnte. Doch nachgeben wollte sie nicht. Um ihn aus ihren Gedanken zu verdrängen, widmete sie sich mit noch größerem Eifer dem Studium der Seefahrt.

Als sie eines Nachmittags die Stufen zum Laderaum hinunterstieg, begegnete sie Carbri, der herauskam. Er packte sie, drückte sie gegen die Wand und küßte sie. Arrah spürte, wie das Begehren in ihr aufwallte, und erwiderte seinen Kuß leidenschaftlich. Doch die Erinnerung an ihr Zerwürfnis bewirkte, daß sie sich rasch von ihm löste. »Spar dir deine Küsse, bis dir klar ist, daß ich nicht nur dem Namen nach Bootsmann bin.«

»Du bist ein eigensinniges Mädchen, Arrah. Hör mit dieser Torheit auf und komm in die Kapitänskajüte, damit ich dir die Begierde eines Kapitäns zeigen kann, die aufrecht steht wie ein Hauptmast.«

»Nein!«

»Arrah, komm mit! Ich liebe dich mehr als die Sterne am Himmel.«

»Ich will Bootsmann sein!«

»Arrah, um der Liebe...«

»Ich werde dich nicht lieben, bevor du nicht einwilligst.«

»Das verheißt Unglück!«

»Ich pfeife auf deinen Aberglauben. Ich werde nicht mit dir schlafen, bevor ich nicht Bootsmann bin.«

»Arrah...«, seufzte er resigniert.

»Nicht, ehe du es mir schwörst.«

»Also gut. Du kannst meinetwegen Bootsmann sein. Aber warum ein Geschöpf mit einem so vollkommenen Hintern wie du sich mit Ankern und Seilen abgeben will, ist mir schleierhaft.«

Sie küßte ihn leichthin, worauf er sie heftig an sich zog. »Und jetzt komm, und gib mir einen Kuß wie ein braves Mädchen.« Arrah reagierte nicht wie ein Mädchen, sondern wie eine leidenschaftliche Frau, da das Feuer in ihr nun ungehemmt aufloderte. Sie begaben sich ohne Verzug in die Kabine. Arrah konnte es kaum erwarten und zerrte an seinen Kleidern, biß ihn in die Schulter und flehte ihn an, sie zu nehmen, und als er nicht rasch genug war, setzte sie sich auf seinen Wonnespender, wobei ihre weißen Schultern wie ein Segel im Wind zuckten.

Von nun an verbrachte sie ihre Nächte wieder mit Carbri.

Als sie eines Tages dastand und die Segel betrachtete, spürte sie, wie jemand sich gegen ihr Gesäß drückte. Sofort fuhr sie herum, in der Meinung, es sei Carbri. Statt dessen roch sie üblen Atem aus einem Mund voller faulender Zähne. Der abstoßend aussehende Seemann mit Namen Camel hatte sich an ihr gerieben.

»Weg hier!« befahl sie.

Camel, der sich nicht vom Fleck rührte, fuhr sich mit einer großen gelben Zunge über die Lippen. »Ich geb' dir 'nen Viertelpenny, wenn du mit mir machst, was du mit dem Käpt'n treibst.«

»Such dir ein Knotenloch, du Dreckschwein!« Sie versuchte, an ihm vorüberzukommen.

Sein Arm blockierte ihr den Weg. »Ganz schön frech für einen Lustknaben, der sich als Bootsmann verkleidet.«

Sie hielt ihm die Pistole unter die Nase. »Aus dem Weg, oder es knallt!«

Da trat er beiseite. »Deine Zeit wird kommen, schönes Jüngelchen. Merk dir meine Worte!« rief er höhnisch und entfernte sich.

Um Mitternacht kam frischer Wind auf. Die Wogen türmten sich immer höher, bis sich Schaumkronen zeigten wie wehende Mähnen von Kriegsrossen. Carbri hatte sich schon zurückgezogen, denn Patch hatte die erste Wache übernommen. Arrah stand an Deck und blickte zum Himmel empor, der so klar war, daß sie kristallene Sphärenmusik zu hören vermeinte. Von ihrer Großmutter wußte sie, daß in klaren Nächten die Sterne so stark strahlten, daß man den Eindruck gewann, sie verfärbten sich blau.

Der Wind frischte auf. Das laute Knattern der Segel hörte sich an, als plauderten sie im Wind miteinander. Seeleute wußten Geschichten von sprechenden Schiffen zu erzählen, von Segeln, die einander von ihren Fahrten berichteten, von sonderbaren und bizarren Dingen, die sie gesehen hatten. Arrah sah einen Stern fallen, der seinen Schweif wie ein Krummschwert hinter sich herzog, dann einen zweiten und dritten.

Sie warf einen Blick zurück auf das Kruzifix auf dem Mast und auf die Sterne, die dahinter funkelten. Was für ein prachtvoller Anblick – Segel und Gestirne!

Carbri, der aufgewacht war, kam an Deck und warf einen Blick zum Firmament.

Der Wind frischte auf, weiße Gischt erschien in streifiger Anordnung. Carbri rief Arrah zu, sie solle unter Deck gehen, sie aber gab keine Antwort. Er kam näher. Als er ihr ins Ohr rief, spürte er, wie der Wind ihm ihr Haar ins Gesicht blies, so daß es an seinen Lippen und am Kinn haftenblieb.

»Ich möchte bleiben!« rief sie zurück.

Aus Erfahrung wußte er, daß es sinnlos war, mit ihr zu streiten. Er ließ sie stehen, lief über das Deck und rief der Besatzung Befehle zu.

Arrah ging steuerbords zum Heck, wo der Wind so stark war, daß sie sich weit hinauslehnen konnte, ohne zu fallen. Der Wind schien etwas Urtümliches, etwas Elementares und Rohes in ihr zu berühren, als er ihr so heftig ins Gesicht blies, daß es ihr den Atem raubte. Der Wind führte ihr etwas Neues zu – etwas Tatkräftiges, Rauhes, und sie bezog frische Kraft daraus.

Davon hatte sie geträumt, als ihr Vater von der See erzählt hatte. Ihr Leben lang war sie von der Seefahrt und der Macht des Meeres begeistert gewesen. Sie hatte schon immer Seemann wie ihr Vater – kraftvoll, mächtig, frei – sein wollen. Als Kind hatte sie mit Carbri und Debrogail ein kleines Boot gebaut und war damit um die Bucht gesegelt. Sogar Naira war nach viel Zureden mitgefahren. Ihr Vater hatte sie mit breitem Grinsen und den Worten empfangen: »Ihr wolltet also Seeleute sein?« Dann war er ins Wasser gewatet, hatte sie und Naira gepackt und ihre beiden Köpfe unter Wasser gehalten, bis sie prustend wieder auftauchten. »Das bedeutet es, Seemann zu sein«, sagte er, »so viel Wasser zu schlukken, daß man zu ersaufen glaubt. Und jetzt zurück auf die Burg! Helft eurer Mutter bei der Handarbeit.«

Sie dachte an das Lied, das ihre Großmutter ihr immer vorgesungen hatte:

Arrah mit dem entrückten Blick,
In deinem Wesen singt der Wind.
Arrah mit dem entrückten Blick,
Immer gingst du den Weg, der wild.

Die See war der Weg, den sie sich gewählt hatte, und, bei Gott, sie würde ihn weiterverfolgen.

12. KAPITEL

Während die Belle Étoile mit Ziel Rathlin Island auf Nordkurs segelte, trat eine Wetteränderung ein. Das Schiff geriet in ein für Nebel berüchtigtes Gebiet. Der Nebel schwebte wie Dunst aus einer Hexenküche in dichten Schwaden tief über dem Meer. Dazu gesellte sich eine totale Flaute. Das Schiff lag ganz ruhig im Wasser, das Meer wurde zu einem verzauberten Ort, so still, daß die Besatzung es mit der Angst zu tun bekam und sich benahm, als würden Gespenster sie umgeben. Zuweilen wurde der Nebel so undurchdringlich, daß man nicht von einem Ende des Schiffes zum anderen sehen konnte. Drei Tage sah man gar nichts: kein Land, kein Schiff, nicht einmal einen springenden Fisch.

Die Wachen wurden verdreifacht. Alle waren angehalten, ständig Ausschau zu halten. Arrah verbrachte Stunde um Stunde damit, in den dichten grauen Nebel zu starren. Unwillkürlich wurde sie an die Barden auf der Adlerburg erinnert, die von den ersten Nebeln Irlands sangen, als das Urvolk, die Tuatha de Danaans, dort landeten und einen dichten Nebel zusammenbrauten, damit sie ungesehen an Land konnten. Arrahs Augen vermeinten Formen in den grauen Schwaden auszumachen, gefiederte Geister und schweigende amorphe Wesen, die vor ihren Augen Wirbel bildeten. Ständig läutete die Schiffsglocke, um andere Schiffe zu warnen, doch See und Nebel antworteten mit Schweigen.

Die Besatzung nahm Tiefenmessungen vor, um einen Hinweis zu erlangen, wie weit das Schiff von der Küste entfernt war. Patch warf zu diesem Zweck ein Bleirohr ins Wasser. Dieses Rohr hing an einem Seil, auf dem mit bunten Stofflappen die verschiedenen Tiefen markiert waren, so daß man feststellen konnte, ob der Meeresgrund jäh sank oder stieg. Um die Beschaffenheit des Meeresgrundes zu erkennen, hatte man das Rohr mit Talg gefüllt, doch wo immer die Messung vorgenommen wurde, schien der Ozean bodenlos, denn der Talg kam stets sauber, ohne Spuren von Sand, Lehm oder Kies wieder hoch.

Plötzlich hielt Arrah den Atem an. Sie glaubte draußen im Neben eine Bewegung wahrgenommen zu haben. Es war wie ein

Wolkenwirbel geformt... doch ihre Phantasie hatte ihr seit Stunden Formen im Nebel vorgegaukelt. Sie blinzelte, und die Form verschwand. Nur der Nebel wallte und brodelte wie ein sich dehnendes und gähnendes Ungeheuer. Dann wurde der Nebel wieder dicht und undurchdringlich. Stunde um Stunde hatte sie in die graue Masse gestarrt: dort draußen war nichts. Nein, doch! Dort war etwas Grauweißes hinter dem Dunst, ein großes rechteckiges... Der Nebel schien sich zu lichten und dahinter... ein Segel! Sie kniff die Augen zusammen. Als sie sie wieder öffnete, war das Ding noch immer da, etwas Weißes in der Weiße, wie die Segel eines Schiffes, das auf sie zuhielt. Ohne Rücksicht auf Anstand lief sie über das Deck und rief: »Carbri!«

Camel, der neben ihr stand, bedachte sie mit einem gemeinen, lüsternen Grinsen. »Ach, jetzt heißt er schon Carbri!«

Sofort wurde ihr klar, daß sie einen Fehler begangen hatte. »Na und? Er hat schließlich einen Namen. Und er war mein Freund, bevor er mein Kapitän wurde. Und jetzt kümmere dich um deine eigenen Angelegenheiten. Segel steuerbords!« rief sie laut.

Nahezu die gesamte Besatzung kam herbeigelaufen.

»Welche Flagge es wohl zeigen wird«, sprach einer die Gedanken aller aus.

»Ich konnte ja kaum die Segel ausmachen«, gab Arrah zur Antwort.

Carbri formte die Hände vor dem Mund zu einem Trichter und rief: »Ahoi! Ahoi!«

Vom anderen Schiff drangen dieselben Worte herüber.

»Was für ein Schiff seid ihr?« rief nun Carbri.

»Die Twilight Moon, ein Kauffahrer unter Kapitän Jean LeGrand. Und ihr?«

Informationen wurden von Schiff zu Schiff ausgetauscht.

Patch spähte in den Nebel, der noch immer wallte und brodelte, aber zuweilen einen undeutlichen Blick auf das Schiff gestattete, um es gleich wieder zu verbergen, als wäre es von einer dichten, undurchdringlichen Leinwand verhüllt. »Hört«, sagte er gedankenvoll, »ich höre, daß das Schiff näher kommt.«

»Wie kann es näher kommen? Es herrscht Flaute«, wandte ein großer Dünner ein.

»Kein Wind! Und das mit einem Wanst voller Zwieback? Wenn wir alle furzen, dann gibt es genug Wind, daß wir nach China und zurück segeln können!«

»Laß deine dummen Sprüche und hör lieber zu!« mahnte Patch. Durch den Nebel drang das Geräusch von rhythmischen Ruderschlägen. »Da habt ihr die Antwort. Es ist eine Galeone und nicht auf den Wind angewiesen.«

Arrah warf einen Blick auf die eigene Takelage. Die Segel hingen schlaff wie die Wangenhaut einer Greisin an den Masten.

»Ein Piratenschiff, möchte ich wetten. Jeder andere Kahn würde Distanz wahren«, warnte Patch.

»Waffen ausgeben!« brüllte Hook. »Bist du bereit, Angel, mein Schätzchen? Jetzt heißt es kämpfen!« Er drückte einen Kuß auf die scharfe Hakenspitze.

»Da ist es! Herrgott... es nimmt direkt Kurs auf uns!«

»Du verschwindest im Frachtraum und versteckst dich dort«, wies Carbri Arrah an.

»Mach' ich nicht!«

»Hier oben kannst du nicht bleiben!«

»Ich kämpfe an deiner Seite!«

Das Piratenschiff kam unaufhaltsam näher. Nun konnte Arrah sehen, woher es seine Geschwindigkeit bezog. Neben den drei Masten verfügte es über zwölf Ruder je Seite. Die Belle Étoile kroch indessen herum wie eine Krabbe mit gebrochenen Beinen und wurde allein von der Strömung in Bewegung gehalten.

Von der Twilight Moon hörte man eine Stimme rufen: »Wenn ihr euch kampflos ergebt, lassen wir euch die Eier dran. Andernfalls ab mit ihnen! Verstanden, Kinder? Aufgepaßt, Käpt'n Whip kommt an Bord!«

In dem Bemühen, etwas zu sagen, ließ Mute ein lautes kehliges Gurgeln ertönen. Patch brüllte übers Wasser zurück: »Wir haben hier einen, der weiß, was von deinen Versprechungen zu halten ist, du Schweinehund! Du hast ihn Zunge und Ohren fressen lassen!«

»Gleich wird es dir ebenso ergehen!«

»Wir bereiten dir den passenden Willkomm, du Hund! Angel und ich reißen dir das Herz raus und verfüttern es an die Haie!«

Immer näher kam das Piratenschiff.

Allmählich konnte sie auch die Piratenbesatzung deutlicher erkennen. Die Männer waren mit Schwertern, Piken, Messern und anderen Waffen ausgerüstet. Nur der Kapitän hatte eine Feuerwaffe, eine schwere Pistole, die er in einer Hand schwang. In der anderen hielt er ein Schwert. Um seinen Nacken schlang sich eine lange schwarze Peitsche.

Nur wenige Augenblicke, und die Piraten würden das Schiff entern. Einige hingen bereits sprungbereit wie die Affen an Seilen, um sich herüberzuschwingen.

»Übergebt eure Fracht, Jungs!«

»Wir haben keine!«

»Dann treibe ich euch abgehäutet ins Meer!«

Arrah war von einem starken Besitzgefühl erfüllt. Sie hatte mitgeholfen, die Belle Étoile zu schrubben, und hatte neue Planken festgenagelt. Kampflos würde sie nicht aufgeben. »Wir werden ja sehen, wer ersäuft, dreckiger Lumpenhund!« rief sie laut und zog ihr Schwert.

Der Pirat drohte mit der Peitsche. »Ich brauche ein Vögelchen, und deine Lenden sehen lecker aus, Jungchen! Wenn ich dich zu fassen kriege, werde ich dich lehren, wie es bei Piraten zugeht!«

»Schieb ihn in einen Fischarsch!« rief Carbri dazwischen.

Ein Schuß ertönte. Zuerst glaubte Arrah, der Pirat hätte damit ein Signal gegeben, doch dann sah sie, daß Carbri zu Boden sank.

Naira und Bres kamen auf die Burg von Glen Head. Sie konnte es kaum erwarten, mit eigenen Augen zu sehen, daß Debrogail ihren Anweisungen gemäß eingemauert worden war. Als die Männer in den unteren Gelassen der Burg den Boden aufgruben, stand sie neben ihnen.

Bres war indessen in ihrer Kammer und schlief. Nach der Ankunft war ihr aufgefallen, daß sein Blick nicht zur Ruhe kam und auf der Suche nach Debrogail unstet umherwanderte. Sie machte ihm daraufhin weis, Erkundigungen unter dem Gesinde hätten ergeben, daß Debrogail mit einem der Knechte in die Hügel gegangen sei. Die beiden schienen sehr verliebt gewesen zu sein, hätten gelacht und getändelt, sich an den Händen gehalten und Küsse getauscht, als sie sich auf den Weg machten, um nach Heilkräutern zu suchen, die Debrogail für ihre verschiedenen Aufgüsse und Tees benötigte.

Naira hatte Bres verlockt, sie zu lieben, und er war wie immer eingeschlafen. Sein hübscher blonder Kopf lag friedlich auf dem Kissen. Es war ein gutes Geräusch – das Schnarchen eines Mannes –, ein tröstliches Geräusch. Sie hatte ihm einen behutsamen Kuß gegeben, bevor sie gegangen war.

Auf der Adlerburg hatte Bres nur tatenlos wie ein Sandsack dagehockt.

Doch auf Glen Head schien wieder etwas von seinem früheren Wesen aufzuleben, als er sich daranmachte, die Befestigungen der Burg zu verstärken. Schließlich war er ein Mann, und Männer liebten den Kampf. Die eiserne Disziplin seiner Jahre als Krieger gewann die Oberhand, und er gab Befehle, Waffen auszuteilen und die Vorräte aufzustocken. Naira wußte, daß die Streitmacht der Familie ihres ehemaligen Gemahls nicht der Rede wert war. Kam der Angriff, dann würde man bereit sein. Später wollte sie Bres bei Gelegenheit eröffnen, daß Debrogail tot war.

Das Aufhacken des Gemäuers, unter dem Debrogail begraben lag, nahm ungeheuer viel Zeit in Anspruch. Rory, der Kerkermeister, hustete noch immer und hackte wie ein krankes Roß. Er behauptete immer wieder, er habe noch Fieber und glühe geradezu, so daß ihm die Kraft fehle, Steine und Erde beiseite zu räumen.

Und dieser nichtsnutzige Magnus, der auf seinen Krücken umherhumpelte, verschlimmerte die Sache, indem er ständig vor sich hin murmelte, es brächte Unglück, wenn man die Totenruhe störte. Zudem ließ er immer wieder einfließen, ein seit einem Monat beerdigter Leichnam böte für die Augen einer Dame einen abstoßenden Anblick.

»Halt den Mund!« schrie sie ihn schließlich an. »Oder ich lasse dich auch einmauern!« Magnus war einer der bevorzugten Krieger ihres Mannes gewesen, da er ihm einmal das Leben gerettet hatte. Ihr Mann hatte verfügt, daß nach seinem Tod für Magnus gesorgt werden müsse, doch jetzt war sie hier die Herrin.

Das Harken und Brechen und Graben mit Spaten und Schaufeln wollte kein Ende nehmen, bis endlich ein Stück eines Umhangs sichtbar wurde. Todesgeruch wehte modrig aus der Gruft.

Rory hustete.

Magnus täuschte ein Würgen vor. Er hatte den Tod schon oft genug geschmeckt, um zu wissen, wie er stank, ohne daß es ihn gestört hätte, doch er hoffte, mit seinem Würgen Mistreß Naira Übelkeit zu verursachen. In der Nacht zuvor war der Maurer zu krank gewesen, um die Arbeit selbst zu tun, deshalb hatte Magnus angeboten, die Beisetzung zu überwachen. Einen Freund hatte er angewiesen, zwei stinkende und halbverweste Hundekadaver herbeizuschaffen.

Die toten Hunde hatte man neben Cathlins Leichnam gelegt. Falls Mistreß Naira dahinterkam, würde sie ihn töten lassen. Und er würde die gesamte Verantwortung auf sich nehmen. Den Tod fürchtete er nicht, da er dann mit Cathlin vereint sein würde.

Magnus war überzeugt, Mistreß Naira würde vor dem Gestank kapitulieren, aber das war nicht der Fall. Sie verzog nur das Gesicht, hielt sich ein duftendes Tüchlein an die Nase und wies die Männer an, schneller zu graben.

Endlich wurde Cathlins Hinterkopf sichtbar. Magnus, der nicht darauf vorbereitet gewesen war, sie wiederzusehen, schossen Tränen in die Augen. Seine Sehnsucht, Cathlin in den Armen zu halten, ihr Gesicht noch ein einziges Mal zu sehen, war so heftig wie ein körperlicher Schmerz. Debrogail schien weit weg, ganz weit weg zu sein. Und Naira hörte auf zu existieren. Er wollte sich freudig dem Tod hingeben. Ein Leben ohne Cathlin war ein Leben ohne Licht und Glück. »Was habe ich dir angetan, meine Geliebte?« flüsterte er. Zögernd trat er einen Schritt auf das Grab zu.

»Aus dem Weg, du Narr!« herrschte Naira ihn an. »Wie kann ich etwas sehen, wenn du mir die Sicht verstellst?«

Magnus tat unwillkürlich noch einen Schritt auf das Grab zu.

Da war ihm, als riefe Cathlins Stimme ihm von irgendwoher etwas zu: ›Magnus, Magnus, halt ein! Du wirst zu mir kommen, und wir werden wieder vereint sein. Aber nicht jetzt! Ich liebe dich! Ich werde dich immer lieben, und wenn du mich liebst, dann geh nicht weiter!‹«

Plötzlich sah man ein Licht flackern, und eine Stimme rief: »Naira! Naira!«

Eine Gestalt kam langsam den Gang entlang, und Magnus, der

noch immer wie benommen war, sah einen jungen Mann mit einer Fackel. Er wußte sofort, daß der junge Mann nur Bres sein konnte.

Naira wurde aschfahl. »Stellt euch alle vors Grab! Wenn jemand auch nur ein Wort sagt, landet ihr alle in diesem Loch!« zischte sie gedämpft. Dann drehte sie sich um und lief Bres entgegen. »Mein Geliebter! Was führt dich hierher?«

Es war das erste Mal, daß er so dringend nach ihr gerufen hatte, und sie wollte wissen, was der Grund war, doch wenn er jetzt merkte, daß sie vor Debrogails Grab stand, war für sie alles verloren.

»Die Sippe deines ersten Mannes hat die Burg angegriffen! Ich hatte einen Traum...« Er hatte geträumt, daß eine abgezehrte, durchscheinend wirkende Frau ihn rief und ihm den Weg ins Verlies wies. Sie war schwanger. Fast wie in Trance war er erwacht. Den Anweisungen des Traums folgend, war er ins Verlies gestiegen. Aber das konnte er Naira nicht sagen. »Ich habe von einem Kind geträumt«, sagte er wie geistesabwesend. Unterdessen war Bres hellwach, und die Einzelheiten des Traumes waren ihm entfallen, so daß er gar nicht mehr sicher war, was ihn eigentlich hier heruntergeführt hatte.

»Mein Geliebter«, stieß Naira atemlos hervor und faßte nach seinem Arm, um ihn wegzuführen. »Manchmal sagen Träume die Zukunft voraus. Hoffen wir, daß dein Traum auf einen kräftigen Sprößling für uns hindeutet. Jetzt aber wollen wir diesen grausigen Ort verlassen und uns vergewissern, daß wir die Burg gut befestigen... für unser Kind. Ich wollte gerade sehen, ob das Mauerwerk hier noch standhält. Da und dort scheint es schon baufällig zu sein. Ich möchte nicht, daß der Gegner die Schwachstellen entdeckt.«

Der Baumeister, der sich so elend fühlte, als würden in ihm alle Feuer der Hölle brennen, ließ sich auf den Boden nieder.

Rory hörte nicht auf, zu husten und zu spucken, gab aber trotzdem Anweisung, die Maueröffnung zu schließen. Die feuchte Luft umhüllte seine Lungen wie Moos, deshalb wollte er schleunigst weg von diesem Verlies. Trotz seiner Drohungen hatte er nichts von Debrogails Gesang verraten, da er, feig, wie er war, vor allem um seinen Kopf bangte. Zudem war es nicht seine Schuld, daß die Grabarbeiten sich verzögert hatten. Hauptsache, die singende

Hexe war zu Mistreß Nairas Zufriedenheit eingemauert worden. Damit war die Angelegenheit für ihn abgetan.

Magnus drehte sich um und humpelte davon.

»Ach, die schwere Arbeit bleibt wieder uns überlassen«, rief Rory ihm höhnisch nach.

»Sie brachte einen kurzen lichten Augenblick in eine finstere Welt«, gab Magnus darauf traurig zurück. »Ich überlasse die finstere Arbeit finsteren Menschen.«

13. KAPITEL

Von allem Anfang an hatte Arrah sich bemüht, an Bord einen jünglingshaften Ton anzuschlagen, doch als Carbri zu Boden ging, schrie sie ungehemmt auf, und ihr Schreckensschrei verriet ihr Geschlecht. Fassungslos standen alle da und starrten sie an wie eine Geistererscheinung.

Trotz ihrer Angst um Carbri war Arrah klar, daß alles verloren war, falls sie sich jetzt über den Verwundeten beugte. Deshalb rief sie laut das Kommando ihres Vaters: »Alles herhören!« Das war nicht mehr der Ton eines schüchternen Jungen, sondern die Stimme einer Autorität ausstrahlenden Frau. In jenem Sekundenbruchteil der Stille, nachdem Carbri getroffen worden war, fiel ihr etwas ein. *Macht wird zu neun Teilen genommen und zu einem Teil gegeben,* hatte Reevnarg oft gesagt. Seine im Brüllton geäußerten Befehle an Soldaten und Seeleute hatten ihre ganze Jugend begleitet. Und wie oft hatte er zum besten gegeben, wie er sein erstes Kommando von einem dem Tod geweihten Kapitän übernommen hatte. Damals war er erst ein Jüngling gewesen. Im selben Atemzug, mit dem er den Tod des Kapitäns bekanntgegeben hatte, hatte er die Anordnungen für die Beisetzung erteilt. Da seine Befehle Hand und Fuß gehabt hatten, hatte sich ihm die Besatzung gefügt. Befehlen war ähnlich wie der Verlust der Unschuld. Beim ersten Mal war es am schwierigsten. »Hebt ihn auf und schafft ihn fort! Hier, hier, hinter die Fässer!« ordnete sie auf Carbri deutend an.

Eine Gruppe machte sich daran, den Befehl auszuführen.

Da huschte ein übler Ausdruck über die Miene des Piratenkapitäns. »Wenn ihr sie tötet, Burschen, dann schneide ich euch die Eier ab. Sie gehört mir! Hört ihr – mir!«

»Zerrt ihn nicht, tragt ihn! Und zwar rasch«, befahl Arrah unbeirrt.

Von Camels Seite schlug ihr Ablehnung entgegen. »Ich nehme keine Befehle von einem Weib entgegen.«

Arrah verlor keine Zeit. Sie zog ihre Pistole und zielte auf seinen Kopf. »Tu, was ich sage, oder ich schieße! Und der Rest ist für euch!« Sie deutete mit dem Lauf auf die Reihe der Männer.

Camels höhnisches Grinsen ließ seine faulige Mundhöhle noch ekelerregender aussehen. Behende suchte er hinter einem anderen Zuflucht und sprach aus der Deckung: »Eine einzige Kugel hast du! Du kannst nur einen töten. Dann bleibt immer noch die ganze übrige Besatzung.«

Da schlich Patch sich verstohlen hinter Camel, packte seinen Kopf und hielt ihm den Dolch an die Kehle. »Tu, was sie sagt, oder krepier!«

»Hört euch die Hühnerkrähe an!« brüllte Kapitän Whip. Das Piratenschiff war nun so nahe, daß es fast an die Belle Étoile anstieß. Eine Verbindungsleiter landete krachend auf Deck. »Ja«, fuhr Kapitän Whip fort, »ich werde dich lehren, was ein Piratenschwanz vermag.«

Der Kampf wurde verbissen, man hörte metallisches Klirren und hölzernes Dröhnen, als Piken, Dreispitz-Lanzen und noch mehr Leitern herübergeworfen wurden. Fischöldurchtränkte Lappen sausten brennend durch die Luft. Fackeln fielen auf das Deck. Ein Teil der Besatzung machte sich daran, in aller Eile die Segel einzuholen, ehe sie Feuer fangen konnten, andere wiederum versuchten, die Flammen zu löschen.

Am Bug waren Piraten dabei, die beiden Schiffe mit Tauen zu verbinden.

Ein junger Pirat sprang mit einem Satz herüber und kam, den Dolch zwischen den Zähnen, direkt vor Arrah zu stehen.

Arrah, die mit dem Schwert weit ausholte, war bereit. Einen Augenblick standen sie und der Jüngling sich direkt gegenüber. Er hatte schöne Augen, dunkelblau, von dunklen Wimpern gesäumt,

Augen, auf die sogar ein Mädchen hätte stolz sein können. Mitten in der Bewegung hielt Arrah inne. Wäre die Situation anders gewesen, er hätte ihr Geliebter sein können. Sie hätte seine Hände gehalten, ihn geküßt und wäre mit ihm unter dem Mond gelegen wie mit Carbri.

Der junge Mann holte den Dolch aus dem Mund. Er lächelte.

Tötete sie ihn nicht, dann würde er sie seinem Kapitän ausliefern. Ihr Schwert traf ihn auf dem Nacken. Den weichen Aufprall spürte sie bis in die Handfläche und ließ vor Entsetzen fast die Waffe fallen. Arrah hatte erwartet, daß sich der Hieb anders anfühlte, viel härter, und daß der Widerstand größer wäre. Der junge Mann sah sie mit mildem Erstaunen an und öffnete den Mund, als wolle er etwas sagen. Dann ließ er den Dolch fallen und sank, an seinen Hals fassend zu Boden. Einen Moment war Arrah wie gelähmt. Sie starrte ihn an. Das Blut lief ihm seitlich aus der Halswunde und sammelte sich in einer Lache um den Kopf. Wenn er nur die Augen schließen und mich nicht ansehen würde! dachte sie entsetzensstarr.

Eine Berührung an der Schulter ließ sie wieder nach dem Schwert greifen, um sich zu schützen – sie brauchte es nicht. Neben ihr stand Patch, der nach oben deutete und das Ende eines Taus erfaßte, um daran hinaufzuklettern. Als er merkte, daß sie ihm nicht folgte, warf er einen Blick zurück.

»Ich lasse Carbri nicht hier liegen!« rief sie ihm nach.

»Wenn er tot ist, kannst du nichts für ihn tun. Wenn du bleibst, dienst du der Lust von Kapitän Whip!«

Sie machte sich daran, ihm zu folgen, sah sich aber plötzlich einer Muskete gegenüber. Es war einer der Männer von der Belle Étoile, der sie in der Hand hielt – Christophe. Er bedeutete ihr mit der Waffe, sich auf das Piratenschiff zu begeben.

»Käpt'n Whip wird mich für deinen Hintern reich belohnen. Laß dein Schwert fallen!«

»Elender Verräter!« beschimpfte sie ihn.

»Bin kein Verräter. Er hat uns befohlen, bei euch anzuheuern. Ich habe die ganze Zeit die Schiffsglocke geläutet. Whip sollte wissen, wo wir stecken. Und jetzt nichts wie rüber!«

Sie tat wie ihr geheißen, allerdings ausgesprochen langsam. Wie viele seiner Leute hatte Kapitän Whip insgesamt auf das Schiff geschleust? Sie versuchte, sich die Szene auf dem Platz in Paris ins Gedächtnis zu rufen. Wer war mit Christophe gekommen? Die gesamte Besatzung hätte von Kapitän Whip kommen können.

Arrah wußte im nachhinein nicht mehr, wann sie Christophes Muskete nicht mehr im Rücken spürte. Sie drehte sich um. Hinter ihr war jetzt der breit grinsende Hook, der Angel küßte. »Das ist Angel, mein Liebling, mein Goldstück.« Er holte mit seinem Todeshaken gegen die nächste Piratenkehle aus.

Jetzt war ganz überraschend Patch wieder an ihrer Seite, faßte nach ihrem Arm und versuchte, sie den Mast hochzuziehen. »Schnell!« drängte er und kletterte an ihr vorüber in die Wanten.

Patch mit seinen kleinen Füßen sprang flink und behende wie ein Eichhörnchen von einem Quertau zum anderen. Arrah folgte ihm mit angeborener Beweglichkeit bis zum Mastkorb.

Oben angekommen, blickte sie hinunter. Tief unter ihr herrschte dichtes und blutiges Kampfgetümmel. Es war unmöglich zu unterscheiden, wer für wen kämpfte. Viele lagen bereits reglos auf dem Deck. Das Piratenschiff war verlassen, sogar Kapitän Whip stand nun auf dem Deck der Belle Étoile und schwang seine Peitsche ohne Unterschied gegen jeden, der ihm zu nahe kam. In dem allgemeinen Chaos fiel niemandem ein, nach oben zu sehen.

»Los jetzt«, raunte Patch. »Du hast einen einzigen Schuß.«

Arrah sah unter sich Kapitän Whip, der mit einer Hand die Peitsche schwang und mit der anderen das Schwert. Sie sah ihn deutlich und klar. Verfehlte sie ihn, dann bedeutete es das Ende. Bedächtig zog sie die Pistole, legte auf sein Gesicht an, holte tief Luft und drückte ab.

Der Piratenkapitän blickte auf, und sie sah sein abscheuliches Lächeln. Er trat einen Schritt vor, als wolle er nach ihr fassen, und hob sein Schwert, um es sofort wieder fallen zu lassen. Wieder machte er einen Schritt, dann stockte er. Die Peitsche entglitt seiner Hand. Jetzt erst fiel Arrah der größer werdende Fleck auf der Vorderseite seines Wamses auf. Sie hatte ihn ins Herz getroffen.

Kapitän Whip sank nach vorn in die Arme eines seiner Leute. Der Mann schob den Sterbenden einfach beiseite, und Whip landete flach auf dem Rücken.

Der andere, der sich blitzschnell umdrehte und nach oben blickte, sah Arrah mit der Pistole in der Hand. Es war ein untersetzter kahlköpfiger Mann, mit markantem haifischähnlichem Gesicht. Mit großen erstaunten Augen sah er zu Arrah auf und dann auf den Toten. Der Mann mit dem Haigesicht grinste.

Mit hocherhobenen Armen fing er zu brüllen und zu hüpfen an, ehe er daranging, mit dem Schwert auf den toten Piratenkapitän einzudreschen. Zunächst wogte der Kampf um ihn herum weiter, erst allmählich griff gleich Wellengekräusel um einen in einen Teich geworfenen Kiesel die Erkenntnis um sich, daß Whip tot war, und andere Piraten hielten in ihrem Gemetzel inne. Anstatt ihre Schwerter einzustecken, folgten sie dem Beispiel des ersten, scharten sich um den Toten und begannen auf den Leichnam einzuhauen. Die vom Haifischgesicht gebrüllten Worte wurden wie von einem Chor aufgenommen. »Er ist tot! Er ist tot!« Die Piraten, die nun die Besatzung der Belle Étoile scheinbar völlig vergessen hatten, schrien laut, schlugen sich gegenseitig auf den Rücken, tanzten umher und hieben in teuflischem Wahnsinn auf den Toten ein. So gewaltig war ihre Erregung, daß Arrah jeden Augenblick erwartete, sie würden die Leichenteile packen und verschlingen.

Haltet ein! hätte sie am liebsten gerufen. Hört auf damit! Doch sie fürchtete, daß die tobenden Piraten dann womöglich von dem Toten ablassen und sich auf sie stürzen könnten. Bis zu diesem Augenblick hatte sie keine Angst verspürt. Sie war zu beschäftigt gewesen, um sich zu fürchten, jetzt aber empfand sie eine Angst, die Kälte in ihr erzeugte, so als würde man ihr ein großes Stück Eis aufs Herz drücken. Als ihr Vater sie zum erstenmal auf ein Pferd gesetzt hatte, war sie heruntergefallen. Reevnarg war aus dem Sattel gesprungen, hatte sie aufgehoben, in einem Schwung wieder auf das Pferd gesetzt und ihr die Reitgerte in die Hand gedrückt. Damals hatte sie gezögert weiterzureiten. *Laß dir nie anmerken, daß du Angst hast. Beherrsche das Tier, sonst wird es dich beherrschen. Und denk stets an das Motto der O'Donnells: In diesem Zeichen wirst du siegen! Nimm die Gerte, Tochter!* So hatte ihr Vater sie angetrieben.

Da sie ihre einzige Kugel verschossen hatte, mußte sie jetzt bluffen. Drohend hielt sie die Schußwaffe in einer Hand, das Schwert in der anderen, als sie laut hinunterrief: »Aufhören! Aufhören!« Wie betäubt hielten die Piraten inne.

Arrah erfaßte ein loses Tau und flog förmlich aufs Deck hinunter, auf dem sie sicher und mit der Pistole in einer Hand landete. Mit einem Seitenblick stellte sie fest, was von Kapitän Whip übrig war – unkenntliche Teile, wie Stücke rohen Fleisches auf einem Metzgertisch. Sie mußte Carbri finden.

»Aus dem Weg!« rief sie und legte die Pistole an. »Langsam!« Sie sah ringsum argwöhnische, blutverschmierte Gesichter, die sie anstarrten, goldene Ohrringe blinkten, und zahnlose Mundhöhlen standen offen. Neben dem verstümmelten Leichnam lag die Peitsche. Würgende Übelkeit drohte sie zu überwältigen. Ohne den Pistolenlauf von den Piraten abzuwenden, bückte sie sich und hob die Peitsche auf.

Sie nahm dem Toten auch eine seiner Pistolen ab.

Der Mann mit dem Haigesicht, der das Wahnsinnstreiben angezettelt hatte, rief plötzlich aus: »Sie hat ihn getötet. Wer bist du? Hast du einen Namen? Möge Neptun dir auf allen Fahrten gewogen sein! Hipp, hipp, hurrah! Sie hat die Bestie erledigt! Die Heiligen mögen dich segnen!«

Die argwöhnischen, wettergegerbten Züge der anderen blieben unverändert.

»Du hast den grausamsten, schwärzesten Lump getötet, der je auf einem Schiff fuhr. Laß mal sehen.« Der Haigesichtige packte die Hand eines neben ihm stehenden Jungen. Dieser besaß keine Nägel mehr, sondern nur rohe Nagelbetten. »Die verlor er als Kabinenboy, weil er auf der Heimfahrt von Arabien ein Stück Orangenschale aus der Kapitänskajüte stibitzt hat. Und sieh mal hierher: Du, Wahle, zeig dem Mädchen-Kapitän deine Hand. Die Finger hat er verloren, weil er aus Hunger Brot gemaust hat. Whip hat uns getötet und verstümmelt.« Der haigesichtige Pirat, der sich offenbar eine Führerrolle anmaßte, fuhr fort: »Jetzt sind wir von dieser schwarzen Seele befreit! Dank Gott und dank dir, Mädchen! Hast du auch einen Namen?«

»Arrah O'Donnell!«

»Mädchen-Kapitän, ich lege mein Schwert nieder.« Er warf es auf den Deckboden, daß es klirrte. »Ich bin dabei, wo immer du hinsegelst! Ein Hurrah auf den Mädchen-Kapitän!« rief er. »Hipp, hipp, hurrah! Legt eure Waffen nieder. Falls einer von euch Hunden auch nur einen Dolch zurückbehält, schneide ich ihm eigenhändig die Kehle durch. Ich heiße Hirple, weil ich hinke – daran ist auch dieser schwarze Schurke schuld. Er hat mir ins Bein geschossen, weil er mich tanzen sehen wollte.«

»Dreckiges, verlogenes Aas!« rief da Hook laut. »Den Namen Hirple kenne ich gut. Wir waren zusammen, du und ich, auf der ›Christian‹!« Er sprang auf Hirple zu, wurde aber von den anderen zurückgehalten.

»Hook, genau deine Art... einen Unbewaffneten anzugreifen!« konterte Hirple scharf.

»Du bist ein Halsabschneider, der seine Mutter für einen Groschen verhökern würde! Du hast für den Kapitän spioniert, du hast gelogen und gestohlen. Angel und ich werden dir die Kehle durchschneiden, bevor du einen Weg findest, uns zu erledigen!«

»Glaub ihm nicht, Mädchen-Kapitän.« Hirple kniete vor ihr nieder und hob flehentlich die gefalteten Hände. »Der Käpt'n hat mich gezwungen, für ihn zu spionieren.«

»Ruhe!« rief Arrah, so laut sie konnte. Diese Anschuldigungen! Hook war zur selben Zeit angeheuert worden wie Christophe, und der hatte sich gegen sie gewendet, während Hook ihr das Leben gerettet hatte. Sie wußte von ihrem Vater, daß es zwischen den einzelnen Besatzungsmitgliedern geheime Verbindungen geben konnte. Die Besatzung stand eisern hinter einem Kapitän und entzog ihm ihre Unterstützung ebenso einhellig, wenn ein mächtigerer Mann auftauchte, dem sie dann wieder die Treue hielt und bei Bedarf entzog. Eines stand fest: Sie konnte es sich nicht leisten, die Piratenbesatzung gegen sich aufzubringen. Im Moment schienen alle ohnehin eher auf ihrer Seite zu stehen. Wandten sie sich aber gegen sie, dann waren sie dank ihrer Überzahl imstande, sie samt ihrer eigenen Besatzung in Stücke zu hauen, wie sie es mit Kapitän Whip gemacht hatten. »Patch, die Dolche sollen sie behalten. Die anderen Waffen in die Waffenkammer. Alle Mann machen das Deck sauber!« Was Doppelzüngigkeit und geheime Machenschaften betraf, so konnte sie sich jetzt darüber nicht den Kopf zerbrechen. Sie mußte sofort zu Carbri.

Camel stürzte mit gezogenem Schwert vor, denn er glaubte gesehen zu haben, daß Hirple eine Braue unmerklich hochzog. Camel schloß daraus, daß Hirple das Schiff der Frau übernehmen und sich selbst zum Kapitän machen wollte. Dabei verdiente er, Camel, es viel eher, zum Kapitän aufzurücken. Die Besatzung würde ihm gehorchen, viel eher jedenfalls als Hirple oder diesem Weibsstück. »Mädchen-Kapitän«, rief er höhnisch. »Von einem Weib nehme ich keine Befehle entgegen!« Camel spuckte aufs Deck, genau neben Arrah. »Ich sage, wir werfen dieses Biest...«

Camel konnte den Satz nicht beenden, denn Arrah schoß ihm mit der Pistole des Piratenkapitäns direkt ins Gesicht.

Arrah war erstaunt, wie leicht es ihr gefallen war, ihn zu töten. Das war eine Fähigkeit, die sie sich anscheinend im Nu angeeignet hatte.

»Ein Kapitän sollte sich nicht benehmen wie sein eigener Quartiermeister«, rügte Patch.

»Ein Kapitän kann tun, was ihm beliebt«, versetzte Hirple. Und ehe Patch darauf antworten konnte, brüllte Hirple die Piraten an: »An die Arbeit, ihr Saftsäcke! Habt ihr gehört, was der Kapitän sagt? Werft die Toten den Haien vor! Und schrubbt das Deck! Los jetzt!«

Arrah lief zu dem Beiboot, unter dem Carbri lag, und hob es an. Sie faßte nach seiner Hand und rief leise seinen Namen. Unter den Augen und am Kinn war er schwarz verfärbt, ob von Schmutz, Schießpulver oder Teer, war nicht zu unterscheiden. Auf seiner Brust hatte sich ein großer Blutfleck gebildet. Sie blickte auf. Ringsum beugten sich die Seeleute über die Toten und entrissen ihnen die goldenen Ohrringe.

Arrah fielen die Worte ihrer Großmutter ein: *Ich spüre den Wind in dir, ein ruheloses Sehnen!* Von frühester Kindheit an hatte Arrah von der See geträumt. Doch der Ozean war für sie ein Phantasiegebilde gewesen, ein wundersamer Ort mit spiegelglatter Oberfläche, voller farbiger Begebenheiten um Meerjungfrauen, Wind und Segel.

Das hier war nun die Realität der Seefahrt. Ein Schiffsdeck, schlüpfrig von Blut, Carbri angeschossen, viele andere verwundet, Männer ohne Hände, ohne Augen und Ohren, nicht ein einziger von ihnen war unversehrt. Ratten, die sich nicht nur mit dem Proviant zufriedengaben, sondern Seile und Holz annagten, Küchenschaben, Würmer und schales Trinkwasser.

Sie dachte an das saubere, frische Leinen ihres Bettes auf der Insel der Adler. Wie es immer duftete, nachdem es im Freien zum Trocknen aufgehängt worden war. Der Geruch des Sonnenscheins auf ihrem Kissen. Sie dachte an das Gebimmel der Weideglöckchen der Schafe, das gedämpft von den Hügeln her zu hören war, an den Duft der Wiesenblumen. Und an ihre Mutter, die aus ihr eine Lady machen wollte. Was würde ihre Mutter wohl jetzt von ihr denken? Mutter! Mutter! Das Gewicht der Pistole lag schwer in ihrer Hand. Sie hätte sie gern fallen lassen, brachte es aber nicht fertig. Die Anstrengung, die Waffe so fest halten zu müssen, hatte ihre Finger verkrampft. *Herrsche, damit du nicht beherrscht wirst!*

14. KAPITEL

In Carbris Augen flackerte es auf, als er Arrah erkannte. Er rang sich ein mattes Lächeln ab. »Aye, Arrah, die See ist ein ganz gemeines altes Luder.«

»Nicht die See hat dich verwundet, sondern Kapitän Whip.«

»Ich will ihn ansehen«, sagte Patch und riß Carbris Hemd auf. »Hm, die Kugel hat das Herz verfehlt, aber er hat viel Blut verloren.«

Carbri biß die Zähne zusammen, als Patch die Dolchspitze auf seiner Brust oberhalb des Knochens ansetzte. Arrah beobachtete alles ganz genau. Sie wendete den Blick auch nicht ab, als Patch zustach und die Kugel herauszuschneiden versuchte. Carbri, der ihre Hand hielt, drückte ihre Finger so fest, bis sie schmerzten. Schließlich aber war das Stück Blei herausgeschnitten, eine blutige Kugel auf Patchs Handfläche. Carbris Gesicht war schweißüberströmt. Arrah nahm einen Lappen, benetzte ihn mit Salzwasser und wischte Carbri damit die Stirn ab. Seine Augäpfel waren gerötet vor Anstrengung und Schmerz. Um die Blutung zu stillen, wurde die Wunde mit heißem Fett aus der Kombüse geschlossen. Carbri schrie auf und verlor sofort das Bewußtsein.

Arrah stand jetzt vor einer schweren Entscheidung. Sie hatte zwei Schiffe, die es zu befehligen galt. Ihr war klar, daß sie Hirple und Hook nicht auf demselben Schiff lassen konnte. Sie würde also Hook das Kommando über die Besatzung der Belle Étoile anvertrauen, während sie selbst das Piratenschiff und die Hälfte der Seeleute übernehmen wollte. Sie konnte nicht wissen, wie viele Piraten bei ihr bleiben wollten oder wie lange sie treu zu ihr stehen würden. Sie mußte dieses Risiko eingehen, ob sie wollte oder nicht. Als erstes befahl sie, daß Carbri auf die Twilight Moon geschafft würde.

Beim Betreten der Kapitänskajüte erlebte sie eine gewaltige Überraschung. Kapitän Whip hatte sich um das übrige Schiff nicht viel gekümmert, in seiner Kabine aber hatte er sich jeden erdenklichen Luxus gegönnt. Auf seinem Bett lag eine rote Samtdecke, vor den Fenstern hingen rote Samtdraperien. Sein Tisch wies Goldverzierungen auf und war mit edlem grünem Leder überzogen. Darauf stand in einer Ecke ein zwölfarmiger Kandelaber aus reinem Silber. Auf einem Bord lagen ein silberner Handspiegel und eine Bürste. Der Boden schimmerte wie ein bernsteinfarbener Spiegel.

In der Kabine standen mehrere Truhen, die Arrahs Staunen von neuem weckten, als sie sie öffnete und sich märchenhafter Pracht gegenübersah: Brokatstoffe in Gold- und Rottönen, Satin, grün wie Irlands Hügel, und ein Blau, das schimmerte wie Eis in mondheller Nacht. Arrah wurde an die Schönheit der Frau erinnert, die sie in Paris der Kutsche hatte entsteigen sehen. Sie verspürte das Verlangen, sich die Stoffe vorzuhalten und ihr Spiegelbild zu betrachten, aber Hirple und Sebastian, die Carbri in die Kabine getragen hatten, standen da und sahen sie fragend an.

»Ihr könnt gehen«, sagte sie, um sich gleich darauf wieder den Truhen zu widmen und einen Stoffballen nach dem anderen hervorzuziehen. Einer anderen Truhe entnahm sie ein Dutzend Kleider, jedes in einer anderen Farbe wie die Farben des Regenbogens.

Sebastian und Hirple waren aber noch immer da, als sie wieder aufblickte. Sebastian war still, fast mürrisch. Sie spürte den Blick seiner dunklen Augen intensiv auf sich.

Hirple, der neben ihr stand, stürzte sich in einen nicht enden wollenden Kommentar und sagte mehr, als Arrah hören wollte.

»Das alles hat er zusammengestohlen. Von einem Spanier – einem Gesandten und seiner Tochter, die in England vermählt werden sollte. Für uns war das eine ganz einfache Sache. Wie verfolgten sie vom Auslaufen an. Ähnlich, wie wir es mit euch gemacht haben. Wir mußten dann nur auf den Nebel warten. Der Gesandte, der um die Ehre seiner Tochter bangte, rückte alles heraus. Sogar seine goldgefaßte Brille. Der hat sich nicht gewehrt wie ihr. Wir haben noch Kisten von ihm unten im Frachtraum. Leinen, wie ich es noch nie gesehen habe, und so viel Tuch, wie ein Mensch nicht in zwei Leben tragen kann. Für die Tochter und den Alten forderten wir Lösegeld. Kapitän Whip führte sich auf wie ein geiler Bock, solange das Mädel an Bord war. Aber man kriegt kein Lösegeld, wenn man sie befleckt. Die Spanier sind da besonders eigen. Entjungfert man sie, dann kann man ihnen ebensogut gleich die Kehle durchschneiden. Eine Nonne war in ihrer Begleitung, eine alte und häßliche.«

»Das reicht«, mischte sich Sebastian ein. »Ich glaube, Kapitän Arrah weiß jetzt...«

Aber Hirple ließ sich nicht beirren. »Die Alte hatte ein Gesicht wie eine tote Robbe. Als wir mit ihr fertig waren, da war sie keine Nonne mehr.«

Sebastian zog sein Messer. »Noch ein Wort, und ich schneide dir die Kehle durch.«

Arrah musterte Sebastian. Der Mann hatte irgendwie Format. Genau definieren konnte sie es nicht, doch er war anders als die übrigen, reservierter, beherrschter.

»Ich wollte ja nur ein bißchen was erzählen. Ist doch nichts dabei. Ein Käpt'n will schließlich wissen, woher die Sachen kommen.«

»Geht jetzt, ihr beide«, sagte Arrah wieder.

»Es war ihre Aussteuer. Wir haben davon schon etwas losgeschlagen. Leider wurden die Soldaten mißtrauisch, deswegen planten wir einen Verkauf der gesamten Beute zu einem späteren Zeitpunkt. Dann wollten wir den Profit teilen.«

»Geh jetzt!« herrschte sie ihn an.

Sebastian schob Hirple durch die Tür. Dann zögerte der Franzose. Sie sah, daß sein Blick über ihren Körper bis zu der knappsitzenden Hose glitt, sodann zum Bett des Kapitäns, auf dem Carbri lag. »Falls Ihr etwas braucht, ich beziehe draußen Posten.«

Wieder zogen die über die Truhen gebreiteten Gewänder unwiderstehlich Arrahs Blick auf sich. Arrah entledigte sich des groben Wollumhanges, der Hose und des Hemdes und ließ alles achtlos auf den Boden fallen. Auch die Bandage, mit der sie ihre Brüste flachgedrückt hatte, wurde gelöst... Sie hatte sie sehr lange so festgebunden getragen... Jetzt spürte sie die kühle Luft auf der Haut und genoß das Gefühl der Befreiung. Beim tiefen Durchatmen spürte sie, wie ihre Brüste sich hoben. Sie rieb ihre Brustwarzen, denn die Kälte hatte sie steif werden lassen. Sie war Kapitän eines eigenen Schiffes und hatte es nicht mehr nötig, sich als Junge auszugeben. Nie wieder wollte sie ihre Brüste flachbinden.

Während sie die verschiedenen Kleidungsstücke durchsah, fiel ihr Blick zufällig auf einen Spalt in der Täfelung hinter einer der Truhen. Mit Aufbietung aller Kräfte schob sie die Truhe beiseite und tastete schweratmend die Täfelung ab, die plötzlich unter ihrer Berührung nachgab. Sie sah vor sich eine Öffnung, in der noch eine Truhe stand, zerschrammt und schwarz, kleiner als die anderen, aber viel schwerer, denn als Arrah daran zog, schnitten die Metallgriffe schmerzhaft in die Haut ihrer Hände. Mit großer Mühe gelang es ihr, die Truhe aus der Wandöffnung zu ziehen.

Die Truhe war verschlossen, einen passenden Schlüssel konnte sie in der Kabine nicht finden. Da fiel ihr ein, daß Sebastian vor der Tür stand. Eilig stieg sie in das blaue Gewand und zog es hoch.

In ihrer Ungeduld unterließ sie es, alle zehn Knöpfe des Kleides zu schließen, und schloß nur die Hälfte. Als sie an die Tür ging und um eine Axt bat, blieb Sebastians Blick an ihren Brüsten haften. Sie unternahm nicht den Versuch, sie zu bedecken, denn sie hatte sie lange genug verborgen. »Du hast gehört, was ich gesagt habe«, forderte sie ihn barsch auf. »Ich brauche eine Axt!«

Sofort war er mit einer schweren Hellebarde zur Stelle, und sie nahm diese und schloß die Tür hinter sich ab. Das Schloß der Truhe gab schon beim ersten Hieb nach. Und als Arrah niederkniete und die Truhe öffnete, entdeckte sie, daß diese bis oben mit Gold gefüllt war, mit mehr Gold, als sie je zuvor gesehen hatte. Auch die Schätze ihres Vaters konnten sich damit nicht messen. Kronen und

Sovereigns, eine ganze Truhe voll. Ob die Piraten von dem Gold wußten? War dies der Grund, weshalb Hirple und die anderen sich so geneigt gezeigt hatten, ihr Kommando zu akzeptieren? Sie wuchtete die Schatztruhe zurück in das Versteck hinter der Täfelung und schob die andere Truhe davor.

An einer Wand hing ein venezianischer Spiegel. Es war lange her, seitdem sie sich in einem Spiegel betrachtet hatte, und was sie nun sah, war für sie Anlaß zur Freude. Das Haar fiel ihr schon wieder über die Schultern. Ihre Haut schimmerte. Das Kleid betonte ihre Augenfarbe, ein klares strahlendes Blau. Ihre Brüste leuchteten wie Elfenbein.

Als sie von der Insel der Adler geflohen war, war sie ein Mädchen gewesen, das den Launen eines Vaters ausgesetzt war. Nie wieder würde ihr Vater sie herumkommandieren! Sie war jetzt Kapitän Arrah O'Donnell! Arrah griff zu ihrem Schwert und band es um ihre Mitte. Dazu steckte sie zwei Pistolen in ihren Gürtel. In hoheitsvoller Haltung verließ sie das Kapitänsquartier. Keiner ihrer Seeleute würde ihre Autorität in Zweifel ziehen, keine Sekunde lang!

Auf Deck schimmerten die Silberfäden des Kleides wie kristallene Rinnsale, und ihre befreiten Brüste wölbten sich wie Monde. Im Vorübergehen hörte sie, wie Sebastian die Luft anhielt. Die anderen reagierten ebenso. Auch Patch machte aus seiner Bewunderung kein Hehl. »Ich hab' ja nur ein Auge«, bemerkte er, »aber noch nie hab' ich ein so schönes Frauenzimmer zu Gesicht bekommen. Ihr seht ja aus wie eine der Göttinnen, von denen die alten Seebären zu berichten wissen.«

Im Schimmer des Nebels und des Laternenlichts betrat sie das Deck ihres Schiffes, das nun ihr gehörte. Sie blickte zu den Masten empor, die in den Nebel stießen, und strich mit der Hand über die Reling. Im Nebel sah das Schiff ganz wundersam aus. Sie berührte das Holz, als wäre es Elfenbein. Sie faßte nach einem Belegnagel und ließ ihn auf der Handfläche hin und her rollen. Ihr Eigentum. Jedes Tau. Jeder Quadratfuß Segelleinwand. Jeder Dübel. Sie war der Kapitän von allem.

Als sie Befehl gab, Ale auszuschenken, wurde spontan gefeiert. Die Männer wechselten munter zwischen den beiden Schiffen hin und her, wobei immer wieder Trinksprüche auf sie ausgebracht wurden.

Sebastian, der seine dunklen Augen nicht von ihr losreißen konnte, trank ihr zu. »Auf Kapitän Arrah! Auf den schönsten Kapitän der Meere!«

Alle übrigen fielen lautstark ein, und sie lächelte.

»Kapitän, es bringt Unglück, wenn Ihr nicht mit eurer Besatzung einen Schluck Ale trinkt.«

Sebastian reichte ihr einen Humpen, und sie trank einen Schluck des bitteren Gebräus und dann noch einen.

»Tanzt mit mir, Kapitän Arrah!« Sebastian streckte ihr die Arme entgegen, und sie kam seiner Aufforderung nach. Jemand zog eine Pfeife hervor, ein anderer fing an, mit einem Belegnagel auf ein leeres Faß wie auf eine Trommel einzuschlagen.

Sie begannen sich im Tanz zu drehen. Sebastian wirbelte sie auf dem schwankenden Schiffsdeck herum, daß ihr Hören und Sehen verging. Dann kam Patch an die Reihe, als nächster Hook, und sie spürte, wie sich das scharfe Metall von Angel in ihre Handfläche bohrte. Dann kam Mute mit seinem sonderbaren verunstalteten Gesicht. Er packte sie einfach und drehte sie in einem Seemannstanz, der sie schwindlig machte. Als Hirple sie in die Arme nahm, brachte er sie mit seinem Hinken vollends aus dem Gleichgewicht. »Aufhören!« rief sie laut, worauf er sie losließ.

Da fiel ihm etwas an ihr auf. »Unser Mädchen-Kapitän trägt keine Ohrringe!«

»Keine Ohrringe!« ertönte das ungläubige Echo der Seeleute und Piraten.

»Aye, Käpt'n. Jeder Pirat, der auch nur einen Fingerhut Salz wert ist, trägt goldene Ohrringe.«

»Ich bin kein Pirat«, wandte sie ein.

»Ohrringe helfen einem, daß man besser hört. Je mehr Ohrringe einer trägt, desto besser kann ein Seemann das Flüstern des Windes vernehmen«, beharrte Hirple.

»Ja, das stimmt«, ertönte es aus der Runde.

Arrah sah Patch an. Dieser nickte zustimmend.

»Nun, jetzt setz dich hier auf dieses Faß. Der alte Hirple teilt seine Ohrringe mit dir.«

Hook drängte sich vor. »Laßt nicht zu, daß dieser Hund Hand an Euch legt. Der schlitzt Euch die Kehle durch, während er Euch das Ohr durchbohrt!«

»Dreckiges Rabenaas! Ich werde dir die Kehle durchschneiden, Hook!«

»Und dir steche ich die Ohren durch«, sagte Patch. »Kommt, Kapitän Arrah. Ich mach' Euch zurecht. Setzt Euch schön brav hin. Ich habe eine Nadel zum Segelflicken.« Arrah sah ein silbriges Aufblitzen.

»Setzen! Setzen!« kam der rauhe Refrain von den Seeleuten ringsum. Nebel und Laternenlicht verzerrten ihre Gesichter ins Alptraumhafte. War es ein Trick, den sie sich ausgedacht hatten, um sie zu überwältigen? Hatte Patch sich nur in ihr Vertrauen geschlichen, um sie zu töten? Seine Klinge blitzte unheilvoll am Gürtel auf.

»Setzen! Setzen!« wurde wieder gerufen, und die Gewalt dieses vereinten Willens drückte sie nieder wie der Ozean selbst. Mitunter mußte ein Kapitän sich dem Willen seiner Besatzung beugen, falls er das Kommando behalten wollte. Die Besatzung war immer in der Überzahl. Man mußte wissen, wann es nachzugeben galt und wann nicht. Arrah setzte sich. Patch nahm ein Stück Kork und stellte sich neben sie, wobei er ihren Kopf gegen seine Brust drückte, so fest, daß Arrah seinen Herzschlag hören konnte. Es war ein starkes Herz.

Das Korkstück drückte er nun an die Rückseite ihres Ohrläppchens. Sie wußte nicht, wieviel Schmerz zu erwarten war, und verzog unwillkürlich das Gesicht. Dann spürte sie einen leichten Stich im Ohrläppchen, es folgten ein paar Handgriffe, und ehe sie wußte, wie ihr geschah, trug sie einen goldenen Ohrring. Sie berührte den gegen ihren Hals baumelnden Ring und lächelte.

Die Männer brachen in Hochrufe aus.

Sebastian kam auf sie zu. »Noch einen Tanz, Kapitän«, forderte er sie auf.

Sie lehnte ab. »Ich muß mich um meine Arbeit kümmern.« Sie warf einen Blick zum Himmel. »Wenn das Wetter es zuläßt, segeln wir morgen weiter.« Ganz plötzlich wirkten alle irgendwie gedämpft. Arrah ließ sie allein und kehrte in ihre Kabine zurück.

Ehe sie sich ans Kartenstudium machte, drückte Arrah einen Kuß auf Carbris fieberheiße Wange. In den Kanal zwischen der Küste von Antrim und Rathlin Island war ein grausiger Drache eingezeichnet, das Zeichen für Dragon's Mouth, einen großen Strudel.

Ihre Großmutter hatte oft von einer Nixe gesungen, die in Fischernetze geriet. Die Nixe versprach, sie würde die Fischer lehren, diesen Strudel zu umschiffen, denn die Fischgründe waren hier die reichsten. Die Fischer waren einverstanden, und die Nixe geleitete sie sicher über den Strudel, der in diesem Moment spiegelglatt war. Die Netze wurden ausgeworfen, und als sie wieder eingeholt wurden, rissen sie fast unter dem Gewicht der Beute.

Die Fischer waren überwältigt, aber anstatt die Nixe freizulassen, hielten sie sie fest, damit sie sie beim nächsten Mal wieder zu den reichen Fischgründen führte. Nur einer von ihnen beharrte auf der Einlösung des gegebenen Versprechens. Seine Gefährten aber verlachten ihn. Als nun der Mond von einer Wolke verdunkelt wurde, schnitt er heimlich die Fesseln der Nixe durch und trug sie zurück ins Wasser. Die anderen zürnten ihm, weil er die reichen Fischzüge zunichte gemacht hatte, und hieben ihn in kleine Stücke, die sie den Fischen zum Fraß vorwarfen. Die Nixe begab sich zu dem Drachen im Strudel und brachte ihn dazu, seinen Rachen noch weiter zu öffnen, so daß das Schiff in die Tiefe gezogen wurde und nie mehr gesehen ward.

Aus Mitleid mit der Familie ihres Retters – er hatte zehn Kinder, lauter Mädchen – erschien die Nixe seiner Ältesten im Traum und verriet ihr, wie man über den Strudel segelte. Es gab gewisse Zeiten, da war er befahrbar, und das Mädchen fing genug Fische, daß ihre Familie nicht hungern mußte.

Während Arrah die Karten unentwegt anstarrte, ermüdeten ihre Augen von dem ungleichmäßigen Schattenspiel des Lampenlichts, und die Anstrengung des Kampfes machte sich in Rücken und Schultern bemerkbar. Sie senkte den Kopf, um ihre Augen auszuruhen, wurde jedoch bald in den Wirbel eines tiefen, dunklen und traumerfüllten Schlafes gezogen.

Sie fuhr über eine kristallene Wasserfläche dahin, allein in einem Boot, und eine Stimme sprach zu ihr, eine Stimme, die aus uralten Zeiten zu ihr zu dringen schien. Es war eine Frauenstimme, eine Stimme, die keine Worte brauchte und sich nur in Lauten artikulierte. Arrahs Traum entstieg eine Frau, gekrönt von purpurnen und silbernen Muscheln, den Wassern.

Harfenmusik ertönte. Die Frau war schön. Ihr Haar war so lang, daß es die Wellen des Ozeans streifte. Es war Arrahs Mutter als junges Mädchen, gekleidet wie in uralten Zeiten in einen Kettenpanzer, der bei jeder Bewegung wie reines Metall und zugleich wie die Schuppen Tausender Fische glänzte. In diesem Gewand sah ihre Mutter aus wie die Kriegskönigin der Meere. Sie war herrlicher anzuschauen als alles, was Arrah je vor Augen gekommen war.

Ihre Mutter sang mit der Stimme ihrer Großmutter, in einem anderen Ton freilich, so als wäre sie verzaubert. Es war ein reiner, kristallener Ton. *Arrah... wenn die Gezeiten wechseln, Arrah... wenn Mond und Sonne sich gegenüberstehen und die Gezeiten wechseln...* Ihre Mutter streckte die Hände aus, so daß das Gewand seitlich angehoben wurde. *... dann beruhigt sich der Drache! Arrah, ich verlasse dich jetzt.*

Ihr herrliches silbernes Kleid umschwebte sie wolkengleich, dann hob sie die Arme und wandte sich um. Ihre Arme wurden zu Segeln, ihr Kopf zur Mastspitze, so schwebte sie über dem kristallenen Wasser. Dann schloß sie die Arme und fing an sich zu drehen wie ein Wirbel. Und das Wasser um sie herum wurde weiß von Totenschädeln.

Arrah schlug die Augen auf. In einem kurzen Moment des Schlafes schien sie eine andere Welt durchwandert zu haben. Unter den Inselbewohnern wurde gemunkelt, ihre Mutter sei eine Hexe gewesen, ehe sie ihren Vater geheiratet hatte. Mit der Heirat hätte sie ihre Zauberkraft eingebüßt.

»Arrah!« rief eine Stimme.

Carbri war wach geworden. Sie strich ihm über das erhitzte Gesicht.

»Ich habe dich im Schlaf beobachtet«, sagte er. »Es ist so lange her, daß ich dich in Frauenkleidern gesehen habe. Du bist so schön.« Sie beugte sich über ihn, und er berührte ihre Stirn. »Du kommst aus dem Land der Träume. In diesem Gewand siehst du überirdisch aus. Wie eine Nixe. Wie eine Zauberin der Meere.«

»Was bedeutet es, wenn Sonne und Mond einander gegenüberstehen?«

»Kannst du die Navigationen denn nie vergessen?« Doch als er in ihrer Miene las, daß es ihr ernst war, erklärte er ungeduldig: »Zu gewissen Zeiten im Jahresablauf geht der Mond genau zu der Zeit auf, wenn die Sonne untergeht. Dann gleichen sich Ebbe und Flut am ehesten an. Weshalb willst du es wissen?«

»Ach, ich hatte einen Traum.« Sie zog ihm die Decke hoch, denn die Nacht war kühl.

»Um der Liebe Christi willen, siehst du denn nicht, daß ich bei lebendigem Leibe verglühe?« Er schleuderte die Decke mit soviel Heftigkeit und Zorn von sich, wie sie es nie an ihm erlebt hatte. Doch die schnelle Bewegung jagte ihm einen stechenden Schmerz durch den Körper, so daß er ermattet zurücksank. Die jähe Bewegung hatte das versengte Fleisch aufgerissen, und Arrah sah, daß frisches Blut den Verband färbte. Voller Angst rief sie nach Patch.

Die Tage vergingen, und das Wetter zeigte keine Einsicht. Fünf Tage lang hielt sich der Nebel und lastete wie ein Leichentuch über dem Wasser. Dennoch bewegte sich das Schiff dank der Gezeiten und Strömungen, die es hier gar nicht hätte geben sollen, weiter. Patch sagte, Arrah verfüge über ein angeborenes Gespür, einen inneren Magneten, der ihr mehr anzeigte als nur die Nordrichtung. Die Twilight Moon mit ihren Rudern hatte die Belle Étoile ins Schlepptau genommen.

War Arrah nicht an Deck, dann saß sie bei Carbri in der Kabine, denn sein Zustand verschlechterte sich. Ein dunkler Knoten hatte sich unter seinem linken Arm gebildet. Immer wieder verfiel er ins Delirium und verlor zuweilen völlig das Gefühl, wo und wer er war. Dabei warf er sich so heftig hin und her, daß Arrah ihn am Bett festbinden lassen mußte. Er zerrte an den Seilen und versuchte, sie mit den Fingern zu zerreißen, deshalb mußte man auch seine Arme festbinden.

Sie benetzte seine Stirn mit feuchten Tüchern, doch das Fieber schien ihn zu verzehren.

Patch kam, warf einen Blick auf ihn und sagte leise: »Arrah... ich hab' mein Bestes getan, aber mitunter dringt das Gift überall ein. Dieser Knoten hier... dort setzt der Brand ein. Man muß ihm Blutegel ansetzen. Andernfalls wird es schlimmer, und wir müssen ihm den Arm abhacken. Es gibt nur einen, der die Fäulnis heilen kann, und das ist Dr. MacDougall auf Rathlin Island.«

»Aber wir steuern diese Insel ohnehin an. Wenn sich der verdammte Nebel lichtet, sind wir in zwei Tagen am Ziel.«

»Aye, Mädel. Wir wollen nach An Rubha und kommen von Osten. Aber MacDougall lebt in Church Quarter auf der Südseite.« Er ging an ihren Tisch und deutete auf einen Punkt auf der Karte neben Dragon's Mouth. »Da ist ein Strudel, der nirgends seinesgleichen hat. Wir können nicht direkt nach Church Quarter segeln. Es kostet uns zwei, vielleicht auch drei zusätzliche Tage, bis wir an die Südseite und nach Church Quarter gelangen. Bis dahin wird sein Arm schwarz wie Seemannspech sein und so stinken, daß Ihr es nicht neben ihm aushaltet.«

»Patch, hör zu. Als ich klein war, habe ich einen der Männer meines Vaters sagen hören, daß jemand Dragon's Mouth befahren hätte.«

»Aye, es gibt viele, die diese Geschichte erzählen. Nichts als Humbug. Ich hab' noch keinen gesehen, der es geschafft hat.«

»Ich werde Kurs auf Dragon's Mouth nehmen.«

Carbri, der in diesem Moment bei Bewußtsein war, stieß keuchend ihren Namen hervor. »Arrah, du kannst nicht...«

»Ich werde...«

Er zerrte an seinen Fesseln. »Mach mich los, um der Liebe Christi willen!«

Arrah ging zu ihm. Sein Gesicht war so heiß, als hätte er neben einem Feuer gesessen.

»Du wirst umkommen wie Dutzende anderer Narren.« Carbris Stimme kam stoßweise, als quälte ihn jeder Atemzug. »Patch, laß das nicht zu.«

»Ich habe jetzt ein eigenes Schiff, und das navigiere ich. Paddy Ohnebein sagte mir, er wüßte von jemandem, der Dragon's Mouth befahren hätte.«

»Kein Mensch schenkt Paddy Glauben. Er spinnt Seemannsgarn, damit die Leute stehenbleiben und zuhören. Der reine Wahnsinn«, keuchte Carbri.

»Es ist zu schaffen!«

Carbri schluckte, als müsse er erst seine Zunge benetzen, um wieder sprechen zu können. »Arrah! Die See! Sie ist eine schlimme Mutter! Forderst du sie heraus, dann vernichtet sie dich, wie sie alles vernichtet. Du glaubst, du könntest sie mit deiner Tapferkeit bezwingen. Aber sie frißt Tapferkeit auf. Die Felsen... sie frißt Felsen, Schiffsrümpfe, Menschenleiber, Millionen toter Krabben. Sie saugt Lebendiges auf und lebt davon. Sie wird auch dich verschlingen.«

Carbris Augen schienen aus dem Kopf hervorzuquellen, sein Gesicht war schweißüberströmt. Arrah nahm ein Tuch, tauchte es in Wasser und wischte ihm das Gesicht ab.

»Sie wird mich nicht fressen.«

»Arrah, wenn du das tust, hast du dein Leben verwirkt.«

Jemand rief vom Deck herunter: »Wind kommt auf! Der Nebel lichtet sich!«

»Arrah, ich bitte dich«, flehte Carbri sie an. »Tu es nicht! Ich liebe dich!«

»Wenn du mich liebst, dann sei tapfer.«

15. KAPITEL

»Mädchen-Kapitän«, sagte Hirple, »Ihr habt uns nicht vor Kapitän Whip gerettet, um uns bei Dragon's Mouth in den Tod zu schikken!«

»Nicht in den Tod. Mond und Sonne stehen so zueinander, daß die Gezeiten keine so heftige Wirkung haben. Die Strömungen sind beherrschbar.«

Arrah hatte auf der Karte den Verlauf der Küstenlinie studiert und dazu die Windrichtung und Strömungen anzeigenden Pfeile. Die Frühjahrsfluten kamen zur Zeit des Vollmonds und Neumonds zweimal monatlich. Sie wußte noch, mit welcher Angst Paddy von dem ›heulenden, kreischenden schwarzen Strudel‹ gesprochen hatte. Später aber, als sie Paddys Geschichte vor Reevnarg wiederholt hatte, hatte ihr Vater alles als Produkt von Paddys blühender Phantasie abgetan.

Patch ließ sich nicht beirren. »Mädchen-Kapitän, ein Streit ist zwecklos. Ihr habt zwei Schiffe. Ihr nehmt Euer eigenes, und ich segle mit Euch. Alle übrigen sollen auf die Belle Étoile überwechseln, wenn sie Angst haben. Wir treffen uns dann in Church Quarter, nachdem sie Rathlin Island umschifft haben.«

Carbri war nun völlig dem Fieber anheimgefallen. Perioden von Bewußtlosigkeit, die er wie ein Toter durchschlief, wurden von Zeiten hektischer Nervosität abgelöst, in denen er wilde Reden führte und sie so angsterfüllt ansah wie eine feindliche, ihm völlig fremde Person.

»Es ist Torheit, ein ganzes Schiff für einen einzigen Mann zu opfern, der ohnedies schon halb tot ist«, gab Hirple zu bedenken.

»Ich bin hier der Kapitän! Ich entscheide, was Torheit ist und was nicht!«

»Da ist noch die Frage der Beute, Mädchen-Kapitän«, fuhr Hirple ungerührt fort. »Wir teilten sie immer gerecht unter uns auf. Kapitän Whip bekam zwei Drittel und wir anderen ein Drittel. Aber ich sehe keinen Sinn darin, daß sein Anteil mit dir auf dem Meeresgrund landen soll.«

»Jetzt bin ich der Kapitän. Sein Schatz gehört mir.«

»Wir schaffen die Beute auf das andere Schiff.«

»Hirple, du Hund«, beschimpfte Hook ihn. »Du denkst immer nur an deine Tasche!«

»Und du, feiges Aas, denkst nur an deinen Hals. Ich werde dafür sorgen, daß man dir den Kragen durchschneidet.«

Sie wollten aufeinander losgehen.

Arrah zog beide Pistolen aus dem Gürtel und gab einen Schuß in die Luft ab. Dann legte sie auf Hirple an. »Wir haben zuwenig Besatzung für beide Schiffe. Aber zwei Hände weniger machen nicht viel aus. Noch einmal ein solches Gemecker und noch ein einziges Wort von Beute, und ich bringe dich für immer zum Schweigen.«

Hirple rückte wortlos seinen Kittel zurecht.

Zur Besatzung gewendet fragte sie nun: »Segelt ihr mit mir?« Einer nach dem anderen schüttelte den Kopf. »Ich habe Weib und Kinder zu Hause.«

»Aye, das habe ich auch«, bekam sie immer wieder zu hören. »Ich auch!«

Da trat Sebastian vor und baute sich breitbeinig, die Hände in die Hüften gestemmt, vor Arrah auf. »Ich segle mit Euch!« Seine Augen waren dunkel und abweisend wie immer.

Nun drängte Hirple sich wieder vor.

»Dann aber hurtig!« Schon lagen auf den Mastspitzen die ersten Strahlen der Morgensonne und ließen die Segel rot erglühen. Die See war rot, als würde ein Blutstrom in sie münden. Wo aber die Sonne noch nicht hinfiel, war das Wasser wie ein dunkler glatter Spiegel.

Arrah gab Befehl, die Taue zwischen den beiden Schiffen zu kappen. Seeleute wechselten von der Twilight Moon auf die Belle Étoile über, zuvor aber bekreuzigten sie sich und drückten Arrah allerlei Talismane in die Hand: Schwalbenflügel, Heringsschwänze und Glückshauben Neugeborener, Dinge, die einen angeblich vor dem Ertrinken bewahrten.

Sie nahm diese Glücksbringer frohgemut an, denn im Umgang mit Paddy hatte sie erfahren müssen, welche Enttäuschung es für einen Menschen bedeutete, wenn seine Gaben auf Ablehnung stießen. In den wenigen Tagen als Kapitän ihres Schiffes hatte sie tiefen Einblick in die Gefühle der Besatzung gewonnen. Ihr war klar, daß kein einziger Seemann die Schuld bei sich suchen würde, falls sie es nicht schaffte, den Strudel zu durchschiffen. Versagte sie, dann war sie für die Leute nichts weiter als ein törichtes, unbelehrbares Frauenzimmer, das bald vergessen sein würde. Glückte ihr aber die Durchfahrt, dann würde jeder, der ihr das kleinste Federchen als Glücksbringer in die Hand gedrückt hatte, ihre erfolgreiche Bezwingung des Strudels als seinen persönlichen Erfolg ansehen.

Die Taue wurden herübergeworfen, sie winkte Hook, Mute und der übrigen Besatzung zum Abschied. Auf ein Zeichen ihrerseits hin nickte Patch, ehe er sich daranmachte, das Tauwerk festzumachen und Segel aufzuziehen. Sebastian kletterte in den Mastkorb, Hirple machte sich mißmutig an die Arbeit.

Arrah übernahm das Ruder. Das Steuerrad aus Eichenholz lag beruhigend und fest in ihrer Hand, während die Twilight Moon über die Wellen glitt, als würde sie tanzen. Die Sonne war über dem Horizont emporgestiegen. Die See lag da wie eine endlose grüne Weite, bald war das andere Schiff nicht einmal mehr ein Punkt am Horizont.

Arrah vernahm das Klatschen der Wellen gegen den Schiffsrumpf. Die Ecke eines Segels flatterte. Ein frischer Wind, der eine eigene Weise zu singen schien, war aufgekommen. Sie hob ihm das Gesicht entgegen, da sie das Gefühl des Windes in ihrem Haar und auf den Wangen liebte!

Die Wetterwimpel wehten leicht und parallel, Anzeichen dafür, daß die Segelstellung richtig war. Patch lächelte ihr unter ständigem Blinzeln seines heilen Auges zu. So wie immer, wenn er sich über etwas freute. »Selten, daß man einen Mann, geschweige denn eine Frau sieht, der oder die das Schiff so perfekt trimmt. Mädchen, dich beschützt Gottvater persönlich – oder aber der Teufel.«

Dunkel und flach schob sich Land aus dem Wasser. Arrah war bei Carbri in der Kabine, als sie Sebastian rufen hörte.

»Kapitän Arrah! Achtung, steuerbords!«

Arrah konnte in der grünen See einen großen blauen Kreis ausmachen. Sie spürte, daß der Wind nachließ.

Sie verließ die Kabine, hörte das Zuschlagen der Tür hinter sich, dann trat Stille ein: völlige, totale Stille. Die Segel hingen schlaff in der reglosen Luft. Sogar das Schlagen der Wellen gegen das Schiff hatte aufgehört. Arrah glaubte, in einen Traum zu versinken, in einen jener stummen, schrecklichen Alpträume, in denen man den Mund öffnet und schreien will und keinen Laut herausbringt. Es war, als hätte die See jegliches Geräusch verschluckt. Die Sonne sah aus, als stünde sie still und sei auf dem Mast aufgespießt. Vögel überflogen das Schiff, und ihre Flügel waren wie schwarze Narben auf der Sonne. Das Schiff befand sich in Küstennähe. Keine halbe Meile südlich lagen die grauen, abweisenden Klippen der Küste von Antrim. Im Norden ragten die dunklen Felsen von Rathlin Island auf. Arrah glaubte Carbri zu hören, der sie gelehrt hatte, daß Seeleute die Nähe der Küste am Vorhandensein von Vogelschwärmen erkannten. Aber auch diese Vögel waren stumm, als hätte ihnen die See ihre Schreie aus der Kehle gesogen.

Sie spürte, daß ihr Herz heftig klopfte. Es war das einzige Geräusch, das sie jetzt vernahm, bevor ein tiefes, fernes Tosen wie Donnerschlag an ihr Ohr drang.

Gegen Norden, über Rathlin Island, sah sie dunkle Wolken über den Himmel jagen. Sie versuchte, sich Paddys Worte ins Gedächtnis zu rufen: Strudel, Gezeiten, Winde, Strömungen. Worte – diese Worte bildeten ein heilloses Durcheinander in ihrem Kopf. Sie drückte die Finger fest gegen die Augen, drückte alles heraus, bis auf die Worte, nach denen sie suchte. Gestern hatte sie noch gewußt, was zu tun war. Die Anweisungen waren präzise, klar und wegweisend wie ein Kompaß gewesen. Jetzt war alles ein Abgrund der Verwirrung. Dann aber kamen die Worte, zunächst bruchstückhaft, an die Oberfläche wie Wrackteile eines Schiffes.

Schließlich waren Paddys Worte wieder da: In engen Meerstraßen kommt es zu einer Überlagerung der Strömungen. Eine Strömung kämpft gegen die andere wie zwei Krieger, die nach einem einzigen Schwert fassen. Sie gehen zu Boden, wälzen sich und rollen und rollen. Das macht einen Strudel aus.

Während Arrah unverwandt auf die See starrte, nahm sie wahr, daß das Wellengekräusel bewegter wurde und die Wogen sich mit Gischt bekrönten. Eine gewaltige Verwandlung schien sich anzubahnen, so als kehre die See das Innerste nach außen. Das Geräusch, das wie Donnergrollen begonnen hatte, steigerte sich gewaltig. Man glaubte zu spüren, daß sich die Meerestiefen hoben. Wo sich die Felsen eng zusammenschoben, schwollen die Strömungen und wälzten sich ostwärts gleich einem langgestreckten silbernen Drachen, der knapp unter der Oberfläche dahinglitt und sich an Größe mit hundert Seeungeheuern messen konnte.

Diese mächtige und gewaltige Wasserbewegung überstieg alles, was sie bislang gesehen hatte, ja sie überstieg sogar ihr Vorstellungsvermögen. Die furchteinflößenden Drachenströme wölbten die Rücken, senkten sie, um sie mit unheimlicher Schnelligkeit wieder zu heben und dabei einen gewaltigen Lärm zu erzeugen, den ihre Ohren als schmerzhaft empfanden. Auch wenn sie sich die Ohren zuhielt, konnte sie dem Geräusch nicht entrinnen.

Wieder änderte sich der Charakter des Meeres. Die Strömungen brachen, wenn sie an die Stelle der höchsten Wölbung gelangten, und fingen an, in kleinen Senken zu wirbeln, so daß die See zu brodeln begann. Immer wieder formten sich die Wellen, hoben sich und brachen unter Ächzen und Zischen, indem sie dem Himmel entgegenschnellten. Kleine Wirbel bildeten sich, ein Wirbel vereinigte sich mit dem anderen, immer wieder, bis die ganze Fläche zu einer riesigen dunklen Spirale wurde, zu einer strudelnden ebenholzschwarzen Wasserwand.

Fasziniert und zugleich entsetzt sah sie, wie sich das Wasser drehte und immer wieder drehte. Sie sah, daß Patch und Sebastian die Münder öffneten, als riefen sie ihr etwas zu, aber ihre Worte waren nicht zu hören. Das Getöse des Wassers hatte Arrahs Sinne bezwungen und sie verwandelt, so daß sie nur ein einziges Geräusch hörte, eine Frauenstimme, die ganz fern und wohlklingend sang. Die Stimme führte sie zu Paddys Worten: Bei gewissen Mondphasen sind die Strömungen im Gleichgewicht wie ein gutes Schiff. Dann verschwindet der Strudel. Arrah mußte warten, bis Ebbe einsetzte. Dann würde sie es schaffen, den Strudel zu durchfahren.

Sie hatte so eindringlich an Paddys Worte gedacht, daß ihr entgangen war, daß die Wolken dahinjagten wie ein riesiger Raubvogel. Wie ein zorniger Adler griff der Wind die Segel an, stieß mit Sturmklauen zu, lockerte die Halterungen, so daß das Hauptsegel wie ein nutzloser Lappen frei flatterte. Sie sah Patch windgebeugt, gekrümmt wie eine Greisin, als er versuchte, die Leinwand zu reffen, ehe sie völlig der Gewalt des Windes anheimfiel. Die Taue schienen mit dem Wind im Bunde zu sein, denn sie wickelten sich schlangengleich um Patchs Beine.

Plötzlich griff der Wind mit Macht den Besanmast an, knickte ihn wie einen Zweig und schleuderte ihn auf das Deck. Drückte der Wind das Schiff jetzt in den Strudel, dann waren sie verloren.

Der Wind heulte, und Arrah brüllte zurück. »Du Biest! Du Hure! Du verdammte Hure! Du wirst mich nicht verschlingen!« Das Schiff sackte beängstigend ab. Arrah faßte nach der Rahnock, die jedoch lose von ihr wegschwang. Da änderte das Schiff die Richtung, die Rahnock schnellte zurück, schwer und tödlich, genau auf sie zu. Arrah warf sich flach aufs Deck und prallte schmerzhaft mit dem Ellbogen auf den Holzplanken auf. Der Schock durchzuckte ihren Körper wie ein Blitz. Im nächsten Augenblick spürte sie starke Arme um sich, die sie hochhoben. Sebastian war an ihrer Seite.

»Entblöße deine Brüste! Besänftige den erzürnten Neptun!«
Sie zögerte.
»Tu es! Sieh dorthin!«
Arrah blickte in die Richtung, die er ihr wies, und sah eine gewaltige Wasserwand auf sie zukommen – eine Wand von der Höhe eines Berges, als sei das feste Land in eine aufragende, grausige Welle verwandelt worden. Die schreckensstarre Arrah nahm kaum wahr, daß Sebastian nach ihrem Mieder faßte und es aufriß. Sie hörte nichts, spürte nur, wie Gischtspritzer und Wind ihre Brüste trafen. Sebastian packte sie und drängte sie gegen die Bordwand. Schreiend setzte sie sich gegen ihn, gegen Wind und Sturm zur Wehr, und plötzlich war auch Patch neben ihr und hielt sie fest. Hatten sich beide gegen sie gewendet? Wollten sie sie der See opfern, um die Naturgewalten zu besänftigen? Aber Patch preßte sie gegen einen der beiden Poller. Er bekam ein Seil zu fassen, wikkelte es um sie und sich, so schnell er konnte. Sie sah, daß Sebastian sich an der zum Mannschaftslogis führenden Treppe festband.

Dann kam die Welle auf das Schiff zu. Vorhin hatte sie gespürt, daß die See alle Geräusche aus der Luft ansog, jetzt spürte sie, wie die Welle die Luft aus ihren Lungen sog, noch ehe sie sie ganz eingeatmet hatte.

Sie versuchte sich gegen den Aufprall zu wappnen, doch gegen diese heranrollende Wasserwand gab es keinen Schutz. Sie spürte, wie das Schiff in einen Abgrund sackte, und schloß die Augen.

Die Wasserwand fiel über sie her, schleuderte ihren Kopf gegen den Mast, raubte ihr das Bewußtsein, drückte das Schiff tief in die Schwärze, in eine wirbelnde schwarze Senke. Arrah wurde immer tiefer in den Schlund des Meeres getaucht, das um sie toste, unausweichlich, schwer und erstickend wie Stein.

16. KAPITEL

Der Wind hatte sich verbraucht. Ein prächtig leuchtender Mond, so voll, als sei er am Bersten, und von unglaublicher Klarheit, kam hinter den Wolken hervor. Sein Licht verwandelte das Wasser in eine einzige Silberfläche. Das Schiffsdeck hatte sich in eine Masse zappelnder sterbender Fische verwandelt. Neben Arrah stand Patch. »Seht Ihr das, Mädel? Ihr wißt, was die alten Seebären sagen. Die See reinigt sich bei Vollmond. Ich behaupte, diesmal hat sie sich verdammt gründlich gereinigt.«

Arrahs Gewand hing ihr in Fetzen am Leib. Sie hatte das Gefühl, daß auch ihr Körper zerfetzt, zerhackt und von den Klauen der See in Stücke gerissen worden war.

Sebastian, der sich mühsam von seinen Seilhalterungen befreit hatte, kam über das Deck auf sie zu. Er sah sie an und sagte: »Es tut mir leid, Kapitän Arrah, daß ich Euch so grob anfassen mußte, aber ich fürchtete, Ihr würdet über Bord gespült. Deswegen mußte ich Euch festbinden, bevor die Woge kam. Eure schönen Brüste... sie haben uns vor dem Zorn des Meeres gerettet.«

Wortlos sah sie ihn an. Sein Vorgehen hatte sie in tiefe Verwirrung gestürzt. Sie strich sich mit den Händen über Brüste und Schenkel, um sich zu vergewissern, daß sie noch vorhanden und intakt waren. Dann faßte sie nach einem Stück Seil, das sie sich um Schultern und Brüste wand.

Patch grinste sie an, sein tätowiertes Auge zwinkerte. »Arrah, Ihr habt es geschafft! Ihr habt Dragon's Mouth überwunden.«

»Patch, träume ich etwa? Sind wir lebendig oder tot... oder leben wir sogar anderswo?«

»Wir leben, wir leben! Nur die Segel sind zerfetzt«, stellte Patch fest. Arrah betrachtete das Hauptsegel, das am Mast hing wie ein nasser Lappen. »Aber es ist nichts passiert, was man nicht mit ein bißchen Zeit und 'ner Nadel flicken kann«, fuhr Patch fort.

»Ich fühle mich, als wäre ich tausend Meilen durch einen Friedhof gesegelt.«

»Das seid Ihr auch, Mädel, und gut habt Ihr es gemacht! Ich alter Seebär bin auf vielen Schiffen gefahren, aber kein Kapitän kann sich mit Euch messen, mit Euch fahre ich zur Hölle und zurück.«

»Carbri! Ich muß nachsehen, ob Carbri alles gut überstanden hat!«

Sebastian schaute ihr nach und bemerkte ihren verführerischen Hüftschwung. Er hatte tatsächlich geplant, sie über Bord zu werfen. Jetzt aber war er froh, daß er es nicht getan hatte.

Von Anbeginn an war ihm der junge Bootsmann irgendwie anders vorgekommen, anders jedenfalls als die anderen Lustknaben an Bord. Die meisten waren bemitleidenswert, tückische, gebrochene Burschen, die wie geprügelte Köter herumschlichen. Doch an Arrah hatte er nie diese Resignation bemerkt, auch nicht als sie noch Bootsmann gewesen war.

Sebastian wußte, daß Kapitän Whip in seiner Kabine einen Haufen Gold versteckt hatte. Es gab nur zwei Möglichkeiten, an den Schatz oder auch nur an einen Teil davon heranzukommen. Er konnte Arrah töten, aber es wäre ein wahrer Jammer gewesen, eine so schöne Frau umzubringen. Aber auch Hirple wußte von dem Gold, und Hirple hatte gewiß keine Hemmungen, Arrah zu töten. Er, Sebastian, mußte also auch auf Hirple ein Auge haben. Die andere Möglichkeit, an das Gold heranzukommen, bestand darin, sie zum Teilen zu bewegen. Kapitän Carbri besaß das Herz einer Taube und nicht das eines Mannes. Er würde sehr bald das Zeitliche segnen. Er, Sebastian, hatte Dutzende Wunden davongetragen und war immer wieder auf die Beine gekommen, um weiter zu kämpfen.

Arrah war schön. Und ihre Brüste… einfach prachtvoll. Doch angesichts des großen Strudels hatte er es mit der Angst zu tun bekommen und war gewillt gewesen, ihre Brüste zu opfern, nur um sich zu retten. Er hatte es schon miterlebt, daß man weibliche Passagiere mit entblößter Brust ins Meer geworfen hatte, um die Wogen zu glätten. Doch die See hatte sich auch ohne dieses Opfer beruhigt, und er war froh darüber.

Am nächsten Tag hatte er ihre Brüste fast zur Gänze zu sehen bekommen, und er hätte sie in Besitz genommen, wäre sie nicht mit Pistole und Schwert bewaffnet gewesen. Arrah hatte sich im Gebrauch ihrer Waffen als äußerst geschickt erwiesen.

Er wollte Kapitän Arrahs Aufmerksamkeit auf sich lenken, indem er ihr in jeder nur erdenklichen Weise an die Hand ging. In den Häfen war er bei den Weibern erfolgreich. Nie hatte er sich schwergetan, ein Mädchen zu bekommen. Arrah würde sich in ihn verlieben, das war nur eine Frage der Zeit. Und er hatte gelernt, geduldig zu sein.

Familie besaß er keine. Er hatte eine Mutter gehabt, doch als sie wieder geheiratet hatte, hatte ihr Mann ihn eines Morgens in aller Herrgottsfrühe geweckt, ihm die Augen verbunden und seine Hände auf dem Rücken gefesselt. Sein Stiefvater hatte ihn aus dem Haus zum Hafen geschleppt. Er hatte das Klirren von Münzen gehört, dann hatte ihn ein anderer genommen und über die Schulter geworfen. Als nächstes hörte er das Tappen bloßer Füße auf Holzstufen, und als man ihm die Augenbinde abnahm, hatte er sich auf einem Schiff befunden und sich einem Mann mit rotem Halstuch und goldenen Ohrringen gegenübergesehen.

Das Schiff hatte sich bereits auf offener See befunden, und als er ringsum nichts als Wasser gesehen hatte, hatte er geheult. Der Quartiermeister war mit der Peitsche gekommen. »Wenn du nicht aufhörst zu heulen wie ein Wickelkind, dann werde ich dir Grund zum Heulen geben.«

Seither war Sebastian zur See gefahren und hatte wie eine Ratte Schiff um Schiff gewechselt. Sein letztes, ein alter Kahn mit Namen ›Formidable‹ war von Kapitän Whip gekapert worden. Die anderen hatten gekämpft und waren umgekommen, die meisten jedenfalls, doch als Sebastian den Namen Kapitän Whip gehört hatte, hatte er genug Verstand besessen, von Bord zu springen, zur Twilight Moon zu schwimmen und dem Piraten Treue zu schwören. Eines hatte Sebastian in seinen vielen Jahren auf See nämlich gelernt – das Überleben.

Doch damals, als er das Schiff gewechselt hatte, war ihm nicht bewußt gewesen, was er sich damit eingehandelt und was es zu bedeuten hatte, unter Kapitän Whip zu dienen. Wie oft hatte er sich gewünscht, tot zu sein! Aber nun war Whip tot, und das Kommando führte eine Frau.

Er kannte Mittel und Wege, eine Frau zu überreden, das Geld mit ihm zu teilen...

Rathlin Island war ein öder, kahler Ort mit niedrigem verkrüppeltem Buschwerk, das sich haltsuchend an die Felsen schmiegte.

Kaum hatte das Schiff festgemacht, schickte Arrah Sebastian auf die Suche nach dem Arzt. Dr. MacDonall kam auch unverzüglich. Der seiner Kleidung entströmende Kampfergeruch war so heftig, daß Arrah den Kampfer auf der Zunge zu spüren vermeinte. Der

Mann trug eine knappsitzende rote Ledermütze und über Hemd und Strümpfen ein loses, weißes ärmelloses Gewand. Kaum hatte er die Kapitänskajüte betreten, als er auch schon Räucherwerk entzündete, noch ehe er einen Blick auf Carbri tun konnte.

Der Arzt führte eine Pergamentrolle mit sich sowie einen *les* genannten Medizinbeutel, der etliche Tiegel enthielt. Naserümpfend schob er Carbris Augenlider hoch und begutachtete die Wunde. Als nächstes entrollte er seine astrologische Karte, eine runde Scheibe, die aus verschiedenen Lagen Pergament bestand, in der Mitte mit einem Silberfaden zusammengehalten und mit bunten Tierfiguren bemalt.

Der Mann erkundigte sich, wie alt die Wunde sei, drehte dann an seiner Scheibe und ordnete die Tierkreiszeichen den Zahlen und Abbildungen der verschiedenen Körperteile zu. Nachdem er die astrologischen Aspekte der Wunde errechnet hatte, langte er mit einem Holzstab in einen der Tiegel und holte schleimige schwarze Blutegel hervor. Dann legte er Carbris Wunde frei und setzte die Blutegel ringsum an. Während die Egel sich mit Blut vollsaugten, mischte der Arzt eine Paste zusammen. Der Geruch verriet Arrah, daß einer der Bestandteile Schwefel sein mußte. Die anderen waren Sauerampfer und Apfelmost. Während des Mischens gab Dr. MacDonall Arrah Anweisung: »Lauft hinaus zu den Felsen und pflückt Liebstöckel. Es ist nicht zu übersehen – kleine weiße Blüten, in Büscheln wachsend. Dunkelgrüne Blätter. Kocht die Pflanzen, zerstampft sie und gebt ihm das Zeug zu essen. Ich steche die Wunde auf und schröpfe sie, nachdem die Blutegel das schlechte Blut entnommen haben; aber ohne Liebstöckel wird sie nicht heilen. Bei Seeleuten ist die Wundheilung besonders schwierig. Sie bekommen zu leicht den Brand. Ihr solltet dafür sorgen, daß die Besatzung regelmäßig Liebstöckel kaut. Das verhindert Zahnfleischbluten und das Ausfallen der Zähne.«

Arrah lief sofort los, um sich auf die Suche nach dem Heilkraut zu machen. Da sie das Gefühl hatte, eine Ewigkeit auf schwankenden Schiffsplanken verbracht zu haben, genoß sie den anstrengenden Aufstieg und das Klettern über den harten Felsen.

Dreizehenmöwen kreisten in anmutigen Bögen über ihr und stießen ihren melodischen klagenden Schrei aus. Sie störte einen

Schwarm Austernfischer auf, die mit durchdringendem Gekreisch die Flucht ergriffen.

Unter den Vögeln lag die See. Auch jetzt noch glaubte sie den dunklen Wirbel des Strudels und die heftigen Strömungen, die sich Ungeheuern gleich in ihn ergossen, zu erkennen.

Patch und Sebastian hatten sie mutig genannt. Sie hatte ihren Vater und seine Seeleute und Chieftains von mutigen Männern sprechen hören. Doch bis jetzt hatte sie nicht gewußt, was Mut eigentlich bedeutete. Mut war, wenn man nicht zuließ, daß die Angst einen lähmte. Wenn man nicht innehielt und ständig in Bewegung blieb, hatte man gar nicht die Zeit, Angst zu empfinden.

Hirple ging den Schreinern an die Hand, die neue Masten aufstellten und alle anderen Reparaturen ausführten. Doch als er sah, daß der Arzt wieder ging, tauchte er in der Kapitänskajüte auf.

Patch war an Carbris Seite. »Na, was willst du, mein Junge? Kümmere dich lieber um das Schiff«, empfing er ihn.

Hirple blickte um sich. »Kapitän Whip war der habgierigste Halunke auf dieser Seite Afrikas. Er hatte mehr Gold zusammengerafft als alle anderen Piraten. Die meisten geben aus, was sie in die Finger kriegen. Er aber nicht. Er hat alles gehortet.«

Patch sah Hirple an. Sein tätowiertes Auge blinzelte etliche Male. Er kratzte sich am Kinn. »Gold? Wieviel Gold?«

»Genug! Es reicht, daß ich und du für den Rest unseres Lebens wie Könige leben können. Nur du und ich. Wir sehen zu, daß wir dieses Weib loswerden...«

Ehe der Haigesichtige weitersprechen konnte, hielt ihm Patch den Dolch an die Kehle. »Hurensohn, noch ein Wort von Kapitän Arrah, und ich schlitze dir die Kehle auf!«

Beide hörten gleichzeitig Arrahs schnelle Schritte und sahen zur Tür. Patch ließ Hirple los, der aufgeregt schluckte und sich rasch das Hemd glättete.

»Bei allen Heiligen, es täte mir im tiefsten Herzen wohl, wenn ich wüßte, daß Kapitän Carbri gut versorgt wird«, gab nun Hirple scheinheilig von sich.

»Ich habe Befehl gegeben, die Muscheln vom Rumpf zu kratzen. Los, mach dich an die Arbeit!« ordnete Patch an.

»Aye, aye.« Nach einem schrägen Blick auf Arrah schlurfte Hirple hinaus.

Drei Tage lang wich Arrah nicht von Carbris Seite, flößte ihm Liebstöckel ein und reinigte die Wunde. Der Arzt hatte ein Stück hohles Rinderhorn in die Wunde eingeführt, dazu zwei Röhren gelegt, die aussahen wie Stücke aus einem Schafsherzen. Die Röhren leiteten Gift und Eiter in eine Schüssel am Boden ab.

Das Fieber sank, die Schwellung ging zurück. Am vierten Tag der Behandlung setzte Carbri sich mit einem matten Lächeln auf. »Arrah, was für eine gute Frau du bist. Mehr kann ein Mann sich nicht wünschen.« Am Abend nahm Carbri die erste feste Nahrung seit Tagen zu sich. Arrah hatte Sebastian in die Schenke geschickt, und er war mit gekochtem Huhn und Gemüse zurückgekommen.

Das Schiff brauchte eine größere Besatzung, aber im Church Quarter gab es nur eine Handvoll Fischer und deren Familien. Am nächsten Morgen, nachdem alle Reparaturen beendet waren, lief die Twilight Moon mit Kurs auf An Rubha, den südlichsten Punkt der Insel, aus, wo man die Belle Étoile treffen würde und Besatzung und Proviant an Bord nehmen konnte.

Beim Einlaufen in den Hafen wurde Arrah schon von einer Menschenmenge erwartet. Auf der kleinen Insel hatte sich die Kunde rasch verbreitet, und alle wollten die Frau sehen, die Dragon's Mouth bezwungen hatte.

»Die Teufelskönigin! Eine Hexe!«

»Eine Zauberin!«

»Eine Seehexe!«

Carbris Gesundung machte Fortschritte. Dennoch war er zu schwach, um die Söldner anzuwerben, obwohl O'Reilly ihn für die Arbeit eigentlich angeheuert hatte. Arrah und Patch übernahmen daher diese Pflicht.

Die ›Galloglass‹, schwerbewaffnete Kriegssöldner schottischen Ursprungs, waren in erster Linie an barer Münze interessiert und nicht so sehr an vagem Geschwätz von Hexenkünsten. In den Kneipen aber, wenn sie unter sich waren, führten sie wüste Reden darüber, wie es wohl sein mochte, unter weiblichem Kommando eine Schiffahrt zu unternehmen.

»Völlig verdreht... eine Frau als Kapitän!«

»Nicht sie führt das Kommando, sondern dieser O'Connor.«

»O'Connor, dieser Weiberheld! Sie hat Dragon's Mouth befahren, nicht er. Sie wird das Kommando übernehmen!«

»Gefällt mir nicht übel! Wenn die unter mir segelt...«

»Blökender geiler Bock! Du hast immer nur eines im Kopf.«

»Allmächtiger, Mann, woran soll man sonst denken? Ein guter Kampf, ein voller Humpen, das Buschwerk eines Weibes!«

Zeigten die Söldner sich insgesamt willens, mit Arrah zu segeln, so weigerten sich die Seeleute von An Rubha hartnäckig, als Besatzung auf der Twilight Moon zu fahren. Es war ein abergläubischer Haufen, der zwar zu dem weiblichen Kapitän, der den Strudel befahren hatte, voll banger Hochachtung aufblickte, sie als Frau aber fürchtete. Ein Weibsstück wie die! Nur Gott oder der Teufel selbst wußten, über welche Zauberkraft sie verfügte!

Patch rückte mit einem Plan heraus. Man sollte versuchen, eine Besatzung in den Spelunken anzuheuern. Arrah sollte mitkommen, damit die Seeleute mit eigenen Augen sehen konnten, daß sie keine Hexe war, das Anwerben aber sollte sie ihm überlassen. Wenn etliche Humpen Bier und die Aussicht auf gute Heuer nicht ausreichten, würden er, Hook und Mute die Leute zum Dienst auf dem Schiff pressen.

Carbri tat den Vorschlag ungeduldig ab. »Arrah, ich bin schon so gut wie auf den Beinen«, behauptete er. »Wärme deinen Mann in seiner Koje und laß endlich ab von dieser Torheit, ein eigenes Schiff segeln zu wollen.« Aber Arrah zeigte sich unbeugsam. Sie bestand darauf, Carbri und die anderen in die Kneipe zu begleiten.

Der ›Centaur‹ war ein Steinbau, dessen graues Reetdach von großen Felsbrocken beschwert wurde. Diese Steine wurden von beidseits über dem First hängenden Seilen festgehalten.

Patch, Hook und Mute saßen bereits mit einer Gruppe von Seeleuten an einem Tisch, als Arrah und Carbri eintraten. Sie ließen sich an einem Tisch in einer Ecke des Raumes nieder.

Bei ihrer Ankunft im Hafen hatte Arrah Frauengewänder getragen. Jetzt aber, da es darauf ankam, Männer anzuwerben, hatte sie wieder zu Männerkleidung Zuflucht genommen, doch ihr dunkles, vorne offenes Wams ließ ihre üppigen weißen Brüste erahnen, und die dunkle Hose betonte die Form ihrer Hüften. Ihre äußere Erscheinung ließ die Furcht der Seeleute noch wachsen. Mit jeder Bewegung strahlte sie Macht und unverhüllte Sinnlichkeit aus. Neben ihr saß Carbri O'Connor, bleich, dünn und matt. Seht, so ergeht es Männern, wenn sie mit einer Meerhexe segeln, dachte bei seinem Anblick so mancher.

Ein aufdringlicher, frecher Geißbock mit langen, bei jedem Schritt wippenden Ohren strich zwischen den Tischen herum. Da und dort blieb er stehen, knabberte einen Ärmel oder gar die Haare eines sitzenden Gastes an. Der Bock zeigte große Vorliebe für Bier und versuchte an den Humpen zu lecken, wo immer sich die Möglichkeit bot. Matrosen und Krieger zogen ihn scherzhaft an Ohren und Barthaaren. Wurde er zu dreist, dann bekam er hin und wieder einen Klaps, worauf sich das Tier ohrenwackelnd geneigtere Gäste suchte.

Eine Schankdirne mit Namen Mary brachte Arrah und Carbri ihr Bier. Trotz der schlechten Beleuchtung waren die hellblauen Augen und die rosige Haut der Frau nicht zu übersehen, die alles in allem eine ansehnliche Person war. Sie war mit einem üppigen Körper ausgestattet, dazu mit einem gesunden Appetit auf Essen, Trinken und alle anderen Freuden des Lebens. Sie hatte vier Ehemänner gehabt, über die sie sich freimütig äußerte, falls sich geneigte Zuhörer fanden. Dazu führte sie ständig lose Reden mit ihren Gästen, obwohl ihr Mann alles hören konnte.

Sie stellte den Krug mit so großem Nachdruck auf den Tisch, daß Arrah glaubte, der irdene Boden würde brechen. »Ihr also seid diejenige, die Dragon's Mouth befahren hat«, sprach die Frau mit dem rosigen Gesicht Arrah an.

»Ja«, erwiderte Arrah, den Blick auf Mary gerichtet, die das Alter ihrer Mutter haben mochte, in ihrem Lächeln und im ganzen Auftreten aber viel ungezwungener war als Margaret.

»He, Mary! Bring uns noch einen Krug!« ertönte es aus einer anderen Ecke des Schankraumes.

»Geduld, Mann!«

»Geduld! Wieviel Geduld soll ein Mensch denn haben? In dieser Kneipe verdurstet man glatt. Und jag diesen verdammten stinkenden Bock hinaus, bevor er mir die letzten Haare vom Kopf frißt! Was meinst du, Mary, sollen wir ihm die Eier abschneiden?«

Wie eine besorgte Glucke stürzte Mary an den Tisch. Soldaten und Matrosen grapschten nach ihrer Kehrseite, sie aber schlug ihnen auf die Hände und zerbrach einen Krug über einem der Köpfe. »Wenn du ihm mit dem Messer auf den Leib rückst, dann schneide ich deine ab, hörst du!«

»Ruhig Blut, Mädel! Ich tue Finn schon nichts. Nicht wahr, Finn, stinkender alter Bock«, sagte er, steckte sein Messer weg und kraulte das Tier am Kinn. »Aber ich mußte ja Marys Aufmerksamkeit fesseln, weil sie sonst nichts tut als schwatzen und sich nicht um ihre Gäste kümmert. Komm, Mary, füll nach, sonst gehen wir in eine Kneipe, in der man flinker bedient wird.«

Am Zapfhahn räusperte sich Marys Mann laut. Finn begutachtete Arrah über die ganze Länge des Raumes hinweg, hob den Kopf und stakte auf sie zu. Unterwegs lenkte ihn verschüttetes Bier ab, das es aufzulecken galt.

Die Luft war schwer von menschlichen Ausdünstungen, vom Qualm des Torffeuers und vom Lärm. Arrah spürte die Männerblicke auf sich und bekam auch Bruchstücke ihrer Kommentare aus verschiedenen Winkeln des Raumes mit.

»Verdammt will ich sein«, sagte einer so laut, daß man ihn nicht überhören konnte. »Es bringt Unglück. Neptun fordert sein Opfer. Eine Frau auf See...«

»Hätte Neptun sie haben wollen, hätte er sie sich schon genommen. Eine Zauberin ist sie, behaupte ich. Sie verhext das Meer.«

»Du bist ja nur neidisch, weil du nie über den Dragon segeln würdest.«

»Mit der bestimmt nicht«, höhnte ein anderer. »Jede Wette, daß sie auf Deck eine Schwarze Messe gefeiert hat. Mit Blut und allem.«

»Hasenfuß! Du witterst ja schon Blut, nur wenn du pinkelst.«

Der andere bekreuzigte sich. »Beim heiligen Kreuz! Es gibt auf der Welt kein Gewässer, das ich fürchte. Aber sie fürchte ich so, daß ich sie nicht mal ansehen möchte.«

»Du... du hast ja Angst, die eigenen Hühneraugen anzusehen.«

»Sie macht mir angst, diese Seehexe.«

Carbri saß mißmutig und schweigsam da. Er war von Anbeginn an dagegen gewesen, daß Arrah sich als Seemann aufspielte. Jetzt mußte er dasitzen und sich dieses Geschwätz anhören, und er war machtlos, da er sich noch schwach fühlte. Er trank zu rasch und leerte knapp hintereinander zwei Humpen. Dann verlangte er einen Krug des stärkeren gebrannten *usquebaugh*. Er ließ den Bierhumpen ein drittes und dann ein viertes Mal füllen. Nachdem er die längste Zeit wortkarg dagesessen hatte, fing er plötzlich zu brüllen an: »Ich bringe einen Trinkspruch aus – auf Arrah O'Donnell, die Dragon's Mouth bezwang!« Seine Worte trieften vor Spott, und Arrah bemerkte einen häßlichen Zug an ihm, den sie noch nie gesehen hatte. Auf den höhnischen Trinkspruch hin wurde es mäuschenstill im Schankraum. Alle schauten zu Carbri und Arrah, in der Erwartung, er würde noch etwas sagen. Als er stumm blieb, schwoll die Unterhaltung bald wieder zu ihrer gewohnten Lautstärke an.

Carbri langte wieder nach dem Krug, aber Arrah kam ihm zuvor und zog ihn an sich. Er bekam den Krug zu fassen. »Gib ihn zurück, Arrah!«

»Du hast genug!«

»Aye, Arrah, was für eine Frau du bist! Hast den Dragon bezwungen«, sagte er vor sich hin.

»Du mußt ein Schiff segeln«, sagte sie nun mit Nachdruck.

»Du wirst doch einem schmerzgeplagten Mann seinen kleinen Trost nicht verweigern, oder?« Er zog heftig am Krug, Arrah aber ließ ihn nicht los. »Mein Arm wird mir weh tun«, sagte er mit schwerer Zunge.

»Willst du es den vier Winden überlassen, das Schiff in die Mündung des Shannon zu treiben?«

»Ich frage dich: Hat Carbri O'Connor wegen eines Humpens Bier je seine Pflicht vergessen?«

»Nein.«

»Also ... Arrah O'Donnell will dem Mann, der ihr das Leben gerettet hat, vorschreiben, was er trinken darf und was nicht.«

»Ich habe dir ebenso das Leben gerettet«, schoß sie wütend zurück. »Wäre ich nicht gewesen, der Wundbrand hätte dich getötet.«

Er schien über ihre Worte nachzudenken. »Auf die Lebensretter!« Er lächelte sein unwiderstehliches Lächeln – das wundervoll charmante Lächeln, das Steine erweichen konnte. Der Alkohol hatte ihm das Gefühl verliehen, stärker, ja fast unbezwingbar zu sein, deshalb fuhr er fort: »Wäre ich nicht gewesen, die Besatzung deines Vaters hätte dich den Haien vorgeworfen, und du könntest nicht behaupten, mein Leben gerettet zu haben.«

Seine Mißlaunigkeit von vorhin war wie weggeblasen, er lächelte wieder, und Arrah erwiderte das Lächeln, denn in diesem Augenblick liebte sie ihn sehr.

Er nahm die Hand vom Krug und tätschelte die ihre. Dann reckte er sein Kinn vor. »Und jetzt gib mir einen Kuß, Arrah! Ich liebe dich.« Das war der Carbri, den sie kannte – lächelnd und gutgelaunt. An seiner Verdrossenheit war nur die Verwundung schuld. Sie ließ den Krug los und küßte ihn. Seine Lippen schmeckten nach Malz.

Er wollte sich noch einmal einschenken lassen und rief: »He, Mary!«, aber Mary saß auf dem Schoß eines Gastes und wandte Carbri den Rücken zu. Achselzuckend sah er Arrah an. »Der Teufel soll sie holen… ich muß ohnehin einen ganzen Ozean an Wasser lassen. Würdest du ihr sagen, daß sie uns noch eine Runde bringen soll, falls sie sich umzudrehen gedenkt?«

Arrah nickte seufzend. Carbri legte im Vorübergehen liebevoll die Hand auf ihre Schulter.

Da spürte sie, daß etwas Feuchtes gegen ihre Hand stieß. Der Geißbock stand neben ihr und leckte ihre Fingerspitzen.

»Er hat einen Narren an Euch gefressen«, bemerkte Mary lächelnd. »Und er irrt sich nie, wenn es darum geht, einen Charakter zu beurteilen. Wenn Finn jemanden mag, dann mag ich diesen Jemand auch.«

Arrah wäre es lieber gewesen, wenn das Tier keine Zuneigung zu ihr gefaßt hätte, denn seinem Fell entströmte ein Geruch, der an einen nassen Hund erinnerte. »Er ist recht zutraulich«, sagte sie und rückte auf der Bank beiseite.

»Zutraulich? Im Namen aller Heiligen, Mädel, er ist das liebste, beste Geschöpf der Welt. Hab' ihn selbst gesäugt, stimmt's, Finn?« Sie bückte sich, streichelte ihn unter dem Kinn und drückte ihm einen Kuß auf die Nüstern. »Meine zwei Borne haben ihn genährt. Mein eigener Säugling war gestorben, ein Mädelchen, zwei Wochen alt. Armes Ding. Und meine Krüge waren zum Platzen voll, so viel Milch hatte ich.

Und dann dieses kleine Engelchen. Seine Mutter war von einer Hundemeute in Stücke gerissen worden. Und er, keine zwei Tage alt, blökte sich die Seele aus dem Leib. Da nahm ich ihn auf den Schoß, und er wußte sofort, was er zu tun hatte. Ganz behutsam nahm er meine Titten. Erst als er Zähne bekam, war Schluß damit. Kein Wunder, daß er jetzt für mich wie ein Sohn ist.

Bin froh, daß er Euch mag. Weil Ihr ihm gefallt, gefallt Ihr mir auch. Mein Vater fuhr zur See, aber er wollte mich ersäufen, wenn ich nur einen Fuß auf ein Schiff setzte. Und das hätte er getan. Meine Mutter hat er totgeprügelt. Ich habe es mit eigenen Augen gesehen. Ich klammerte mich an sein Knie und schrie: ›Pap, Pap!‹ Und als er sie erledigt hatte, wollte er sich über mich hermachen; ich war noch klein und verkroch mich unter der Hühnerstiege, und er fiel darüber, als er mich herausziehen wollte. Stockbesoffen war er. So kam es, daß er mich nicht umgebracht hat. Dafür brannte er meinem Bruder ein Ohr ab, weil er frech wurde. Er hat ihm einfach die Kerze drangehalten. War ein schwieriger Mensch, mein Pap.« Mary ließ ein Zungenschnalzen hören, bevor sie kopfschüttelnd fortfuhr: »Bin nahe dran, Euch zu fragen, ob Ihr mich auf Euer Schiff nehmen wollt. Ihr wißt, wie es einer Frau geht... Sie braucht ein Kissen für ihren Kopf. Und er hat eines«, sagte sie und deutete auf ihren griesgrämigen Mann. »Und als Dank für das Kissen lasse ich ihn nachts über mich. So ist es eben. Wir alle haben irgendeinem Herrn zu dienen. Aber das Leben mit ihm macht nicht viel Freude. Er schlägt mich zwar nicht so wie mein Pap, aber seinetwegen verbringe ich mein ganzes Leben hier und möchte mal was anderes zu sehen bekommen. Würdet Ihr mich mitnehmen?«

Marys Redefluß war so endlos gewesen, daß Arrah von ihrer Frage förmlich überrumpelt wurde. »Dich mitnehmen?«

»Ja, aber nicht ohne meinen alten Finn natürlich. Er macht keinen Ärger und ist beim Futter nicht heikel. Und Ihr mit den vielen Mannsbildern! Ihr braucht eine Zofe oder Magd, und die könnte ich sein. Hab' noch nie eine Frau erlebt, die das Kommando auf einem Schiff führt. Und deshalb meine ich, daß Ihr etwas Besonderes seid. Ich möchte eine Zeitlang mit Euch zusammensein.«

Arrah betrachtete Mary genauer. Ihre Unverblümtheit imponierte ihr. »Du bist auf meinem Schiff willkommen«, sagte sie deshalb ohne viel Überlegung.

»Mary!« tönte es durch die Schankstube. »Bring uns noch eine Runde, ja?«

»Nein, mein Junge«, rief Mary zurück. »Hol dir das Zeug selbst. Ich bediene hier nicht mehr.«

Patch, der eine besondere Methode entwickelt hatte, Leute zum Dienst zu pressen, betrat die Kneipe zu diesem Zweck mit betonter Großspurigkeit, eine Art, die ihm ansonsten fremd war. Zusammen mit Hook und Mute ging er auf einen Tisch zu und fragte unbefangen: »Na, Jungs, kann man sich zu euch setzen und in aller Ruhe einen heben?«

Das Gespräch, das sich daraufhin entspann, drehte sich um Schiffe und Weiber, und Patch ließ etliche Krüge bringen, bis einer der Seeleute eine Bemerkung über Patchs Großzügigkeit machte.

»Ach was, es geht doch nichts über anständige Trinkkumpane. Dazu noch ein Humpen *usquebaugh,* das irische Lebenswasser, und die runde Hüfte eines Weibs auf dem Strohsack. Mehr kann ein Mensch nicht verlangen«, gab Patch daraufhin zurück.

»Aye.« Nun war es an Hook, sich zu äußern. »Die Franzmänner tun immer so groß mit ihrem Wein. Aber Wein ist kein Alkohol. Wein ist Kindermilch.«

»Richtig. Kein Vergleich mit *usquebaugh.* Also nehmt noch einen Schluck.«

»Zu freundlich, wirklich. Ich nehme gern noch einen Mundvoll.«

Da bemerkte der fremde Seemann Patchs weiße Hände. »Wo hast du dir die geholt?«

»Verbrannt bei einem Zauberkunststück, schon als Kind. Aber genug geredet! Jetzt wird ausgetrunken. Ihr werdet doch die Gastfreundschaft eines Mannes nicht beleidigen, indem ihr nur ein paar Schluck trinkt. Wie heißt du, Mann?«

»Nun, wenn du meinst. Ich will deine Güte nicht zurückweisen. Danke! Ich heiße Oscar. Und der Junge hier heißt Gerrard.«

»Meiner Seel, Oscar, du beleidigst mich tödlich, wenn du nur nippst wie ein Spatz. Austrinken, um Himmels willen! Dieser Geist wurde den Menschen von Gott zur Freude gegeben. Wenn du nicht trinkst, Mann, beleidigst du Gott selbst.« Patch neigte sich näher zu ihm und raunte. »Und danach bringe ich dich zu einer Witwe!«

Sie redeten und sprachen dem Alkohol reichlich zu, bis Patchs tätowiertes Auge Hook zweimal zublinzelte und dieser aufstand. »Ich muß noch ein paar Dinge erledigen... ich und Angel. An Bord sehen wir uns wieder.«

Patch wandte sich wieder an seine Tischgenossen. »Meiner Treu, Mann, du beleidigst ja meine Gastfreundschaft! Austrinken! Und jetzt auf, in mildere Breiten! Zur Wölbung eines Weiberbauches.«

Patch und Mute standen auf, wobei Patch so tat, als müßte er sich an der Tischkante festhalten. Unsicher schwankte er zwischen den Tischen hindurch. Mute gab vor, gegen einen Pfosten zu stoßen, bevor er auf die Tür zusteuerte.

Draußen hielt Patch inne und rülpste laut. Dann legte er den Arm scheinbar haltsuchend um die Schulter des arglosen Seemannes.

»Augenblickchen... Ich habe so das Gefühl, als hätte ich das Wasser aller sieben Meere ausgesoffen.« Patch gewahrte Hooks Schatten neben der Taverne. »Hm, mir ist, als hätte ich vor einem Monat das letzte Mal gepißt!« Wieder rülpste er und markierte ein Stolpern.

»Nur zu!«

Während Oscar und Gerrard sich ebenfalls Erleichterung verschafften, drehte Patch sich zu ihnen um. »Bei allen Heiligen«, bemerkte er zu Oscar, »für einen Seemann ist dein Strahl jämmerlich! Siehst du den Fels dort drüben? Jede Wette, daß ich ihn treffe.«

»Nicht aus dieser Entfernung. Wofür hältst du dich?«

»Na, dann gehen wir näher ran. So, von hier aus schaffe ich es.«

Plötzlich war Hook hinter ihnen. Sein Holzarm erhob sich über Oscars Kopf, während Mute einen kräftigen Prügel über Gerrards Schädel schwang. Der Holzarm schlug zu, der Prügel ebenso, und die zwei Seeleute gingen zu Boden.

»Ja, ja, um jemanden in tiefen Schlaf zu versenken, gibt es nichts Besseres als den Kuß von Angel. Stimmt's, mein Schatz?« murmelte Hook gedankenvoll.

Mute wuchtete Oscar, den größeren der beiden Matrosen, hoch und warf ihn wie einen Mehlsack über die Schulter, während Patch sich den anderen auflud. Pfeifend und grölend ging es zur Twilight Moon zurück.

Später warfen Patch und seine zwei Gefährten noch in anderen Kneipen ihre Netze aus, bis sie eine komplette, wenn auch nicht freiwillige Besatzung beisammenhatten.

Die Leute wurden im Frachtraum angekettet und erst freigelassen, als das Schiff schon auf hoher See und eine Flucht unwahrscheinlich war.

17. KAPITEL

Debrogail und Magnus begaben sich nach Galway, der königlich englischen Stadt, mit der Absicht, Geralde de Burgo, der als Liebhaber schöner Musik galt und sich die besten Barden Irlands hielt, zu bitten, sie in seine Dienste aufzunehmen. Debrogail, die sich an Naira rächen wollte, bat Magnus, sie zu einer Zauberin zu bringen.

Die Alte, deren Haut schneeweiß war, hatte hellrosa Kaninchenaugen. Sie suchte eine Alraunwurzel unter ihren Pflanzen hervor, eine jener Wurzeln, die geformt sind wie eine menschliche Gestalt, und durchstach sie mit einer Nadel. »Sie wird im ersten Kindbett sterben«, prophezeite die Hexe, »wenn du für ihr Leben etwas von deinem gibst.«

»Was willst du?« fragte Debrogail.

»Für ihr Leben verlange ich deine Zunge.«

»Meine Zunge!«

»Dein Gesang ist eine Gabe Gottes wie das Leben. Wenn Gott ein Leben nimmt, dann fordert er etwas Gleichwertiges dafür ein.«

Debrogail schüttelte erschrocken den Kopf.

Die Hexe sah sie verschmitzt an. »Kluges Mädchen. Die Kosten der Rache übersteigen oft den Preis. Für deine weise Einsicht will ich dir einen Spruch mit auf den Weg geben! *Falsch ist schön, und schön ist falsch. Was du verloren hast – in der Henkerszelle findet es sich wieder.«*

Debrogail blickte die Alte an wie eine Geistererscheinung. »Bres und ich werden uns in der Henkerszelle wiederfinden! Magnus hat mich gerettet, damit ich gehenkt werde!« rief sie fassungslos aus. »Hat Gott sich von mir abgewandt?«

»Mehr kann ich dir nicht sagen«, erklärte die uralte Hexe.

Auf de Burgos Schloß gaben sich Debrogail und Magnus als Geschwister aus, die zum Gesinde der Burg O'Reilly gehörten. Sie erzählten, daß sie geflohen seien, um dem verheerenden Kampf zwischen den verfeindeten Brüdern zu entgehen. Der Torposten hatte die hübsche Debrogail passieren lassen, Magnus aber den Zutritt mit der Begründung verwehrt, Master de Burgo könne keinen Einbeinigen gebrauchen. Nun verlegte sich Debrogail aufs Bitten und redete dem Posten ein, ihr Bruder hätte sein Bein bei dem Versuch verloren, ihr das Leben zu retten. Sie wolle doppelt, nein, dreimal so hart arbeiten, wenn er nur bei ihr bleiben dürfe. Da de Burgo nicht anwesend war und sich ihren Gesang nicht anhören konnte, wurde Debrogail zunächst in die Küche verbannt.

Die Kunde von dem mit Zauberkraft begabten weiblichen Kapitän namens Arrah O'Donnell verbreitete sich rasch von Rathlin Island aus über die gesamte Westküste Irlands. Unter denen, die sie vernahmen, befand sich auch Agnes de Burgo, die Verlobte von Carbri O'Connor. Agnes war ein junges, unschuldiges Mädchen mit dichtem rotem Haar und einer mit Sommersprossen übersäten Nase.

Als de Burgo bei seiner Rückkehr weitere Neuigkeiten von Arrah O'Donnell zu berichten wußte, sah Debrogail mit an, wie Agnes, der schier das Herz zu brechen drohte, sich ihrem Vater an den Hals warf und den Umstand beklagte, daß ihr geliebter Carbri mit den lachenden Augen in den Bann einer Wasserhexe geraten war.

Ihr Vater Geralde de Burgo war außer sich vor Wut. Als Debrogail ihm Wein nachschenkte, erfaßte er den Pokal und schleuderte ihn gegen die Wand, wobei er sich in Schmähungen gegen den verräterischen, treulosen Carbri erging. Die Verbindung mit Carbri O'Connor hätte zusätzlichen Landbesitz um Lough Mask bedeutet.

Phillipe de Burgo, Geraldes ältester, jedoch illegitimer Sohn, näherte sich ehrerbietig seinem Vater und bot ihm an, auszuziehen und Arrah O'Donnell zu vernichten. Carbri O'Connor würde daraufhin gewiß zur Besinnung kommen und Agnes ehelichen. Geralde zeigte sich einverstanden. Er beorderte zweihundert seiner besten Bogenschützen und Schwertkämpfer auf zwei Schiffe, die die Verfolgung der Hexe aufnehmen sollten. De Burgos legitimer Sohn erbot sich, das Kommando des zweiten Schiffes zu übernehmen.

Debrogail war außer sich vor Angst und Verwirrung, da sie Arrah im Herzen noch immer treu und zugetan war. Sosehr ihr daran lag, sie zu warnen, so fürchtete sie, Mistreß Naira würde sie finden und tatsächlich einmauern lassen, wenn sie nur ein Wort außerhalb der Burgmauern laut werden ließ. Dazu kam das Rätsel der alten Hexe – sie würde das Verlorene in der Henkerszelle wiederfinden. In Debrogails Kopf schwirrte alles durcheinander, ihre Gedanken wirbelten wie im Tanz. Würden sie je wieder zur Ruhe kommen? Sie war so konfus, daß sie Fischöl in den Pokal goß und Wein in die Wandleuchten. Als Agnes einen Schluck trinken wollte, spuckte sie angewidert das Fischöl aus.

Von einem seiner Wachposten hatte Geralde de Burgo gehört, daß ein neues, mit einer Engelsstimme begabtes Mädchen in seine Dienste aufgenommen worden war, doch er war von Carbris Treulosigkeit und dem bevorstehenden Kampf gegen Arrah so in Anspruch genommen, daß er an nichts anderes denken konnte.

Da nun gesichert war, daß seine beiden Söhne den Rachefeldzug leiten würden, wandte er sich, erfüllt von Siegesgewißheit, wieder seinen anderen Leidenschaften zu – Frauen, Zauberei und Musik.

Der blühend und lebensvoll wirkende de Burgo war trotz seines ausladenden, einem Mann seines Alters durchaus zustehenden Leibesumfanges noch immer von der Aura einer kraftvollen Männlichkeit umgeben. Ging er vorüber, dann tuschelten und kicherten die Frauen seines Gesindes. Als Debrogail einmal nach dem Grund fragte, wollte ein hübsches kleines Kammermädchen sich ausschütten vor Lachen. »Das wirst du bald selbst merken«, sagte sie.

Der Gesindeaufseher hatte ein kleines Kind, das oft unter

Bauchschmerzen litt. Nacht für Nacht schrie das Kleine schmerzgeplagt. Keine Medizin konnte ihm helfen. Es schien überhaupt keine Hilfe zu geben, bis eines Nachts Debrogail den Kleinen in die Arme nahm und ihm vorsang. Sofort beruhigte sich das Kind.

De Burgo selbst war in jener Nacht auf den Beinen. Um seine Manneskraft zu erhalten, übte er Schwarze Magie in geheimen, tief unter der Erde gelegenen Gelassen aus. Er kehrte gerade von seiner verborgenen Tätigkeit zurück, als er Debrogails Gesang vernahm. Diese Stimme war wohlklingender und schöner als alles, was er bislang zu hören bekommen hatte.

Er ging der Stimme nach bis in die Küche, wo er sie mit dem Kind in den Armen antraf. Das Haar fiel Debrogail über die Schultern, so daß er zunächst ihr Gesicht nicht sehen konnte. Dann drehte sie sich um, und er war hingerissen von der Schönheit ihrer Züge, von den feingezeichneten Wangenknochen und ihren Rehaugen. Dabei war es nicht so sehr Lust, die ihn erfüllte, nein, er verspürte das Verlangen, sie nur anzusehen und ihr zuzuhören, so, wie man einer kostbaren juwelenbesetzten Spieluhr zuhört, denn das Mädchen war wunderschön und seine Stimme bezaubernd. Er rührte sich nicht, aus Angst, sie würde verstummen.

Und als sie das Lied beendet hatte, standen Tränen in seinen Augen. Noch in derselben Nacht holte er sie aus der Küche und rief sie in sein Schlafgemach.

Dank seiner Studien der alten Magie wußte Geralde de Burgo, daß die Völker des Orients ihre Frauen befriedigten, ohne sich selbst die Erleichterung des letzten Wonneschauers zu gönnen, da sie dem Glauben anhingen, jeder Samenerguß verkürze das Leben eines Mannes. Diese Ansicht hatte er sich zu eigen gemacht und in verschiedenen Experimenten ein Pulver entwickelt, das es ihm ermöglichte, über längere Zeit hinweg seine Lust zu zügeln, wenn er es auf seine Männlichkeit rieb.

De Burgo hatte am Ende seines Penis eine große Warze, die ihn im Verein mit dem Pulver, das er in seinem Geheimlabor herstellte, zu einem höchst ungewöhnlichen Liebespartner machte. Die Frauen seines Haushalts waren entzückt, wenn er sie in sein Bett beorderte, und tuschelten hinterher unter viel Gekicher miteinander.

Seine eigene Frau war ein schüchternes Ding, hübsch, aber mit dem Gehirn einer Krabbe ausgestattet. De Burgo machte anderen Frauen gegenüber kein Hehl daraus, daß seine Ehefrau mit den Jahren im Bett zurückhaltender geworden war. Er hatte gezwungenermaßen mit ihr die Liebe gepflegt, um die Nachkommenschaft zu sichern, aber jedes Zusammensein hatte ihm etwa soviel Vergnügen bereitet wie der Versuch, eine Auster mit einer alten Wurzel gewaltsam zu öffnen.

Einige Nächte widerstand Geralde de Burgo dem Verlangen, sich Debrogail leidenschaftlich zu nähern. Allabendlich sang sie ihm in seinem Gemach vor, um ihn die Sorgen des Tages vergessen zu lassen. Er befürchtete, ihr Gesang würde verstummen, wenn er ihren Körper in Besitz nahm. Gleichzeitig aber erfüllte ihn ihre Schönheit mit verzehrendem Verlangen. Eines Nachts schließlich hielt er es nicht mehr aus.

Er betrachtete sie im Kerzenschein. »Bei den Göttern, wie schön du bist! Zieh dich aus!« befahl er.

Debrogail entkleidete sich langsam, indem sie erst das Tuch von ihrem Haar nahm, so daß es in kupfernen Wellen um ihre Schultern wogte. Als sie den Kopf schüttelte, entströmte der Haarflut verführerischer Duft. Beim Entkleiden hörte sie nicht auf zu singen, und als sie ihr Übergewand auszog, fing sie zu tanzen an.

De Burgo hatte sie noch nie tanzen sehen. Ihre langen Glieder glänzten wie geschmeidiges Gold, das lange Haar fiel ihr über die Brüste und bedeckte die Rosenspitzen, doch bei einer Drehung entblößte sie sie für einen Augenblick. Den Kopf in den Nacken gelegt, den Rücken gewölbt, die Arme lockend ausgestreckt, so tanzte sie vor de Burgo, der ihr wie gebannt zusah.

Als sie innehielt, stand er hinter ihr und ließ die Finger über ihre Schulterblätter bis zu ihren Flanken und der Rundung ihres Gesäßes gleiten. Dann drehte er sie zu sich um und zog eine Perlenkette aus der Tasche, die er ihr um den Hals legte und befestigte. Ihre Brüste hoben sich voll und golden, ihre Rehaugen blickten auf seine Hand, als er an sich nestelte und sein Glied aus der Hose zog. Es war stahlhart und aufrecht.

»Es ist eine große Ehre, von meinem Herrn begehrt zu werden«, sagte sie leise.

»Sagen das die Mägde?«

»Ja!« Hastig schloß sie die Frage an: »Habe ich meinem Herrn Freude bereitet?«

»O Gott, teures Kind!« Er faßte nach ihrer Hand und führte sie zu seinem Glied. »Fühlst du nicht, wieviel Freude?«

Jetzt log sie, denn in Wahrheit fand sie die Warze am Ende von de Burgos Penis widerwärtig. »Was für ein stattlicher Mann Ihr seid!«

»Es erfreut meine Frauen«, erwiderte er überzeugt. »Ich werde dir zeigen, wie sehr.« Damit geleitete er sie zu seiner Bettstatt.

»Gewiß lieben Euch alle«, sagte sie, »und ich wünschte, ich könnte es selbst erleben... noch vor kurzem hätte ich mich gern zu Euch gelegt, aber ich liebe einen jungen Mann, und die Liebe verändert eine Frau. Wenn ich Euch gestatte, mich zu nehmen, habe ich das Gefühl, ihn zu betrügen. Wenn mein Gesang Euch erfreut, Mylord, so deswegen, weil ich verliebt bin. Ein Betrug würde jegliche Freude aus meinem Gesang tilgen, und ich würde nie wieder Euer Gefallen erregen.«

»Ach was, dein Gesang hat einen anderen Ursprung«, sagte er in einem Ton, der seine Enttäuschung verhehlen sollte.

Debrogail registrierte, daß de Burgos Männlichkeit plötzlich viel weniger imponierend wirkte. Da ließ sie ihr liebenswürdiges Lächeln strahlen...

»Gestattet mir, Euch auf eine Weise zu erfreuen wie keine andere – gestattet mir, Euch mit meinen Liedern zu erfreuen.«

De Burgo nickte seufzend, um sogleich seinem Kammerdiener zuzurufen: »Schaff mir ein anderes Weibsstück her!«

Als Tochter einer Magd war Debrogail ständig den Lüsten mächtiger Männer ausgesetzt gewesen. Dies war das erste Mal, daß sie dem Verlangen eines Mannes von Rang Widerstand entgegengesetzt hatte. »Danke, Mylord«, sagte sie und kniete sich vor ihn hin, damit sie seine Hand küssen konnte.

»Wenn du nur nicht so schön wärst«, seufzte er. »Oder wenn deine Stimme mir nicht so viel Freude bereiten würde! Ach Debrogail.« Er strich sich über den Bart. »Vielleicht ist es einem Menschen bestimmt, sich immer nach etwas zu sehnen. Ach Debrogail!« Er richtete sie auf. »Komm, setz dich, und sing mir vor.«

Die Belle Étoile und die Twilight Moon waren gemeinsam von Rathlin Island aus in See gestochen und der Küste von Antrim gefolgt. Carbri hatte wieder das Kommando auf der Belle Étoile übernommen, während Arrah trotz seiner Proteste die Twilight Moon befehligte.

Die Gefühle der zum Dienst gepreßten Seeleute änderten sich bald. Anfangs hatten sie einzig und allein Patchs Drohungen, die Peitsche zu benutzen, bei der Stange gehalten, doch als sie merkten, wie gut sie behandelt wurden, und ihnen aufging, daß Arrahs seemännische Qualitäten nicht zu bestreiten waren, wurden sie zusehends williger. Noch nie hatten sie unter einem Kapitän gedient, der über so viel Vitalität und mitreißenden Elan verfügte. Arrah hatte sich die Kunst der Seefahrt auf geradezu übernatürliche Weise zu eigen gemacht und wußte besser Bescheid als die meisten männlichen Kapitäne. Nach ein paar Tagen konnte Patch sich seine Drohungen sparen, denn die neuen Besatzungsmitglieder blickten mit banger Bewunderung zu ihrem Kapitän auf.

Da sie in Sichtweite der Küste segelten, konnte Arrah ihrem Verlangen, sich den Küstenverlauf genau einzuprägen, endlich nachgehen. Wie oft hatte ihr Vater behauptet, die größte Gefahr für einen Seemann stelle nicht die See dar, sondern das Land. Die überwiegende Zahl der Schiffe wurde gegen Felsen geschleudert und ging nicht auf offener See unter. Wie gebannt stand sie an Deck, starrte auf die Küste, merkte sich jeden Hügelrücken, jeden Berg und jeden kleinen Landvorsprung. Sie nahm die Kompaßnadel, rieb sie an einem Magneten und legte sie auf einen in einer Wasserschüssel schwimmenden Strohhalm, um die Distanzen zu messen: zwanzig Grad, dreizehn Grad, sechzig Grad. Nie griff sie zur Feder, sondern wiederholte im Geiste die Formationen so lange, bis sich in ihrem Gedächtnis eine Landkarte bildete. Die genaue Lage von Felsen und Untiefen, die Geschwindigkeiten von Gezeiten und Strömungen, dies alles erkundete sie und prägte es sich ein, da die künftige Sicherheit von Schiff und Besatzung von ihrem Wissen abhing.

Patch, der sie beobachtete, neckte sie weidlich. »Arrah, es ist nicht nötig, daß Ihr Euch jeden Stein merkt, den eine Möwe ausspuckt.«

Ihren Leuten entging ihre Beschäftigung nicht, und einer gestand freimütig: »Eines sage ich euch: Von ihr nehme ich lieber Befehle an als von der Gottesgeißel, mit der ich zuletzt gesegelt bin.«

Auch Sebastian behielt Arrah ständig im Auge, und es entging ihm nichts, weder ihr Aussehen, das er in allen Einzelheiten registrierte, noch ihre hoheitsvolle Haltung, wenn sie das Deck abschritt, als sei es ein Königreich. Die wenigen Male, die er sie offen angeschaut hatte, war sie seinem Blick mit kalter Ablehnung begegnet. Einerlei. Er hatte Geduld. Kapitän Carbri war zwar genesen, doch eine Frau wie Arrah würde mit der Zeit unweigerlich das Interesse an ihm verlieren.

Auch Hirple beobachtete sie, und er lag auf der Lauer, um sie zu überwältigen. Zu seiner Erbitterung klebte dieser verdammte Franzmann Sebastian wie ein fotzengeiler Narr dauernd an ihr. Und wenn es nicht der Franzose war, dann dieser verdammte einäugige Patch. Hirple hatte sich unter der Besatzung schon nach Verbündeten umgesehen, doch sie alle bewunderten dieses Luder. Keiner hätte die Hand gegen sie erhoben, auch nicht jene, die man zum Dienst gepreßt hatte. Unter ihnen hatte er einen jungen Kerl gefunden, dessen Hintern ihm zusagte. Leider besaß der Junge kein Rückgrat und hätte nicht mal die Augenbraue gegen die Hexe gehoben.

Immer wenn Hirple an Arrahs Kabine vorüberkam, blieb er stehen und spähte durchs Fenster, um festzustellen, ob sie in der Kabine war. Manchmal probierte er an der Tür, die jedoch stets verschlossen war.

Als sie sich Bloody Foreland näherten, betrachtete Arrah das rote Küstengebirge, das der Gegend ihren Namen gegeben hatte. Sie setzte die Fahrt südwärts an den steil aufragenden Klippen von Aran Island entlang fort, die als unbezwingbare graue Mauer von einigen hundert Fuß auf der Luvseite aufragten.

An diesem Punkt war geplant, die Küstenlinie zu verlassen. Anstatt die Donegal Bay zu passieren, wollte Arrah auf Direktkurs nach Erris Head und zur Insel der Adler gehen und dabei den offenen Atlantik durchqueren. Da die Schiffe sieben Knoten machten, würde ihnen die Fahrt übers offene Meer einen halben Tag Fahrzeit ersparen.

Carbri war glücklich. Es wehte ein mäßiger Nordwest, die Wellen waren zur Hälfte weiß gekrönt. Günstigere Witterungsbedingungen konnte man sich nicht wünschen. Die Belle Étoile segelte mit dem Wind. Am Spätnachmittag würden sie die Insel der Adler erreichen. Die zwei Schiffe würden vor Anker gehen, und er konnte in dieser Nacht mit Arrah schlafen.

Er stellte sich die feste Rundung ihre Hüften unter seinen Händen vor und konnte es kaum erwarten, sie in den Armen zu halten. Sehnsuchtsvoll rief er sich in Erinnerung, wie sie reagierte, wie sie ihre Hüften an ihn drückte, wie sie ihn erwartungsvoll und bereitwillig empfing und sich ihm zügellos hingab. Er würde erst zufrieden sein, wenn er mit ihr auf der Insel war. Diese vielen Männer auf der Twilight Moon… Ihm war nicht entgangen, wie sie Arrah nachblickten.

Sein Arm schmerzte zwar noch, aber nicht mehr so heftig. Der Arzt auf Rathlin Island hatte ihm Heilkräuter mitgegeben und ihn belehrt, wie er sie anwenden mußte. Carbri hatte zusätzlich mit Alkohol nachgeholfen, so daß sein Kopf jetzt in einer angenehmen weichen Wolke schwamm.

Der Mann im Ausguck riß ihn aus seinen Überlegungen. »Die Twilight Moon nimmt Kurs auf die Küste!«

Carbri sah, daß Arrahs Schiff die Richtung geändert hatte und nun hart am Wind segelnd auf die Küste zusteuerte. Was hatte Arrah vor? Gab es etwa Schwierigkeiten?

»Klar zur Kursänderung!« rief Carbri spontan.

Der Steuermann nahm den Ruf auf. »Klar zur Kursänderung!« Dann hörte man ihn rufen: »Hart nach Lee!« Das Schiff ächzte und schien tief Atem zu holen, während es gegen die Dünung ankämpfte und mühsam die Richtung änderte. Es machte nun weniger Fahrt, da es Wind und Strömung ausgesetzt war.

Carbri wurde zornig. Irgendwie wußte er, daß mit Arrahs Schiff alles in Ordnung war. Er hatte Befehl, den Shannon möglichst schnell hinaufzusegeln, sie aber hatte außer ihren eigenen Wünschen keine Befehle, die es auszuführen galt, und sie war mit all diesen Männern und ihrer Leidenschaft allein an Bord. Verdammt, sie und ihre Vorstellungen von der Seefahrt! Er würde sie dazu bringen, ihm zu folgen. Er würde sie auf die Insel der Adler bringen. Sobald er von Clomacnoise zurückkam, wollte er sie heiraten. Und damit wäre endlich ein Schlußpunkt hinter all ihre ehrgeizigen Pläne gesetzt.

Er vergewisserte sich, ob die Segel richtig getrimmt waren und ob nicht mehr Fahrt herauszuholen war. Es war nicht möglich. Die Twilight Moon verfügte über mehr Segelfläche, und wenn sie nicht eingeholt werden wollte, dann würde er es auch nicht schaffen.

Die Twilight Moon verschwand hinter Duck Island. Hatte Arrah den Verstand verloren? Jederzeit konnte Wind aufkommen, und das hätte bedeutet, daß sie Gefahr lief, auf einer der zahlreichen Klippen als Wrack zu enden, denn in der Meerenge herrschten starke Strömungen. Er schaute zur Sonne. Verdammt, er würde auch heute nicht mehr die Insel der Adler erreichen.

Als er die Twilight Moon eingeholt hatte, waren ihre Segel gerefft, und Arrah war damit beschäftigt, mit dem Bleirohr an der Südseite von Duck Island Messungen vorzunehmen. Es war eine hochaufragende, felsige Insel, windgepeitscht und kahl im Westen, und bereits ein Stück vor der Küste lauerten Gefahren. Die Twilight Moon war näher an den Untiefen, als gut war. Sailor's Land lag eine halbe Kabellänge steuerbords.

Carbri holte die Segel ein und ging vor Anker. Die gewölbten Hände vor den Mund haltend, rief er zur Twilight Moon hinüber, Arrah aber ließ nicht erkennen, daß sie ihn gehört hatte.

Er hielt es für tollkühn, so dicht an Land zu segeln, deshalb ließ er das Langboot ausschwingen und ruderte zur Twilight Moon.

»Warum hast du den Kurs geändert?« rief er Arrah zu, noch ehe sie ihn begrüßen konnte.

»Ich kann mir den Küstenverlauf nicht einprägen, wenn ich nicht näher herangehe.«

»Ich kenne die Küste, ich bringe dich ans Ziel.«

»Ich will nicht, daß du mir den Kurs vorgibst. Ich möchte selbst lernen, mein Ziel zu erreichen.«

»Arrah, das ist Unsinn!«

»Mein Vater sagte immer, ein guter Seemann kennt den Küstenverlauf besser als die Warzen an seiner Hand. Und den Küstenverlauf lernt man nur kennen, indem man entlangfährt und Tiefenmessungen vornimmt.« Während des Sprechens hörte sie nicht auf, das Bleirohr ins Wasser zu werfen und wieder herauszuziehen.

Carbri sah einige Mann der Besatzung herumstehen, die Münder zu zahnlosem Grinsen verzogen. Sie wußten, was Carbri wollte. »Faule Säcke!« rief er ihnen zu.

Wie ein Mann setzten sie sich langsam in Bewegung, machten ein paar Schritte, täuschten Geschäftigkeit vor, kaum aber wandte Carbri ihnen den Rücken zu, spitzten sie wieder aufmerksam die Ohren.

»Du fehlst mir. Du fehlst mir nachts in meiner Koje«, sagte Carbri ohne Umschweife.

Die Seeleute schnitten Gesichter und vollführten hinter Carbris Rücken obszöne Gesten.

»Du fehlst mir auch. Aber ich möchte diesen Küstenstrich ausloten.«

»Du kannst der gesamten Küste ausweichen.«

»Ich will ihr nicht ausweichen, ich möchte sie kennenlernen. Jede kleinste Bucht und jeden Felsen!«

»Kein Mensch kennt die Küste so genau. Nicht mal dein Vater. Gewiß, er weiß über die Küste der Adlerinsel Bescheid, aber nicht...« Er ließ den Satz unvollendet und streckte in einer Geste, die Nutzlosigkeit ausdrücken sollte, die Hände aus. Wieder einmal war ihre Miene entschlossen, die vollen Lippen waren zu einem schmalen Strich zusammengekniffen, ihr Blick sah ihn offen und voller Eigensinn an. Diese verdammte verführerische Kehrseite, die sich in ihren Hosen abzeichnete!

Er zog sie sanft an sich und entnahm ihren Fingern das Seil des Bleirohrs. Ihre Finger waren naß, er drückte einen leichten Kuß darauf. O Gott, wie er sie begehrte!

Arrah, deren Leidenschaften heiß und ganz nahe der Oberfläche pulsierten, hatte die Liebe mit Carbri sehr vermißt und erwiderte freudig seine Annäherungsversuche. Ihre eigene Lust war das einzige, was sie von der Seefahrt abzulenken vermochte.

»Komm«, sagte Carbri und drängte sie zur Kapitänskajüte.

In der Kabine suchte sie hungrig seinen Mund.

Noch immer seinen Arm schonend, zog er seine Hosen herunter und öffnete sein Wams. Man sah, daß die Schulterwunde verschorft war. Arrah entledigte sich ihres Gewandes. Da Carbri sich nicht auf seinen verletzten Arm stützen konnte, drückte sie ihn auf den Stuhl. Sein Glied ragte wie ein Krieger in Habachtstellung zwischen den Beinen hervor, als Arrah nackt vor ihm stand. »O Gott, wie schön du bist!« sagte er und ließ seine Hand über ihre Brust gleiten. Dann preßte er seinen Mund auf ihre Brustwarze. Er folgte den weichen Linien ihres Körpers bis zum Nabel. Sie berührte sein Haar, hob sein Gesicht an und küßte ihn. Dann ließ sie sich auf seinem erigierten Phallus nieder. Sie war ausgehungert nach ihm und nahm das harte Eindringen willkommen auf. Sie legte den Kopf zurück, während sie ihn ritt und Schweißtropfen wie Perlen auf ihren Brüsten glänzten. Plötzlich durchlief Carbri ein Schauer, und er erschlaffte.

Auf Deck nagte der Geißbock zufrieden an dem Rand eines Fasses. Die Matrosen schrien Mary obszöne Bemerkungen zu.

»Na, die haben bestimmt ihren Spaß!«

»Meinen besten Zahn gäbe ich dafür, wenn ich das hätte, was O'Connor jetzt hat!«

»Träumer!« erwiderte Mary. »Du hast ja nur mehr einen, und auch der wackelt schon. Da hat ja Finn bessere Beißerchen.«

»Aye, aber das ist schon ein tolles Frauenzimmer, unsere Arrah...«

»Nicht für mich. Ich hab's gern, wenn meine Frauen sich wie Frauen benehmen und nicht wie Kerls.«

»Ach was, es gibt keine Frau, die mehr Frau ist als unser Kapitän. Hast du die Beine gesehen? Diese Beine würde ich zu gern um mich fühlen.«

Tiefgebückt trat Carbri ins Freie, da die Tür zur Kapitänskajüte sehr niedrig war. Die Männer konnten zunächst sein Gesicht nicht sehen und fingen zu pfeifen und zu rufen an. Doch dann blickte er auf, und seine niedergeschlagene Miene ließ erkennen, daß nicht alles nach Wunsch gegangen war. Nun trat auch Arrah ins Freie. »Ich bin so weit gekommen und schaffe auch den Rest der Strecke allein«, sagte sie.

»Patch, sag du ihr, daß sie Vernunft annehmen soll«, bat Carbri.

Patch sah Arrah an. »Nein, Sir. Wer den Dragon umschifft hat, dem kann ich nichts mehr sagen.«

»Schon gut, Patch«, brach es aus Carbri hervor. »Spiel nur den Einfältigen. Das Schicksal hat gnädig beide Augen zugedrückt.«

»Verzeiht, Carbri, Sir«, sagte Patch ehrerbietig, »aber ich glaube, daß Kapitän Arrah das Schiff sehr wohl allein ans Ziel bringen kann.«

»Verflucht! Du einäugiges Monstrum! Du bist schuld, daß sie auf diesem Schiff ist! Ständig hast du ihr dies und jenes erklärt. Arrah, ich bestehe darauf, daß du zurückkommst!«

»Nein. Das ist mein Schiff! Und wenn du mich herumkommandierst, kannst du auf der Stelle gehen!«

Arrah bereute sofort ihren Ausbruch, als sie sah, wie bleich Carbri wurde. Viel sanfter fuhr sie fort: »Du hast mir nichts zu befehlen. Ich lasse es nicht zu.« Sie griff nach seiner Hand. Er entzog sie ihr, sie aber faßte erneut danach. »Ich liebe dich! Aber ich habe zu tun, was ich tun muß! Du nimmst die Söldner, die auf meinem Schiff sind, an Bord und segelst weiter nach Clonmacnoise. Ich warte auf der Insel der Adler auf dich. Und wenn du kommst, heiraten wir.«

»Ehrenwort?«

Sie nickte.

»Ein Kapitän kann sein Wort nicht brechen, habe ich recht, Patch?«

»Nein, Sir! Nur der schwärzeste Hundsfott bricht sein Wort!«

Carbri runzelte die Stirn. Er legte den Arm um Arrahs Schulter und drückte ihr einen Kuß auf die Stirn. »Herrgott, wie du mir in den Nächten fehlst!« Noch einmal zog er sie an sich. »Was glotzt ihr uns an wie tote Fische!«

Grollend trollte sich die Besatzung.

Carbri war im Begriff, von Bord zu gehen, doch er zögerte. Die Dämmerung war nahe. Eine Nebelwand näherte sich vom offenen Meer her. Der Inselgrund war in Nebel gehüllt, so daß man nur die Wipfel einiger kümmerlicher Bäume sehen konnte. Vom Wind zurechtgestutzt, sahen sie aus wie im Gebet gebeugte demütige Mönche. Nach einem Seitenblick auf Arrah konnte er sich ein paar Ratschläge nicht verkneifen. »In diesen Buchten ist es ratsam, einen Anker in Richtung Küste zu werfen und den anderen seewärts in nordöstlicher Richtung für den Fall, daß der Wind dreht.« Nach einer letzten Umarmung sah er sie an. »Ich liebe dich. Gott befohlen!« Wieder küßte er sie. Dann stieg er in sein Boot und gab nach einem letzten Blick den Befehl, ihn zu seinem Schiff zu rudern.

Fast eine volle Woche lang war die Twilight Moon an der irischen Küste entlanggesegelt, hatte die Gewässer in und um die Inseln ausgelotet, Buchten und Klippen vermessen. Wie alle von heftigen Leidenschaften beherrschten Menschen war Arrah förmlich besessen von ihrem Ziel. Sie schlief nur wenig und nahm nur Nahrung zu sich, wenn Mary darauf bestand.

Es war ein rauher Tag. Stürmische Böen jagten die Wolken über den Himmel.

Mary brachte ihr auf einem Tablett das Essen auf Deck.

»Arrah, Ihr müßt essen und schlafen.«

»Zum Schlafen habe ich keine Zeit.«

»Ihr befehligt ein Schiff, aber Ihr könnt nicht alles in einer Nacht lernen, das kann niemand.«

»In einer Nacht schaffe ich es nicht, aber ich werde es lernen.«

»Nichts werdet Ihr lernen, wenn Ihr nicht bei Kräften bleibt, Mädel...«

Hook, der im Ausguck saß, unterbrach Marys Ermahnungen mit dem Ruf: »Segel steuerbords!«

Das Schiff war kaum als solches erkennbar, denn es war nicht mehr als ein weißer Fleck am blauen Horizont und sah aus wie ein vom Himmel hängender Wolkenfaden.

Es war nicht das erste Schiff, das sie sichteten. Einige Handelsschiffe hatten sie in großer Entfernung passiert. Schweigsam beobachtete die Besatzung das Schiff, um sich über dessen Bewegungen klarzuwerden. »Welche Flagge führt es?« rief Arrah Hook zu.

»Noch nicht zu erkennen!« lautete die Antwort.

Der weiße Fleck wurde größer und größer, bis man das unverkennbare Dreieck eines Topsegels ausmachen konnte.

Dann kam die Information aus dem Krähennest: »Es sind zwei. Beide führen die englische St.-Georgs-Flagge und eine mit dem... Hermelin.«

Arrah wußte, daß das de Burgos Wappen war. Sofort regte sich in ihr der Verdacht, daß de Burgo hoffte, Carbri würde nach der

Zerstörung ihres Schiffes seinen Sinn ändern und sich geneigt zeigen, Agnes zu ehelichen. »Klar zum Gefecht!« rief sie, ohne zu zögern.

De Burgos Sohn Phillipe beabsichtigte, um das väterliche Erbteil zu kämpfen. Die uneheliche Geburt hatte ihn nicht daran gehindert, seinem Vater als Erbe nachzufolgen, denn unter dem Gesetz Brehons gingen die Titel jeweils an den stärksten jungen Edelmann über. Die Stärke wurde in Kämpfen entschieden – eine Tatsache, die mit sich brachte, daß Irland sich in ständiger Fehde befand, da Bruder gegen Bruder kämpfte und ein Sippenangehöriger gegen den anderen, um zu ermitteln, wer Chieftain werden sollte. Dank seiner Entschlossenheit und unzähmbaren Willenskraft galt Phillipe de Burgo als sehr geschickter Taktiker zu Lande. Sein Recht auf die Nachfolge seines Vaters war unbestritten.

Als Phillipes Vater jedoch dem englischen König den Treueeid geleistet hatte, hatte er damit zugleich geschworen, das englische Recht der Erstgeburt anzuerkennen, demzufolge der älteste eheliche Sohn Erbe des gesamten Besitzes wurde. Nach englischen Gesetzen würde Phillipe dereinst als Bettler dastehen, ohne Land und ohne Vermögen.

Phillipe hatte den Ruf, ein tollkühner Draufgänger zu sein. Er schien das hitzige und jähe Temperament seiner Mutter mitbekommen zu haben, die in ihrer Jugend ihrer unberechenbaren Wesensart wegen ›Hitzköpfchen‹ genannt worden war. Als mit den Jahren ihre Gemütslage immer schwankender wurde, hatte ihre Umgebung sie für besessen gehalten. Es wurde auch gemunkelt, eines der magischen Experimente de Burgos sei fehlgeschlagen und habe ihr den Verstand geraubt. Wie auch immer, Phillipes Mutter hatte nach zahllosen Tobsuchtsanfällen versucht, zwei Bedienstete, ihren eigenen Sohn und dessen Vater zu ermorden. Schließlich hatte sie sich vom höchsten Turm von Galway Castle gestürzt.

Es gab für Phillipe nur eine Möglichkeit, sich sein väterliches Erbe zu sichern. Seine Halbschwester Agnes war der Liebling ihres Vaters. Wenn er aus der Fehde mit Arrah O'Donnell siegreich hervorging und Carbri Agnes zuführte, dann würde seine Schwester den Vater gewiß bewegen, Phillipe offiziell zu legitimieren und ihn erneut als Erben der Ländereien einzusetzen.

Aus diesem Grund hatte er sich so bereitwillig gezeigt, gegen Arrah O'Donnell in den Kampf zu ziehen.

Auf Arrahs Kommando hin änderte die Twilight Moon ihren Kurs um fünfundvierzig Grad, eine Bewegung, die das andere Schiff ihr nachmachte.

»Sie holt auf, Kapitän!« rief Hook von oben.

»Verdammt, Hook!« brüllte Patch hinauf. »Das sehe ich auch mit einem Auge. Sag uns das, was wir nicht sehen können!«

»Sie ist mit Artillerie bestückt!«

»Artillerie? Wieviel?«

»Wieviel! Wieviel! Woher soll ich das wissen? Ich kann die Breitseite nicht sehen. Ich kann ja nicht um die Ecke gucken.«

Beweglich wie ein Eichhörnchen erklomm Patch nun die Wanten. »Im Namen des Pfeifers, der vor Moses blies: Sie hat zehn Geschütze je Seite«, rief er herunter.

»Wir werden ihr entkommen!«

Mit einem dumpfen Aufprall landete Patch auf Deck. »Auch wenn wir jeden Faden raushängen, den wir haben, ist unsere Segelfläche nicht halb so groß.«

»Dann rudern wir eben!«

»Bei dieser Strömung würden wir zweihundert Ruder brauchen.«

Jetzt landete auch Hook auf Deck. »Kapitän, die sind mit schwerem Geschütz bestückt. Damit pusten sie uns glatt aus dem Wasser.«

Plötzlich knatterten die Segel der Twilight Moon. Es klang wie Peitschenknallen. Der Wind frischte auf.

»Sie können uns nicht aus dem Wasser pusten, wenn wir zwischen sie und uns ein Hindernis legen ... die Insel dort drüben ...«

Finn, der die allgemeine Erregung zu spüren schien, rannte auf Deck hin und her und rammte seine Hörner in die Bordwand. »Ich hab's!« rief Arrah aus. »Wir durchfahren den Sund, wenden dann und rammen den Gegner. Wir sind kleiner und wendiger, aber unser Rammschnabel ist kräftig genug.«

»Arrah, Mädel, Ihr habt die Götter und Heiligen auf Eurer Seite. Oder den Teufel. Genau weiß ich das nicht.«

»Wir werden an den Felsen zerschellen«, jammerte Hirples.

»Wir haben keine andere Wahl«, erklärte Arrah. »Entweder die Kanonen oder die Klippen!«

»Kapitän, der Himmel gefällt mir nicht. Sieht nach Sturm aus. Wir werden auflaufen«, wandte nun auch Sebastian ein.

Die Dünung kam ungleichmäßig. Drei, vier hohe, steile Wellen, gefolgt von einer Reihe flacher.

»Kapitän, Wind und Wellen sind zu stark für eine scharfe Kursänderung«, sagte Patch. »Besser, wir schlagen einen großen Bogen.«

»Die Zeit haben wir nicht.«

Sie spürte, wie die Twilight Moon schlingerte. Dies würde ihr erstes richtiges Gefecht werden. Der Kampf mit den Piraten war so rasch beendet gewesen, daß für taktische Überlegungen keine Zeit gewesen war. Sie hatte ganz einfach gehandelt. Nun aber belastete die Aussicht auf den Kampf ihre Nerven und bewirkte ein Flattern in der Magengrube, das im Einklang mit dem Heben und Senken des Schiffes stand. Genauso hatte sie sich gefühlt, als Carbri sie zum erstenmal geliebt hatte. Fühlten sich die Männer so, ehe sie in den Kampf zogen – wie eine Jungfrau vor der Entjungferung? Es war ein seltsames Gefühl – halb Erregung, halb Furcht. Jede Woge schien de Burgos Schiff näher heranzutragen. Die großen weißen Segel hielten unbeirrt auf sie zu.

»Alle Segel setzen!«

»Kapitän, der Wind knickt den Mast um, wenn wir voll takeln.«

»Und wenn nicht, dann werden ihre Kanonen unseren Rumpf zerfetzen. Tu, was ich sage. Und dann sofort an die Ruder!«

»An die Ruder?«

»Ihr habt meine Befehle gehört! Hook, halt nach Felsen Ausschau!«

Sie segelten westwärts am nördlichsten Punkt der Insel vorüber, ständig auf der Hut vor Untiefen oder unter Wasser aufragenden Felsen.

Der Engländer holte trotz allem immer mehr auf. Arrah konnte schon den Bugspriet mit der länglichen Fratze eines zähnefletschenden, grellbemalten Ungeheuers mit tiefroten Raubtierfängen ausmachen. Noch ein paar Minuten, und die Gesichter der Männer waren zu erkennen. Sie sah einen Mann mit länglichem Gesicht. Auf seinem Kopf saß ein dunkler flacher Hut mit Federschmuck. Sie erkannte in dem Mann Phillipe de Burgo, der einst um ihre Hand angehalten hatte.

Phillipes stattliche äußere Erscheinung hatte nicht vermocht, sie darüber hinwegzutäuschen, daß er unausgeglichen und jähzornig war. Er war bei einem Spaziergang ausfällig geworden und hatte sie angebrüllt, weil sie die dreihundert zum Strand führenden Stufen auf ihrer Heimatinsel hatte hinuntersteigen wollen. Phillipe hatte gefordert, daß ihre Pflicht als Gastgeberin es gebot, sich ausschließlich ihm und seinem Vergnügen zu widmen. Als sie dann ungeachtet seiner Schelte die Stufen hinuntergelaufen war, hatte er mit Steinen nach ihr geworfen. Sogar Reevnarg hatte erleichtert aufgeatmet, als Phillipe sich empfohlen hatte. Später war ihr zu Ohren gekommen, er hätte eine andere geehelicht.

»Sieh dir sein Gesicht an«, bemerkte Mary spöttisch. »Verkniffen, als drückte ihn der Hosenlatz. Nein, der gefällt mir gar nicht. Kein Mann, dessen Bekanntschaft man gern macht!«

Am Bug von de Burgos Schiff stand eine Geschützluke offen, aus der sich die schwarze, brutale Mündung einer Kanone schob. Ein Inselvorsprung lag knapp vor der Twilight Moon.

Nun tat Eile not.

»Alle Mann an die Ruder! Alle! Mary, auch du!«

»Ich! Ich kann nicht…«

»Alle, verdammt! Alle! Runter aufs Ruderdeck!« Das feindliche Schiff feuerte eine Kanonenkugel ab. Arrah fühlte, wie ihr der Atem stockte. Sie sah die Rauchwolke, hörte eine Explosion, dann schnellte die Kugel aus der Mündung! Zum Glück für sie war die Schußbahn zu flach und zu kurz, so daß die Kugel ihr Ziel verfehlte.

Aus den untersten Schichten ihres Bewußtseins drängte eine Bemerkung ihres Vaters an die Oberfläche. Schiffskanonen sind im Grunde nutzlos. Zum Laden benötigt man zehn Minuten, die Reichweite ist gering. Und wenn ein Käpt'n seine gesamte Feuerkraft einsetzen will, muß das Schiff mit voller Breitseite in Position gehen. Dies galt auch für de Burgos Schiff!

Arrah rief Patch, der das Ruder übernommen hatte, zu: »Um

den Landvorsprung herum! Dann eine Kehrtwendung, so daß der Bug in die Richtung steht, aus der wir kommen. Gib nur acht, daß die Rammspitze nicht über die Deckung hinausragt!«

Als nächstes unterzog sie die Küste einer hastigen Betrachtung – felsig, mit niedrigen Klippen und sandigen Abschnitten. »Hook, kannst du schwimmen?«

»Schwimmen?« Hook schnitt ein Gesicht, als hätte er etwas Saures im Mund.

»Jawohl, schwimmen!«

»Schwimmen! Das bringt Unglück – ein Seemann, der schwimmen kann. Die See nimmt sich einen Mann, wenn sie ihn will. Zwecklos, dagegen anzukämpfen.«

Mute räusperte sich explosionsartig.

»Du kannst schwimmen?« wandte Arrah sich an ihn.

Da ergriff Patch die Initiative: »Mute ist ein halber Fisch. Deswegen ist er auch so häßlich. Seine Mutter war ein Barsch. Ehe man Mute die Zunge herausschnitt, wurde er in der Biskaya über Bord gespült. Als man ihn nach drei Tagen herausfischte, waren seine Augen so verquollen vom Salz, daß er nicht sehen konnte, aber er schwamm noch immer.«

Mute nickte dazu und öffnete seinen häßlichen Mund in einem Lächeln, das andeuten sollte, daß er tatsächlich schwimmen konnte.

»Sobald wir den Landvorsprung umfahren haben, schwimmst du an die Küste. Siehst du den Hügel dort? Auf den kletterst du so schnell wie möglich. Achte darauf, daß man dich nicht sieht.« Sie deutete auf de Burgos Schiff. »Von oben behältst du das Schiff im Auge, und wenn es die Landzunge passiert, dann winkst du damit. Sie faßte nach seinem Halstuch. »In diesem Moment legen wir uns in die Riemen und rammen den Gegner.«

Mute ergriff überglücklich sein Halstuch.

»Warte!« rief Arrah ihm nach. Sie wollte ihm noch einschärfen, wie sehr es auf den richtigen Zeitpunkt ankam. Wenn Mute sich mit dem Winken zu lange Zeit ließ, würde das andere Schiff eine volle Breitseite auf sie abfeuern können, und die Twilight Moon wäre verloren. Aber Mute war bereits ins Wasser gesprungen und wieder aufgetaucht. Er schüttelte den Kopf, um das nasse Haar aus den Augen zu bekommen, und fing an, in langen, gleichmäßigen Zügen zu schwimmen. Sie mußte sich auf ihr Glück und ein gütiges Schicksal verlassen, daß er das Zeichen zur richtigen Zeit gab.

Arrah lief zum Ruderdeck. Mary saß bereits auf der Ruderbank und hielt ein Ruder so angewidert in der Hand, als sei es mit Exkrementen bedeckt.

Arrah bekam ein Ruder zu fassen und rief laut: »Rudert! Los! Mit voller Kraft!«

Keiner ruderte härter als Arrah selbst. Sie legte sich mit aller Kraft und bis an die Grenzen körperlicher Leistungskraft und Ausdauer in die Riemen. In dieser schier übermenschlichen Anstrengung lag eine erregende Schönheit, ja etwas Beängstigendes, sie hatte aber auch etwas Erlesenes und Überirdisches an sich. Und die ganze Zeit über rief Arrah lauthals: »Rudern... rudern...« Worte, die wie ein Gebet und zugleich wie ein Fluch klangen. Die anderen nahmen den Sprechgesang auf, tief über die Riemen gebeugt, und ruderten immer rascher und kräftiger. In Minutenschnelle waren die Männer in Schweiß gebadet. Ein scharfer Geruch lag in der Luft, der Schweißgeruch der Überanstrengung. Allesamt, Arrah, ihre Seeleute, ja sogar Mary, ruderten wie besessen. Segel und Ruderkraft bewirkten, daß das Schiff die Landzunge zwischen sich und den Verfolger legte.

Auf Deck betätigte Patch das Ruder und vollführte das Wendemanöver.

Keuchend rangen die Ruderknechte nach Atem, einige spuckten Blut.

»Bleibt hier unten!« befahl Arrah. »Haltet die Richtung gegen die Strömung, bis ich das Kommando zum Weiterrudern gebe. Und dann legt euch tüchtig in die Riemen! Euer Leben hängt davon ab.«

Sie sprang die Stufen zum Hauptdeck hinauf. Ihr erster Blick galt Mute, der auf der Hügelkuppe kauerte. Dem englischen Schiff durch einen grauen Felsvorsprung verborgen, reckte er den Hals wie eine Taube und spähte aufs Wasser. Der Wind fing sich im Halstuch und ließ es in seinen Händen flattern. Hinter den Felsen war die Twilight Moon windgeschützt. Dennoch konnte jeden Augenblick eine Bö um die Landzunge fegen. »Weiter so!« flüsterte sie dem Wind zu. Sie spürte, wie das Schiff sich mit der Strömung bewegte und dank der Ruder die Richtung hielt. »Weiter so!« flüsterte sie wieder. Auf den Wellen trieb ein Kormoran, Seemöwen stießen ihren Klageschrei aus.

Sie glaubte, die Annäherung von de Burgos Schiff zu spüren. Der Himmel war bedeckt, das Wasser nahm eine zunehmend graue Färbung an, ein sicheres Anzeichen für ein stärkeres Auffrischen des Windes. Der Kormoran breitete die Schwingen aus und hob den plumpen, häßlichen Körper aus dem Wasser, um zu den Felsen zu fliegen. Die Wolkendecke riß auf, und für einen Moment kam die Sonne hervor. Arrah sah, wie Mutes Ohrringe kurz aufblitzten, dann verhüllte die Sonne sich wieder. »Weiter so!« flüsterte sie.

Mute schwenkte sein Halstuch.

»Jetzt!« rief Arrah. »Rudern! Rudern!« Das andere Schiff war noch durch den Landvorsprung verborgen, sie mußte sich darauf verlassen, daß Mute die Entfernung richtig abgeschätzt hatte und daß die Muskelkraft der Ruderer ausreichte. Als Vorboten sah sie in mittlerer Entfernung halbkreisförmige Wellen, die Bugwellen des näher kommenden englischen Schiffes.

Patch, dessen Auge unverwandt auf den eigenen Kurs gerichtet war, hielt das Ruder mit beiden Händen fest. »Aye, Arrah, eines laß dir gesagt sein: Es gibt kein schöneres Geräusch als beim Rammen eines Schiffes. Mal abgesehen von dem Geräusch, das entsteht, wenn das Schwert den Gegner mitten in den Wanst trifft.«

»Rudern! Rudern!« schrie sie, bis ihre Lungen brannten. »Rudern!«

Die Küstenfelsen glitten vorüber, verschiedene Grautöne, übereinandergeschichtet. Auf der Inselseite ragte eine diagonale Steinlinie lanzengleich in die Höhe. Dann folgte ein Fleck bräunlicher Farne. Arrah hatte das Gefühl, daß das Schiff zuwenig Fahrt hatte, denn eine innere Stimme sagte ihr, daß es schon längst zur Kollision hätte kommen müssen. Wieder glitt ein brauner Moosfleck vorüber, dann ein Felsvorsprung wie ein Krähenflügel. Der Geißbock meckerte verloren, als riefe er nach Mary, die noch unten auf dem Ruderdeck war.

Die Twilight Moon hatte nun den Sund erreicht und die schützenden Finger der Insel hinter sich gelassen. Steuerbords ragte die Breitseite von de Burgos Schiff auf.

Phillipe de Burgo hatte sie durchschaut und übertölpelt! Sie sah die Salve, sie roch Feuer, Schwefel und Eisen. Die Kugeln landeten im Wasser und verfehlten das Schiff nur um eine knappe Armlänge. Fontänen spritzten auf, Pfeile zischten vorüber; die Luft war erfüllt von Tod und Gefahr.

»Alle Mann an die Riemen!« rief Arrah. Sie entriß Patch die Peitsche, war mit wenigen Sätzen unten auf dem Ruderdeck und fing an, auf die Rücken der Ruderknechte einzuschlagen. »Rudert! Rudert! Ihr habt den Teufel im Kielwasser!« De Burgos Mannschaft sollte ihr das Schiff nicht entreißen. Sie hatte es den Piraten abgenommen und hatte damit Dragon's Mouth befahren... nein, sie würden es nicht kriegen!

Drei Stufen auf einmal überspringend, raste sie wieder hinauf. Hirple, der sich viel langsamer bewegte, folgte ihr.

»Kapitän Arrah!« rief er. »Seht dort hinüber!«

Hinter den englischen Schiffen sah man die dunklen Umrisse weiterer Masten aufragen. Und noch mehr Segel leewärts.

»Kapitän Arrah!« fuhr Hirple fort, der die Hände auf die Brust drückte, als befürchte er, sein Herz würde stillstehen. »Wir sind umzingelt. Es gibt keinen Ausweg. Wir können nur von Bord springen, zu den Inseln schwimmen und hoffen, daß man uns nicht verfolgt.« Die übrige Besatzung hatte mit finsteren Mienen hinter ihm Aufstellung genommen.

Arrah ließ die Peitsche knallen, worauf alle davonstoben wie Ratten. »Verdammt! Zurück an die Ruder!« Wenn sie es schaffte, ihr Schiff hinter eine der anderen Inseln in Deckung zu bringen, dann schaffte sie es vielleicht auch, aus dem Sund zu entkommen, bevor die anderen Engländer eintrafen. »Mary, du bist am Ruder nutzlos. Hol Glut und Kohlen aus der Kombüse, und zwar rasch!«

Ehe jemand auch nur eine Bewegung tun konnte, landete eine Kanonenkugel auf dem Steuer und zerschmetterte es. Holzstücke sprühten auf. Patch und Finn wurden zurückgeschleudert und landeten auf dem Boden. Die Breitseite des Gegners war nun voll gegen sie gerichtet. Ohne Ruder hockte die Twilight Moon wie eine flügellose Ente in Erwartung des Todesschusses auf dem Wasser.

»Finn! Finn!« schrie Mary, die auf den aufgeregt meckernden Ziegenbock zustürzte und ihm und Patch auf die Beine half.

»Mary! Hol Glut! Und ihr anderen holt die Segel ein! Dann zurück an die Ruder!« Der Wind war nun, da die Insel keinen Schutz mehr bot, stärker. Ohne Steuer war das Schiff dem Wind völlig ausgeliefert und lief Gefahr, auf die Felsen geworfen zu werden und wie eine Eierschale zu zerbrechen.

Der Gegner wußte, daß die Twilight Moon manövrierunfähig war, und veränderte die eigene Position, um aus geringerer Distanz wieder mit voller Breitseite feuern zu können.

Die Segel waren eingeholt, die Besatzung legte sich wieder in die Riemen.

Mary, die keuchend und schwitzend mit einem Eimer heißer Kohlen die Treppe hochkam, mußte sich vor den über Deck zischenden Pfeilen ducken. »Finn!« rief sie laut. »Komm, mein Junge!«

»Geschütz feuerbereit machen!« rief Arrah.

»Wir haben keine Kugeln!«

»Tut, was ich sage! Mary, schaff noch Kohlen heran. Und sag unten, daß sie rudern sollen wie die Teufel. Die Reichweite des Gegners geht nicht über hundertfünfzig Ellen hinaus. Du dort, hilf mir, das Geschütz zu wenden.«

Keuchend, drückend und schiebend schafften sie das Geschütz nach steuerbord.

»Bei allen Heiligen, das Ding wiegt ja mehr als dem lieben Gott sein Hinterteil! Wenn es ins Rutschen gerät, dann saust es bis nach China.«

»Lunte einlegen!«

Noch eine Minute, und sie würden sich de Burgos Breitseite gegenübersehen. Arrah schaufelte die heißen Kohlen in die Mündung der einzigen Kanone. Sie schaufelte auch den zweiten Eimer hinein.

»Meiner Seel, Arrah«, keuchte Patch, der angerannt kam. »Ihr hättet Admiral werden sollen. Aber um Himmels willen, Mädel, dreh die Mündung höher. Ihr wollt ja de Burgo treffen und nicht die Fische.«

»Feuer!« kam Arrahs Befehl. Der Geruch nach Schwefel und

heißem Metall verbreitete sich. Arrah sah, wie die Kohlen Feuer fingen, als sie, kleinen Kometen gleich, über den Himmel jagten und mitten in den Segeln des feindlichen Schiffes landeten. Sie sah, wie die Flämmchen zu großen Flammen wurden. »Und jetzt, Wind, blase!« flüsterte sie, und ein Windstoß kam. Plötzlich loderten Hauptmast und Achtersegel wie riesige Brandfackeln.

Auf de Burgos Schiff war die Hölle los. Aufgabe des Hilfskanoniers war es, das Heben und Senken der Wasserfläche zu beobachten. Der Kanonier hatte größere Reichweite, wenn sich das Schiff auf dem Wellenkamm befand. Der Hilfskanonier geriet in Panik, als er die brennende Takelage sah, und gab sein Zeichen, als das Schiff sich im Wellental befand. Die Kanonensalve geriet wieder zu kurz, und das aufsprühende Wasser brodelte.

De Burgo hieb seine Faust ins Gesicht des Kanoniers – so fest, daß seine Knöchel mit schmerzhafter Härte auf den Zähnen des Mannes auftrafen. Die Hälfte der Schiffsartillerie befand sich auf der falschen Seite. Geschütze konnten nicht einfach von einer Seite zur anderen verschoben werden, weil man, um ein Kentern des Schiffes zu verhindern, Gleichgewicht schaffen mußte. O Gott, wie er die See haßte! Er haßte Schiffe! Und er haßte seinen Vater! Gelang es ihm nicht, das Schiff dieses verdammten Frauenzimmers zu versenken, dann war alles verloren. Zorn wallte in Phillipe de Burgo hoch. Er mußte das feindliche Schiff um jeden Preis versenken. Je mehr er sich in seine Wut hineinsteigerte, desto mehr wuchsen Ungeduld und Unvernunft.

Um ihn herum brannte alles lichterloh. Sollte das gottverdammte Schiff doch brennen! Er mußte die Hure vernichten, die den Mann seiner Schwester geraubt hatte. Er hatte Arrah O'Donnell kurz auf Deck erspäht, wie sie mit hochgestreckten Armen dastand und offenbar Zwiesprache mit überirdischen Kräften hielt. Sein Bruder befehligte das zweite Schiff. Wenn Phillipe von seinem Vater als Erbe anerkannt werden wollte, mußte er rasch handeln, damit er den Sieg auf seine Fahnen heften konnte und den Ruhm nicht mit seinem Bruder teilen mußte.

Die Segel seines Schiffes standen in Flammen. Der Kapitän hatte sogar die Bogenschützen zum Löschen abkommandiert. De Burgo befahl ihnen nun, in Stellung zu gehen und auf alles zu zielen, was sich auf der Twilight Moon bewegte.

»Sir«, wandte der Kapitän ein, »wenn wir nicht völlig abbrennen wollen, brauchen wir alle Mann für die Eimerkette.«

»Und wenn du jetzt nicht Befehl zum Feuern gibst, werfe ich dich in die Flammen. Los, gib den Befehl zum Schießen. Wie kommt es, daß die Geschützluken noch geschlossen sind? Öffne sie und gib Feuerbefehl!«

»Wir haben den Gegner noch nicht im Schußfeld.«

»Schießen, sage ich, schießen! Das Schiff dort drüben soll in der finstersten Hölle landen!«

»Sir, das Wasser steigt. Es wird in die Geschützluken eindringen und das Schiff zum Sinken bringen!«

De Burgo schlug dem Kanonier noch einmal seine Faust ins Gesicht.

»Verdammter meuternder Hundsfott! Geschützluken öffnen und feuern! So lange, bis ich Befehl gebe, das Feuer einzustellen! Weigerst du dich, dann erschieße ich dich eigenhändig!«

Um dem Pfeilregen zu entgehen, hatte Arrah hinter der Kapitänskajüte Deckung gesucht. Nun war das zweite Schiff de Burgos hinter dem ersten in den schmalen Sund eingefahren. Es wendete, seine Geschützluken waren noch geschlossen. Dann aber, als eines der Schiffe kräftig aufholte, erkannte sie das Wappen der O'Donnells an der Mastspitze: der aufgerichtete Adler. Es waren Schiffe ihres Vaters! Ohne zu überlegen, trat Arrah hinter der Kajüte hervor und bot plötzlich ein leichtes Ziel. In diesem Augenblick traf sie der Pfeil.

18. KAPITEL

Als Kind hatte Arrah Schmetterlinge mit Carbri und Debrogail eingefangen, die sie dann mit Sticknadeln auf Lederstücke gespießt hatten. Mit dem Pfeil, der ihre rechte Brust durchbohrte, fühlte sie sich wie ein aufgespießter Falter.

Der Pfeil war mit so großer Wucht und Schnelligkeit gekommen, daß er sich in die Holzwand hinter ihr gebohrt hatte und sie festnagelte. Dem Zusammenbruch nahe, spürte sie, wie die Beine unter ihr nachzugeben drohten, doch der Aufwärtszug des Pfeiles unter dem Schlüsselbein bewirkte, daß sie aufrecht stehenblieb.

Sie zwang sich, nicht an den Schmerz zu denken. Das Gefieder des Pfeils war farblich abgestuft, Adler- oder Falkenfedern, von Hell- bis Dunkelbraun zu Weiß.

Um sie herum herrschte totales Chaos. Das erste von de Burgos Schiffen stand in Flammen, drei Langboote wurden zu Wasser gelassen, in denen gepanzerte Krieger saßen. Die Twilight Moon hatte nun keine heißen Kohlen mehr. Patch hatte ein Faß Schießpulver genommen, eine Lunte in das Spundloch gesteckt, sie angezündet und das Faß in eines der näher kommenden Boote geworfen. Es folgte eine Explosion von Holzteilen und Wasser, als sei eine Wunde des Meeres aufgebrochen. Dann sah man Treibholz und untergehende Leiber, da de Burgos Krieger von ihren schweren Panzern in die Tiefe gezogen wurden.

Zwei weitere Boote kamen längsseits. Boote, in denen mindestens zwei Dutzend Bogenschützen saßen, die nun die Besatzung der Twilight Moon unter Beschuß nahmen. Arrah sah, wie ihre Leute fielen, einer nach dem anderen.

De Burgos Krieger gingen nun daran, das Schiff zu erklimmen.

Arrah versuchte, sich von der Wand loszureißen, doch der Schmerz der Pfeilwunde war entsetzlich. De Burgos Männer waren gepanzert, sie selbst trug nur Wams und Hosen.

Langsam kam Phillipe de Burgo auf sie zugeschritten. Sein Gesicht war so haßverzerrt, daß es geradezu grotesk wirkte. Er holte mit dem Schwert aus und zielte auf ihr Herz.

Aber Patch schlich sich von hinten an ihn heran. Ein rascher Schwerthieb gegen de Burgos ungepanzerte Beine ließ den Krieger auf die Knie fallen. Er heulte auf wie ein verwundeter Jagdhund. Mit einem einzigen festen Hieb landete Patchs Schwert in de Burgos Nacken.

Patchs Augenbinde hatte sich in der Hitze des Gefechtes seitlich verschoben. Als er näher kam, sah Arrah, daß die Stelle, die einst sein rechtes Auge eingenommen hatte, nun eine graue trockene Höhle war. Angewidert mußte sie den Blick abwenden.

Sie spürte, wie er den Pfeil packte, schloß die Augen und wappnete sich für das Kommende. Als Patch den Pfeilschaft knickte, spürte sie die Schwingungen des brechenden Schaftes schmerzhaft im ganzen Körper. Patch warf das gefiederte Holz aufs Deck. Dann kam er ganz nahe an sie heran. Der Einäugige kam ihr in diesem Moment unheilvoll wie ein Todesbote vor. Er umfing sie und legte seine Hände flach an ihren Rücken. Seine Kleidung roch nach Schießpulver, sein Atem nach Tod. Das tätowierte Auge zwinkerte vielfarbig: rot, blau und schwarz.

Patch zog sie mit einem Ruck an sich. Arrah schrie auf, als der Pfeilschaft sich tiefer in ihre Schulter bohrte, doch jetzt war sie nicht mehr an die Wand genagelt. Hinter Patch sah sie die Rüstung eines Kriegers auftauchen. Geistesgegenwärtig riß sie Patch mit sich zu Boden. Gemeinsam rollten sie hinter ein Faß in Deckung.

Langsam richtete sich Arrah auf die Knie. Sie versuchte, mit der Linken ein Schwert zu halten, als Rechtshänderin lag es ihr jedoch ungewohnt und schwer in der Hand. Ihr blieb nichts übrig, als es in die Rechte zu nehmen. Immer wenn sie versuchte, den Arm zu bewegen, schien ein Messer ein Stück ihrer Brust wegzuschneiden. Aber sie dachte nicht daran, dem Schmerz nachzugeben. Niemals. Tränen liefen ihr übers Gesicht, und sie verwünschte sich deshalb. Ihr Vater hatte einst drei Tage lang mit einem Pfeil im Nacken gekämpft. Wenn sie Kapitän sein wollte, mußte sie auch kämpfen wie ein Kapitän. Schmerz war jetzt der Feind, den es zu überwinden galt. Wenn ihr Vater es geschafft hatte, dann konnte sie es auch. Sie kam auf die Füße. Sie würde nicht zulassen, daß Schmerzen sie behinderten. Entschlossen holte sie mit dem Schwert aus.

Von nun an stellte sich der Kampf für sie nur als Mischung aus Farbe, Schmerz und Geräusch dar: knarrendes Holz, klirrendes Metall, Männer, die blutüberströmt aufschrien.

Patch, der sah, wie sie mit dem Schwert umging, merkte sofort, daß sie vom Schwertkampf keine Ahnung hatte. Arrah stieß zu und holte aus, ohne Rücksicht auf die Regeln zu nehmen. Eine Defensive gab es für sie nicht, sie kannte nur den Angriff. Irgendwie schaffte sie es, daß sie immer wieder die Knie, Schenkel und Nakken der Gegner traf. Gelegentlich sah man Männer, die ähnlich kämpften, Männer, die unwahrscheinliches Glück hatten, obwohl sie alles falsch machten, und für die sich zu guter Letzt doch noch alles zum Besten wandte.

Durch ihre ungezügelte Kampfweise verschaffte sich Arrah einen sonderbaren Vorteil. Für de Burgos Krieger war sofort klar, daß sie eine Frau war. Noch nie war ihnen ein weibliches Wesen begegnet, das so viel Kampfgeist im Leib hatte. Aus Angst hielten sich viele zurück, in der Meinung, sie sei irgendwie mit Zauberkräften ausgestattet. Ihre eigenen Leute freilich, die sie trotz ihrer Verletzung so leidenschaftlich kämpfen sahen, wurden von Arrahs Mut und ihrem Kampfgeist mitgerissen. Die übriggebliebene Besatzung von fünfundzwanzig Mann kämpfte, als wären es fünfzig.

Aber nicht alle Gegner hatten Angst vor ihr. Ein blonder hünenhafter Engländer ging auf sie los. Seine Miene unter dem matten stahlgrauen Helm ließ Lust am Töten erkennen. Er schlug ihr das Schwert aus der Hand, trat sie in den Leib, um sodann über ihr stehend mit der Waffe auf ihr Gesicht zu zielen.

Nicht einmal der Pfeil in der Schulter schmerzte so heftig wie sein Fuß auf ihrem Bauch. Schwärze stieg ihr in den Kopf. Irgendwo hinter der Schwärze ragte eine noch größere Dunkelheit auf und sprang auf sie zu. Sie versuchte die Augen offenzuhalten, schaffte es aber nicht.

Beim Erwachen sah Arrah sich einem gestutzten schwarzen Bart und dunklen Augen gegenüber. Seaghan MacNamara musterte sie prüfend. Sie lag in der Kabine ihres Schiffes. Als sie sich ein wenig zur Seite drehte, spürte sie, wie das Leinen über ihre nackten Glieder strich. Jemand hatte sie ausgezogen.

Sein Arm lag über ihrem Kopf, er streichelte ihre Stirn. »Du hast das Bewußtsein verloren, als ich an Bord kam. Deine Wunde sieht böse aus.«

In ihrer rechten Brust spürte sie ein Hämmern. Die Laken waren blutig. Sie berührte ihr Gesicht. Ihre Hände trugen blutdurchtränkte Verbände.

Sie versuchte sich aufzusetzen, nur um von MacNamara sanft in die Kissen zurückgedrückt zu werden! »Du sollst dich nicht bewegen«, ermahnte er sie. »Phillipe de Burgos Schiff ist gesunken.«

»Was ist passiert?«

»Carbri hat uns berichtet, was du treibst. Die Späher deines Vaters haben gesehen, daß Geralde de Burgo einen Angriff gegen dich plante. Wir haben dich mitten im Kampf angetroffen.«

»Mein Vater?« Sie warf einen Blick zur Tür.

»Die Maeve wird bald längsseits gehen«, erklärte er.

»Und meine Besatzung?«

»Patch ist draußen. Ein Dutzend ist ums Leben gekommen. Mary hat vor Angst fast den Verstand verloren. Die übrigen versorgen ihre Wunden.«

Ihr fiel der Pfeil ein. Sie hatte weitergekämpft, bis Dunkelheit sie übermannt hatte. An alles andere konnte sie sich nicht mehr erinnern.

Seaghans Gesicht war ganz nahe. Sie versuchte sich aufzusetzen.

»Wenn du dich bewegst, schmerzt es um so mehr.«

»Ich will aber!«

Er schob einen Arm unter sie und richtete sie auf. Weißglühender Schmerz zuckte durch ihren Rumpf bis in den Kopf. Die Decke glitt von ihrer Brust, sie sah Streifen getrockneten Blutes auf ihrer Haut. Über Schulter und Brust verlief ein Verband aus Satin, der aus einem zerrissenen Hemd stammen mußte. Arrah zog mit MacNamaras Hilfe die Decke hoch.

Sie fröstelte.

MacNamara nahm seinen Umhang ab und richtete sie behutsam auf. Es war dasselbe Stück, das er bei ihrer ersten Begegnung getragen hatte, ein Umhang aus grobem, dunkelgrünem Tuch, mit grünem Satin gefüttert. Als er ihr den Umhang um Schultern und Rücken legte, spürte sie den warmen Satin auf der Haut. MacNamaras Körperwärme hing noch im Stoff, dazu der Geruch nach Salz, Satin und Wolle und der würzige Sandelholzduft eines Mannes.

Ihr fiel als erstes die edle Wölbung seiner Stirn auf, dann erst alles übrige. Seaghan MacNamara hatte ein Paar Pistolen im Gürtel stecken, dazu zwei Dolche und ein Messer. Sein Oberkörper war bloß, bis auf eine Weste aus Leder. Noch nie hatte sie ihn mit nackten Armen gesehen, und sie nahm jetzt wahr, wie mächtig seine Arme waren, muskulös, hart und dunkel behaart. Seine Brustmuskeln waren wie aus kupferfarbenem Stahl gehauen, die Haut schimmerte dunkel. Schultern und Oberarme waren mit unzähligen kleinen Narben übersät, die aussahen, als ob eine Peitsche sie verursacht hätte. Am Zeigefinger der Rechten trug er einen großen goldenen Siegelring. Obschon ihr das Motiv, Einhorn und Lilie, unbekannt war, wußte sie auf den ersten Blick, daß es nicht irischer Herkunft sein konnte. Seine grüne Seidenhose war mit Goldfäden bestickt, die Füße steckten in kniehohen Lederstiefeln. Das Grün betonte den schwarzen Bart und die dunklen Augen und machte diese noch dunkler. Jetzt wurde ihr klar, daß er sein Hemd zerrissen hatte, um ihre Wunde an der Brust verbinden zu können.

Seine Gegenwart übte eine geradezu beunruhigende Wirkung auf sie aus. Während des Kampfes hatte sie keine Angst verspürt, nun aber empfand sie Angst vor MacNamara, da er in ihr seltsame Gefühle weckte. Sie hätte am liebsten seinen Mantel von sich geworfen, zugleich aber war ihr seine Wärme sehr angenehm. Das letzte Mal, als er ihr so nahe gekommen war, hatte er sie dermaßen aus dem Gleichgewicht gebracht, daß sie tagelang an wenig mehr denken konnte als an seinen Schenkel zwischen ihren Beinen. Nur dank besessener Arbeit und durch die Pflichten an Carbris Krankenlager hatte sie diese Gefühle überwunden. Und jetzt spürte sie, wie diese Gefühle wieder erwachten. Es waren Gefühle, die beunruhigend waren, aber nicht so beunruhigend, daß sie ihm ihre Hand entzogen hätte, als er danach faßte. Er hatte sie beschützt, und auf eine sonderbare Weise war ihr sein Schutz sehr willkommen.

Ein Blick, aus dem Neugierde und Verwirrung sprach, erhellte seine dunklen Augen. »Gerüchte besagen, daß du deine Seele dem Teufel verkauft hast. Daß du eine Meerhexe oder die Buhlin des Teufels bist. Daß du nur dank deiner Zauberkräfte Kapitän Whip besiegt und Dragon's Mouth befahren hast.«

»Ich bin keine Hexe«, antwortete sie leise. »Ich verfüge über keine Zaubermacht. Jeder von Kapitän Whips Leuten – Hirple, Sebastian, die anderen – hätte ihn angreifen und töten können, aber sie waren von Furcht besessen. Das ist der einzige Unterschied zwischen mir und ihnen. Sie hatten Angst, ich hingegen hatte gar keine Zeit, darüber nachzudenken, ob ich mich fürchte. Ähnlich war es bei Dragon's Mouth.«

Seine Stimme war sanft und leise. »Du hattest keine Angst. Und da du keine Furcht kanntest, hast du die anderen das Fürchten gelehrt. Und deswegen nennen sie dich Hexe.« Sein Mund war dem ihren ganz nahe. Sie versuchte zurückzuweichen, aber seine Macht war so groß, daß sie sich nicht rühren konnte. Sie fühlte, wie sein Atem über ihre Lippen strich. »Man sagt, daß du die Männer verzauberst und sie vernichtest wie die Sirenen oder Nixen in alten Zeiten!«

Ungeachtet ihrer Schmerzen sprang sie unvermittelt aus dem Bett. Ebenso abrupt schnellte sie hoch und stand vor ihm. Er packte sie und zog sie an sich. War ihr vorhin nur sein Gesicht ganz nahe gewesen, drückte sich nun sein ganzer Körper an sie. Sie spürte, wie die unglaubliche Härte seiner Muskeln sich an sie schmiegte, sie fühlte seine rauhe Brustbehaarung an ihrem Busen. Mit einer Hand hielt er ihre Schulter fest, mit der anderen umfing er ihre Taille und drückte sie fest an sich. Am liebsten hätte sie seinen Mantel und jegliches Gefühl für ihn von sich geschleudert, aber sie schaffte es nicht. Sie drückte mit der Hand gegen seine Brust, in dem Versuch, ihn wegzustoßen. Je heftiger sie ihn wegstieß, desto enger zog er sie an sich.

»Leidenschaftliche Arrah! Sehe ich dich, dann ist mir, als sähe ich das Meer. Du bist wild und sanft. Dein Körper drückt einem Mann ein Zeichen auf wie das Gras einer Sommerwiese.«

Arrah spürte ein inneres Sträuben. »Und die Frau in der Kutsche? Und Carbris Schwester? Haben die bei Euch auch einen Abdruck hinterlassen?«

Er hob sie abrupt hoch und trug sie zurück zur Koje. »Du bist verwundet und brauchst Ruhe.«

»Ich bin kein schwaches Püppchen, das verhätschelt werden müßte.«

»Du bleibst hier, bis ich sage, daß du aufstehen kannst. Ich bin nicht Mutter O'Connor oder ein Mitglied deiner Besatzung, das du herumkommandieren kannst.«

Sie hörte nicht auf, sich eigensinnig zur Wehr zu setzen.

»Hör auf, Arrah!« Er umfaßte ihre Schultern und drückte sie auf das Lager nieder. »Du bist zwar stark, wirst aber nie so stark sein wie ich.«

»Ihr tut mir weh!«

»Dann hör auf, dich zu wehren.«

»Nein!«

»Verdammt, Arrah O'Donnell! Du wirst mir jetzt zuhören.« Er umfaßte ihre Handgelenke und drückte sie oberhalb ihres Kopfes ins Kissen. »Du kämpfst auf Teufel komm raus, trotz deiner Verwundung. Deine Besatzung bringt dir größte Hochachtung entgegen. Patch hat mir erzählt, wie du gekämpft hast – daß du im Schwertkampf völlig ungeübt bist und das Schwert wie ein Wilder handhabst, daß du den Tod nicht fürchtest und Zaudern dir fremd ist, daß du angreifst, immer wieder, bis zum Zusammenbrechen. Das alles stimmt zwar, dennoch fürchte ich dich nicht!« Er betrachtete sie eindringlich.

Arrah konnte klein und hell in den Pupillen seiner dunklen Augen ihr Spiegelbild erkennen. MacNamara musterte ihre Handgelenke, die Verbände trugen. Dann hob er ihre Hand, drehte sie um und küßte sie auf eine freie Stelle. Sie spürte die weiche Wärme seiner Lippen auf ihrer Haut. Die ruhige Sanftheit eines so starken Mannes raubte ihr die Fassung.

»Arrah, weißt du, weshalb die See tobt?«

Sie gab keine Antwort.

»Sie tobt gegen ihre Grenzen wie du... Wenn du keine Hexe bist, Arrah O'Donnell, wer bist du, daß du dich so mutig aufbäumst?«

»Ich hatte keine andere Wahl.«

»Wer bist du, Arrah O'Donnell, daß du keine Furcht kennst? Daß du einem Piratenkapitän sein Schiff abnimmst und Dragon's Mouth durchschiffst?«

»Und wer seid Ihr, Seaghan MacNamara, daß Ihr nicht mit Euren Clansangehörigen lebt? Daß Ihr wie ein Vagabund Irland und Frankreich durchstreunt? Daß Ihr Euch kleidet wie ein König oder ein Chieftain oder aber wie ein Bauer?«

Für einen Augenblick umwölkte sich sein Gesicht. »Das ist eine viel zu lange Geschichte. Wichtig ist nur, daß ich wegen einer Jugendtorheit verstoßen wurde.« Er goß Pfefferminztee in eine Tasse und reichte sie ihr. »Mary hat dies für dich gemacht.« Arrah ließ zu, daß er die Tasse an ihre Lippen führte.

Dann legte er ihr sanft die Hände auf die Schultern. »Jetzt hör mir zu. Ich weiß, daß du Carbri heiraten möchtest. Geralde de Burgo aber hofft auf den Landbesitz, der ihm von den O'Connors als Brautgabe für seine Tochter versprochen wurde. Er hat die O'Connor-Clans bereits überredet, einen anderen als Carbri zum Tanaist zu ernennen. Wenn Carbri nicht de Burgos Tochter heiratet, wird er niemals Chieftain der O'Connors.«

»Das kann de Burgo nicht tun! Carbri wurde von den O'Connors zum Führer gewählt, weil er der Fähigste ist.«

»Du solltest die Augen nicht so zusammenkneifen. Du siehst aus, als ob du einen Teil der Welt ausschließen möchtest. Ein Kapitän sollte immer möglichst viel von der Welt im Auge behalten.«

»Und Ihr... warum kneift Ihr die Augen zusammen?«

»Ich habe viel von der Welt gesehen, und vieles davon gefällt mir nicht. Du steuerst auf große Gefahren zu, denn die Herzen der Menschen bergen schreckliche Dinge. Heute wurde de Burgos Sohn getötet. Der Alte wird nicht rasten noch ruhen, bis er dich hängen sieht.« Er berührte ihren Hals.

Die Wärme seiner Finger schien ihr Rückgrat entlangzuwandern und ließ sie schaudern. Für einen Augenblick fehlten ihr die Worte. Die Wärme seiner Finger an ihrem Nacken war das einzige, was für sie existierte.

»Die Götter gewähren denen, die sie vernichten wollen, Wünsche. Aber wenn du deine Seele an den Teufel verkaufst, gewinnt immer er«, sagte er.

Sie entzog sich seiner Berührung. »Ich habe meine Seele niemandem verkauft.«

Seine Miene verhärtete sich, seine Brauen zogen sich energisch zusammen. »Du hast deine Seele Morrigan verkauft. Für die alten Iren war sie die Göttin des Krieges und der Liebe. Sie ist die grausamste Geliebte von allen. Lag man einmal in ihren Armen, sind alle anderen Gefährtinnen schal und langweilig. Sie läßt einen nicht in Frieden. Man lechzt nach Erregung und Bewegung und nach der Angst, die an sich schon eine Wonne darstellt. Ich habe es an dem Abend in deinen Augen gelesen, als ich dich tanzen sah. Du hast nicht getanzt wie eine Frau, sondern wie ein Krieger.«

Auf ein Pochen an der Tür hin erhob sich Seaghan MacNamara

in einer geschmeidigen Bewegung, um zu öffnen. Mit seinem massiven Rücken versperrte er ihr den Blick zur Tür. Es trat niemand ein, aber Arrah vernahm Stimmen. Als Seaghan sich umdrehte, hielt er etwas in den Armen. Sei.sah gelbe flammende Augen, dunkle Ohren und ein Fell, orange- und sahnefarben. Ein Tigerjunges.

Seaghan ließ sich wieder auf dem Rand ihres Bettes nieder. Seine Stimme wurde sonderbar weich und geschmeidig, seine Augen blieben dunkel und eindringlich. »Das ist für dich... von einem Freund aus Venedig, weil unter deiner weichen Brust das Herz einer Tigerin schlägt.«

Sie merkte, daß Seaghans Nasenflügel bebten und daß er den Mund öffnete. Sie sah seine schönen dunklen Augen und die rauhe Haut auf den großen Händen. Der Tiger wandte ihr seine gelben Augen zu.

»Er heißt Kian«, fuhr Seaghan fort. »Es ist der Name des Sonnengottes der Alten.«

Sie nahm den Tiger von ihm in Empfang und drückte ihn an ihre Brust. Das seidige Fell glitt über ihre Brustspitzen.

Die untergehende Sonne schickte Strahlen über das üppige Streifenfell des Tigers und auf den sichtbaren Teil von Arrahs Brüsten. Arrah erregte verzehrende Sehnsucht in MacNamara, einen nahezu unerträglichen Schmerz, der sich in seinen Lenden festsetzte.

Arrah strich über das weiche Tigerfell, und dann drückte sie das Gesicht gegen die seidige weiße Brust des Tieres. Als sie das Tigerherz schlagen spürte, war ihr, als könnte sie in ihrem Leben nie wieder den warmen Schutz dieses Fells und Herzschlags entbehren.

»Arrah, du mußt wissen, daß der Tiger für die alten Völker des Ostens ein Symbol für Kraft und Mut darstellte. Unter seiner Samtpfote steckt dies.« Er nahm die kleine Tigerpfote, spreizte die Zehen auseinander und hielt ihr die scharfen Klauen entgegen.

MacNamaras kraftvolle Finger und seine muskulösen, sonnengebräunten von Adern durchzogenen Unterarme wirkten bedrohlich und brutal, und doch konnte er so viel Zärtlichkeit spenden. Arrah spürte, wie sich dunkles Sehnen in ihrem Blut regte.

»Du befindest dich in einer höchst gefährlichen Position, da dir bis jetzt die Siege in den Schoß gefallen sind. Du hast die Besatzungen zweier Schiffe erobert und bezaubert. Von Patch weiß ich, was für eine Frau du bist. Er sagte, daß du schneller begreifst als andere und ein besserer Seemann bist als er. Und du kennst keine Furcht. Gegen alle Vernunft läßt du nicht ab, einem Ziel nachzustreben.

Aber auch Tiger können bezwungen werden. In Genua mußte ich mit ansehen, wie eines dieser prachtvollen Tiere getötet wurde, weil es nicht wußte, daß sein Wärter manchmal stärker und geschickter war als es selbst. Ich möchte dich nicht bezwungen sehen.«

Eine innere Stimme riet ihr, sich von ihm zurückzuziehen, gleich jetzt, in diesem Augenblick, weil sie es andernfalls nicht mehr fertigbrachte. MacNamara hatte eine gefährliche Macht, die sie zu überwältigen drohte. Seine Kraft jagte ihr Angst ein, und doch fühlte sie sich davon angezogen. Sie verspürte den Wunsch, die Hand auszustrecken und ihn zu berühren.

»Ich will, daß du mit mir nach Frankreich gehst. Dort habe ich Landbesitz. Ich werde dir alles schenken, was du möchtest.« Er berührte ihr Gesicht und ließ die Finger zu ihrem Halsansatz gleiten. »Rubine, Smaragde, die prächtigsten Gewänder. Was du dir wünschst, wird dir gehören. Aber du mußt aus freien Stücken und ohne Geheimnistuerei zu mir kommen. Trenn dich von Carbri, laß ihn zu Agnes zurückkehren.«

»Carbri liebt mich«, sagte sie und wich seiner Liebkosung aus.

»Carbri hat gewiß Mut, aber ihm fehlt deine Tollkühnheit. Mach ja keinen Fehler, den ihr beide bedauern müßtet. Laß zu, daß ich dich liebe! Dein Wagemut und deine Kühnheit entflammen meine Sinne, während Carbri immer bemüht sein wird, dir diese Eigenschaften abzugewöhnen.«

Arrah gab keine Antwort, obwohl sie wußte, daß Seaghan recht hatte. Carbri war ständig darauf aus, sie zu ändern. Er wollte ihr abgewöhnen, ständig Fragen über die Schiffahrt zu stellen, wollte sie davon abbringen, ihr Schiff zu befehligen.

»Carbri braucht eine Frau, die von ihm abhängig ist, aber du bist unabhängig. Nur zwei selbständige Menschen, die sich beschützen und berühren, können sich wirklich Liebe schenken«, fuhr er fort. Er hob ihr Handgelenk an seine Lippen, drehte ihre Hand um und küßte sie. Sie spürte seine Lippen nicht nur auf der Stelle, die er küßte, sondern am Nacken, an den Ohren und an den Augen, die sie schloß.

Unwillkürlich schauderte sie. Mit kraftvollen Fingern hob er ihr Kinn an und drückte seine Lippen auf ihren Mund. Es war ein zarter Kuß, der mehr Schutz als Lust ausdrückte. Sie spürte, wie ihr Blut reagierte, aber er ließ sie rasch los. »Ich begehre dich, Arrah, ich möchte dich lieben, aber nur, wenn du stark bist, und nicht, wenn du verletzt bist. Wenn dir etwas an Carbri liegt, dann schicke ihn zurück zu Agnes und laß zu, daß ich dich liebe.«

Sie ertappte sich bei der Frage, wie die Liebe mit Seaghan sein mochte. Sie wünschte, daß Seaghan sie noch einmal in die Arme nehmen und küssen würde, wie er sie eben geküßt hatte – dann würde sie vielleicht wissen, was sie tun wollte.

»Seaghan –«, setzte sie an.

Die dröhnende Stimme ihres Vaters verhinderte, daß sie weitersprechen konnte. »Wo ist meine Tochter?« polterte Reevnarg. Seaghan rückte von Arrah ab und stand aufrecht neben ihrem Lager, als die Kabinentür energisch aufgerissen wurde.

19. KAPITEL

Arrah zog MacNamaras Umhang enger um sich und sah ihrem Vater kühn und offen in die grauen Augen. Für einen Moment waren beide reglos. Sie starrten sich über die geringe Distanz der Kapitänskajüte hinweg an. Arrah setzte sich unwillkürlich ein wenig aufrechter im Bett auf. Sie wollte keinesfalls zulassen, daß ihr Vater das Schiff an sich nahm.

Reevnarg nickte MacNamara zu. »Ein guter Kampf. Wir haben ein Dutzend Gefangene gemacht. MacNamara, würdet Ihr wohl hinausgehen und darauf achten, daß sie unversehrt bleiben? Kampf ist eine Sache, Verstümmelung eine andere.«

MacNamara nickte nach einem kurzen Blick auf Arrah und verließ ihre Kabine. Das Licht fiel auf seine breiten Schultern und zeigte die kleinen weißen Narben, als er sich zum Gehen wandte.

Reevnarg trat näher heran. Er hatte sich irgendwie verändert,

Arrah hätte aber nicht zu sagen gewußt, worin diese Veränderung bestand.

Knapp vor der Koje blieb er stehen. Sie sah, wie die goldene Chieftainbrosche auf seiner Brust sich hob und senkte, als er tief Atem holte und seufzend ausatmete: »Nun, Tochter, du hast dir einen Namen gemacht!«

»Vater, auch du hast dir einen Namen gemacht.«

»Ich bin ein Mann!« Er durchhieb ihre Worte wie eine Axt und kam noch näher, bis er ganz knapp vor ihr stand. Jetzt sah sie, daß seine Augen feucht waren. »Sieh dich an! Meine schöne Tochter! Blut an den Händen. Blut im Gesicht. Was für ein Leben hast du dir da erwählt! Ach Arrah!« Er senkte den Blick.

Noch nie hatte sie ihren Vater mit gesenktem Kopf gesehen. In ihrer Erinnerung hatte er stets groß und aufrecht wie eine Eiche dagestanden.

»Deine Mutter ist tot.«

»Mutter! Meine Mutter!« Plötzlich verstand Arrah die Bedeutung des Traumes, den sie vor der Durchfahrt des Dragon gehabt hatte. Das Wasser hatte sich in Totenschädel verwandelt. Nun hatte Arrah wieder das Gefühl zu träumen, als versuche sie, Wasser mit den Händen festzuhalten.

»Als Bridgett ihr eines Morgens das Frühstück brachte, fand sie sie tot auf.«

Arrah versuchte, sich alles ins Gedächtnis zu rufen, was sie von ihrer Mutter wußte, die leise und von sanfter Entschlossenheit gewesen war – genauso, wie sie es sich von Arrah immer gewünscht hatte.

»Aber Mutter war nie krank.«

»Nein. Es stimmt, daß sie nie krank war. Zumindest kannst du dich an keine Krankheit entsinnen. Sie war einige Zeit nach deiner Geburt leidend. Aber als sie sich erholte, war sie...« Er sprach nicht weiter. Bedächtig trat er ans Fenster und hob den Vorhang. »Ich habe schon erlebt, daß jemand sich abends gesund ins Bett gelegt hat und am nächsten Morgen tot war. Aye, man weiß nie, wann der Tod kommt. Sie war eine gute Frau, deine Mutter. Wenn du jemandem eine so gute Frau sein könntest, dann habe ich dich gut erzogen.«

»Ich werde niemals jemandem eine Frau dieser Art sein.«

Er schaute sie an. »Es war nicht richtig, daß sie allein starb.«

Ihr Vater hatte recht. Ihre Mutter hätte nicht allein sterben dürfen. Aber war denn der Tod je richtig? Gab es eine richtige Zeit, um zu sterben? In jener Nacht auf dem Schiff hatte ihre Mutter ihr etwas zu verstehen gegeben, aber sie hatte nur die Hälfte der Botschaft verstanden. Von der Durchschiffung des Dragon völlig in Anspruch genommen, war ihr entgangen, daß ihre Mutter vom Tod gesprochen hatte. Arrah wurde sich bewußt, daß sie ihre Mutter nie richtig gekannt hatte und nichts von deren Leidenschaften und Ängsten wußte.

»Es muß ein einsamer Tod gewesen sein«, sagte Reevnarg. »Der Mann auf See... aber das ist das Los jeder Seemannsfrau.« Er blickte sich um. »Aber ihre Töchter... Naira auf Glen Head mit Bres und du...«

»Ich habe getan, was ich tun mußte.«

»Du hättest bei ihr sein sollen.«

»Du kannst mir nicht die Schuld am Tod meiner Mutter geben...«, wehrte sich Arrah nachdrücklich.

Wieder schaute er sie an. Sein gequälter Ausdruck ließ vermuten, daß er unerträgliche Kopfschmerzen litt. »Nein, Tochter, sie war eine gute Frau, das sage ich dir. Und sie fehlt mir sehr. Wenn ich jemandem die Schuld geben kann, lindert es meinen Schmerz.« Seine Schultern sanken vornüber, und er wandte sich ab.

Arrah hatte ihren Vater noch nie weinen sehen. Und dann verstand sie die volle Bedeutung seiner Worte. Ihre Mutter war tot. Ihre Mutter. Arrah wurde von Schluchzen geschüttelt wie ihr Vater. Sie wollte zu ihm und den Arm um ihn legen, um ihn zu trösten und getröstet zu werden, doch etwas hielt sie zurück, deshalb gab sie sich den Tränen hin wie er, und beide blieben allein ihrem Kummer überlassen.

Nach einer Weile wandte er sich zu ihr um. Seine Augen waren noch gerötet, aber er hatte seine Fassung wiedererlangt. »Deine Besatzung nennt dich Seehexe. Vermutlich ist es sinnlos, dir dieses Leben auf See ausreden zu wollen. Und wer bin ich, daß ich dir etwas zu sagen hätte? Du hast deinen Vater übertrumpft, indem du Dragon's Mouth befahren hast. Wärest du ein Sohn, ich wäre der stolzeste Vater der Welt.« Während er dies sagte, schien etwas von der alten Tatkraft ihres Vaters wiederaufzuleben.

»Vater, du kannst trotzdem stolz auf mich sein.«

Er schaute sie mit einem Ausdruck an, den sie an ihm noch nie gesehen hatte. Immer wenn er sie angesehen hatte, war seine Miene entweder von strenger Zurechtweisung geprägt gewesen oder von väterlichem Wohlwollen. In der Vergangenheit hatte er sie immer kritisiert, wenn sie sich nicht wie eine gute Tochter benommen hatte, oder er hatte sie gelobt, wenn sie erwartungsgemäß gehandelt hatte. Nun aber war ihm keine dieser Gefühlsregungen anzusehen.

»Es ist gut, dich wieder vor Augen zu haben, Tochter.« Er beugte sich über sie, ihre Blicke trafen aufeinander, und dann drückte er sie an sich. Sie spürte, wie seine Tränen ihre Wange benetzten. »Gott hat mir die Frau genommen, mir aber die Tochter wiedergegeben. Herrgott, wie ich dir dafür danke! Ich bin in der Tat stolz auf dich, Tochter! Verdammt stolz!« Er fuhr sich mit dem Ärmel übers Gesicht. »Jetzt aber genug davon. Wenn du Kapitän sein willst, dann mußt du die Segelanweisungen für den Adlersund lernen. Ich sage sie dir nur ein einziges Mal vor, und ich erwarte, daß du sie dir merkst. Ein Kapitän, der die Strömungen und Landmarken nicht kennt, darf nicht hoffen, seine Besatzung sicher in den Hafen zu bringen.

Der Gezeitenstrom am Eingang läuft im Frühjahr mit drei Knoten in der Stunde bis zu vier, fünf Knoten in den Engstellen. Der Flutstrom, der um die südliche Rundung fließt, bildet Wirbel und macht sich an seichten Stellen besonders stark bemerkbar. Versuche die Einfahrt ja nicht bei Flut zu passieren, wenn du nicht einen guten Wind im Rücken hast. Geh vor Anker oder warte draußen den Gezeitenwechsel ab. Bei der Einfahrt muß die Nadel mit dreihundertneunundzwanzig Grad auf den Pier zeigen. Wenn du dabei die Küstenlinie ständig im Auge behältst, wirst du es mühelos schaffen.«

Er zögerte kurz, ehe er weitersprach: »Ich weiß wohl, daß meine Worte auf taube Ohren stoßen werden, da ich aber dein Vater bin, muß ich sie sagen. Die Stellung des Kapitäns ist anders als die eines Navigators. Mit gesundem Menschenverstand, einem guten Auge und Gespür für die See kann sich jedermann auf dem Wasser zurechtfinden. Doch das Kommando auf einem Schiff zu führen ist etwas anderes. Da braucht man mehr als ein Gespür für die See. Man braucht ein Gespür für die Herzen der Menschen, und Gott weiß, daß es so viele unterschiedliche Gefühle wie unterschiedliche Menschen gibt. Man braucht nicht nur die See zu kennen, man muß auch Gefahr wittern können. Aye, Arrah, Gefahr hat einen eigenen Geruch. Einen Geruch nach Fisch, Pferdemist und Schießpulver. Man kann riechen, wenn Menschen Angst haben. Und du mußt imstande sein, in ihre Herzen zu sehen. Die sind nämlich tiefer und schwärzer als jedes Meer auf Erden. Und... du wirst eine starke Waffe brauchen.«

Er zog sein Schwert aus der Scheide. Es war das gleiche Schwert wie jenes, das über seinem Sitz in der Festhalle der Adlerburg hing, eine prächtige Waffe. Der Griff war aus reinem Silber und mit einem Smaragd von der Größe eines Männerdaumens und kleinen Rubinen verziert.

»Ich habe keinen Sohn, dem ich es geben könnte. Und ehrlich gesagt, Tochter, kein Sohn hätte mir mehr Ehre machen können als du. Die Waffe gehört dir.«

Als sie danach griff, sah er die Narben auf ihrem Arm.

»Schon damals hätte ich es wissen müssen«, sagte er. »In deinen Adern fließt wildes Blut – wie bei meiner Schwester. Deine Mutter war immer dagegen, daß du nach ihr benannt wurdest. Sie sagte, es würde dir Unglück bringen, weil meine Schwester ein gewaltsames Ende fand. Aber ich liebte sie, und ich liebe dich. Deine Schwester Naira dachte, du seist tot, und sie bat mich, ihr als Ältester die Insel der Adler zu überlassen. Ich lehnte ab. Denn als ich dich mit Carbri ins Meer springen sah, wußte ich, daß du zurückkommen würdest. Aye, vielleicht ist es gut, daß deine Mutter ins Jenseits gerufen wurde. Sie wäre nicht sehr erfreut darüber, daß ich dir ein Schwert schenke.«

»Arme Mutter! Nie konnte sie sich über mich freuen.«

»Nein, Tochter. Wenn du wüßtest, was für eine stolze und eigenwillige Frau sie war, als wir heirateten. Sie war wie du. Lief wie eine Geiß über die Klippen und war auch eigensinnig wie eine Geiß. Aber sie stürzte. Beinahe wärest du nicht geboren worden.

Und danach... ich hätte es nicht ertragen, sie zu verlieren. Sie war mir teurer als weitere Kinder. Ich riet ihr, mit der Alten zu reden. Die gab ihr ein Mittel. Hierauf wurde sie ruhiger und sanftmütiger.« Er starrte ins Leere.

Arrah sah ihn an. Wenn er von Margaret sprach, war er ganz verändert. Ein Teil von ihm war mit seiner Frau gestorben.

Er schien sich von jener anderen Welt zu lösen. »Also, nimm es«, äußerte er mit einem Anflug seines alten Kommandotons.

Das Schwert war schwerer als jenes, das Carbri ihr gekauft hatte, zugleich aber besaß es eine angenehme Handlichkeit. In den Griff waren mehrere konzentrische Kreise eingraviert, damit einem die Waffe im Kampf nicht entgleiten konnte. Sie spürte das rauhe Muster in ihrer Hand.

»Sieht aus, als sei es eigens für deinen Arm geschmiedet worden, Mädel. Aber denke daran, ein Mann, der ein solches Schwert führt, wird es oft verteidigen müssen. Wenn du dich als Frau auf dieses Leben einläßt, wird es nicht viel anders sein. Überdies habe ich mich entschlossen, dir die Skatha zu überlassen. Sie hat mir schon lange genug gedient. Wärest du ein Junge, ich hätte dir das Kommando schon übergeben.«

»Vater, ich bin gar nicht so mutig, wie du glaubst. Ich hatte Angst. Ich hatte große Angst, bevor ich den Piraten tötete.«

»Nur die Allerdümmsten kennen keine Furcht. Es kann keinen Mut geben ohne Angst. Aber verdammt, du hast Mut, Tochter.« Über sein Gesicht huschte ein Ausdruck des Bedauerns, der rasch wieder einer unbeschwerteren Miene wich. »Mit dem Joyce hättest du ein leichteres Leben gehabt. Und da wir schon von Heirat sprechen... der junge Carbri lief unterwegs zur Shannonmündung unsere Insel an. Er sagte mir, ihr beide wolltet heiraten. Nun, Carbri ist ein guter Junge, aber mit de Burgo wird es nun seinetwegen Blutvergießen geben. Doch du hast deine Wahl getroffen, und ich mußte in den vergangenen Wochen erfahren, daß es töricht ist, dich von deinen Absichten abbringen zu wollen.«

»Vater, ich bin nicht sicher, ob ich Carbri heiraten möchte.«

»Keine Angst, Tochter, wir sind stärker als de Burgo. Wir werden ihn in die Schranken weisen.« Reevnarg biß sich auf die Lippen. »Ich habe auch ein Wörtchen mit Pater Thomas geredet. Der hat ein so finsteres Gesicht gemacht, als hätte er Haipisse getrunken. Nannte es Unkeuschheit – daß ihr, du und Carbri, zusammenlebt. Ich weiß nicht, was aus diesem Land werden soll, wenn es eine Sünde genannt wird, wenn junge Leute das Natürliche tun. Deine Mutter und ich... wir hatten auch keinen Priester. Nur Blumen und Musik und Tanz.« Für ein paar Minuten übermannten ihn Erinnerungen, aber er verdrängte sie mit einem entschlossenen Zungenschnalzen.

»Ja, unser Herrgott muß einen Blähbauch gehabt haben, als er Pater Thomas in seinen Dienst berief. Sei's drum, Sünder oder nicht, er ist gewillt, euch zu trauen. Tochter, ich wette, Carbri hat genug Mumm, um seine ehelichen Rechte zu fordern. Ich möchte endlich Enkelsöhne haben.«

Eine Heirat! Eben hatte Seaghan sie geküßt, wie Carbri es nie getan hatte. Ihr Vater begriff auch gar nichts. Er nahm an, sie schrecke vor einer Ehe zurück, weil sie weitere Fehden mit de Burgo fürchtete.

»Ich...«, setzte sie an, aber ihr Vater unterbrach sie.

»Ja, Mädel. Es tut gut, dich wiederzusehen. Aber ich muß fort, nach Killary Harbour. Bei den MacDayats von Bun Dorcha, das an das Gebiet des Joyce grenzt, gibt es Aufruhr. Sie wollen ihren Tribut an Häuten und Trockenfisch nicht zahlen und haben meine Leute angegriffen. MacNamara kommt mit. Ich werde bald wieder zu Hause sein.

Denk daran, Tochter, Ausschau nach de Burgo zu halten. Sein Sohn ist tot, und dem Alten wird es nicht gefallen, daß dich der Verlobte seiner Tochter ehelicht und das Land der O'Connors in unseren Besitz übergeht.« Reevnarg ging zur Tür.

»Vater!« rief sie ihm nach.

Er drehte sich um und sah sie an.

»Weshalb ist Seaghan MacNamara immer bei dir?«

»Er hat mich vor Brion MacNamaras Angriff auf unsere Insel gewarnt. Er weiß viel von dem, was sich hier und anderswo zuträgt. Einige nennen ihn Verräter. Aber ein Mann wie er verfügt über nützliche Informationen.«

»Wieso erlaubst du ihm, mit dir zu segeln, wenn er ein Verräter ist? Woher willst du wissen, daß er nicht auch dich verrät?«

»Ich weiß es nicht, aber er ist der beste Schwertkämpfer Irlands. Man lehnt ein gutes Schwert nicht ab, wenn es sich anbietet, und er hat gute Beziehungen zu vielen Handelsherren.«

»Warum ist er nie bei seinem Clan?«

»Als sein Vater wieder geheiratet hat, hielt die junge Frau mehr von Seaghan als vom Alten. Der alte MacNamara tötete sie und verstieß Seaghan. Seither ist er heimatlos, wenn man von seinen Ländereien in Frankreich absieht. Ein Ungeheuer hat ihn adoptiert.«

»Ein Ungeheuer?«

»Ja, aber die Einzelheiten sind mir nicht bekannt. Ich habe jetzt auch keine Zeit, darüber zu sprechen. Mary wird sich um dich kümmern!« Er rief nach ihr.

Mary fegte mit raschelnden voluminösen Röcken, die sie wie das Gefieder einer Glucke umgaben, herein. »Ach, ist das Mädel wieder zu sich gekommen!«

»Ja«, sagte Reevnarg. »Und ich bin zu lange ins Geschichtenerzählen verfallen. Jetzt habe ich es um so eiliger. Mary, kümmere dich gut um meine Tochter.« Damit ging er hinaus.

Arrah schlug sofort die Decke zurück und versuchte aufzustehen.

»Was sehe ich da? Tödlich verwundet und will schon wieder auf die Beine?«

»Ich bin nicht tödlich verwundet.«

»Ich hab' Euch kämpfen sehen. Im Namen Gottes und aller Heiligen, wie ich den Schmerz hasse! Ein bißchen Schmerz am Morgen nach zuviel Alkohol ist ganz in Ordnung, aber doch nicht solche Schmerzen!« Sie warf einen Blick auf Arrahs Wunde. »Hat Euch hübsch verbunden, muß ich ja sagen. Mir blieb nicht mehr viel zu tun. Ein Bild von einem Mann, dieser MacNamara!«

Arrah sparte sich eine Bemerkung, aber Mary entging nicht die unmerkliche Veränderung im Ausdruck des Mädchens. Marys Blick fiel auf MacNamaras Mantel. Arrah unternahm einen Versuch aufzustehen, wurde von Mary aber daran gehindert.

»Ihr habt Erfahrungen mit einem Schiff. Um so weniger Erfahrung habt Ihr mit Männern. Hört auf Mary und haltet Euch fern von MacNamara, genauso könntet Ihr Euch in den Teufel selbst verlieben. Denkt daran, Luzifer war der hellste Stern am Himmel, ehe er in die Hölle gestürzt wurde. MacNamara würde Euch weiter und schneller und höher führen, als Ihr je wart. Ja, er könnte Euch gar das Paradies zeigen. Aber er würde dafür Eure Seele fordern. Mit einem Mann wie ihm kann man nicht zusammenleben. Und er würde Euch verlassen. Und danach könntet Ihr ihn nie vergessen. Niemals. Ihr würdet ihn ständig im Bewußtsein tragen. Nicht einen Tag könntet Ihr ihn vergessen. Niemals. Er würde Euch nur Schmerz zufügen wie der Pfeil in Eurer Schulter. Schlimmer noch. Er würde wie ein Dorn in Eurer Seele sein. Und Ihr würdet niemanden finden, der ihn herauszieht. Niemals!«

20. KAPITEL

Der Anblick der Adlerbucht erschien Arrah bei ihrer Heimkehr von geradezu wundersamer Schönheit: In der Ferne lag das sich zur Küste mit den vorgelagerten Inseln hin senkende Land. Die dreihundert in die steile Klippe geschlagenen Stufen leuchteten im Licht der untergehenden Sonne golden, purpurn und scharlachrot, und auf der Leeseite der Insel waren Netze neben den Häusern zum Trocknen aufgespannt. Die hoch aufragenden Umrisse der Adlerburg stiegen wie ein Wächter hinter der Küste empor.

Arrah ankerte und fuhr mit einem Boot an Land. Es war eine seltsame Prozession, die auf dem Strand landete: Arrah mit dem Tigerjungen in den Armen, ein Schwert mit Smaragdgriff um die Mitte; ihr folgte meckernd Finn, der versuchte, in seinen eigenen Schwanz zu beißen. Mary schlug Finn aufs Maul und versuchte ihre voluminösen Röcke zu bändigen. Dahinter kam Hook im Gespräch mit Angel und Patch; Patch nahm mit seinem tätowierten Auge genau Küste und Hügel in sich auf, während Mute sein Wohlbefinden grunzend und ächzend kundtat. Hinter ihnen gingen Sebastian und Hirple an Land. Arrah empfand Freude über die Heimkehr, doch als sie festen Boden unter den Füßen hatte, fiel ihr ein, daß ihre Mutter tot war, und sie wurde von einer Woge der Traurigkeit erfaßt. Es gab nun niemanden mehr, der sie auf der Burg erwartete.

Von den Fischern waren einige zur Begrüßung an den Strand gekommen, darunter auch die Hebamme mit dem auffallenden Geburtsmal... Sie griff nach Arrahs Händen und raunte ihr atemlos zu: »Komm zu mir und besuch mich in meiner Höhle, es ist sehr dringend.« Aber noch ehe Arrah fragen konnte, was so wichtig und so geheim sei, war die Alte verschwunden.

Die übrigen Fischer hielten die Hände eng an den Körper gedrückt und schauten Arrah nur an, wenn sie ihr Gesicht abwandte. Viele dieser Fischer hatten ihr, als sie noch klein war, Geschichten erzählt, und jetzt schienen sie sich vor ihr zu fürchten. Die Frauen scharten die Kinder eng um sich. Ein Junge, der im Strohdach eines Hauses nach Eiern suchte, drückte sich ganz flach aufs Stroh.

Als sie das Burgtor durchschritt, stimmten die Hunde ihr wildes Gekläff an, und sie beruhigten sich erst, als sie Arrah erkannten.

Von den Bediensteten schien allein Paddy sie unbefangen zu begrüßen. Er grinste sie so breit an, daß seine Augen zu Schlitzen wurden, und streckte ihr seine knotigen Hände entgegen. Sie bückte sich und drückte ihn gerührt an sich. Ihr nächster Weg führte sie in die Küche, wo sie Bridgett antraf, die Arrah kurz begrüßte, um sich sofort wieder an dem Tisch zu schaffen zu machen, auf dem ein halbes Kalb lag und darauf wartete, auf den Spieß gesteckt zu werden. Singend und summend tat das Küchenmädchen, als gelte seine ganze Aufmerksamkeit dem Braten. Arrah konnte sich nicht entsinnen, Bridgett je singend oder summend erlebt zu haben, und musterte sie argwöhnisch.

»Bridgett, was hast du getrieben?«

»Ich? Nichts, Herrin, gar nichts. Ich flehte zu Gott, daß Ihr die Fahrt gut zu Ende bringt, und er hat mein Flehen erhört. Ihr seid wohlbehalten nach Hause gekommen.«

Arrah ließ sie nicht aus den Augen. Sie kannte das Mädchen gut genug, um zu wissen, daß sie log. Niemals würde Bridgett für die sichere Heimkehr irgendeines Menschen beten – im Gegenteil, sie gehörte zu jenen, die über das Unglück anderer Schadenfreude empfanden. Aber vielleicht hatte sie einen Knecht oder Seemann gefunden, der für ihre besondere Aufmerksamkeit bezahlt hatte. Männliche Aufmerksamkeit war das einzige, was Bridgett in gute Laune versetzen konnte.

Als Arrah nichts sagte, vertraute Bridgett ihr an: »Die alte Wehmutter mit dem Feuermal war hier und hat nach Euch gefragt. Ihr sollt sie aufsuchen.«

»Ich bin ihr unten am Strand begegnet. Sagte sie, was sie von mir will?«

»Sie sagte nur, sie wolle Euch das weibliche Wissen weitergeben... so, wie sie es Eurer... äh Mutter... Mistreß Margaret vermittelte. Die Alte sagte auch, Mistreß Margaret hätte eine Vision vom Tod Eures Vaters gehabt.«

Der Tod ihres Vaters! Noch nie hatte Arrah an den möglichen Tod ihres Vaters gedacht. Reevnarg war so kraftvoll und wirkte unbezwingbar.

»Ich gehe unverzüglich zu ihr«, sagte nun Arrah.

»Sehr wohl, Mistreß.« Bridgett war erleichtert, daß Arrah sich zum Gehen wandte. Seit dem Tod von Mistreß Margaret befürchtete Bridgett, jemand könnte ihren Anteil daran entdecken. Bis jetzt war das Glück ihr hold gewesen. Sie hatte getan, was Glundel verlangt hatte – sie hatte gewartet, bis alle O'Donnells fort waren und Mistreß Margaret sich allein auf der Burg befunden hatte – dann hatte sie ihr das Gift in den warmen, honigversetzten Abendtrunk geschüttet. Am nächsten Morgen hatte man die Herrin tot aufgefunden. Kein Mensch hatte Bridgett verdächtigt, die Hand im Spiel zu haben. Nun brauchte sie nichts weiter zu tun, als auf Glundels Rückkehr zu warten, der sie wie versprochen mitnehmen würde.

Die alte Hebamme mit dem Geburtsmal lebte in einer Höhle an der Küste. Am Höhleneingang brannte ein kleines, niedriges Torffeuer mit blauer Flamme.

Die Adlerburg hatte ein Ahnherr der MacNamaras erbaut, dessen Frau so schön gewesen war, daß er sie mit den häßlichsten seiner Gefolgsleute auf die Insel gebracht hatte, um sicherzugehen, daß sie sich nicht in einen andern verliebte. Damit nicht genug, hatte er eine zu ihrem Schlafgemach führende Geheimtreppe anlegen lassen, damit er sie heimlich beobachten konnte.

Daß es einen geheimen Wasserweg vom Meer bis unter die Burg gab, hatte er nicht geahnt.

Ein schiffbrüchiger junger Seemann war in diesen Geheimgang und weiter hinauf in die Kammer geraten, wo die Frau die Schnekken gehalten hatte, die sie fürs Tuchfärben brauchte. Sie hatte den Jüngling vor ihrem Mann verborgen und ihn heimlich mit Speis und Trank versorgt. Eines Tages aber hatte der auf der Treppe verborgene Ehemann die Liebenden in leidenschaftlicher Umarmung ertappt, die beiden in den unter Wasser gelegenen Gang schaffen lassen und beide Ausgänge mit Steinen unpassierbar gemacht.

Die Frau hatte ihren Mann angefleht, sie zu verschonen, da sie guter Hoffnung gewesen war. Er aber hatte kein Erbarmen gekannt. Daraufhin hatte sie ihn verflucht und ihm prophezeit, die MacNamaras würden die Insel der Adler verlieren und den Söhnen dieser Sippe sei es bestimmt, ihre Väter zu betrügen.

Der von der jungen Frau ausgestoßene Fluch besaß die Kraft einer Weissagung – fortan hatten Besitzverlust und Betrug zum Erbe der MacNamaras gehört.

Als Margaret mit Arrah schwanger gewesen war, hatte sie den von der Färbekammer zum Wasser führenden Eingang entdeckt. Sie war dabei gewesen, den Schnecken Farbe zu entnehmen, als sie bemerkt hatte, daß Dampf unter dem Boden der Kammer hervordrang. Ihre anfängliche Angst hatte sich unter der benebelnden Wirkung des Dampfes gelegt, so daß sie die großen Steinplatten gelockert hatte, die den Boden der Kammer bildeten.

Sie hatte einen kleinen warmen Tümpel, hüfthoch mit Wasser gefüllt und voller kleiner runder Steine, entdeckt. In ihrem Zustand hätte sie Platten und Steine nicht heben dürfen, und doch hatte sie nicht inngehalten, den Zugang freizulegen, so als ob Dampf und warmes Wasser sie in einen tranceähnlichen Zustand versetzt hätten.

Und während sie dies tat, hatte sie eine Vision gehabt – sie hatte die Geburt ihrer Tochter und ihr kleines Mädchen mit dem von Adlerfängen aufgerissenen blutigen Arm gesehen.

Margaret war so erschüttert und erschrocken gewesen, daß sie der Hebamme mit dem Geburtsmal ihre Vision anvertraut hatte.

Die Alte hatte Margaret immer wieder über ihre Visionen ausgefragt. Zu gewissen Zeiten war heißes Wasser in den unterirdischen Gang gedrungen, so daß sich Dampf bildete, der durch die Fugen zwischen den Steinen quoll. Hatte Margaret den Dampf bemerkt, dann hob sie die Steine, voller Erwartung, welche Vision diesmal der wirbelnde, dampfende Tümpel für sie bereithalten mochte. Lange hatte sie dann dagesessen und den sich drehenden und wirbelnden Dampfschwaden zugesehen. In dem tranceähnlichen Zustand, der sie dabei unweigerlich überkommen hatte, konnte sie in die Zukunft sehen, mitunter aber auch in die Vergangenheit.

Von der Vision von Arrahs zerfleischtem Arm abgesehen, hatte Margaret der Hebamme niemals eine ihrer Visionen enthüllt, doch die Alte argwöhnte, daß Margaret im Traumtümpel die Vision von Reevnarg, wie er die Führerschaft über die O'Donnells errang, gehabt hatte.

Einmal hatte Margaret versucht, in den Traumtümpel zu tauchen und den Gang entlangzuschwimmen, um zu sehen, wohin dieser führte. Doch an einer scharfen Biegung war Margaret auf einen Schädel gestoßen und hatte nicht den Mut aufgebracht weiterzuschwimmen.

Nun aber hatte die Hebamme den Entschluß gefaßt, den Traumtümpel einem anderen Zweck zuzuführen.

Über ihr Feuer gebeugt, hockte sie da. Als sie Arrah bemerkte, richtete sie sich auf und zog hastig das Tuch über ihr Gesicht. Arrah aber hatte einen Blick auf das entstellende Mal werfen können.

Arrah konnte sich an den Besuch der Alten bei ihrer Mutter erinnern, sie hatte jedoch vergessen, wie groß und entstellend die Verfärbung war.

»Da du im Begriff stehst, in den Ehestand zu treten, wird es Zeit, daß du dir das weibliche Wissen aneignest«, sagte die Alte.

»Ja. Meine Mutter sprach davon, ehe ich mit dem Joyce verlobt wurde.« Als ihre Augen sich an das Halbdunkel der Höhle gewöhnt hatten, sah sie eine Unmenge von Hummerreusen in einem unordentlichen Haufen auf dem Boden liegen. Die Höhlenwand war über und über mit Pflanzen behängt.

»Ich will das Wissen an dich weitergeben. Ein Kapitän kann nicht immer einen Kinderbauch vor sich hertragen. Schwangerschaft macht eine Frau unförmig und unbeweglich. Es gibt Möglichkeiten, eine Empfängnis zu verhindern. Komm mit mir.«

Sie nahm eine Fackel von der Wand und führte Arrah in eine andere Höhle. »Es gibt eine Pflanze mit Namen Steinsame, die am Waldrand und im Gebüsch wächst und grauweiße kleine Nüsse hervorbringt, die eine Empfängnis verhindern.«

Sie nahm einen kleinen Tontiegel von einem steinernen Sims. »Das hier wird einen Zustand beenden, falls du guter Hoffnung bist. Deine Mutter hat dieses Pulver genommen. Aber gib acht, daß du es nicht zu oft benutzt, denn jede Unpäßlichkeit schwächt eine Frau.

Deine Mutter kannte nicht die ganze Frauenweisheit, da sie den Mond fürchtete. Pater Thomas hat ihr gesagt, die Mondsichel zeige die Hörner des Teufels. Dennoch verfügte sie über gewisse Kräfte, die sie von ihrer Mutter geerbt hat, die vom Meeresvolk abstammte. Du bist sehr schön, mein Kind. Deine Haut strahlt mit der Kraft der See, da du auch zu ihnen gehörst. Du wirst mit dem Alter immer schöner werden. Du bist keine Hexe, und auch deine Mutter war keine, obwohl einige sie dafür hielten. Nein, sie war eine Mystikerin. Eine Zauberin oder Hexe versucht, ihre Umgebung zu beherrschen, eine Mystikerin möchte sie nur verstehen. Und sie verstand sehr viel. Sie hatte Visionen über einem Traumtümpel. Auch du hast die Macht der Visionen, aber bevor du diese Kraft entdeckst, mußt du einen geheimen Gang entlangschwimmen.

Vom Gemach deiner Mutter aus führt eine verborgene Treppe, die hinter dem Kamin beginnt, in die Färbekammer, wo die Schnecken gehalten wurden. Wie du weißt, wurde die Adlerburg von einem Ahnherrn der MacNamaras erbaut. Er ließ auch die Treppe einbauen, damit er seine Frau überwachen konnte.«

Arrah kannte die Geschichten von der Eifersucht des MacNamara und von der grausamen Strafe, die er seiner Frau und ihrem Liebhaber angetan hatte. Vermutlich ging der Geist der jungen schwangeren Frau auf der Adlerburg um. Von einem geheimen Treppenaufgang aber hatte sie noch nie etwas gehört.

Die Alte fuhr fort: »Am Ende dieser Treppe findest du ein Paneel, das hinter der Tür zur Färbekammer liegt.

Wenn du sie öffnest, wirst du sehen, daß das Paneel einen roten Schatten auf eine Steinplatte wirft. Hebe diese Platte an, und du wirst den Tümpel und den Gang finden, der unterhalb der Burg zu den dreihundert Klippenstufen führt. Du mußt die ganze Länge des Ganges entlangschwimmen, unter den dreihundert Stufen auftauchen, um Luft zu holen und dann zurückzuschwimmen. Wenn du im Traumtümpel wieder auftauchst, wirst auch du über die Kraft der Visionen verfügen. Deine Mutter stieß auf den Gang, als sie eines Tages im Meer untertauchte und direkt in die Färbekammer gelangte, in der sie die Schnecken hielt. Daraufhin pflegte sie oft im Gang zu schwimmen. Das Wasser hätte Zauberkräfte, behauptete sie.«

»Meine Mutter? Sie soll im Meer untergetaucht sein?« Arrah fielen die Worte ihres Vaters ein. *Sie lief wie eine Geiß über die Klippen.*

»Das Wasser im Gang wird dir die Kraft der Visionen verleihen wie einst deiner Mutter. Vor ihrem Tod sagte sie mir, sie hätte den Tod deines Vaters vorausgesehen, der bald eintreten wird. Sie wünschte, daß du die Vision auch siehst, damit du seinen Tod verhindern kannst.«

Arrah hatte nichts tun können, um den Tod ihrer Mutter zu verhindern. Wenn es eine Möglichkeit gab, ihrem Vater das Leben zu retten, dann wollte sie es tun.

Sie ging zum Kamin im Gemach ihrer Mutter. Alles war so, wie die Alte gesagt hatte. Vorsichtig stieg sie die Stufen hinunter, in der Hand eine Fackel, die in dem dunklen, steilen Treppenaufgang heftig flackerte. All die Jahre hatte sie auf der Adlerburg gelebt und nichts von diesem Gang gewußt!

Die Treppe endete jäh vor einer Steinwand. Arrah drückte ein niedriges Paneel knapp über dem Boden, das in die Färbekammer aufschwang. Wie oft war sie als Kind mit ihrer Mutter hiergewesen! Sie und Debrogail hatten einen ganzen Nachmittag in diesem Raum verbracht und vom Vorhandensein der Geheimtür nichts geahnt.

Der geöffnete Wandteil warf einen Schatten auf einen Stein, genau auf jenen Stein, auf dem Debrogail und sie vor Jahren mit den getrockneten Erbsen gespielt hatten, nachdem Margaret sie zur Strafe eingesperrt hatte.

An jenem Nachmittag hatte Arrah feststellen wollen, woher der Dunst kam, aber die dumme Debrogail mit ihrem Geschrei hatte alles zunichte gemacht.

Ihr Kinderverstand hatte Arrah auf die Idee gebracht, daß der Dampf etwas mit dem Vorgang des Färbens zu tun haben könnte. Ihre Gedanken wanderten zu Debrogail, die sich nicht unter dem Gesinde befunden hatte, das zu ihrer Begrüßung zusammengelaufen war. Sie nahm sich vor, nach ihrem Verbleib zu fragen.

Arrah hob die große, flache Steinplatte an. Etwa ein Fuß unter ihr sah sie die dunkle Wasserfläche. Da trat etwas Merkwürdiges ein, so wie damals, als sie mit Debrogail hier zur Strafe eingeschlossen worden war – aus dem Tümpel stieg Dampf auf.

Diesmal war Arrah klar, daß der Dampf nichts mit dem Färben zu tun hatte. Sie sah zu, wie der warme Dunst aufwallte und Spiralen zog.

Der Wasserspiegel fing an, sich mit einem zischenden und schnaubenden Geräusch anzuheben. Die ganze Kammer füllte sich mit spiralig wirbelndem Dampf. Das Licht ihrer Lampe verwandelte den Dampf in roten und gelben Rauch, und einen Moment lang stellte sie sich vor, daß die Hölle dieser Kammer ähneln mußte oder vielmehr der Himmel, denn der warme Dampf war angenehm und verführerisch und umschmeichelte Gesicht, Hals und Hände. Begierig sog sie ihn ein, den Blick unverwandt auf die goldene und schwarze Wasserfläche gerichtet. Einen Augenblick hatte sie das Gefühl, die Welt stünde kopf und sie sähe einen Sonnenaufgang zu ihren Füßen, da das im Wasser reflektierte Fackellicht die Farben der aufgehenden Sonne vortäuschte.

Während das Wasser immer höher stieg, sah sie Bilder im Dunstwirbel. Sie sah ihr eigenes Gesicht, das sie zunächst ebenfalls für eine Spiegelung im Wasser hielt, doch dann nahm sie eine dunkle Gestalt hinter ihrem Gesicht wahr: eine auffallend große, beherrschende schwarzverhüllte Gestalt, die auf einem Holzgerüst stand... War es eine Richtstätte? Doch dann wirbelte der Dunst herum, und das Bild verschwand. Hatte sie sich alles nur eingebildet? Sie zwinkerte und versuchte, das Bild zurückzugewinnen, doch es war fort, und wieder war da nur der Dampf, sonnengelb und blutrot, der von den Felsen zu ihren Füßen zischend und brodelnd hochstieg. Hatte ihre Mutter so ihre Visionen gehabt? Nein. Die Alte hatte ihr gesagt, daß man zuerst den Gang entlangschwimmen müsse.

Arrah entkleidete sich, tauchte mit einem Kopfsprung ins Wasser und nahm die Suche nach dem Gang auf, von dem die Alte gesprochen hatte. Knapp oberhalb des Grundes stieß sie auf eine scharfe Ecke. Sie folgte der Strömung. Je weiter sie hinausschwamm, desto kälter wurde das Wasser, und um so enger wurde der Gang. Um sie herum spürte sie nur Stein, da der Gang kaum breiter war als ihre Schultern. Mit Füßen und Armen stieß sie beim Schwimmen ständig gegen Felsen. Die Luft wurde knapp, Panik setzte ein. Sie mußte umkehren und die Strecke zurückschwimmen. Im Innehalten wurde sie gewahr, daß zum Wenden kein Platz war. Ihre Lungen waren schon nahe daran zu bersten. Sie hatte keine Luft mehr und schluckte Salzwasser, das in ihrer Kehle brannte. In diesem Moment weitete sich der Gang über ihr und gab Raum zum Luftholen. Sie tauchte so abrupt auf, daß ihr Kopf gegen den Stein über ihr stieß. Dann tauchte sie wieder unter, kämpfte gegen die Schwärze in ihrem Kopf an und zwang sich wieder zum Auftauchen.

Eine Zeitlang – sie wußte nicht, wie lange – tat sie nichts außer atmen. Dann versuchte sie, ihre Umgebung wahrzunehmen. Sie blickte um sich, in dem Bestreben, irgend etwas zu erkennen, doch es herrschte völlige Finsternis. Man konnte nichts sehen, das einzige Geräusch war ihr keuchender Atem.

Warum hatte die Alte sie belogen? Hier gab es gar nichts. Sie konnte von Glück reden, auf diese Erweiterung im Gang gestoßen zu sein. Nach ihrer Heimkehr wollte sie ein Wörtchen mit der Alten reden.

Arrah tastete sich in dem engen Kanal zurück, merkte jedoch plötzlich voller Entsetzen, daß sie die Orientierung verloren hatte. Jetzt war sie verloren. Es gab nur zwei Richtungen, doch sie wußte nicht, welche sie einschlagen sollte. In ihrer Verzweiflung rief sie um Hilfe. In dem niedrigen Gang wurde ihre Stimme so laut von den Steinwänden zurückgeworfen, daß es ihren Ohren weh tat. Dann folgte feuchte Stille und das leise Lecken des Wassers an einem kleinen Steinvorsprung. Sie versuchte sich mit Hilfe der Hände zurechtzufinden, vergebens, wie sich zeigte. »Mutter«, murmelte sie vor sich hin, »hilf mir!« Dann holte sie tief Luft, zwängte sich in den Gang und schwamm los.

Wieder ging ihr die Luft aus, als ein Felsvorsprung ihr anzeigte, daß sie die falsche Richtung eingeschlagen hatte. Arrah geriet von neuem in Panik. Ein paar tastende Bewegungen zeigten ihr, daß sie nicht weiterkam. Hier war der Kanal blockiert. Umdrehen konnte sie auch nicht. Sie mußte den Rückweg halb kriechend und halb schwimmend zurücklegen. Nahe daran, das Bewußtsein zu verlieren, erreichte sie wieder die luftgefüllte Erweiterung. Diesmal irrte sie sich nicht in der Richtung, doch als sie in der Färbekammer an die Oberfläche kam, sah sie sich zwei Totenköpfen gegenüber, die auf dem Wasser tanzten.

Arrah schrie auf, und in jenem dunklen, schreckenserfüllten Moment kam Klarheit über sie. Die Schädel waren die sterblichen Überreste der Liebenden, die hier ihr Grab gefunden hatten. Arrahs verzweifelte Schwimmbewegungen mußten sie vom Boden gelöst und nach oben getrieben haben. Daß ihre Mutter den Gang durchschwommen hatte, war ausgeschlossen. Arrah hatte es auch nur ganz knapp geschafft. Die Alte hatte es darauf angelegt, daß sie in dem engen Gang umkam. Zu diesem Zweck hatte sie sich in Arrahs Vertrauen geschlichen, ihr geschmeichelt und von ihrer Mutter gesprochen. Dann hatte sie sie zum Durchschwimmen des Ganges verlockt, indem sie ihr über den Tod Reevnargs Lügen aufgetischt hatte. Arrah war entschlossen, herauszufinden, aus welchem Grund das alte Weib ihren Tod wollte.

Doch als sie zu der Höhle der Alten zurückkehrte, fand sie diese leer vor. Es sah aus, als sei die Alte nie hiergewesen. Sogar die Hummerbehälter waren verschwunden. Auf ihre Fragen hin gaben die Fischer zur Antwort, daß hier einmal eine Alte gelebt hätte, die aber schon vor geraumer Zeit verschwunden sei. Niemand wüßte, wohin.

Die Tage schleppten sich langsam dahin, ohne daß Arrah die Frage klären konnte. Als Arrah sich nach Debrogail erkundigte, erfuhr sie von Bridgett, das Mädchen sei eines Nachts mit einem der Wachen durchgebrannt, nachdem Bres Mistreß Naira geheiratet hatte.

Diese Nachricht erstaunte Arrah nicht wenig, da dies Debrogail gar nicht ähnlich sah. Normalerweise hätte ihre Neugierde sie zu weiteren Nachforschungen getrieben, aber ihre Überlegungen galten in erster Linie der alten Hebamme und deren Motiv, sie in den sicheren Tod zu schicken.

Wieder holte sie Erkundigungen bei den Fischern ein und fragte nach dem Verbleib der Alten. Doch die Leute wußten nichts oder wollten nichts sagen.

Daraufhin ging sie zum Grab ihrer Mutter, um vielleicht dort Aufklärung zu finden. Arrah und ihre Mutter waren nur selten eines Sinnes gewesen, und doch hatte Arrah sie geliebt.

Sie dachte an ein Spiel, daß sie in frühester Kindheit immer mit ihrer Mutter gespielt hatte, kurz bevor sie ins Bett ging. Margaret hatte das Federbett bis an Arrahs Kinn hochgezogen und dann mit den Händen eine kleine Distanz angezeigt. »Ich habe dich nicht nur so lieb«, pflegte sie zu sagen und die Distanz zwischen den Händen zu vergrößern. »Auch nicht so lieb.« So ging es weiter, und jedesmal wurde die Entfernung größer, bis ihre Arme ganz ausgestreckt waren. »So lieb habe ich dich! Ich liebe dich, wie der Himmel hoch und der Ozean weit ist!«

Dann hatte sie einen sanften Kuß auf Arrahs Lider gedrückt. »Gott segne dich. Mögen die Engel dich behüten und dir süße Träume bringen.« Sie hatte Arrahs Wange mit weichen, kühlen Fingerspitzen berührt. Die Finger ihrer Mutter waren stets kühl, weiß und glatt wie Kerzen gewesen.

Arrah hoffte, etwas von der Anwesenheit ihrer Mutter am Grab zu finden, doch der Friedhof lag kalt und einsam da. Ein undurchdringlicher Nebel war vom Ozean her aufgestiegen. Die Welt war grau, feucht und bar aller Antworten. Nur ein einsamer Adler kreiste hoch über ihr, ehe er flügelschlagend im Dunst verschwand.

Arrah wurde von einem Gefühl der Vergeblichkeit, der Verwirrung und Enttäuschung gequält. Die Zeit schien nicht vorwärts zu schreiten, sie schien vielmehr stehenzubleiben, so daß ein Tag wie der vorhergehende und alle anderen davor war.

Arrahs Ungeduld wuchs mehr und mehr, so daß sie Paddy, als dieser sie einmal aufhielt, weil er mit ihr plaudern wollte, kurzangebunden abfertigte und sagte, sie hätte keine Zeit.

»Aber, aber, jetzt, da du Dragon's Mouth befahren hast, hast du keine Zeit mehr für Paddy Ohnebein?«

Arrah schämte sich sehr. Schließlich hatte Paddy sie mit Ratschlägen für die Durchschiffung von Dragon's Mouth versorgt. Reuig kniete sie neben ihm nieder und erzählte ihm von der Alten und dem unterirdischen Gang.

Paddy runzelte die Stirn. »Die Hebamme war die Schwester des Fischermädchens, das deine Familie verflucht hat. Vor langer Zeit sagte ich das deinem Vater. Aber der glaubt nicht an das, was Paddy Ohnebein sagt. Er behauptet, das Fischermädchen wäre die einzige Frau gewesen, die ein Feuermal getragen hätte. Sie hätte gar keine Schwestern. Er hält mich für einen Märchenerzähler.«

»Woher weißt du, daß sie Schwestern hatte?«

»Tja... ehe ich Paddy Ohnebein wurde, war ich Paddy und liebte die Mädchen wie alle Matrosen. Du kennst doch die kleine Debrogail, die als Kind mit dir gespielt hat? Ich schlief ein paar Nächte mit ihrer Mutter wie auch mit anderen Frauen. Ich traf sie unten am Meer in einer Höhle, in der die Wehmutter lebte. Dein Vater hatte mich ausgeschickt... ich sollte junge Adler aus den Klippennestern holen, damit er sie für die Jagd abrichten konnte. Damals, bevor die Haie mich erwischten, war ich behende und sprang dahin wie eine Ziege.

Nun ja, als Mann hatte ich der Hebamme nie viel Beachtung geschenkt. Sie kam und ging zu den Frauen auf der Burg, und ich sah, daß sie ihr Gesicht immer bedeckt hielt, ohne daß ich mir viel dabei gedacht hätte. Aber an jenem Tag auf den Klippen zeigten sie ihre Gesichter unverhüllt, die Hebamme und Debrogails Mutter. Sie ahnten ja nicht, daß jemand sie beobachtete. An dem Feuermal erkannte ich, daß die beiden Schwestern waren. Ich rief zu ihnen hinüber, denn Debrogails Mutter gefiel mir besser als alle anderen, mit denen ich zusammengewesen war. Feuermal oder nicht, das war mir einerlei. An einer Frau ist mehr als nur die Farbe ihrer Wangen. Aber die beiden hörten mich nicht. Ich war hoch oben auf den Klippen, und du weißt ja, wie laut die Brandung donnert.

Damals dachte ich mir nicht viel dabei. Und dann, eines Nachts lag ich bei Debrogails Mutter. Ein Seemann, wenn er ein halbwegs guter ist, spitzt immer mindestens ein Ohr. Und sie sagte etwas davon, daß sie ihre Schwester rächen wolle. Ich wollte Reevnarg davon erzählen, aber dann dachte ich mir, er würde Debrogails Mutter fortschicken. Und ich hing an ihr und wollte nicht, daß sie wegging. Deshalb hielt ich den Mund.

Und dann verlor ich meine Beine durch diesen gottverfluchten Hai. Und von da an hatte ich andere Sorgen als Hebammen und Mägde mit Feuermalen. Kurze Zeit später starb Debrogails Mutter, nachdem sie viel gehustet und Blut gespuckt hatte, und ich betrauerte sie sehr und trank zuviel. Ich sagte zu Reevnarg, daß sie vielleicht eine Schwester des Fischermädchens sein könnte, das seinen Bruder getötet hatte. ›Nein‹ sagte er, ›sie hatte keine Schwester.‹ Doch er war nicht dabeigewesen, als sein Vater das arme Mädchen fesseln und ins Meer werfen ließ. Ich wette, daß die Mädchen sich irgendwo versteckt hatten. Reevnargs Vater nämlich – wie der nach dem Tod seines Sohnes beisammen war ... ich glaube, der hätte jede getötet, die ein Feuermal im Gesicht trug. Auf seiner nächsten Seefahrt blieb er in der Takelage seines eigenen Schiffes hängen und wurde stranguliert. Eine schreckliche Sache. Oft kostet sie den Rächer mehr als den, an dem er sich rächen will.«

Arrah hörte sich dies fassungslos an. Wenn Paddy die Wahrheit sagte, dann hatte Debrogails Tante sie verlockt, den Gang zu erkunden. Aller Wahrscheinlichkeit nach war Debrogail an den Geschehnissen beteiligt. Kein Wunder, daß sie nirgends zu sehen war. Kein Wunder, daß sie sich als Kind zu Arrah so zutraulich gebärdet hatte. Das alles war Teil des Rachefeldzuges.

Eines aber war ihr an Paddys Geschichte nicht klar. »Bist du Debrogails Vater?« fragte sie.

»Das weiß man bei den Mägden nie so genau. Ich war Seemann und oft auf See, und die Weiber – nun, die holen sich ihr Vergnügen, wo immer es geht. Aber es gab nicht viele Männer, die mit ihr zusammen waren, denn ihr Feuermal galt als Unglückszeichen. Als ich bei ihr lag, hatte sie keine Kinder. Der Zeitpunkt von Debrogails Geburt war so, daß ich der Vater hätte sein können, und als ich sie sah, hoffte ich, sie wäre meine Tochter«, schloß Paddy wehmütig.

»Warum hast du Debrogail nie ein Wort verraten?«

»Ein hübsches Ding wie sie – und ein häßlicher alter Seebär wie ich, über den sich alle Welt lustig macht? Für das Kind war es besser zu glauben, ihr Vater sei ein stattlicher Mann und nicht Paddy

Ohnebein, den alle für einen irren Schwätzer und alten Narren halten.«

»Paddy, du bist kein alter Narr«, sagte Arrah.

»Danke, mein Mädel. Debrogail wäre nicht imstande, dir ein Haar zu krümmen. Das weißt du doch, oder?«

Arrah blickte zu Boden. Die Alte hatte sie in den nassen Tod gelockt, und Debrogail war verschwunden. Wenn Rache der Grund war, dann würden die beiden sich ebenso an Naira rächen wollen.

Arrah war Naira nie sehr nahegestanden. Naira hatte ihr gegenüber immer eine herablassende und kühle Haltung gezeigt. Trotz allem aber war sie ihre Schwester, und Arrah war gewillt, sie nach besten Kräften zu schützen.

Sie ließ ihr Schiff seeklar machen und nahm Kurs auf Glen Head.

Arrah ging mit dem Tigerjungen auf dem Arm an Land. Naira war prächtig anzusehen in einem hochgeschlossenen Kleid. Ihre blauen Augen strahlten wie der Winterhimmel. An ihrer Seite stand der stattliche Bres. Als Arrah ihn zum letzten Mal gesehen hatte, war er von Debrogail bezaubert gewesen und hatte mit ihr gelacht und gescherzt. Wie flatterhaft Männer waren! Diese Beobachtung hatte sie schon bei den Seeleuten ihres Vaters gemacht, die es mit den Dienstmägden trieben. Sie schworen der einen ewige Treue und lagen im nächsten Moment schon in den Armen einer anderen. Arrah entging nicht, daß Bres eine ernste Miene zur Schau trug.

»Meine Schwester... woher hast du dieses herrliche Tier?« fragte Naira und deutete auf den Tiger.

»Den hat mir Seaghan MacNamara geschenkt.«

»Wie immer bist du diejenige, der die Männer wundervolle Dinge bringen. Kein Mann hat mir je etwas Schönes geschenkt.« Ihren Worten folgte ein Blick auf Bres.

Naira nahm Arrah das Tigerjunge ab. Sie begrub ihr Gesicht in seinem weichen Fell und lauschte dem Herzschlag des Tigers. Arrah sah Tränen auf Nairas Wangen.

Noch nie hatte sie Naira weinen sehen. »Was ist denn, Naira?«

»Arrah, ich war abscheulich zu dir... ich gebe zu, daß ich eifersüchtig war. Vater... er hat immer...« Naira rang um Worte. »Du konntest tun, was du wolltest, und hast sein Wohlgefallen weit mehr erregt als ich. Gleichgültig, was für Unfug du getrieben hast, immer ging es gut für dich aus. Und jetzt ist unsere Mutter tot, und du und Vater seid mir als einzige geblieben.« Sie schlang einen Arm um Arrah.

Nairas herzliche Begrüßung stürzte Arrah in tiefe Verwirrung. So weit ihre Erinnerung zurückreichte, war Naira immer kalt und hochmütig gewesen. Und jetzt blieb Arrah steif und kühl, da ihr der Gefühlsausbruch ihrer Schwester ungewohnt war.

»Ich bin es leid, eine Fremde in meiner eigenen Familie zu sein!« rief Naira aus. »Nimm mich in die Arme, Schwester!«

All die Jahre waren sie sich fremd geblieben. Es tat nun gut, Naira zu umarmen. Ihrer Haut entströmte der milde Duft nach Rosenwasser, der Duft, den auch Margaret bevorzugt hatte. Vielleicht konnten sie von nun an wie richtige Schwestern zueinander sein, nachdem ihre Mutter gestorben war. Arrah drückte Naira an sich, von einer Gefühlsaufwallung mitgerissen, wie sie sie nie zuvor für ihre Schwester empfunden hatte.

»Komm«, sagte Naira, die ihre Tränen trocknete und Arrahs Arm ergriff. »Deine Abenteuer sind in aller Munde. Du warst immer schon die Wilde und Zügellose. Kein Wunder, daß Vater dir die Insel der Adler überläßt.«

»Glaub nicht alles, was geredet wird. Jedesmal wenn eine Geschichte erzählt wird, kommt ein Stück Übertreibung hinzu. Das ist wie bei den Fischern, die Heringe fangen wollen und zu Hause flunkern, ihnen sei ein Wal ins Netz gegangen.«

»Du hast immerhin Dragon's Mouth befahren!«

»Das hat vor vielen Jahren auch Paddy Ohnebein getan.«

»Er tischt den Leuten so viele Lügen auf, daß ihm niemand mehr glaubt.«

»Naira, ich muß dir etwas sagen.«

»Deine Miene ist ernst und verheißt nichts Gutes. Warte bis nach dem Essen. Es ist so lange her, seitdem wir zusammen waren, und ich möchte meine Freude ungetrübt genießen. Ich dachte schon, ich würde dich nie wiedersehen. Wir alle hielten dich für tot. Sogar Mutter. Und dann kommst du zurück, als Kapitän eines eigenen Schiffes! Es muß sehr befriedigend sein, wenn Träume in Erfüllung gehen.« Nairas Worte waren mehr eine Frage als eine Feststellung.

»Ja, sehr.«

»Glaubst du, ein Mann heiratet eine Frau, die ein eigenes Schiff befehligt? Diese vielen Männer um dich herum ... da muß ja jeder eifersüchtig werden. Bres wäre es jedenfalls, nicht wahr, Bres?«

»Ja, Naira«, gab er tonlos zurück.

Für Naira war es eine besondere Freude, daß Bres sie begleitet hatte. Sie hatte schon befürchtet, er würde die Geschichte nicht glauben, die sie sich als Grund für Debrogails Verschwinden zurechtgelegt hatte. Erst hatte Naira Bres weisgemacht, Debrogail sei draußen in den Wäldern und sammle Kräuter, dann hatte sie den Kampf mit den Kriegsknechten ihres ersten Mannes zum Vorwand benutzt und behauptet, Debrogail sei der Kämpfe wegen die Rückkehr auf die Burg verwehrt worden.

Als sie gemerkt hatte, daß Bres immer ungeduldiger wurde, hatte sie sich eine Geschichte ausgedacht, auf die sie besonders stolz war. Sie hatte Bres weisgemacht, daß einige Krieger Debrogails Leichnam gefunden hätten. Die junge Magd habe allem Anschein nach ein Liebesverhältnis mit einem Köhler gehabt. Die beiden hätten sich unter einem Baum geliebt, als ein Blitz in den Baum eingeschlagen war, der auf die Liebenden gestürzt und sie unter sich begraben hatte. Sie hatte Bres sogar hinaus zum angeblichen Grab geführt – nichts leichter, als einen Wachposten auszuschicken, der eine Grube aushob und wieder zuschaufelte.

Bres hatte sich verzweifelt gebärdet. Unter Tränen hatte er sich über das angebliche Grab geworfen, und Naira hatte ihn voller Mitgefühl getröstet. »Jetzt siehst du, wie gut ich an dir gehandelt habe«, sagte sie leise. »Stell dir vor, du hättest sie geheiratet und sie hätte dir mit jedem, der ihr gefällt, Hörner aufgesetzt. Ich bin mit Debrogail aufgewachsen. Ich konnte mit eigenen Augen sehen, was sie mit all den Männern trieb. Und jetzt vergieß keine Tränen mehr, mein Liebling. Ich liebe dich.«

Dann hatte sie an seinen Stolz appelliert. »Bres, du bist der Neffe des Chieftains. Es schickt sich nicht, daß du um eine Magd weinst, schon gar nicht um eine mit so lockeren Sitten.«

Da er nicht aufgehört hatte zu weinen, war sie gezwungen gewesen, ihn an seine Loyalität zu erinnern. »Hier ist jetzt dein Zuhause. Kehrst du ins Gebiet der MacNamaras zurück, wird man dich ausstoßen wie deinen Sippenbruder Seaghan.« Sie hatte ihre Worte mit größter Sorgfalt gewählt. Bres durfte nicht ahnen, daß sie wußte, daß er Seaghan den bevorstehenden Angriff verraten hatte. Damit hätte sie ihn in die Defensive getrieben und ihn sich noch mehr entfremdet. Sie aber wollte ihn enger an sich binden und war ihm deshalb mit Verständnis und Mitgefühl entgegengekommen. »Ich konnte meinen Vater nach manch verlorenem Kampf erleben. Er gibt allen anderen die Schuld und wittert überall grundlos Verrat. Sicher ist dein Onkel Brion nicht viel anders. Er wird glauben, du hättest ihn verraten. Bres, du bist loyal, du bist kein Verräter. Und jetzt beweise deine Treue den O'Donnells gegenüber. Bleibe hier und verteidige deine Frau.«

Als das Wort Treue gefallen war, waren Bres' Tränen versiegt. Obschon er ihr insgeheim zustimmte, war er bekümmert und in sich gekehrt geblieben, irgendwie entrückt, so daß Naira auf einen anderen Gedanken verfallen war. Sie hatte Rory, ihren Kerkermeister, zu sich kommen lassen. Er war der häßlichste Mann, den man sich vorstellen konnte, eine abstoßende, hustende Jammergestalt. Ihm hatte sie gesagt, sie wolle ihm und einem zweiten Wachposten je einen Goldsovereign geben, wenn er sich laut damit brüstete, daß er es mit Debrogail getrieben hätte.

Sie hatte alles sehr sorgfältig arrangiert und mit Rory verabredet, um welche Zeit sie und Bres auf dem Schloßhof einen Rundgang machen würden.

Ihr Vorhaben war nach Plan abgelaufen. Sie und Bres hatten betrunkene Männerstimmen und rauhes Gelächter gehört. Rorys Stimme war mit seinem schleimigen Husten, der immer wieder seinen Redefluß unterbrach, unverkennbar. »Jaja, dieses geile kleine Biest, diese Debrogail. Die wird mir fehlen, glaubt mir. Die wollte immer, ganz gleich, wann. Sie legte sich oft für mich hin; lüstern wie kein anderes Frauenzimmer.«

»Ja«, hörte man die Stimme des anderen. »So war sie, geil und gierig nach jedem Mann.«

Mit dem Ausruf, sie seien dreckige Lügner, hatte sich Bres mit gezücktem Dolch auf die zwei Männer gestürzt und sie getötet, ehe sie ihm antworten konnten.

»Bres«, hatte Naira in gespielter Unschuld gefragt, »wirst du denn alle meine Wachen wegen einer Magd umbringen?« Insgeheim war sie froh gewesen, daß Bres die beiden getötet hatte, da Tote nichts von Goldsovereigns ausplaudern konnten.

Bres hatte sich abgewendet und war über den Hof gelaufen, laut heulend vor Schmerz. Sie hatte schon befürchtet, sie hätte ihn verloren. Doch obwohl er die Worte der Wachen als gemeine Verleumdung abgetan hatte, waren sie bei ihm auf fruchtbaren Boden gefallen. Später, in der Nacht, war er zu ihr gekommen und hatte sie leidenschaftlich wie ein Besessener geliebt.

Jetzt wollte sie schwanger werden, ganz schnell. Sie war sicher, daß Bres sie niemals verlassen würde, wenn sie ein Kind bekam.

Als Naira von seiner Eifersucht sprach, fiel Arrah ein, was eine Ehe mit Seaghan bedeuten würde. Sie und Naira würden dann mit zwei Sippenbrüdern vermählte Schwestern sein. Es war eine enge Doppelbeziehung, die den Beifall ihrer Mutter gefunden hätte.

Trotz allem, was sich zugetragen hatte, wanderten ihre Gedanken immer wieder zu Seaghan zurück. Auch beim Anblick der zwei Totenköpfe hatte sie gewünscht, daß seine starken Arme sie trösten könnten.

Aber sie liebte auch Carbri. Sie liebte seinen guten Humor und sein Lachen und seine hellen Haselnußaugen.

Unter anderen Umständen hätte sie mit Naira über diese Gefühle sprechen können. Naira war schon einmal verheiratet gewesen, sie war auch jetzt verheiratet. Der Austausch von Vertraulichkeiten dieser Art war unter Schwestern üblich. Aber es war möglich, daß sie und Naira sich schon zu lange fremd waren, als daß es zu Herzensergüssen dieser Art hätte kommen können. Zudem gab es andere, wichtigere Dinge zu besprechen.

»Naira, erinnerst du dich an die Hebamme mit dem Feuermal?«

»Was ist mit ihr?«

»Sie hat versucht, mich zu töten. Jetzt habe ich Angst, daß sie auch dich zu töten versucht.«

»Dich töten? Warum sollte sie dich töten wollen?« Naira war fassungslos.

Als Arrah erklärte, was Paddy Ohnebein ihr von Reevnargs Bruder und dem Fischermädchen und von der Rache der Schwestern an Reevnargs Familie berichtet hatte, lauschte Naira sehr aufmerksam.

»Aber sicher, Schwester. Vater hatte recht. Die Schwestern des Fischermädchens hätten sich nie mehr auf die Insel gewagt. So, wie ich die Geschichte der Verwünschung kenne, hatte nur das Fischermädchen das Geburtsmal. Und sie hatte keine Schwestern. Das hat mir Vater selbst gesagt«, erklärte Naira mit Bestimmtheit.

»Paddy behauptet, daß Vater sich irrt.«

»War Paddy mit Vaters Bruder dort?«

»Nein, aber er hörte andere, die dort waren, davon sprechen.«

»Aber du sagst selbst, Geschichten seien immer übertrieben.«

»Und Debrogail ist aus der Adlerburg verschwunden«, schloß Arrah.

Arrah sah, daß Bres' Augen dunkler wurden. Es war derselbe Ausdruck, den sie einmal an Seaghan bemerkt hatte. Es war der Ausdruck, der verriet, daß die beiden Sippenbrüder waren.

Bres äußerte sich nun zum ersten Mal und sprach mit einer Heftigkeit und Wut, die Arrah erstaunte. Sie wußte noch, wie er einst mit der jungen Magd gescherzt und getändelt hatte. »Debrogail ist tot.«

»Debrogail...« Nairas Stimme triefte vor Hohn. Sie warf Bres einen Blick zu. »Ich habe sie hierhergeschickt. Doch als Bres und ich nach unserer Vermählung hier eintrafen, war sie mit einem Köhler durchgebrannt. Das sieht dem Gesinde ähnlich... paaren sich wie Hunde. Die Weiber machen für jeden die Beine breit, der sie nur ansieht.«

Debrogail tot! Diese Neuigkeit traf Arrah ebenso, wie sie die Nachricht vom Tod ihrer Mutter getroffen hatte. Paaren sich wie Hunde. Also war es Nairas Werk, daß Debrogail die Insel verlassen hatte, und kein Schachzug der Alten. Aber was sie da hörte, verwirrte sie zutiefst. Es sah Debrogail nicht ähnlich, sich zu benehmen wie Bridgett oder die anderen, die tatsächlich für jeden Seemann die Beine spreizten. Aber vielleicht war es doch nicht so unwahrscheinlich. Nachdem Debrogail von Margaret angehalten worden war, Arrah ›Mistreß‹ zu nennen, hatte sich ihre Beziehung geändert. Als Mädchen hatten sie miteinander gekichert, als junge Frauen nicht mehr. Debrogail war ihr noch fremder geworden als Naira, und jetzt war sie tot.

Naira fuhr fort: »Sie kam unter einem Baum, in den der Blitz eingeschlagen hat, ums Leben... gemeinsam mit dem jungen Mann, ihrem zeitweiligen Liebhaber.«

Arrah hörte kaum zu. Sie würde Paddy Ohnebein von Debrogails Tod berichten müssen. Paddy, der gehofft hatte, sie sei seine Tochter. Mit manchen Menschen meinte es das Schicksal nicht gut. Zuerst hatte er die Beine verloren, dann die Frau, die er liebte, und nun seine Tochter.

»Genug jetzt von Hebammen und Feuermalen. Ich werde meinen Wachposten auftragen, nach der Alten Ausschau zu halten. Du mußt nach all deinen Abenteuern ruhebedürftig sein.«

»Es tut mir leid, Naira, eigentlich wollte ich die Nacht über bleiben, aber jetzt muß ich doch schon zurück. Ich muß Paddy Ohnebein von Debrogails Tod berichten.«

»Aber warum, um alles in der Welt?«

»Weil er ihr Vater ist.«

»Ihr Vater? Aber was für ein unvorstellbarer...« Naira hatte das Gefühl, ihre Beine gäben unter ihr nach. »Aber was für ein Unsinn« – irgendwie glückte ihr ein Lächeln – »heute nacht noch umzukehren.« Naira konnte das Lächeln nicht halten, ihre frühere Härte brach sich Bahn. »Alles nur wegen eines dummen Fischermädchens.«

»Vater kommt zurück«, sagte Arrah. »Ich segle heute noch zur Insel der Adler. Dort bin ich ganz allein, Naira. Möchtest du nicht mitkommen? Seit Mutters Tod ist es ein einsamer Ort geworden.«

»Wir werden kommen, Bres und ich. Aber jetzt müssen wir bleiben. Bres hat im Kampf gegen die Familie meines ersten Mannes tapfer mitgeholfen, aber sehr wahrscheinlich wird ein neuer Angriff folgen. Ein armseliger Krieger, der von einer Niederlage spricht, nur weil er eine Schlacht verloren hat.«

Obwohl Naira von der Streitmacht ihres ersten Gemahls sprach, bezog sie ihre Worte auf sich selbst. Neid und Wut wühlten in ihrem Herzen. Sie war entschlossen, Herrin auf der Insel der Adler zu werden.

»Ich muß jetzt gehen«, sagte Arrah.

»Meine Schwester.« Naira lächelte strahlend, als sie Arrah an sich zog. »Ich bin entzückt. Wir... Bres und ich, haben uns gefreut, dich wiederzusehen.«

»Und ich freue mich, eine Schwester zu haben.« Arrah umarmte sie zum Abschied.

»Ich auch. Wir waren uns zu lange fremd.«

Bei ihrer Rückkehr fiel Arrah auf, daß die purpurne Farbe der Heide einem tot wirkenden Silbergrau gewichen war.

Auf der Burg kläfften und jaulten die Hunde, aber diesmal machte sie sich nicht die Mühe, sie zu begrüßen und zu besänftigen. Sie sah Paddys runzliges Gesicht, das ihr entgegengrinste, hörte, wie er ihren Namen rief. Sie bückte sich und faßte nach seiner Hand.

»Debrogail ist tot«, sagte sie ohne Umschweife.

»Und ich habe zwei Entchen für sie gemacht.« Zwei Riesentränen liefen ihm übers Gesicht.

»Es tut mir leid«, murmelte Arrah, und weil sie sonst nichts mehr zu sagen wußte, stand sie auf und ging ins Haus.

Sie war sehr bekümmert und verwirrt von allem, was sie von Paddy und Naira über Debrogail gehört hatte. Es gab so viele Fragen, die sie Debrogail und ihrer Mutter gern gestellt hätte und die jetzt unbeantwortet bleiben würden.

Um dieses Gefühl der Ziellosigkeit und Enttäuschung zu überwinden, gab sie Anweisung, mit den Vorbereitungen für ein großes Fest zu beginnen. Ihr Vater tat nichts lieber, als seine Heimkehr ausgiebig zu feiern.

Ochsen und Schweine wurden geschlachtet und für den Spieß vorbereitet, indem man sie mit Knoblauch, Salz und Gänseschmalz einrieb. Küchenmädchen schleppten aus dem Garten Körbe voller Pastinakwurzeln, Lauch, Knoblauch und Kohlköpfen herbei. Nüsse wurden in Salzlauge eingelegt, Backformen voller Pasteten standen reihenweise auf den Borden der Vorratskammern.

Arrah gab Anweisung, für ihr Bett das allerfeinste Linnen zu bringen und jeden Morgen zu wechseln und mit getrockneten Rosenblättern und getrocknetem Waldmeister zu bestreuen. Nachts lag sie allein im Bett und dachte an den nahen Tod. Das Tigerjunge lag ihr zu Füßen, beobachtete sie aus gelben Augen und leckte seine Pfoten. Todesträume suchten sie heim, und sie erwachte oft, um sich schlagend in dem Versuch, sich aus der Umklammerung des Unterwasserganges zu befreien. Daneben hatte sie andere Träume – von Seaghan MacNamara, der sie hochhob und dessen Lippen sie spürte – von Seaghan MacNamara, der ihre Brüste küßte und sie liebte, aber immer wieder endete es damit, daß sich sein Kopf in zwei Totenschädel verwandelte und das Bett, auf dem sie sich liebten, zu einem Grab wurde.

Arrah ging die Truhen voll Gewänder durch, die sie vom Piratenschiff mitgebracht hatte. Das Gold hatte sie bereits in der Schatzkammer eingeschlossen.

Sie probierte erst ein weißes Seidenkleid an, dann ein blaues, das ihre Augen leuchten ließ wie die blaue Flamme eines Torffeuers und zu guter Letzt ein magentafarbenes, leuchtend wie ein Sonnenuntergang, das ihre Augen schiefergrau machte – silbern wie die Gischtkronen der Wellen.

»Ihr werdet hinreißend aussehen«, prophezeite Mary. »Carbri wird frohlocken wie eine Fliege auf einem Hund, wenn er Euch sieht. Nie habe ich Euch schöner gesehen.«

Arrah aber fand die mit Leder und Metall abgefütterten weiten Röcke unbequem, das festgeschnürte Mieder preßte ihre Brüste zu stark zusammen.

Arrah beschloß, die Gewänder Naira zu schenken, die immer eine besondere Vorliebe für schöne Kleider und Schmuck gezeigt hatte. Nach dem Verlassen von Glen Head hatte sie einen Anflug von Wärme und Herzlichkeit verspürt. Wenn Gott eine Tür schließt, öffnet er ein Fenster, hätte ihre Mutter dazu gesagt. Durch ihren Tod hatte Arrah eine Schwester gewonnen, und doch blieb ein Gefühl der Unsicherheit in ihr zurück, ohne daß sie den Grund dafür zu benennen gewußt hätte.

Da kam ihr Seaghan in den Sinn, und sie schaute wieder ein paar Kleider an. Doch in den dick wattierten Ärmeln konnte sie ihre Arme nicht natürlich bewegen, die wegstanden wie dicke Würste. Seaghan hingegen, der die Höfe Europas kannte, war es gewohnt, diese modischen Gewänder an einer Frau zu sehen und nicht Hosen und Wams. Die Dame in Paris hatte ein ähnliches Kleid mit überweitem Rock und breiten, geschlitzten Ärmeln getragen.

Nun erst fiel Arrah ein silbergrünes Kleid in ihrer Garderobe auf, das sie noch nie gesehen hatte. Ihre Mutter mußte angeordnet haben, es in ihre Kammer zu hängen, nachdem sie fortgelaufen war. Es ähnelte irgendwie einem Hochzeitskleid, und doch war es keines, da die traditionelle Spitze fehlte.

Es war ein Kleid aus Seide, die mit Perlen bestickt war. Es einer Farbe zuzuordnen war unmöglich, denn als Arrah mit der Hand über das herrliche Material strich, schien es sich zu verändern – erst war es perlenweiß, dann silbern wie ein Mondstrahl, grün wie die See oder stahlgrau. Das Kleid war rein und schön wie der Mond. Stumm vor Staunen schlüpfte sie hinein. Arrah war in dem Gewand Verführerin und Kriegerin gleichermaßen.

Auch die Dienerschaft staunte offenen Mundes, als sie sich in dem neuen Kleid zeigte, nicht ohne sich mit dem Schwert zu gürten. Es war ein Kleid ohne großen hinderlichen Rock, ohne breite Ärmel. Es war schlicht und einfach wie Luft, wie der Mond, wie das Wasser.

Plötzlich ertönte vom Ausguck her der Ruf: »Schiff ahoi!«

Arrah lief zum Fenster. Sie sah Masten und die Flaggen der Schiffe ihres Vaters. Das Perlenkleid war für später gedacht, für das Fest. Sie zog es aus und wählte statt dessen ein einfaches grünes Samtkleid mit Hermelinkragen.

Als sie wieder aus dem Fenster schaute, sah sie, daß eine große, unverkennbare Gestalt ein Boot bestieg, das zur Küste gerudert wurde. Seaghan MacNamara war mit ihrem Vater gekommen.

21. KAPITEL

Mit dem Smaragdschwert um die Mitte begab sich Arrah an die Küste, um das Schiff ihres Vaters willkommen zu heißen. Die Farben der Flaggen taten kund, daß ein Sieg errungen worden war.

Arrah hatte ihrem Vater gleich als erstes von der Hebamme und dem Unterwassergang berichten wollen, doch als sie Seaghan

MacNamara sah, konzentrierten sich alle ihre Sinne auf ihn. Ungeachtet der Herbstluft und der kühlen See waren Seaghans starke Arme nackt. Wären sie allein gewesen, hätte Arrah dem Wunsch nachgegeben, die Hand auszustrecken und ihn zu berühren, da sie die beschützende Aura, die sie nach dem Kampf mit de Burgo an ihm wahrgenommen hatte, gern wieder gespürt hätte.

Zugleich lag in seinem Blick etwas, das ihr angst machte. ›Du hast Dragon's Mouth befahren und de Burgo geschlagen‹, machte sie sich Mut. ›Du wirst dich doch vor dem Mann nicht fürchten, der deine Wunden verbunden hat.‹ Sich zu voller Größe aufrichtend, faßte sie entschlossen nach dem Schwertgriff.

Reevnarg war bester Laune. »Aye, Tochter«, sagte er, als er sie in die Arme nahm. »Mein Herz wird schwer, weil ich dir die Skatha übergebe. Sie ist ein gutes Schiff.«

Das grüne Samtkleid mit dem großen Hermelinkragen über ihrer kraftvollen und dabei biegsamen Gestalt ließ Arrah weich und verführerisch aussehen, lasziv wie eine Orientkatze. Reevnarg, der ihr die Hände auf die Schultern legte, hielt sie auf Armeslänge von sich, während er sie anerkennend musterte. »Ja, so sollte eine Tochter ihren Vater empfangen. Als Frau gekleidet und nicht mit Blut an den Händen. Sie wird Carbri eine feine Frau sein, meint Ihr nicht auch, MacNamara?«

Arrah las finstere Wut in MacNamaras Blick. Sie sah ihm an, daß er etwas sagen wollte, und ihr Atem ging schneller. Da sie nicht wußte, was sie sonst hätte tun sollen, fragte sie das Nächstliegende: »Hast du den Aufstand niedergeworfen?«

»Ja, das haben wir«, gab Reevnarg zur Antwort. »Fünf aufständischen Anführern schlug ich eigenhändig den Kopf ab. Zwei konnten entkommen und flüchteten in die Hügel. Aber der ganze Unsinn wird endlich ein Ende haben. Die Tribute werden nun widerspruchslos bezahlt, habe ich recht, MacNamara?«

MacNamara sagte gar nichts. Er ließ den Blick über Arrahs Körper wandern, verweilte bei ihren Brüsten, der Taille und den Hüften. Arrahs Haltung und das juwelenbesetzte Schwert, das um ihre Mitte gegürtet war, ließen sie unbezwingbar, wild und sonderbar fesselnd erscheinen. Jedesmal wenn er sie sah, war sie kraftvoller. Als sie verwundet ans Bett gefesselt war, hatte er geglaubt, ihr die

Ehe mit Carbri ausreden zu können. Jetzt war er nicht mehr so sicher. Wollte er ihrem Zauber entrinnen, mußte er jetzt sofort gehen. Er mußte sich umdrehen, ins Boot steigen und zurück zum Schiff rudern. Aber er brachte es nicht fertig. Er spürte die Gefahr, die darin lag, sie zu lieben, dieselbe Gefahr, die er gewittert hatte, als er sich in Tiltiu verliebt hatte. Arrah aber war noch gefährlicher. Er wollte, daß Arrah ihm ihre Wildheit opferte, ihm ihr Wesen öffnete. Er wollte den Gürtel mit dem Schwert lösen, ihr den dunklen, weichen Samt von den Brüsten ziehen und ihre Brustspitzen liebkosen.

Reevnarg, der sich bereits zum Gehen wandte, hielt MacNamaras Schweigen für Verdrossenheit. »Aye, weshalb der immer so finster dreinsieht... muß wohl der Einfluß dieses verdammten französischen Temperaments sein. Sag in der Küche, daß alle Feuer heute abend hoch brennen sollen. Ruf meine Pfeifer und Trommler zusammen. Wir wollen feiern und tanzen, bis uns morgen die Sonne auf die vollen Wänste scheint. Kommt Ihr, MacNamara? Ich möchte vor dem Fest noch meine Adler fliegen lassen.« Er ging den Strand entlang zum Burgaufgang.

»Einen Moment!« Seaghans Augen ruhten dunkel und eindringlich auf Arrah. Sie hielt in einem Arm den Tiger, der spielerisch nach seinem Schwanz haschte. »Nimmt die Meerhexe ihr Schwert ab, wenn sie sich der Liebe hingibt?«

Seine Stimme berührte sie wie eine Zunge, so als würde er sie ungehemmt und mit einem Hauch Feindseligkeit küssen. Die Röte stieg ihr in die Wangen. Ihr wurde so heiß wie in unmittelbarer Nähe eines Feuers. Sie hatte die Wirkung seiner ausgeprägten Männlichkeit schon zu spüren bekommen, nun aber war sie überwältigt.

»Das kommt auf den Mann an«, antwortete sie herausfordernd.

MacNamara nahm ihren Arm, und sie ließ zu, daß er sie ein Stück weiter hinter einen großen Felsblock führte. Dort blieb er stehen und lehnte sich an den Stein. Sie wußte, sie hätte mit ihm nicht hiersein dürfen, doch seine Macht übte eine ähnlich magnetische Wirkung aus wie der Strudel, den sie mit ihrem Schiff befahren hatte. Ging sie nicht auf Distanz, würde er sie unweigerlich mitreißen, und doch wollte sie nicht fort von ihm.

»Weißt du, daß die großen Geschichtenerzähler behaupten, in alten Zeiten seien Land und See, Gut und Böse, dunkel und hell, Mann und Frau eins gewesen?«

»Was hat das mit mir zu tun?« wollte sie wissen.

»Du bist eine sehr beherzte Frau. Du hast einem Piraten ein Schiff abgenommen und Dragon's Mouth befahren. Und du hast gewagt, dich mit de Burgo im Kampf zu messen. Jetzt sollst du etwas anderes wagen.«

Liebkosend strich er mit dem Daumen über ihre Lippen. Sie wich nicht aus. »Wage zu träumen. Wage von der Liebe zu träumen. Nicht von der Jünglingsliebe, sondern von der Liebe eines Mannes. Wage zu träumen, wie es ist, von einem Mann geliebt zu werden, bis du dich von ihm völlig in Besitz genommen fühlst. Bis er immer tiefer in dich eindringt und du den Verstand zu verlieren meinst. Ich fordere dich heraus.« Er sah ihr direkt in die Augen.

»Ich bin mit Carbri verlobt.«

Seine Augen blitzten auf. »Warum entziehst du dich mir dann nicht?«

Nun trat Schweigen ein, in dem subtile Feindseligkeit mitschwang.

»Weil ich nachts davon träumte, daß Ihr genau dies tut.«

Er nahm ihr den Tiger ab und ließ das Tier zu Boden fallen. »Das ist kein Tier, das man wie ein Kätzchen verhätscheln kann«, gab er wutentbrannt von sich. »Triff endlich eine Entscheidung!«

»Es ist mein Tiger! Ihr habt ihn mir geschenkt, und ich werde ihn behandeln, wie es mir paßt. Andernfalls nehmt das Tier zurück!«

Sie kniete neben dem Tiger nieder. Unterdessen hatte MacNamara nach seinem Schwert gegriffen. Arrah hörte, wie er es löste. Der Blick seiner dunklen Augen ging ihr durch Mark und Bein. Seine Neigung zu Gewalt brachte ihr Blut in Wallung. Da sie seinem Blick nicht standzuhalten vermochte, fing sie an, den Tiger zu streicheln.

Plötzlich zog MacNamara Arrah mit jäher Heftigkeit in die Höhe. Mit einer einzigen brüsken Bewegung steckte er sein Schwert unter den Arm und schlang seinen Gürtel um den Hals des Tigers. Das lose Ende reichte er Arrah.

Sie wollte es nicht nehmen. »Carbri hat mir das Leben gerettet!«

MacNamara kniff boshaft die Augen zusammen. »In Indien richtet man sie ab... sie werden auf Menschen dressiert.«

»Deswegen habt Ihr ihn mir gegeben. Damit er mich frißt?«

Er packte ihre Schultern mit einer Kraft, die sie zusammenzucken ließ. Dann küßte er sie. Noch nie war Arrah so geküßt worden. Dieser Kuß war alles das, was sie sich je von einem Kuß erträumt hatte: leidenschaftlich, zärtlich und fordernd. Er küßte sie, als sei sie die erste Frau auf der Welt und auch die letzte, als hätten sie beide für diesen Kuß gelebt. Der Kuß raubte ihr den Atem und zehrte an ihrer Kraft, während er sie mit einer größeren und heftigeren Sehnsucht erfüllte, als sie sie je verspürt hatte.

»Der Ozean ist kalt, Arrah, doch birgt er das heißeste Blut.«

Er nahm ihre Hand und band das lose Gürtelende fest um ihr Handgelenk. »Beherrsche das Tier, solange du es kannst, Arrah O'Donnell. Sonst wird es dich fressen.«

Damit drehte er sich um und schlug den Weg zur Burg ein.

Sie konnte Carbri nicht weh tun. Er hatte sein Leben riskiert, um mit ihr zusammensein zu können, er hatte mit ihr dem Sturm getrotzt, nachdem Reevnargs Besatzung sie ins Wasser geworfen hatte. Er war lieb und sanft, und seine Haselnußaugen sprühten vor Heiterkeit. Und doch wußte sie, daß ihr Körper nie vergessen würde, wie MacNamara sie eben jetzt geküßt hatte. Verdammter Kerl! Und sich selbst verwünschte sie, daß sie sich dem Kuß nicht widersetzt hatte!

Sie riß den Gürtel von ihrem Handgelenk, löste ihn auch vom Hals des Tigers und schleuderte ihn in die Brandung. Dann sammelte sie zerbrochene Muscheln auf und warf sie ins Meer, so weit sie konnte. Es war noch nicht zu spät, sich wieder Carbri zuzuwenden und jenem Wirbel dunkler Gefühle, in die MacNamara sie gestürzt hatte, zu entfliehen.

An einer Stelle, wo sie von der Bucht aus nicht mehr zu sehen war, band sie den Tiger an einen Busch. Arrah streifte ihre Kleider ab und lief ins Wasser, um sich kopfüber hineinzustürzen. Die beißende Kälte raubte ihr den Atem, und doch hieß sie sie willkommen. Die Kälte sollte Seaghans durchdringende Hitze auslöschen und sie kühlen. Sie schwamm und schwamm, immer weiter, tauchte tiefer und trieb sich bis an die Grenze ihres Durchhaltevermögens, bis zu einem Punkt, an dem ihr Bewußtsein ausgeschaltet wurde und sie zu einem Geschöpf des Meeres wurde.

Als die Sonne im Westen versank und in der entgegengesetzten Richtung des Horizonts ein Vollmond aufging, sah Seaghan MacNamara mit an, wie Arrah O'Donnell dem Wasser entstieg. Ihre Beine blieben zunächst von der Schwärze des Wassers umfangen. Ihre Brüste, die die letzten Sonnenstrahlen einfingen, schimmerten in einem prachtvollen Rotgold. Nur die Unterseite der Rundungen war verschattet. Man sah, wie sich ihre Brüste nach der Anstrengung des Schwimmens hoben und senkten. Ihr hohes stolzes Haupt war zurückgeworfen, ihr Mund offen. Hinter ihr herrschte Finsternis, vor ihr leuchtete das strahlende Orangerot der untergehenden Sonne. Die letzten Sonnenstrahlen fingen sich in den Wassertropfen auf ihrer Brust, so daß sie aussah wie aus goldfarbenem Kristall und Ebenholz gehauen. Die Linien ihrer Glieder waren straff und fest, die Wölbung ihrer Brüste weich und verlockend. Sie vereinte Dunkelheit und Schatten, Sanftheit und Kraft in sich. Sie war Königin des Meeres und Sonnengöttin in einem. Er hatte versucht, sie zu vergessen, aber sie war wie ein böser Geist, der seine Träume heimsuchte. Er spürte die schmerzhafte Spannung in seinen Lenden.

Arrah war entgangen, daß ein Unwetter heraufzog. Jetzt erst sah sie am fernen Horizont einen Blitz zucken. Sie lief zu ihren Kleidern. Ihr Tiger erhob sich, dehnte sich mit gestreckten Vorderbeinen und aufgestellten Hinterläufen. Leise redete sie auf ihn ein. Von der Burg her war zügelloses trunkenes Lachen zu hören, dazu die Klänge von Trommeln und Pfeifen.

Sie schüttelte das Wasser aus dem Haar. Sie fühlte sich so gestärkt und belebt, als sei jede Faser ihres Körpers zu neuem, tiefem Gefühl erwacht.

Die Nacht war erfüllt von den Geräuschen der See. Das war es, was für sie höchsten Genuß bedeutete. Nicht das wilde, zügellose Gelächter der Männer, sondern die Brandung, die geschmeidig und rhythmisch gegen die fernen Klippen schlug, dann zurückwich und wieder gegen die Felsen prallte.

Das Wetter war wechselhaft und ungewohnt. In der Ferne hüllte starker Dunst die Klippen ein. Sie hörte den klagenden Schrei einer Möwe, dann das Bellen eines Seehundes.

MacNamara beobachtete die fließenden Bewegungen ihres Körpers. Sie bückte sich, um in ihre Sandalen zu schlüpfen, und ihm stockte der Atem, als er einen kurzen Blick auf ihre vom Mond beschienenen Flanken werfen konnte. Jegliche Farbe war dem Himmel entzogen, nur Arrah leuchtete in weißer Vollkommenheit. Er wußte, daß er sich bemerkbar machen sollte, doch sie benahm sich ohne Scheu. Eine Bewegung seinerseits, und sie würde nach ihren Kleidern fassen, und der Augenblick wäre gestört.

Arrah hörte etwas und schreckte zusammen. Wie der Blitz drehte sie sich um und hielt die Kleider vor sich. Sie nahm das Schwert in die Hand und versuchte die sich vertiefende Dunkelheit zu durchdringen.

»Arrah O'Donnell!«

Die heranrollende Brandung verhinderte, daß sie die Stimme erkannte. Unter den Seeleuten ging die Mär um, daß zu gewissen Zeiten das Meervolk an Land kam und versuchte, Menschen von der Küste ins Wasser zu locken.

»Arrah O'Donnell!«

Das war nicht die Stimme eines Wassergeistes. Hinter einer Gruppe niedriger Granitblöcke sah sie eine Gestalt.

»Zeige dich!« befahl sie. Ihre Stimme hatte sich den Kommandoton ganz zwanglos zu eigen gemacht.

Der Schatten bewegte sich, und sie erkannte die hünenhafte Gestalt auf den ersten Blick. Seaghan MacNamara. Er kam näher. Die Erinnerung an seinen Kuß erwachte, und die langsame Gefühlsspirale begann in ihrem Blut ihre Kreise zu drehen.

Von irgendwoher aus der Ferne war Donnergrollen zu hören. In diesem Augenblick wurde ihr klar, daß sie nicht umhinkonnte, Carbri weh zu tun. Ihr Gewand, das sie vor sich hielt, um ihre Scham zu bedecken, ließ die schlanken Kurven ihrer Schenkel frei. Ihre Brüste waren bloß. Sie unternahm gar nicht den Versuch, sich ganz vor seinen Blicken zu verbergen.

Arrah schaute ihn an. Eine Wolke schob sich vor den Mond. MacNamara stand im Schatten. »MacNamara, verschafft es Euch Vergnügen, Frauen zu erschrecken?«

»Fürchtet die Seehexe die Finsternis?« spottete er.

Sie versuchte, ihn genauer zu betrachten, doch die schwere Wolke verdunkelte in diesem Augenblick den Mond vollends, und MacNamaras Gesicht wurde noch düsterer. Wie er so dastand, sah er aus, als sei er aus den Felsen gehauen und nicht aus Fleisch und Blut. Ja, am liebsten hätte sie gesagt: Ich fürchte dich. Mehr aber noch fürchte ich mich selbst und meine Sehnsucht nach dir. »Ihr beantwortet Fragen mit Fragen«, sagte sie statt dessen laut.

»Nur, weil du es ebenso hältst.«

Sarkastisch gab sie zurück: »Soll dies der Zeitvertreib eines Mannes sein? Daß er sich wie ein Knabe hinter Felsen versteckt und Frauen belauert?«

Er lächelte. »Ich glaube, du wußtest genau, daß ich da war. So verführt die Seehexe Männer – indem sie wie eine Sirene ihre Brüste über dem Wasser zeigt.«

Sie sah ihn direkt an. »Ach, Ihr wurdet verführt?«

»Schon beim ersten Mal, als ich dich sah.« Er nahm seinen Umhang ab, um ihn Arrah um die Schultern zu legen. Sie empfand den Mantel und seine Wärme als angenehm, denn die Nacht war kühl. In der Dunkelheit war sie noch immer nicht imstande, sein Gesicht auszumachen, doch sie roch den warmen, männlichen Geruch, der seinen Kleidern entströmte.

»Hier treiben sich Haie herum. Eines Tages wird Arrah O'Donnell das Schicksal einmal zuviel versuchen.«

»Vielleicht, vielleicht aber auch nicht«, sagte sie, nun schon zum Gehen gewandt.

Aber MacNamara nahm ihren Arm. »Warte, Arrah. Dein Körper ist für Männer eine unwiderstehliche Versuchung. Und doch spricht aus deinem Blick und aus deinen Worten Abwehr. Meines Vaters Eheweib spielte mit mir. Ich möchte nicht, daß mir das noch einmal zustößt.«

Der Zwiespalt ihrer Gefühle ihm gegenüber traf sie nun voll. Sie verzehrte sich nach ihm und fürchtete doch, daß das, was Arrah O'Donnell eigentlich ausmachte, von seiner Kraft aufgesogen würde. Sie wollte seine Nähe und wußte, daß sie seinem Zauber nie wieder entrinnen konnte, wenn sie diesem Verlangen nachgab.

Sie trat zurück, aber er umfaßte ihre Taille und zog sie an sich.

Dann nahm er ihren Mund mit einer Wildheit in Besitz, die totale Hingabe forderte. Sie spürte, wie alles Blut ihr entwich und in diesen hünenhaften Mann, der sie umfangen hielt, zu strömen schien. Er zog sie noch enger an sich. Sie war hilflos in seiner Umarmung, denn mit einer Hand hielt er ihr Kinn fest, während die andere wie eine Klammer um ihre Mitte lag. Seine Zunge war hart, erfahren und drängend. Sie wollte sich von ihm losreißen, zugleich aber wollte, nein, mußte sie sich an ihn drücken. Sie kannte die Gefahr seiner Leidenschaft und rückte ab. »Ich möchte Herrin meiner Seele bleiben! Ich möchte dich lieben, MacNamara, aber ich möchte dir nicht gehören, dir nicht und keinem…«

Wieder zog er sie an sich und forderte ihren Mund. Ein flüchtiger Gedanke an Carbri gab ihr ein, daß es falsch war, was sie tat, doch ihr Körper verriet sie. Sie ließ zu, daß MacNamara sie in den Sand drückte. Sie spürte die Wärme seines Körpers auf sich. Er umklammerte ihre Hände und hielt sie oberhalb ihres Kopfes fest. Ihr wurde klar, daß sie seine Stärke von allem Anbeginn an angezogen hatte und daß auch er es wußte. Und das machte ihn noch gefährlicher. Sie wollte, daß er sie nahm und mit ihr tat, was er versprochen hatte. Sie spürte seine rauhen Fingerspitzen viel zu sanft an ihren Brüsten, und sie nahm seine Hand, um sie fester auf ihre Haut zu drücken. Sein heißer Atem und seine Lippen streiften ihre Brustspitzen. Sie preßte seinen Kopf heftiger gegen ihre Brüste, spürte seine Zähne und gab ihrer Begierde in einem lauten Aufstöhnen Ausdruck, heiß und offen und elementar in ihrer Lust. Sie spürte die Kraft in seinen Armen und Lenden, und ihr Körper war erfüllt von Verlangen.

Er erhob sich, und die kühle Luft, wo sein Körper eben warm auf ihr gelegen hatte, war unangenehm. Arrah öffnete die Augen und sah, daß er mit seiner Hose kämpfte. Sie half ihm. Dann sah sie ihn im Mondlicht aufrecht und überwältigend. Für eine Sekunde glaubte sie, der Mond täusche sie, so gewaltig war er. Arrah schrie bei seinem Anblick auf. Er brachte sie mit einem leidenschaftlichen Kuß zum Schweigen, sie aber hatte nicht das Verlangen, zum Schweigen gebracht zu werden. Sein Kuß steigerte nur die Leidenschaft ihres Körpers, und der große Schmerz, den er in ihr weckte, mußte besänftigt werden. Sie wölbte ihm ihre Hüften entgegen und umfaßte sein Gesäß. Er zog sich zurück, um sie mit den Fingern vorzubereiten. Sie stöhnte vor Ungeduld auf und drängte sich an ihn. Seine gewaltige Härte berührte ihr samtweiches Zentrum, und sie hob sich der Vereinigung entgegen und schrie auf. Ihre Schreie wurden von seinem Mund erstickt, als er zustieß, immer wieder, langsam, gnadenlos und tief. Und sie bewegte sich im Einklang mit ihm, schob ihren Körper noch höher und öffnete ihre Schenkel weiter, damit er tiefer eindringen konnte.

Er nahm sie, aber ebenso nahm sie ihn. Ihre Weichheit forderte mehr und mehr und immer noch mehr, und ihre heiser hervorgestoßenen Worte feuerten ihn zu noch größerer Leidenschaft an, bis ihre Sinne aussetzten. Als ein Donnerschlag ertönte, drang MacNamara ihr bis ins Mark. Er nahm sie tief und wild in Besitz. Er stieß lustvoll immer wieder in sie hinein, und immer wenn sie glaubte, es wäre zu Ende, kam noch ein Stoß.

Sie war erfüllt von dem Gefühl, daß er mit jedem geheimsten Winkel ihres Seins verschmolzen und in ihre Seele eingedrungen war. Ihr Körper schien ihr nicht mehr zu gehören. Er war zu Gischt verwandelt worden und wogte auf dem Meer, und jedesmal wenn er in sie eintauchte, wuchs ihr Körper wie eine Welle, bis ihr Innerstes schließlich explodierte und in einem Schauer reinweißer Sterne zurück zur Erde sank.

22. KAPITEL

Seaghan und Arrah waren von ihrer Leidenschaft so überwältigt, daß sie das Aufziehen des Gewitters nicht wahrgenommen hatten. Erst als der Wind in Böen kam und Regen auf sie niederprasselte, erhoben sie sich. MacNamara nahm seinen Umhang und legte ihn um Arrahs Schultern. Sie hob den Tiger auf und lief auf die Burg zu.

»Diese Richtung!« stieß Seaghan hervor und führte sie rasch zu einem der Boote. Er schob das Boot ins Wasser und ruderte auf die Skatha zu, wobei er schwer gegen die Brandung ankämpfen mußte. Seine Haut schimmerte wie Ebenholz in der Dunkelheit. Immer wieder zuckten Blitze auf und warfen ihr Licht auf Seaghans Körper. Mit jeder Ruderbewegung spürte sie die gewaltige Kraft seiner Arme, die das Boot im Wasser vorwärts bewegten.

Als sie an der Skatha anlangten, hielt er am Bug stehend das Boot für sie im Gleichgewicht. Die Donner rollten nun in ununterbrochener Folge. Arrah spürte, wie die Luft um sie herum vibrierte.

Sie ließ sich von Seaghan in der Finsternis zur Kapitänskajüte führen.

Kaum befanden sie sich im Inneren, zog er sie an sich und küßte sie hungrig. Wieder fühlte sie seine Härte, und das Verlangen wallte in ihr auf, als er sie hochhob und zur Koje trug. Scheinbar ohne sie loszulassen, war er über ihr und zwängte sein Knie zwischen ihre Beine, die sie ihm willig öffnete. Er war völlig im Dunklen, so daß sie seine Züge nicht erkennen konnte. Er nahm ihre Hand, drückte sie an sich, und sie spürte sein Begehren anschwellen. Sein Atem strich über ihre rechte Brust, mit Lippen, Zunge und Zähnen liebkoste er ihre Brustspitze, bis sie steif wurde. Sein Mund hinterließ eine Spur heißer Küsse.

Sie hob ihm ihre Hüften entgegen. »Warte«, flüsterte er. Die Liebkosungen seiner Zunge hinterließen eine Linie auf ihrem Bauch und an der Innenseite eines Schenkels. Er küßte ihr Knie, dann das andere, dann wanderte sein Mund immer höher, ganz langsam, wobei er sich zielstrebig ihren Schamlippen näherte, bis die weiche Wonne seiner Zunge sie teilte. Heiß wehte sein Atem sie an. Lippen, Zunge und Zähne folterten sie, berührten sie und reizten ihre Empfindungen. Ihr Körper war so entflammt, daß sie in sein Haar griff und seinen Kopf tiefer zwischen ihre Schenkel drückte. Er aber war stark und wollte ihr nicht nachgeben. Er gab ihr nichts von sich außer seinem Atem. Sie schrie in einer Agonie des Begehrens auf. »Bitte! Bitte!« Er gab ihrem Flehen nach und führte langsam einen Finger ein und berührte die kleine Halbinsel des Paradieses. Worte verstummten und wurden zu puren Lauten, während ihr Körper von wollüstigen Zuckungen erfaßt wurde. Er umfing sie und küßte ihre Lider, bis sie zu beben aufhörte.

Sie spürte seine Männlichkeit in sich, ganz wenig erst. Während sie noch in den Nachzuckungen ihres ersten Höhepunktes befangen war, versuchte sie ihn ganz in sich hineinzuziehen. Er aber ließ nur die Spitze von ihren sanften Kontraktionen umschmeicheln, die wie ein weicher Mund an ihm sogen. Er war wie eine Schlange, die sich in ihrem Bau windet und windet, die eindringt, dann ihren Sinn ändert und zurückgleitet, bis er spürte, daß ihr Körper unter ihm erstarrte. Er drückte sie energisch an sich und drang ein, erriet den Augenblick höchster Wonne, so daß sie wie unter einem Blitzschlag erbebte. Er umarmte und küßte sie, war aber selbst noch nicht befriedigt. Deshalb fing er wieder an und drang diesmal viel tiefer ein.

Er schob seine großen Hände unter ihr Gesäß und hob sie an, während er immer schneller zustieß. Seine Liebe war wie Donner, seine steife Männlichkeit rief einen Gefühlssturm hervor, der sie immer wieder aufschreien ließ, und nach einer wahren Ewigkeit stieß auch er einen Schrei aus. »Ich ertrinke in dir!« Und wieder wurde sie von jener ansteigenden Zeitenwoge überwältigt, als er in ihr zerbarst, mächtig und kraftvoll wie das Meer.

Nun blitzte es in rascher Folge, so daß sie immer wieder in grelle Helligkeit getaucht wurden, während sie sich umschlungen hielten wie Ertrinkende und von den Zuckungen der Liebe geschüttelt wurden.

Nachdem sie sich beruhigt hatten, schmiegten sie sich aneinander, lauschten dem Wind, dem sich hebenden und senkenden Ozean und dem Atem des anderen. Draußen tobte ein heftiges Unwetter, und an Land blies der Wind mit einer Kraft, die sogar Grabsteine ins Wanken zu bringen drohte. Davon war in der Kajüte nicht viel zu merken, denn die beiden waren eingehüllt in einen Kokon der Liebe. Sie sprachen von den Klängen der auf ihren Bahnen dahinziehenden Sterne, vom Mond, der ihnen zuzuraunen schien, und von Liebe. Arrah hatte das Gefühl, ins Nichts zu treiben wie Gischt auf den Wogen. Mit diesem köstlichen Gefühl schlief sie in Seaghans Armen ein.

Am Morgen darauf begann Reevnarg mit den Vorbereitungen für eine Fahrt zum Festland, da er eine Zählung seines Viehbestandes plante. MacNamara und er standen im Festsaal. Bridgett, die eine Schwäche für MacNamara hatte, befand sich ebenfalls im Saal, vorgeblich, um Öl in die Wandleuchten zu tun.

Reevnarg ergriff sein Schwert und umgürtete seinen mächtigen Leib. »Ihr seid also zum Bleiben entschlossen, MacNamara?«

MacNamara und Arrah waren im Morgengrauen in die Burg zurückgekehrt. »Ja. In wenigen Tagen möchte ich nach Frankreich aufbrechen. Zuvor möchte ich mich noch ein wenig ausruhen.«

Breitbeinig, die Hände in die Hüften gestemmt, stand Reevnarg da. »Ihr wißt, daß Arrah den jungen O'Connor heiraten wird.«

MacNamara enthielt sich jeglicher Bemerkung.

Reevnarg wandte sich um und schaute aufs Meer. »Ich bin keiner, der auf dummes Geschwätz hört. Was Ihr mit Weibern treibt, ist allein Eure Sache.« Er wandte sich wieder zu MacNamara um. »Ihr seid ein verdammt guter Krieger. Und ein beachtlicher Seemann. Im Kampf habe ich lieber Euch im Rücken als tausend andere. Aber Arrah hat bereits eine Heirat ausgeschlagen. Das hat mich viel gekostet. Den Aufruhr der MacDayat hat dieser verfluchte Glundel angezettelt, darauf möchte ich wetten. Ihr solltet sie nicht dazu verleiten, noch eine Ehe auszuschlagen.«

MacNamara begegnete Reevnargs Blick offen. Seine Antwort klang gelassen und ruhig. »Ihre Ehe ist gesichert. Ihr werdet nicht wieder den Verlust des Brautpreises beklagen müssen.«

Reevnarg schien sehr erleichtert zu sein. »Haltet Euch lieber an die Dienstmägde. An Bridgett meinetwegen. Sie ist ein williges Ding, stimmt's, Bridgett? Du bist jederzeit für einen großen, stattlichen Bullen zu haben?«

»Aber ja, Sir!«

Aber schon in dem Moment, in dem Reevnarg in sein Boot stieg, lagen Seaghan MacNamara und Arrah O'Donnell engumschlungen in Arrahs Schlafgemach. Nach einem Sturm der Leidenschaft fühlte Arrah den festen rhythmischen Druck seiner Bauchmuskeln auf sich, wenn er tief Atem holte. Sie küßte seinen Nacken und schmeckte seinen Schweiß auf ihren Lippen.

Er rollte sich von ihr und zog sie eng an sich. In seinen Augen lag sanfter Spott. »Reevnarg hat mir das Versprechen abgepreßt, daß ich dich nicht zum Bruch des Verlöbnisses verleite. Ich habe es ihm tatsächlich gelobt.«

»Ach, mein Vater! Für den zählen allein seine Adler und der verdammte Brautpreis!«

»Arrah, heirate mich!«

»Ich werde dich heiraten!« Sie wußte, daß dies für Carbri eine Enttäuschung bedeutete, aber Carbri war ja kein Narr – er würde gewiß einsehen, daß eine Ehe zwischen ihnen ein Fehler wäre.

Die Gründe, die dagegen sprachen, hatte sie unzählige Male überdacht, und sie war entschlossen, Carbri ihren Entschluß behutsam beizubringen.

Der gewichtigste Grund war Carbris Verlobung mit Agnes. Arrah hatte vor der Seeschlacht keinen Augenblick daran gedacht, daß eine Heirat mit Carbri so viel Staub aufwirbeln würde. Seaghan hatte ihr klargemacht, daß Geralde de Burgo alle Sippenführer der O'Connors überzeugen würde, Carbri als Tanaist abzusetzen. De Burgos Einfluß konnte sich niemand entziehen. Der Anblick der Toten und Sterbenden drängte sich ihr unwillkürlich auf. Phillipe de Burgo, in seinem eigenen Blut liegend... Wenn sie Carbri heiratete, würde es keinen dauerhaften Frieden geben.

Zweitens vermutete Seaghan zu Recht, daß Carbri weder rasten noch ruhen würde, bevor er ihr die Seefahrt ausgeredet hatte. An Bord hatte er sie ständig davon abbringen wollen, Fragen zu stellen. Er hatte sie auch nicht zum Bootsmann machen wollen, und er war dagegen gewesen, daß sie Dragon's Mouth durchschiffte. Wahre Liebe aber sollte bemüht sein, die Wünsche des anderen zu akzeptieren. Seaghan hingegen war viel verständnisvoller.

Der dritte Punkt war – obwohl sie dies Carbri gegenüber nie zugeben würde – die fleischliche Lust, die Seaghan in ihr geweckt hatte. Sie hatte Carbri geliebt und würde ihm vermutlich auch in Zukunft immer zugetan sein, aber nie konnte ihr Blut bei ihm dermaßen in Wallung geraten wie bei Seaghan. Seaghan rief in ihr Gefühle hervor, wie Carbri es nie vermocht hatte. Sie selbst war stark und brauchte einen Mann, der es mit ihr an Kraft aufnehmen konnte. Allein der Gedanke an Seaghan erregte sie auf ungeahnte Weise. So hatte sie für Carbri nie empfunden und würde es auch nie tun.

»Ich besitze ein Château in Frankreich. Es liegt in einem wunderschönen Park. Dort kannst du tun, was immer dir beliebt«, sagte Seaghan leise.

»Nein! Wir werden hier leben!«

Er strich mit dem Daumen über ihr Kinn. Arrahs Gesicht und Nacken, die von der Sonne gebräunt waren, glühten jetzt rosig nach der Erregung der Liebe.

»Wir werden uns lieben ohne Ende!«

»Das können wir hier ebenso!«

Er zog sie an sich. »Meine Arme haben sich nach etwas gesehnt, ohne zu wissen, wonach, bis ich es fand. Wenn du an meiner Seite bist, empfinde ich Frieden.«

Sie durchlebten ein Paradies von Liebe und noch mehr Liebe. Sie liebten sich im Rhythmus der tosenden See, die in ihrem Blut widerhallte. Die Strahlen der Sonne verklärten sie, und das Licht der Sterne ergoß sich durch das offene Fenster auf die Liebenden und ließ sie erglühen, daß sie aussahen wie Himmelsgeschöpfe aus fleischgewordenem Sternenlicht, die sich unter der Mühe der Liebe drehten und wanden. Nachts schlief Arrah mit seinem Glied in sich ein. Wenn sie sich vom Liebeslager erhob, war sie feucht zwischen den Beinen. Er pflegte ihr mit den Händen über die schmalen geschmeidigen Glieder zu streichen, und nie wurde er des Gefühls ihrer Rundungen in seiner Hand überdrüssig. War er nicht bei ihr, erinnerte er sich unaufhörlich an ihre Haut und ihre feuchte Hitze.

Sie wanderten Hand in Hand den Strand entlang, übersprangen Pfützen der zurückweichenden Flut, in denen winzige Schlammhaie zurückblieben. Der Tiger, den sie an einer Leine mitführten, versuchte die Fischchen mit gespreizten Krallen zu fangen und beschnüffelte die Krabbenlöcher im dunkelgrauen Sand. Möwen flatterten in kleinen Schwärmen vor ihnen auf, landeten in kurzer Entfernung, nur um von neuem aufzuflattern, wenn die Liebenden näher kamen.

Wieder auf der Burg, wurde Arrah von Marys strengen Blicken empfangen. Kaum hatte Seaghan den Raum verlassen, lästerte die Getreue: »Hab' Euch am Strand gesehen, glücklich wie zwei Muscheln bei Flut. Ihr habt nicht auf mich gehört!«

»Er liebt mich!«

»Ihr wärt besser dran, wenn der Teufel Euch liebte.«

Als Arrah eines Nachmittags wieder mit Seaghan am Strand spazierenging, fragte sie ihn, wie es kam, daß er sich in Frankreich niedergelassen hatte. Er blieb unvermittelt stehen. Sie sah, wie die dunkle Kraft seiner Augen ins Wanken geriet. Schweigen trat ein.

Dann holte er tief Luft und sagte: »Nach dem Tod meiner Mutter ging mein Vater zwei Ehen ein. Eine seiner Frauen war die schöne Tiltiu. Ihr Haar war so lang, daß es den Tau vom Gras streifte, wenn sie am Morgen über die Wiese ging. Ich war kaum zum Mann geworden, und ich liebte sie mit einer Gefühlstiefe, die nur ein zum Manne gereifter Jüngling für eine Frau empfinden kann. Da sie die Gemahlin meines Vaters war, wich ich ihren Gunstbeweisen geflissentlich aus. Lange Zeit war nichts zwischen uns.

Eines Abends saß ich mit Freunden beisammen. Wir becherten und prahlten, was das Zeug hergab. Wir waren jung, und wie alle jungen Männer sprachen wir nur von zwei Dingen, von Frauen und vom Kampf. Wir tranken zuviel und schilderten unsere Eroberungen in allen Farben. Mein Vater war auf Rotwildjagd, seine besondere Leidenschaft, und wurde noch nicht zurückerwartet. Tiltiu stahl sich heimlich in mein Bett, und ich, in meiner Trunkenheit und halb im Traum befangen, aber größtenteils wegen meiner Begierde... nun, ich nahm mir, was sie mir bot.

Mein Vater hatte ihr schon seit geraumer Zeit mißtraut. Er war um vieles älter als sie und eifersüchtig auf jeden ihrer Blicke. Sein Jagdausflug war nur eine Falle, denn er kehrte heimlich mitten in der Nacht zurück, und als er sie in ihrem Bett nicht fand, suchte er nach ihr.«

Seaghan warf Arrah einen Blick zu und fuhr fort: »Ihr Körper lag auf mir, meine Hände umfaßten ihre Brüste, als er die Tür öffnete. Unsere Lust war so groß, daß wir das Eintreten meines Vaters nicht hörten. Mein Vater schoß einen Pfeil auf sie ab und durchbohrte ihr Herz. Er hätte mich ebenso töten können, aber Bres hielt seine Hand fest. Ich war nicht der Übeltäter, ich war auch nicht ihr erster Liebhaber, aber das wußte ich damals nicht. Mit Tiltiu in den Armen lief ich aus der Burg. Sie starb in meinen Armen, und ich begrub sie eigenhändig. Später teilte Bres mir mit, ich müßte Irland verlassen. Sollte ich jemals wiederkehren, würde mein Vater mich töten.

Zuerst tobte ich. Aber die Not lehrt uns neue Leidenschaften.

Ich glaube, gewisse Männer werden mit dem Herzen eines Kriegers geboren, der Kampf liegt ihnen im Blut. Kämpfen kann einem so wichtig werden wie Nahrung, man kann ohne Kampf nicht existieren. Ohne Konflikte wird das Leben zur unerträglichen Ödnis. Ich stellte bald fest, daß mir die Erregung des Kampfes fehlt, wenn ich sie zu lange entbehre. Auch die See ist am großartigsten, wenn sie tobt. Vielleicht steht es mit dem Leben eines Mannes ähnlich.

Ich ging nach England, kämpfte auf seiten der Engländer gegen die Franzosen und stieg im Rang rasch höher. Auf einem zweiten Feldzug geriet das Schiff, auf dem ich und meine Truppe übersetzten, unter Beschuß einer französischen Galeere. Wir gerieten in Gefangenschaft und wurden Galeerensklaven.

Ich kam in die Dienste eines reichen französischen Edelmannes mit Namen Jean Pierre de Montreuil, der ein Einsiedlerleben führte. Es wurde gemunkelt, daß er ein Ungeheuer sei. Doch keines der Besatzungsmitglieder hatte ihn je zu Gesicht bekommen, und auf einem Schiff verbreiten sich Gerüchte schneller als irgendwo sonst.

Als uns eine englische Galeone angriff, sollte ich erleben, daß das Leben oft einen sonderbaren Lauf nimmt. Manche nennen es Glück, andere wieder Gottes Willen. Wie immer, das Schicksal meinte es gut mit mir. Der vor mir an den Rudern Sitzende wurde getötet, und meine Fessel löste sich. Ich sprang vom brennenden Schiff und konnte auf ein Wrackteil klettern. Da sah ich etwas, das sich an ein kleineres Wrackteil klammerte. Es war ein Körper, dessen Kopf verhüllt war.

Ich entfernte die Hülle. Niemand kann ermessen, welchen Abscheu der Anblick hervorrief, der sich mir bot. Ich sah mich einem Geschöpf gegenüber, das den Kopf eines Ungeheuers besaß, mit einer Haut, so weiß wie ausgebleichte Knochen. Beulen quollen aus dem Schädel, so daß das Gesicht keinem Menschenantlitz glich, sondern vielmehr dem eines bizarren Monstrums, teils Hund, teils Rind, teils Löwe... Entsetzt wich ich zurück, überzeugt, daß mich ein Ungeheuer aus den Tiefen der Hölle holen wollte.

Doch das Ungeheuer flehte mich an, keine Angst zu haben und ihm in seinem geschwächten Zustand beizustehen. Ich half ihm auf mein Brett, und während wir auf dem Wasser dahintrieben, erzählte mir Jean Pierre de Montreuil seine Geschichte.

Bis zu seinem fünften oder sechsten Lebensjahr verbrachte er eine schöne und unbeschwerte Kindheit in den milden Gegenden Frankreichs. Er wurde mit der Tochter eines Grafen aus der Normandie verlobt, eine Verbindung, die seine Familie noch reicher und mächtiger zu machen versprach. Mit der Zeit aber litt er immer häufiger an unerträglichen Kopfschmerzen. Er wurde immer wieder zur Ader gelassen, bekam Aufgüsse unzähliger Heilkräuter und dazu Schlammpackungen. Ärzte, Magier, Chirurgen wurden bemüht, und doch fand sich kein Heilmittel, das seine Schmerzen linderte. Dann fing sein Kopf an, sich merkwürdig zu verändern. Beulen und Auswüchse zeigten sich auf seiner Stirn, seine Nase wurde auf eine Seite gedrängt. Mit der Zeit verformte sich sein Schädel immer mehr und wurde stierähnlich, mit breiter gewölbter Stirn. Der Bedauernswerte sonderte sich von der Welt ab und verließ seine Räumlichkeiten nie mehr. Allein seine alte Amme durfte ihn sehen. Er nützte die Zeit zu eifrigen Studien.

Seine Eltern mußten die Verlobung rückgängig machen. Andere Kinder hatten sie nicht. Beide wurden von einem Fieber befallen und starben, als Jean Pierre noch ein Jüngling war. Er wuchs zum Mann heran, und die ganze Zeit über litt er an peinigenden Kopfschmerzen. Sein Antlitz wurde immer mehr entstellt und zu einer furchterregenden Fratze.

Ich brachte es fertig, aus einem Stück Leinwand ein Segel zu fertigen, so daß wir die französische Küste erreichten und uns auf den Weg nach Damme begeben konnten. Jean Pierre war dem Wesen nach absolut nicht furchteinflößend. Er war gütig und intelligent und verfügte zudem über einen ausgeprägten Geschäftsverstand. Von der Isolation seines Schlosses aus verwaltete er seine Ländereien und lenkte seine Schiffe. Obschon seine Dienerschaft ihn liebte und schätzte, war ich neben seiner Amme und zwei guten Freunden der einzige, der sein Angesicht jemals unverhüllt sehen durfte. Wir verbrachten unzählige glückliche Stunden vor dem Kaminfeuer mit Disputen über die Großen der griechischen und römischen Dichtung, über Theologie und Philosophie. Im Sommer unternahmen wir oft Ausfahrten durch die Wälder. Mein Freund besaß ein Gestüt mit prachtvollen Pferden maurischen Geblüts. Den meisten entstellten Menschen ist keine lange Lebenszeit beschieden, und Jean Pierre war zur Zeit unserer ersten Begegnung schon ein Mann in mittleren Jahren. Nach seinem Tod wurde ich sein Erbe und nahm den Titel eines Grafen von Monteuil an.

Eine gewisse Zeit gefiel ich mir in der Rolle des französischen Edelmannes. Ich erschien bei Hofe und« – an diesem Punkt blickte Seaghan zu Boden, ehe er fortfuhr – »und amüsierte mich dort, obwohl mir das gespreizte Zeremoniell, der Klatsch und die Intrigen mißfielen. Höfe der Adligen sind Orte des Müßigganges und eitlen Geckentums. Nur ein halbes Dutzend Männer übt tatsächlich die Regierungsgeschäfte aus. Alle übrigen sind Speichellecker und Kriecher, deren einziges Interesse ständig wechselnden Amouren gilt. Ich entschloß mich bald, diesem Leben den Rücken zu kehren.

Zu meinem Besitz gehört auch eine Flotte, ein Dutzend Handelsschiffe, einige davon die schnellsten auf allen Meeren. Ich liebe die Jagd – meine Ländereien umfassen herrliche Eichenwälder voller Rotwild und Wildschweinen. Dazu besitze ich Pferde – heißblütige Geschöpfe aus maurischer Zucht, mit feinen Fesseln und großen bebenden Nüstern. Die Kraft des Tieres zwischen den Schenkeln zu spüren ist beinahe so aufregend wie ein Kampf, fast so wie die Liebe mit dir, Arrah. Zum erstenmal seit meiner Verstoßung aus dem Vaterhaus habe ich Frieden kennengelernt, mit dir...«

In dieser Nacht erwachte er und entdeckte, daß sie nicht neben ihm lag. Auf der Suche nach ihr öffnete er leise die Tür zu ihrem Schlafgemach. Sie war an der Arbeit, tief über einen Tisch gebeugt. Ihr feines Profil hob sich als halbdunkle, reglose Silhouette neben der Kerze ab. Um ihre Schultern lag ein Cape aus dem Winterfell des Hermelins, ihre Brüste waren bloß. Sie war so schön, daß er den Tränen nahe war.

»Warum bist du wach?« fragte er.

»Mich beschäftigt mein neues Schiff.«

»Ich glaube, deine Leute haben recht, wenn sie behaupten, daß du eine Hexe bist. Zwischen Hell und Dunkel siehst du tatsächlich wie eine Zauberin aus.«

»Vielleicht steckt in uns allen ein wenig vom Teufel.«

»Komm zurück in mein Bett, meine Teufelin!« drängte er.

»Diese Arbeit erfordert meine Aufmerksamkeit.«

»Du hast einen Mann, der deine Aufmerksamkeit erfordert!« Er nahm ihr die Feder aus der Hand. Arrah neigte den Kopf, um seine gewaltige Schwellung zwischen die Lippen zu nehmen und daran zu saugen, bis dieses pralle Ungeheuer glatt und feucht vor Leben wurde. Sie liebte seine Größe, liebte seinen Geschmack. Seaghan griff in ihr Haar, als sein Körper von krampfartigen Zuckungen erfaßt wurde. Dann blies er die Kerze aus, deren rauchiger Geruch den Duft ihrer Haut und ihres Haares überlagerte. Er hob sie hoch und trug sie zum Bett.

Anschließend konnte er keinen Schlaf finden. Sie mußte ihm angehören. Ohne Arrah würde es in seinem Leben eine unerträgliche Kluft geben. Nach so vielen Jahren in Dunkelheit war sie sein einziges Licht. Ohne dieses Licht zu sein, das war... nein, das konnte er nicht. Da er in vier Tagen aufbrechen wollte, brauchte er Arrahs Versprechen, daß sie mit ihm gehen würde.

Der Herbst kam. Eines Nachmittags breitete Seaghan seinen Umhang für Arrah aus und liebte sie im Freien auf dem Hügel, und danach blickte sie auf und nahm plötzlich wahr, daß das Laub der Eschenwipfel sich rötlich verfärbt hatte. Der Wind brachte kaum spürbar den Geruch des Nordens mit. Arrah spürte, wie die Kälte des Bodens ihr in den Rücken stieg, doch auf sich fühlte sie Seaghans Wärme. Und sie meinte, in alle Ewigkeit so unter ihm zu liegen.

Sein Kopf lag an ihrer Brust. »Siehst du, wie sich dort auf dem langgestreckten Hügelrücken der Nebel formt? Und erkennst du dahinter, daß diese zwei Erhebungen aussehen wie zwei umgedrehte Schüsseln? Wußtest du, daß vor langer Zeit die Griechen sagten, die erste Schüssel sei der Brust der Venus nachgeformt? Und wußtest du, daß in unseren alten Sagen berichtet wird, der erste Speer sei aus dem männlichen Glied des Gottes Crom geschaffen worden? Da er eine Waffe benötigte, um seinen Feind zu töten, riß er sich ein Stück vom eigenen Leib aus.«

»Ich weiß noch, wie ich Kapitän Whip erschoß... es war ein ähnliches Gefühl wie vor dem ersten Liebesakt.«

»Arrah O'Donnell, es gelüstet dich nach Macht, so, wie es dich nach Vergnügen gelüstet.«

»Dann verschaff mir das Vergnügen, jetzt!«

»Ist das ein Befehl, Kapitän Arrah?«

»Ja!«

Tagsüber, wenn sie nicht mit Seaghan zusammen war, entwarf sie im Geiste ein neues Schiff. Sie hatte sogar schon mit Skizzen begonnen. Es sollte ein Viermaster sein, mit Rudern ausgestattet, damit es vom Wind unabhängig war. Sie schickte Patch zu Werften in Portugal und Galway, damit er Erkundigungen einzog, ob der Bau eines solchen Schiffes zu bewerkstelligen sei.

Des Nachts aber liebten sie und Seaghan sich.

Der Versuch, das innerste Wesen Arrah O'Donnells zu erfassen, ähnelte dem Versuch, das Herz der Meere zu finden. Sie war geheimnisvoll, herausfordernd und faszinierend zugleich. Für jede Einzelheit, die Seaghan über sie in Erfahrung brachte, gab es einige, die er nie kennenlernen würde.

Seaghan war in den Betten der Töchter, Ehefrauen und Geliebten einiger der mächtigsten Männer Englands und Frankreichs freudig empfangen worden. Im Gegensatz zu jenen Männern, die davon lebten, anderen Informationen unter der Folter abzupressen, hatte er sich die Wollust zunutze gemacht und sein Wissen um Macht und Reichtum verkauft. Er hatte seinen ursprünglichen Besitz vergrößert und zusätzlich beträchtlichen Einfluß gewonnen. Lustvoll befriedigte Frauen neigten dazu, vieles preiszugeben, und verfügten oft über Einblicke, die Männer oder Väter nie bei ihnen vermutet hätten. Seaghan hatte sogar gelernt, Jungfrauen zu ergötzen, ohne sie zu verderben. Sein Umgang mit Frauen hatte ihn freilich gelehrt, sie zu verachten.

Arrah hingegen verfügte über so viel Raffinesse, daß er sich nach jedem Beisammensein noch mehr nach ihr verzehrte. Wenn er sie liebte, konnte sie zuweilen wie ein Geschöpf der Dunkelheit sein, der Raserei nahe, ein Teufelsweib, das ihm den Atem aussaugte. Mitunter glaubte er an ihren Brüsten sterben zu müssen, damit ihm die Qual ihres Verlustes erspart blieb. Ihre Sinnlichkeit kannte keine Grenzen. Und doch hielt sie mit etwas zurück. Nach der Liebe erbebte sie in seinen Armen lange und heftig, doch auch wenn ihre Körper eins wurden, blieb ein Teil ihrer selbst außerhalb seines Zugriffs. Er aber sehnte sich nach ihrer völligen Hingabe.

Einmal liebten sie sich am Strand. Danach lief sie nackt ins Meer und tauchte unter die Wellen. Die schräg einfallenden Sonnenstrahlen verwandelten das Wasser in eine vielfarbig funkelnde Fläche. Als Arrah dem Wasser entstieg, sah er das Licht über die Rundung ihrer Brust fallen und den Schatten darunter, und er sah funkelnde Wassertropfen auf ihrer Haut, so daß sie aussah wie aus einem zur Erde gefallenen Regenbogen geschaffen.

In diesem Moment wurde ihm klar, daß Arrah O'Donnell ihm niemals ganz gehören würde. Er legte den Mantel um sie und versuchte sie trockenzureiben. Sie warf den Umhang von sich und fing an, kleine Stückchen Treibholz zu sammeln. Dann schichtete sie das Holz auf und entfachte ein Feuer. Sie kauerte sich nackt davor. Im Feuerschein verwandelte sie sich in ein primitives urzeitliches Geschöpf, das ihm fremd vorkam. Als er sie ungeachtet des Windes nackt vor dem Feuer sah und die Flammen ihren Schein auf ihre Schultern warfen, wußte er, daß Arrah keinen Mann so sehr lieben würde, wie sie die Elemente liebte. Sie war das Geschöpf von See, Wind und Feuer. Dieses Wissen löste in ihm Wut und Verzweiflung aus.

»Ich gehöre zu dir«, sagte er mit ernster Miene. »Ich nehme dich mit nach Frankreich.«

Jetzt war es an ihr, wütend zu werden. In der sich vertiefenden Dunkelheit schienen ihre Augen förmlich Funken zu sprühen. »Ich gehe mit keinem Mann, es sei denn, ich möchte es.«

Er packte sie und zog sie an sich. Sein Atem ging stoßweise wie bei einem Läufer nach einem Rennen. »Das ist dir wichtig, nicht wahr?« flüsterte er heiser. »Keine Liebe, sondern Macht!«

»Ja! Keiner wird es schaffen, daß ich verletzlich werde. Du bist keine Frau! Du begreifst nicht, was es heißt, wenn dein Körper als Besitz angesehen wird. Wenn es in der Macht eines Mannes liegt, was oder wer in deinen Körper eindringt. Niemand hat mir zu sagen, wen oder wann ich heiraten muß oder wo ich leben soll. Ich gebe nichts auf. Nicht dir oder meinem Vater zuliebe, niemandem zuliebe.«

Er spürte, wie er an Boden verlor, und wurde noch wütender. »Kennst du die Hölle, Arrah? Ich habe jahrelang in einer Hölle gelebt, denn Tiltius Tod verfolgte mich unaufhörlich. Bei dir aber habe ich das Gefühl, als könnte ich geheilt werden, denn ich bin zum erstenmal wieder glücklich. Du bist meine Erlösung. De Burgo wird einen neuen Angriff wagen. Es ist nur eine Frage der Zeit, bis Glundel Joyce sich mit ihm verbündet.«

Sie wandte sich ab. »Diese Felsen und das Meer – sie gehören zu mir. Sie sind das, was mich ausmacht! Niemand wird sie mir wegnehmen. Du nicht, de Burgo nicht, niemand!«

Plötzlich wurde sein Zorn übermächtig. »Ich verfluche deine Felsen! Ich verfluche den Wind und die See! Ich verfluche deine Augen und Lippen! Und ich verfluche Mond und Sonne, die dich zu einem so schönen Anblick machen.« Seine Stimme versagte ihm den Dienst. »Und am meisten verfluche ich mich, weil ich mich in dich verliebt habe! Arrah, komm mit mir!«

»Ich liebe dich! Aber ich werde nicht zulassen, daß du mich als Besitz betrachtest. Hier ist meine Heimat!«

»Liebe!« Seaghan spie das Wort hervor. »Die Liebe macht dich verletzlich! Liebe gestattet dir, verletzlich zu sein! Du weißt nichts von Liebe. Du kennst allein Lust. Dein Körper giert nach Lust. Dein Wesen giert nach Macht. Du besitzt jetzt zwei Schiffe. Ein drittes wird gebaut. Wie viele möchtest du?« Eine Antwort wartete er nicht ab. »Ein Dutzend... und danach wirst du zwei Dutzend wollen. Und dann noch mehr. Du wirst nie genug haben! Und du wirst jedes mit fünfzig Mann bestücken. Das möchtest du doch, oder? Männer, die du herumkommandieren kannst! Und wenn du deine Macht gesichert hast und von Dutzenden von Männern umgeben bist, die dich wie brünstige Hengste umwiehern, was dann? Wirst du ihnen befehlen, dich zu ergötzen?«

Sie schlug ihm ins Gesicht, so heftig, daß es klang wie ein Schuß.

»Gefällt dir nicht, wie dieser Befehl sich anhört, Arrah O'Donnell? Es gibt noch andere. Ich befehle dir, dich auf mich zu legen!«

Wieder versetzte sie ihm einen Schlag.

»Wirst du das sagen, Arrah? Ich befehle dir, in mich einzudringen! Ich befehle dir zuzustoßen!«

Sie schlug noch einmal.

»Ich befehle, befehle. So wird Arrah O'Donnell ihr Leben leben. Sie wird Männern Befehle erteilen. Weil die Männer Angst haben, dich zu lieben. Ich bin aber kein Mann, der dich fürchtet.«

Er nahm sie mit einer Heftigkeit in Besitz, die an Bestrafung grenzte. Er versuchte, ihr See und Wind aus den Adern zu stoßen. Während der Abend sich herabsenkte, das Meer unter den Farben der aufgehenden Sonne rotgolden erglühte und der Himmel dunkler wurde, liebte er sie. Das Feuer färbte ihre Haut goldbraun, und der Ozean wurde dunkel, und er liebte sie noch immer. Dennoch entzog sie sich ihm.

Als er sie schließlich freigab, waren ihre Augen und ihre Haltung eine einzige Herausforderung.

»Ich liebe dich. Warum kannst du mich nicht lieben?« fragte er in gedämpftem Ton.

Sie sah ihn direkt an. »Ich liebe dich, aber ich bleibe stark. Ich bin Herrin meiner eigenen Seele und von niemandem abhängig.« Dann wandte sie sich ab und ging auf die Burg zu.

Der Tag darauf zeigte sich windstill und verhangen. Die Sonne hinter dem Dunst war wie eine vollkommene runde Perle, silbern wie der Vollmond. Die Bucht war ähnlich grau wie der Himmel und glich einem polierten Metallspiegel, in dem das Abbild der bleigrauen Berge klar und reglos zu sehen waren. Dazu herrschte ungewöhnliche Windstille. Vor Seaghan und Arrah erstreckte sich ein kleines Waldstück aus niedrigem Buschwerk. Die Büsche waren reglos, grau und ließen die Äste hängen. Die Liebenden schienen die einzigen lebenden Menschen auf der Welt zu sein. So intensiv war die Stille, daß es sich anhörte, als bräche ein Hirsch durchs Dickicht, wenn ein Mäuschen durch trockenes Laub und Gezweig huschte.

Keiner der beiden sprach ein Wort. Sie waren tief in Gedanken versunken. Arrah wollte mit einem Schiff nach Spanien segeln, da die Spanier als hervorragende Waffenschmiede galten. Griff de Burgo an, wollte sie gewappnet sein. Sie würde nicht zulassen, daß die Insel in fremde Hände fiel.

Seaghan riß sie aus ihren Überlegungen. »Öffnet man eine Auster, dann findet sich mitunter eine Perle darin. Es ist der schönste Teil, und doch ist es jener Teil, der der Auster die größte Pein verursacht. So bist du für mich. Ich brauche dich. Ich brauche dich, wie die Gezeiten den Mond brauchen. Aber ich kann nicht in Irland bleiben. Mein Vater wird mich töten... oder aber ich töte ihn.«

»Ich werde nicht zulassen, daß du mich beherrschst!«

Seine Miene drückte unendliche Zärtlichkeit aus. Die finstere Wut des Vortages war wie weggeblasen. »Ich liebe dich. Komm, gleich wird es regnen. Laß uns zurück in die Burg gehen.«

In ihrem Zimmer schloß Seaghan die Tür ab. Arrah trug ein tiefblaues Kleid aus weicher Wolle. Er begann die perlgrauen Knöpfe auf dem Rücken aufzuknöpfen. Seine Hände betätigten sich sanft in ihrem Nacken, als er sachte ihr Haar hochhob, damit er den ersten Knopf öffnen konnte. Er küßte ihren Nacken und glitt tiefer. Sein warmer Atem strich über ihren Rücken, während er Knopf um Knopf aufmachte. Dann streifte er ihr das Kleid ab und bettete sie auf das Lager wie auf einen Altar. Seine Hände schlüpften unter ihr Seidenhemd. Er ging so behutsam vor wie bei einer Jungfrau. Sanft spreizte er ihre Schenkel auseinander.

Arrah sah in seinen dunklen Pupillen ihr Spiegelbild, klein und schwarz. Er umkreiste ihre Lippen mit den Fingern. »Es gibt Augenblicke, da gewisse Dinge einem absolutem Höhepunkt zustreben.« Sie spürte, wie seine Finger über ihre Kehle glitten, über ihre Brüste, über ihren Bauch. Zwischen ihren Beinen hielt er inne und teilte sie, als wären ihre Schamlippen Rosenblätter. »Es ist der Moment, in dem eine Blume sich zur Vollendung öffnet, der Augenblick, wenn ein Matador mit dem Degen zustößt und weiß, daß er das Herz des Stiers getroffen hat.« Er drang mit den Fingern ein und vollführte mit der Hand eine Drehung, um eine Stelle zu erreichen, die sie noch nie zuvor gefühlt hatte. »Es gibt einen Augenblick der Verzückung zwischen Mann und Frau, der über gewöhnliche Wonne hinausgeht, über jede vorstellbare Wonne.«

Tief in sich spürte sie seine Finger. »Es wird das Geheimnis der Venus genannt. Ich will es dir zeigen.« Seine Stimme klang sonderbar gedämpft und weich, sein Atem strich nahe und leise an ihr Ohr. Sie wollte etwas sagen, wollte ihn fragen, was er beabsichtigte, doch seine Zunge hinderte sie daran. Er küßte sie langsam und ausdauernd und meisterhaft, und dann drang er ein. Sie konnte es nicht verhindern. Geschickt und erfahren drang er langsam und unaufhaltsam in sie ein, und als er merkte, daß sie es mit der Angst zu tun bekam, raunte er ihr zu: »Du fürchtest dich doch nicht, oder?« Es war mehr ein Befehl als eine Frage. »Warte, Arrah, wir sind fast im Ozean der Wonne angelangt. Zeig Mut in der Liebe so wie im Kampf.« Seine Stimme war so bannend wie seine Hand, die immer tiefer drang. Als sie nachher weinend und bebend in seinen Armen lag, beruhigte er sie liebevoll. Der weiche Ton seiner Stimme war noch beunruhigender als das, was er mit ihrem Körper getan hatte, denn es war eine geradezu überirdische Sanftheit daran. Sie fürchtete die Stelle, an der er sie genommen hatte, denn sie wußte, daß sie dort nun immer wieder in Besitz genommen werden wollte.

»Wirst du jetzt mit mir nach Frankreich gehen?« fragte er leise.

Arrah nickte und schlief wortlos im verführerischen und gefährlichen Hort seiner Arme ein. Sie war so erschöpft, daß sie wie eine Tote schlief.

Beim Erwachen stellte Arrah fest, daß Seaghan sie noch immer fest umschlungen hielt. Er hauchte Küsse auf ihren Rücken. Eine Weile genoß sie diesen Schwebezustand zwischen Traum und Erwachen, aber sein Mund brachte sie schließlich in die Wirklichkeit zurück. Was in der vorangegangenen Nacht passiert war, schien sich in einer anderen Welt zugetragen zu haben.

Er drehte sich um. »Bald wird die Sonne hoch am Himmel stehen. Du wirst viele Vorbereitungen treffen müssen, bevor wir nach Frankreich auslaufen«, sagte er lächelnd.

»Frankreich!« Da fiel ihr das Versprechen ein, das ihr nun ebenfalls wie ein Traum vorkam. Der leichte Schmerz zwischen den Beinen war die einzige Erinnerung daran, daß es kein Traum gewesen war. Ihr Körper schien nicht mehr ihr zu gehören.

In diesem Moment hörte sie einen Ruf vom Turm her. »Die Belle Étoile!« Arrah erhob sich und trat ans Fenster. Sie sah das Schiff. Ein Boot wurde zu Wasser gelassen, und Carbri stieg ein. Er drehte sich um und half Finola, ebenfalls ins Boot zu gelangen.

23. KAPITEL

Carbri war außer sich vor Freude, als er sah, daß Arrah ihn erwartete. Er sprang aus dem Boot und lief mit ausgebreiteten Armen durchs Wasser. »Arrah! Arrah!« rief er im Laufen. Sebastian, Hirple und noch ein paar andere von Arrahs Leuten standen zum Empfang bereit. Die Ankunft eines Schiffes stellte immer ein besonderes Ereignis dar, denn ein Schiff brachte stets Ladung, die gelöscht werden mußte, und Nachrichten.

Carbri umarmte Arrah überschwenglich. »O Gott, wie du mir gefehlt hast!«

Sie lächelte freundlich, stemmte aber ihre Hände gegen seine Brust, um ihn auf Distanz zu halten. Und als er versuchte, sie zu küssen, drehte sie den Kopf so, daß seine Lippen sie seitlich am Hals streiften.

»Carbri, du siehst aus, als läge eine gute Fahrt hinter dir«, begrüßte sie ihn. Im Boot saß Finola, seine Schwester. Da Finola Carbris Verlobung mit Agnes de Burgo arrangiert hatte, nahm Arrah an, daß sie mitgekommen war, um ihrem Bruder die Heirat mit ihr auszureden. Arrah hatte für Finola nie viel übriggehabt. Finola war fünfzehn Jahre älter als Carbri und sehr herrschsüchtig. Arrah hatte keineswegs die Absicht, sich von ihr herumkommandieren zu lassen. Da in ihrer momentanen Situation Finola jedoch eine unschätzbare Verbündete darstellen konnte, entschloß sich Arrah, ihr mit Freundlichkeit zu begegnen.

»Warum gibst du mir keinen Kuß?« fragte Carbri sichtlich enttäuscht.

»Ich gebe dir einen Kuß.« Sie ließ ihre Lippen flüchtig über seine Wange gleiten.

»Bei allen Heiligen! Das ist kein Kuß für einen Mann, den du einen Monat nicht zu Gesicht bekommen hast.« Er packte sie von neuem und versuchte es noch einmal, und wieder bot sie ihm nur ihre Wange. »Was ist los?« fragte er ratlos.

»Nichts... ich bin nur erstaunt, Finola zu sehen. Ich könnte mir denken... daß sie wegen deiner Heirat da ist.«

»Ihr Mann ist tot, und sie hat gehört, daß MacNamara hier ist.«

»Was hat er mit ihr zu schaffen?«

»Sie hat es auf diesen verdammten Schürzenjäger abgesehen!«

Das Boot berührte eben den Strand und ließ ein knirschendes, schleppendes Geräusch ertönen, als der Bug auf den Sand gezogen wurde. Carbri lief ans Wasser, um seiner Schwester beim Aussteigen zu helfen.

Arrahs Entschluß, Finola besonders zuvorkommend zu begegnen, hatte sich in Luft aufgelöst. Die Abneigung, die sie immer schon gegen die dunkelhaarige Frau mit den schweren Lidern empfunden hatte, machte sich mehr denn je bemerkbar.

Carbris Schwester hatte die althergebrachte irische Tracht angelegt, über einem Spitzenmieder und einem beigefarbenen langen Hemd leuchtete ein weites blaues Übergewand. Der dazu passende Umhang war mit einer großen goldenen Schmucknadel geziert. Arrah trug wie so oft eine dunkle Hose und dazu ein Wams. Das Seidenhemd unter dem Wams war bis zum Hals geschlossen, damit man ihre Brust nicht sehen konnte, da sie Carbri nicht durch ihr Äußeres reizen wollte.

Arrah spürte, wie Finolas Blick sie verächtlich in Augenschein nahm. Die Etikette forderte nun, daß die zwei Frauen sich umarmten und einen Wangenkuß tauschten. Finola streckte die Arme nach ihr aus, und Arrah sah ein edelsteinbesetztes Armband aufblitzen. Sie wich mit flammendem Blick aus.

»Arrah, meine Liebe«, flötete Finola in ihrem Singsangton. »Ich bin ja so entzückt, dich wiederzusehen. Wie... wie sonderbar du in diesem Aufzug aussiehst! Wie ein einfacher Matrose.«

Zwischen den beiden baute sich Spannung auf. »In einem Gewand wie deinem könnte ich mich auf einem Schiff nur schlecht bewegen«, gab Arrah zurück.

»Auf einem Schiff? Ach ja! Ich hörte, daß du neuerdings mit Schiffen zu tun hast. Fischerei, nicht? Carbri, als Tanaist wirst du doch nicht zulassen, daß deine Frau nach Heringen riechend herumläuft?«

Carbri, der die Feindseligkeit zwischen den beiden Frauen wohl spürte, nahm Finolas Arm und führte sie Mary zu. »Sorge dafür, daß für meine Schwester ein Bad bereitet wird. Sie soll sich wohl fühlen.«

»Natürlich, Sir. Kommt, Miß Finola, überlaßt die Liebesleute sich selbst.«

Arrah warf Mary einen wütenden Blick zu, enthielt sich jedoch einer Bemerkung.

Erst jetzt bemerkte Carbri den Tiger, der an der Leine zu Arrahs Füßen lag. »Woher hast du das Tier?«

Arrah lächelte. »Er heißt Kian. Wie war die Fahrt?«

»Jetzt kommt sie mir schon viel besser vor, weil ich endlich bei dir bin, mein Liebes«, sagte er in dem Versuch, herzlich zu sein. Am liebsten wäre er über sie hergefallen, ja er hatte seit Tagen schon an nichts anderes gedacht, aber sie benahm sich so merkwürdig. Nun, vielleicht war Finolas Anwesenheit der Grund für ihr kühles Benehmen. Er kannte Finolas Herrschsucht und wußte, daß Arrah sie nicht mochte. Sobald seine Schwester sich zurückgezogen hatte, würde sich Arrahs Laune bessern, davon war er überzeugt.

Er faßte in das Boot und holte einen Ballen weißen Satin heraus. »Sieh dir das an! Ich bringe dir den Stoff für dein Hochzeitskleid. Komm jetzt, Liebes, und zeige deinem Mann, wie sehr dich seine Ankunft beglückt.« Wieder nahm er ihren Arm und versuchte, sie auf den Weg zur Burg zu drängen. »Keine Angst«, meinte er, »in ein, zwei Tagen wird sich Finola verabschieden. Meiner Meinung nach ist sie eine dumme Gans, weil sie überhaupt gekommen ist. Jagt wie eine läufige Hündin hinter diesem Wüstling her.«

Arrah war verwirrt und verärgert. Seaghan und Finola! Was verband die beiden? Sie mußte unbedingt Seaghan finden. Er würde ihr erklären, was es mit Finola auf sich hatte. »Ich muß mich um ein paar Dinge kümmern«, erklärte Arrah ungeduldig.

»Was ist denn so wichtig, daß es nicht warten könnte?«

»Bridgett braucht Hilfe beim... Färben... sie wartet auf mich.«

»Um der Liebe Christi willen, Weib, du denkst ans Färben, wenn dein Mann Eier hat, die so groß wie Kohlköpfe sind?«

»Ich wußte ja nicht, daß du heute kommen würdest! Ich habe es Bridgett versprochen!«

»Bridgett! Nie im Leben hast du beim Färben geholfen, wenn deine Mutter dich nicht dazu gezwungen hat. Was ist denn in dich gefahren?«

Er versuchte ihre Schultern zu umfassen, doch seine Hände fühlten sich fremd an, und sie entzog sich ihm. »Carbri... ich...« Er konnte ja nicht ahnen, wie sehr ihre Gefühle sich gewandelt hatten. Sie wollte ihm alles sagen und ehrlich sein, denn er war auch stets ehrenhaft und aufrichtig gewesen. Doch als sie seinen verwirrten Blick bemerkte, brachte sie es nicht übers Herz. Später wollte sie ihm alles gestehen und ihn vor allem darauf hinweisen, daß er im Falle einer Ehe mit ihr als Tanaist abgesetzt würde.

Diese Aussprache sollte abends beim festlichen Gelage stattfinden. Eine hübsche Serviermagd und viel Alkohol würden ihn seine Enttäuschung rasch vergessen lassen. Jetzt hieß es, Seaghan zu finden und Carbri mit anderen Dingen abzulenken.

»Ich nehme an, du hast Klafterholz mitgebracht«, sagte sie, um das Thema zu wechseln. Auf der ständig dem Wind ausgesetzten Insel war das Holz für große Festfeuer nicht geeignet. Es gab hier Weiden, Erlen und auch Kiefern, doch das beste Feuer lieferte das harte Holz der Buchen, Eschen und Eichen. Für die täglichen Bedürfnisse wurde Torf verfeuert, bei Festlichkeiten aber waren die würzig duftenden Hölzer des Festlandes am beliebtesten.

»Klafterholz!« rief Carbri aus. »Nachdem ich dich wochenlang nicht in den Armen gehalten habe… Arrah, was ist in dich gefahren?«

Sie wußte noch, wie selig er als Kind gewesen war, als sie gemeinsam in ihrem Schiffchen über die Bucht gesegelt waren. Sekundenlang bereute sie alles, was mit Seaghan passiert war, und wünschte, sie hätte die Zeit zurückdrehen und Carbri sorglos lachend wiedererleben können. Doch es gab kein Zurück. »Carbri, wir brauchen das Holz für das Fest.« Dann wandte sie sich an die Seeleute. »Ihr anderen rudert mit hinaus und helft beim Löschen der Ladung!«

Mit Häuten bespannte Boote glitten ins Wasser.

»Aye, eine feine Begrüßung für einen Mann! Er kommt nach Hause, und du schickst ihn sofort wieder weg!« klagte Carbri.

»Die Köchin ist krank, und Bridgett ist einfältig. Als sie das Schiff kommen sah, heulte sie auf wie ein Gespenst.«

Bemüht, sich seine Enttäuschung nicht anmerken zu lassen, zog Carbri seine Schultern hoch. »Aye, Jungs, so ist es nun mal.« Er watete ins Wasser. Hirple und Sebastian hielten mit ihrem Boot auf ihn zu.

Arrah sah dem Boot kurz nach, bevor sie sich umwandte und zur Burg ging.

Sebastian hielt das Boot im Gleichgewicht, während Hirple Carbris schmale Hinterbacken umfaßte und ihn hineinzog. Sebastian und Hirple ruderten wortlos durch einige lange, flache Wellen. Auch dort, wo Carbri saß, waren Ruder, aber er rührte sie nicht an.

Hirple und Sebastian, die sich zwar nicht ausstehen konnten, waren im Moment auf gegenseitige Hilfe angewiesen. Jeder hatte die aufblühende Romanze zwischen dem dunkelbärtigen MacNamara und Arrah voller Unbehagen beobachtet, da diese Wendung ihre Pläne gefährdete. Beiden war klar, daß Arrah im Falle einer Ehe mit dem O'Connor ihr eigener Herr bleiben würde. In diesem Fall wäre es nur eine Frage der Zeit gewesen, bis sie ihre eigenen Absichten verwirklicht hätten. Sebastian war Arrah auch weiterhin in jeder nur erdenklichen Weise hilfreich zur Hand gegangen. Sie hatte es ihm mit einem liebenswürdigen Lächeln gedankt. Hirple hingegen hatte ein paar Seeleute gefunden, die gewillt waren, den Mädchen-Kapitän zu stürzen. Er würde als Kapitän Hirple bald das Kommando übernehmen. Bis dahin sollte ihm die Insel als höchst angenehmer Aufenthaltsort recht sein.

Dann aber war MacNamara auf der Szene erschienen, und Sebastian hatte seine Hoffnung, selbst Arrahs Liebhaber zu werden, begraben müssen. Auch Hirple hatte mit ansehen müssen, wie seine Felle davonschwammen. Die Seeleute mochten zwar bereit sein, mit etwas Druck seinerseits gegen eine Frau aufzustehen, nicht aber gegen den bärenstarken MacNamara. Sie hatten ihn im Kampf gegen de Burgo erlebt. An Bord gab es keinen, der auch nur eine Braue gegen ihn erhoben hätte, geschweige denn ein Schwert. Jetzt aber war der O'Connor wieder da, und Sebastian und Hirple spitzten die Ohren und hielten die Augen offen.

Hirple war besonders an den Bemerkungen über Finola und MacNamara interessiert. Er besaß genügend Erfahrung mit eifersüchtigen Frauen, um zu erkennen, daß das grünäugige Ungeheuer Arrah gebissen hatte. Hirple, der im gleichen Rhythmus mit Sebastian ruderte, zwinkerte diesem zu, ehe er zu Carbri sagte: »Mir scheint, das war keine herzliche Begrüßung, mit der Ihr eben empfangen wurdet!«

»Weiber!« erwiderte Carbri finster. »Die haben doch immer eine Ausrede, wenn man was von ihnen will!«

»Wie wahr!«

»Verdammter Monatsfluß, der sie reizbar macht wie einen harpunierten Hai«, meinte Carbri resigniert.

»Ihr sagtet, Eure Schwester hätte 'ne Schwäche für MacNamara?«

»Ja, für diesen verdammten Schuft! Er hat sie sitzenlassen wie alle anderen.«

»Na ja, sie ist viel besser gelaunt, wenn sie in seiner Nähe ist.« Sebastian wählte seine Worte mit Bedacht. Man mußte behutsam vorgehen, denn wenn es um Weiber ging, war die Reaktion eines Mannes nicht vorauszusehen.

»Tja, er kann mit ihnen umgehen.«

»Launische Biester... mal heißt es ja, dann wieder nein.«

»Nun«, ließ sich Hirple vernehmen, »sie hat genug rumgespielt, wenn man mich fragt.«

»In ihrer Ehe hatte sie nicht viel Glück.«

Hirple holte tief Luft, ehe er sagte: »Ich meinte nicht Eure Schwester...«

»Was sagst du da?« Carbri straffte die Schultern.

»Ach, wie eben Frauen sind... sie spielen rum, wenn ihre Männer fort sind«, erklärte Sebastian.

»Was, zum Teufel, soll das heißen?«

»MacNamara hat in Eurem Töpfchen gerührt.«

Carbri schnellte auf Hirple so ungestüm los, daß das Boot heftig ins Schwanken geriet.

Sebastian brüllte: »Kapitän, was Hirple sagt, ist wahr! Eure Frau... sie gehört Euch nicht mehr. MacNamara, er...«

Carbri drehte sich um und versetzte Sebastian einen so heftigen Hieb, daß dieser rücklings ins Wasser fiel und die anderen im Boot naßgespritzt wurden. Das Boot war nahe am Kentern.

»Ruhig Blut!« rief Hirple, der zurückgewichen war und nun versuchte, das Boot ins Gleichgewicht zu bringen. »Piß den Franzmann nicht naß. Er hat nicht in Eurem Revier gewildert.«

»Halt dein dreckiges Maul!«

»Herrgott, ich sag' schon nichts mehr! Mir doch egal, wer Eure Pflichten im Bett übernommen hat! Aber das ist die Wahrheit. Der ist Tag und Nacht vor Anker gegangen, Tag und Nacht!«

»Still jetzt!«

»Schon gut... wir dachten, Ihr solltet es wissen.«

Carbri empfand Benommenheit und Schmerz gleichermaßen. Mit einem einzigen Schlag war er gefällt worden.

»Helft mit, den Franzmann hereinzuhieven. Sieht aus wie 'ne abgesoffene Ratte«, sagte Hirple.

Carbri hockte reglos da, während Hirple Sebastian ins Boot zog. Der Franzose hockte sich triefend auf die Bank. Das Wasser lief ihm aus Kleidern und Haar und sammelte sich zu seinen Füßen in einer Pfütze, während Hirple wieder zu den Rudern griff.

»Mach kehrt«, ordnete Carbri an.

»Warum, zum Teufel?«

»Wenden, sage ich!«

»Ruhig Blut, Junge. Bloß jetzt nicht durchdrehen!«

»Ich bringe den Schuft um!«

»Sir, tut jetzt nichts Unüberlegtes!«

»Es stimmt, Kapitän Carbri«, sagte Sebastian und wischte sich einen Wassertropfen von der Nase. »MacNamara ist ein guter Kämpfer. Hab's mit eigenen Augen gesehen.«

»Der Franzose hat recht. Der kann es getrost mit einem halben Dutzend aufnehmen. Und sie würde Euch für den Rest Eures Lebens dafür hassen. Kapitän Carbri, ich hätte eine Idee. Es gibt einen viel besseren Weg, die Dame zurückzugewinnen, als den Liebhaber zu töten.«

Was Arrah von Finola und Seaghan gehört hatte, gefiel ihr gar nicht. Wieder kamen ihr die Worte aus dem Garten in Paris in den Sinn: von Prinzessinnen und Schankmädchen. Seaghan war auch der Geliebte der Frau seines Vaters gewesen. Und wenn schon, wies sie sich zurecht. Er war ein Mann, und ein Mann nahm sich, was ihm gefiel. Und es war bedeutungslos, wie viele er geliebt hatte. Jetzt liebte er sie. Sie wollte ihn unbedingt sehen und seine Nähe spüren, damit er ihre Befürchtungen zerstreuen konnte.

Doch Seaghan war in der Burg nicht auffindbar. Er war mit einem von Reevnargs Adlern auf die Jagd gegangen.

Verdammt... Sie besaß das Perlenkleid aus der Garderobe ihrer Mutter. Sie war hundertmal schöner als Finola. Und wenn sie dieses Kleid trug, würde Seaghan dieses Frauenzimmer mit der Blechstimme keines Blickes mehr würdigen.

Sie rief Bridgett in der Küche einige Anweisungen zu und begann selbst mit den Vorbereitungen zum abendlichen Festgelage.

Man hatte mit Carbris Ankunft gerechnet und deshalb Vieh geschlachtet. Nun wurde das mit Honig, Salz und zerdrücktem Knoblauch gebeizte Fleisch hereingeholt und auf Bratspieße gesteckt. Die Feuer in den großen Feuerstellen wurden mit Blasebälgen angefacht und die Bratenstücke über den Flammen gedreht. Walnüsse weichten seit einer Woche in Salzlauge. Preiselbeeren waren zu saftigem Mus verarbeitet und zur Füllung von süßen Aufläufen verwendet worden, die man jetzt in der großen Halle auftrug. Krüge mit Ale wurden auf die Tische verteilt. In der ganzen Burg machten sich hektische Betriebsamkeit und Vorfreude auf das Gelage bemerkbar.

Arrah nahm ein Bad. Ihre Schultern schimmerten im schwächer werdenden Licht der Nachmittagssonne wie Elfenbein. Auf Schultern und Brüsten bildeten sich kleine schäumende Flecken, wo sie sich einseifte. Und als sie aus der Wanne stieg, sah sie aus wie Venus – schön, sinnlich und voller Sehnsucht nach Liebe.

Mary, die sie trockenrieb, bis Arrahs Haut sich rötete, trug eine finstere Miene zur Schau und räusperte sich mehrmals, ehe sie schließlich mit ihrer Meinung herausrückte: »Ein großer Fehler, den Ihr da macht. Carbri ist ein guter Junge. Aber Ihr wolltet ja nicht auf das hören, was ich Euch geraten habe.«

Als Arrah ihr Spiegelbild betrachtete, verwünschte sie sich, weil sie ihr Haar abgeschnitten hatte. Sie wurde unwillkürlich an das erinnert, was Seaghan über das Haar seiner Stiefmutter gesagt hatte. Es würde Jahre dauern, bis es zu seiner ehemaligen Länge nachgewachsen war.

Sie nahm das Silberkleid aus dem Schrank und streifte es über die Schultern.

Mary sah sie an. »Wenn der arme Kerl Euch ansieht, bricht ihm glatt das Herz.«

Das Kleid schien das Licht der Fackeln und Kerzen einzufangen und in unzähligen Schattierungen von Grün über Purpur zu Silber zu reflektieren. Ein Lichtstrahl fing sich in einem Rubin des

Schwertgriffes, als sie das Schwert umgürtete, und er leuchtete auf wie ein Blutstropfen.

Die schwere Holztür schwang auf, als Carbri eintrat. »Herrjeh, Arrah!« war alles, was er bei ihrem Anblick herausbrachte. Er blieb sprachlos und wie angewurzelt stehen und staunte mit offenem Mund.

Sie sah seinen geschmeidigen Körper und das liebenswerte Lächeln. Er sah auf seine jungenhaft schlanke Art sehr gut aus. Sie würde es ihm jetzt sagen müssen, doch als sie den Mund aufmachen wollte, blieben die Worte wie an kleinen Widerhaken in ihrer Kehle hängen. Sie zog es vor, das Thema nicht zu berühren und lieber eine günstigere Gelegenheit abzuwarten. Arrah ging ans Fenster. Am Himmel zogen Vogelschwärme dahin, Bleßhühner und Rotdrosseln und die Ringelgänse, die in Irland überwinterten. Sie hörte die See und sah in der Ferne die Seehunde, deren glänzendes Fell sich schwarz von den Felsen abhob. Da sie nicht aussprechen konnte, was ihr eigentlich am Herzen lag, suchte sie Zuflucht bei Nebensächlichem. »Die Ringelgänse kehren für den Winter zurück.«

»Aye«, sagte Carbri darauf.

»Dieses Jahr sind sie sehr früh dran.«

»Aye.« Seine Stimme war tonlos und bar jeden Gefühls.

Sie spürte sein Unbehagen. »Kennst du deinen Sippengefolgsmann mit Namen Murrough?« fragte sie langsam, indem sie sich zu ihm umdrehte.

»Aye.«

Sie wartete, daß er fortfuhr, doch er ließ es dabei bewenden. »Er gibt Anlaß zu Verdruß«, sagte sie, nur um das Schweigen zu brechen.

»Das hörte ich.«

Sie zögerte kurz, bevor sie steif hinzufügte: »MacNamara sagt, man würde dich als Tanaist absetzen, wenn du mich heiratest.« Jetzt, da der Name ausgesprochen war, würde alles andere einfacher sein. Sie hielt den Blick unverwandt auf Carbri gerichtet. »MacNamara sagt, daß Geralde de Burgo Murrough benutzt, um gegen dich zu arbeiten.«

»Weißt du, wie der Schuft zu diesem Wissen kam?«

»Er sagte, er hätte Späher.«

»Weibliche Späher«, erwiderte Carbri aufgebracht.

Sie hatte es ihm behutsam beibringen wollen, nun aber platzte sie mit der unangenehmen Eröffnung einfach so heraus: »Ich möchte dich nicht heiraten.«

»Ich nehme an, du möchtest an meiner Stelle lieber MacNamara zum Mann haben.«

Sie erschrak, hatte sie doch Bridgett und Mary mit Strafen gedroht, falls diese auch nur ein Wort von MacNamara laut werden ließen. Andererseits war sie erleichtert, daß Carbri es selbst ausgesprochen hatte. Auf ihr Nicken hin sah sie, daß in Carbris braune Augen ein schmerzlicher Ausdruck trat. Sie selbst war den Tränen nahe. »Carbri, ich wollte dir nicht weh tun!«

»MacNamara sagt, daß er dich liebt, und du glaubst ihm?« Wütend beantwortete er seine eigene Frage: »Natürlich glaubst du ihm. Alle Weiber glauben ihm.« Carbri funkelte sie an, streckte die Hände nach ihr aus und zog sie zurück, als hätte er sich verbrannt. Wütend trat er ans Fenster. »MacNamara nimmt sich, was er bekommen kann. Er umgarnt Frauen und läßt sie stehen.«

Arrah stellte fest, daß sie Carbris Wut eher ertragen konnte als seinen Schmerz. Mochte Seaghan in der Vergangenheit auch noch so viele Frauen geliebt haben, die Liebe mit ihnen konnte nicht so köstlich gewesen sein wie mit ihr. »Was er früher getrieben hat, kümmert mich nicht. Ich weiß, daß er mich liebt.«

»Weißt du, daß er auch Finola liebt?«

»Das mag früher so gewesen sein, jetzt liebt er mich!«

»Er liebt vor allem sich selbst.«

»Das tun wir alle. Du auch, Carbri O'Connor!«

»Arrah, du verfügst über viele Eigenschaften. Nie hätte ich gedacht, daß dazu auch Torheit gehört. Finola ist nicht viel anders, und MacNamara ist ein Betrüger und dazu ein Verräter am eigenen Vater.«

»Du bist eifersüchtig auf ihn. Weil er der bessere Schwertkämpfer ist!«

»Arrah! Ich habe gesehen, was er mit Finola gemacht hat. Ich weiß, was er mit den Frauen anderer Männer getrieben hat. Er nimmt von einer Frau alles und macht sich dann einfach davon.«

»Das ist nicht wahr!«

Er faßte nach ihrer Hand. »Arrah, ich liebe dich. Ich liebe dich seit Kindertagen. Mich kümmert es nicht, was zwischen dir und MacNamara war. Der Teufel soll den Kerl holen! Ich möchte dich heiraten. Ich möchte morgens erwachen und wissen, daß du neben mir bist. Er ist eben so und nicht anders. Er benutzt die Weiber und wirft sie fort. Er wechselt sie öfter als seine verdammten Seidenhemden. Heirate mich und vergiß ihn!«

»Das kann ich nicht!«

»Soll ich es dir vor Augen führen?« rief er laut und drohend. »Ich werde dir zeigen, wie sehr er dich liebt! Eben jetzt ist er mit einem Weibsstück zusammen. Ich habe Gelächter aus einem der Gemächer gehört.«

Er nahm ihre Hand und zog Arrah mit sich. Sie mußte Seaghan sehen. Sicher würde sich alles aufklären, wenn sie sich aussprechen konnten.

Sie liefen an mehreren Türen vorüber, bis man eine Frauenstimme hörte.

»Du kannst diese Französin nicht heiraten!«

Diese Worte ließen Arrah innehalten. Heirat mit einer Französin? Nein, das konnte nicht Seaghan sein. Von einer Französin war nie die Rede gewesen.

Carbri sah sie an. Seine Miene war ernst.

Dann war wieder die Frauenstimme zu hören. »Seaghan, ich mochte es immer sehr, wenn du mich berührt hast… hier.«

Arrah drückte die Klinke nieder und öffnete leise die Tür.

Der Anblick, der sich ihr bot, traf sie völlig unvorbereitet. Seaghan, der ihr den Rücken zuwandte, beugte sich über das Bett, auf dem Finola mit hochgeschobenen Röcken und gespreizten Beinen lag. Seaghans Kopf war zwischen ihren Schenkeln.

»Na, wer kommt denn da?« hörte man Finola sagen. Gerade hatte ihre Stimme fremd und ernsthaft geklungen, jetzt war wieder ihr gewohnter Singsang zu hören. »Wenn das nicht das kleine Kapitän-Mädchen von der Heringsflotte ist!«

Seaghan schnellte hoch und drehte sich um. Im schwindenden Licht sah man den feuchten Schimmer von Finolas Geschlecht.

Arrah hatte der ruhigen, eindringlichen Stimme dieses Mannes gelauscht; sie hatte zugelassen, daß ihr Körper und ihre Seele verwundbar geworden waren; hatte ihn in ihrem Mund geschmeckt, hatte ihn so intim kennengelernt, und jetzt betrog er sie.

»Deine Zukünftige hat ein bewegtes Leben hinter sich, Carbri. Erst mit dem Joyce verlobt, dann mit dir. Und in der Zwischenzeit eine Affäre mit diesem Hengst hier, habe ich recht?« sagte Finola lächelnd.

Arrah spürte die Kälte der Verzweiflung, so als sei unvermittelt der Winter über sie hereingebrochen.

Finola ließ sich zurücksinken, üppig und einladend wie eine Haremsprinzessin, den Mund halb geöffnet. Sie drehte sich auf die Seite. Sie hatte genügend Erfahrung mit der Liebe und auch mit körperlichem Begehren ohne Liebe, um zu wissen, daß sowohl MacNamara als auch Arrah im Moment sehr verletzlich waren.

»Arrah, hat er zur dir gesagt, er würde deine Schenkel öffnen...«

»Schweig, Finola!« herrschte Seaghan sie an. »Arrah, es ist nicht so, wie du glaubst. Es ist...«

»Hat er gesagt, er würde dich lieben, wie dich noch niemand geliebt hat?« flötete Finola.

Arrah fühlte, wie das Blut aus ihrem Körper wich. Sie spürte, daß ihr der Boden entgegenkam. Verdammt, nein! Sie wollte ihrer Schwäche nicht nachgeben. »Hinaus ihr beiden! Fort von meiner Insel!«

Seaghan trat mit ausgestreckten Armen auf sie zu, sie aber griff nach ihrem Schwert. Irgendwo aus ihrem Innersten holte sie den eiskalten Panzer der Selbstbeherrschung hervor. »MacNamara, fahr zur Hölle!«

»Arrah, hör zu...«

»Ich höre nicht!«

»Verdammt, du wirst zuhören!« Mit zwei Schritten durchmaß er den Raum.

Da zog Carbri sein Schwert. »Laßt sie in Frieden!«

»Verdammt, Junge, steck dein Schwert ein!« MacNamara beförderte Carbris Klinge mit einem Tritt zu Boden. Klirrend rutschte die Waffe über den Stein. Er umfaßte Arrahs Schultern mit beiden Händen. »Ich liebe dich!« rief er aus.

Carbri sprang dem Schwert nach und hob es auf. »Ich bin kein Junge. Stellt Euch!«

»Bist du lebensmüde, du junger Narr?«

Carbri schwang drohend sein Schwert. Aus seinem Blick sprach Entschlossenheit. »Seht zu, daß Ihr fortkommt, oder zieht endlich!«

MacNamara gab Arrahs Schulter frei und wandte sich Carbri zu. Er zögerte noch immer, aber als Carbri einen Schritt auf ihn zutrat, zog auch er.

Arrah warf sich zwischen die beiden und fuhr MacNamara an: »Willst du dein Gewissen mit einem weiteren Menschenleben belasten?« Ihre Worte waren Waffen, die ins Schwarze trafen. »Reicht nicht der Tod deiner Stiefmutter?« Sie wußte, daß sie getroffen hatte, und las den Schmerz in seinen Augen. Ihre Worte kamen ohne die Spur einer Gemütsregung. »Ich möchte dich nie wieder sehen. Ich bin die Herrin der Insel. Solltest du jemals wieder den Fuß auf die Insel der Adler setzen, lasse ich dich töten!«

MacNamara steckte sein Schwert in die Scheide. Sein Antlitz war bleich, seine breiten Schultern waren wie eine vom Einsturz gefährdete Mauer. Arrah hatte noch einen letzten Pfeil, den sie abschoß, als MacNamara den Raum verließ. Sie wollte einen totalen Sieg haben. »Carbri«, rief sie aus. »Du und ich, wir wollen heiraten. Pater Thomas soll auf der Stelle kommen!«

III

24. KAPITEL

Das Leben mit Naira machte Bres alles andere als glücklich. Nach allem, was sich zugetragen hatte, galt er als Verräter. Er hatte seinen Onkel Brion verraten – den Mann, der ihn wie einen Sohn aufgezogen hatte.

Es war üblich, daß Chieftains und andere Persönlichkeiten von Rang ihre Söhne vorübergehend in die Obhut anderer Familien gaben. Bres' Vater hatte seinen Sohn Brion MacNamara übergeben. Eigentlich hätte auch Seaghan eine gewisse Zeit bei einer anderen Familie leben sollen, doch Brion hatte seinen Sohn so sehr geliebt, daß er sich nicht von ihm hatte trennen wollen.

Seaghan und Bres waren wie Brüder aufgewachsen. Als Knaben hatten sie ein Bett geteilt wie Welpen aus einem Wurf, als Jünglinge waren sie praktisch unzertrennlich gewesen. Brion selbst hatte sie reiten und fechten gelehrt. Er hatte sie sogar gemeinsam in der Liebe unterwiesen.

Der Verrat an Brion war für Bres die schwerste Entscheidung seines Lebens gewesen, zu der er sich nur sehr mühsam hatte durchringen können.

Zu jener Zeit hatte er seinen Entschluß für das einzig Richtige gehalten. Er hatte sich in erster Linie Seaghan, den er wie einen Bruder liebte, verpflichtet gefühlt, und Brion hatte seinen Sohn ungerecht behandelt.

Seaghan war beileibe nicht Tiltius erste Eroberung gewesen. Sie hatte Männer angezogen wie ein Flämmchen die Motten.

Als Brion sich mit Tiltiu vermählt hatte, war Seaghan außer Haus gewesen. Er war mit der Streitmacht seines Vaters in den Kampf gezogen. Bres war nicht mitgegangen, da er an einer Schenkelwunde gelitten hatte. Nach einem Sturz vom Pferd auf der Jagd hatte ihn ein Keiler angegriffen und ihm das Bein aufgerissen. Bei der Hochzeit hatte Tiltius Schönheit alle Anwesenden geblendet.

Keine zwei Wochen nach der Vermählung mit Brion hatte Tiltiu bereits den Wachen schöne Augen gemacht und in ihnen dank ihrer zarten Schönheit Beschützerinstinkte geweckt.

Tiltiu hatte es auch auf Bres abgesehen, aber er hatte sich von Tiltius angeblicher Zerbrechlichkeit nicht täuschen lassen. Er wußte, daß sie einer giftigen Blume glich.

Seaghan hatte sich unter den Hausmägden seines Vaters einen eindeutigen Ruf erworben, doch deren zotige Derbheit war nur eine höchst unzulängliche Vorbereitung auf Tiltius reizendes Lächeln gewesen. Bres hatte mehrfach versucht, Seaghan zu warnen, seine Warnungen aber wurden durch Tiltius züchtig niedergeschlagene Augen zunichte gemacht.

Bei Gelegenheit hatte Seaghan Bres anvertraut, Tiltiu hätte ihn in seiner Schlafkammer aufgesucht und behauptet, sie stünde ihrer Alpträume wegen tausend Ängste aus, und sie hätte ihn gebeten, sie in die Arme zu nehmen.

Als Bres von Brions Plan erfahren hatte, Reevnarg O'Donnell anzugreifen und Seaghan zu töten, hatte er sich entschlossen, Seaghan vor dem drohenden Angriff zu warnen. In Anbetracht von Brions Ungerechtigkeit seinem Sohn gegenüber war dieses Vorgehen durchaus ehrenhaft – nicht sehr klug vielleicht, aber immerhin ehrenhaft. Im Laufe der Jahre hatte Bres immer wieder versucht, seinen Onkel zu überreden, Seaghan zu verzeihen, doch der Alte hatte allein schon bei der Erwähnung von Seaghans Namen mit Gebrüll reagiert, seinen Sohn verflucht und geschworen, ihn zu töten, sollte er jemals nach Irland zurückkehren.

Und dann war Bres Debrogail begegnet. Im Lichte ihres Lächelns und unter dem Zauber ihrer heilkundigen Hände war die Erinnerung an seinen Verrat immer mehr verblaßt. Wäre es ihm geglückt, mit Debrogail nach Frankreich zu gelangen, er hätte sein verräterisches Tun ganz vergessen können.

Gemeinsam mit Seaghan und Debrogail hätte er ein Dasein als Ausgestoßener ertragen können.

Das Leben mit Naira hingegen konnte er nicht ertragen. War Debrogail auch tot, er konnte sie nicht vergessen. Umarmte er

Naira im Liebesakt, war er in Gedanken stets bei Debrogail. Naira wollte, daß bei der Liebe die Kerzen brannten, damit sie seinen schönen Körper sehen konnte, aber er weigerte sich. Ein einziges Mal hatte er dabei seine Augen geöffnet und Nairas verzerrtes Gesicht unter sich gesehen. Plötzlich war er nicht mehr imstande gewesen, mit dem Begonnenen fortzufahren.

Die Erinnerung an Debrogail rief in ihm unweigerlich ein Gefühl der Leere hervor, und er spürte, daß er ohne sie nur ein halber Mann war. Wenn er Naira umarmte, fühlte er sich, als wäre er gar kein Mann, sondern ein Feigling, ein Verräter an sich selbst, an seinem Onkel und an Debrogail.

Und er las Mißtrauen in den Augen der O'Donnell-Truppen. Als MacNamara war er für sie ein Gegner, auch wenn er Naira O'Donnell geehelicht hatte. Und als er MacNamara-Männer in Ketten sah, erkannte er in ihren Augen nichts als Haß, weil er die Tochter des Feindes zur Frau genommen hatte. Bres war ringsum von Haß umgeben.

Deshalb wollte er unbedingt zurück zu Brion MacNamara. Es war noch nicht zu spät. Brion wußte nicht, daß er Reevnarg vor dem bevorstehenden Angriff gewarnt hatte. Seine Teilnahme an dem Angriff hatte seinen Verrat getarnt.

Er hatte zudem zwei erfolgreiche Kämpfe gegen die Familie von Nairas erstem Mann geführt und abgewehrt. Sie hielt die Zügel auf Glen Head nun fest in der Hand und konnte sich nicht mehr auf den Vorwand stützen, sie brauche ihn, damit er ihre Krieger in die Schlacht führe.

Bei der Verteidigung von Glen Head war er von der Hitze des Kampfes mitgerissen worden. Nun aber, da der Friede wiederhergestellt war, verspürte er nicht nur den zermürbenden Verlust seiner großen Liebe, sondern auch den seiner Sippengefährten. Er wollte mit Freunden gemeinsam bechern, sich mit ihnen in Wettbewerben messen und sich vor ihnen mit seinen Siegen brüsten.

»Naira«, sagte er, »es gibt Männer, die als Ausgestoßene leben können. Ich gehöre nicht zu ihnen. Ich bin auf Glen Head nicht glücklich. Ich möchte zurück ins Land der MacNamaras.«

»Glücklich?« wiederholte sie mit harten blauen Augen, die gar nicht imstande waren, sanft zu blicken. »Wer ist schon glücklich?

Glück ist etwas für die Kühe, die draußen auf der Weide wiederkäuen, aber nicht für Männer, die fühlen und atmen und denken. Männer kämpfen, sie gewinnen Schlachten, und sie töten andere Männer. Du aber bläst Trübsal wie ein altes Weib.«

»Naira, du bist so schön, aber warum manchmal so hart?«

»Weil das Leben Sanftheit nicht belohnt. Das Reh ist sanft und wird von Wölfen gerissen. Die Welt ist ein Ort, wo Fänge und Klauen eingesetzt werden müssen.«

»Auch das grausamste Tier hat weiche Stellen, sogar die Flanke eines Tigers ist weich. Hast du keine weiche Stelle?«

»Bres, ich war weich, sanft und gehorsam, ein Mädchen, wie mein Vater es sich wünschte, und doch galt sein Lächeln allein Arrah. Sie ritt mit ihm aus und ging mit ihm auf die Jagd. Verdammt, er hat ihr sogar die Insel überlassen. Und dabei behauptete er immer, er würde Sanftheit an einer Frau lieben. Aber er bevorzugte Arrah, die immer zu wilden Streichen aufgelegt war.

Als sie seinen verdammten Adler entwischen ließ, hat er sie bestraft. Damals kam sie heulend nach Hause, später aber, als sie den Vogel wiedereingefangen hatte, hieß es: ›Was für ein tapferes Mädchen!‹ Also rede mir nicht von Sanftheit. Weißt du, was es heißt, wenn der Vater sein Lächeln allein für die eine Schwester übrig hat, während er die andere behandelt, als wäre sie Luft?

Schließlich entschloß ich mich, so zu werden wie Arrah. Sie hatte sich ein kleines Boot gebaut und damit die Adlerbucht befahren. Sie und Carbri O'Connor. ›Komm, Naira‹, riefen sie mich. ›Komm mit.‹ Und sie hatten so viel Spaß auf ihrem Segelboot, daß ich schließlich mitkam.

Ich wollte sein Wohlgefallen erregen. Und Reevnarg lächelte, als er uns sah, und ich freute mich, denn sein Lächeln hatte auch mir gegolten. Dann aber packte er unsere Köpfe und hielt sie ins Wasser. ›Ihr wollt also Seeleute sein?‹ rief er. Ich glaubte, ich müßte ertrinken. Danach wuchs meine Angst immer mehr, und jetzt fürchte ich, dich zu verlieren, Bres.«

»Weißt du, Naira, daß ich mir vorstellen könnte, etwas für dich zu empfinden – zuweilen, wenn du mehr Sanftheit zeigst.«

»Und wenn du etwas mehr Härte zeigen würdest, Bres, dann könntest du mir noch viel mehr bedeuten.«

»Ich habe mit angesehen, wie mein Onkel aus Härte seine Frau getötet hat, und erlebt, daß er aus Härte seinen eigenen Sohn verstieß, und ich habe ihn wie unter Schmerzen laut schreien hören – auch aus Härte. Ich möchte fort von hier, ehe ich dies alles bei dir miterleben muß.«

»Bres, es gibt da etwas, das du wissen solltest.« Sie lächelte das erste Mal seit langem, und er dachte an Debrogails Lächeln. Naira lächelte sehr selten und wenn, dann tat sie es mit Kälte in den Augen. Nun aber war ihr Lächeln von anderer Art und strahlte fast so etwas wie Wärme aus. »Bres, ich trage dein Kind«, sagte sie leise. »Möchtest du zum Verräter an deinem eigenen Kind werden, während es in diesem Moment in meinem Leib wächst?«

Diese Eröffnung traf Bres wie ein betäubender Schlag. Er war seinen ehelichen Pflichten nachgekommen, Vereinigungen ohne Liebe, eine Pflicht, während er in Gedanken bei Debrogail weilte. Nie wäre er auf den Gedanken gekommen, Naira könnte schwanger werden. Er dachte an die lachende, singende, tanzende Debrogail. Wie anders wäre alles gekommen, hätte Naira sie damals nicht ertappt! Es hätte Debrogail sein können, die ihm eröffnete, daß sie sein Kind trug. Außer sich vor Freude hätte er sie in die Arme genommen.

Naira kam näher und ergriff seine Hände. »Vergiß Debrogail! Sie trieb es mit einem anderen, als der Tod sie ereilte.« Naira brach in Tränen aus. Zwei Rinnsale liefen ihr über die Wangen und sammelten sich in ihren Mundwinkeln. »Debrogail ist tot. Ich bin deine Frau. Du könntest jetzt wenigstens so tun, als würdest du dich freuen.«

Debrogail ist tot. Sie ist tot. Vor seinem geistigen Auge sah er Debrogail, die von einem Baum erschlagen wurde, während ein anderer ihr beiwohnte. Er hatte sie betrogen, indem er Naira zur Frau nahm, und sie hatte es ihm daraufhin mit gleicher Münze heimgezahlt. Tränen schossen ihm in die Augen. Er liebte die Frau nicht, die sein Kind erwartete, doch es war sein Kind, und es würde seinen Namen tragen. Er mußte bleiben.

Naira trocknete seine Tränen. »Mein Liebling... ich bin ja so glücklich. Endlich ist es mir gelungen, dein Wohlgefallen zu erregen.«

Lange Zeit glaubte er, seine Sehnsucht nach Debrogail würde nie vergehen, und doch ließ sie nach einiger Zeit nach.

Mit Nairas fortschreitender Schwangerschaft wurde ihr Wesen sanfter. Sie war guter Dinge und lächelte oft, so daß sich Zuneigung in ihm regte, als er sah, wie sich ihr Leib immer mehr rundete.

Um das Bild Seaghan MacNamaras zu vergessen, wie er sich über Finolas Schenkel beugte, unterwarf Arrah sich bedingungslos den Härten der Schiffahrt. Auf der Insel war sie ständig von Erinnerungen an Seaghan umgeben – die Schlafkammer, in der sie sich geliebt hatten, der Strand, den sie entlanggewandert waren, die Baumgruppe, unter der sie gelegen hatten. Aus diesem Grund ergriff sie die Flucht und suchte Orte auf, an denen es keine Erinnerungen gab. Ständig war sie auf See, auf großer Fahrt nach Portugal, Spanien und Afrika, mit Fracht beladen, in Geschäften begriffen. Sie kletterte in die Wanten, kämpfte gegen den Wind und die See, reffte die Segel und hißte sie... Tätigkeiten, die ihr helfen sollten, Seaghans Untreue aus ihrem Gedächtnis zu löschen.

Nie wäre sie auf den Gedanken gekommen, daß indessen zu Hause etwas passieren könnte. Ihr Vater strahlte immer Kraft und Gesundheit aus, und sie nahm als selbstverständlich an, daß er zeit seines Lebens Chieftain der O'Donnells bleiben würde.

Bei der Durchquerung eines Sumpfgebietes wurde er von Moskitos gestochen und erkrankte an Malaria. Reevnarg wurde mit allen möglichen Kräutern behandelt, aber nichts wollte helfen. Auf die Kunde von seinem nahenden Ende hin unternahmen die Anführer der weniger bedeutenden O'Donnell-Sippen den Versuch, die Macht an sich zu reißen. Wie Haie in rasender Freßgier griffen sie Reevnargs Positionen auf dem Festland an. Einige von Reevnargs Getreuen desertierten und schlossen sich anderen O'Donnell-Clans an, die sich mit Glundel Joyce verbündet hatten und Reevnarg die Tributzahlungen verweigerten. Einige Abteilungen seiner Landtruppen ließen es auf dem Schlachtfeld mangels seiner starken Führung an Kampfgeist fehlen und erlitten Niederlagen.

Reevnargs Krankheit brachte an den Tag, daß Seaghan MacNamara mit seiner Voraussage bezüglich Carbris Stellung als Tanaist der O'Connors recht gehabt hatte.

Murrough, Carbris Sippengefolgsmann, der ihm seine Ernennung zum Tanaist neidete, verbündete sich mit Geralde de Burgo und eroberte Dunmore Castle, das Carbri gehörte. Carbri kam zwar mit dem Leben davon, aber ohne den Beistand von Reevnargs Truppen verlor er seinen Rang und ging sämtlicher Chancen verlustig, jemals zum Chieftain aufzusteigen.

Die Nachricht von Carbris Niederlage erreichte Arrah in Portugal. Ihr blieb nichts übrig, als sofort die Heimfahrt anzutreten.

Auf der Insel der Adler traf sie einen Carbri an, der niedergeschlagen wie ein geprügelter Hund war. Der Verlust seines Ranges als Tanaist stellte für ihn einen schrecklichen Schlag dar. Er hatte Trost beim Ale gesucht und war sechs Wochen lang stockbesoffen gewesen. Reevnarg, der einen Rückfall erlitten hatte, lag zitternd im Bett. Sein Gesicht war grau, als lauere der Tod neben seinem Lager.

Als Arrah erfuhr, daß nicht nur der Festlandbesitz, sondern auch die Insel auf dem Spiel stand, raste sie vor Zorn. Sie hatte nicht die Absicht, ihre Heimat aufzugeben. Wutentbrannt packte sie Carbris Alekrug und zerschmetterte ihn ohne Rücksicht auf den Inhalt auf dem Boden. Dann befahl sie, Carbri drei Tage lang in seine Gemächer einzuschließen, bis er ausgenüchtert war.

Arrahs beherztes Auftreten ließ in den Kriegern der Insel wieder ein gewisses Ausmaß an Kampfgeist aufleben. Glundel Joyce hatte sich mit den O'Donnell-Sippen verbündet, deren Absicht es war, die Insel in die Hand zu bekommen. Bei einem Angriff aber zeigte sich, daß die Insel mit ihrer Klippenküste nur schwer einzunehmen war. Arrah beorderte alle Bogenschützen und Schwertkämpfer an die Strandstücke. Glundel Joyce und die Sippenführer der O'Donnells konnten abgewehrt werden.

Als nächstes ging Arrah ohne Zögern daran, die Stellung ihres Vaters auf dem Festland wenigstens teilweise wiederherzustellen. Wenn auf Blutsbande kein Verlaß mehr war, dann würde sie sich Gefolgschaft erkaufen müssen. Ihr blieb keine andere Wahl, als Söldner anzuwerben.

Sie sandte Boten nach Rathlin Island, die die ›Galloglasses‹ genannten schottischen Söldner anwerben sollten, schwerbewaffnete Kämpfer, von denen jeder einen Waffenträger und einen

Knappen mit sich führte. Sie trugen Kettenhemden und schleppten sechs Fuß lange Schlachtäxte mit sich, handhabten aber auch andere Waffen mit großem Geschick.

Der Sold, den sie forderten, war hoch, dazu kamen die Kosten für Unterbringung und Verpflegung.

Kapitän Whips Goldschatz, der Arrah unermeßlich erschienen war, als sie sich blutjung auf der Flucht vor einer erzwungenen Ehe befunden hatte, schrumpfte rasch zusammen.

Während Reevnargs Krankheit und der darauffolgenden Unruhen waren die Tributleistungen gesunken. Arrah hatte kein Einkommen mehr. Auf den Gedanken, Zölle und Passagegebühren von den Kauffahrern, die die Küste entlangsegelten, zu fordern, war vor ihr noch niemand gekommen.

Arrah machte sich nun diese Einkommensquelle zunutze. Viele Schiffskapitäne reagierten mit Verblüffung, als sie sahen, daß eine Frau Zölle erhob, und weigerten sich, auf ihre Bedingungen einzugehen. Arrah gab Befehl zum Angriff und kaperte die Schiffe.

Binnen weniger Wochen nach ihrer Rückkehr hatte sie die Insel der Adler samt der umliegenden Gewässer fest in der Hand.

Reevnarg genas schließlich, aber er sollte nie wieder der Reevnarg von ehedem werden. Sein Gang war kein kraftvolles Ausschreiten mehr, sondern ein zaghaftes Tasten, als fürchte er zu stürzen. Er saß tagelang in seinem Stuhl, in Seehundfelle gehüllt, und zitterte vor Kälte.

Auf dem Festland mußten Arrahs Söldner zu ihrem Leidwesen mehrere Niederlagen hinnehmen. Arrah führte einen Zweifrontenkrieg: Einerseits kämpfte sie gegen das Bündnis der aufständischen O'Donnells, die sich mit Glundel Joyce zusammengetan hatten, andererseits sah sie sich den vereinten Streitkräften Murrough O'Connors und Geralde de Burgos gegenüber. Die feindlichen Truppen setzten sich größtenteils aus leichtbewaffneten Fußsoldaten zusammen, deren Schlagkraft begrenzt war, die jedoch zahlenmäßig überlegen waren.

Sie brauchte noch mehr Söldner. Nahm sie eine Niederlage auf dem Festland hin, würden ihre Feinde einen neuen Angriff auf die Insel wagen.

Diesmal ließ sie ihre Söldner direkt in Schottland anwerben. Die

Freibeuterei war nun ihr einziger Ausweg, um für die Unkosten aufkommen zu können.

Patch stellte sich gegen ihren Plan, auf Kaperfahrt zu gehen. »Segeln ist ein Ding, Mädel, Plünderungen ein anderes. Dafür wird man Euch hängen.«

»Greife ich meine Feinde nicht an, dann greifen sie mich an. Meinem Vater neideten sie die Macht, mich als Frau aber hassen sie. Sie glauben, ich hätte kein Recht auf die Insel.«

Sie griff Schiff um Schiff an. Wie eine Geistererscheinung stieß sie aus dem Nebel hervor und überfiel die schwerbeladenen Handelsschiffe, um sofort wieder im Nebel zu verschwinden.

Die Händler hatten feine Tuche geladen, schwere Brokatstoffe, Taft, Spitzen, Materialien, die für Arrahs Leben an Bord nicht geeignet waren und die sie daher auf den Märkten des Kontinents feilbieten ließ. Ihre Frauen wies sie an, ihr knielange Hosen und Wämse aus weichstem Rehleder, das mit Seide abgefüttert wurde, zu nähen. Darunter trug Arrah Seidenhemden.

Mary riet Arrah immer wieder: »Haltet Eure bloßen Brüste dem Wind entgegen, Mädel. Ein alter Seemannsaberglaube besagt, daß es Wunder wirkt.« So kam es, daß Arrah ihre Hemden öffnete und die gebräunten Wölbungen ihrer Brüste wie die Galionsfigur eines Schiffes preisgab.

Das Vorbild ihrer Furchtlosigkeit bewirkte, daß sich auch der Kampfgeist ihrer Leute hob. Sie bewiesen bei den Überfällen großen Mut und kämpften so, als hätte sich ihre Zahl verdoppelt.

Arrah trieb ihre Besatzung erbarmungslos an, am härtesten aber arbeitete sie selbst. Jede wache Minute des Tages war sie im Einsatz, um die Gefahr eines Angriffs auf ihre Insel zu verhindern. Sie war bis tief in die Nacht auf den Beinen und schlief oft am Tisch ein. Carbri, ausgenüchtert und wieder ganz wie früher, mußte sie wachrütteln. »Komm zu Bett«, versuchte er sie zu überreden, wenn sie gemeinsam an Land waren, sie aber entzog sich seinen Händen und saß weiter über ihrer Arbeit – es galt zu prüfen, zu planen und Karten für ihre Leute zu zeichnen.

Eines Tages belauschte sie ein Gespräch zwischen Patch und Mary. »MacNamara ist in Frankreich«, hörte sie Patch sagen. »Er kämpft dort gegen die Engländer.«

Arrah stürmte aufgebracht in den Raum, in dem die zwei sich befanden. »Sollte ich jemals wieder seinen Namen aus eurem Munde hören, dann verbanne ich euch von der Insel, verstanden?« MacNamara hatte sie mit Finola hintergangen, dazu kam aber noch der Umstand, daß sie der Insel seinetwegen den Rücken gekehrt hatte, um Vergessen zu finden. Wäre sie zu Hause geblieben, hätte sie dafür gesorgt, daß niemand von den Festlandtruppen ihres Vaters zum Feind überlief, und die O'Donnells wären nicht eines beträchtlichen Teils ihrer Ländereien verlustig gegangen. Mittlerweile hatte sich in ihr die Überzeugung festgesetzt, daß MacNamaras Liebeswerben um sie ausschließlich dem Ziel gedient hatte, die Macht der O'Donnells zu untergraben.

»Er wollte Euch nicht übel, Mädel«, sagte Patch.

»Patch, mir ist es ernst, obschon du treu zu mir gehalten hast. Aber ich werde nicht zulassen, daß mir je wieder der Verlust der Insel droht.«

Patch senkte den Blick. »Ich verstehe«, kam es leise über seine Lippen.

Naira lag eine ganze Nacht, den nächsten Tag und noch eine zweite Nacht in den Wehen. Es mußte ein Knabe sein, davon war sie überzeugt. Knaben wurden immer unter größerer Mühsal geboren als Mädchen, aber sie nahm die Pein gern auf sich. Mit der Geburt eines Knaben war ihr Bres' Treue sicher.

Wie bei schweren Geburten Sitte, wurden alle Türen auf Glen Head Castle geöffnet. Doch als Nairas Wehen kein Ende nehmen wollten und das Kind sich noch immer nicht zeigte, ging man daran, auch andere Dinge im Haushalt zu öffnen: Truhen wurden aufgesperrt und auf Geheiß der Hebamme Flaschen entkorkt. Vier der stärksten Männer der Burgwache wurden geholt, damit sie das Bett der Gebärenden schüttelten und dem Kind den Weg in die Welt erleichterten.

Es war nach Mitternacht, als das Kind sichtbar wurde. Es kam jedoch nicht mit dem Kopf voran, sondern mit dem Gesäß. Es war ein Mädchen, dessen Schenkel und Hinterbacken von den langanhaltenden Wehen schwer in Mitleidenschaft gezogen waren. Die in der Wochenstube anwesenden Frauen bekreuzigten sich und wisperten Gebete. Eine Steißgeburt bedeutete Unglück. Doch das Schlimmste sollte noch kommen. Das Kleine wurde mit einem roten Geburtsmal geboren, das die Hälfte des Gesichts und der Brust bedeckte. Niemals würde ein Mädchen, das so gezeichnet war, einen Ehemann finden.

»Ihr habt ein Töchterchen geboren«, eröffnete die Hebamme Naira. Von dem Feuermal sagte sie nichts.

Naira lächelte matt.

Die Hebamme rieb das Neugeborene mit Gänsefett ein, damit es kräftig wurde. Als Gegenzauber gegen das Feuermal wickelte sie es in ein Knabenhemd, damit das Mädchen sich später nicht über einen Mangel an Verehrern beklagen mußte. Als nächstes nahm sie das Kind, legte es auf eine Schaufel, um es über das Kaminfeuer zu halten. Alle anwesenden Frauen waren überzeugt, das Kind sei ein von bösen Feen vertauschter Wechselbalg. Das Feuer sollte nun den bösen Geist durch den Kamin hinausfahren lassen. Dazu sang die Hebamme: Brenne, brenne, brenne. Brenne, wenn du des Teufels bist, wenn du aber Gottes bist, dann bleibe unversehrt.

In den Gesang mischte sich Säulingsgewimmer. Man roch verbrannten Stoff. Als das Kind lauter brüllte, zog die Hebamme die Schaufel aus dem Kamin und trug das Kleine zur Mutter.

Naira warf einen Blick auf ihr Kind und stieß einen Schrei aus, als sie das Feuermal sah.

»Ich hab' sie in ein Knabenhemd gewickelt«, erklärte die Hebamme. »Ihr werdet mit Leichtigkeit einen Mann für sie finden.«

»Ich will sie nicht«, wehrte Naira ab. »Sie wird mir mein Leben lang eine Last sein.«

»Gott hat sie Euch gesandt«, versuchte die Hebamme sie zu beschwichtigen. Erschöpft wandte Naira den Kopf ab und schlief ein. Die weise Frau legte das Kind neben die Mutter.

Mitten in der Nacht erwachte Naira. Sie war noch immer benommen von der Entbindung und hatte im ersten Moment die Orientierung verloren. Neben ihrem Bett waren die Kerzen heruntergebrannt, das rinnende Wachs hatte sich bizarr verformt. Dann fiel ihr ein, daß sie ein Kind geboren hatte. Sie schaute sich suchend um. Das gräßlich entstellte Neugeborene mit dem purpurnen Gesicht schlief neben ihr. Die Hebamme schnarchte leise in einem

Stuhl am Feuer. Naira setzte sich behutsam auf, da sie noch immer Schmerzen litt. Dann faßte sie hinter sich und zog das Kissen unter ihrem Kopf hervor, um es auf das Gesichtchen des Kindes zu drükken. Das Kleine wehrte sich schwach wie ein Kätzchen im Sack. Es ließ einen leisen, wimmernden Laut ertönen und verstummte rasch. Naira betrachtete es mit kaltem Blick.

Sie schob ihr Kissen wieder unter ihren Kopf, nahm das Kind an die Brust und rief laut: »Mein Kind ist tot!«

Die Hebamme fuhr in ihrem Stuhl auf.

»Meine Tochter!« heulte Naira.

Die Hebamme näherte sich dem Bett, die Hände wie zum Gebet gefaltet. »Schreit nicht so!« mahnte sie. »Es ist Gottes Wille, daß sie Euch genommen wurde.«

»Du hast sie getötet«, kreischte Naira noch lauter. »Es ist alles deine Schuld!«

Es verging einige Zeit, bis Finola klar wurde, daß sie ihre Hoffnung auf eine Ehe mit Seaghan MacNamara begraben konnte. Seit jenem Tag auf der Adlerburg hatte sie ihn nicht mehr gesehen. Er war nach Frankreich gegangen und hatte sich niemals wieder blikken lassen. Als sie einen Kundschafter ausschickte, der ihn suchen sollte, erfuhr sie, daß MacNamara, der durch die Kriegsereignisse in Anspruch genommen war, es sich ausdrücklich verbat, fürderhin von Finola belästigt zu werden.

Ohne Zeit zu verlieren, machte sich Finola daran, einen anderen Mann zu suchen.

Die Kunde von Geralde de Burgos erstaunlicher Manneskraft war auch ihr zu Ohren gekommen. Unter dem Vorwand, sie wolle ihren Sohn in de Burgos Haus erziehen lassen, als Friedensangebot sozusagen, da ihr Bruder Arrah O'Donnell geheiratet und Agnes de Burgo verschmäht hatte, verschaffte sie sich Zutritt zu seiner Burg.

Debrogail hielt sich in der großen Halle auf, als die Nachricht, Finola O'Connor bitte, bei de Burgo vorgelassen zu werden, eintraf.

De Burgo geriet in Zorn. »Werft die verräterische Schlange in den Kerker und hängt sie morgen!« befahl er.

Glundel Joyce, der ebenfalls zugegen war, strich sich nachdenklich über seinen Bart. »Erlaubt einen Einwand«, mischte er sich besorgt ein. »Ich glaube, es könnte von Interesse sein, die Frau ein wenig auszuhorchen.«

»Verfluchtes Stück Evasfleisch!« De Burgos von Natur aus gerötetes Gesicht lief bläulich an. »Jede Wette, daß sie Carbri überredet hat, mit diesem O'Donnell-Weibsstück durchzubrennen. Meine Agnes weint sich noch immer die Augen aus.«

Glundel Joyce berührte de Burgos Arm. »Beruhigt Euch. Die Tränen der sanften, edlen Agnes werden versiegen, wenn sie erst mit mir vermählt ist.« Glundels erste Frau, die Tochter von Reevnargs Sippengefolgsmann, war verstorben. Im Kampf gegen Arrah war Glundel nicht entgangen, daß viele der Unterführer der O'Donnells es an Mut und Kampfgeist hatten fehlen lassen. Einige hatten sich sogar entschlossen, wieder auf Arrahs Seite zu kämpfen. Glundel, der diese Feiglinge sofort fallenließ, hatte daraufhin den Entschluß gefaßt, selbst in eine mächtige Familie einzuheiraten, und um die Hand von Agnes de Burgo angehalten. De Burgo hatte seine Werbung angenommen.

Glundels Bemerkung besänftigte de Burgo ein wenig. »Aye, Glundel, es wird guttun, dich zum Schwiegersohn zu haben. Mit den Jahren ist man gern von vernünftigen Männern umgeben.«

Glundel fuhr fort: »Ich habe auf der Adlerburg jemanden, der mich mit Nachrichten versorgt. So erfuhr ich, daß es wegen Seaghan MacNamara großen Haß zwischen Arrah und Finola gab.«

Bei der Erwähnung von Seaghans Namen hielt Debrogail den Atem an. Sie hatte Bres niemals vergessen, Bres mit dem hübschen Gesicht. Geralde de Burgo hatte sie gut behandelt und Magnus als ihren Bruder aufgenommen. Als de Burgos Singvögelchen zählte sie nun nicht mehr zum gewöhnlichen Gesinde und mußte sich die Zudringlichkeiten der Männer nicht mehr gefallen lassen wie ehedem. Doch wenn sie ihre Liebeslieder sang, dann dachte sie immer an Bres.

Glundel war noch nicht fertig: »Es könnte von Vorteil sein, Finola zu empfangen. Man kann nie wissen, ob ein Familienstreit für einen Außenstehenden nicht glückbringend ist.«

Beim Betreten der großen Halle verbeugte sich Finola tief. Die Senke zwischen ihren Brüsten war rosig gefärbt und mit Rosenwasser besprüht. Sie war alles das, was de Burgos Frau nicht gewesen war: intelligent und von unverhüllter Sinnlichkeit. Beim Sprechen hielt sie den Blick ständig auf ihn gerichtet, während ihre Lippen sich um jede einzelne Silbe träge und sinnlich wölbten, als sauge sie an seinem Schwanz. Und wenn sie gähnte, ließ sie es aussehen, als wolle sie ihn zur Ekstase bringen.

Binnen einer Stunde befanden Finola und de Burgos sich im Bett. Er hatte seinen Phallus mit dem Zauberpulver gestärkt, und als er mit seiner Lust nicht mehr an sich halten konnte, hörte sich ihr Wonnegeheul an wie Laute aus dem Jenseits. Nacht für Nacht vernahm Debrogail Finolas tierisches Stöhnen, wenn de Burgo sich über sie hermachte. Nacht für Nacht träumte Debrogail von Bres.

Arrah ruhte auf einem Lager aus gelben Blättern, über sich den klaren Himmel. Neben ihr lag Seaghan MacNamara mit nackter Brust. Seaghan küßte sie auf die Wange. Doch der Kuß weckte sie, und sie merkte, daß Carbri sich über sie beugte.

Sie nahm ihn in sich auf und spürte den Stoß seiner Begierde. Als Carbri fertig war, erhob sie sich sofort, warf sich einen Mantel um und ruderte zu ihren Schiffen. Als Arrah an Deck stand, schwor sie sich, nie wieder von MacNamara zu träumen oder auch nur an ihn zu denken. Fast hatte er es fertiggebracht, daß sie die Heimat verlor. Niemals wieder würde sie zulassen, daß die Insel in Gefahr geriet, erobert zu werden.

Im Kampf war sie imstande, MacNamara zu vergessen. Auch aus diesem Grund widmete sie sich mit noch größerer Tatkraft der Eroberung der Schiffe und neuer Gebiete. Je mehr Land ihr zufiel, desto geringer wurde die Gefahr eines feindlichen Angriffes auf die Insel.

Zu ihrer Schönheit gesellte sich nun eine geradezu eisige Schärfe. Es hieß von Arrah, der Geist der Kriegsgöttin hätte von ihrem Körper Besitz ergriffen. Zudem war bekannt, daß Arrah O'Donnell nie ohne drei Dolche, ohne ihr Schwert und zwei Pistolen ihre Gemächer verließ. Mit ihren Waffen ging sie so geschickt um wie jeder Krieger. Mit ihren zusätzlich angeworbenen fremden Söldnern gelang es ihr, immer mehr Kämpfe für sich zu entscheiden. Die Kriegsgöttin war auf ihrer Seite: Arrahs Einflußbereich breitete sich weiter nach Süden aus – bis zur St. Brendans Sea.

Der Tiger wuchs indessen zu einem herrlichen, geschmeidigen Tier heran. Nachdem sie Seaghan bei seiner Treulosigkeit ertappt hatte, wollte sie sich aus gekränktem Stolz auch des Tigers entledigen, doch er war ihr inzwischen zu sehr ans Herz gewachsen. Einmal war es ihm geglückt, seine Hanfleine durchzubeißen, und sie hatte sich beim Erwachen seinen gelben Augen gegenübergesehen, die sie anstarrten. Sein Kopf war ihr so nahe, daß sein heißer Raubtieratem ihre Wange streifte. Arrah war so erschrocken, daß sie ihn von da an mit einer Goldkette an den Fuß ihres Arbeitstisches band. Seither kam es immer wieder vor, daß sie bei der Arbeit die nackten Füße auf Kians Flanke stützte und die Zehen in sein weiches Fell grub.

Hirple unternahm mit einigen anderen den Versuch einer Meuterei, aber Sebastian warnte Arrah rechtzeitig, so daß sie den Aufruhr niederwerfen konnte. Die Meuterer wurden gehenkt, mit Ausnahme von Hirple, dem es gelang, über Bord zu springen, und der den Haien zum Opfer fiel, wie das plötzlich blutrot verfärbte Wasser um das Schiff verriet. Seine Treue brachte Sebastian die Ernennung zum Kapitän eines eigenen Schiffes, einer gekaperten portugiesischen Karavelle, ein. Patch sollte Kapitän einer Barke werden, lehnte aber mit der Begründung ab, er würde lieber mit Arrah segeln. Auch Hook und Mute blieben bei ihr.

Da die alte Hebamme versucht hatte, sie in den Tod zu schicken, zögerte Arrah, ihrem Rat zu folgen und die kleinen Nüsse der Steinsamenpflanze als Mittel gegen eine Empfängnis zu verwenden. Zweimal wurde sie schwanger, und beide Male erlitt sie eine Fehlgeburt nach einem Kampf – einmal auf See, das andere Mal an Land. Beim zweiten Mal brauchte sie sehr lange, um sich wieder zu erholen. Mary hielt Nacht für Nacht an ihrem Bett Wache. Das Kind, wäre es ausgetragen worden, wäre ein Junge gewesen. Carbri widmete sich wochenlang dem Alkohol. Die meiste Zeit grollte er, aber manchmal schrie er auch sein Elend in die Welt. Er war wütend, daß sich Arrah auf Kämpfe einließ, während andere Frauen sich in der Schwangerschaft schonten.

Unterdessen war Arrahs Haar wieder nachgewachsen und fiel

ihr in kastanienbrauner Fülle über die Schultern. Auch ihr Vermögen hatte sich vermehrt. Sie befehligte nun zwölf Schiffe, besaß an die tausend Stück Vieh und Pferde. Das Reiten bereitete ihr fast soviel Vergnügen wie die Seefahrt. Sie liebte es, ein Pferd zu beherrschen, liebte das Gefühl der Kraft zwischen ihren Schenkeln. Die Blicke ihrer Dienstleute folgten ihr voll banger Scheu, wenn sie über die Hügel sprengte, umweht von ihrer Haarflut, den Tiger an ihrer Seite, der mit ausholenden Sätzen Schritt hielt.

Sie hatte Carbri das Kommando über zwei eigene Schiffe übertragen, deren Besatzung sehr bald seine seemännische Befähigung in Zweifel zog. »Er hat die Abweichung durch die Strömung nicht bedacht... Wir hatten zu kämpfen wie mit dem Teufel.« Doch dieses Gemunkel verstummte, wenn Arrah in der Nähe war. Man wußte mittlerweile, wie sie auf mangelnde Loyalität reagierte.

Saß Carbri bei Tisch, standen stets Krüge mit Ale oder Whisky vor ihm. Und mit dem Fortschreiten des Abends machte er sich nicht mehr die Mühe, seinen Humpen nachzufüllen, und setzte den ganzen Krug an, so daß die Flüssigkeit ihm von den Mundwinkeln auf sein Wams lief. Mit einer hastigen Bewegung versuchte er sich trockenzuwischen. »Fürwahr«, entfuhr es ihm unweigerlich, »der Met von Murrisk macht einen stolz, Ire zu sein.« Mitunter kam es vor, daß er im Rausch eine Wesensänderung erfuhr und mit einem Blick zu Arrah hin sagte: »Aye, da sitzt mein Weib, das mit verbundenen Augen ein Schiff um Irland segeln, aber einem Mann keinen Sohn gebären kann.«

Am nächsten Tag war er dann wieder ganz der alte. »Arrah, dein Arsch ist der niedlichste diesseits der Hölle!«

Nach dem Tod des ersten Kindes lebte Naira in ständiger Furcht vor einer zweiten Schwangerschaft. Sie hatte Angst, ein zweites Kind würde ebenfalls mit einem Feuermal geboren werden. Anfangs hatte sie all ihre Hoffnungen auf das erwartete Kind gesetzt, da sie geglaubt hatte, Bres würde als Vater die Eroberung von Landbesitz stärker vorantreiben. Er aber war passiv geblieben und zeigte sich an Kämpfen nicht mehr interessiert. Sein irregeleitetes überspitztes Gewissen schien ihn zu lähmen.

Andere Männer wechselten die Seiten so rasch, wie man einen

Stein hin und her wirft, nicht aber Bres. Des Nachts, wenn er im Schlaf redete, gab er Worte wie ›Verräter‹ von sich und murmelte: ›Verzeih, Onkel, daß ich dich verraten habe.‹

Er war so gar nicht der Ehemann, den sie sich erhofft hatte, als ihr sein angenehmes, jugendfrisches Äußeres aufgefallen war.

Als der malariakranke Reevnarg ans Bett gefesselt war, hatte sie versucht, Bres zu überreden, sich die Insel der Adler anzueignen oder an Stelle Reevnargs die Tributzahlungen auf dem Festland einzutreiben, er aber hatte sich geweigert und gesagt, er sei ein MacNamara und kein O'Donnell. Die Insel sei nicht seine Insel, die Tribute der O'Donnells nicht seine Tribute. Und dann war Arrah zurückgekehrt und hatte die Herrschaft über die Insel wieder an sich gerissen.

Als man ihm vom Tod des Kindes berichtet hatte, hatte Bres nur geseufzt und gesagt: »Das ist Gottes Strafe dafür, daß ich meinen Onkel verraten habe«, und wieder war er in Starre und völliges Entrücktsein verfallen. Es war, als hätten ihn alle Lebensgeister verlassen. Naira wünschte sich, er möge Glen Head bald den Rükken kehren, damit sie sich einen anderen Mann suchen konnte, der ihr half, ihre ehrgeizigen Ziele zu erreichen. Aber Bres hatte nicht einmal so viel Energie in den Knochen, sich aufzuraffen und ins Gebiet der MacNamaras zurückzukehren.

Ein einziges Mal erwachte er aus seiner Passivität und benahm sich wie ein Mann, als nämlich Carbri O'Connor erschien und ihn zur Jagd einlud. An diesem Tag erkannte man eine Andeutung seiner früheren Männlichkeit. Bei der Rückkehr lächelte er, sein Gesicht zeigte von der frischen Luft eine gesunde Färbung. Stundenlang saß er mit Carbri beim Ale und diskutierte mit ihm. Kaum aber hatte Carbri sich verabschiedet, verfiel Bres wieder in seinen geistesabwesenden Zustand.

Hatten alle Lebensgeister Bres verlassen, so brannten sie in Form von Neid in Naira um so heftiger. Im Laufe der Jahre war es Arrah gelungen, sich alles das wieder anzueignen, was Reevnarg verloren hatte. Sie hatte sogar neue Gebiete dazugewonnen. Arrah mit ihren Schiffen und Söldnertruppen wurde von Tag zu Tag reicher.

Die Burg auf Glen Head war Nairas einziger Besitz, während

Arrah an der gesamten Westküste Tribute erhob. Sie besaß unzählige Kleider, Gewänder von einer Kostbarkeit, wie sie Naira nie besitzen würde. Dazu nannte Arrah Perlen, Rubine und Smaragde und Tafelgeschirr aus Gold ihr eigen, wie Naira bei einem Besuch feststellen konnte.

Bei jeder Begegnung mit Arrah lächelte Naira mit schwesterlicher Wärme, während es in ihrem Inneren kochte.

Als Naira an Bres Gefallen gefunden hatte, war sie zu dem alten Fischerweib gegangen, das ihr ein Mittel mitgab, mit dessen Hilfe sie Bres' Zuneigung gewinnen würde. Die Alte war indessen in eine verlassene Hütte unweit von Glen Head gezogen, und Naira ging ihr nach Möglichkeit aus dem Weg. Sie haßte die Alte so sehr, wie sie Arrah haßte. Immer wenn sie die alte Hebamme mit ihrem gräßlichen Feuermal sah, wurde Naira an das schreckliche Geheimnis erinnert, das diese ihr anvertraut hatte.

Und dann war die Alte gottlob gestorben. Naira war erleichtert, sie los zu sein. Ihre Liebestränke und ihr Versuch, Arrah in den Tod zu locken, hatten sich als untauglich erwiesen. Die Alte war nur ein törichtes Fischerweib mit beschränktem Verstand gewesen. Naira war der kläglichen Rachsucht des Fischervolkes überdrüssig.

Zu Arrahs Vernichtung mußte sie jemanden suchen, der über mehr Macht verfügte. Diesmal wandte sie sich an ein Weib, das in dem Ruf stand, eine Hexe zu sein.

Die angebliche Hexe bewohnte ein halbverfallenes Haus am Rande von Lough Crosse, inmitten schnatternder Gänse und grunzender Schweine.

Naira konnte nicht begreifen, weshalb Hexen sich mit einer so armseligen Umgebung begnügten, wenn sie doch der Weissagung und Zauberei mächtig waren.

Naira saß noch im Sattel, als die Alte mit einer Stimme, kratzend wie trockene Haifischhaut über Holz, ihr zurief: »Ich weiß, weshalb Ihr gekommen seid!«

Unter dem Rock der Alten ragten blaugeäderte Beine hervor.

Die Hexe geleitete Naira ins Haus. »Alles hat seinen Preis. Ich verlange zusätzlich zu Eurem Gold drei Blutstropfen aus der linken Brust.«

Naira, die zunächst betroffen schluckte, zeigte sich jedoch einverstanden. Sie nahm ihren Armreif ab und drückte ihn der Hexe in die runzlige Hand. Das Weib steckte den Reif in die Tasche, ging an einen Küchenschrank aus Weidenholz und kam mit einer Holzschüssel wieder.

»Streift Euer Gewand von den Schultern!«

Naira tat wie ihr geheißen. Sie fröstelte in der kalten Luft.

Die Hexe berührte Nairas Brust mit Eishänden.

Naira atmete hörbar ein.

»Euer Haß ist Euch ins Gesicht geschrieben und hat Eure Augen zu Stein werden lassen«, fuhr die Alte fort. »Überlegt Euch gut, was Ihr von mir fordert. Rachsucht ist die eine Sache, Neid eine andere. Wenn der Teufel Neid entdeckt, läßt er ihn wachsen.«

»Ich will Arrah O'Donnells Tod«, sagte Naira, ohne zu zögern.

»So soll es sein.«

Die Hexe holte ein Messer, einen Stein und eine Schüssel mit Wasser. Sie fing an, die Klinge am Stein zu wetzen, hin und her, her und hin, erst die eine Seite, dann die andere. Die schaudernde Naira zog ihr Kleid höher.

Die Alte aber streckte die knochige Hand aus und schob das Kleid wieder herunter. »Ihr müßt mit entblößten Schultern und Brüsten dasitzen, sonst gelangt der Geist nicht ins Blut.«

Naira zitterte wie Espenlaub.

Nun führte die Hexe das Messer die Unterseite von Nairas Brust entlang. Naira spürte das kalte Metall. »Ich warne Euch, schreit ja nicht, sonst wird der Zauberbann gebrochen.«

Langsam fuhr sie mit dem Messer an der unteren Wölbung von Nairas Brust entlang. Naira, die unter dem kalten Metall erbebte, litt stumm.

Die Alte fing das gleich einem dünnen Faden fließende Blut in der Schüssel auf. Dann wurde es mit Wasser und mit Asche von der Feuerstelle vermischt und ein Zauberpulver hinzugefügt. Es folgten die Inhalte verschiedener Tiegel: getrocknetes Katzenfleisch, zu Pulver zermahlen, Fledermauszungen, eine Froschhaut und das schwarze getrocknete Blut eines zweiköpfigen Schweines. Diese Ingredienzien mischte sie und wärmte sie über einer Tranlampe. Dann trank sie das Gemisch.

Naira beobachtete alles schreckensstarr. Es dauerte nicht lange, und die Hexe fing zu sprechen an, undeutlich stammelnd zunächst, dann immer verständlicher. »Weicht nicht zurück vor mir, denn mit Eurem verzehrenden Neid seid Ihr viel böser als ich. Ein Kind habt Ihr bereits erstickt. Wollt Ihr Erfolg sehen, ist ein zweites Opfer vonnöten.

Der goldene Adler legt zwei Eier. Das stärkere der Adlerjungen wirft das andere aus dem Nest, damit es als einziges in den Genuß der von seinen Eltern herbeigeschafften Nahrung gelangt. Das ist der Lauf der Welt. Trägt eine Blume zu reiche Blüten, dann zehren alle vom Stamm, und keine wird groß. Entfernt man bis auf eine alle anderen, dann wird die einzige Blüte groß und kräftig. Wenn Ihr stark und mächtig sein wollt, müßt Ihr Arrah töten. Zu diesem Zweck müßt Ihr sie erst schwächen.

Sie ist guter Hoffnung. Sie segelt nach Portugal und wird bei der Rückkehr in schlechter Verfassung sein. Ihr müßt ihr Kind töten, ehe es an Land gelangt, damit sie nicht noch mehr Macht erringt. Nichts schwächt eine Frau empfindlicher als der Tod ihres Kindes. Wollt Ihr Arrah O'Donnell vernichten, müßt Ihr ihr Kind töten.«

Wieder zurück auf Glen Head, ließ Naira ihren Kundschafter kommen. Sie gab ihm Gold und schickte ihn nach Lissabon. »Halte Ausschau nach Arrah O'Donnells Schiff. Du mußt äußerst gewitzt vorgehen. Heuere einen Freibeuter an, der dem Schiff folgt. An Bord befindet sich ein Neugeborenes. Es muß getötet und ins Meer geworfen werden.«

25. KAPITEL

Als Arrah zum dritten Mal schwanger wurde, verlegte Carbri sich aufs Bitten. »Ich flehe dich an, auf dich und unser Kind zu achten. Laß ab von der Seefahrt.« Er nahm ihre Hände und kniete vor ihr nieder. »Arrah, ich liebe dich. Du bist so wundervoll, daß ich eine kleine Arrah haben möchte, die ich in den Armen halten kann. Ich möchte unser Kind so lieben, wie ich dich liebe.« Sie erkannte den Kummer in seinen klaren hellen Haselnußaugen.

Arrah war endlich geheilt von ihrem Kummer um MacNamara.

Liebe war wie eine Prellung, eine dunkle Verfärbung, die mit der Zeit verblaßte. Das war eine Lektion, die sie gelernt hatte. Sie nahm Carbris Hand.

»Schon gut, ich werde mich fügen.«

Sein Lächeln ließ ihr ihr Opfer lohnend erscheinen.

»Wenn du segeln willst, dann segle mit mir. Ich bringe dich an jedes Ziel.«

Eine Zeitlang hatte sie es an Land ausgehalten, hatte Spaziergänge am Strand unternommen und Muscheln gesammelt. Dann aber hatte die See ihr wieder zugewinkt, und sie entschloß sich, nach Portugal zu segeln. Bis zur Entbindung waren es noch zwei Monate.

In seiner Enttäuschung ergab Carbri sich wieder dem Suff. Es war sinnlos, Arrah etwas ausreden zu wollen.

Arrah hatte einem Schiffsbauer in Galway für ein neues Schiff eine Anzahlung geleistet. Zu ihrem Leidwesen hatte es zahlreiche Verzögerungen gegeben, und das Schiff war noch immer nicht vom Stapel gelaufen. Arrah wußte, daß die Twilight Moon ausgedient hatte. Teredeo, der Schiffswurm, hatte dem Rumpf so zugesetzt, daß er praktisch nur mehr aus Flickstellen und Pech bestand. Dennoch war ihr erstes Schiff ihr noch immer das liebste. Es sollte seine letzte Fahrt werden.

In Portugal genoß Arrah voller Entzücken den Anblick der hellroten Dächer und der prachtvollen großen Blumen, die auf den Märkten feilgeboten wurden. In den heißen, geschäftigen Straßen mischten sich die lauten Rufe der Straßenhändler mit den wilden Klängen der Zigeunermusik. Arrah kostete den süßen Wein, der auf den besonnten Hügeln gedieh. Die Schwangerschaft hatte Arrah, die nun wie eine reife Frucht war, noch schöner gemacht und verlieh ihr zusätzlichen Glanz. Dennoch gelang es der herrlichen Umgebung nicht, ihr die trüben Gedanken auszutreiben. Daran mochte auch die Hitze schuld sein, die ihr die Beschwerden der Schwangerschaft nahezu unerträglich machte.

Als sie die Heimfahrt antreten wollte, tobten vierzehn Tage lang Unwetter. Beim allmorgendlichen Erwachen hörte sie Wind und Regengeprassel. Unter anderen Umständen hätte sie den Stürmen getrotzt, jetzt aber mußte sie an ein zweites Leben denken. Carbri hatte ihr das Versprechen abgepreßt, daß sie bei ungünstiger Witterung nicht segeln würde. Jede Bewegung des Kindes in ihrem Leib gemahnte sie an dieses Versprechen. Aus diesem Grund nahm sie das Warten auf sich, doch die Untätigkeit ließ sie noch gereizter werden. Aus Langeweile versuchte sie zu schlafen, doch der Schlaf wollte sich nicht einstellen. Nächtelang wälzte sie sich hin und her, eingehüllt in schweißnasse Laken. Tagsüber lief sie wie ein Tiger im Käfig an Deck auf und ab.

Während eines nächtlichen Gewitters brach der Achtermast, und Arrahs Wut und Zorn kannten keine Grenzen. Was für eine Dummheit, aus Sentimentalität ein altes Schiff zu segeln. Das bedeutete jetzt eine zusätzliche Verzögerung. Arrah spürte, wie ihr Kind sich in ihr bewegte.

Schließlich war die Twilight Moon wieder seeklar. Der zum Schutz gegen das Salzwasser mit Kiefernharz eingelassene Mast glänzte golden und neu.

Das Schiff hatte Seide, portugiesischen Wein, Salz, Früchte und Kaffee, das neue Getränk aus Arabien, das Arrah besonders schätzte, geladen. Sie fand seinen starken Geschmack viel erfrischender als den der gelben gerösteten Linsen, die man in ihrer Heimat zu einem heißen Getränk aufbrühte, und wohlschmeckender als die dünnen Minze- oder Kamillentees, die ihre Mutter so gern getrunken hatte. Eines Abends, der Vollmond stand am Himmel, setzte Arrah ihre Kaffeetasse an die Lippen, aber sie entglitt ihren Händen und zersprang auf dem Kabinenboden. Die dunkle Flüssigkeit breitete sich aus. Mary kam sofort angelaufen, um Arrah in die Koje zu helfen.

Da ertönte ein Pochen an der Tür, und Patch stürzte herein, erschrocken, Arrah auf dem Bett liegen zu sehen. Sie war so bleich, daß er sie kaum erkannte. Einen Moment glaubte er schon, sein Kapitän läge im Sterben. Doch dann fiel ihm seine Frau und deren schwere Stunde ein. »Ein Segel ist in Sicht... am Horizont«, meldete er.

»Du Narr!« schrie Mary ihn an. »Wir haben anderes zu tun!« Ohne ein weiteres Wort knallte sie ihm die Tür vor der Nase zu.

Wie die Entbindung ihrer Mutter, so war auch die von Arrah langwierig und schwer. Mary hielt ihr die Hand während der Wehen und wischte ihr das Gesicht mit kaltem Wasser ab. Sie, die über keinerlei Erfahrung in Geburtshilfe verfügte, aber selbst zwei Kinder geboren hatte, versuchte ihre Angst und Besorgnis zu überspielen, indem sie unausgesetzt redete. »Ja, genauso ging es mir auch. Beide waren sie widerspenstig. Ich mußte pressen wie der Teufel.«

Das Kleine ließ sich lange Zeit, und Arrah schrie unzählige Male laut auf.

Die Besatzung reagierte mit betretenem Schweigen, das sich zu Angst und Beklommenheit steigerte, wenn ihre Schreie zu hören waren. Arrah war den Seeleuten in letzter Zeit nicht geheuer gewesen. Sie hatte eine gewisse Mattigkeit erkennen lassen, die an ihr ungewohnt war. Immer wieder wanderten ihre Blicke zur Kapitänskajüte, während ihnen finstere Gedanken in den Kopf stiegen. Sie dachten an gewisse Aussprüche, die sie an Land gehört hatten. Eine Gebärende bringt Unglück, weil sie von Teufeln belagert wird.

Patch faßte immer wieder nach seiner Pistole. Er wußte genau, was in den Männern vorging. Doch der Weg in ihre Kabine führte über seine Leiche. Auch Mute, der in seiner Nähe Aufstellung genommen hatte, war bewaffnet, während Hook sich auf Angel verließ. »Na, Angel, meine Liebste, wir werden unseren Kapitän tüchtig beschützen«, murmelte er und küßte die Hakenprothese.

Mary rang die Hände und flehte zu Gott, während sie ihn zugleich verwünschte, weil er das Gebären so schwer gemacht hatte. »Aye, diese verdammten Mannsbilder! Nehmen sich ihr Vergnügen und überlassen den Frauen die Schmerzen. Unser Herrgott im Himmel war nicht viel anders. Ließ Maria in einem Stall gebären, während er oben im Himmel gemütlich auf seinem Thron gesessen und die Füße hochgelegt hat, könnte ich mir denken. Mädel, Ihr habt anständige Hüften, aber was nützen sie, wenn ein Kind mit dem Hintern voran auf die Welt kommt.«

Im Morgengrauen wurde das Wasser ganz ruhig, die Luft schwer und drückend. Die Besatzung witterte, daß etwas in der Luft lag, denn es machte sich ein merkwürdiger Geruch bemerkbar. Einige erkannten ihn, andere schnüffelten ratlos und stellten Vermutungen an.

»Pottwale«, hörte man einen sagen. Sein sachlicher Ton sollte über eine gewisse Bangigkeit hinwegtäuschen. Unter Seeleuten war allgemein bekannt, daß Wale Schiffe angreifen konnten. Dazu kam, daß ihr Kapitän noch immer in den Wehen lag. Die Männer küßten verstohlen ihre Talismane und bekreuzigten sich. Sie knüpften doppelte Affenfäuste und hielten krampfhaft Ausschau nach guten Vorzeichen.

Die Sonne ging auf wie ein strahlengesäumter Kessel voll flüssigem Blei.

»Dort... die Fontäne!« rief einer aus.

Eine große Walherde wurde sichtbar, mindestens zweihundert Tiere, die sich an der Oberfläche tummelten, mit den Schwanzflossen schlugen und ungeachtet ihrer enormen Dimensionen mit tänzerischer Eleganz hochschnellten.

Die Führung hatte ein Riesenwal inne, der abrupt wendete und direkt auf das Schiff zuhielt. Seine Fontäne konnte sich an Höhe mit dem Großmast messen, und er blies wie ein Rauchfang. Im Näherkommen peitschte seine große Schwanzflosse das Wasser. Ein Ungeheuer dieses Formats konnte das Schiff mit einem einzigen Angriff zerschmettern. Das Tier steuerte direkt auf sie zu. Der Rücken des Riesen strahlte weiß wie ein Berggipfel, mit weißen Muscheln, Krabben und Harpunen übersät. Auf den Narben alter Wunden sah man frische Wunden... Harpunen, viele davon rostig, steckten wie Nadeln in einem Nadelkissen in seinem Fleisch. Die glänzendweiße Innenhaut seines Rachens war wie das Seidenfutter eines Sarges.

Die Besatzung war hilflos. Das Schiff verfügte über keine Walharpunen.

»Es wird Zeit, Jungs!« rief jemand. »Jetzt holt uns der Teufel!«

Ganz plötzlich wendete der Wal und schwamm davon.

Die Männer standen reglos und wie betäubt da. Alle starrten dem Ungeheuer nach, das sich wieder zur Herde gesellte. Da drang ein Schrei aus der Kapitänskajüte, der Schrei eines Neugeborenen, und die Matrosen brachen in Jubel aus. Sie waren sicher, daß ihr Kapitän es irgendwie zuwege gebracht hatte, die Wale zur Umkehr zu bewegen.

Mary beeilte sich, das Kind abzutrocknen und den kleinen Körper mit Fett einzureiben, was als glücksbringende Maßnahme galt. Dann hüllte sie das Kind in ein Leinenbündel.

Arrah, die sich über die Seiten und den Leib strich, spürte wieder ihre Knochen und fühlte sich spindeldünn. »Wo ist mein Kind?« fragte sie leise. Als Mary ihr das Kleine in die Arme legte, sahen die dunkelblauen Augen des Neugeborenen Arrah unverwandt an. Sie spürte, wie etwas an ihrem Herzen zog und es mit Macht festhielt. Sie sah die winzigen Händchen, die Miniaturperlen gleichenden Fingernägel, die Fingerchen. Sie küßte die Hände und Wangen des Kindes. Noch nie hatte sie so weiche Haut gefühlt, und noch nie hatte sie so überwältigende Liebe empfunden.

»Na, ein hübscheres Dingelchen ist mir noch nie untergekommen«, erklärte Mary stolz. »Und noch dazu auf See geboren!«

Arrah beschloß, das Kind Milly zu nennen. Das Morgenlicht stahl sich durchs Fenster und fiel auf Millys Gesicht, die sofort zu brüllen anfing. Instinktiv machte Arrah ihre Brüste frei. Und als das Kind zu saugen anfing, verlangte Arrah selbst zu trinken, da sie sich wie ausgetrocknet fühlte.

Mary brachte ihr einen Krug Ale. »Das läßt die Milch fließen. Damit das Kleine kräftig gedeiht.«

Arrah drückte das Kind an sich. Als sie Milly küßte, fiel ihr Haar wie ein Schatten über das Gesicht ihres Töchterchens. Worte eines Wiegenliedes kamen ihr in den Sinn, Worte, die ihre Großmutter ihr vorgesungen hatte. Arrah versuchte, das Lied zu singen, doch ihre Erschöpfung gewann die Oberhand. Mit dem Namen ihres Kindes auf den Lippen schlief sie ein.

Hinter der Twilight Moon hatte ein anderes Schiff ebenfalls die Walherde gesichtet. Ein Kaperschiff unter dem Kommando eines furchterregend aussehenden Türken. Er gab nun Befehl, das Fock- und Achtersegel zu setzen, und das Schiff gewann beträchtlich an Fahrt.

26. KAPITEL

Dreimal drang Patch zu Arrah vor, um ihr von der Annäherung des Piratenschiffs Meldung zu machen, aber jedesmal hatte Mary ihn verjagt. »Laß sie bloß in Ruhe, damit sie sich erholen kann. Wo sie sich so schwer getan hat!«

Mary hatte aus Angst keinen einzigen Blick aus dem Fenster der Kabine gewagt. Sie hatte Schüsse und Schreie vernommen und schließlich Waffengeklirr. Sie schluckte krampfhaft und zog den Kopf ein. Immer wieder musterte sie die schlafende Arrah, in deren Antlitz sich eine friedliche Ruhe spiegelte, die sagte, daß Arrah von den Vorgängen um sie herum nichts ahnte. Und so sollte es auch sein.

Mary hatte von einem portugiesischen Apotheker für sich selbst ein Schlafpulver erstanden, das sie heimlich in Arrahs Trunk tat. Die junge Mutter brauchte ihren Schlaf, und das bißchen Pulver verhalf ihr dazu.

Bei der Entbindung hatte Arrah viel Blut verloren. Ein Haufen blutiger Laken in einer Ecke waren der Beweis. Trotz ihrer mangelnden geburtshelferischen Erfahrung wußte Mary, daß Arrah nicht überleben würde, wenn die Blutung nicht aufhörte. Kaum war die Wöchnerin eingeschlafen, versuchte Mary einen notdürftigen Tampon einzuführen. Nun, da Arrah reglos dalag, würde auch die Blutung zum Stillstand kommen.

Mary hatte keine Ahnung, wie viele Freibeuter an Bord des feindlichen Schiffes waren. Sie wollte es auch gar nicht wissen. Außerdem waren Piraten gar nicht so übel. Sie hatte von dieser Sorte genug in ihrer Taverne erlebt. An Land waren sie nicht viel anders als alle anderen Männer. Sie soffen und pißten und wollten ihr Vergnügen. Aber, verdammt noch mal, mußten sie so laut sein? Sie hatte Patch ausdrücklich gebeten, für Ruhe zu sorgen.

Hin und wieder hatte Arrah in ihren Träumen ein sonderbares Geräusch vernommen. Kindergeschrei. Es war ihr Baby. Das wußte sie. Sie hatte es Milly genannt, aber jetzt war die Kleine hoch oben in einem Turm, und sie konnte nicht hinaufklettern. Deshalb kletterte sie auf einen Baum in der Nähe, doch der Baum verwandelte sich in einen Galgen, und Arrah fiel herunter und schlug auf dem Boden auf. Ihr Kind schrie wieder. In ihrem Traum war Arrah irgendwie bewußt, daß sie schlief. Sie vernahm Kampfgeräusche. Sie versuchte, vom Boden aufzukommen, versuchte, aus dem Schlaf auszubrechen, doch der Himmel und ihr Traum lasteten zu schwer auf ihren Schultern, so daß sie sich nicht davon zu befreien vermochte. Sie zwang die Augen auf. Die Lider waren schwerer als ihr Kopf, deshalb schloß sie die Augen wieder und schlief weiter. Noch immer schrie ihr Kind. Die Kampfgeräusche waren real. Auch das Gebrüll ihres Kindes. Ihr Neugeborenes war in Gefahr. Sie mußte aufwachen. Sie zwang die Augen auf.

Aber noch ehe sie fragen konnte, was vor sich ging, stürzte Mary sich in eine nicht enden wollende Strafpredigt. »Macht Euch bloß keine Sorgen! Patch und die anderen werden es den Türken, diesen elenden Heiden, schon zeigen. Eine junge Mutter braucht ihre Ruhe!« Schon hatte Mary ein paar schwere Truhen vor die Tür gezogen, so daß sie sich nur sehr schwer öffnen ließ. Dabei ließ sie auch nicht die kleinste Pause in ihrem Redefluß eintreten. »Arrah, Ihr seid kreidebleich. Ihr habt schrecklich viel Blut verloren. Mußte Euch inwendig verpacken. Ihr solltet ruhig liegen und was Starkes trinken, damit Ihr wieder Farbe kriegt. Ale und Met sind für eine Wöchnerin ein wahres Labsal. Und, nicht zu vergessen, Petersilie! Und macht Euch bloß keine Sorgen!«

Arrah fühlte sich so schwach und benebelt, daß sie sich auf keine Debatte einließ. Sie wollte nichts lieber als weiterschlafen und sich auf den dunklen Schwingen des Schlummers tröstlich davontragen lassen. Doch irgend etwas erweckte ihren Argwohn gegen Marys Einschätzung der Lage. Der Tiger lief in der Ecke, in der er mit der Goldkette angebunden war, unruhig und mit gesträubtem Fell auf und ab. Mit einem Blick zu ihrem Kind setzte Arrah sich aufrecht hin.

Millys Lippen, volle, helle Bögen, vollführten hungrig Saugbewegungen. Das Geräusch von Stahl auf Stahl war nun lauter geworden und störte Millys Schlaf. Das Kind fing leise zu greinen an. Sofort wurde Arrah von einem Gefühl besitzergreifender Zärtlichkeit erfaßt, das ihre Brüste brennen ließ. Milly gähnte und fuhr mit ihren geballten Fäusten, die zart wie Muscheln waren, über ihr Gesichtchen. Ein winziger Daumen geriet an die Lippen, und sie saugte kurz daran, nur um sogleich ihr zorniges Geschrei hören zu lassen. Arrah legte das Kind an die Brust, und die Kleine fing zu saugen an. Tief in ihrem Inneren fühlte Arrah das süße Ziehen der Mutterschaft. Und sie fühlte, daß der Schlaf sie von neuem zu übermannen drohte.

Marys Stimme ließ sie jäh aufschrecken.

»Finn, du und dein stinkendes Fell! Wie oft habe ich dir gesagt, das Bettzeug ist nichts für dich!« Der Ziegenbock hatte an den Laken geknabbert. Erstaunt sah Arrah Mary an. Sie hatte oft mit angehört, wie Mary Finn schalt, noch nie aber so heftig. Finn ging an eine Kommode und leckte an der Marmorplatte.

Mary war damit beschäftigt, ein Laken zu Windeln zu zerreißen. »Keine Angst, Mädel. Patch und die anderen werden nicht zulassen, daß uns etwas zustößt.«

Ein Hellebardenstoß ließ ein Bleifenster zerspringen. Die Riesenkatze erstarrte, Arrah beugte sich instinktiv schützend über ihr Kind. Da sie noch benommen von der schweren Geburt war, reagierte sie nicht so schnell wie gewohnt. Ein Splitter traf die Wange des Neugeborenen, Blut färbte die makellose Haut. Das Baby brüllte wie am Spieß. Glassplitter waren über die Bettdecke verstreut. Arrah drückte ihr Kind an sich und sprang aus dem Bett.

»Ihr sollt ganz ruhig liegen!« Mary versuchte, sie zurückzuhalten.

»Ruhig! Wie kann ich ruhig im Bett liegen, wenn um mich herum ein Kampf tobt? Warum hast du mich nicht geweckt?«

»Ihr habt ein Kind geboren und viel Blut verloren. Deshalb müßt Ihr ruhig liegen.«

Arrah nahm eine Ecke des Wickeltuches und wischte damit das Blut von dem winzigen Gesichtchen. Sie versuchte, das Kind zu beruhigen, indem sie es in den Armen wiegte, doch das Weinen steigerte sich zu schrillem Gekreisch. Als Arrah dem Kind die Brust bot, nahm es sie nicht. Noch nie hatte Arrah sich so hilflos gefühlt. Segeln, kämpfen, Überfälle planen – das alles hatte nicht vermocht, sie auf das herzzerreißende Geschrei eines Neugeborenen vorzubereiten. Sie wiegte und küßte es, und dennoch brüllte das Baby. Es brüllte, als hinge sein Leben davon ab. Am liebsten hätte Arrah der Besatzung zugerufen, den Kampf einzustellen und dem ohrenbetäubenden Lärm ein Ende zu machen. Sie versuchte Milly von dem Getöse abzuschirmen, indem sie sie fest an ihre Brust drückte.

Marys Blicke wanderten ständig von links nach rechts und umgekehrt, so angestrengt, daß die weißen Augäpfel zu sehen waren. »Dieser verdammte Patch!« stieß sie immer wieder hervor. »Ich habe ihm ausdrücklich gesagt, leise zu sein. Der Lärm erschreckt das Kind. Es braucht Ruhe. Schlimm, wenn ein Kind während eines Kampfes mit Piraten geboren wird.«

Ein Pochen an der Tür ertönte, gefolgt von Patchs Stimme: »Arrah, es steht schlecht für uns.«

»Verdammter Patch!« rief Mary durch die geschlossene Tür zurück. »Sagte ich nicht, daß du uns in Ruhe lassen sollst. Arrah braucht Ruhe.«

»Arrah, wenn Ihr Euch nur zeigen würdet, dann könnten die Männer wieder Mut fassen.«

»Du hättest gar nicht kommen sollen, aber du willst ja nicht hören!« schalt Mary weiter.

»Pst«, zischte Arrah.

»Arrah!« rief Patch wieder. »Mädel, beeilt Euch!«

Mit Milly in den Armen warf Arrah einen Blick durchs Fenster. Die blutigen Leiber, die von Piken und Hellebarden verstümmelt auf Deck lagen, waren der Beweis dafür, daß Patch die Wahrheit sagte.

Arrah reichte Mary ihr Kind.

»Wenn Ihr jetzt rausgeht, ist das Euer Ende.«

»Und wenn ich nicht gehe, dann ist es unser aller Ende«, gab Arrah zur Antwort, obwohl sie merkte, daß mit ihr etwas nicht stimmte. Dunkelheit senkte sich über sie, und ihr wurde übel.

Mary wiegte indessen das Kind und beruhigte es: »Still, mein Schätzchen!«

Arrah mußte sich an der Tischkante festhalten. Sie warf sich einen Morgenmantel um die Schultern und zog Stiefel an. Dann umgürtete sie sich mit ihrem Pistolenpaar und nahm noch die einzelne Pistole, die unter ihrem Kissen lag. Die reichte sie Mary.

»Und was soll ich damit?« fragte Mary.

»Wenn jemand durch diese Tür eintritt, dann schieß auf ihn.«
»Eine feine Mutter seid Ihr!«
»Bin ich als Tote eine bessere Mutter?« Arrah fing an, die Truhen vor der Tür wegzuschieben. Sie spürte, wie sie einen Schwall Blut verlor, und wieder wurde sie von Finsternis bedroht.
»Arrah, um Gottes willen... Ihr solltet nicht...« Mary legte das Baby hin und kam Arrah zu Hilfe.
Arrah spürte die Schwäche. Sie mußte sich auf Deck zeigen. Dann wollte sie rasch wieder zurück in die Kabine. »Warum hast du mich nicht eher gerufen?« fragte sie Patch, kaum daß sie die Tür geöffnet hatte.
»Mary hat nicht zugelassen, daß ich Euch wecke.«
»Verdammt, Patch, kannst du nicht kämpfen wie die anderen, anstatt eine junge Mutter zu behelligen!« rief Mary. »Pst, meine Kleine! Schön ruhig!«
Was Arrah nun machte, entsprang eher der Gewohnheit als der Überlegung. Sie rief ihren Leuten zu: »Der Teufel hole euch, weil ihr nicht einen Tag ohne mich auskommt!« Zwei Türken starrten sie an, erstaunt, daß eine Frau zwei Pistolen in der Hand hielt. Sie wußten, daß sich Frauen an Bord befanden, aber sie hatten nicht erwartet, einer im Kampf zu begegnen. So kam es, daß sie einen Moment verblüfft und reglos dastanden. Arrah feuerte beide Pistolen gleichzeitig ab. Beide Kugeln trafen. Den einen mitten ins dunkle Gesicht, den anderen in die Kehle, so daß das Blut herausspritzte. Arrah spürte die Dunkelheit, die sie wieder zu überkommen drohte. Wenn sie jetzt schwach wurde, mußte Milly sterben. Sie holte tief Luft und rief: »Feige Memmen! Seid ihr Männer oder Hasenfüße?«
Die Besatzung reagierte mit Jubel. »Männer!« ertönte es einstimmig.
»Dann kämpft! Verdammt, kämpft!«
Der Zwischenfall mit der Walherde und die Geburt an Bord hatten ihrer Besatzung Angst eingejagt, da sie nun aber ihren Kapitän wohlauf und beherzt vor sich sahen, schöpften die Männer neuen Mut und warfen sich den Türken mit frischem Kampfgeist entgegen.
Arrah, die Patchs Arm um ihre Schultern spürte, hätte sich zu

gern dagegen gelehnt, fürchtete aber, daß ihre Besatzung wieder den Mut sinken ließ, wenn sie Schwäche zeigte.

Die türkischen Piraten hatten Befehl, das Kind an Bord zu töten. Mit den Frauen durften sie nach Belieben verfahren. Ein Türke, der sich hinter der Kabinentür versteckt hatte, sah, daß Arrah an Deck ging.

Unterdessen hatte Mary der verschlossenen Tür den Rücken gekehrt, um die Pistole auf den Tisch zu legen. Für die verdammten Schießprügel war sie nicht zu haben. Die Dinger waren laut und schwer, und sie konnte nicht gleichzeitig die Pistole und das Kind halten, das wieder weinte.

Plötzlich wurde die Tür mit einem Tritt aufgestoßen, der dunkelhäutige Heide stand mit blankem Schwert vor ihr.

»Was, zum Teufel, bildest du dir ein?« brüllte Mary ihn an. »Raus hier! Du hast hier nichts zu suchen!«

Der Pirat sah sie abschätzend an.

Seit frühester Jugend hatte Mary gelernt, sich der Macht ihres Körpers zu bedienen. »Dir gefällt wohl, was du siehst?« Sie öffnete ihr Mieder und ließ ihn ihre schweren weißen Brüste sehen.

Lächelnd steckte er sein Schwert ein. Er besaß nur mehr einen Zahn, seine dunkle Haut ließ den roten Gaumen noch röter erscheinen.

Mary legte das Kind auf das Kojenbett.

Der Pirat wußte, wie er mit dem kleinen Welpen verfahren sollte, zuvor aber wollte er der Lockung der Brüste nachgeben.

Mary hatte nie erlebt, daß ein Mann sich bei ihr Zeit ließ, und diese Begegnung stellte keine Ausnahme dar. Alles war so schnell vorbei, daß der Pirat noch entblößt dastand, als Arrah die Kabine betrat.

Er schaute sie an, erriet, wer sie war, und wußte augenblicklich wieder, was zu tun war. Als er mit dem Schwert auf das Kind losging, schrien Mary und Arrah zugleich auf. Da Mary näher stand, stürzte sie sich zuerst auf ihn. Der Pirat stieß sie mit der Faust beiseite, so daß sie mit dem Kopf gegen den Tisch prallte, vergebens an einer Seekarte Halt suchte und zu Boden glitt.

Arrah sprang wie eine Besessene auf ihn.

Ein Blick genügte ihm für die Entscheidung, daß er sie nicht töten würde, jetzt noch nicht. Zuerst wollte er sein Vergnügen mit ihr haben. Auf ihren Kaperfahrten hatten seine Kameraden die Frauen oft getötet und dann ihre Leiber auf abstoßende Weise benutzt und mißbraucht – ein Vorgehen, das ihm immer abscheulich erschienen war.

Arrah war so geschwächt, daß es ihm ganz leicht fiel, sie wegzustoßen. Wieder holte er mit dem Schwert gegen das Kind aus. Arrah schrie auf, packte die Karte, die unter Marys Finger zu liegen gekommen war, und schleuderte sie gegen den Angreifer. Da es sich um eine aus Leder gefertigte Karte handelte, besaß sie einiges Gewicht. Sie landete auf seinem Kopf und raubte ihm für einen Moment die Sicht.

Arrah versuchte auf die Beine zu kommen, doch der Türke hatte sie so heftig gestoßen, daß sie wieder einen starken Blutsturz erlitt. Sie rutschte in ihrem eigenen Blut aus und fiel zu Boden.

Der Türke schwang blindlings sein Schwert und schlitzte den Stoff auf ihrem Bett auf. Arrah schrie, aber nicht aus Schmerz. Im Moment empfand sie nur Hilflosigkeit. Sie mußte unbedingt auf die Beine kommen. Da fiel ihr Blick auf ihr eigenes Schwert, das neben dem Bett lag. Wie ein verwundetes Tier kroch sie darauf zu, denn die Kräfte drohten sie abermals zu verlassen. Sie glitt aus, krallte sich fest und spürte Holz unter den Nägeln. Sie hob alles vom Boden auf, was sich ihr bot, und bewarf den Türken. Da ihre Zielsicherheit sie im Stich ließ, verfehlte sie ihn. Zufällig geriet sie an ihren Sternhöhenmesser. Das Ding war schwer genug, um als Waffe zu dienen. Sie griff danach, spürte die Stiefelsohle des Türken auf ihren Fingern und heulte vor Schmerz auf. Mit der anderen Hand zerrte sie an seinem Stiefel und hörte nicht auf zu schreien. Sie sah eine Ratte unter dem Bett hervorhuschen, einen Moment traf sich ihr Blick mit dem des Tieres. Arrah versuchte den Stiefel des Mannes nicht loszulassen und den Unhold von Milly fernzuhalten. Sie sah, wie er mit dem anderen Fuß ausholte, bereit, ihr einen Tritt zu versetzen. Sie sah den roten Samt ihres Bettüberwurfs und den Haufen blutiger Laken auf dem Boden, doch just in diesem Moment packte Mary, die es geschafft hatte, auf die Beine zu kommen, einen Stuhl und ließ ihn mit voller Wucht auf den Schädel des Piraten niedersausen.

Arrah rief Mary zu, sie solle ihr das Schwert geben, und als sie es in der Hand hielt, richtete sie sich auf die Knie auf und hieb auf den betäubten Piraten ein. Er unternahm matte Versuche, sie abzuwehren, nach dem zweiten Stich aber fiel seine Hand schlaff herab. Arrah stach immer wieder zu, als hätte sie Angst, er würde wieder zum Leben erwachen. Sie hörte jetzt nicht einmal das Geschrei ihres Kindes. Sie sah nur den Türken mit dem gereckten Schwert, das gegen ihr Kind gerichtet war, und sie stach zu.

Mary hob den Säugling vom Bett. »Der Kerl ist tot!« rief sie Arrah zu, aber Arrah hörte nichts. Solange an diesem elenden Heiden noch ein Stück unversehrt war, bestand die Gefahr, daß er wieder lebendig wurde.

Wieder flog die Tür auf. Ein zweiter Türke stand im Eingang. Mary kreischte laut: »Ist denn der Herrgott taub gegen unsere Gebete, daß er uns diese Heiden auf den Hals schickt?«

Der eindringende Türke sah sich zunächst dem Ziegenbock gegenüber. Mit einem einzigen Schwertstreich trennte er ihm den Kopf vom Nacken. Der Körper blieb einen Augenblick stehen, kopflos, während das Blut aus dem Nacken wie aus einer Fontäne sprühte. Der Türke schien mit sich zufrieden zu sein.

»Der Herr erbarme sich unser!« rief Mary schluchzend, die Hand auf die Brust gedrückt. »Ist unser Erlöser von Sinnen, daß er uns kurz Hoffnung schöpfen läßt und sie im nächsten Moment vernichtet?«

Milly schrie, Mary schrie. Durch das zerbrochene Fenster drang ohrenbetäubender Kampflärm und das Klirren von Glas, als ein weiteres Fenster zerbrach. Arrah spürte, wie ihr ein Blutschwall entströmte. Ihre Arme wurden schwach. Sie versuchte, das Schwert zu heben... ihre Kraft reichte nicht aus. Die Waffe entglitt ihren Fingern.

Sie mußte aufstehen, aber ihr Körper war zu schwer. Sie mußte sich zwischen den Türken und Milly werfen. Sie mußte. Verzweifelt versuchte sie, sich am Bett hochzuziehen. Überall war Blut. Der Boden war glitschig vor Blut. Sie warf sich zwischen das Schwert und ihr Kind und flehte: »Nein! Nein! Tu uns nichts!«

Der Pirat versetzte ihr mit dem Schwertgriff einen Stoß, und Arrah sank um.

Mary nahm das Baby an sich. »Sieh dich an!« brüllte sie den Türken an. »Bewaffnet, wie du bist, willst du ein armes, hilfloses Kind töten! Daß du dich nicht schämst!« Der Türke entriß ihr das Kind und machte Anstalten, es umzubringen.

Da gewann Arrah von irgendwoher neue Kraft. Sie sprang hinterrücks auf ihn, versuchte ihm die Augen einzudrücken, verkrallte sich statt dessen in seine Wange und spürte sein Fleisch unter ihren Fingernägeln. Er ließ Milly fallen. Mary fing sie auf. Das Kleine brüllte, und es brüllte noch lauter, als Mary es wie einen Ball einfach in eine der Truhen warf. Damit war es wenigstens außer Reichweite des Piratenschwertes. Der Türke schüttelte Arrah von seinem Rücken. Im Fallen sah sie die Pistole auf dem Tisch. Ihre Kraft hatte sie verlassen und doch mußte sie an die Waffe herankommen. Ein letztes Mal sprang sie auf, und im Zurückfallen zog sie am Abzug und traf den Piraten ins Rückgrat. Brüllend und sich windend ging er zu Boden.

Arrah wurde von einer Finsternis umfangen, gegen die sie nicht mehr ankämpfen konnte.

Wieder füllte eine Gestalt den Eingang aus.

Mary schrie auf: »Gott, kennst du kein Erbarmen? Wir töten den einen, und er schickt den nächsten.«

Die Gestalt hielt eine Pistole direkt auf Mary gerichtet. Sie schrie auf, und er ließ ohne Warnung die Waffe fallen und fiel selbst um.

Patch trat mit einem Schritt über den Toten. »Wir haben sie bezwungen!«

»Du verdammter Narr!« mußte er sich von Mary sagen lassen. »Hilf uns lieber! Arrah verblutet!«

27. KAPITEL

Debrogail war der Liebling von Geralde de Burgos Enkeln, besonders die Kinder seines toten Sohnes Phillipe hatten sie in ihr Herz geschlossen. Der illegitim geborene Phillipe hatte sich als hervorragender Taktiker an Land bewährt, auf See aber hatte es ihm an Erfahrung gemangelt. De Burgo wußte, daß er nie hätte zulassen dürfen, daß Phillipe gegen Arrah O'Donnell in den Kampf zog, ebenso aber war ihm klar, daß die wachsende, von der Frage der Erbfolge ausgelöste Feindseligkeit zwischen Phillipe und seinem Halbbruder eine Entscheidung erforderlich gemacht hätte. Aber dieses Problem war durch Phillipes Tod gelöst worden. Phillipes Sohn Nevil aber, ein niedlicher Dreijähriger, hatte den Tod seines Vaters nicht verwinden können. Das Kind weinte ohne Unterlaß, als bräche ihm das Herz, und es verfiel zuweilen in ein wildes, tobsüchtiges, tagelang anhaltendes Gebrüll. Es stand zu befürchten, daß Nevil den Wahnsinn seiner Großmutter geerbt hatte.

Nur Debrogail und ihr Gesang schienen ihn beruhigen zu können. Sie strich ihm einfach über sein Köpfchen und sang ihm vor. Schließlich kam es so weit, daß der Kleine nahezu den ganzen Tag mit Debrogail verbrachte.

De Burgo, der den engelhaften kleinen Knaben, sein erstes Enkelkind, über alles liebte, hatte selbst Qualen erlitten, als er mit ansehen mußte, daß der Kleine von einem unnatürlichen Schmerz fast in den Wahnsinn getrieben wurde.

Ursprünglich hatte de Burgo Magnus fortschicken wollen, da er keine Verwendung für kampfuntaugliche Krüppel hatte. Debrogail aber gab ihm zu verstehen, daß sie auch gehen würde, wenn ihr Bruder unerwünscht war. Mit der Zeit wurde de Burgo gewahr, daß sein Enkel den alten Magnus fast ebenso ins Herz geschlossen hatte wie Debrogail. Niemand brachte für das schreiende und tobende Kind mehr Geduld auf als Magnus, der von gütigem und geduldigem Wesen war und den Knaben mit törichten kleinen Spielen und Grimassen zu beruhigen verstand.

Debrogail, Magnus und die Kinder verbrachten viele Stunden zusammen. Gemeinsam gingen sie oft an die Küste, wo sie mit großem Eifer und Geschick kunstvolle Sandburgen bauten.

Eines Nachmittags wanderte auch de Burgo an den Strand.

Diesmal hatten Debrogail und Magnus für die Kinder einen Hai aus Sand geformt, einen großen Hai, größer als ein Mensch. Zweige stellten die Zähne dar; wo die Augen sein sollten, befanden sich Vertiefungen. Sie rundeten den Rumpf, häuften Sand für den Schwanz auf und formten ihn zu einer Haifischflosse. Nevil lachte entzückt auf. Es war das erste Mal seit dem Tod seines Vaters, daß de Burgo das Kind lachen hörte. Tief bewegt blieb er in einiger Entfernung stehen, um die Spielenden nicht zu stören.

Dann fing Debrogail zu singen an. Sie nahm Nevil an der Hand, und de Burgo sah sie bloßfüßig ins Wasser waten. Die Brandung umspülte ihre Fesseln. Und die ganze Zeit über hörte sie nicht auf zu singen.

Wieder war de Burgo betroffen von ihrer Schönheit. Sie hatte etwas an sich, das sie weit über die anderen Mägde erhob. Sie zeigte nichts von der demütigen Haltung, die das Gesinde kennzeichnete, ihre Haut war feiner, und ihr Haar, obschon eine ungebändigte Lockenflut, ganz weich. Debrogail rührte ihn an wie keine Frau zuvor. Sie bewegte ihn auf eine ganz besondere Weise.

Sein Herz quoll über vor Freude, als er sah, daß die Blicke seiner Enkel wie verzaubert an Debrogail hingen.

Ihr Lied war zu Ende, und de Burgo kam näher. »Liebes Mädchen, wenn du singst, bezwingst du jede Wildheit in einem Mann und machst, daß alle seine Sorgen verfliegen.«

»Danke, Mylord.«

»Hast du einen Wunsch?«

Bres fiel ihr ein. Sie hatte ihn nie vergessen, mochte sie sich auf Galway Castle auch eines gewissen Wohllebens erfreuen. Dann fiel ihr Blick auf den im Sand sitzenden Magnus. Mit seinen Krükken hatte er ihnen nicht ins Wasser folgen können. Debrogail hatte schon oft von de Burgos Zauberkraft gehört. »Ich wünsche mir ein gesundes Bein für meinen Bruder«, sagte sie nun.

»Zu meinem Leidwesen versagt in solchen Fällen meine ganze Zauberkraft«, antwortete de Burgo voll aufrichtigen Bedauerns.

»Dann wünsche ich mir eine Harfe. Eine Harfe, mit der ich meine Lieder begleiten kann, so daß Euch mein Gesang noch mehr erfreut.«

»Du sollst sie bekommen.«

Die Twilight Moon nahm mit größtmöglicher Schnelligkeit Kurs auf Paris. Kaum hatte das Schiff festgemacht, als Mary nach einer Amme suchen ließ. Patch lief indessen zum Haus von Seaghan MacNamara, und der große Ire kam ohne einen Moment des Zögerns an Bord.

Arrah hatte so viel Blut verloren, daß Mary überzeugt war, sie würde im Sterben liegen. Patch machte jedoch Arrahs fast unmerklichen Herzschlag aus. Ihre große Schwäche ließ sie wie im Traum zwischen Bewußtlosigkeit und Wachen schwanken.

Was Seaghan nun zu sehen bekam, war nur mehr die äußere Hülle jener Arrah, die er in Erinnerung hatte. Die durchscheinende Blässe ließ das Schlimmste befürchten. Betroffen kniete er an ihrem Lager nieder, strich ihr über die Stirn, faßte nach ihrer Hand und küßte ihre Fingerspitzen.

Er gab Patch den Auftrag, sich rasch zur Klinik eines Dr. Sylvius zu begeben und dem Arzt auszurichten, Seaghan MacNamara wünsche dringend seinen Rat.

Seit Arrah ihn von der Insel geschickt hatte, hatte Seaghan MacNamara tausendfache Qualen gelitten. Die Erinnerung an sie hatte ständig in seinen Armen und Lenden gelastet. Nichts war imstande gewesen, diesen Schmerz zu lindern. Er wurde von einer geradezu wahnwitzigen Kühnheit besessen, die von der niederschmetternden Endgültigkeit ihrer Worte: ›Ich möchte dich nie wiedersehen‹ ausgelöst worden war. Diese Worte standen am Anfang und Ende eines jeden Tages, sie beherrschten seine Träume, sein ganzes Bewußtsein und bewirkten, daß er den Tod bei jeder sich bietenden Gelegenheit herausforderte, ja ihn begrüßt hätte. Er hatte unzählige schwere Stürme durchsegelt und Hunderte Kämpfe ausgefochten, denn nur in einer Bewährungprobe war er imstande zu vergessen. Erst im Moment des Innehaltens war ihm alles wieder eingefallen. Tausende Male hatte er ihren Namen und sich selbst verwünscht, weil er ihr verfallen war. Er hatte sich Frauen genommen und sie unflätig beschimpft, nur weil sie nicht Arrah waren. Wenn ihn nachher Reue erfaßt hatte, hatte er zärtlich auf sie eingeredet und ihre Tränen getrocknet. Doch es nützte nichts. Er sah unaufhörlich Arrahs Gesicht vor sich, wenn er andere Frauen anschaute. Da sein Schmerz nach jeder Begegnung unerträglicher geworden war, hatte er Frauen eine Zeitlang gemieden und wie im Zölibat gelebt. Diese selbstauferlegten Härten hatten indes sein aggressives Naturell noch angestachelt. In seinen Blick war ein wilder, unsteter Ausdruck getreten. Eine lange Narbe auf der linken Wange trug dazu bei, ihn noch gefährlicher aussehen zu lassen.

Doch alle Angriffslust und Wildheit waren dahin, als er an ihrem Bett saß und ihr das Haar aus dem Gesicht strich. Er führte ihre Fingerspitzen an seine Lippen. »Arrah!« Immer wieder hauchte er ihren Namen.

Unterdessen hatte ein Bediensteter Patch die Auskunft gegeben, Dr. Sylvius befinde sich nicht in seiner Praxis, man wisse nicht, wo er sei und wann er zurückkomme. Der Mann schlug vor, Patch möge sich an Dr. Carnet wenden, dessen Haus unweit der Brücke lag.

Nach einem Blick auf Arrah stellte Dr. Carnet fest: »Man muß sie zwingen, Ochsenblut zu trinken, große Mengen. Geht zu den Metzgern und bringt einen Eimer voll mit.«

Arrah träumte. Sie glaubte zu ersticken. Sie träumte, daß man ihr Blut in den Hals schüttete. Sie wußte nicht, wer es tat und aus welchem Grund. Als sie würgte und spie, zog man ihre Zunge heraus und hielt ihr mit Gewalt den Mund auf. Das Blut kam und kam, sie ertrank darin. Blut war an ihren Händen und Kleidern. Nein, man durfte ihr nicht noch mehr Blut einflößen... Man band ihre Hände fest und hielt ihr die Nasenlöcher zu. Man stemmte ihre Zähne mit einem Stäbchen auf. Da kam wieder das Blut, und sie würgte. Alles war Blut, alle Gesichter, ihre Kleider, ihre Hände. Sie ertrank in Blut. Sie hörte Säuglingsgeschrei, das Geschrei ihres Kindes. Ein Pirat hielt die Schwertspitze an das Kind, und das Blut ihres Kindes bedeckte alles. Ihre Mutter kam, streckte ihr die Hände entgegen und wollte Arrah zu sich ins Grab ziehen. Arrah schrie. Sie war nicht bei Bewußtsein und sah doch MacNamaras dunkles Gesicht. Sie hatte ihn aus ihrem Gedächtnis verdrängt, er aber kehrte immer wieder zurück. Er berührte ihre Stirn. Er küßte ihre Stirn. »Laß mich allein!« rief sie.

Er hielt ihr den Mund zu. »Spar deine Energie. Du mußt zu Kräften kommen. Du mußt Blut trinken.«

»Nein, nicht mehr!« schrie sie. Man band ihr wieder die Hände fest, spreizte ihren Mund auf und zwang sie, noch mehr Blut zu trinken. Das Blut schmeckte, wie vor Jahren seine Liebesflüssigkeit geschmeckt hatte. »Ich hasse dich!« schrie sie. »Ich hasse dich!« Wo immer er auftrat, beeindruckte Dr. Sylvius durch seine imponierende Erscheinung. Bart und Haar waren weiß, Augen und Brauen aber ganz dunkel. Er war ein stattlicher Mann mit dramatischen Gesten. Als angesehenster Anatom seiner Zeit verfügte er über entsprechendes Selbstbewußtsein.

Kaum hatte Sylvius von seinem Diener erfahren, daß MacNamara seiner Dienste bedurfte, begab sich der berühmte Arzt unverzüglich an Bord der Twilight Moon. Die Behandlung, bei der er Dr. Carnet antraf, erregte seine helle Empörung.

»*Merde!*« fluchte Sylvius. »Was treibt Ihr da mit meiner Patientin?« Er stieß Carnet rüde beiseite. »Unmensch! Nichtskönner! Idiot! Euer Wissen ist keinen Pfifferling wert.«

Carnet, ebenfalls weißbärtig, aber kleiner und schlanker als Sylvius, brüllte zurück: »Und Ihr, was wißt Ihr schon? Ihr bekommt ja keinen Kranken unter die Finger. Immer sind es Eure Assistenten, Metzger und Barbiere, die Eure Arbeit tun!«

»Selbst ein Barbier! Nehmt Eure Tasche, und macht Euch lieber ans Haareschneiden! Fort hier! Ein Glück, daß Ihr sie nicht umgebracht habt! Ich habe schon erlebt, daß Patienten an Blut erstickt sind, da die Lungen damit überschwemmt wurden.«

»Und was schlagt Ihr vor? Der große Sylvius! Ihr macht es Euch mit Eurer Arbeit zu leicht! Leichen! Tote! Wann habt Ihr zum letzten Mal einen lebenden Menschen angefaßt?«

»Dies wird für heute der erste sein, und das verdanken wir wahrhaftig nicht Euch. Blut wird in den Körper nicht über den Magen eingeführt, sondern durch die Aderwände.«

»Durch die Aderwände! Allmächtiger, Ihr habt den Verstand verloren! Und wie soll das Blut hineingelangen? Mit einem Löffel etwa? Daß ich nicht lache!«

»Narr! Man macht einen Schnitt in die Aderwand!«

»Ich wußte immer schon, daß Ihr verrückt seid! Das Blut rinnt wieder heraus.«

»Wo denkt Ihr hin! Nicht, wenn es richtig gemacht wird. Du da, Einauge, lauf auf die Straße und suche einen Hund. Irgendeinen. Einen, der lebhaft, aber nicht wild ist. Ich möchte nicht gebissen werden.«

Seinem Assistenten gab Sylvius Anweisung, in seine Klinik zu eilen und einige seiner hölzernen Röhrchen und die Ausrüstung zum Aderlassen zu holen. »Beeilung, wenn ich bitten darf!« rief er den beiden nach.

Sylvius war seinerzeit zur Behandlung der qualvollen Kopfschmerzen des Grafen von Montreuil herangezogen worden. Bei einem dieser Besuche hatte Seaghan seine Bekanntschaft gemacht. Sylvius, der eine große Vorliebe für rassige Pferde und fette Bratgänse hegte, konnte seinen Leidenschaften auf MacNamaras Besitzungen ausgiebig frönen.

Der berühmte Arzt unterzog die Frau, deren Haar, Hals und Gesicht blutverschmiert waren, einer genauen Betrachtung. »Ist sie Eure Geliebte?«

Bekümmert schüttelte MacNamara den Kopf. »Sie ist die Frau eines anderen.«

»Ire, Ihr ändert Euch wohl nie!«

Da bemerkte Sylvius die Amme mit dem Säugling. »Ist das Euer Welpe?« fragte er.

Wieder schüttelte MacNamara den Kopf. Nun erst schien Sylvius die Umgebung wahrzunehmen. »Ist sie die Frau des Kapitäns?«

»Das Schiff gehört ihr. Sie ist der Kapitän.«

Sylvius hob mit den Fingerspitzen das blutverkrustete Haar an. Lebende Patienten waren für ihn meist von geringem Interesse, da er sie nicht aufschneiden und ihr Inneres begutachten konnte. Er wischte die Finger am Laken ab. »Unter der Blutschicht liegt eine schöne Frau. Warum hat sie sich für ein Leben wie dieses entschieden?« Er streckte die dicken Arme aus wie ein Priester vor der Eucharistie.

»Weil ihr das Meer im Blut liegt.«

»Na, bei dem großen Blutverlust wäre es von Vorteil, wenn sie recht viel davon hätte. Ire, warum heiratet Ihr nicht und hört auf, hinter den Weibern anderer herzujagen? Ich dachte, Ihr wollt die Comtesse de Villon ehelichen.«

»Nachdem ich Arrah begegnet war, konnte ich an keine andere mehr denken.«

»Ich habe anderes gehört! Ihr seid im Bett ein wahrer Teufel.« Da bemerkte Sylvius den Tiger unweit des Bettes. »Habt Ihr ihr das Tier geschenkt?«

MacNamara nickte.

»Immer auf der Suche nach Exotik und Gefahr, so ist es doch, Ire?«

Sylvius' Assistent kehrte mit einigen Längen Holz und einer Schnur wieder, und bald darauf kam Patch mit einem braunen, gefleckten Köter, einem verhungerten, räudigen Tier, das nervös und verängstigt wirkte.

Sylvius gab nun laut und gestikulierend seinem Assistenten genaue Anweisungen. Dieser knebelte den Hund mit einer Schnur, ehe er ihn an Schnauze, Schultern, Hinter- und Vorderbeinen an der senkrechten Stange festmachte. Der Kopf des Hundes befand sich auf halber Höhe der Stange, während die Hinterbeine fast den Boden berührten.

»Ganz primitiv, wie Ihr seht«, bemerkte Sylvius zu Carnet in einem vor Überheblichkeit und Verachtung triefenden Ton. »Man punktiert eine Ader des Hundes sowie eine des Patienten und läßt das Blut durch diese Röhre in den Patienten rinnen.«

»Woher habt Ihr diese widernatürliche Idee?« wollte der entsetzte Carnet wissen.

»Widernatürlich seid Ihr und dazu dumm, weil Ihr zweifelt. Aber ich bin noch dümmer, weil ich Euch an meiner Genialität teilhaben lasse. Dennoch… wenn ich es Euch nicht zeige, fahrt Ihr zum Schaden der Kranken mit Euren antiquierten Methoden fort.«

Dann wandte er sich an seinen Assistenten: »Nimm den Dolch und schneide dem Hund die Kehle durch.« Der Assistent bückte sich, um der Aufforderung nachzukommen. »Nicht hier, du Narr! Mehr seitlich. Hier«, sagte er.

Just als der Assistent auf die Ader gestoßen war, trat MacNamara zwischen den Mann und den hilflos jaulenden Hund. »Laßt ab davon«, bat er.

»Was denn, Ire? Nur kein Mitleid. Dieser elende Köter ist nur ein Knochenhaufen. Für ihn ist der Tod besser als ein erbärmliches Leben.«

»Nehmt mein Blut!«

»Was für ein Risiko! Männerblut ist vielleicht zu stark und könnte sie töten.«

»Ist es nicht so, daß im Moment der Empfängnis das Blut von Mann und Frau sich mischt? Daran stirbt die Frau nicht.«

Sylvius fuhr sich durch das weiße Haar, um sodann über den weißen Bart zu streichen. »Ja, das stimmt allerdings. Aber was ist, wenn ihr ein Bart wächst? Mit einem Bart würdet Ihr sie weniger lieben… Und wenn ihre Stimme tiefer würde als Eure?« Sylvius belächelte seinen eigenen Witz.

MacNamara explodierte förmlich. »Und was, wenn sie Flecken bekommt wie das Hundevieh?«

Sylvius bewegte energisch Lippen und Kiefer. »Hm, Ihr habt nicht unrecht. Aber zuweilen gibt es Komplikationen, wenn man jemandem die Ader öffnet. Womöglich bekommt Ihr den Wundbrand.«

»Dieses Risiko nehme ich in Kauf.«

»Wie Ihr wollt, Ire. Öffne seine Ader«, ordnete Sylvius, an seinen Assistenten gewendet, an.

»Wenn Ihr dies tut, wird man Euch als Hexer auf dem Scheiterhaufen verbrennen!« protestierte Carnet lautstark.

»Carnet, *merde!*« Sylvius drängte Carnet gegen die Wand der Kabine. »Narr! Niete! Schwachkopf! Noch ein Wort, und ich verwende Euer Blut. Mischt Euch nicht ein! Geht nach Hause! Und du, Idiot«, herrschte er seinen Assistenten an: »Mach den Schnitt genau hier! Hier, sage ich! Höher am Unterarm und die gleiche Stelle an ihrem Arm. Dann führe das Röhrchen ein. Verdammt, Mann, worauf wartest du? Daß die Engel kommen? Jetzt ganz rasch! Das Blut soll nicht verschwendet werden. Und Ihr, Ire, haltet den Arm höher. Blut ist kein Zauberwasser. Es läuft nicht aufwärts.«

28. KAPITEL

Die Träume verblaßten. Arrah erwachte allmählich und hörte den Gesang einer Frauenstimme. Auf ihrem Tisch brannte eine Lampe. Das gedämpfte Lallen eines Babys war zu hören. Arrah rief Millys Namen.

Aus der Dunkelheit trat Mary hervor. »Allen Heiligen im Himmel sei Dank! Patch! Du verdammter einäugiger Seebär! Bist du denn taub? Sie ist wach! Unsere Arrah ist wach!«

Mary trat zurück.

»Nein, laß mich nicht allein!«

Wie eine Vision aus der Finsternis kam Mary mit Milly in den Armen wieder und übergab Arrah das Kind. »Ihr hattet keine Milch, aber wir haben eine Amme gefunden. Nun seht sie Euch an.«

Arrah nahm ihr Kind, dessen winziger Mund sich in einem Gähnen öffnete, und drückte Milly an ihr Gesicht. Sekundenlang fiel der Lampenschein wie ein Heiligenschein auf sie – Mutter und Kind von Licht umgeben, die Gesichter golden beschienen.

Mary stieß einen Freudenschrei aus. »Im Namen aller Heiligen! Was gibt es Schöneres auf der Welt als eine Mutter und ihr Kind?«

Arrah fühlte sich schwindlig und schwach, zugleich aber empfand sie überwältigende, überströmende Liebe. Der Kampf mit den Piraten kam ihr in den Sinn. Sie konnte sich an das Morden erinnern, aber alles andere... War es nur ein Traum? Sie schmeckte Blut im Mund.

Als könne sie Gedanken lesen, brachte Mary ihr einen Humpen Ale. »Trinkt«, sagte sie. »Das wird Euch kräftigen.« Voller Eifer berichtete sie: »Fast hätten wir Euch verloren. Schrecklich... diese heidnischen Schurken, eine ganze Horde davon... meinen Finn haben sie getötet.« Sie fuhr sich mit dem Rockzipfel über die Augen. »War für mich wie ein Sohn. Aber seht Euch beide an. Wenn ich Euch so sehe, wird mein Herz wieder froh.«

Mary strich Arrah eine Haarsträhne hinters Ohr und berührte Millys Wange. »Er war da, müßt Ihr wissen... MacNamara. Hätte er nicht den Zauberdoktor kommen lassen... der andere würde Euch noch immer Blut einflößen. O Gott, wie gräßlich das war! Ein unerträglicher Anblick... Ihr, würgend und mit zusammengepreßten Lippen... und dann MacNamara, der seinen Arm anbot. Jetzt fließt sein Blut in Euren Adern, Mädel. Genau hier ist es eingedrungen –« Sie deutete auf die Stelle an Arrahs Unterarm, die ein Verband verdeckte.

»Er?«

»Wenn Ihr mich fragt, ist es Teufelswerk. Ich habe dort drüben in der Ecke gebetet, weil ich dachte, Gott würde uns alle tot umfallen lassen. Aber hätte man Euch nicht geholfen, wärt Ihr jetzt nicht mehr am Leben.«

Also war es doch nicht nur ein Traum gewesen!

»Patch steht in seinen Diensten, müßt Ihr wissen.«

»Patch!« Arrah wurde von einem heftigen Schwindelgefühl erfaßt. Das Bett schien sich unter ihr zu drehen. MacNamara hatte sie in der Liebe betrogen; jetzt floß sein Blut in ihren Adern, und sie mußte für den Rest ihrer Tage damit leben. Und ihr engster Vertrauter stand in seinen Diensten. Sie war von Verrat umgeben, von Verrat, der die ganze Luft vergiftete. Würde es denn nie ein Ende nehmen? Sie wünschte, eine schwarze Woge hätte sie mitgerissen, damit sie nie wieder Gedanken oder Gefühle haben mußte. Da regte Milly sich in ihren Armen. Arrah zwang sich, die Augen zu öffnen und sich der Realität zu stellen. »Sag Patch, er soll hereinkommen!«

»Tu' ich nicht! Ihr seid eben erst dem Tod von der Schippe gesprungen. Ich lasse nicht zu, daß das arme Kleine zur Waise wird, nur weil Ihr Unfug macht. Ihr werdet warten, ehe Ihr nach Dingen fragt, die ohnehin ganz harmlos sind.«

Sylvius hatte die Wirkung der Transfusion richtig vorausgesagt. Sobald das neue Blut seine Wirkung tat, kam der Körper rasch wieder zu Kräften.

»Patch!« rief Arrah ganz laut.

Der Einäugige trat ein.

»Stehst du in MacNamaras Diensten?« wollte Arrah von ihm wissen. Ihr Ton war eiskalt.

»Früher war es so. Ehe ich Euch kannte, wie ich Euch jetzt kenne.«

»Wie konntest du mir das antun? Die ganze Zeit über… mich betrügen?«

»Arrah, ich hab' Euch nie betrogen. Einst kam es zu einem Kampf, nicht zwischen Kriegern, sondern zwischen Kriegern und Hörigen. Brion MacNamara, Seaghans Vater, versuchte das Land um Gort, wo ich lebte, in die Finger zu kriegen… Seaghan war damals ein Jüngling. Nicht er führte die Truppen, sondern ein anderer. Es war grauenvoll und häßlich. Vergewaltigung, Brandschatzung und Plünderungen. Ich lag mit einer Beinwunde zu Hause und konnte mich nicht rühren. Da kamen die Krieger... meine Frau und meine Tochter waren zu Hause. Meine Tochter war noch ein Kind... sie schrie laut, als man sie hinauszerrte, und ich mußte es hilflos mit ansehen. Sie steckten meine Hütte in Brand, und ich lag drinnen. Da kehrte Seaghan zurück, wandte sich gegen die eigenen Leute und rettete meine Tochter vor der Gewalt. Er überwand das Feuer und schleppte mich ins Freie. Meine Hände waren bereits verbrannt von den brennenden Trümmern, die herunterfielen. Deswegen sind meine Hände weiß vernarbt.« Er hielt inne, um mit sehr viel Gefühl fortzufahren: »Nie habe ich Euch betrogen. Er hat mich bezahlt, damit ich ein Auge auf Euch habe. Und ich habe Euch gut bewacht.«

»Ich brauche deinen Schutz nicht!«

Patch trafen diese Worte tief. Im Laufe der Jahre hatte sich zwischen ihm und Arrah eine enge und treue Kameradschaft entwikkelt. Er hatte sie liebgewonnen, nicht wie ein Mann eine Frau liebt, sondern als Seemann und als Freund. »Nein, Ihr habt recht. Arrah O'Donnell braucht niemanden mehr, der sie behütet. Ich bitte Euch um meine Entlassung. Seit Jahren schon habe ich meine Familie nicht mehr gesehen. Meine Jungs sind jetzt Männer, meine Tochter eine Frau.«

»Meine Erlaubnis brauchst du nicht. Du stehst nicht mehr in meinen Diensten!« Ihr entging nicht, daß ihn diese Worte sehr verletzten.

»Patch!« rief Mary. »Sei kein Narr, geh nicht fort!«

»Ein alter Seebär drängt sich nicht auf, wenn man ihn nicht will. Lebt wohl, Arrah!« Damit ging er.

»Schön dumm, was Ihr da eben getan habt«, schalt Mary.

»Still, oder du gehst ebenfalls!« gab Arrah wutentbrannt zurück.

»Ich denke nicht daran, still zu sein. Glaubt Ihr, ich bin so alt geworden, um die Klappe zu halten, wenn ich eine Dummheit erkenne? Patch hat Euch nur Gutes getan. Oder ist Euer Gedächtnis schwach geworden? Jetzt seid Ihr die Königin der Meere und könnt getrost alle anderen vergessen, die Euch dazu verholfen haben... Ihr könnt den ganzen Ruhm allein einheimsen!«

»Er hat mich hintergangen!«

»Nicht Patch hat Euch hintergangen! Es war Euer eigenes Herz, das Euch trog! Was ist denn dabei, wenn ein Mann gleichzeitig zwei Frauen kosten will? Nimmt man sich einen Bissen Hammel – dann hindert einen nichts, auch noch Schweinernes zu versuchen. Bei der Liebe ist es nicht anders! Ich sage Euch jetzt etwas – nie habe ich einen Mann jemanden lieben sehen, wie MacNamara Euch liebt. Er ist keine Sekunde von Eurer Seite gewichen, hat keinen Bissen zu sich genommen und immerzu mit hängendem Kopf auf dem Stuhl gesessen. Er hat die ganze Zeit Eure Hand gehalten. Aufgestanden ist er nur, als er mir ein Päckchen Spielkarten gegeben hat, damit ich ihm mit meinem Geschwätz nicht auf die Nerven gehe. Ich rede zuviel, sagte er. Er wartete auf ein Wort von Euch! Aber als man Euch sein Blut einflößte und Ihr nicht ganz bei Euch wart, habt Ihr seinen Namen verflucht. Es war schlimmer als alles, was ich bisher gehört habe. Und ich habe das Beste und Schlimmste an Flüchen mitgekriegt. O Gott, als hätte der Teufel selbst mit Eurer Zunge gesprochen. Danach stand er auf, warf keinen einzigen Blick zurück. Ich hab' mich in ihm geirrt. Er ist wie die Männer, die ich kannte, und doch ist er auch anders. O Arrah, mir ist seinetwegen das Herz gebrochen.«

»Und meines ist gebrochen, als ich ihn mit Finola ertappt habe.«

»Denkt an meine Worte, Mädel! Euch steht ein verdammt trübes Leben bevor, wenn Ihr ständig nur um Euch schlagt!«

Schon bereute Arrah es zutiefst, daß sie Patch weggeschickt hatte. Mary hatte recht. Er war ihr Freund und Lehrer gewesen, und sie hatte kein Recht, so mit ihm umzuspringen. Eilig schickte sie ihm Mary nach, aber Patch war verschwunden. Sie schickte Mute und Hook aus, die ihn an den Docks suchen sollten, aber er blieb unauffindbar. Auch in den zahlreichen Tavernen, in denen sie nach ihm fragen ließ, war keine Spur von ihm zu entdecken.

Kaum war sie wieder imstande aufzustehen, nahm sie die Suche nach ihm selbst auf – vergeblich, wie sich zeigte.

Nach der Rückkehr auf das Schiff dachte sie an MacNamara und an das, was Mary gesagt hatte. Was für ein Mensch war das, der zuließ, daß man seine Adern öffnete, damit ein anderer leben konnte? Doch dann dachte sie an Finola, die mit gespreizten Beinen auf dem Bett gelegen hatte, und der schmerzliche Klumpen in ihrer Brust wurde wieder spürbar. Nie wieder durfte sie zulassen, daß jemand sie dermaßen kränkte.

Auf der Twilight Moon überraschte Arrah Mary, die sich mit Spielkarten die Zeit vertrieb. Arrah hatte schon zuvor viele Spielkarten zu Gesicht bekommen, aber noch nie solche, wie Mary sie ihr zeigte, aus dünnen Holzplatten gefertigt, von Handtellergröße und wunderschön bunt bemalt.

»Es sind Wahrsagekarten«, erklärte Mary. »MacNamara hat gesagt, er hätte sie von einer Zigeunerin. Soll ich Euch die Zukunft weissagen?«

Arrah, die zu Bett wollte, war nicht in der Stimmung für Wahrsagerei. Sie glaubte daran, daß jeder Mensch seines eigenen Glükkes Schmied war. Ihre Seeleute und die Dienerschaft befragten ständig die Karten und suchten nach Vorzeichen von Glück und Unglück. Auch ihre Mutter hatte immer nach guten und bösen Omen Ausschau gehalten und den Vogelflug, das Muhen der Kühe und viele andere Dinge genau beobachtet. Arrah hingegen hatte in ihren Jahren auf See gelernt, nicht dem Glück zu vertrauen, sondern sich lieber auf das eigene Können zu verlassen, sie hatte gelernt, nicht auf Vorzeichen und Prophezeiungen zu achten, sondern auf ihre eigene Treffsicherheit zu bauen. Da aber Mary sich seit Patchs Fortgang äußerst finster und zugeknöpft zeigte, war es unklug, sie noch mehr aufzubringen. Deshalb gab sie nun dem Drängen Marys widerwillig nach. Mary ordnete die Karten verdeckt in einem Halbkreis an und forderte Arrah auf, eine Karte zu ziehen. Halbherzig kam Arrah der Aufforderung nach. Als sie die Karte umdrehte, sah sie sich mit dem Bild des Todes konfrontiert. Die Gestalt – ein Schädel mit langem schwarzem Umhang und dunklem Metallhelm – schwang eine Sichel. Unter dem Helm sah man rotes, fließendes Haar blutähnlich hervorquellen.

Mary zuckte entsetzt zurück und schlug ein Kreuzzeichen.

Arrah drehte hastig die Karte wieder um. »Für solche Albernheiten habe ich keine Zeit.«

Mary war offensichtlich sehr erschüttert. Sie ging zu Milly und zeichnete ihr ein Kreuzzeichen auf die Stirn. »Gott segne dich«, murmelte sie ein übers andere Mal.

Der Versuch, Patch zu finden, hatte Arrah vier Tage gekostet. Jetzt war es höchste Zeit für die Heimfahrt.

Sie gab Befehl, den Anker zu lichten, doch als das Schiff im Begriff stand abzulegen, sah Arrah zum Dock und erkannte den Gesuchten. Entschlossen sprang sie vom Schiff.

»Patch! Patch!« rief sie und lief zu ihm, um seine weißen Hände zu erfassen und festzuhalten. Mehr sagte sie nicht, da sie sich zu sehr schämte.

Mary rief vom Schiff her: »Patch, du einäugiger Schwachkopf, wo hast du dich herumgetrieben?«

»Bitte, komm zurück!«

»Nein, Mädel!«

»Kannst du mir nicht verzeihen, bitte?« Arrah blickte ihn eindringlich an.

In ihren Augen glitzerten Tränen. In diesem Augenblick der Demut war sie sehr schön. »Aber sicher doch, wenn unser Herrgott denen vergab, die ihn ans Kreuz nagelten, so kann ich Euch auch vergeben.« Er wischte ihr die Tränen ab. »Aber es ist nicht eine Frage des Verzeihens. So, wie Ihr ausseht, könnte ich Euch verzeihen, wenn Ihr die Sonne vom Himmel gestohlen hättet. Es ist eine Frage meines Lebens. Ihr wart all die Jahre mein Kapitän. Jetzt wird es Zeit, daß ich mein eigener Herr werde. Ich habe Familie, und die will ich wiedersehen.«

Arrah schlang die Arme um ihn. »Patch!«

»Ihr werdet mir sehr fehlen, Mädel. Aber meine eigene Tochter ist jetzt erwachsen, und ich hab' sie lange nicht gesehen.«

»Wirst du mich besuchen?«

Er umfing ihre Schultern und blickte sie an. »Arrah, Mädel, Ihr seid ein Adler, Ihr schwingt Euch in die Lüfte. Laßt nicht zu, daß die Bitterkeit in Eurem Herzen Euch zu Boden drückt. Er liebt Euch.«

Arrah senkte den Blick. Der Schmerz war noch zu groß.

Als Arrah in einem Boot ans Ufer der Adlerbucht gerudert wurde, standen Carbri und ihr Vater zum Empfang bereit. Carbri, der sie hölzern umarmte, kam ihr kalt und unbeteiligt vor. Daß er wieder getrunken hatte, merkte sie an seinem Bieratem. Seit er von Murrough O'Connor als Tanaist abgelöst worden war, hatte er immer wieder im Alkohol Trost gesucht. Trotz ihres schlagkräftigen Söldnerheeres hatte Arrah nie den Versuch unternommen, Dunmore Castle für Carbri zurückzuerobern, da sie immer gehofft hatte, er würde sich eines Tages selbst dazu entschließen. Bislang hatte er sich dazu nicht aufraffen können.

Ihr Vater schien kräftiger zu sein als bei ihrem Weggang und zeigte sich hingerissen von seiner Enkeltochter, die er Arrah sofort abnahm, um sie zärtlich mit seinen großen Händen zu halten. »Arrah, ich weiß noch, wie du so klein warst... Ja, Tochter, so klein warst du auch mal... und jetzt bist du selbst Mutter. Ich sehe noch deine Mutter vor mir, wie sie dich in den Armen hielt.«

Carbri warf nur einen kurzen Blick auf Milly, äußerte kein Wort und wollte sie auch nicht in den Arm nehmen.

Mary platzte beinahe vor Eifer, um ihre Geschichte anzubringen. »Ihr hättet sie sehen sollen, diese Horde von Hasenfüßen. Hook und die anderen. Kämpften wie alte Weiber, bis Arrah sich auf Deck zeigte. Zwei Musketen feuerte sie mitten in die Heidengesichter ab. Und das war's dann.« Mary ließ unerwähnt, daß MacNamara Arrah sein Blut gegeben hatte, obschon sie in allen Einzelheiten beschrieb, wie man Arrah gezwungen hatte, Ochsenblut zu trinken.

»Kampflustig wie eh und je«, bemerkte Carbri dazu.

»Ich habe sie nicht angegriffen.«

»Es hätte dein Tod sein können.«

»Hätten wir nicht gekämpft, dann wäre es der sichere Tod gewesen. Was hätte ich sonst tun sollen? Hätte ich zulassen sollen, daß man mich und Milly gefangennimmt?«

»Du hättest zu Hause bleiben sollen!« Damit drehte er ihr den Rücken zu und ging auf die Adlerburg zu.

Reevnarg sah Arrah vielsagend an. »So ist er seit seiner Rückkehr vom Festland.« Was ihr Vater zu berichten hatte, klang nicht gut. Als de Burgos Schwiegersohn stiftete Glundel Joyce zahlreiche Grenzclans, die den O'Connors tributpflichtig waren, zu Kampf und Aufruhr an.

Dazu kam, daß Glundel sich mit Murrough O'Connor, dem neuen Tanaist der O'Connors, verbündet hatte. Gemeinsam hatten sie Carbri bei seinem Besuch auf Nairas Burg Glen Head angegriffen. Er hatte mit Bres gejagt, beide waren angeheitert gewesen. In seinem Suff war Carbri hinter eine Bank gerutscht und von den Angreifern übersehen worden. Wäre nicht Reevnarg überraschend mit seiner Streitmacht aufgetaucht, die Burg wäre verloren gewesen. Glundel und Murrough war es gelungen zu entkommen. Sie hatten Zuflucht im Hügelland gefunden. »Seither ist Carbri ständig mißgelaunt und trinkt noch mehr«, schloß Reevnarg. »Aye, meine Töchter haben sich wahrlich sonderbare Männer erwählt, Carbri und Bres. Anstatt gegen Männer zu kämpfen, nehmen die beiden es lieber mit dem Alekrug auf.«

Naira vermochte ihre Wut kaum zu zügeln, als sie erfuhr, daß Arrah mit dem Töchterchen wohlbehalten zu Hause angelangt war. »Nichtsnutziger Idiot!« schrie sie den Kundschafter an. Sie ergriff einen zierlichen Dolch, der auf dem Tisch lag, und stieß dem Mann die Klinge ins Herz, so schnell, daß er sich nicht wehren konnte.

Eifersucht, Neid und die Angst vor Entdeckung hatten Naira zu einem wahren Ungeheuer werden lassen, dessen Antriebskräfte Enttäuschung, Bitterkeit und Ränkesucht waren. Bres hatte sich als größte Enttäuschung ihres Lebens entpuppt. Bar allen Machtstrebens, galt sein einziges Interesse der Rotwildjagd. Sie hatte versucht, ihn aufzustacheln, Arrah die Herrschaft über die Insel der Adler zu entreißen. Obschon es kein allzu schwieriges Unterfangen gewesen wäre, hatte Bres sie nur angeschaut, als hätte er eine Irre vor sich. »Ich glaube, ich muß mich verhört haben.« Damit war die Sache für ihn abgetan.

Sie hatte erwogen, Gift zu Hilfe zu nehmen, aber Arrah ließ durch ihr Gesinde alle Speisen vorkosten. Am liebsten hätte sie ihr selbst das Messer ins Herz gestoßen, aber Arrah konnte geschickter mit Messern und Dolchen umgehen als die meisten Männer.

Naira war durchdrungen von der Überzeugung, daß es noch einen anderen Weg geben mußte, und dann, ganz plötzlich und zufällig bot sich ihr eine Möglichkeit.

Bres war immer nur ein höchst mittelmäßiger Liebhaber gewesen, und seit sie sich nicht mehr neben ihn legte, hatte es zwischen ihnen nichts mehr gegeben.

Eines Tages war er bei der Rückkehr von der Jagd mit Carbri bester Stimmung. »Wir haben drei Stück Wild erlegt«, prahlte er.

»Deine Jagdbeute könnte mir nicht gleichgültiger sein«, erwiderte Naira. »Würdest du ebensoviel Energie auf die Liebe verwenden, könnte ich dir vielleicht mehr Interesse entgegenbringen.«

Bres blieb ihr eine Antwort schuldig und hätte die Sache auf sich beruhen lassen, wäre Naira in ihrer Bosheit nicht darauf verfallen, ihn zu verhöhnen. »Du bist ein richtiger Waschlappen im Bett und auch, wenn es zum Kampf kommt. Die Insel könnte mein Eigentum sein, du aber bist zu feig, um mir zu meinem Recht zu verhelfen.«

Bres hatte Naira oft belogen oder den Mund gehalten, an jenem Tag aber hatte er mit Carbri gebechert, und seine Zunge war gelockert. Dazu gesellte sich der Umstand, daß die Jagd sein Selbstbewußtsein gehoben hatte und Naira noch nie so ausfällig geworden war. Jahrelang angestaute Wut brach sich nun bei ihm Bahn. »Du warst es, die mir nachgestellt hat! All die Jahre war ich ein Verräter an meinem Onkel, und du hast es mir nicht mit einem Quentchen Glück vergolten. Ich empfand für dich nie etwas. Allein nur Debrogail zuliebe willigte ich in eine Ehe ein!«

Nairas Wut und Verbitterung war der seinen ähnlich. »Die Mühe hättest du dir sparen können.« Sie genoß im voraus die Worte, mit denen sie ihn jetzt treffen wollte. »Weil ich sie nämlich bei lebendigem Leibe einmauern ließ, gleich an jenem Abend, als ich sie fortschickte. Du Narr! Du hirn- und rückgratloser Narr! Hätte ich geahnt, was für ein Feigling du bist, ich hätte mir die Mühe auch erspart!« Sie brach in grausiges Gelächter aus.

Bres' Hand zuckte zu seinem Schwert. Er hob es andeutungsweise, um es wieder loszulassen. Er war nicht der Mann, der eine Frau tötete. Deshalb ließ er sie mit ihrem unheimlichen, von den Wänden widerhallenden Gelächter allein und rüstete sich zur Heimkehr. Er wollte zu Brion MacNamara zurück.

Naira war nicht wenig erleichtert über sein Verschwinden. Aus Angst, er würde sie verlassen, hatte sie stets ihre wahren Motive vor ihm geheimgehalten. Aber inzwischen war seine Gegenwart für sie zu einem lästigen Hindernis geworden, nicht zuletzt, weil sie über Jahre hinweg seiner empfindsamen, sanften Natur durch geschickte Schmeicheleien und raffiniert getarnte Lügen hatte entgegenkommen müssen.

Jetzt brauchte sie vor Bres nicht mehr den Schein zu wahren und konnte zielstrebig und energisch gegen Arrah vorgehen.

Sie erwog sogar, Carbri zu verführen, aber Carbri war ein Dummkopf, der nicht seinesgleichen hatte, zudem war er die halbe Zeit stockbesoffen und den Rest der Zeit übel gelaunt.

Während eines Besuches auf der Adlerburg erregte eines Abends der dunkle, ernste und gutaussehende Sebastian, der sich von allen anderen absonderte, ihre Aufmerksamkeit. Naira rief ihn in ihr Bett, überzeugt, er würde ihr helfen, Arrah zu töten.

Sebastian hatte eine muskelbepackte, dichtbehaarte Brust. Seine Hüften waren schmal, sein ansehnliches, wenn auch nicht langes Glied ragte zwischen den Schenkeln hervor.

Naira bestieg Sebastian. In tiefgebückter Haltung ließ sie ihre Brüste über seinen Rumpf gleiten, so daß seine spröden Brusthaare über ihre Brustspitzen streiften, ein Vorgang, der in beiden Begierde erweckte. Sie glitt tiefer, strich mit einer Brust über seine Lende, dann über seinen Phallus. Dabei umfaßte sie die Unterseite seiner Hoden, hob sie an und liebkoste sie.

»Du sollst für mich etwas tun«, gab sie dabei halblaut von sich.

Sie hauchte seinen Phallus an, doch als Sebastian ihren Kopf erfaßte und ihr Gesicht an sich zu pressen versuchte, leistete sie Widerstand. »Du sollst mir helfen«, raunte sie. Ihre Zunge glitt aufreizend über sein Glied.

»Was soll ich tun?« fragte er gepreßt.

»Versprich mir erst, daß du mir helfen wirst!«

Er versuchte, sie auf sich zu ziehen, aber wieder wehrte sie sich. »Du und ich, wir sind uns ähnlich«, sagte sie. »Wir beide wollen, was wir nicht haben.«

»Was willst du?«

Nun ließ sie wieder Mund und Lippen spielen.

»Ich habe einen Plan ausgeheckt, aus dem wir beide Nutzen ziehen können«, flüsterte sie rauh. »Auch du hast Ehrgeiz. Ich lese es in deinen Augen. Du wirst mir doch helfen?«

»Naira!«

Wieder nahm sie ihn in den Mund. Als er stöhnte, wußte sie, daß sie die gewünschte Antwort erhalten würde.

Debrogails Position als de Burgos Lieblingssängerin brachte es mit sich, daß sie allseits eine geradezu fürstliche Behandlung genoß. Sie bekam ein Bett mit Laken, während das übrige Gesinde sich mit Strohsäcken begnügen mußte. Sogar Finola, die sonst nicht zu Großzügigkeit neigte, verwöhnte sie mit Geschenken. So schenkte sie ihr ein Kästchen mit Einlegearbeit aus Gold, auf dem Kreise und Vögel und andere Tiere abgebildet waren.

Kein Geschenk bereitete Debrogail indes mehr Freude als de Burgos Harfe. Es war ein schlichtes Holzinstrument ohne Zierat, doch sie griff oft danach und verwandte viele Stunden darauf, das Harfenspiel zu lernen.

Sie komponierte ein Lied über Magnus' Frau, das sie ›Ode an Cathlin‹ nannte und in dem sie ihre Gefangenschaft und die Güte ihrer Lebensretterin besang.

Da beide ganz allein waren, hingen Debrogail und Magnus wie Bruder und Schwester aneinander. Eines Abends, als Phillipes Sohn schon im Bett war und sie zusammen an den Strand gegangen waren, sang Debrogail ihm das Lied vor. Hinter ihnen wisperte der Wind in den Blättern als leise Begleitmusik zu den Harfentönen und zu Debrogails Stimme. Die Meereswellen schlugen sanft gegen das Ufer.

Als sie geendet hatte, standen Magnus Tränen in den Augen. Er nahm Debrogails Hände und küßte sie. »Debrogail, ich liebe dich von ganzem Herzen. Wenn ich deinen Gesang höre, schöpfe ich Hoffnung. Ich weiß, daß ein Gott, der dir eine so herrliche Stimme geschenkt hat, zu meiner Cathlin und meinem Kind im Jenseits nicht grausam sein kann, sondern sie im Himmel an sein Herz drückt. Dort ist sie sicher vor Leiden und Schmerzen. Ich sehe noch ihr Lächeln vor mir, als sie dich singen hörte.«

Nach der Lobpreisung ihres Gesanges ließ er eine Warnung folgen. »Achte darauf, daß du deine schönsten Lieder nicht vor Finola singst.«

Seine Warnung verwunderte Debrogail. Finola hatte sich ihr gegenüber immer als gütig erwiesen, nicht freundlich, aber gütig, indem sie ihr kleine Geschenke machte. Deshalb erschien ihr Magnus' Warnung merkwürdig. »Ich verstehe nicht recht«, sagte sie.

»Du bist sehr schön. Traue deshalb niemandem. Sie nennen uns Freunde, und im nächsten Augenblick ändern sie ihre Meinung, und sie behandeln uns wie Feinde. Ich selbst fürchte den Tod nicht, denn ich werde dann bei Cathlin sein. Aber ich habe Angst um dich. Du bist so schön, daß du immer die Begierde der Männer wecken wirst und damit die Eifersucht der Frauen. Ich weiß, daß Finola Geralde im Auge behält, wenn er deinem Gesang lauscht.«

»Geralde hat mich nie in sein Bett geholt. Warum sollte sie eifersüchtig sein?«

»Weil de Burgo dich auf eine Weise liebt, wie er Finola nie lieben wird. Hüte dich vor ihr! Und achte darauf, wie du dich zu de Burgo beträgst.«

Nebelschwaden, vom Mond beschienen, stiegen aus den Bäumen auf. »Weshalb verfolgt mich die Eifersucht anderer Frauen auf Schritt und Tritt, wohin ich auch gehe?« fragte Debrogail beklommen.

»Weil Eifersucht keine Grenzen kennt.«

29. KAPITEL

Zwei Jahre vergingen. Der Weißdorn blühte, und der gelbe Stechginster prangte in der Farbe des Tigerfells und machte die große Katze unsichtbar, wenn sie sich darin verkroch. Auf den Hängen tummelten sich die neugeborenen Lämmer und vollführten possierliche Sprünge. Kühe leckten liebevoll ihre Kälbchen, die jungen Dachse krochen aus ihrem Bau und genossen die Wärme an der Sonnenseite der Hügel. Seehundjunge ließen sich unter lautem Gebell von den Felsen ins Wasser gleiten.

Milly hätte nicht niedlicher sein können. Sie hatte das dichte kastanienrote Haar ihrer Mutter und die fröhlich lachenden Augen ihres Vaters geerbt. Mit ihrem Lächeln und den strahlenden Augen bezauberte sie alle außer Carbri.

Als Arrah als Schwangere die Fahrt nach Portugal angetreten hatte, hatte Carbri mit Bres auf Glen Head gejagt. Damals hatte

Naira sich einer Bemerkung über Arrah nicht enthalten können. »Carbri«, hatte sie gesagt, »es geht mich ja nichts an, aber du bist mein Schwager und stehst mir nahe wie der Bruder, den ich nie hatte. Wie kommt es, daß du deiner Frau immer wieder erlaubst, mit so vielen Männern zur See zu fahren? Bres würde rasen vor Eifersucht, wenn ich das täte. Und wenn man bedenkt, was für Aktivitäten sie mit diesen Männern teilt... Diese vielen Männer und diese Häfen... Ich kenne meine Schwester. Sie steckt voller Tatkraft und Leidenschaften. Ich möchte gar nicht wissen, was sie mit ihrer Besatzung treibt.« Naira hatte nach seiner Hand gegriffen. »An deiner Stelle, lieber Bruder, würde ich sie zu Hause halten.«

Carbri, der zu jener Zeit wieder einmal dem Trunk verfallen war, hatte Nairas Bemerkung ärgerlich abgetan. »Ich liebe Arrah, und sie liebt mich.«

Carbri hatte nicht gewußt, daß Naira es in der Kunst, den schwachen Punkt eines Menschen anzugreifen, zu wahrer Meisterschaft gebracht hatte. Dank ihrer süßen Stimme und ihres unschuldigen Tones gelang es ihr immer wieder, Schwächen aufzuspüren und zum eigenen Vorteil zu nutzen. Bei Bres hatte sie damit ebenso Erfolg gehabt wie jetzt bei Carbri, der sich selbst schon oft dieselbe Frage gestellt hatte.

Obschon er Nairas Worte abgetan hatte, waren sie nicht ohne Wirkung geblieben und bohrten ständig in ihm. Er trank, um sie zu vergessen und nicht daran denken zu müssen, daß ihn Murrough O'Connor als Tanaist verdrängt hatte. Zu seinem Leidwesen hörte er Nairas Worte im Geiste um so deutlicher, je mehr er trank. Als Arrah dann mit der Kleinen in den Armen heimgekehrt war, hatte sein vergiftetes Gemüt ihm eingegeben, daß Milly nicht sein Kind war. Daher seine kühle und abweisende Haltung. Sah Milly ihn an, wich er ihrem Blick aus. In zwei Jahren hatte er sie nicht ein einziges Mal in den Arm genommen.

Arrah war fort, um den Stapellauf eines Schiffes zu überwachen, während Carbri allein auf der Insel blieb. Mary war erkältet und hustete in einem fort. Zwischen den Hustenkrämpfen schneuzte sie sich und verwünschte den lieben Gott, der sie mit dieser Plage gestraft hatte. Als Milly sie drängte, mit ihr ins Freie zu gehen, schalt Mary sie.

Da herrschte Carbri sie an. »Verdammt, dafür bist du da, also geh mit ihr hinaus!«

Mary hatte nie aus ihrem Herzen eine Mördergrube gemacht. »Jeder möge erst vor der eigenen Tür kehren. Ihr seid der Vater, also geht Ihr mit Milly spazieren.«

»Vater!« Carbri stieß dieses Wort wie eine Verwünschung hervor.

»Ach, das ist der Grund, weshalb Ihr das Kind meidet! Habt Ihr denn vom Herrgott keine Augen bekommen, daß Ihr nicht seht, wie sie Euch gleicht?«

»Ist sie nicht eher das Bankert irgendeines Seemannes?« höhnte Carbri.

»Carbri, Carbri, noch nie habe ich Euch für dumm gehalten. Gewiß, Ihr trinkt zuviel. Aber verdammt, Ihr könnt doch Euer eigenes Fleisch und Blut nicht verleugnen! Seht doch, wie sie Euch ansieht.«

Milly schaute ihren Vater mit einem Blick an, aus dem Hoffnung und Verwirrung sprachen. Sie sah diesen Mann ständig um sich und begriff in ihrer Kindlichkeit nicht, weshalb er nie auf ihr Lächeln reagierte und sie nie auf den Knien wiegte. Nun streckte Milly ihm ihre Ärmchen entgegen. »Gehen, Papa!« bat sie.

Carbri sah Milly an.

Mary konnte nicht mehr an sich halten. »Herrjeh, wollt Ihr wohl endlich Euer verdammtes Ale vergessen! Ich bin ständig um Arrah, wenn sie auf See ist, und ich weiß, daß sie Euch immer treu war. Wenn Ihr ein Mann sein wollt, dann stellt Euch der Wahrheit. Nehmt das Kind und geht mit ihm an den Strand.«

Widerstrebend fügte sich Carbri.

Milly spielte im Sand, als sie plötzlich ihre Strohpuppe fallen ließ und schluchzend auf Carbri zulief. Mit zuckenden Schultern warf sie sich gegen die Beine ihres Vaters.

Als sie sich schließlich so weit beruhigt hatte, daß sie Carbri sagen konnte, was los war, erzählte sie etwas von einem großen schwarzen Ungeheuer, das sie verfolgt hätte.

»Wo denn?« wollte Carbri wissen.

»Dort im Sand!« Milly zeigte auf die Stelle und kreischte entsetzt auf, als der eigene Schatten sie anzuspringen schien.

Ungeduldig lachte Carbri über ihre Torheit. »Das ist doch nur dein Schatten, der dir folgt. Wohin du auch gehst, dein Schatten folgt dir. Sieh mal, ich habe auch einen.« Carbri machte sich los und zeigte es ihr. »Siehst du?«

Milly klammerte sich verängstigt an ihn.

»Dreh dich um«, riet er ihr.

Sie blieb stehen, wo sie war, und verbarg ihr Gesicht.

»Sieh mal – wenn ich mit der Hand winke, winkt auch mein Schatten.«

Milly beobachtete den Schatten. Sie hob ihr Händchen und winkte, und sie lächelte schüchtern, als sie sah, daß ihr Schatten sich bewegte. Wieder ernst, sah sie ihren Vater an. »Papa, warum lächelst du niemals?«

Mit dieser Frage rührte Milly an einen tiefsitzenden Kummer in Carbri. Er mußte daran denken, wie er nach dem Piratenüberfall auf Reevnargs Schiff Arrah in den Armen gehalten hatte, wie er Hand in Hand mit Arrah ins Wasser gesprungen war und wie glücklich sie in Frankreich gewesen waren – und das alles gehörte der Vergangenheit an. Tränen schossen ihm in die Augen.

»Papa, weshalb weinst du?« fragte Milly, die seine feuchte Wange berührte. »Papa, bitte, sei nicht traurig.«

Scham und Reue übermannten ihn. Er hatte das Gefühl, daß sein Herz brach. Milly war seine Tochter, er hatte sie zwei Jahre lang völlig ignoriert. Nun legte er die Arme um sie und stieß mühsam die Worte hervor: »Herz meines Herzens.« Carbri fing zu schluchzen an.

»Papa«, bat sie, »bitte, weine nicht.«

Nach einer Weile verstummte sein Schluchzen. »Ich bin nicht mehr traurig.«

»Dann laß dein Gesicht lächeln... bitte!«

Sie war seine Tochter, die ihn brauchte, damit er sie vor ihrem eigenen Schatten beschützte, und das gedachte er auch zu tun. Er fuhr sich mit dem Ärmel übers Gesicht. »Sieh mal, was für ein Narr ein Vater sein kann.« Und er breitete die Arme aus, so daß sie einen großen Schatten warfen, und lachte unter Tränen.

Auch Milly lachte, breitete auch ihre Arme aus und versuchte kichernd ihrem Schatten zu entrinnen.

Carbri lief zu ihr hin und nahm sie halb lachend, halb weinend in die Arme und küßte ihr Haar. Dieses Kind brauchte ihn. Es war eine Vorstellung, die ihn mit einem Glücksgefühl erfüllte, wie er es seit Jahren nicht mehr empfunden hatte. Milly war seine Tochter! Arrah konnte er nicht beschützen, weil sie seine Fürsorge ablehnte.

Um so mehr brauchte dieses Kind seinen Schutz.

Als Carbri an jenem Abend Milly ins Bett brachte, spielte sie mit ihm dasselbe Spiel wie mit ihrer Mutter. Es war das Spiel, das Margaret mit Arrah gespielt hatte.

Carbri mußte die Arme immer mehr ausbreiten und ihr nachsprechen: »Ich habe dich nicht so lieb. Auch nicht so lieb. Wie lieb habe ich dich? Ich habe dich lieb, wie der Himmel hoch und das Meer weit ist.«

Arrah nannte ihr neues Schiff nach der keltischen Göttin der Liebe und des Krieges Mōrrīgan. Die ›Mōrrīgan‹ war ein prächtiges Schiff, aus dem edelsten goldenen Eichenholz Irlands gezimmert. Der Hauptmast, dreißig Schritt hoch, zeigte den Adler der O'Donnells, stolz und wild mit geöffnetem Schnabel, bereit, die Sonne vom Himmel zu holen. Unter seinen Fängen las man die Worte: ›Siege in diesem Zeichen‹.

Mit zwanzig Schiffen und zweitausend Mann war Arrah O'Donnell die mächtigste Frau Irlands, eine wahre Königin von Tir Conail.

Alles in der Kapitänskajüte strahlte Macht und Reichtum aus. Die schwarzen polierten Ebenholzwände glänzten wie Spiegel, so daß Arrah ihr Gesicht darin sehen konnte. Ihr Kapitänstisch hatte goldblattverzierte Beine und eine mit grünem Leder bespannte Platte. Die Laken auf ihrem Bett waren aus italienischer Seide, die Gardinen aus bemaltem Satin. Unter dem Himmelsglobus aus purem Gold stand ein goldener Phoenix mit perlenbesetztem Schnabel und mit Smaragden an den Schwingen. Seine Rubinaugen waren auf den Nordstern gerichtet. Der gewaltige Schrank barg mehr Kleider, als Arrah jemals tragen würde. Bestickte Seiden, mit Goldfäden durchwirkt, feine Satinkleider mit Perlen- und Edelsteinstickerei. Auf dem großen Kojenbett lag eine Hermelindecke.

Naira lächelte, als sie das Schiff besichtigte. »Arrah, liebste Schwester, was für ein prachtvolles Schiff.« Tief innerlich kochte Naira. Höchste Zeit, daß Sebastian einen entscheidenden Schritt tat. Er hatte zwei große Fahrten unternommen und war viele Monate fort gewesen. Deshalb hatte er ihre Pläne nicht ausführen können und die Tat immer wieder hinausgeschoben. Nun war er zurückgekehrt, und Arrahs Schiff lag in der Bucht vor Anker.

»Wir sollten diesen Anlaß mit einem großen Fest feiern«, flötete Naira mit falscher Herzlichkeit.

Arrah hatte ihre Schwester noch nie so warmherzig erlebt, und die Aussicht auf ein Fest sagte ihr zu. Carbri hatte Glundel Joyce im Kampf besiegt und ihm in Kilmaine ein Gebiet von ansehnlicher Größe abnehmen können. Arrah konnte sich nicht erinnern, ihn jemals so hochgestimmt gesehen zu haben.

Frohen Herzens gab sie Anweisung, Vorbereitungen für ein großes Fest zu treffen.

Es wurde viel gelacht und getanzt, während in Trinksprüchen sowie in den Liedern der Barden der Name O'Donnell immer wieder in den höchsten Tönen gepriesen wurde. Carbri, zugänglich und verliebt wie selten, schwelgte in Jugenderinnerungen und brachte Arrah mit seinen Scherzen zum Lachen. Hand in Hand zogen sie sich gutgelaunt und sehr früh in ihre Gemächer zurück, um sich der Liebe hinzugeben.

Im Bett spürte Arrah, wie sein Atem in kurzen Stößen über ihre nackte Schulter und ihre linke Brust strich.

Seine Hände glitten über ihre Hüfte, weiter abwärts und dann über die Innenseite ihres Schenkels. Sein Haar roch nach Rauch, denn Carbri hatte neben ihrem Vater den Ehrenplatz am Feuer innegehabt.

Anstatt mit dem Begonnenen fortzufahren, wurde Carbri unsicher. »Arrah«, stöhnte er, »der Met ist tückisch. Erst stachelt er die Begierde an, um einem Mann dann den Wind aus den Segeln zu nehmen. Ich brauche deine Hilfe, um den Mast aufzurichten.« Er rollte sich flach auf den Rücken, und im nächsten Moment waren seine Schnarchtöne zu hören.

Arrah wollte rasch, ja fast gewaltsam genommen werden. Zuvor hatte sie mit vielen ihrer Krieger getanzt. Den ganzen Abend war sie von der warmen Ausdünstung schwitzender Männer umgeben gewesen. Jetzt stand ihr der Sinn nach Liebe.

»Du und dein verdammter Suff, Carbri O'Connor! Wie kann eine Frau einen Schlappschwanz lieben!«

Er erwachte. »Arrah, Geduld!«

»Wie kann ich noch länger Geduld haben, wenn dies immer wieder passiert!«

»Es wird nicht immer passieren. Hilf mir auf die Sprünge.« Er wollte nach ihr fassen.

Arrahs Leidenschaft war erloschen und hatte blanker Wut Platz gemacht. »Nein! Das tue ich nicht mehr für dich.«

»Ich bitte dich doch nur um ein wenig Hilfe. Ich habe ein bißchen zuviel getrunken.«

»Carbri, Hilfe hast du von mir schon genug bekommen. Du denkst doch überhaupt nur noch ans Trinken. Wie kann eine Frau ihren Mann lieben, wenn er ihr keine Lust bereitet?«

»Ich kann dir Lust verschaffen. Komm, Arrah, mein Mädchen!« Er wollte wieder nach ihr fassen, sie aber wich ihm behende aus. Aus seinem Blick sprach Enttäuschung, und als er wieder zum Sprechen ansetzte, tat er es in jenem Ton, der sich einschlich, wenn er betrunken war.

»Du bist ja gar keine Frau! Immer bist du auf See. Nie zu Hause. Nie in meinem Bett. Es ist die Pflicht einer Frau, sich um ihren Mann zu kümmern.«

»Ich schulde keinem Mann etwas.«

»Ein einziges Kind! Was für eine Frau ist das, die ihrem Mann nur ein Kind schenkt?«

»Ich bin keine Zuchtstute, die Jahr für Jahr ein Junges wirft.«

»Was ist eine Frau wert, wenn sie einem Mann keine Kinder schenkt?«

»Verdammt, Carbri! Gäbe es nicht meine Krieger und meine Schiffe, du besäßest nichts.«

»Du bist ein Luder und denkst nur an dich. An dein Vergnügen. An deine Macht.«

»Würde ich darauf hoffen, daß du mir Vergnügen verschaffst, könnte ich ewig warten! Ist es nicht so?«

»Hure! Immer mit deinen Seeleuten auf Fahrt! MacNamara war

nur einer von vielen, oder? Wie oft hast du dem alten Patch erlaubt, dich zu besteigen? Oder Mute und Hook und all den anderen?«

Dieser Ton war ihr vertraut, samt allen Vorwürfen und seinem Selbstmitleid. Es gab für sie hier nichts mehr zu tun. Entschlossen griff sie nach ihrem Morgenmantel.

»Wohin willst du?« Er schnellte unvermittelt hoch, packte ihren Mantel und warf ihn auf den Boden.

»Hinaus, Luft schöpfen!«

»Ich bin dein Ehemann, und du wirst ohne meine Erlaubnis nirgendwohin gehen.«

»Du hast mir gar nichts zu befehlen und zu verbieten!«

»Ich sage, du gehst nirgendwohin!«

»Laß mich vorbei!«

Carbri versperrte ihr den Weg, doch als er die Hand ausstreckte und sie aufhalten wollte, sank er in seiner Trunkenheit hilflos zu Boden. Nach einem halbherzigen Versuch aufzustehen verfiel er sofort wieder in tiefen Schlaf.

Arrah blieb stehen und blickte auf ihn hinunter. Morgen würde er wieder nüchtern und guter Laune sein.

Der Schein des Vollmondes fiel durch das geöffnete Fenster und verwandelte ihre kraftvollen Schultern in Elfenbein. Ihre feingeformten Wangenknochen wirkten in dem fahlen Licht markant und ausgeprägt, das dichte Haar fiel ihr gelockt bis zu den Hüften. Um ihren Hals lag eine Perlenkette, die sie vergessen hatte abzunehmen, weil sie es eilig gehabt hatte, von Carbri in Besitz genommen zu werden. In ihren Morgenmantel gehüllt, lief sie die dunkle Treppe hinunter.

Es war eine Treppe, die sie oft mitten in der Nacht hinunterlief, da sie häufig an Schlaflosigkeit litt. Perioden der Unrast trieben Arrah mitten in der Nacht an den Strand. Ruhelos lief sie durch die Brandung, ehe sie wieder ihr Bett aufsuchte.

Im großen Saal, dem Schauplatz des Festgelages, lagen Männer und Schankmädchen, die neben den niedrigen Schragentischen und Stühlen eingeschlafen waren. Man hörte Schnarchen und das Pfeifen von Luft durch haarige Nüstern, dazu sattes Lippenschmatzen. In der Luft hing trotz der geöffneten Fenster abgestandener Alegeruch. Bei so vielen Schlafenden in einem einzigen Raum war die Luft rasch verbraucht.

Draußen auf dem Burghof sprang Cuch, der Wachhund, auf Arrah zu und stieß mit seiner feuchten Schnauze gegen ihre Füße. Die Torwachen nickten ihr wortlos zu. Für sie waren Arrahs nächtliche Wanderungen nichts Ungewohntes. Der Tag war warm gewesen, sie spürte noch die Hitze in den Steinen unter ihren Füßen.

Sie blickte auf das schwarzsilberne Meer. War es nicht das Los aller Frauen, vom Ehemann enttäuscht zu werden? Es war nun einmal so, daß die Menschen bestimmte Erwartungen ineinander setzten. Man erwartete von jedem etwas Bestimmtes, von Ehemännern, von Müttern, Vätern und auch von Kindern. Nur das Meer enttäuschte einen nie.

»Arrah!«

Arrah hielt erschrocken inne. Gewiß schlief Carbri noch. Sie hoffte es, denn er war oft miserabler Laune, wenn er aus seinem Suff erwachte. Vor ihr erhob sich die Gruppe niedriger, abgerundeter Kalksteinblöcke, wo sie vor so vielen Jahren Seaghan Mac – Nein! Sie wollte sich keine Erinnerung an ihn gestatten. »Carbri!« rief sie. Es kam keine Antwort. Es war alles nur Einbildung, die Nacht hatte ihr einen Streich gespielt. Sie näherte sich den Felsblöcken und berührte sie. Wieder spürte sie die gespeicherte Tageshitze in den Fingerspitzen.

Ganz oben auf der Adlerklippe braute sich Nebel zusammen und breitete sich aus. Schlechtes Wetter setzte stets mit Nebel auf der Adlerklippe ein. Die Fischer sagten, am Fuße des Felsabsturzes lebe ein Sturmgeist, der in einem Kessel in der Tiefe schlechtes Wetter zusammenbraue. Und doch ließ das Meer keine Anzeichen eines heraufziehenden Unwetters erkennen. Die Brandung schlug gelassen an den Strand. Von irgendwoher drang Seehundsgebell.

Ärgerlich und erhitzt lief Arrah in die Brandung. Sie öffnete ihren Morgenmantel am Hals, hob ihren Rock über die Knie und ließ sich von den Wellen Füße und Fesseln kühlen. Sie griff ins Wasser, tauchte die Arme bis zu den Ellbogen ein und benetzte Gesicht und Hals. Kühl lief das Wasser an ihren Brüsten hinunter.

»Arrah!«

Sie zuckte zusammen, zog den Mantel enger um sich und versuchte, die Dunkelheit mit Blicken zu durchdringen. Die Nacht war silbern und schwarz, eine andere Farbe gab es nicht. Silbern waren die Burg in der Ferne, die Felsen, der Mond und hin und wieder die Wasseroberfläche. Alles andere war schwarz. Sie versuchte verzweifelt, hinter die Schwärze zu sehen.

Das leise Rauschen der Wogen wurde wieder von der Stimme übertönt.

»Arrah!«

Nun gewahrte sie einen Schatten, der sich hinter den Felsblökken bewegte, von denen sie eben gekommen war.

»Zeig dich!« rief sie im Befehlston. Dennoch verspürte sie ein gewisses Unbehagen, da sie unbewaffnet war.

»Keine Angst«, ließ sich die Stimme vernehmen. Jetzt sah sie, wie sich der Schatten zwischen den Felsen bewegte, doch die Entfernung war zu groß, als daß sie etwas hätte erkennen können.

»Wer bist du?«

»Erkennt Ihr mich nicht?«

Der Schatten kam näher.

Sie blickte angestrengt in seine Richtung. Da schob sich eine schwere Wolke über den Mond. Die Nacht war noch immer windstill, doch man spürte inzwischen, daß ein Gewitter bevorstand. Arrah konnte nur erkennen, daß die näher kommende Gestalt mit dem unverkennbaren Gang eines Seemanns ausschritt.

Als sie Sebastian erkannte, atmete sie auf. Seit Patchs Weggang war Sebastian ihr Stellvertreter. Er hatte sich als fähiger Kapitän bewährt und ein eigenes Schiff befehligt, aber die ›Saragossa‹ hatte Schiffbruch erlitten, als ein Eisberg ein gewaltiges Loch in ihren Rumpf gerissen hatte. Gegenwärtig fuhr Sebastian mit Carbri, so lange, bis ein zusätzliches Schiff aufgebracht wurde. Arrah, die ihre Leute mittlerweile sehr gut kannte, wußte, daß es sehr unklug gewesen wäre, einem ihrer Kapitäne ein Schiff zu nehmen und es Sebastian zu geben. Jeder Kapitän würde sich gegen Sebastian wenden, wenn man ihm sein Kommando nahm, und sei es auch nur vorübergehend. Gewiß würde Sebastian bald wieder ein eigenes Schiff haben. In der Zwischenzeit aber konnte Carbri ihrer Meinung nach die Hilfe eines erfahrenen Seemannes wie Sebastian gut gebrauchen.

»Wie kommt es, daß du hier bist, wenn alle anderen auf ihren Strohsäcken schnarchen?« fragte sie.

»Das macht der Tanz, glaube ich. In meinem Kopf dreht sich noch immer alles«, gestand er lachend. »Und Ihr?«

Arrah blickte zum Mond, dessen Licht ihre kühne, erlesene Schönheit in einer hinreißenden Silhouette nachzeichnete. »Bei Vollmond kann ich nie schlafen. Meine Großmutter hat mir erzählt, daß auf der anderen Seite des Mondes die Feen wohnen. Bei Vollmond könnte man sie über sein Gesicht tanzen sehen, sagte sie immer. Als Kind blieb ich oft lange auf und wollte die Feen sehen. Diese Angewohnheit ist mir wohl geblieben.«

»Und habt Ihr sie je gesehen?«

»Nein.« Lächelnd blickte sie auf die Brandung hinaus. Sebastian trat neben sie. »Herrlich ist das Meer«, sagte Arrah gedankenvoll.

»Ja, wenn es ruhig ist, kann es schön sein.«

Wieder verhüllten Wolken den Mond, und das Meer wurde zur gleichförmig schwarzen Fläche, bis auf die Wellenkämme, die wie silberne Spitzenbänder aussahen.

Sebastian stand dichter bei Arrah, als es der Anstand erlaubte. Sein Arm berührte sie nicht, doch sie war sich seiner Nähe bewußt. Und sie spürte, daß auch er ihre Nähe deutlich wahrnahm. Neuangeworbene Besatzungsmitglieder, die sie mit unverhüllt lüsternen Blicken verfolgten, pflegte sie unmißverständlich zurechtzuweisen, da sie keine Anzüglichkeit duldete.

Es war undenkbar, sich mit den eigenen Leuten einzulassen, mit denselben Burschen, die Bridgett und Mary so selbstverständlich benutzten, wie sie ihren Humpen leerten. Mit ihnen tanzen, ja, sie hatte mit ihnen zum Spaß und in ausgelassener Stimmung getanzt, aber sich mit ihnen der Liebe hinzugeben – niemals!

Dennoch fühlte sie, daß sich so etwas wie Begehren in ihr regte. Sie rückte von ihm ab.

»Wäret Ihr mein Weib, ich würde Euch des Nachts nicht aus meinem Bett lassen.«

Seine Anmaßung verblüffte sie. Hin und wieder hatte sie bemerkt, daß er sie sonderbar ansah, doch wenn er mit ihr sprach, hatte er sie immer als Kapitän behandelt. Sie schrieb seine Dreistigkeit dem Gelage zu. Sie hatte mit ihm getanzt und seine Nähe als angenehm empfunden. Er hatte sich keine Freiheiten herausgenommen, das hätte er nie gewagt. Sie antwortete: »Wärest du mein Mann, dann wüßtest du, daß dir nichts anderes übrigbliebe. Ich komme und gehe nach Belieben.« Sie entfernte sich.

Er holte sie ein. »Darf ich Euch ein Stück begleiten?«

Er war viel dreister, als es ihm zustand, und doch wurden ihre Sinne angeregt. »Und wenn ich nein sage?«

Er sah sie direkt an, und in seiner Stimme schwang Herausforderung mit, als er sagte: »Würde eine Frau, die eben mit ihrem Mann Streit hatte, einem anderen verbieten, sie zu begleiten?«

Sie spürte, wie das Blut in ihren Wangen prickelte. »Die familiären Meinungsverschiedenheiten deines Kapitäns gehen dich nichts an.« Sie ging weiter.

Wieder holte er sie ein. »Das Benehmen eines Kapitäns geht diejenigen, die unter ihm dienen, immer etwas an.«

»Du bist jetzt nicht auf See!«

»Wie jemand sich an Land benimmt, hängt oft von seinem Betragen auf See ab.«

»Carbri neigt gelegentlich zur Härte. Es wird nicht lange dauern, und du bekommst wieder ein eigenes Schiff«, sagte Arrah.

»Carbris seemännisches Können kann es mit meinem nicht aufnehmen. Die Sicherheit von Schiff und Besatzung hängt vom Geschick und Wissen des Kapitäns ab. Er muß die Landmarken und Wassertiefen im Kopf haben. Bei der Durchfahrt des Blasket Sound hat Carbri die Stärke der Strömung nicht beachtet – bei starkem Wind ist das sehr gefährlich. Beinahe hätten wir Schiffbruch erlitten. Nur eine plötzlich eintretende Windstille und der Schweiß der Ruderknechte haben uns gerettet.«

»Er ist nicht so unfähig, wie du sagst. Er hat Murroughs Truppen in die Flucht geschlagen wie Hasen!«

»Dank meiner Hilfe. Für Strategie hat er keinen Sinn.«

Gerüchte dieser Art waren Arrah schon vor einiger Zeit zu Ohren gekommen, sie aber direkt von Sebastian zu hören, nachdem Carbri sie in der Liebe enttäuscht hatte, machte sie noch wütender, als sie ohnehin schon war.

Ihr Zorn wandte sich nun gegen Sebastian, teils weil er ihren Verdacht und ihre Enttäuschung ausgesprochen hatte, teils weil er

Sehnsüchte in ihr weckte, die sie nicht fühlen wollte. Mochte er ihr bester Kapitän sein, so stand er doch unter ihrem Kommando. Gestand sie Carbris Schwäche vor Sebastian ein, mußte sie sie vor sich selbst auch eingestehen. Ich liebe Carbri. Zuweilen ist er schwierig, meist aber ist er nett und gutgelaunt, und er liebt mich, sagte sie sich, doch innerlich fürchtete sie, wenn sie aufhörte, Carbri zu lieben, würde sie wieder an MacNamara denken, und das wollte sie vermeiden. Sie ging in die Defensive. »Carbri ist einer der besten Seeleute an der ganzen Küste. Daß er sich im Blasket Sound so knapp an die Klippen hielt, sparte Zeit. Er verließ sich zu Recht auf die Ruderknechte.«

»Vor einiger Zeit noch mochte das stimmen. Aber Euer Mann vergißt die einfachsten Regeln der Seefahrt, wie mehrere Vorkommnisse beweisen.«

»Mit meinem Mann ist alles in Ordnung.«

»Das Gedächtnis läßt allmählich nach. Und ein Mann, der sein Gedächtnis verliert, wird auch Opfer anderer Schwächen.«

Sie sah, daß sein Blick zu ihren Brüsten wanderte, doch sie ließ die Eindeutigkeit seiner Bemerkung unbeachtet. Eine Antwort hätte ein Eingeständnis der Wahrheit bedeutet, und das wollte sie nicht. »Er verliert sein Gedächtnis nicht. Carbri ist als Seemann so gut wie eh und je. Du neidest ihm nur seine Stellung.«

»Das stimmt. Ich bin neidisch, weil er das Recht hat, Euch zu lieben, und ich nicht. Und doch versagt er in der Liebe, wie er auf See versagt. Ihr seid eine leidenschaftliche Frau. Ihr braucht einen Mann, der Euch lieben kann!« Sebastian zögerte, ehe er fortfuhr: »Und der Mann, der sich dem Trunk hingibt... verliert seine Fähigkeiten... Ist dies der Grund für Eure Schlaflosigkeit, Arrah... weil Euer Mann Euch heute nicht lieben konnte?«

»Ich werde dich auspeitschen lassen! Nicht zuletzt weil ich weiß, daß du das Bett meiner Schwester teilst.«

»Meine Beziehung zu Eurer Schwester hat keinen Einfluß auf meine Fähigkeiten als Kapitän. Ihr wißt, daß ich die Wahrheit sage. Ihr wißt, daß einen Kapitän sein Gedächtnis nie im Stich lassen darf. Der Suff setzt dem Gedächtnis Eures Mannes stark zu. Wenn man ihm Vorhaltungen macht, gerät er in Raserei. Oft haben uns nur die günstigen Winde gerettet.«

»Bist du hier, um mir das zu sagen?«

»Ich habe Euren Streit gehört. Wie so vielen Trinkern fällt es auch Carbri schwer, seine Stimme zu beherrschen. Ich finde es traurig, daß ein Mann seine Frau nicht lieben kann, schon gar, wenn sie so schön ist.«

Wieder näherte er sich ihr und wollte nach ihr fassen. Arrah trat einen Schritt zurück.

»Sieh zu, daß du auf der Stelle auf dein Schiff kommst!«

Damit drehte sie sich um und ließ ihn stehen. Der Wind, der aufgefrischt hatte, stach und stieß mit seinen Fingern gegen jedes Stück bloßer Haut auf der Brust. Dennoch glühte sie vor Wut; Wut auf sich selbst, weil sie Sebastian ihr Ohr geliehen hatte; Wut, weil sie ihn begehrte.

Mit jedem Schritt wurde der Wind stärker, ein Sturm, der ihr Salz und Sand entgegenschleuderte. Gewölk rollte heran wie schwerfällige dunkle Schiffe über ein Meer.

Die Adlerburg wirkte eigenartig angreifbar, fast so, als sei sie nur eine dünne helle Schale und könne jeden Moment zusammenbrechen. Arrah zog den Mantel enger um sich, denn der Wind blies in noch stärkeren Stößen.

Sebastian sah ihr nach. Er genoß es, der Liebhaber der Schwester seines Kapitäns zu sein, da es einige Vorteile mit sich brachte. Feine Laken und Nairas wohlriechenden Körper. Auf dem Kontinent hatte er sich wahllos mit Frauen abgegeben, doch auf der Adlerburg verachtete er die Mägde, wohl wissend, daß Naira ihm den Laufpaß geben würde, falls sie ihn erwischte. Vor allem Nairas Machthunger wußte er zu schätzen. Von Liebe konnte bei ihm keine Rede sein. Sebastian kannte keine Liebe.

Natürlich hätte er es vorgezogen, Arrahs Liebhaber zu sein, da Arrah über eine geradezu ansteckende Vitalität verfügte, die Naira fehlte. Wäre Arrah ihm diesmal entgegengekommen, hätte er ihr Nairas gegen sie gerichtetes Mordkomplott verraten. Aber Arrah hatte ihm wie eine Katze die Krallen gezeigt. Nun, ihm sollte es recht sein. Den Plan, Arrah einfach so zu töten, hatte er von sich gewiesen. Immerhin war sie sein Kapitän, dem er Loyalität schuldete. Wenn aber ihre Schwester ihren Tod wollte, dann war dies eine ganz andere Sache. Er hatte durch Arrahs Tod nichts zu verlieren und alles zu gewinnen, denn als Nairas Liebhaber konnte er an der Herrschaft über die Insel der Adler teilhaben.

Ursprünglich hatte Naira geplant, in Arrahs Wein ein Schlafmittel zu mischen und sie und Carbri im Schlaf zu töten. Meist begab sich Arrah allein zu Bett, da Carbri irgendwo seinen Rausch ausschlief. Aber heute waren Nairas Pläne durchkreuzt worden, da Arrah und Carbri das Fest gemeinsam verlassen hatten. Am nächsten Tag wollte Arrah nach Spanien und Portugal auslaufen, und bis zu ihrer Rückkehr würden viele Wochen vergehen. Naira wollte sich nicht wieder eine Gelegenheit entgehen lassen. Auch sie hatte den Streit zwischen Arrah und Carbri mit angehört. Jetzt stand sie, den Dolch in einer Tasche versteckt, in dem Gang, den Arrah entlangkommen mußte.

Arrah pochte an das Holztor, das ins Innere der Burgumfriedung führte. Beide Wolfshunde ließen ein lautes Kläffen hören und kamen gerannt. Im Burginneren stimmten andere Hunde in das Gebell ein. Der Wachmann ließ Arrah eintreten, nickte ihr zu und bezog wieder Posten.

Auf dem Weg zum Hauptportal stieß sie mit dem Fuß gegen eine Unebenheit des Steinpflasters. In ihrer Wut nach der Szene mit Carbri hatte sie vergessen, Schuhe anzuziehen. Als sie sich bückte, um ihre Zehen zu reiben, erblickte sie unten auf dem Hof eine bleiche Gestalt. Zunächst glaubte sie, es sei nur eine Nebelschwade, die wie eine Fahne vorüberwehte.

Aber die Wachhunde knurrten wütend. Ihre Nackenhaare sträubten sich, sie senkten angriffslustig die Köpfe. Es war kein Nebel, sondern eine undeutlich sichtbare, schemenhafte Gestalt. Arrah wollte die Wachen rufen, brachte aber keinen Laut über die Lippen. Ihre Blicke hingen wie gebannt an der gespenstischen Erscheinung, die sie vor sich sah. Undeutlich und verschwommen wie eine Mischung aus Licht und Rauch kam die Gestalt näher. Arrah lief ein Schauer über den Rücken.

Die Erscheinung brach in lautes Wehklagen aus. »Nein! Nein!« hörte man eine Stimme wie das Heulen des Windes. Nun nahm sie deutlichere Formen an, die Gestalt einer jungen Frau, um deren

Hals ein Seil lag, das ihr bis zu den Knien fiel. Die Hunde ließen wieder ein wütendes Knurren hören. Keines der Tiere rührte sich vom Fleck, keines bellte. Die Gestalt, die immer näher kam, schleppte ein Bein nach, als sei es gebrochen. Die zur Reglosigkeit erstarrte Arrah konnte weder vor noch zurück. Sie hatte Angst zu atmen, Angst, zu schlucken und zu blinzeln, weil sie fürchtete, das Gespenst würde sie in die Tiefen hinabziehen, aus denen es gekommen war. Durch den nebelhaften Körper hindurch konnte sie die Burgmauer dahinter sehen. Und jetzt konnte sie auch die gespenstischen Augen erkennen. Sie waren von Eigröße, hohl und dunkel und zugleich furchteinflößend weiß wie Greisenaugen. Die milchigen Augen waren schaurig anzusehen, denn aus ihnen sprach ein mitleiderregendes Flehen. Als sich die Erscheinung umdrehte, sah man, daß die Hände hinter ihrem Rücken gefesselt waren. Vergebliche Befreiungsversuche hatten eine Blutkruste an den Gelenken hinterlassen. Nun wandte sich das Gespenst wieder Arrah zu und flehte sie mit den Augen an, seine Fesseln zu lösen. Arrah aber wußte vor Angst nicht aus noch ein. Der Geist sank vor ihr in die Knie und hob das gräßliche, angstverzerrte Antlitz mit den verschatteten, milchigen Augen. Leichengeruch wurde spürbar. »Bitte!« flehte der Geist. »Laß nicht zu, daß man mich ertränkt! Hilf mir zu entkommen. Löse meine Fesseln!«

Arrah gefror das Blut in den Adern. Sie schreckte auch vor der flüchtigsten Bewegung zurück, aus Angst, selbst so zu werden wie der Spuk. Wieder schrie die Erscheinung auf: »Bitte, hilf mir! Ich bin guter Hoffnung! Man wird auch mein Kind töten. Sie werden mich holen!«

Die Worte durchdrangen Arrahs Herz wie ein eisiger Speer. Sie schrie auf und schlug die Hände vors Gesicht, um nicht das grausige Bild vor sich sehen zu müssen. Im Burginneren kläffte ein Hund, ein zweiter stimmte ein. »Mach, daß du fortkommst!« schrie Arrah, doch als sie die Hände sinken ließ, war die Erscheinung noch immer zu sehen.

Sie stand da und durchdrang Arrahs Hände, so daß diese ihre eigenen Finger durch die weißen verschatteten Augen hindurch sehen konnte. »Es ist zu spät«, klagte der Geist. »Sie kommen, um mich zu holen! Bitte, laß nicht zu, daß sie mich mitnehmen!« Die

Erscheinung wurde immer schemenhafter. »Bitte!« Arrah glaubte das Seufzen des Windes zu hören. Die Stelle, an der sich eben noch die Frau befunden hatte, war ganz dunkel. Die zwei Hunde fingen wild zu bellen an, wieder sträubten sich angriffslustig ihre Nackenhaare.

»Milly!« Arrah schrie den Namen ihres Kindes heraus und rannte zum Portal, durch die Küche, die Treppe hinauf. Ungestüm riß sie die Türflügel zu Millys Kammer auf. Der Legende nach bedeutete das Erscheinen des Spuks den nahen Tod eines der Bewohner der Burg.

Milly lag in Mondschein gebadet im Bett. Ihr Gesichtchen war von engelhafter Schönheit. Nein, das Kind war zu reglos und dabei weiß wie Elfenbein. »O Gott!« wehklagte Arrah. Ihr Kind lag so still da, daß nicht der leiseste Atem zu spüren war. Erst als sie die Hand ausstreckte, spürte sie einen Hauch an den Fingerspitzen. Erleichtert sank Arrah über ihrem Kind zusammen und bekreuzigte sich und Milly, wie ihre Mutter ihr allabendlich als Kind das Kreuzzeichen auf die Stirn gezeichnet hatte. »Gott segne und behüte dich«, sagte sie ganz leise.

Marys bierseliges Schnarchen war von einem Strohsack zu Füßen des Bettes zu hören. Arrah kniete nieder und führte Millys Hand an ihre Lippen. Das Kind seufzte im Schlaf und atmete tief ein. Arrah drückte ihr einen Kuß auf die Stirn und legte den Kopf auf die Kinderbrust, um dem Herzschlag zu lauschen. Die grausige Erscheinung wollte ihr nicht aus dem Sinn. Lange kniete Arrah so am Bett ihrer Tochter.

Naira, die sich im Gang weitergetastet hatte, stand nun mit gezücktem Dolch vor Millys Kammertür. Sie hörte das Rascheln von Arrahs Gewand, als sie näher kam. Arrah brauchte nicht lange vom Kinderbett zur Tür, zwei Sekunden etwa. Naira dröhnte der eigene Herzschlag in den Ohren. Sie sah den Mond hinter einer Wolke hervorkommen.

30. KAPITEL

Vor langer Zeit hatte Arrah erfahren müssen, daß der beste Weg, sich zu schützen, darin bestand, ständig in Bewegung zu bleiben, und zwar in ganz schneller Bewegung. Sie gewahrte das von der Klinge reflektierte Mondlicht, erfaßte in einer einzigen Bewegung das Messer und stieß es dem Angreifer in die Brust. Erst als sie die weiche Hand in der ihren hielt, merkte Arrah, daß es eine Frau war, die sie zu töten versucht hatte.

»Wachen! Wachen!« Noch immer konnte Arrah das Gesicht der Angreiferin nicht erkennen.

Die Wachen eilten mit Fackeln herbei. Arrah schrie auf vor Entsetzen, als sie sah, daß ihre eigene Schwester tot zu ihren Füßen lag. Naira verkrampfte ihre Hand auf der Brust. Blut quoll über ihre Lippen.

»Immer hast du gewonnen!« stieß Naira stockend hervor.

Ungläubig und fassungslos hielt Arrah die Sterbende in den Armen.

»Geschmeide, Macht, Männer. Du hast immer alles bekommen, was du wolltest!«

»Deswegen hast du mir nach dem Leben getrachtet?« rief Arrah bestürzt aus. »Wegen meiner Juwelen? Du möchtest Geschmeide?« Sie riß sich die Perlenkette vom Hals und drückte sie Naira in die Hand. »Deswegen stirbst du? Gib Antwort!« Sie schüttelte Naira, aus deren Brust Blut tropfte, das Arrahs Hände benetzte.

»Nein, nicht nur deshalb«, keuchte Naira. »Die alte Wehmutter war meine Tante, und die Magd mit dem Feuermal war meine Mutter. Debrogail und ich wurden als Neugeborene vertauscht. Deine Schwester ist tot. Sie wurde auf mein Geheiß getötet. Und ich wiederhole den Fluch, mit dem meine Familie die deine belegte: Es wird erst männliche Erben geben, wenn eine Frau von ihrem Geliebten gehenkt wird. Ich habe dich getäuscht! Ich habe euch alle getäuscht!« Und sie brach in grausiges Gelächter aus und spie Blut.

Arrah ließ Naira los. Ein roher, überwältigender Schmerz wühlte in ihr, als ob der Dolch, den sie in Nairas Brust gestoßen hatte, in ihr eigenes Herz gedrungen wäre. Nach der Geburt vertauscht! Die Gedanken überstürzten sich in ihrem Kopf. Deshalb also hatte ihr die Alte etwas von dem Gang vorgefaselt! Sie hatte gewollt, daß Arrah dort ums Leben käme!

Debrogail war ihre Schwester gewesen! Debrogail, mit der sie als Kind gespielt hatte. Sie war diejenige, die Arrah hätte Schwester nennen sollen, aber ihre Mutter hatte Debrogail gezwungen, sie Mistreß Arrah zu nennen. Und jetzt war Debrogail tot!

Aber diese Frau war als ihre Schwester aufgewachsen. Als Kinder hatten sie ein Bett geteilt und sich in der Nacht aneinander gewärmt. Der Neid hatte Naira böse und bitter gemacht, so böse, daß sie Debrogail töten ließ.

Arrah mußte unbedingt mit jemandem über diese schrecklichen Geschehnisse sprechen. Sie ließ Naira los und befahl einem Wachposten, den Leichnam fortzuschaffen.

Sie brauchte jetzt tröstende Arme um sich, sie brauchte die Versicherung, daß nicht alle Menschen schlecht waren. Sie kehrte in ihr Gemach zurück.

Draußen war es noch finster, doch am Horizont hatte sich das Schwarz zu Dunkelblau gelichtet und würde sich bald röten. Ihr Mann lag genau dort, wo er betrunken hingefallen war.

»Carbri, wach auf!« Sie rüttelte ihn sanft. »Bitte, wach auf. Ich brauche dich.« Um ihn herum hätten die Mauern einfallen können, ohne daß er wach geworden wäre.

In diesem Moment glitt der Mond hinter einer Wolkenbank hervor. Sein Schein fiel auf Carbris Gesicht. Sie sah, wie seine Lippen sich bewegten. Seine Nasenflügel bebten beim Atmen, ebenso bebte die Narbe unter seiner Nase, wo ein Dolch ihn getroffen hatte... vor langer Zeit, als sie sich auf das Schiff ihres Vaters geschlichen hatte. Carbri war ihr an jenem schicksalhaften Tag zu Hilfe gekommen. Sie ging zum Bett, nahm eine Decke und breitete sie vorsichtig über ihn.

Morgen, wenn die Sonne ihre halbe Wegstrecke zurückgelegt haben würde, da würden ihm die Worte entströmen wie Zauberbänder, eines nach dem anderen. »Ach Arrah, meine Seele, Herz meines Herzens. Wie ich dich liebe!« Entschuldigungen würden folgen. »Arrah, mein Mädchen! Du wirfst mir finstere Blicke zu, obschon du doch weißt, daß ich dich so liebe, wie die Erde die Sonne liebt. Du darfst einem Mann nicht zürnen, weil er eine Kleinigkeit zuviel getrunken und Dinge gesagt hat, die er nicht so meinte. Na, schenk deinem Mann ein Lächeln. Du wirst ihn doch nicht auf große Fahrt schicken, ohne ihm die Erinnerung an deinen edlen Körper zu gönnen?«

»Carbri«, flüsterte sie über ihn gebeugt. Sie spürte sein weiches Haar an ihrer Wange. Als er sie zum ersten Mal geliebt hatte, war Sand in seinem Haar gewesen. Sie drückte ihm einen Kuß auf die Stirn und zog ihm die Decke bis ans Kinn.

Dann rückte sie einen Stuhl ans Fenster und setzte sich. Die vollbeladenen Schiffe draußen lagen tief im Wasser wie in die Bucht geworfene Riesenkorken. Der Wind frischte kräftig auf. Würde das Töten in ihrer Familie nie ein Ende nehmen? Sie waren verflucht, allesamt. Und da ihre Familie verflucht war, stellte sich die Welt Arrah als Ort des Verrats dar. O Gott, sie waren wie Raubtiere, die übereinander herfielen! Ihr Vater hatte seine Schwester getötet. Und jetzt hatte sie selbst eine Frau erstochen, die sie für ihre Schwester gehalten hatte. Und Naira hatte Debrogail, ihre richtige Schwester, umbringen lassen. Arrah preßte die Finger gegen den Kopf. Würde das Töten nie ein Ende nehmen?

In dem Augenblick, als Arrah in Tränen ausbrach, vollzog Geralde de Burgo seine Ehe mit Finola. Sie war zu seiner einzigen Geliebten aufgestiegen, doch mit der Heirat hatte er sich Zeit gelassen, da seine Frau, obschon strohdumm, über eine Roßnatur verfügte. Eines schönen Tages aber, als sie eines ihrer Enkelkinder beim Schaukeln anstieß, schnellte der hölzerne Sitz zurück und traf sie am Kopf. Binnen Minuten war sie dahingeschieden. De Burgo hatte sie als Mutter einiger seiner Kinder kurz betrauert und begraben und dann Finola geehelicht.

Erst küßte er die eine Brust, dann die andere und brachte damit ihre Brustspitzen zu köstlicher Härte.

»Herrliche Brüste hast du«, flüsterte er zwischen den Berührungen.

»Rede nicht«, mahnte sie, »nimm mich.«

»Schlimmes Weib«, raunte er, mit den Zähnen eine Brust umfassend, während er mit den Fingern in sie eindrang. Sie stöhnte und küßte ihn, wobei sie begierig seine Zunge suchte. »So begehst du deine Hochzeitsnacht?« spottete sie zwischen Küssen. »Deine Braut erwartet einen harten Schwanz, und du präsentierst deinen jämmerlichen Finger.«

»Ich wollte nur nachsehen, ob die Dame bereit ist.«

»Für dein altes Ding wird es reichen!«

Er bestieg sie.

31. KAPITEL

Geralde de Burgo stellte als Schwiegervater für Glundel Joyce eine herbe Enttäuschung dar. Glundel hatte Agnes in der Hoffnung geheiratet, de Burgo würde nun gegen Arrah O'Donnell auf breiter Front vorgehen. Aber trotz häufigen Drängens von Glundels Seite zögerte de Burgo, sie mit seiner gesamten Streitmacht anzugreifen, und äußerte statt dessen so hohle Phrasen wie: ›Noch nie hat jemand von einem in die Länge gezogenen Krieg profitiert‹ und ›Sieg ist das einzige Ziel einer Schlacht; wenn dieser sich nicht einstellt, werden die Waffen stumpf, und die Moral sinkt‹.

Nach Phillipes Tod hatte de Burgo etliche Angriffe gegen Arrah geführt und auch Siege errungen, dann aber hatte Arrah zusätzliche Söldner angeworben, die de Burgos Truppen zurückwarfen.

De Burgo beschloß daher, Arrah zu ignorieren, solange sie nicht weitere Vorstöße auf sein Gebiet unternahm. Schließlich hatte er Glundel geraten, endlich mit diesem öden Geschwätz von Angriffen aufzuhören.

Über einen Zeitraum von drei Jahren hinweg verkleidete Glundel sich in regelmäßigen Abständen als Reliquien und Glücksbringer feilbietender Hausierer und besuchte die Insel der Adler, um von Bridgett Neuigkeiten zu erfahren.

Dabei erfuhr er meist nur Alltagsklatsch und Dinge, die für ihn von geringem Interesse waren. Bridgett berichtete von den Streitigkeiten zwischen Arrah und Carbri, bei denen es darum ging, daß Arrah kein zweites Kind wollte, und sie schilderte die häufigen Malariarückfälle, von denen Reevnarg heimgesucht wurde.

Doch die letzte Neuigkeit, die Bridgett ihm vorsetzte, war für Glundel von beträchtlichem Interesse.

Carbri hatte wieder getrunken, und Patch war vorübergehend mit einem dressierten Pferd namens Harlekin, das einige Tricks beherrschte, zu Besuch gekommen. Das Pferd konnte sich krank stellen, es konnte zählen, sich auf Kommando verbeugen und hinknien und Patch zum Spaß in die Kehrseite zwicken. Es war ein prachtvolles, silbergraues Pferd edlen spanischen Geblütes. Mistreß Arrah hatte Patch zur Begrüßung freudig umarmt, eine Szene, die Carbri voller Eifersucht beobachtet hatte. Als Arrah eine kurze Fahrt nach Galway unternahm, hatte Carbri, der sich erst Mut angetrunken hatte, Patch gezwungen, mit seinem Pferd die Insel zu verlassen.

Nach Arrahs Rückkehr hatte es deswegen einen schrecklichen Streit gegeben, ärger als alles, was Bridgett bisher mit angehört hatte. Carbri hatte ausgerufen, er wünschte, er hätte Arrah nie geheiratet. Und auch Arrah hatte ähnliches geäußert: Sie wolle ihn hinauswerfen, ihm die Insel verbieten, ihm vor allem verbieten, Milly jemals wiederzusehen. Carbri hatte sich daraufhin entschuldigt und versprochen, das Trinken aufzugeben – ein Versprechen, das er im großen und ganzen gehalten hatte, so daß nun eine Art Waffenstillstand zwischen den beiden herrschte. Sie beabsichtigten sogar, gemeinsam in dem Gebiet um Deer Castle zu jagen. In drei Tagen sollte sich die Jagdgesellschaft auf den Weg machen.

Glundel Joyce verließ Bridgett, ohne sich auf Intimitäten einzulassen. Es war keine Zeit zu verlieren, wenn er die Jagd für einen Hinterhalt nutzen wollte. Dazu kam, daß Bridgett ihm bei jedem Wiedersehen mehr und mehr mißfiel. Einmal hatte er sich zu einem nicht ernst gemeinten Heiratsversprechen hinreißen lassen, und jetzt fragte sie ihn jedesmal, wann er sie endlich mitnehmen wollte. Mitunter hatte sie sich sogar zugeknöpft gezeigt und keine Nachrichten herausrücken wollen. Hätte er das dumme Ding nicht noch gebraucht, er hätte sich ihrer längst entledigt.

Beim Aufbruch nach Deer Castle war Carbri bester Laune, da Arrah erstmals auf seine Wünsche eingegangen war. Das Gebiet um Deer Castle wurde als eines der besten Jagdreviere Irlands gerühmt.

Auch Arrah freute sich auf den Ausflug aufs Festland, den sie mit einem Gefolge von knapp zwei Dutzend Leuten unternahmen, Mary, Sebastian und Hook mit eingeschlossen. Bridgett war bei Milly auf der Adlerburg geblieben. Nachdem sie den stark mit Felsaufbrüchen durchsetzten westlichen Vorsprung Irlands durchquert hatte, drang die Jagdgesellschaft ins Landesinnere vor, wo Graniterhebungen, mit Heidekraut bewachsen, bald tiefen Bekkenlandschaften wichen.

Der wie Quecksilber schimmernde Fluß schnitt sich zuerst durch dichtbewaldete Steilufer und durchfloß später breite Täler. Im Schilfdickicht wucherte Wasserminze, und da es Frühsommer war, standen Weideröschen und gelbe Iris in Blüte. Bäume überwölbten das helle, zarte Grün der Wasserlilien in morastigen Weihern. Der leichte Luftzug, der das Laub erzittern ließ, zeichnete sonnengesprenkelte Muster in verschiedenen Grüntönen auf Lilienkissen.

Die Jagdgesellschaft kam an einem riesigen flachen Stein, den drei niedrigere Steine stützten, vorüber. In Irland, das mit diesen Steingruppen übersät war, nannte man sie Liebeslager, nach zwei Liebenden aus grauer Vorzeit. Die Liebenden flohen vor einem eifersüchtigen König, und wo immer sie in Irland weilten, bauten sie ihr Bett aus Steinen. Den Steinen wurde Zauberkraft zugeschrieben. Sie sollte Frauen, die sich darauf legten, von Unfruchtbarkeit heilen.

Als sie an der Steingruppe vorüberritten, sagte Carbri: »Arrah, warum halten wir nicht an, und ich pflanze dir einen kräftigen Sohn ein! Oder hast du dir ausgedacht, wie du dies allein zuwege bringst, da du mich ja dazu nicht zu brauchen scheinst?«

»Carbri, du hast mir ein Versprechen gegeben.«

»Das habe ich. Aber du kannst es einem Mann nicht verübeln, wenn er darauf vergißt.«

Reevnarg hatte Arrah überredet, die Scheidung von Carbri noch hinauszuschieben. ›Tochter, das bringt eine neuerliche Besitzteilung mit sich‹, hatte er gesagt. ›Du wirst etliche deiner Schiffe einbüßen und auch Landbesitz. Gib Carbri lieber noch eine Chance.‹

Carbris Bemerkung am Bett der Liebenden hatte ihr jedoch endgültig klargemacht, daß es für sie und Carbri kein gemeinsames Leben mehr gab, mochten auch Land und Schiffe auf dem Spiel stehen.

Ein Mann wie Carbri brauchte eine Frau, die ihm ein Dutzend Kinder schenkte, in ihren Haushaltspflichten aufging und ihn verehrte und brauchte. Sie selbst hatte ihn nie gebraucht, und das nahm er ihr übel. Damals, auf dem Schiff ihres Vaters, hatte er ihr geholfen – es war das einzige Mal gewesen, daß sie seine Hilfe in Anspruch genommen hatte. Sie dachte voller Bedauern an diese Zeit zurück, doch man lebte sein Leben nicht wegen der Vergangenheit. Carbri, der jung und stattlich war, würde ganz sicher eine andere Frau finden.

Nach ihrer Rückkehr auf die Insel wollte sie den *ollamh* aufsuchen und die Einzelheiten der Scheidung festlegen. Pater Thomas würde es ihr zwar sehr verübeln, aber sie lebte für sich und nicht für den Geistlichen.

Bei ihrer Ankunft am Lough Gill war die Sonne im Untergehen begriffen. Es war ein herrlicher Anblick, als die umliegenden Hügel sich in der glatten Fläche des Sees spiegelten und die letzten Sonnenstrahlen das glasklare Wasser in ein Regenbogenspiel verwandelten. Die Rücken springender Forellen schimmerten rötlich im Abendschein, der auch die Baumstämme in verschiedenen Rot- und Gelbschattierungen leuchten ließ.

Die Jagdgesellschaft mußte die Pferde auf Flößen nach Deer Castle schaffen, das auf einer kleinen Insel, etwa eine Kabellänge vom Ufer entfernt, aufragte. Es war eine schöne Insel, mit kleinen, kristallklaren Weihern, über die sich Weiden und Erlen neigten. Schwäne glitten zwischen Lilienkissen dahin.

Arrah und Carbri wurden von Lugh O'Connor, einem braunäugigen Mann mit rötlichblondem Haar, willkommen geheißen. Da er an Gicht litt, konnte er nicht gehen und wurde von vier Bediensteten in einer Sänfte getragen. Er umarmte seine Gäste mit herzlichen Worten und bot ihnen erst ein Bad an. Ein Fest ihnen zu Ehren sollte sich anschließen.

In Arrahs Gemach schmückte Mary sich mit Schleifen in jeder nur denkbaren Farbe, die sie im Haar und an ihrem Rock befestigte.

Arrah hatte vier Truhen mit Kleidern mitgebracht. Bei Besuchen unter Clansangehörigen war es üblich, daß an jedem Abend ein Fest gefeiert wurde. Sie wählte für den ersten Abend ein goldfarbenes Seidenkleid, dessen Mieder mit echten Goldfäden bestickt war.

Als Arrah den Bankettsaal betrat, verstummte das Stimmengewirr. Der Bodhramtrommler ließ den Schlegel fallen, als er sie bemerkte.

Einige Tänzer bekreuzigten sich, in der Meinung, sie hätten eine Geistererscheinung vor sich. In ihrem goldenen Kleid war Arrah O'Donnell schöner, als Worte es auszudrücken vermögen. Sie schien nicht zu gehen, sondern zu schweben. Das Licht einer Fakkel fing sich in dem Smaragd des Schwertgriffes und ließ ihn aufblitzen wie eine grüne Flamme. Ehrfürchtig wichen die Leute auseinander, um ihr Platz zu machen, als sie durch den Saal schritt.

Arrah nahm den Sitz neben Carbri ein, der in die Hände klatschte und Musik forderte. Viele von Lughs Leuten hatten seit dem Nachmittag getrunken, so daß die Pfeifen und Trommeln ihr Blut in Wallung brachten und sie laut und ausgelassen werden ließen. Sie tanzten Jigs und Hornpipes und den Doppelreel.

Arrah und Carbri hatten die Ehrensitze in der Mitte inne. Lugh O'Connor lagerte neben ihnen auf seiner Sänfte.

Arrah beobachtete Mary, die mit Hook tanzte. Er neckte Mary weidlich, zog Schleifen aus ihrem Haar und ließ diese hoch über den Köpfen flattern. Mary versuchte sie wieder einzufangen, erfolglos. Lachend bat sie um Gnade, und Hook zog sie an sich und drückte ihr einen Kuß auf die Wange.

Sebastian saß indessen allein in einer Ecke, befingerte Spielkarten und beobachtete Arrah.

»Komm, Arrah, mir steht der Sinn nach Tanzen«, forderte Carbri sie auf.

Sie tanzte einen fröhlichen Hornpipe mit ihm, doch dann klagte er über Durst, ging an seinen Platz zurück und ließ sich seinen Humpen nachfüllen. Erst als die Schankmagd ihm ein drittes Mal nachgießen wollte, lehnte er ab.

Nun bat Sebastian Arrah um einen Tanz. In ihrem schimmernden Kleid wirkte sie geschmeidig und kraftvoll wie eine Katze und energiegeladen wie ein tanzender Lichtstrahl. Die Musik ging ihr ins Blut, und sie schloß die Augen, um sie noch besser zu spüren. Sebastian hielt ihre Mitte umfangen. Sie spürte, wie die Haut zwischen den Brüsten schweißnaß vor Anstrengung wurde. Ihr Gesicht war rot und glänzte. Sie lachte und lächelte, und Sebastian erwiderte voller Bewunderung ihr Lächeln. Doch als er sie enger an sich ziehen wollte, erstarrte sie.

Arrah hielt inne und verließ die Tanzfläche, nachdem sie Sebastian mit einem Blick bedacht hatte, der ihm verbot, ihr zu folgen.

Draußen schaute sie zum Mond, der sich in der stillen Wasserfläche spiegelte. Das leise, schmatzende Geräusch des gegen die Ufer schlagenden Wassers war zu hören. Es war so anders als die Brandung des Ozeans. Da schoß ein feuriger Pfeil kometengleich zum Himmel hoch, beschrieb eine Kurve und fiel zu Boden. Ein Signalpfeil!

Wieder im Bankettsaal, sagte Arrah zu Lugh: »Ich glaube, wir sollten die morgige Jagd absagen.«

Lugh richtete sich auf einen Ellbogen auf. Seine übergroße Nase war von roten Äderchen durchzogen. »Aber um diese Zeit ist ein Jagdausflug wundervoll!« wandte er ein.

Sie berichtete ihm von dem Signalpfeil.

»Meine Truppen haben Stellung in den Hügel bezogen«, sagte er darauf. »Du siehst, es besteht kein Grund zur Beunruhigung. Komm, Carbri, leere mit deinem Clansmann den Becher! In meinem Keller habe ich die besten Weine, die jemals nach Irland gelangten.«

»Es gefällt mir nicht, daß morgen gejagt wird«, beharrte Arrah eigensinnig.

Lugh blickte sie aus glasigen, rotgeäderten Augen verständnislos an.

Carbri ließ sich die Laune nicht verderben. »Arrah, mein Mädel, du bist so weit gereist und hast mich glücklicher gemacht als seit langem. Ich halte mein Versprechen. Kannst du deines nicht auch halten?«

Sie wollte die Gelegenheit nützen und ihm jetzt sagen, daß sie an Scheidung dachte. Sie wollte ihm sagen, daß ihr gemeinsames Leben zu Ende war. Sie wollte zurück auf die Insel, zu Milly und zu ihren Schiffen. Sie wollte sagen, daß ihr an der Jagd nichts, aber auch gar nichts lag, doch er sah sie so voller Hoffnung und Vorfreude an, daß sie eine Veränderung seiner Miene nicht ertragen hätte.

Am nächsten Tag brachen sie spät auf. Die Sonne hatte ihren Zenit schon beträchtlich überschritten, als die Jagdgesellschaft die Ufer des Lough Gill erreichte. Lugh hatte sich, mit dem Stock auf seine Gichtbeine deutend, entschuldigt. »Im Geiste bin ich bei euch. Ihr werdet sehen, daß meine Treiber und meine Hundeführer sehr tüchtig sind.«

Auf den Hügeln, an den Ufern und in den Wäldern, die sie durchschritten, begegnete Arrah unzähligen Schattierungen des irischen Grüns: das Salbeigrün des Schilfs; das helle, zarte Grün der Farne; üppiges samtiges Moosgrün; das leuchtende, noch sattere Grün von Wasserkresse in einem Bach; das dunkle Grün des Efeus an einem verfallenen Turm; das Schwarzgrün der irischen Eiben und das eigenartige Blaugrün der Hügel, die sich ihre Färbung vom Himmel geliehen zu haben schienen. Der Erdgeruch frischgestochenen Torfes und der betäubende Duft von wildem Thymian und Fingerhut würzten die Luft.

Ein Hornsignal ertönte: Die Treiber hatten einen guten Hirsch aufgespürt, und die Jagd begann.

Hoch zu Roß verfolgten die Jäger das Wild durch das Dickicht. Arrah, die sich von dem allgemeinen Jagdfieber mitreißen ließ, genoß den gestreckten Galopp, bei dem es ständig Ästen auszuweichen, Senken, Bäche und Baumstämme zu überspringen galt. Schon fragte sie sich, weshalb sie noch nie mit Carbri gejagt hatte.

Sie erreichten eine nicht allzu tiefe Schlucht, an der der Hirsch nun in die Enge getrieben war, umgeben von Hunden, die ihn angriffen und ihm blutende Wunden beibrachten. Seine Flanken hoben und senkten sich keuchend, Blut lief ihm aus den Nüstern. Der Hirsch wehrte sich tapfer, senkte das Geweih und spießte einen Hund auf, den er über seinen Rücken zurückwarf, doch ein anderer Hund sprang ihm mit einem Satz auf den Widerrist und krallte sich dort fest.

Arrah, die dies alles mit Abscheu beobachtete, wurde von Zorn erfaßt. Ein Dutzend Hunde und zwei Dutzend mit Jagdbögen und Pistolen Bewaffnete gegen einen einzigen Hirsch! Das war kein Sport, sondern Schlächterei.

Carbri sprang vom Pferd und legte seinen Pfeil an. Einige Jäger trugen Feuerwaffen, aber Carbri zog seine Armbrust vor. Sie sei zielgenauer und treffe auf größere Distanz, behauptete er. Der Hundeführer pfiff die Meute zurück, und der Pfeil traf das Wild präzise hinter den Vorderlauf. Der Hirsch vollführte einen Satz, verzweifelt bemüht, dem Brennen in seinem Herzen zu entrinnen. Er schnellte den Abhang hinauf, strauchelte und fiel auf den Rükken. Seine Vorderhufe schlugen matt in die Luft.

Carbris Lächeln verriet eine Befriedigung, als hätte er eine ganze Armee vernichtet. Er bot Arrah die Probe an, sie aber schüttelte den Kopf. Sie wollte mit der Jagd nichts mehr zu tun haben und wünschte, daß alles bald ein Ende hätte.

»Eine Ablehnung gilt als große Beleidigung«, sagte Carbri, »und sie bedeutet Unglück.«

Von allen Jagdteilnehmern beobachtet, wandte Arrah sich ab. Wenn ihnen so viel am Fleisch gelegen war, weshalb töteten sie dann nicht einfach einen Ochsen? Und wenn sie den Sport so liebten, warum dann die vielen Hunde? Warum stellte man dem Wild nicht zu Fuß nach? Nein, sie wollte keinen Anteil daran haben.

»Du würdest doch außer für dich selbst für niemanden etwas tun«, äußerte Carbri voller Verbitterung, als sie sich zum Gehen wandte.

Carbri nahm nun die Probe vom Wildfett, indem er den Hirschfänger unterhalb des Vorderlaufs in die Brust stieß, um festzustellen, wie groß der Fettanteil war, denn davon hing der Geschmack des Wildbrets ab. Das erlegte Stück hatte eine volle Daumenlänge Fett. Voller Vorfreude auf das köstliche Mahl beglückwünschten sich die Jäger.

Carbri bückte sich, schnitt dem Hirsch die Kehle durch und hielt die Hände darunter. Dann nahm er einen tiefen Schluck vom frischen Blut. Die anderen taten es ihm gleich, alle ohne Ausnahme.

Arrah ging zu einer Baumgruppe. Sie zuckte zusammen, als ein Schwarm Rebhühner aufflatterte. Hinter ihnen im Wald sah man Metall aufblitzen. Eine Pistole im Anschlag!

»Hinterhalt!« rief sie laut. Die Jäger suchten sofort unter den Bäumen Deckung. Ein Schuß ertönte, gleich darauf noch einer. Einer der Jäger hielt inne. Carbri lief, den Bogen in der Hand, zu Arrah. Wieder fiel ein Schuß. Carbri taumelte und sank zu Boden. Sebastian rannte an ihm vorüber.

»Hilf Carbri auf!« rief Arrah ihm zu.

Sebastian hielt inne, wandte sich um und tat wie ihm geheißen. Eine Blutspur folgte Carbri, der sich kaum bewegen konnte. Sebastian bettete ihn hinter einem umgestürzten Baumstamm auf den Boden.

»Arrah!« Carbri wollte nach ihrer Hand fassen und schaffte es nicht.

Nun kam es auf der Lichtung zu einem Gefecht. Arrah, die bereits die Pistole gezogen hatte, wartete auf eine Bewegung auf der gegenüberliegenden Seite, um zielen zu können. Sie sah Männer durch das Dickicht hasten – außerhalb der Reichweite ihrer Waffe.

Carbri lag flach ausgestreckt da. »Komm näher und hilf mir«, bat er sie.

Sie behielt die Lichtung im Auge, während sie ihn aufrichtete. An ihren Händen und Unterarmen spürte sie sein warmes Blut.

»Wir hätten nicht herkommen sollen«, sagte sie tonlos.

»Lugh ist kein Verräter«, sagte Carbri stoßweise. In seinem Mundwinkel wurde Blut sichtbar. »Arrah, du mußt fliehen! Gib mir deine Pistolen und lehne mich gegen den Stamm. Ich gebe dir Feuerschutz, während du läufst.«

»Ich habe mich noch nie vor einem Kampf gedrückt und werde es auch jetzt nicht tun.«

»Arrah! Als die Piraten mich angeschossen haben... da sagtest du, ich solle tapfer sein, wenn ich dich liebe. Jetzt bitte ich dich, sei tapfer für Milly. Lauf! Ich gebe dir Deckung!«

»Kein Wort mehr davon!«

»Schlag dich zur Burg durch. Ich halte die Schlucht.«

»Allein schaffst du das nicht.«

»Lade die Waffen und laß mich hier liegen.«

Seit Wochen, nein, seit Monaten hatte sie erwogen, Carbri zu verlassen. Und jetzt lag er da und drängte sie, ihn allein zu lassen. Doch etwas hinderte sie daran. Sie griff nach seiner Hand.

»Arrah, ich wünschte mir immer nur, daß du mich so liebst, wie ich dich liebe. Aber es ist so schwer, jemanden an der Hand zu halten, der nach dem Himmel greift. Und weil ich nie so hoch reichen konnte, versuchte ich, dich zu mir herabzuziehen. Denk daran, ich war der erste, der dir beibrachte, wie man die Wassertiefe auslotet. Du hast mich mit der Zeit in allem übertroffen. Ich liebe dich. Ich liebe dich so sehr, wie die Erde die Sonne liebt.«

»Carbri…«

Der Schmerz ließ ihn erstarren. »Laß einen Sterbenden sagen, was er zu sagen hat. Ich weiß, daß du immer MacNamara geliebt hast.«

»Ich liebe ihn nicht.«

»Erhebe deine Blicke! Denk an die Zeit, als wir in Frankreich waren. Ach Arrah, wie lieb ich dich hatte. Nach MacNamara war es nie wieder so wie früher. Ich hatte zwar deinen Körper unter meinem, aber ein Teil fehlte. Dafür haßte ich dich – und ihn ebenso.«

»Ich war nie die Frau, die du dir gewünscht hast.«

»Ich wollte nur, daß du mich ein wenig brauchst. Weißt du, was es für einen Mann bedeutet, wenn ihn seine Frau nicht braucht? Es ist für ihn der langsame Tod.«

»Ich bin die, die ich sein muß.«

»Du bist ein Adler, geschaffen, dich in die Lüfte zu erheben. Ich konnte dir nie folgen.«

Sie sah, daß sich die Blutlache unter ihm vergrößerte. »Sprich nicht mehr, Carbri.«

»Arrah, hör zu. Er war nicht… wir… Finola und ich… wir haben alles ausgeheckt. Er war früher ihr Geliebter, aber er… MacNamara… Es war nur eine Falle. Sie hat ihn getäuscht… und dich auch. Wir hatten alles ausgeklügelt. Sie besaß ein Armband, an dem lockerte sie einen Stein. Dann forderte sie ihn auf, sich das Armband anzusehen. Den Stein versteckte sie in sich und behauptete, er sei dort steckengeblieben und er möge nachsehen. In diesem Augenblick bist du ins Zimmer getreten. Verzeih mir! Ich habe dich zu sehr geliebt. Ich hätte es nicht ertragen, dich an ihn zu verlieren.« Abermals ließ der Schmerz ihn erstarren, und die Blutlache wurde noch größer.

Ungläubig starrte Arrah ihn an. Um sie herum wurde geschossen und gekämpft, Männer rannten schreiend durch den Wald, und trotz dieses Lärms hatte sie das Gefühl, sie könne das Versickern seines Blutes im Boden hören.

»Was hast du mir angetan!« rief sie voller Schmerz aus.

»Verzeih mir!«

Seaghan, alles war nur eine List!

»Ich glaubte, ich könnte dich glücklich machen. Aber ich war nicht imstande, dich als das zu nehmen, was du bist. Immer wollte ich, daß du dich änderst. Das war so, als wollte man den Wind umdrehen.«

»Du hast mit meinem Leben gespielt!« rief sie. »Wie konntest du nur? Wie konntest du?«

»Franzmann!« Als Sebastian sich über ihn beugte, packte Carbri ihn an dem roten Halstuch, das der Franzose stets trug. »Gib acht auf sie! Versprich es mir! Du bist ein guter Seemann. Besser, als ich zunächst dachte. Geht jetzt alle beide!« Carbri senkte den Kopf und rang nach Atem. Blut lief ihm aus Nase und Mund über sein Wams. Er schluckte mühsam und setzte unter Aufbietung seiner letzten Kraft zum Sprechen an. »Du hast mich nie gebraucht. Aber Milly braucht dich. Geh zu ihr! Sag ihr, daß ich sie so liebhabe wie ihre Mutter.«

Sie dachte an Frankreich. Wie sie miteinander gelacht und sich geliebt hatten. Jetzt kam es ihr vor, als sei sie damals zum letztenmal wirklich glücklich gewesen. Sie umfaßte seine Finger. »Carbri«, schluchzte sie. »Ich… O Carbri, ich wünschte, wir hätten uns glücklich machen können.«

»Erhebe den Blick zu den Sternen. Und gib gut acht auf unsere Tochter. Ich liebe…« Er erstarrte, sein Griff wurde fester. »Franzmann, jetzt schaff sie fort.«

Er wurde schlaff und ließ ihre Hand los. Wie oft hatte sie diesen Moment, in dem das Leben aus einem Menschen entweicht, miterlebt? Carbri O'Connor war tot.

IV

32. KAPITEL

Lugh schlief, als Arrah, Sebastian und die anderen auf Deer Castle Zuflucht suchten.

Arrah befahl, die Waffenkammer zu öffnen und die Waffen auszugeben, doch als sie mit Sebastian den Bestand prüfte, mußten sie entdecken, daß sich alles in erbärmlichem Zustand befand. Es waren nur ein paar Ketten vorhanden, einige Piken und Hellebarden, von denen viele verrostet und untauglich waren

Von der Wehrmauer aus konnte man den Feind sehen. Aus der Ferne erkannte Arrah Glundels bleiche Gestalt, der am Ufer gestikulierend Befehle erteilte. Vom Wald her klang das Geräusch stetiger Axthiebe. Die Feinde standen im Begriff, Flöße zu bauen, um zur Insel zu gelangen, und Leitern, um die Befestigungsmauern zu erklimmen.

Die feindlichen Truppen waren ihnen fünffach überlegen. Viele von Lughs Gefolgsleuten waren von Murrough O'Connor bestochen worden, sich auf seine und Glundels Seite zu schlagen.

Aufgestört von den Axthieben, umflatterten die Schwalben wie graue Blitze die Türme von Deer Castle. Feuer wurden entzündet, als der Gegner sich für den Abend einzurichten begann. In der Burg hieß es nun, auf den Angriff zu warten. Arrah und ihre Leute würden auf Glundels Streitmacht nicht mehr als ein paar Schüsse abgeben können, wenn diese die Mauern erstürmte. Ihre Leute führten zwar Pulverhörner mit, andere Vorräte aber nicht. Unter anderem hatte Lugh es verabsäumt, sich einen Vorrat an Schießpulver zuzulegen.

Um Lughs Gedächtnis war es schlecht bestellt. Er war kurz erwacht, hatte an einem Hühnerbein genagt, etwas Wein getrunken und war wieder eingenickt.

Allmählich senkte sich die Nacht herab. Arrah, die oben auf der Wehranlage stand, starrte aufs Wasser, stets auf der Hut, um sicherzustellen, daß sie nicht Opfer eines Überraschungsangriffes wurden. Am Himmel hing eine dünne Mondsichel. Ihre Mutter hatte immer gesagt: Ein gutes Zeichen, wenn man seinen Hut am Mond aufhängen kann. Glück! Unglück! Was dem einen Glück, war des anderen Unglück. Welches Glück war Carbri beschieden? Das Glück eines einigermaßen raschen Todes, mehr nicht.

Sie hatte ihm die Lider zugedrückt. Armer Carbri! Sein Tod war besser gewesen als sein Leben in den letzten drei Jahren. Sein einziger Fehler war es gewesen, sie zu lieben.

Die Narben am Handgelenk schimmerten im Mondlicht wie feine Schnitzereien. Auch Carbri war Teil ihrer Vergangenheit wie Reevnarg und Margaret. Alle hatten sie auf irgendeine Weise geformt. Seaghan mochte jetzt Gott weiß wo sein, falls er überhaupt noch am Leben war. Sie hatte gelernt, ihn so intensiv zu hassen, weil sie ihn so intensiv geliebt hatte. Die wenigen Tage, die sie mit Seaghan verlebt hatte, hatten genügt, um einen Teil ihrer Seele an ihn zu verlieren. Sie hatte ihm alles gegeben und alles verloren.

Drei Sterne funkelten über dem Kamm des dunklen Hügels am anderen Ufer. Zwei Sterne – Abend; drei Sterne – Nacht. So hatte ihre Mutter es ihr immer vorgesagt. Die Vergangenheit zu vergessen war unmöglich. Aber jetzt mußte sie in die Zukunft blicken.

Sie hatte keine Ahnung, wie lange sie auf der Mauerkrone stand. Die Zeit verging unmerklich. Ein Fisch sprang im Wasser, sein Rücken blitzte flüchtig im Licht der Nachtgestirne auf, ehe er wieder im Wasser verschwand. Arrah blickte wieder empor und stellte fest, daß das mit Bleiplatten gedeckte Dach dieselbe Farbe hatte wie der Fisch im Mondschein. Plötzlich hatte sie eine Idee.

Jetzt galt es, ganz rasch zu handeln. Sie gab Anweisung, das Dach zu erklimmen und die Bleiplatten abzunehmen. Lugh, der laut schnarchend neben dem Feuer lag, bemerkte von der Hektik um ihn herum nichts.

»Schüre die Feuer!« rief Arrah der Köchin zu.

Die Köchin, eine gewaltige, faßähnliche Frau mit Silberblick, richtete sich auf einen Ellbogen auf und zwinkerte mit ihren vorstehenden Lidern. »Aber es ist tiefste Nacht!«

»Wenn du nicht sofort aufstehst, wird das die letzte Nacht deines Lebens sein«, lautete Arrahs unwirsche Antwort.

Arrah erstieg wieder die Wehrmauer, packte eine Axt, schwang sich aufs Dach und fing an, die Bleiplatten abzutragen. Sebastian war an ihrer Seite und legte mit Hand an.

Arrah, die die Dachziegel in den Burghof warf, rief den Leuten zu, sie sollten diese in die Küche schaffen. »Die Köchin soll sämtliche Töpfe leeren und das Blei hineintun.«

Da kam die Köchin auf den Hof gelaufen, hastig mit der Schürze Milch vom Mund wischend. »Blei in meine Töpfe? Habt Ihr den Verstand verloren? Wir können doch nicht Blei zum Frühstück essen. Da kriegen wir alle das große Laufen!« Die Köchin, die sich auf ihren Humor viel zugute tat, war sichtlich stolz auf diese Antwort.

Arrah rief hinunter: »Und Glundel Joyce ebenso. Du bereitest ihm einen sauren Magen. Wenn du nicht tust, was ich sage, wird er deinen Schinken braten.«

Die Köchin vergaß aufs Schielen, als ihr die Bedeutung von Arrahs Worten aufging. Ihre Augen gingen erst wieder über Kreuz, als sie dem Küchenjungen befahl, die Dachziegel aufzusammeln.

Die mit Blei angefüllten Töpfe wurden über die Feuer gehängt, Blasebälge wurden betätigt und die Nachtglut zu lodernden Flammen entfacht. »Legt Holz nach, um Himmels willen!« rief die Köchin. »Das bißchen Feuer brauche ich bloß anzuspucken, und es erlischt. Mehr Blasebälge! Mehr Holz!«

Schließlich schlugen die Flammen in die Höhe. Große prasselnde Flammen, so daß Arrah jedesmal beim Betreten der Küche den Eindruck hatte, in die Hölle zu geraten. Überall hingen Töpfe mit kochendem, brodelndem Blei, während Lugh noch immer ahnungslos schlief.

Die Hunde hatten sich längst von der Feuerstelle zurückgezogen und lagen in einer Ecke. Einer erhob sich, um ins Freie zu gehen, wo es kühler war, doch auf dem Weg zur Tür flog ihm ein Funke von Daumennagelgröße vor die Beine. Er trat darauf, jaulte und brachte mit einem erschrockenen Satz einen der Küchenjungen, der eben einen Topf mit kochendem Blei vom Feuer hob, aus dem Gleichgewicht.

Dem Küchenjungen, der rücklings auf den Hund fiel, schwappte kochendes Blei über Gesicht, Nacken und Brust. Das Geschrei, das der vor Schmerzen Wahnsinnige ausstieß, war so grausig, als sei es nicht von dieser Welt. Noch nie hatte Arrah etwas ähnliches gehört. Die Augen der Köchin drehten sich entsetzt, als der Junge sich ins Gesicht faßte, in dem Bemühen, das heiße Blei aus den Augen zu kratzen, doch damit verbrannte er sich auch die Hände an der glühenden Masse. In blinder Raserei tobte er durch die Küche und brachte noch mehr Töpfe zum Umstürzen, so daß sich Pfützen geschmolzenen Bleis bildeten.

Alles sah zunächst in stummem Entsetzen wie gebannt zu. Erst als das geschmolzene Blei in Strömen über den Boden lief, fingen auch die anderen zu schreien an. Der Küchenjunge raste indessen noch immer blind und brennend durch die Küche.

»Stehenbleiben!« rief Arrah, doch der Junge war vor Schmerz von Sinnen.

Da ergriff Sebastian einen Feuerhaken und schlug damit dem Jungen mit aller Kraft auf den Hinterkopf. In einer Pfütze kochenden Bleis brach der Junge zusammen und wand sich auf dem Boden wie ein Hummer in siedendem Wasser.

»Herrgott, steh ihm bei!« schrie die Köchin außer sich vor Entsetzen.

Da hieb Sebastian ihm ein zweites Mal mit dem Feuerhaken über den Schädel und noch ein drittes Mal. Endlich verstummte der Unglückliche. Alle standen schreckensstarr und wie betäubt da. Der Anblick des zerschmetterten und versengten Kopfes war furchterregend.

»Nehmt ihn und schafft ihn hinaus, damit er beerdigt werden kann«, ordnete Arrah an.

»Ihr seid keine Frau!« empörte sich die Köchin. »Ihr seid ein Ungeheuer!«

Sebastian zog ein Schwert. Hätte man zugelasen, daß der Junge weiter durch die Küche raste, er hätte alle übrigen Töpfe mit kochendem Blei umschütten können. »Möchtest du auch sterben?«

Die Augen der Köchin verdrehten sich wieder. Sie zog die Schultern hoch, hielt aber den Mund.

Arrah vermutete, daß der Angriff in Kürze erfolgen würde.

»Auf die Wehrmauer!« befahl sie. »Geht in Deckung und gebt acht, daß ihr keinen Lärm macht!«

Arrah war Sebastian für seinen Beistand dankbar. Er war dort, wo sie ihn brauchte, und ahnte ihre Befehle voraus, noch ehe sie sie äußerte. Was an Schießpulver vorhanden war, hatte man bereits auf die Mauern geschafft.

Es war noch finster, als die erste Leiter mit dumpfem Aufprall angelegt wurde. »Wartet, bis mehrere auf einer Leiter stehen«, befahl Arrah im Flüsterton.

Auf der Mauerkrone herrschte atemlose Spannung.

»Jetzt!« rief Arrah. Töpfe voll kochenden Bleis ergossen sich auf die Angreifer. Viele hielten im Klettern die Schilde über sich, da sie aus Erfahrung wußten, daß oft heißes Wasser als Waffe eingesetzt wurde, doch das kochende Blei war so heiß, daß die Hände der Angreifer durch die Hitze ihrer Schilde verbrannt wurden. Sie ließen erst die Schilde fallen und stürzten dann schreiend in die Tiefe, als noch mehr flüssiges Blei auf ihren Köpfen landete. Das Geschrei der Angreifer ertönte an allen Seiten der Wehranlage. Von rasendem Schmerz getrieben, suchten sie ihr Heil im See, um da sengende Metall abzuspülen. Unter den Versengten befand sich auch Glundel Joyce.

Arrah wußte im nachhinein nicht mehr, wie oder wann sie und Sebastian nackt in ihrem Bett gelandet waren. Sie wußte nur, daß sie verzweifelt Vergessen gesucht hatte: sie wollte den Anblick des in seinem Blut liegenden Carbri vergessen; sie wollte vergessen, wie der Küchenjunge sich im geschmolzenen Blei wand; sie wollte die Schreie der Feinde vergessen, als sie Befehl gegeben hatte, immer mehr und noch mehr Blei auf sie zu schütten.

33. KAPITEL

Sebastian hatte sich bei der Planung des Kampfes zu Lande als ebenso wertvoll erwiesen wie auf See. Seinem taktischen Geschick war es zu verdanken, daß Arrah nach Carbris Tod vier Burgen der Joyce auf dem Festland einnehmen konnte.

Im Bett erwies er sich als fähiger Liebhaber, doch es gab nie den leisesten Zweifel darüber, wer das Sagen hatte. Meist ritt Arrah auf ihm und bestimmte den Rhythmus. Mit zurückgeworfenem Kopf und offenem Mund gab sie ihm Anweisung, ihre Brustspitzen zu nehmen und zu drücken. »Fester!« befahl sie, und dann, wenn ihre Lust sich steigerte, forderte sie ihn auf: »Berühre mich«, und er rieb mit seinem Daumen ihre Klitoris, um ihre Wollust zu steigern. Zuweilen ließ sie zu, daß er sich auf sie legte. Sie wies ihn an, immer wieder ihren Wonnepunkt zu berühren, und gestattete ihm das Eindringen nur, nachdem sie Befriedigung gefunden hatte und er vor Begierde nicht mehr an sich halten konnte.

Auf Glundel Joyces Gesicht und Nacken war das Fleisch geschmolzen wie Wachs und zur formlosen, verzerrten Maske geworden. Dazu hatte sich eine Entzündung gesellt, die ihn beinahe ins Grab gebracht hätte. Monatelang schwebte er zwischen Leben und Tod. Sein Gesicht war so entstellt, daß er jeden Spiegel zertrümmerte, der ihm sein Bild zeigte. Die seit ihrem vierzehnten Lebensjahr mit ihm verheiratete Agnes de Burgo erschrak bei seiner Rückkehr über sein Äußeres so heftig, daß sie laut zu schreien anfing. Er hatte sie einige Male schlagen müssen, damit ihr höllisches Geschrei verstummte. Er haßte Agnes, wie er alle Frauen haßte.

Am liebsten hätte er Galway Castle und seinem Schwiegervater Geralde den Rücken gekehrt, doch es gab für ihn keine andere Bleibe. Als Vergeltung für den Tod Carbri O'Connors hatte Arrah O'Donnell, dieses Luder, seinen Landbesitz und seine Burgen an sich gerissen. Sie war jetzt mächtiger als je zuvor.

Mit der Zeit fing Glundel wieder an, seinen Schwiegervater zu einem Angriff gegen Arrah zu drängen. Aber de Burgo weigerte sich, auch nur das geringste Risiko einzugehen, wenn er eines Sieges nicht absolut sicher sein konnte, und Arrah war viel zu mächtig, als daß mit einem Sieg zu rechnen gewesen wäre. Anstatt sie anzugreifen, hatte de Burgo seinen provisorischen Waffenstillstand mit ihr eingehalten.

Auch Murrough O'Connor weigerte sich trotz Glundels Drängen, gegen sie zu den Waffen zu greifen. Murrough hatte von den O'Donnells schon so empfindliche Niederlagen hinnehmen müssen, daß ihm an weiteren Kämpfen nicht gelegen war. Glundel Joyce war der einzige, der sich weigerte, seine Niederlage einzugestehen. So kam es, daß er sich heimlich an einen anderen irischen Lord, an Brion MacNamara, heranmachte.

MacNamaras Haß gegen die O'Donnells schwelte schon lange. Glundel griff zu einer Lüge und machte Brion glauben, de Burgo sei zu einem Angriff bereit, vorausgesetzt, MacNamara leiste ihm Beistand. Es sei geplant, den Riesenbesitz der O'Donnells nach dem Sieg zu teilen. MacNamara zeigte sich einverstanden, de Burgo Hilfe zu gewähren. Nun stürmte Glundel zurück nach Galway Castle und machte de Burgo weis, MacNamara plane einen Angriff auf die O'Donnells und erbitte de Burgos Beistand. Als nächstes arrangierte Glundel eine Zusammenkunft mit Murrough O'Connor, denn er wollte gegen Arrah einen Viererbund ins Feld schicken: de Burgo, MacNamara, O'Connor und Joyce.

Das Bündnis, das mit größter Vorsicht ans Werk ging, mußte den ersten entscheidenden Angriff gewinnen. Er sollte in Aranmore stattfinden, wo die O'Donnells alljährlich Tribut erhoben – fünfhundert Stück roten Tuches und Schaffelle.

Als Reevnarg in der Killeaney Bay an Land ging, lagen Brion MacNamara und Glundel Joyce im Hinterhalt.

Reevnarg hatte eben einen Malariaanfall überstanden. Vom Fieber geschwächt, ließ er es bei der Landung an der nötigen Vorsicht mangeln. Brion MacNamara zielte mit seiner Armbrust direkt auf Reevnargs Herz.

Da MacNamaras Treffsicherheit sprichwörtlich war, starb Reevnarg binnen weniger Sekunden. Triumphierend blickte Brion auf den Leichnam seines alten Feindes nieder. Der Kampf fand ein rasches Ende, denn Reevnargs Leute, ihres Anführers beraubt, kämpften nur halbherzig und waren leicht zu schlagen.

Die Überlebenden wünschten, sie wären auf dem Schlachtfeld geblieben. Der vor Haß dem Wahnsinn nahe Glundel brachte sie auf die alte Festung Dun Aengus, wo er sie außer Hörweite Brion MacNamaras auf das grausamste folterte, ehe er ihre verstümmelten Leichen ins Meer warf. Das Schicksal hatte sich gegen Arrah O'Donnell gewendet.

Debrogail war mit Geralde de Burgos Enkel im Garten von Galway Castle, als Geralde sich zu ihnen gesellte. Es war ein kleiner Garten mit Rosen und Hyazinthen, deren Duft die Luft würzte. Die untergehende Sonne beschien die Spalierbögen und ließ das Laub wie Goldplättchen glänzen. Während er sich den beiden unbemerkt näherte, hielt er etwas hinter seinem Rücken versteckt.

Debrogails schlichte hölzerne Harfe, die er ihr vor geraumer Zeit geschenkt hatte, stand auf dem Boden. Debrogail kniete neben dem Jungen und spielte mit ihm das *togaim* genannte Spiel, bei dem man kleine Glasmurmeln, grün, rot und blau, in einen Kreis werfen mußte. Die Sonne ließ Debrogails goldene Haarflut, die ihr Gesicht umrahmte, aufleuchten. Der Knabe lachte hell auf, als es ihm glückte, einen von Debrogails blauen Murmelsteinen zu treffen, und auch Debrogail lachte, den schönen Kopf zurückgeworfen. Noch nie hatte de Burgo etwas so Liebliches gesehen. Er blieb stehen und sah den beiden zu.

Debrogail gewahrte ihn und stand auf. »Mylord«, sagte sie, »seid willkommen bei unserem Spiel.«

Auch der Knabe sprang auf, lief auf seinen Großvater zu und schlang die Arme um de Burgos mächtigen Leib. »Großvater, möchtest du mitspielen?«

Mit der freien Hand fuhr de Burgo durch das Lockenhaar des Kindes. Er lächelte. »Später, mein Junge. Erst möchte ich Debrogail etwas geben.« Er ließ die zweite Hand sehen, in der er eine prachtvolle Harfe hielt, eine Harfe mit Goldsaiten, deren vergoldeter Holzrahmen Filigranarbeit aufwies. Eine Nixe mit Debrogails Kopf war mit Perlen in das Holz eingelegt. »Ein Wesen mit Engelsstimme verdient eine Engelsharfe und kein so simples Ding wie dieses.« Er wies mit einer Kopfbewegung auf die hölzerne Harfe.

Debrogail, die auf die Knie fiel, brach in Tränen aus. Sie schluchzte, als sei ihre Seele zerbrochen.

Geralde de Burgo hielt den Atem an. Er kniete neben ihr nieder, legte den Arm um ihre zuckenden Schultern und versuchte, sie zu trösten. »Was ist denn, mein Engel? Gefällt sie dir nicht?«

»Mylord!« Sie hörte nicht auf zu weinen.

Verdutzt kam nun auch de Burgos Enkel näher und bückte sich

zu ihr nieder. »Bitte, weine nicht.« Seine eigenen Augen wurden feucht. »Großvater, warum hast du sie traurig gemacht?«

»Meine Handwerker sollen eine andere Harfe anfertigen. Alles, was du willst! Diese da werde ich zertrümmern«, sagte de Burgo.

Debrogail erfaßte seine Hand und die des Jungen und führte sie an ihre Wange. »Ihr begreift nicht«, sagte sie. »Keiner von euch begreift.« Sie ließ die Hände der beiden los und trocknete ihre Tränen. »Mein Leben lang haben die Menschen nur von mir genommen. Ich war nur eine Magd. Als Kind nahm man meinen Körper, und als ich älter wurde, benutzte man meine Hände und ließ sie arbeiten. Später war es meine Stimme, die dem Ergötzen anderer diente. Ihr seid der erste Mensch, der mir etwas geschenkt hat. Zuerst jene Harfe« – sie deutete auf die schlichte Holzharfe unweit des Murmelkreises – »und jetzt diese. Ich weine vor Glück.« Sie umarmte de Burgo und seinen Enkel.

De Burgo legte den Arm um sie. »Herrgott«, seufzte er und drückte einen Kuß auf ihr Haar, »was für ein kleines Geschenk für jemanden, der mir so viele frohe Stunden bereitet hat, mir und meinem Enkelsohn.«

Finola betrat auf der Suche nach Geralde mit raschelndem Gewand den Garten. Über die Rosenbüsche hinweg sah sie etwas, was sie innehalten ließ. Seit sie Geralde kannte, hatte sie ihn noch nie kniend gesehen. Und noch nie hatte sie gesehen, daß er seine Arme um Debrogail legte.

Debrogail löste sich von ihm. »Dank Euch, Mylord.«

Lächelnd drückte er einen Kuß auf ihre feuchte Wange. »Und jetzt weine nicht mehr, sonst glaube ich noch, sie gefällt dir nicht.«

Finola konnte nicht hören, was gesprochen wurde. Sie hatte nun genug gesehen. Geralde, der Debrogail küßte und anlächelte, wie er sie noch nie angelächelt hatte. Sie machte kehrt und verließ ungesehen den Garten.

Geraldes betagte Knie schmerzten von den harten Steinen. »Hilf mir auf, teures Mädchen.«

Debrogail erhob sich, um Geralde aufzuhelfen. »Und jetzt spiel mir etwas vor und zeige mir, wie dir meine neue Harfe gefällt!« forderte er sie auf.

Finolas Stimme hallte über die Weite des Gartens. »Geralde!«

rief sie. »Geralde! Ach, da bist du!« Sie fegte durch die Gartenpforte, bedachte Debrogail mit einem Lächeln und beugte sich dann über Geralde, um ihn zu küssen. »Ich war auf der Suche nach dir.«

»Immer willst du etwas von mir.« Er kniff Finola in die Wange.

»Eben kam ein Bote von Glundel. Reevnarg O'Donnell ist tot.«

De Burgo reagierte mit einem Zungenschnalzen. »Endlich kann mein Schwiegersohn einen Erfolg verzeichnen.«

De Burgo hatte nie vergessen können, daß Arrah O'Donnell vor vielen Jahren seinen Sohn getötet hatte. Nie hatte er deshalb aufgehört, auf Rache zu sinnen. Aber vor Arrahs Stärke hatte er zu viel Hochachtung. Ein Narr war er nie gewesen, und deshalb war ihm auch klar, daß nur ein Tölpel sein gesamtes Vermögen und seine Familie aufs Spiel gesetzt hätte, um den Tod eines Familienmitgliedes zu rächen. Sein Sohn war Krieger gewesen, und er war wie ein Krieger gestorben. Hatte man Söhne, dann war damit zu rechnen, daß sie im Kampf ihr Leben lassen mußten. Mit dieser Tatsache mußte man sich als Vater abfinden. Das Prinzip Auge um Auge, Zahn um Zahn war Ausdruck verblendeter Rachsucht, die eine ganze Sippe in den Abgrund stürzen konnte. Ein weiser Mann wußte, wann das Schwert besser unbenutzt blieb.

Trotz Phillipes Tod hatte Geralde sich, umgeben von Finola und seinen Enkeln, eines einigermaßen glücklichen Lebens erfreut. Und nun würde es also zum Kampf kommen. Er war siegesgewiß. Glundel hatte ein starkes Bündnis gegen Arrah auf die Beine gestellt, wie immer er dies geschafft hatte, und Arrah würde trotz ihrer bislang unangefochtenen Machtstellung einem Vierfrontenkrieg nicht standhalten können.

Für Schlachtpläne war auch noch Zeit am nächsten Tag. Nun wollte er im letzten Tageslicht die Ruhe und den Frieden des Gartens genießen. »Debrogail, sing mir ein Lied. Morgen, wenn ich wieder frisch und munter bin, will ich an den Kampf denken.« Und zu Finola sagte er: »Sieh doch, ich habe Debrogail eine neue Harfe geschenkt.«

»Wie hübsch sie ist«, flötete Finola. »Wirklich eine wunderhübsche Harfe.«

Arrah empfand nicht so sehr Trauer als vielmehr vages Bedauern über den Tod ihres Vaters. Reevnarg selbst hätte nicht gewollt, daß sie ihn betrauerte. Seit ihn immer wieder die Malariaanfälle heimgesucht hatten, war seine Lebenskraft geschwächt gewesen. Immer wieder hatte er von seiner Sehnsucht nach Margaret gesprochen. Oft hatte er gesagt: »Wenn ich sterbe, dann beweine mich nicht. Feiere lieber mit den Lebenden.« So soll es sein, Vater, dachte Arrah bei sich.

Doch als sie erfuhr, daß de Burgo und Glundel Joyce an dem Angriff beteiligt gewesen waren, der ihren Vater das Leben und die Herrschaft über Aranmore gekostet hatte, sann sie auf Vergeltung. Sie faßte den Entschluß, de Burgos Ländereien zu verheeren.

Arrah war es gewohnt, ihre Angriffe so sorgsam zu planen wie ein General. Sie hätte die Burg belagern können, doch eine Belagerung war zu zeitraubend. Dazu fehlte es ihr an der nötigen Geduld. Arrah zeichnete eine Lageskizze und überlegte genau, aus welchen Richtungen man sich Galway Castle am günstigsten näherte. Sebastian war bei ihr und spähte ihr über die Schulter, als sie die Landmarken an der Bucht kennzeichnete. Da ertönte vom Turm her ein Hornsignal, und Arrah lief ans Fenster. Die Maeve, das Flaggschiff ihres Vaters, lief in die Bucht ein. Doch die Maeve war auch das Schiff, das aufgebracht worden war, als man ihren Vater getötet hatte.

Als sie die Männer in die Beiboote klettern sah, erkannte sie als ersten Seaghan MacNamara.

34. KAPITEL

Die See hatte Nixenhaar genannten Seetang ans Ufer gespült. Zwölf Jahre waren vergangen, seit Seaghan MacNamara die Insel der Adler verlassen hatte. Damals war Reevnarg, energiegeladen und tatkräftig, unumschränkter Herr über das Land der O'Donnells gewesen, und Arrah war noch nicht verheiratet und Mutter. Sie war ein junges Mädchen gewesen, naiv, ungestüm und den Verblendungen der Liebe hilflos ausgesetzt. Nun war sie älter, hatte Dutzende von Schlachten gewonnen und stellte die stärkste

Kraft im Westen Irlands dar. Ihr Körper war nicht mehr der einer Achtzehnjährigen, die sich mit dem wilden, ungezähmten Überschwang der Jugend bewegt, sondern der Körper einer Frau, einer machtbewußten, stolzen Frau, deren gemessene Bewegungen überlegten Umgang mit der Kraft verrieten.

Als das Boot mit Seaghan MacNamara an Land gerudert wurde, war Sebastian, erfüllt von Unruhe und Ablehnung, an ihrer Seite. »Ich werde ihm verbieten, an Land zu gehen«, stieß er drohend hervor.

»Nein«, erwiderte Arrah. »Laß ihn nur kommen.«

Der Tiger hob das prachtvolle, sandfarbene Haupt und sog die Luft mit bebenden, feuchten Nüstern ein, ehe er sich in Bewegung setzte und vor ihr auf und ab schritt.

»Er hat deinen Vater getötet«, sagte Sebastian.

»Sein Vater hat meinen Vater getötet«, berichtigte Arrah ihn.

MacNamaras Boot schien eins mit den Wellen zu sein. Sie spürte, wie ihr Atem mit jedem Ruderschlag schneller wurde, sah seine nackten Arme, die sich in gleichbleibendem Rhythmus wölbten und entspannten. Seine Arme waren geübt. Unwillkürlich schauderte sie, als ihr Körper sich der Gefühle entsann, die MacNamara in ihr wachgerufen und die sie vor langer Zeit aus dem Gedächtnis gestrichen hatte. Die Luft, die sie umgab, schien sich in ein klares, blaugraues Kristallgebilde zu verwandeln. In ihrem Rücken erhoben sich Kristallgebirge, bestanden mit grünen Kristallbäumen. Nein, sie würde solche Empfindungen nicht mehr zulassen. Sie wollte nicht mehr mit der Intensität ihrer Liebe zu ihm kämpfen müssen. Ihn zu lieben war Himmel und Hölle zugleich. Immer hatte er sie bis an die äußerste Grenze ihrer Empfindungsfähigkeit getrieben. Ohne ihn konnte sie ihr Leben führen und gestalten, wie sie wollte. Sie mußte verhindern, daß sich daran etwas änderte. Dreitausend Mann unter ihrem Kommando und den Wind im Haar, wenn sie das Ruder führte. In MacNamaras Nähe aber fühlte sie sich schwach und machtlos. Sie selbst war stark, er aber war stärker, und davor fürchtete sie sich.

»Ich übernehme ihn«, sagte Sebastian. »Du gehst zurück zur Burg.« Sebastian stand breitbeinig da, die Hand am Schwertgriff.

»Nein!«

Arrah bedauerte insgeheim ihre Aufmachung, denn sie trug keines ihrer kostbaren Kleider, sondern nur ihr schwarzes Lederwams mit den schwarzen Hosen und Stiefeln, dazu ein helles, am Hals offenes Seidenhemd. Ärgerlich strich sie das Wams glatt und zog es vorne zurecht. Mary raunte ihr zu: »Keine Bange, jede Frau würde ihre Seele verkaufen, wenn sie so aussähe wie Ihr.«

»Natürlich sieht sie hinreißend aus«, versetzte Sebastian ungehalten. »Sie ist immer schön. Warum sollte sie heute weniger schön sein?«

Arrah kam sich alles andere als reizvoll vor. Im Gegenteil, sie fühlte sich eingeschüchtert und beschämt. MacNamaras Blut floß in ihren Adern, doch vor Jahren hatte sie ihn aus Wut und Enttäuschung schroff aus ihrer Nähe verbannt.

Sie sah seine behenden, kraftvollen Bewegungen, als er aus dem Boot stieg, die anmutige Wölbung seiner geschmeidigen Flanke, als er mithalf, das Boot in den Sand zu schieben. Aus der Nähe sah sie, wie breit und kraftvoll seine Schultern waren. Anstatt eines Hemdes trug er nur ein Lederwams, das die bronzene Härte seiner Brust sehen ließ.

Auch Seaghan war älter geworden und trug nun eine Feindseligkeit zur Schau, die früher nicht vorhanden gewesen war. Dazu war er kräftiger, als sie ihn in Erinnerung hatte.

Die unzähligen Kämpfe, in denen er das Schwert geschwungen hatte, hatten seinen Körper noch muskulöser gemacht. Die Furchen auf seiner Stirn hatten sich vertieft, über seine Wange zog sich eine lange Narbe, die früher nicht vorhanden gewesen war und die seinem Gesicht einen gnadenlosen, finsteren und gefährlichen Ausdruck verlieh. Arrah schuldete Seaghan Dank, weil er ihr das Leben durch sein Blut gerettet hatte. Noch immer zeigte eine Narbe am Unterarm an, wo die Holzröhrchen eingeführt worden waren. Es war eine Narbe, deren Geschichte Sebastian nicht kannte. Auch vor Carbri hatte Arrah das Geheimnis bewahrt. Es war ihr Geheimnis, das sie mit Seaghan und Mary teilte.

Sebastian trat in drohender Haltung vor. »Was habt Ihr mit Reevnargs Schiff zu schaffen?«

MacNamara schritt an dem Franzosen vorüber, als sei er für ihn Luft.

Auf Arrah wirkten Seaghans Augen wie zweifache Finsternis. Die Narbe an seinem Arm war deutlich zu sehen. Unwillkürlich schlang sie die Leine des Tigers fester um ihr Handgelenk.

MacNamara sprach sie an: »Dein Vater…« Sein Blick blieb ausdruckslos. »Bres, mein Clansbruder, hat mir Reevnargs Schiff gebracht. Ich bringe es dir zurück.« Seine dunklen, markanten Züge waren undurchdringlich.

»Ich lasse ein Bad für dich bereiten.«

»Ich kann nicht bleiben. Mein eigenes Schiff wird noch vor Sonnenuntergang zur Stelle sein. Ich schlafe heute an Bord und laufe morgen wieder aus.«

»Es ist ungehörig, eine Einladung abzulehnen.«

»Laß ihn gehen, Arrah« – als Sebastian ihren Namen nannte, sah sie, daß MacNamaras dunkler Bart zuckte, als hätte er die Zähne zusammengepreßt – »wenn er es wünscht«, fuhr Sebastian fort. »Gewiß ist MacNamara sehr beschäftigt.«

»Und Ihr – seid Ihr neuerdings sehr beschäftigt?« wollte MacNamara wissen.

In dem Bestreben, einen Zwist zwischen den beiden zu verhindern, wechselte Arrah das Thema: »Carbri ist tot.«

»Soll ich ihn etwa bedauern?« Seaghans Worte zischten wie rotglühendes Metall in einem Eimer Wasser. Er bückte sich, erfaßte das Halsband des Tigers und drehte den Kopf des Tieres so heftig nach oben, als wolle er ihm das Genick brechen. Doch er öffnete ihm nur den Rachen, um die Zähne zu prüfen. Dann streichelte er den Tigerhals. Tief gruben sich seine Finger ins Katzenfell.

Arrah sah seine Finger und dachte daran, wie sie sich vor langer Zeit in ihr angefühlt hatten. Dann riß sie ihren Blick los und schaute zu den fernen Bergen des Festlandes.

Seaghan fuhr nun sanfter fort: »Als Reevnarg getötet wurde, nahmen meine Leute seine Chieftainbrosche an sich. Bres entdeckte sie bei ihnen und gab sie mir. Reevnarg hätte gewollt, daß du sie trägst. Ich habe sie auf dem Schiff vergessen. Ich rudere dich hinüber, um sie zu holen.«

Arrah ging in stummem Einverständnis auf MacNamara zu. Dabei fiel ihr Schatten über seine Schenkel und seinen Schritt. Sie wußte um die Größe und Kraft seiner Lenden.

»Arrah, ich könnte hinausrudern und die Brosche für dich holen«, schlug Sebastian vor.

Da explodierte MacNamara. »Ist Arrah O'Donnell nicht mehr Herrin der Insel?« fragte er ätzend.

»Eine Frau kann nicht alles tun«, erwiderte Sebastian und richtete sich zur vollen Größe auf. »Ich gehe ihr zur Hand, wenn es nötig ist.«

Aus Seaghans Augen sprach Verachtung, als er höhnte: »Wenn es nötig ist! Hat sie Eure Hilfe oft nötig?«

Sebastian trat auf Arrah zu, als wolle er ihr den Arm um die Schulter legen, aber sie wich ihm aus. »Sebastian, jetzt ist nicht die Zeit...«

»Warum nicht? Du glaubst wohl, ich brauche dir nicht mehr beizustehen, seit MacNamara wieder da ist?«

»Ich bin dein Kapitän. So darfst du nicht zu mir sprechen!«

»Ich bin keiner deiner gemeinen Seeleute!«

»Nur weil der junge Gockel die Henne besteigt, nennt man ihn ihren Herrn«, spottete MacNamara mit Wildheit im Blick.

Sebastian faßte nach dem Schwert, Arrah aber hielt seine Hand fest. Zog Sebastian jetzt die Waffe, dann wäre er im nächsten Moment ein toter Mann. Ihr entging nicht, daß Seaghans Blick ihrer Bewegung folgte. Es war ein Gefühl, als brenne sich ein Loch in ihre Hand.

Mit Hartnäckigkeit wiederholte Seaghan seine Worte von vorhin: »Hat sie Eure Hilfe oft nötig?«

Arrahs Blick hing an ihm fest. »Seaghan MacNamara, ich verdanke dir mein Leben. Dafür stehe ich tief in deiner Schuld.« Ihre Stimme war eigenartig, sanft und weich, ohne eine Spur von Schärfe, wiewohl in ihrem Innern ein Aufruhr tobte. Arrah fühlte sich seelisch entblößt. In ihrem Blut spürte sie ein Sehnen – als würde sich Seaghans Blut, das nun heiß und leidenschaftlich in ihr pulsierte, nach ihm verzehren. Sie spürte, daß die Gefahr von einst sie wieder bedrohte. Diesmal würde es kein Entrinnen aus seiner Macht geben, falls sie nachgab. »Ich will mich selbst darum kümmern, Sebastian. Es geht immerhin um die Brosche der O'Donnells. Bitte, geh zurück zur Burg, ich komme gleich nach.«

»Ja, Sebastian, bitte!« wiederholte Seaghan spottend.

Die zwei dunkelhaarigen Männer standen einander gegenüber. Seaghan gewaltig und brutal wie ein dunkler Klotz aus Stahl und Sebastian hochgewachsen und anmaßend.

»Sebastian, das ist ein Befehl!« Und im selben Atemzug sagte Arrah: »Seaghan, würdest du mich auf das Schiff meines Vaters bringen?«

Schon hatte sie ihre Macht teilweise Seaghan überlassen. Sie sah, wie sein Blick von Sebastian zu ihr wanderte, voller heißer, triumphierender Stärke.

Sebastian war noch nicht am Ende. »Arrah, ich glaube nicht…« Noch ehe Arrah eine Bewegung wahrnahm, war MacNamara zur Stelle. Seine mächtige Faust erfaßte Sebastians Hand, seine Klinge preßte sich gegen Sebatians Kehle.

»Seaghan!« schrie sie, sprang auf ihn zu und bemühte sich, ihn von Sebastians Kehle fortzureißen. Sie spürte die schreckliche, unnachgiebige Kraft von Seaghans Arm, der bronzehart zu sein schien. »Er hat nichts getan. Laß ihn gehen.« Sie zog an Seaghans Arm. »Komm«, sagte sie leise. »Ich gehe mit dir.«

Seaghan gab Sebastian frei.

Mit dem Tiger an der Leine schritt Arrah zum Boot. Die Raubkatze schien zu zögern, hob den schweren Kopf und nahm erst Witterung. Auf den Felsen lag eine Gruppe von Seehunden. Der Tiger fixierte sie mit seinen glühenden gelben Augen und rührte sich nicht vom Fleck. MacNamara schlug mit der flachen Hand auf die Flanke des Tieres, der Tiger wandte sich um und fauchte ihn an, doch MacNamara versetzte ihm abermals einen Schlag, worauf der Tiger einen Satz machte und seine Muskeln spielen ließ.

Als Arrah und der Tiger im Boot waren, schob MacNamara es an und sprang selbst hinein. Er griff zu den Rudern und legte sich wortlos in die Riemen. Auch Arrah griff nach zwei Rudern. Mit einer brutalen Geste schlug er sie ihr aus der Hand. »Ich rudere!«

»Es ist mein Boot und meine Bucht. Ich will auch rudern!«

Er sagte nichts. Sie spürte, daß sich sein Zorn steigerte wie Donner, der aus der Stille wächst. Sie ruderten in vollkommenem Gleichklang, Arrah hielt Schlag um Schlag mit.

»Ich bin dir Dank für mein Leben schuldig«, sagte sie ein wenig atemlos. »Gestattest du, daß ich um Verzeihung bitte?«

Er ruderte so heftig, daß das Wasser von den Rudern sie benetzte. Sie legte sich noch mehr in die Riemen, um mithalten zu können. Ihr Atem ging schneller, sie spürte, wie sie zwischen den Brüsten feucht wurde.

Es war wie ein Kampf. Schlag um Schlag kämpften sie gegeneinander. Arrah beobachtete, daß seine Muskeln sich wie nasse Bronze beim Rudern bewegten. Nur zu gut hatte sie in Erinnerung, wie diese kraftvollen Arme sie festgehalten hatten. Und sie dachte an seine Zärtlichkeit. Seine Hände waren sanft und daher um so gefährlicher. Sie wußte auch noch, wie seine Finger sie erkundet hatten, wie sie geteilt hatten und eingedrungen waren und ihr so große Wonne bereitet hatten, daß sie nicht imstande gewesen war, ihm etwas zu verweigern. Er war ein finsterer Geliebter, zärtlich und erbarmungslos. Seit Seaghan hatte niemand mehr sie an die äußerste Grenze getrieben, weder Carbri noch Sebastian. Sie spürte genau, wie diese männliche Gewalttätigkeit sich in ihm aufbaute. Fast konnte Arrah sie in der Luft wittern, wie den Ausbruch eines Unwetters.

Sie erlahmte in ihren Ruderbewegungen, so daß der Rhythmus nicht mehr stimmte, ehe sie mit einer beabsichtigt trägen Bewegung die Ruder sinken ließ. Sie hielt ihre Hand ins Waser. Er hörte nicht auf zu rudern.

»Für dich zu schnell?« spottete er.

»Ich will nicht mehr rudern«, sagte sie. Sie hielt der Herausforderung seines Blickes stand.

Längsseits der Maeve angekommen, sprang der Tiger mit einem geschmeidigen Satz an Deck. MacNamara gebot Arrah mit einem Blick, die Leiter hinaufzuklettern, ohne ihr Hilfestellung zu leisten.

In der Kabine ihres Vaters sah sie auf den ersten Blick, daß jetzt ein anderer sie bewohnte. Reevnargs Kompaß, eine auf dem Strohhalm in einer Schüssel mit Wasser treibende Magnetnadel, stand auf dem Tisch, doch Seaghans grüner Mantel mit dem Satinfutter lag auf dem Bett. See- und Landkarten waren überall verstreut. Ihr Vater hatte nie Karten benutzt, da er alle Landmarken im Kopf hatte. Und der Federkiel! Sie hatte ihren Vater nie schreiben sehen.

Sie hob auf der Suche nach der Brosche eine Karte an, doch MacNamara zog sie aus seiner Hose und warf sie vor ihr auf den Tisch. Arrah griff nach dem Schmuckstück, das noch warm von seinem Körper war.

Die Chieftainbrosche war ein handtellergroßes Stück irisches Gold, in das ineinander verschlungene Schlangen, die ihre eigenen Schwänze verschluckten und eine Reihe konzentrischer Kreise bildeten, geritzt waren. Die Sitte gebot, daß die Brosche an den neuen Chieftain überging, doch im ganzen Clan der O'Donnells konnte es niemand mit Arrah an Macht aufnehmen. »Du hättest sie mir an Land geben können«, äußerte sie tonlos.

»Während dein Gockel zusieht? Aye, ich schätze, es war nur eine Frage der Zeit, bis die Seehexe einen Bock fand, der sie bestieg.«

Sie legte die Brosche aus der Hand. »Ehe er starb, hat mir Carbri gestanden, daß die Szene mit Finola nur eine List war.«

»Und ich habe wegen einer List die Hölle durchwandert!«

»Ich bin hier, mich zu entschuldigen.«

»Entschuldigen! Nach all den Jahren, in denen mir deine Ablehnung jede Sekunde höllischen Schmerz bereitet hat. Entschuldigen! Verdammt! Für dich ist es einfach, um Vergebung zu bitten!«

»Weißt du, was ich empfunden habe, als ich dich mit Finola gesehen habe? Sie mit offenen Schenkeln. Und du, über sie gebeugt?«

Seine brennenden Augen waren dunkel und unstet. »Du hast mich nicht genug geliebt, um dir anzuhören, was ich zu sagen hatte.«

»Ich liebte dich, Seaghan. Ich war vernichtet.«

»Liebe, ha! Du weißt nichts von Liebe. Ich habe all die Jahre mit durchstochenen Adern gelebt. Wie viele andere haben dich bestiegen?«

»Das geht dich nichts an!«

»Deine gesamte Flotte womöglich. Das wolltest du doch. Nicht einen einzigen Mann, sondern Macht über viele Männer. Und in fremden Häfen noch andere Männer.« Er fuhr mit den Händen über den Schreibtisch ihres Vaters und fegte die Karten zu Boden.

Sie spürte, wie das Schiffsdeck unter ihren Füßen nachgab und

Dunkelheit durch ihre Adern flutete. Die Gewalt in seinem Blick jagte ihr Angst ein, zugleich aber erregte sie diese Stärke. Ihr Blut geriet in Wallung.

»Bitte, nimm meine Entschuldigung entgegen!«

Da explodierte er. »Verdammt, spar dir deine Entschuldigungen für deinen Gockel! Du bedeutest mir nichts. Ich bin nur gekommen, weil ich es deinem Vater schuldig war.«

Trotz seiner Worte schienen die zwölf Jahre zu einem Nichts zu schrumpfen. Arrah begehrte Seaghan mehr als je zuvor. Im Licht der Kabine waren ihre Augen fast so gelb wie die des Tigers. Sie mußte ihn dazu bringen zu reagieren, oder er würde wieder aus ihrem Leben verschwinden. »Ich bin dir gleichgültig? Dann ist es dir ebenso gleichgültig, was ich zu meinen Gockeln sage. Es ist dir einerlei, daß ich ihnen befehle, mich zu lieben. Erinnerst du dich deiner eigenen Worte nicht mehr? Vor langer Zeit hast du sie zu mir gesagt. Ich habe ihnen befohlen, mich auszuziehen und mich zu besteigen.«

»Genug davon!«

»Nein, noch ist es nicht genug, Seaghan!«

Er packte sie an den Schultern. »Nicht, Arrah!«

Sie spürte die Härte seiner Finger. Mit einem Ruck machte sie sich los und stieß dabei die Kompaßschüssel zu Boden. »Ich habe ihnen befohlen, mein Wams zu lösen und mir unter das Hemd zu fassen.« Sie ließ eine kurze Pause eintreten, ehe sie zum letzten Schlag ausholte: »Ich habe ihnen befohlen, in meine Hosen zu fassen.«

In seiner Brust hämmerte es. »Luder!« Er spürte schwarze Leidenschaft in sich aufsteigen. Er ergriff ihre Hand und schleuderte Arrah aufs Bett. Sein Körper war seine Waffe. Verweigerte sie ihm etwas, dann würde er sie mit seiner Leidenschaft töten. Rüde riß er ihr die Kleidungsstücke vom Leib. Er fand sie und drang grausam und heftig in sie ein. Arrah stöhnte vor Lust, und er keuchte, weil er sich zurückhielt, um nicht in ihr zu bersten. Er spürte, wie ihr heißes, weiches Frauengeheimnis ihn umspannte wie eine große dunkle Göttin. Das heiße Pulsieren wanderte seinen Phallus entlang wie ein dunkler drängender Teufel. Gab er nach, dann trug sie den Sieg davon. Ihr Stöhnen unter ihm wurde tiefer, und dann bäumte sie sich auf und erstarrte einen Augenblick, wie immer vor dem Höhepunkt, und er zog sich zurück, um dann noch heftiger in sie zu stoßen. Ihre Muskeln zogen sich zusammen wie ein weicher, an ihm saugender Mund. Es war reine Willensanstrengung, sich nicht in ihr zu verströmen. Aber... er würde sie beherrschen. Seine Seele war zerrissen, als sie ihn verstoßen hatte, und jetzt rächte er sich. Er hielt inne, kämpfte gegen den jagenden Puls an, verdrängte sein Verlangen und schrie vor Anstrengung. Er war tief in ihr, zwang sich aber zur absoluten Empfindungslosigkeit und beherrschte sich bis aufs äußerste, bis sie wieder dem Höhepunkt zustrebte und ihre Stimme zu einem Grollen wurde. Und dann erlebte sie erneut den Orgasmus unter ihm, erbebend, als hätte man sie durchbohrt, und er wußte, daß er nicht nur sich selbst, sondern auch sie in der Hand hatte. Dreimal brachte er sie zum Höhepunkt, und noch immer hatte er selbst noch keine Befriedigung gefunden. Er drehte sie um und hob ihre Gesäßbacken mit seinen großen, fordernden Händen an, so daß sie sich mit demütig gebeugtem Rücken seinem Begehren präsentierte. Er zog sie auf sein massives Glied, blieb lange in ihr und steigerte sich allmählich. Er nahm alles von ihr und ruhte nicht, ehe sie nicht erschöpft zusammenbrach. Erst dann war er sicher, daß sie ihm wieder ganz gehörte.

Beim Erwachen stellte Arrah fest, daß Seaghan sie betrachtete. Liebevoll bettete er ihren Kopf in seine Armbeuge.

»Mein Gott, wie schön du bist! Ich liebe dich«, flüsterte er, während er zärtlich ihre Lider küßte.

»Und ich dachte, ich hätte längst aufgehört, dich zu lieben. Es war ein Irrtum«, sagte sie.

»All die Jahre habe ich am Rande eines dunklen Abgrunds gekämpft und gehofft, er würde mich eines Tages verschlingen, damit ich von der Qual, dich nicht zu besitzen, erlöst würde und Frieden im Tod fände. Du bist meine Seele.« Er küßte sie ausgiebig und zärtlich und sagte dann: »Wäre ich Adam und du Eva und wüßte ich von den Schrecken, die mir bevorstehen, würde ich dennoch vom Apfel kosten, den du mir bietest. Ohne dich könnte ich nicht leben, auch nicht im Paradies.«

»Ich brauche dich«, erwiderte sie.

Als sie spürte, daß sich eine gewaltige Quelle der Freiheit in ihr auftat, fing sie zu weinen an, und er zog sie an sich.

Lange lagen sie reglos da, als wären ihre Seelen verschmolzen.

Und dann erhob er sich wieder über sie. Sie sah seine Schulter in der Finsternis aufragen und spürte die Gewalt seiner Inbesitznahme, die sie ersehnte und willkommen hieß. Sie war ein Kelch, der wieder gefüllt wurde, einer, der leer und sich seiner Leere gar nicht bewußt gewesen war. Sie wußte um den alten Seemannsglauben, daß beim Weltuntergang die Gestirne vom Himmel fallen würden. Jetzt schien ihr dieser Augenblick gekommen, die Sterne fielen und flammten um das Bett als weiße Blitze auf. Nur in der Geborgenheit seiner Arme vergaß sie Beherrschung und Kraft und fand Ruhe und Frieden.

Immer hatten Traumbilder Arrahs Schlaf heimgesucht, Kampfgeschrei, die verstümmelten Leiber der Krieger, die leeren Augenhöhlen von Totenschädeln, das Flehen einer Geistererscheinung. Wie oft war sie mitten in der Nacht aufgewacht und hatte nicht mehr einschlafen können. Jetzt raubte Seaghans Liebe ihr alle Sinne, und sie verfiel in den vollkommenen Frieden eines traumlosen Schlummers.

Als Arrah abermals erwachte, war der Mond weitergezogen und vom Kabinenfenster aus nicht mehr sichtbar. Sie sah Seaghan am Tisch sitzen und rief ihn zu sich.

Er kam zu ihr und strich mit dem Daumen über ihr Kinn. »Arrah O'Donnell, wie schön du mit schlafgeröteten Wangen bist. Du hast mich zum Elendsten aller Sterblichen gemacht, und jetzt hast du mich zum glücklichsten Menschen aller Zeiten gemacht.«

Er küßte sie sanft.

»Was machst du da?« fragte sie mit einem Blick zum Kartenmaterial.

»Deine Gedanken kehren wohl immer sehr rasch wieder zur Seefahrt zurück.«

»Die See ist mein Leben.«

»Und du bist mein Leben, Liebling. Willst du mich jetzt heiraten?«

Als Antwort gab sie ihm einen Kuß.

»Kommst du mit nach Frankreich?« fragte er weiter.

Sie runzelte die Stirn.

Er faßte unter ihr Kinn, so daß sie ihn direkt ansehen mußte. »Arrah, hör zu. Ich weiß, wie sehr du Irland liebst, samt seinen verwünschten Felsen und der tobenden See. Aber hier kann ich nicht bleiben. Mein Vater greift sofort ein, wenn er erfährt, daß ich in Irland bin.«

»Wir werden ihn schlagen.«

Seine Miene wurde ernst. »Du verstehst mich nicht. Ich habe ihm einst die Frau genommen. Entweder er tötet mich, oder ich töte ihn. Wenn ich in Irland bleibe, kann es zwischen uns keinen Frieden geben. Und für mich gibt es keinen Frieden, wenn du nicht bei mir bist.«

»Frankreich ist nicht meine Heimat.«

»Ich kann meinen Vater nicht töten. Einmal hat du mir das Versprechen gegeben, mit mir zu kommen. Wenn du mich liebst, dann begleitest du mich jetzt.«

»Ich werde mit dir gehen und zwei Wochen bei dir bleiben.« Sie küßte ihn wieder.

»Arrah, das reicht für den Augenblick. In Gottes unendlicher Schöpfung gibt es keinen Glücklicheren als mich.«

Die meiste Zeit ihres Lebens war Finola vom Gefühl der Machtlosigkeit erfüllt. Sie hatte sich ihren Gemahl nicht selbst aussuchen dürfen; sie hatte es nicht geschafft, Seaghan für sich zu gewinnen; von Seaghan abgesehen, war de Burgo der einzige, der sie glücklich gemacht hatte. Als sie Geralde mit Debrogail beobachtet und mit angesehen hatte, daß er sie geküßt hatte, war sie eifersüchtig geworden, und sie hatte Angst, daß sie nun auch ihn verlieren könnte.

De Burgos Zuneigung zu Debrogail war ihr nicht verborgen geblieben. Schon vor geraumer Zeit hatte sie beobachtet, daß er die Augen nicht von dem Mädchen wenden konnte, daß er fasziniert und bezaubert war und Debrogail mit Blicken bedachte, die er für Finola nie übrig hatte. Doch hatte sie nie Grund gehabt zu glauben, daß Geralde es mit Debrogail trieb.

Sie war Geraldes Eheweib und wurde älter. Allmählich nahm sie die verräterischen Merkmale an sich nur allzu genau wahr, obschon sie alles daransetzte, ihre Haut frisch und faltenfrei zu halten. Die Haut an ihren Oberarmen war schlaff geworden, und ihre Brüste waren nicht mehr so fest wie ehedem. Geralde versicherte ihr zwar, daß er ihren Körper liebte, und er verlor sich oft genug darin, doch Finola war um mehr als ein Jahrzehnt älter als Debrogail. Und all die Nesselsalben und Öle konnten keine Wunder wirken. Sie gelangte daher zu dem Schluß, daß sie Debrogail aus dem Weg schaffen mußte, ehe die Küsse, die Geralde ihr schenkte, sich zu einer Liebesaffäre steigerten.

Nachdem sie tagelang Debrogail und Magnus nachspioniert hatte, besaß sie schließlich ausreichend Material, um Debrogail tüchtig anzuschwärzen.

Als sie und Geralde ermattet nach der Liebe im Bett lagen, stützte sie sich auf den Ellbogen auf und spielte mit den grauen Haaren auf seiner Brust. »Geralde, ich muß dir etwas sagen«, begann sie scheinbar zaghaft.

»Was denn, mein schlimmes Frauchen?« Nach der Liebe mit Finola war er immer guter Dinge.

»Es gibt da etwas, was du über Debrogail wissen mußt.«

»Was müßte ich von ihr wissen, außer daß sie mich mit ihrem Gesang beglückt?«

»Ich weiß, daß du mir keinen Glauben schenken wirst.« Sie sah ihn ernst an. »Aber du mußt dir anhören, was ich zu sagen habe. Ich bin dein Weib und liebe dich mehr, als ich sagen kann. Die Jahre, die ich mit dir verbracht habe, waren glücklicher als alle vorangegangenen. Ich möchte nicht, daß dir ein Leid geschieht. Debrogail und Magnus sind keine Geschwister.«

»Keine Geschwister! Aber weshalb geben sie vor, Bruder und Schwester zu sein?«

»Weil Debrogail eine Spionin ist.«

»Finola, ich habe dich immer für eine kluge Frau gehalten, aber jetzt denke ich, daß du den Verstand verloren hast.«

»Debrogail war Hausmagd auf der Adlerburg.«

»Das glaube ich nicht!«

Finola fuhr fort: »Ich hätte sie erkennen sollen. Und hin und wieder glaubte ich auch, sie von meinen Besuchen auf der Adlerburg her zu kennen. Aber wer achtet schon bei einem Besuch auf das Gesinde?«

»Finola, das liegt lange zurück. Wie kann man nach so vielen Jahren noch sicher sein, ein Gesicht zu erkennen?«

»Geralde, ich liebe dich. Ich würde dich nicht belügen. Hör auf mich. Ich habe Debrogail und Magnus belauscht und gehört, wie sie zu ihm sagte: ›Als ich klein war, habe ich zusammen mit Arrah und ihrer Großmutter viele Lieder gesungen.‹«

»Bist du sicher?«

»Ich weiß doch, was ich gehört habe. Ihre Stimme war so süß, weil sie die Harmonie des Betruges beherrscht.« Finola zögerte. In Wahrheit hatte sie nicht mehr gehört als dies, doch die Information, die sie ihm geliefert hatte, genügte nicht, um Debrogail zu vernichten. Finola fuhr daher fort: »Sie sagte, daß sie Arrah alles sagen will, was sie von Galway Castle weiß, damit Arrah die Burg angreifen und einnehmen könne.«

Geralde dachte über Finolas Worte nach. Es hatte wenig Sinn, vorschnell etwas zu unternehmen. Doch er blieb die ganze Nacht wach und ließ sich alles durch den Kopf gehen. Debrogail und Magnus waren gekommen und hatten gebeten, aufgenommen zu werden. Er hatte ihnen erlaubt zu bleiben. All die Jahre hatten sie bei ihm eine Bleibe gehabt, und Debrogail hatte seine Geschenke angenommen. Aber er hatte mitgeholfen, Reevnarg zu töten, und Arrah O'Donnell würde gewiß zum Gegenschlag ausholen. Waren Magnus und Debrogail Verräter, mußte er beide mit aller ihm zu Gebote stehenden Strenge bestrafen. Er durfte sich nicht zum Narren machen lassen.

Am nächsten Morgen rief er Debrogail zu sich in die große Halle.

Als er ihr Lächeln und das rotblonde Haar, das sich um ihre Schultern lockte, sah, wurde ihm klar, wie leicht eine schöne Frau einen Mann zum Narren halten konnte. Er wußte noch, wie er sich nach ihr verzehrt und ihre Schönheit seine Begierde in ein Gefühl verwandelt hatte, das der Verehrung nahekam. Debrogail hatte die Harfe mit der Meerjungfrau bei sich. Er wünschte sich von Herzen, daß Finola sich irrte. War Debrogail geständig, wollte er Gnade walten lassen.

»Heute morgen bist du sehr schön«, sagte er.

»Danke, Mylord.«

»Willst du mir etwas vorsingen?«

»Gern, Mylord. Was wollt Ihr hören?«

»Eine Weise aus der Zeit, als du ganz jung warst... Aber sag mir, wo hast du diese vielen Lieder gelernt?« Es war das erste Mal, daß er ihr diese Frage stellte. Bislang war die Herkunft ihrer Lieder bedeutungslos gewesen. Wichtig waren nur die Weise und ihre silberhelle Stimme.

»Meine Mutter hat mir viele Lieder beigebracht.«

»Wer war deine Mutter?« Er erhob sich und kam näher.

»Eine Magd...«

»Und deinen Bruder lehrte sie nicht singen?« fragte er und zupfte an einer Harfensaite.

Debrogail lachte. »Sie hat es versucht, aber Magnus' Stimme hörte sich an wie zwei Löffel in einer Schüssel.«

»Wo war deine Mutter Magd?«

»Mylord, wozu diese Fragen? Was hat meine Herkunft mit meinen Lieder zu tun?«

»Antworte mir offen und ehrlich. Wo seid ihr aufgewachsen, du und Magnus?« Trotz der Aufwallung von Wut und Schmerz, die er über Debrogails Betrug empfand, bewahrte er Ruhe. Vielleicht würde sie alles gestehen.

»Ja, nun... in Ballynacargy, auf der Burg der O'Reilly nördlich von Clonmacnoise. Mein Bruder und ich... wir standen in Echans Diensten, als er von seinem Bruder angegriffen wurde. Wir mußten fliehen, um unser Leben zu retten.«

De Burgo geriet außer sich, als ihm klar wurde, daß sie ihn durch Lieder, durch ihr süßes Lächeln und ihre Lügen hinters Licht geführt hatte. »Du bist nicht Magnus' Schwester!« brüllte er sie an.

»Ich liebe ihn wie einen Bruder«, gab sie fest zurück.

Geralde ließ nun jegliche Vernunft außer acht. Hatte sie ihn bezüglich Magnus' belogen, so hatte sie auch in anderen Dingen nicht die Wahrheit gesagt. »Du hast mit Arrah O'Donnells Großmutter Lieder gesungen!« herrschte er sie an.

Als sie keine Antwort gab, brüllte er wieder: »Antworte! Verdammt, antworte mir!«

»Ja!« rief sie aus. »Aber Ihr versteht nicht, wie...«

»Ich verstehe sehr wohl, du verräterisches Luder! Ich verstehe sehr wohl. Ich hatte dich gern! So sehr, daß ich dich nicht angerührt habe, als du sagtest, daß du einen anderen liebst. Ich habe dich begehrt, aber mehr, als ich dich begehrte, liebte ich dich. Und deswegen war es Betrug, was du mir angetan hast.«

Er packte sie an den Schultern und schüttelte sie so heftig, daß die Harfe ihren Fingern entglitt und zu Boden fiel. »Ich habe dir geglaubt. Ich dachte, ich hätte dich gut behandelt. Als Gegenleistung habe ich nur Aufrichtigkeit und Treue erwartet.«

Er hob die Harfe auf und schmetterte sie auf den Boden, immer wieder, bis das Holz splitterte. Perlen rollten über den Boden.

»Mylord!« rief Debrogail und hob einen Splitter auf. »Was habt Ihr getan?« Sie sank auf die Knie und drückte das Stück Holz an die Brust. »Mylord, was habe ich verbrochen?«

»Wachen!« rief er. »Wachen!«

»Mylord, so sagt, was ich Euch angetan habe!«

»Spar dir dein Flehen für den Henker, du Luder! Unter meinem Dach wirst du nicht Arrah O'Donnell dienen.«

Wachen eilten mit blanken Schwertern herbei. »Werft sie ins Verlies. Sucht Magnus und kerkert ihn ebenfalls ein. Sie werden hängen, sobald der Zimmermann das Gerüst aufgestellt hat.«

»Mylord, so sagt doch, was ich getan habe!«

»Du hast mich betrogen, du Hure!«

»Mylord, ich flehe Euch an! Ich weiß nicht, wer gegen mich spricht und Euch diese Unwahrheiten berichtet.«

»Genug davon! Fort mit ihr!«

35. KAPITEL

Als Arrah und Seaghan am Morgen ans Ufer ruderten, lief ihnen Milly mit wehendem Haar entgegen. Wie ihre Mutter trug sie Wams und Hose anstatt eines Kleides. Rotwangig und atemlos blickte sie mit großen Augen zu Seaghan auf. Ihr Blick mußte ein langes Stück nach oben wandern, bis sie seine gesamte Erscheinung erfaßt hatte.

Arrah beugte sich zu Milly nieder. Die Profile der beiden verrieten, daß sie Mutter und Tochter waren: die breiten hohen Wangenknochen, die edle Stirn, der entschlossene, fast herbe Zug um den Mund und das dichte kastanienrote Haar.

»Wo warst du?« wollte Milly wissen.

»Auf dem Schiff deines Großvaters. Seaghan MacNamara hat mir die Chieftainbrosche gebracht.«

Wieder sah Milly den Fremden an. Wie oft hatte sie mit dem Finger die Kreise auf dem Schmuckstück nachgezeichnet, wenn sie auf dem Schoß ihres Großvaters gesessen und seinen Geschichten gelauscht hatte. »Ach so.« Sie strich über Kians Kopf. Die Köpfe des Tigers, des Mädchens und seiner Mutter waren auf gleicher Höhe. Der Tiger schnupperte im Haar des Kindes und zog sich zurück. Milly warf Seaghan einen Blick zu, aus dem Unbehagen sprach. Arrah spürte, daß die Größe des Fremden die Kleine eingeschüchtert hatte.

»Seaghan MacNamara hat mir einst Kian geschenkt«, erklärte Arrah.

Milly waren Geschenke nichts Ungewohntes. Seit dem Tod ihres Vaters hatten die Seeleute ihr immer wieder hübsche Kleinigkeiten mitgebracht. Nun sah sie den Fremden mit anderen Augen an. Er war in ihrer Achtung gestiegen. »Kann ich auch einmal einen Tiger bekommen?« fragte sie, mehr an ihre Mutter gewandt als an Seaghan.

»Ein Tiger ist sehr gefährlich«, sagte Seaghan, den Blick eindringlich auf Milly gerichtet. »Man muß viel Mut haben, wenn man einen Tiger halten will...«

»Was ist Mut?«

»Mut ist, wenn man etwas tut, obwohl man Angst davor hat«, sagte Seaghan.

»So, wie... wenn man an dunkle Orte geht?« fragte Milly.

»Ja«, bestätigte Seaghan. »Deine Mutter hat viel Mut.«

Mary rief: »Milly! Pater Thomas ist gekommen... dein Unterricht.«

Milly rümpfte die Nase.

Arrah drückte das Kind an sich und rümpfte ebenfalls die Nase. »Ich weiß, ich habe den Unterricht auch nie gemocht. Aber wir alle müssen Dinge tun, die wir nicht mögen, und wir alle müssen lernen. Die Welt ändert sich. Du wirst doch nicht wollen, daß man dich für ein Dummchen hält.«

Milly schüttelte langsam den Kopf. »Wenn ich groß bin... dann brauche ich aber keinen Unterricht mehr, oder?«

»Nein!«

»Und werde ich Mut haben, wenn ich groß bin?«

»Das hoffe ich. Aber es gibt auch Erwachsene, denen es an Mut fehlt.«

Seaghan bückte sich und sagte lächelnd zu Milly: »Wenn du groß bist und Mut hast und viel gelernt hast, bringe ich dir auch einen Tiger mit.«

Milly erwiderte sein Lächeln.

Arrah wünschte sich, diesen Moment festhalten zu können. Am liebsten hätte sie die Welt am Weiterdrehen gehindert. Ihr Herz fühlte sich groß und weit wie der Himmel an. Sie legte die Arme um die zwei Menschen, die sie liebte, zog sie an sich und drückte beiden einen Kuß aufs Haar. »Ich liebe euch beide sehr!« sagte sie.

Vom Fenster der großen Halle aus beobachtete Sebastian Arrah, MacNamara und das Kind. Er sah, daß Mary das Kind holte und daß der Ire Arrah hochhob und sie von der Küste zur Burg trug.

Später, als Sebastian zu Arrah wollte, vertrat Mary ihm den Weg. Sie argwöhnte zu Recht, daß Sebastian sie ihrer dienenden Stellung wegen verachtete. Die Hände energisch in die Hüften gestemmt, verkündete sie: »Sie will von dir und deinesgleichen nicht mehr belästigt werden.«

»Alte Hure!« Sebastian versetzte Mary einen so heftigen Stoß, daß sie hinfiel und mit den Beinen zappelte.

»Wachen!« rief sie empört.

Da Mary sich großer Beliebtheit bei der Wachmannschaft erfreute, waren sofort drei Mann zur Stelle.

»Ich habe über zwei Jahre Arrahs Bett geteilt!« rief Sebastian.

Mary, aus deren Miene unverhohlene Genugtuung sprach, erwiderte: »Nun, mir scheint, sie hat einen anderen gefunden. Und wenn MacNamara zur Stelle ist, dann haben Männer mit einem winzigen Ding hier nichts mehr zu suchen!«

Sebastian hätte sie wegen dieser Bemerkung getötet, wenn ihn die Wachen nicht festgehalten und weggeführt hätten.

Er setzte sich nach Kräften zur Wehr. »Noch gebe ich hier die Befehle. Laßt mich los, ihr Tölpel! Ich komme mit.« Die Wachen sahen ihn an und ließen ihn los. Er folgte ihnen äußerlich ruhig, aber er war von verzehrendem Haß erfüllt.

Auf Galway Castle hatte de Burgos Enkel erfahren, daß Debrogail der Strick drohte. Schreiend rannte Nevil durch die Räume, zerriß seine Kleider, warf Kerzen und Vasen um und riß Banner und Wandteppiche von den Wänden. Dann warf er einen Teppich ins Feuer, und als einer der Bediensteten diesen zu retten versuchte, ergriff der Knabe einen Feuerhaken und schlug mit wildem Blick auf den Mann ein. Schließlich konnte man ihn bändigen und brachte den wild um sich schlagenden und tobenden Knaben zu seinem Großvater.

Jeglicher Versuch, ihm Fragen zu stellen oder mit ihm zu reden, erwies sich als fruchtlos. Nevil wollte nicht hören, gab keine Antwort, tat nichts, als immer wieder Debrogails Namen zu rufen, bis er auf dem Boden zusammenbrach – auch dann noch würgte er ihren Namen hervor.

De Burgo ließ Debrogail sofort aus dem Kerker holen. Sie beruhigte den Knaben, sprach leise auf ihn ein, strich ihm übers Haar und sang ihm vor.

Als er sich beruhigt hatte und aus schierer Erschöpfung eingeschlafen war, hob Debrogail ihn hoch, trug ihn zu de Burgo und legte ihn seinem Großvater in den Schoß.

De Burgo betrachtete das Kinderantlitz, das nun im Schlaf wieder zu seinem engelhaften Ausdruck zurückgefunden hatte. Das Gezeter des kleinen Knaben hatte ihn in die Knie gezwungen. Zuweilen wurden Schlachten aus den geringfügigsten Gründen verloren. »Du hast meinen Enkel verhext«, sagte de Burgo eisig.

»Nein, Mylord. Ihr habt ihn behext. Ihr mit eurem Mangel an Vertrauen in jemanden, der nichts getan hat, als Euch Freude mit einer gottbegnadeten Stimme zu bereiten.«

»Ich habe mich entschlossen, dir einen Aufschub zu gewähren, bevor du hingerichtet wirst.«

»Eure Großzügigkeit ist unermeßlich«, sagte sie voller Ironie.

De Burgo ignorierte ihren Ton. Auch er war erschöpft von dem Geschrei des Jungen. »Schwierige Zeiten machen schwierige Entscheidungen erforderlich. Man wird es dir im Kerker behaglich einrichten. Nevil kann dich dort besuchen, wenn er will.«

»Und was ist mit Magnus?«

»Du bist es, der das Kind beruhigt, nicht er.«

»Wenn Magnus gehenkt wird, dann könnt Ihr mich auf der Stelle töten. Ich werde Eurem Enkel nicht mehr helfen.«

De Burgo sah sie an. »Was ist an Magnus, daß du ihm so viel Liebe entgegenbringst? Sieh dich an. Du könntest jeden Mann in meinem Haus zum Geliebten haben, und doch sparst du deine Liebe und deine schönsten Lieder für einen Einbeinigen auf.«

»Ihr habt Söhne, Töchter und Enkelkinder. Ich habe keinen Menschen auf dieser Welt. Magnus hat mir das Leben gerettet. Er wurde mir zum Bruder, und ich wurde seine Schwester. Das war keine Lüge!«

»Aber du hast gelogen, als du sagtest, du hättest auf O'Reillys Burg gelebt. Ich werde nicht zulassen, daß mein Feldzug gegen Arrah O'Donnell durch Lügen gefährdet wird. Wachen!« rief er. »Bringt sie zurück in ihre Zelle.«

36. KAPITEL

Als Mary ihrer Herrin von Sebastians gefährlicher Stimmung berichtete, wurde Arrah mit einem Schlag klar, daß sie die Beziehung zu ihm ehrenhaft und fair beenden mußte. Mit Seaghan an ihrer Seite beorderte sie Sebastian in die große Halle.

»Sebastian«, empfing sie ihn und nahm auf einem Stuhl unter dem Adlerwappen Platz.

Sie sah prächtig aus. Arrah trug mehr Schmuck, als er je an ihr gesehen hatte. Ein breites, enges Smaragdband, das ihre Augen in ein strahlendes Grün verwandelte, und eine lange Perlenkette, die auf der hellbraunen Wölbung ihrer Brüste auflag, schmückten ihren Hals. Ihr Kleid war aus einem grünen, fließenden Material. Ihr Gesicht strahlte. »Du hast mir über die Jahre hinweg treu gedient, aber nun ist der Moment der Trennung gekommen. Ich gebe dir die portugiesische Galeone, die du schon in den letzten Monaten befehligt hast, und dazu eine Besatzung von zwanzig Mann. Du wirst selbst feststellen können, daß man sich mit einem guten Schiff leicht seinen Unterhalt verdienen kann.«

»So kannst du mich nicht fortschicken!« begehrte Sebastian auf.

»Ich kann es, und ich tue es.«

Noch nie hatte er diesen Blick an einer Frau gesehen. Es war ein Blick, aus dem totale Ablehnung sprach. Sie tat damit alles ab, was zwischen ihnen gewesen war, jede Nacht, die sie gemeinsam verbracht hatten.

»Dies wird dir den Abschied versüßen.« Sie warf ihm einen Beutel mit Goldstücken zu.

Er fing ihn auf und wog ihn fassungslos in der Hand. Glaubte sie wirklich, er würde sich einfach so wegschicken lassen? Mit einem einzigen Beutel Gold, wiewohl sie Truhen voller Gold besaß, Gold, das sie mit ihm geteilt hätte, wäre nicht dieser verdammte Ire zurückgekehrt? Ein einziges Schiff und eine Handvoll Leute, nachdem er ihr Erster Offizier gewesen wr? Das sollte nun nach jahrelangem Warten sein Lohn sein? »Glaubst du, die Gefühle eines Menschen mit einem verrotteten Schiff und einem Beutel Gold kaufen zu können?« brauste er auf. »Ich liebe dich«, setzte er hinzu.

»Lüge nicht«, erwiderte sie kalt. »Ich weiß es besser. Deine unverschämten Blicke haben mich von allem Anfang an abgeschätzt, das weiß ich wohl. Mein Schiff wird dich von der Insel geleiten.«

Es stimmte. Er liebte sie nicht. Er liebte vielmehr die Macht, die sie verkörperte. Allein ihre Nähe genügte ihm, um sich stark zu fühlen. Er warf das Gold auf den Tich und zog sein Schwert.

MacNamara war mit einem Satz über den Tisch und drückte sein Schwert an Sebastians Kehle.

Arrah sprang auf. »Laß ihn laufen!«

»Erlaube mir, daß ich dieses undankbare Ungeziefer vertilge.«

»Nein! Er hat mir gut gedient.«

»Das ist ein Fehler. Ich sehe Bitterkeit wie Gift an seinem Mund.«

»Er hat nichts getan, was seinen Tod rechtfertigt. Laß ihn gehen.« Sie nahm den Beutel Gold und reichte ihn Sebastian. »Nimmst du es nicht, dann verteile ich es an deine Besatzung. Entscheide dich.«

Er entriß ihr den Beutel.

Sie wies eine der Wachen an: »Bring Sebastian auf sein Schiff.« Es war ein Akt der Großzügigkeit, den Arrah noch bitter bereuen sollte.

Für Arrah und Seaghan begannen die Hochzeitsvorbereitungen. Arrah wollte in Irland getraut werden, Seaghan aber beharrte darauf, nach Frankreich zu fahren, da alle Ehen von Bedeutung vom französischen König sanktioniert werden mußten.

»Wie kommt es, daß Seaghan MacNamara jemanden um Erlaubnis fragen muß, ob er heiraten darf oder nicht?« forderte sie ihn heraus.

»Möchtest du, daß ich meine Güter verliere?« fragte Seaghan, um sogleich hinzuzufügen: »Wenn ein Mann eine schöne Frau hat, möchte er die ganze Welt wissen lassen, daß sie sein ist.«

»Ich gehe mit«, sagte sie, »aber nur, um bei dir sein zu können. Ich werde mir nicht von irgendeinem König vorschreiben lassen, ob ich dich heiraten darf. Ich nehme von niemandem Befehle entgegen.«

Er faßte unter ihr Kinn. Sie trug den Kopf stolz und hoch, und in ihren Augen tanzten goldene Fünkchen. »Aye, Arrah von den Adlern. Irland ist bestimmt, eines Tages unterzugehen, weil zu viele Chieftains so denken wie du. Wir beide werden es nicht mehr erleben, aber es wird dazu kommen. All der irische Stolz wird nicht ausreichen, um die verdammten Engländer abzuhalten.«

»Du sprichst wie ein Verräter an Irland.«

»Nein, aber ich war in England. Die Engländer hängen einem starken König treu an. Ich kenne den Charakter der englischen Männer.«

»Und der Frauen?«

Seaghan entging der Anflug von Schärfe in ihrem Ton nicht. Er legte ihr die Hände auf die Schultern und sah sie eindringlich an. Er liebte sie zu sehr, um unaufrichtig zu sein. »Ja«, sagte er tonlos. »Es hat mir Vergnügen gemacht, die Frauen dazu zu bringen, mich zu begehren. Es war ein persönlicher Triumph, ähnlich wie eine kleine Schlacht. Und ich habe immer gewonnen, doch ich wußte nicht, wonach ich suchte, bis ich dich gefunden habe. Ich liebe dich, Arrah.« Er zog sie an sich und küßte sie.

Arrah erwiderte seine Küsse und nahm leidenschaftlich seine Zunge in Empfang. Liebe war die Annäherung an das Ideal harmonischen Einklangs zweier Menschen, die Annäherung an einen paradiesischen Zustand. Sie fanden ihre verlorenen Jahre in den Armen des anderen wieder, als sie sich am Meeresstrand liebten. Nachher lag Seaghan lange auf Arrah und spürte ihren Herzschlag. So still und friedlich lagen die Liebenden da, daß Möwen kamen und neben ihnen im Sand scharrten. Mit der Flut stieg das Wasser und benetzte ihre Fesseln. Sie liebten sich auf den mit Gänseblümchen übersäten Wiesen, auf den grünen Feldern und unter den Erlen, deren Blätter ein Schattenspiel auf Seaghans breiten Rücken warfen. Und nachher, wenn er sie in den Armen hielt, küßte er sie zärtlich auf Haar, Nase und Augenlider. Mit kundigen Lippen und Fingern weckte sie sein Begehren von neuem. Sie liebte das Spiel mit den Lippen und seinen Geschmack.

Mit einem lauten Ausruf stieß er ihren Kopf herunter und ergoß sich in ihrem Mund.

Mit Fingern, Lippen, Zunge und Zähnen brachte sie ihn von neuem zur Härte.

»Die Liebe mit dir bringt einen Mann glatt um. Sicher sagt dir diese Art von Macht zu.«

»Was ist denn? Hat Seaghan MacNamara die Härte seines Schwertes eingebüßt?« neckte sie ihn.

»Verführerin!« Er stieß sie in den Sand. Arrah war feucht vor Begierde. Er bedeckte ihre Schamlippen mit dem Mund und trank tief von ihrem berauschenden Duft. Seine Zunge suchte die dunklen geheimen Punkte der Wollust und liebkoste sie, immer wieder, bis sie von krampfartigen Zuckungen geschüttelt wurde. Dann erst drang er in ihre bebende Höhle ein und füllte sie mit seiner Männlichkeit. Zusammen ruhten sie in dem vollkommenen Frieden, der mit der sexuellen Erschöpfung kommt.

Arrah und Mary waren emsig dabei, Kleider in Truhen zu schichten – Kleider aus feinster Seide, mit Gold- und Silberfäden durchwirkt und mit Perlen und Edelsteinen bestickt. Im Hintergrund von Arrahs Bewußtsein lauerte noch immer das Bild der Dame in Rot, die in Paris aus der Karosse gestiegen und direkt in Seaghans Armen gelandet war.

Sie packte ihren Schmuck ein, ihre Armreife aus Gold, ihre Halsbänder aus Rubinen und Smaragden. Arrah von den Adlern wollte am französischen Hof nicht wie eine Bäuerin auftreten.

Es sollte eine glückliche und von Freuden erfüllte Zeit werden, und doch verspürte sie bei alldem ein leises Unbehagen.

Der Nebel umschwebte in sonderbaren Gebilden die Adlerklippe. An Nachmittagen bildeten sich Schwaden, als käme ein Unwetter, doch bis zum Abend verzog sich der Nebel, nur um am nächsten Tag wiederzukommen. Kian, der etwas zu wittern schien, lief unruhig an seiner Kette auf und ab.

Auch Seaghan spürte es. Immer wieder erfaßte er Arrah, drückte sie gegen eine Wand und nahm sie im Stehen. Es waren hastige, fast anonyme Vereinigungen, als bereite er sich auf einen Kampf vor.

Kurz vor Arrahs Abreise lief Milly zu ihrer Mutter, die am Schreibtisch saß. »Kann ich mit nach Frankreich?« fragte das Kind.

Arrah drückte Milly an sich. »Nein, mein Schatz.«

»Warum kannst du gehen und ich nicht?«

»Weil ich größer und älter bin.«

»Hast du Angst?«

»Nein«, sagte Arrah trotz eines nicht zu unterdrückenden unbehaglichen Gefühls. »Vor einer Seefahrt bin ich immer ein wenig unruhig.«

»Ich ängstige mich in der Nacht. Ich träume dann immer, daß du fortgehst und nicht wiederkommst.«

Arrah strich ihrer Tochter das Haar aus dem Gesicht. »Mitunter können uns Träume narren. Sie gaukeln uns Dinge vor, die nicht wirklich sind.«

Eines Abends stand Seaghan hinter Arrah in ihrem Schlafgemach, während sie mit ihm plauderte und das Mondlicht in ihr Haar bürstete.

»Wenn du mich heiratest, gebe ich dir ein Hochzeitsgeschenk, das der Herrin der Adler würdig ist.«

Sie sah ihn im Spiegel an. Er stand hinter ihr, die Hände auf ihren Schultern, und plötzlich durchlief sie ein Schaudern, eine unerklärliche Kälte, so als läge sie auf einem Grabstein.

Seaghan runzelte die Stirn. »Was ist?«

Arrah zog die Schultern hoch. »Ach, nur ein Gefühl. Ich habe Angst...«

Lächelnd küßte er ihren Nacken. Ihre Blicke trafen sich im Spiegel. »Arrah O'Donnell und Angst?« Seine Augen und seine Stimme waren ungläubig. »Angst kenne ich nicht an dir... du fürchtest weder Mensch noch Wind oder Wasser.«

»Du hast mich immer geängstigt. Mitunter habe ich auch jetzt noch Angst vor dir. Ich brauche dich zu sehr. Eine Frau, die einen Mann so braucht, wie ich dich brauche, ist sehr verwundbar.«

»Meinst du, ich bin nicht verwundbar? Ich liebe dich, Arrah, und doch weiß ich nichts von dir. Du bist wie ein Eisberg. Ich kenne nur die Oberfläche. Du gibst nur deinen Körper, aber nichts von dir selbst. Du redest von nichts anderem als von deinen Schiffen, von Kämpfen oder Strömungen oder von der Fracht. Erzähl mir von dir. Sprich über uns.«

Die ganze Nacht ließ er sie reden. Er wollte alles über sie erfahren, alles. Er wollte wissen, woher die Narben an ihrem Arm kamen, wollte alles über Milly wissen, von ihrer Flucht mit Carbri, von der Zeit, die sie in Frankreich verbracht hatten, alles...

Glundel Joyce war der Insel der Adler sehr lange ferngeblieben. Nun aber kam er wieder, verkleidet als Hausierer, der mit Glücksbringern und Talismanen handelte. Er hatte Phiolen mit dem Wasser heiliger Quellen und Holzsplitter, die vom Kreuz Christi stammen sollten, bei sich, und er bot die Glückshaube eines Neugeborenen feil, die Seeleute vor dem Ertrinken bewahrte. Als Bridgett einen Blick auf sein entstelltes Gesicht warf, war sie entsetzt. Er konnte sie kaum davon abhalten, laut zu schreien, denn sie war wahrhaftig überzeugt, er sei ein Geschöpf der Hölle, das gekommen war, um sie zu holen.

Schließlich aber konnte er sie beruhigen, und er erfuhr, daß Arrah und MacNamara nach Frankreich gesegelt waren und daß Milly zu Hause geblieben war. Glundel Joyce rieb sich sein verquollenes, entstelltes Gesicht. Alles lief besser als erhofft.

Er faßte unter Bridgetts Röcke und preßte die Hände zwischen ihre warmen Schenkel. Bridgett drückte die Schenkel noch fester zusammen und warf ihm einen skeptischen Blick zu. Seit Jahren hatte er ihr versprochen, sie mitzunehmen, und er hatte ihr bis jetzt nur ein paar Kleider geschenkt.

»Komm, Bridgett«, schnurrte Glundel verführerisch. »Sei ein liebes Mädchen.« Er stieß mit den Fingern höher, berührte ihr Haar. Ehe er sich weitertastete, hielt er inne. Zähneknirschend berührte er ihr feuchtes Geschlechtsteil. »In zwei Tagen komme ich wieder und hole dich.« Er würde von Bridgett bekommen, was er brauchte, und wenn sie die Wahrheit erfuhr, würde es für sie zu spät sein, um etwas zu unternehmen. Er bewegte seine Finger, was sie veranlaßte, die Schenkel zu öffnen, nur ein wenig. »Süße, ich werde dich heiraten.« Galway Castle war weit, und sie hatte keine Möglichkeit, seine Lügen zu durchschauen.

Glundel sah, wie ihre Brüste sich hoben und senkten. Sie öffnete ihre Schenkel, und er führte zwei Finger ein. Sie hob den Kopf, und ihre Nasenflügel bebten, als er tiefer eindrang. Sie konnte ja nicht wissen, daß er sie am liebsten ganz rüde mit der Faust bearbeitet hätte, doch er zwang sich zu einem Lächeln. »Das gefällt dir wohl?«

Sie nickte mit geschlossenen Augen. Dabei leckte sie sich die Lippen und öffnete den Mund. Ihr Becken begann sich rhythmisch zu bewegen.

Glundel sprach weiter. »Die anderen nehmen sich keine Zeit mit dir, stimmt's? Die bespringen dich doch nur, oder?«

Wieder nickte sie. Ihr Atem ging schneller.

Er erfaßte ihre Hand und führte sie, nachdem er ihr Mieder aufgerissen hatte, an ihre eigenen Brustwarzen und preßte sie. Bridgett stöhnte auf, als ihr Körper sich auf die Reise zum Ort der Wonne begab. Glundel zog seine Finger hervor.

Sie öffnete die Augen, die vor Enttäuschung verdunkelt waren. Er hob seine Finger und zeichnete ihre Lippen mit der eigenen Feuchtigkeit nach. »In zwei Tagen mache ich bei dir weiter. Aber erst mußt du mir etwas versprechen.«

»Was willst du?«

Er haßte ihre Brüste. Er haßte Brüste überhaupt, doch er hatte die Fähigkeit, seine wahren Gedanken zu verbergen, zu wahrer Meisterschaft entwickelt. Mit geschlossenen Augen dachte er an die Töchter des Hausgesindes auf Galway Castle. Dann führte er den Mund an ihre Brustspitze und saugte kurz, aber fest. »Ich möchte, daß du Arrahs Kind mitbringst.«

»Was hast du mit dem Kind vor?«

Ihr Ton verriet, daß er behutsam vorgehen mußte. Für Arrah hatte Bridgett nichts übrig, aber sie hegte offenbar Gefühle für das Kind.

»Ich will Arrah von den Adlern an den Galgen bringen, deshalb plane ich, ihr eine kleine Falle zu stellen. Mein Köder wird ihre eigene Tochter sein. Und dann können wir beide, mein süßes Küken, Nacht für Nacht im Prunkgemach der Adlerburg liegen.«

Bridgett lächelte ihr Wolfslächeln. »Versprich, daß Milly nichts geschieht.«

Er zeichnete ihre Lippen mit dem Zeigefinger nach. »Mein Wort darauf.«

37. KAPITEL

Bei seiner Ankunft in Galway schickte Glundel als erstes einen Mann aus, der Sebastians Schiff suchen sollte. Bridgett hatte ihm verraten, wie haßerfüllt der Franzose auf die Zurückweisung reagiert hatte.

Das Schiff lag im Hafen: eine schwere Galeone wie alle anderen spanischen und portugiesischen Schiffe auch. Glundel erfuhr, daß sich der Kapitän im Roten Löwen aufhielt, in einer Kneipe, in der er schon seit Tagen trank und fluchte und schlief.

Glundel suchte den Roten Löwen auf und traf den Franzosen dort mit dem Kopf auf dem Tisch an. Endlich hatte er Mittel und Wege gefunden, dieses O'Donnell-Luder zur Hölle fahren zu lassen!

Im Kerker, in dem tiefe Finsternis herrschte, dachte Debrogail ständig an Bres. Tagsüber, wenn sie mit Nevil zusammen war, mit ihm spielte und ihn lachen sah, dachte sie nur flüchtig an Bres, stellte sich vor, wie er mit seinen Kindern umging, die er mit Naira in die Welt gesetzt hatte. Würde er sie reiten oder das Schwert führen lehren, oder hatte er Töchter?

Des Nachts stand er ihr ganz deutlich vor Augen. Mitunter fiel es ihr zwar schwer, sich genau an seine Züge zu entsinnen. Aber in ihren Träumen stand er lebendig und schön vor ihr.

Sie erwachte vom Klang einer fremden Stimme, die aus einem anderen Teil des Verlieses zu ihr drang. Eine Zeitlang war sie nicht imstande, sie zu erkennen, doch dann wußte sie, was für ein schreckliches Geräusch es war – der Schrei eines Menschen.

»Magnus!« rief sie zu der Zelle hin, in der sich der Alte befand. »Magnus, bist du wach? Was geht da vor?«

»Jemand wird gefoltert«, sagte er. Er hörte sich noch immer sehr niedergeschlagen an. Debrogail war nicht imstande gewesen, ihn aufzumuntern, nicht mit Worten und nicht mit Liedern.

»Wer?« fragte sie.

»Ich weiß es nicht.«

»Magnus, da geht etwas vor«, sagte sie. »In all den Jahren, die ich auf Galway Castle verbracht habe, hat de Burgo niemals jemanden foltern lassen.«

»Du hast ein zu gutes Herz. Ich habe oft Schreie gehört.«

»Nein, es ist nicht de Burgos Art. Er benutzt Zaubermittel und Tränke, um zu erfahren, was er wissen möchte. Mißfällt ihm jemand, dann läßt er ihn töten, aber nicht foltern. Magnus, ich weiß, da geht etwas Schreckliches vor.«

Glundel gab Brion MacNamara Bescheid, daß er sich in Galway mit ihm treffen sollte. Brion fand Glundel im Roten Löwen. Er hatte das Töchterchen des Wirts auf dem Schoß und spielte müßig mit den Schleifen, die das Röckchen des Kindes durchzogen, nahm die beiden Enden und zog sie über- und auseinander. Schließlich legte er die Hände flach auf die Brust des Kindes. Brion MacNamara tat seine Ansicht knapp und in angewidertem Ton kund. »Müßt Ihr das Kind befingern?«

»Was ist so schlimm daran? Wenn sie älter werden, sind sie mit ihrem Gekeife unerträglich.«

»Wo ist der Franzose, von dem Ihr gesprochen habt?«

»In de Burgos Verlies.«

»Bringt mich zu ihm.«

»Ihr kennt gewiß den Weg. Ich... Es ist in...«

»Hört auf, das Kind so anzufassen. Steht auf wie ein Mann und zeigt mir den Weg.«

Sie stiegen in die feuchte Dunkelheit des Verlieses von Galway hinab. Brion und Geralde kannten sich nur dem Namen nach. Jedem der beiden hatte Glundel heimlich versprochen, den anderen zu töten, sobald der Angriff auf die Insel der Adler erfolgreich hinter ihnen lag. De Burgo und MacNamara begrüßten sich, indem sie den Unterarm des anderen umfaßten. Jeder spürte die Kraft seines Gegenübers.

Zu dritt betraten sie den Raum, in dem man den Franzosen festhielt. Sebastian hing nackt von der Decke, die Hände über dem Kopf gefesselt. Unter ihm hatte sich eine Blutlache gesammelt. In der Mitte der Zelle brannte ein Feuer. Eisen verschiedener Größe ragten aus den Flammen. Auf Sebastians Kopf und an den Beinen sah man große Brandwunden.

Ein hünenhafter Mann mit Armen wie Ambosse und einer Lederschürze würfelte mit einem Haigesichtigen. Auf den ersten Blick schien der Gefangene tot, bei näherem Hinsehen aber merkte man, daß seine Brust sich unter schwachen Atemzügen hob und senkte.

MacNamara war der Anblick widerwärtig. »Schneidet ihn los!« drängte er.

Glundel Joyce trat dazwischen. »Wir haben die Erfahrung gemacht, daß extreme Situationen extreme Methoden erfordern. Hirple, den Ihr hier seht, hat mit dem Franzosen persönlich ein Hühnchen zu rupfen. Außerdem soll er uns Angaben über die Insel der Adler machen, die einen Angriff erleichtern.«

Der Haigesichtige namens Hirple hinkte auf MacNamara zu. »Aye, das ist der Hund der Hündin. Dieser Franzmann hat den alten Hirple betrogen. Tat so, als wolle er mir helfen. Wir wollten dieses Kapitänsluder stürzen. Dann wandte er sich gegen mich.

Sagte dem Weibstück, ich hätte eine Meuterei angezettelt. Ich sprang über Bord. Die Haie fielen über mich her, aber ich hatte mein Messer dabei und schlitzte einem den Bauch auf. Er wurde von den anderen verschlungen. Ich wollte zurück auf die Insel, um mir diesen Lumpen vorzuknöpfen, als ich Sir Glundel begegnet bin. Seither arbeite ich für ihn. Sebastian ist ein Hundsfott. Er verdient, was er bekommt.«

Mit einer einzigen raschen Bewegung stieß Brion MacNamara dem Bewußtlosen den Dolch ins Herz. »Schluß jetzt, ich dulde keine Folter.«

Glundel Joyce legte lächelnd den Arm um Brions Schulter. »Manchmal lassen sich unsere Handlanger von ihrem Eifer mitreißen.«

Brion MacNamara schüttelte Glundels Arm ab. »Ich greife die Insel an, weil mein verräterischer Sohn sich dort befindet. Ich habe mir geschworen, ihn zu töten, sollte er jemals nach Irland zurückkehren, und ich bin ein Mann, der sein Wort hält.«

»Es...« Glundel zögerte. »Es hat sich eine kleine Veränderung in unseren Plänen ergeben. Euer Sohn ist mit seiner zukünftigen Frau nach Frankreich gesegelt.«

MacNamara schien vor Wut zu platzen. »Warum erfahre ich das erst jetzt?«

Glundel war ganz Charme und Überredungskunst. »Ich erfuhr es selbst erst kürzlich. Wir müssen unseren Angriff verschieben. Seaghan wird bald zurückkehren. Wenn Ihr Geduld beweist, dann bietet die Eroberung der Insel uns allen Vorteile.«

Brion MacNamara trug den Haß, den er gegen Glundel Joyce hegte, wie einen spitzen Stock vor sich her. »Die Not vereint zuweilen unwillige Bettgenossen. Nun gut! Ich werde warten.«

Glundel lächelte, als er die Stufen hinaufschritt und in die Nacht trat. Es war Neumond, die Nacht dunkel. Er konnte sich glücklich preisen, denn er wußte, daß er MacNamara, der ihn verachtete, bald töten würde... Dieses Wissen verlieh ihm ein Gefühl immenser Überlegenheit.

Arrahs Schiff passierte Land's End, die Scilly Islands und Wolf Rock, sodann die weißen als Seven Sisters bekannten Kalkklippen, um auf Nordkurs zu gehen und die Mündung der Seine anzusteuern.

Es war ein strahlender, sonniger Tag, als die Mōrrīgan in die Seine einfuhr und schließlich die wehrhaften Mauern von Paris passierte. Zunächst schenkten die Menschen auf den Docks dem nahenden Schiff keine besondere Beachtung, denn hier gab es viele Lastkähne und Galeonen. Allmählich aber machte sich unter den Menschen Staunen breit.

Die leuchtenden Farben des Schiffs schienen in der Sonne Feuer zu fangen. Hundert Ruder, fünfzig auf jeder Seite, bewegten sich in vollkommenem Einklang. Bis auf das gleichförmige Tamtam einer großen Trommel, die regelmäßig wie der Herzschlag den Rhythmus schlug, drang kein Laut vom Schiff. Nicht ein einziger Ruderschlag kam auch nur einen Sekundenbruchteil später als die anderen. Schimmernde Wassertröpfchen fielen von den Rudern, die funkelten, als ob sie mit Edelsteinen besetzt wären. Auch das Wasser, auf dem das Schiff sich fortbewegte, schimmerte silbrig. Die strahlend weißen, purpurn gesäumten Segel hingen schlaff an den Masten, während der goldene Adler auf dem Großmast in unbewegtem Zorn einen Schlag gegen die Sonne zu führen schien.

Am Steuer stand eine Frau mit taillenlangem, kastanienrotem Haar, das in der Sonne so stark glänzte, daß es aussah, als sei es mit Gold gebürstet worden. Sie trug ein Gewand aus feinstem Material in Rotgold. Das lange, fließende Kleid ließ sie aussehen wie die Königin der Meere. Ihr juwelenbesetztes Schwert fing das Sonnenlicht ein und brach es zu roten und grünen Strahlen.

Neben ihr stand ein prachtvoller Tiger. Das Tier, das, von einem Beben der Nüstern und Blinzeln der gelben Augen abgesehen, völlig reglos dastand, trug ein juwelenbesetztes Halsband.

Auf der anderen Seite des Tigers stand ein riesengroßer Mann von göttergleichen Ausmaßen und geradezu animalischer Männlichkeit, dessen Muskelstränge wie Kupferklingen in der Sonne glänzten.

Die Kunde von dem Schiff, das aus Irland eingetroffen war, verbreitete sich rasch am französischen Königshof.

Eine Frau im besonderen vernahm sie mit Interesse. Es war die gegenwärtige Geliebte des Königs, die einst mit Seaghan MacNamara verlobt gewesen war – eine geistreiche Frau mit ätzender Zunge, die sogar die Gemahlin des Königs binnen Minuten dazu bringen konnte, in Tränen auszubrechen. Sie war die Frau, die Arrah vor Jahren mit Seaghan gesehen hatte.

Die Jahre waren mit der Comtesse Jacqueline Chopin de Villon gnädig umgegangen. Das Grau in ihrem Haar wurde allwöchentlich von ihren Frauen mit Henna gefärbt, das ihren dichten Locken rote Glanzlichter aufsetzte.

Zwischen ihr und der Königin tobte ein ständiger Modekrieg. Die Königin, ein bleiches Geschöpf, das man zu oft zur Ader gelassen hatte, pflegte ihres grauen und schütteren Haares wegen die Henning genannte Spitzhaube und dazu einen fast bodenlangen Schleier zu tragen. Es war bekannt, daß sie eine mit dunklen Muttermalen bedeckte Hühnerbrust hatte und deswegen Gewänder mit hochgeschlossenem Vorderteil und Reverskragen bevorzugte. Die von der Natur großzügig bedachte Comtesse hingegen liebte offenherzige Mieder und edelsteinbesetzte Übergewänder.

Der König hatte es sich zur Gewohnheit gemacht, die Feindseligkeit der beiden Frauen geflissentlich zu übersehen. Für die Hofdamen freilich stellte diese ständige Rivalität ein schreckliches Dilemma dar. Richteten sie sich nach den modischen Prinzipien der Königin, fielen sie bei der Comtesse, die bei Hof den größeren Einfluß besaß, in Ungnade, folgten sie aber dem Beispiel der Comtesse, war ihnen die schrill geäußerte und verbitterte Wut der Königin gewiß, die ihre Späher bis in die Kleiderschränke anderer Frauen schickte und deren kostbare Roben zerfetzen ließ.

Niemand wußte mit Bestimmtheit zu sagen, wie alt die Comtesse war, aber sie war energiegeladener und agiler als viele ihrer jüngeren Rivalinnen. Der Tag begann für sie mit einem forschen Spaziergang in Begleitung ihrer keuchenden und schwitzenden Damen. Nach dem Essen pflegte sie sich ihrer wahren Leidenschaft, dem Reiten, hinzugeben.

Vor Jahren, noch zu Lebzeiten ihres Gatten, war sie MacNamara begegnet. Ihre Güter waren jenen des Comte de Montreuil benachbart, mit dem sie und ihr Gatte aufs engste befreundet gewesen waren. Von Seaghan, einer alten Amme und den Ärzten abgesehen, waren sie die einzigen Menschen, die den Comte ohne seine Kopfhülle zu Gesicht bekommen hatten. Zu viert, die beiden Edelleute sowie Seaghan und Jacqueline, hatte man unzählige Abende mit geistreicher Konversation verbracht.

Seaghan MacNamara hatte in ihr die Leidenschaft für edle Pferde geweckt. Ebenso aber hatte er in ihr die Leidenschaft für edle Männlichkeit angestachelt. Seaghan MacNamaras Appetit war legendär. Nachdem Seaghan die Verlobung mit ihr gelöst hatte, hatte Jacqueline sich vorgenommen, die Geliebte des Königs zu werden. Sie hatte ihr Ziel erreicht und hatte nun großen Einfluß. Zu ihrem Leidwesen war Karl VII. ein Männchen ohne Kinn und ohne Rückgrat, das ständig nieste und schnüffelte. Wäre er nicht König gewesen, die Comtesse wäre ihm nur mit offener Geringschätzung begegnet.

Kurz nachdem die Mōrrīgan angedockt hatte, suchte Seaghan bei Hof um Audienz an.

Als gebührende Vorbereitung auf die Audienz ließ Arrah sich ein Bad in ihrer Kabine bereiten. Anschließend machte Mary Arrahs Haar zurecht und flocht es zu dicken, mit Perlenschnüren durchzogenen Zöpfen, die sie mit großen edelsteinbesetzten Kämmen hochsteckte. Seaghan war an Land gegangen, um Neuigkeiten mit anderen Kapitänen auszutauschen.

Arrah hatte nie die Frau in Rot vergessen können, die sie vor vielen Jahren in Paris gesehen hatte. Sie hatte ihre Näherinnen angewiesen, ihr ein ähnliches Kleid zu schneidern. Es war aus smaragdgrünem Satintaft mit Übergewand aus minzfarbener Gaze und weiten, geschlitzten Keulenärmeln, die farbig unterlegt waren.

Arrah haßte zwar die starren Metallstäbe und einengenden Lederversteifungen, die diese Mode erforderte, doch sie wollte diese Unbequemlichkeiten auf sich nehmen, da sie immerhin dem König von Frankreich als Seaghan MacNamaras künftige Gemahlin vorgestellt werden sollte.

Bis zur Audienz war es noch lange hin, deswegen erbat Mary sich freie Zeit und ging auf Deck zu den Seeleuten. Arrah blieb allein zurück und konnte in Ruhe ihren Schmuck wählen. Sie besaß Dutzende von Halsbändern, Ringen und Armreifen, alle mit Juwelen besetzt, alle von fremden Schiffen erbeutet. Sie legte das erste Halsband an, dann das nächste und begutachtete sich im goldgerahmten venezianischen Spiegel.

Doch während sie in den Spiegel blickte, fing ihr Spiegelbild zu flimmern an und veränderte sich. An ihrer Stelle sah sie das Bild der Meerfrau aus dem Traum vor vielen Jahren, jene Erscheinung, die ihr die Anweisungen für die Durchschiffung von Dragon's Mouth gegeben hatte.

Erst löste Arrah einen Kamm, dann den anderen, bis ihr Haar lose herunterfiel, schimmernd und duftend. Dann nahm sie das Kleid, das eigens für diesen Anlaß genäht worden war, und tat es zurück in den Schrank. An seiner Stelle holte sie das fließende perlenbestickte Gewand heraus, das sie vor langer Zeit unter den Kleidern ihrer Mutter entdeckt hatte. Arrah legte den Schmuck in die verschiedenen Schatullen zurück und wählte eine schlichte Perlenkette.

Arrah O'Donnell war Irin, sie kam aus einer Gegend, die nicht mit Überfluß gesegnet war. Sie wollte daher gar nicht versuchen, sich nach der Mode des französischen Hofes zu kleiden. Arrah von den Adlern hatte keine Schleifen, keine Spitze und keinen Taft nötig. Sie brauchte nur die Juwelen ihres Schwertes und die Perlen des Meeres.

Befriedigt von ihrem Entschluß, erwartete Arrah nun die Stunde der Audienz. Sie legte sich nackt auf ihr Bett und vertrieb sich die Zeit, indem sie Windrosen auf eine Karte malte, die sie zu zeichnen im Begriff stand.

Seaghan kehrte wieder. Lächelnd wandte sie ihm den Kopf zu, um sich sogleich wieder ihren Karten zu widmen. Er ließ sich am Schreibtisch nieder und fing an, sich Notizen zu machen.

Immer wieder wanderte dabei sein Blick zur sinnlichen Wölbung von Arrahs Rückseite, die von der Decke nur halb verhüllt wurde. Er sah, wie ihre Brust das seidene Laken streifte, und er spürte die Härte des Begehrens in seinen Lenden.

In der letzten Nacht hatte er sie mehrmals genommen, nun aber regte sie seine Sinne von neuem an. Der Schein der Lampe, der schräg auf ihren Körper fiel, tauchte ihn in goldenes Licht. Seaghan legte den Federkiel aus der Hand.

Arrahs Haar fiel locker um ihre Schultern. Unter dem linken Arm wölbte sich ihre Brust, deren Spitze kaum das feine Material des Bettzeugs berührte. Jedesmal wenn er sie sah, erschien sie ihm schöner. Wie der Mond änderte sie sich von Tag zu Tag.

Sein Körper warf einen großen Schatten, der ihre Haut rauchdunkel aussehen ließ und den Gedanken an würzigen Moschus wachrief. Er entledigte sich seiner Kleider.

Seaghan schob ihr das duftende Haar aus dem Nacken und drückte seine Lippen in die Höhlung unter ihrem Kopf. Er ließ seine Zunge über ihr linkes Schulterblatt gleiten, dann ihr Rückgrat entlang, preßte die Zunge in jede Höhlung, massierte sie sanft, bis er ihr Gesäß erreichte.

Er hörte, daß sich ihr Atem beschleunigte, spürte, wie sie ihm den sehnigen Rücken entgegenwölbte wie eine Katze, die gestreichelt werden möchte. Seine Lippen zogen eine neue Spur über ihren Rücken, er drückte seine Lippen an ihr Ohr. Das Pulsieren des Begehrens trieb ihn, sich auf sie zu legen und seine Knie zwischen die ihren zu pressen. Noch immer küßte er ihr Haar. Es roch wie immer ganz schwach nach Kamillenblüten. Seine Leidenschaft steigerte sich, daß es schmerzte. Er drückte ihren Kopf ins Kissen, so daß ihre Schultern flach auflagen und ihr Gesäß sich ihm entgegenhob. Er spürte ihre Bereitschaft, denn sie öffnete sich ihm wie ein Strudel, der ihn immer tiefer in sich hineinzog.

Er hatte sie unzählige Male geliebt, und jedesmal hatte er das Gefühl, den Akt mit einer anderen Frau zu vollziehen. Unberechenbar wie die See schlug sie einen für immer in ihren Bann.

38. KAPITEL

Für Milly war die Abwesenheit ihrer Mutter nicht ungewohnt, doch diesmal tat sich eine schmerzliche Leere in ihrem Herzen auf. An dem Tag, als Arrah davonsegelte, bedrängte Milly Bridgett, mit ihr auf die Klippen zu gehen. Dort standen sie dann und hielten Ausschau nach Arrahs Schiff. Zu ihren Füßen schlug die Brandung gegen die Felsen und besprühte weiß und naß die dreihundert Stufen.

»Deine Mutter kann jetzt noch nicht zurückkommen, ganz unmöglich. Sie ist doch erst heute ausgelaufen«, sagte Bridgett. Aber Milly hatte das Gefühl, ihre Mutter sei schon tagelang fort. Lange stand Milly da und starrte auf den Ozean.

Jeden Tag ging nun Milly hinaus und hielt Ausschau nach dem Schiff ihrer Mutter, und mit jedem Tag wurde ihr Schmerz sichtbarer, als sei ihr Herz auf den Felsen zu Füßen der Klippen der Brandung ausgesetzt. Wenn ihre Mutter früher auf Fahrt gegangen war, waren immer Reevnarg oder ihr Vater bei ihr geblieben. Nun aber war niemand da. Sie vermißte ihren Vater und auch ihren Großvater, am meisten aber sehnte sie sich nach ihrer Mutter. Während der Atlantik unter ihr an den Strand toste, vergoß Milly bittere Tränen.

Bridgett zog Milly an sich und küßte das weiche Haar des Kindes. Dabei fiel ihr Blick auf ein Segel am Horizont. Sie zeigte es Milly, die daraufhin in einen Freudentaumel geriet. Trotz Bridgetts Äußerung, daß ihre Mutter ja erst seit wenigen Tagen fort sei, war Milly überzeugt, daß Arrah zurückkam. Sie konnte nicht ahnen, daß die näher kommenden Segel die eines feindlichen Schiffes waren.

Die Flügeltür zum Audienzsaal des französischen Königs öffnete sich vor Arrah, der nicht wohl zumute war, da der König die Macht besaß, Seaghan die Ehe mit ihr zu verbieten. Sie faßte die Goldkette, an der sie den Tiger führte, etwas kürzer.

Ohne den Kopf zu wenden, suchte sie in der farbenprächtigen Schar der Anwesenden nach Seaghan, dessen dunkles Haupt die anderen überragte. Er hatte unweit des Thrones Aufstellung genommen. Ohne ihn genauer anzusehen, wußte sie, daß er nicht mehr den Mantel aus grobem irischem Tuch trug, sondern ein modisches Samtwams wie die anderen Höflinge auch.

Sie dachte daran, wie er sie vor wenigen Augenblicken umarmt hatte. Als Andenken an seine Leidenschaft verspürte sie noch immer einen köstlichen Schmerz zwischen den Beinen, während sie sich dem Thron näherte. Zuweilen, wenn sie sich besonders leidenschaftlich geliebt hatten, spürte Arrah die kleinen, wonnigen Kontraktionen noch Stunden hinterher. So wie auch jetzt. Sie holte tief Atem und ging aufrecht wie ein Schiffsmast auf den Thron zu.

Wie immer, so hatte auch diesmal Seaghans Erscheinen einige nervöse Aufregung unter den Damen des Hofes verursacht. Im Moment war er umringt von Frauen, von denen viele einst das Bett mit ihm geteilt hatten und nicht abgeneigt gewesen wären, sich wieder von ihm beglücken zu lassen. Daneben gab es viele, die seine sagenhafte Männlichkeit nur vom Hörensagen kannten und zu gern selbst mit ihr Bekanntschaft gemacht hätten. Er schenkte den Frauen, die ihn mit ihren Handrücken anstreiften, und auch jenen, die voller Bewunderung auf den schwellenden Schritt seiner engsitzenden Hose starrten, keine Beachtung. Einstmals hätte er sich solche Einladungen wohl zunutze gemacht, nachdem er aber Arrah O'Donnells Leidenschaft erlebt hatte, erschienen ihm alle anderen Frauen schal und farblos.

Seaghan MacNamara verfolgte Arrahs Auftritt, wie nur ein Geliebter seine Geliebte beobachten kann. Der gesamte Hof, Männer wie Frauen, verstummte schlagartig und staunte offenen Mundes, als seine zukünftige Gemahlin eintrat.

Der Gegensatz zwischen Arrahs bestechend schlichtem Gewand und den Prunkroben und Spitzhauben der Damen des Hofes hätte nicht größer sein können. Bunte Bänder und Edelsteine als zusätzlicher Aufputz vermochten den Eindruck von Zerbrechlichkeit und Farblosigkeit nicht zu übertönen. Sie ähnelten weißen Porzellanpuppen – hübsch anzusehen, aber spröde wie Glas. Seaghan hatte das Gefühl, ihre dünnen Knochen müßten brechen, wenn man einen Arm fest anpackte. Nicht eine einzige darunter, der man zugetraut hätte, Arrahs edelsteinbesetztes Schwert auch nur heben zu können.

Anders als die Damen bei Hofe trug Arrah keine Metall- oder Ledereinlagen und kein Korsett. Sie bewegte sich mit einer geschmeidigen Knabenhaftigkeit, die mit jedem Schritt Kraft verriet. Arrahs Körper war in den letzten Jahren gereift. Ihre weiblichen Formen wurden durch das sinnliche Seidenmaterial ihres Kleides betont, dessen einziger Schmuck die Perlenstickerei war. Bei jedem Schritt bewegte sich das Kleid mit, dessen Farben wie die des Meeres zwischen Grün und Silber schwankten. Arrah wurde von dem Stoff nicht umgeben, es schien vielmehr, als entstiege sie ihm. Wie Mōrrīgan, die alte Mondgöttin der Kelten, die als Göttin des

Krieges und der Liebe verehrt wurde, stellte Arrah von den Adlern einen Widerspruch in sich dar. Sie war Verführerin und Kriegerin in einem, sie war Seide und Stahl, Meer und Mond. Während er sie ansah, dachte Seaghan daran, wie die Kriegerin zur Frau wurde, wie sie vor wenigen Augenblicken noch unter ihm gestöhnt hatte, als die Lust schier unerträglich geworden war. Ihre Haut strahlte noch die Hitze der Liebe aus.

Begleitet vom gedämpften Raunen der Anwesenden, ging sie auf den Thron zu. Jemand ließ ein Räuspern hören.

Der Tiger erstarrte mit erhobener Pranke mitten in der Bewegung. Seine gelben Augen betrachteten ein Gesicht in der Menge. Eine Frau schrie auf, Höflinge faßten instinktiv nach ihren Schwertern, doch Arrah zügelte ihre Raubkatze mit der goldenen Kette, und nach einem kaum merklichen Zeichen schritt Kian wieder gehorsam neben ihr einher und ließ die Muskeln unter dem gelben Fell spielen.

Seaghan wandte den Blick nicht von ihr, während sie mit jener kühlen Arroganz einherging, die die Macht mit sich bringt. Arrah O'Donnell trug die Perlen ihres Gewandes wie eine Rüstung.

Seaghan spürte die Erregung und das Staunen der Menge, so als sei Arrah ein exotisches wildes Tier wie der neben ihr schreitende Tiger. Er kannte die Damen bei Hof und beobachtete sie. Sie empfanden Arrah als Bedrohung und haßten sie dafür. Bemüht, die Aufmerksamkeit ihrer Begleiter zu erregen, zupften sie an deren Spitzenärmeln und machten abschätzige Bemerkungen, doch die Männer zeigten sich von Arrahs sinnlichem Stolz zutiefst beeindruckt. Höflich entzogen sie sich ihren Damen und strichen die Spitzenmanschetten glatt. Noch nie hatten sie ein so hinreißendes weibliches Wesen zu Gesicht bekommen.

Nur jene Höflinge, die sie aus der Nähe sahen, bemerkten die Narbe, die ihre Haut unter der rechten Schulter verunzierte. Wieder erhob sich allgemeines Raunen. Es war nahezu unvorstellbar, daß eine Frau eine Unvollkommenheit offen zur Schau trug. Die Narbe hinterließ den undeutlichen, vagen und flüchtigen Eindruck, daß diese gebieterische, leidenschaftliche Frau auch verletzlich war.

Auf der anderen Schulter prangte die große Chieftainbrosche

mit den keltischen Kreisornamenten, die einen bodenlangen Überwurf zusammenhielt, auf dessen Rücken der Adler der O'Donnells mit rotgoldenen Fäden aufgestickt war.

Seaghan löste sich aus der Menge und streckte ihr die Hand entgegen. Dann standen die beiden Seite an Seite. Laut und voller Selbstvertrauen sprach Seaghan den König an: »Eure Königliche Majestät, ich möchte Euch Arrah O'Donnell vorstellen, die Frau, die ich zu meiner Gemahlin erwählt habe.«

Die Hofgesellschaft reagierte mit lautem Stimmengewirr und mußte zur Ruhe gemahnt werden. Die Geschichte von Seaghan und der Comtesse de Villon war allgemein bekannt. Jetzt sah man die Comtesse lautlos an die Seite des Königs gleiten und ihm etwas ins Ohr flüstern. Die auf einem kleinen Thron auf der anderen Seite des Königs sitzende Königin warf der Rivalin einen scharfen Blick zu. »Ruhe! Der König spricht!« mahnte ein Gardist. Stille trat ein. Man hörte nur das dumpfe Geräusch von Schritten und Röckegeraschel, als die Damen sich näher herandrängten.

Glundel Joyce konnte den Blick nicht von Milly wenden, die in einer Fensternische saß und um ihre Mutter weinte. Ein schönes Kind mit schönen Augen, verängstigt, genauso, wie er es mochte. Zarte Haut und wundervolle Augen. Aber immer wenn er versuchte, mit Milly ein Gespräch zu beginnen, zog Finola sie mit sich fort und bedachte ihn mit einem ihrer Blicke. Sobald er de Burgo aus dem Weg geschafft hatte, würde er Finola, dieses Luder, töten. Glundel spürte, daß sie ihn nicht höher schätzte als einen Wurm. Ihr einen Dolch in die Brust zu stoßen würde ihm ein besonderes Vergnügen bereiten.

39. KAPITEL

Arrah erkannte die neben dem König stehende Dame sofort als jene, die vor vielen, vielen Jahren aus der Karosse gestiegen und Seaghan in die Arme gefallen war. Mit den Jahren, die fast spurlos an ihr vorübergegangen waren, hatte sie an Selbstsicherheit und Haltung... und nicht zuletzt an Schönheit gewonnen. Arrah musterte Seaghan von der Seite, er aber richtete den Blick geradeaus auf den König.

Erst allmählich registrierte Arrah einige Einzelheiten ihrer Umgebung. Sie sah, daß die Wände des Audienzsaales mit blau-goldenen Tapeten bespannt waren, deren quadratische Felder mit funkelnden Diamanten besetzt waren. Über dem Thron wölbte sich ein kleiner, mit einer gold-blauen Borte eingefaßter Baldachin. Das rote Gewand des Königs war mit goldenen Lilien bestickt, während die Höflinge Umhänge mit aufgestickten Tieren trugen.

»Willkommen«, sagte der König. »Ihr wart wieder lange außer Landes.«

»Ja, in Irland erforderten einige Angelegenheiten meine Aufmerksamkeit.«

Der König richtete seinen Blick auf Arrah. »Das sagen mir meine Augen.«

Arrah bemerkte, daß die Frau Seaghan nicht aus den Augen ließ. Wieder beugte sie sich vor und flüsterte dem König etwas ins Ohr. Er neigte ihr den Kopf zu, wischte sich die Nase und sagte: »Hättet Ihr eine Französin zur Gemahlin gewählt, unsere Freude wäre weitaus größer.«

»Ich bin Ire von Geburt. Mögen die Frauen an Eurem Hofe noch so schön sein, ich habe mir meine Braut aus Irland geholt.«

Aufgeregtes Stimmengewirr war die Reaktion auf Seaghans Antwort. Die Hälfte der Anwesenden haßte die Favoritin des Königs und den Einfluß, den sie ausübte. Die andere Hälfte zählte zu ihren Anhängern und tat nun ihre Sympathie kund.

Jetzt neigte sich die Königin zum König hinüber und versuchte, ihm etwas zuzuraunen. Da er sie nicht beachtete, faßte sie nach seinem Ärmel.

»Pardon, Madame!« rief er ungehalten. »Vergeßt nicht, daß ich der König bin!« Er strich seinen Ärmel glatt.

»Und ein Narr obendrein, wenn Ihr auf die Einflüsterungen einer eifersüchtigen Schlampe hört.«

»Hütet Eure Zunge, Weib!«

»Ich hüte sie nicht, denn ich bin die Königin, Eure Gemahlin.«

Der König erhob die Augen so hoch zur Decke, daß der weiße Augapfel sichtbar wurde. »Zu meinem Leidwesen!«

»Erlaubt mir, etwas zu sagen, Eure Majestät!« sagte Arrah, die einen Schritt vortrat. »Ihr habt jetzt den Thron eines geeinten Frankreich inne. Noch vor kurzer Zeit war es anders. Die Jungfrau von Orleans half Euch, Euren Anspruch auf den Thron durchzusetzen.« Neuerlich erhob sich Raunen, denn Jeanne d'Arc, wiewohl bei Bauern und Soldaten beliebt, war bei Hofe auf Haß und Verachtung gestoßen. Arrah fuhr fort: »Ich verfüge über fünfzig Schiffe und habe dreitausend Mann unter meinem Kommando. Ein König muß stark sein, um in seinem eigenen Land die Herrschaft ausüben zu können, um so mehr, wenn zuvor Krieg und Aufruhr herrschten. Ich biete Euch den Beistand meiner Schiffe und Truppen für den Fall weiterer Rivalitäten und Kämpfe unter Euren Edlen.«

Das Raunen war nun Ausdruck allgemeinen Unmuts, da der König sich bei vielen seiner Edlen nur geringer Achtung erfreute. Eine Stärkung der Königsmacht durch zusätzliche Truppen hätte eine Schwächung ihrer eigenen Position bedeutet.

Seaghan sah Arrah an. Eben noch hatte sie in seinen Armen aufgeschrien, und jetzt sprach sie mit einer Wortgewandtheit und Würde, die einem König angestanden hätten.

Die Miene des Königs verriet, daß Arrahs Worte ihre Wirkung nicht verfehlt hatten.

Die Comtesse hingegen war sichtlich ungehalten. Mit entschlossener Miene machte sie sich wieder daran, den König zu beeinflussen. Er tat sie mit einer Handbewegung ab, als schlage er nach einer Mücke.

Wütend über diese Behandlung, trat die Comtesse entschlossen vor. »Ich möchte wissen, ob...«

Der König unterbrach sie schroff. »Jacqueline, Ihr habt nicht das Wort.«

Die Comtesse ignorierte ihn nun ihrerseits und stellte sich vor Arrah hin. Beide waren etwa gleich groß, auch die hoheitsvolle Haltung entbehrte nicht einer gewissen Ähnlichkeit. Die Comtesse setzte zum Sprechen an. »Ich weiß nicht, ob Ihr wißt, Arrah von den Adlern, daß Seaghan die Ehe mit Euch anstrebt, weil er Eure Insel gewinnen möchte. Bei seinem letzten Besuch vertraute er es mir an.«

Seaghan trat auf sie zu. »Das ist eine Lüge. Ich...«

Die Comtesse fuhr unbeirrt fort: »Ist es eine Lüge, daß sowohl die MacNamaras als auch die O'Donnells seit Generationen die Herrschaft über die Insel beanspruchen?«

»Nein, aber...«

»Was seine Sippe nicht mit dem Schwert zu erringen vermag, verschafft sie sich durch das Hochzeitsbett.« Die Comtesse bedachte Arrah mit einem strahlenden Lächeln. »Das ist eben MacNamaras Art – Frauen durch das Bett für sich zu gewinnen!«

Arrahs Zunge schmeckte wieder den metallischen Geschmack des Betruges, denselben Geschmack, den sie auch gespürt hatte, als sie vor Jahren Seaghan mit Finola ertappt hatte. Sie hörte Seaghan etwas sagen, doch seine Worte kamen von fern und waren unverständlich. Hatte er ihr seine Liebe nur vorgegaukelt, um die Herrschaft über die Insel der Adler zu gewinnen? Wem sollte sie glauben? Vor Jahren hatte sie Carbris und Finolas Komödie nicht durchschaut. Sollte sie einer Fremden glauben und sich das Glück der vergangenen Tage durch die Finger schlüpfen lassen, oder sollte sie auf die Liebe vertrauen?

Sie blickte Seaghan an, in dessen Augen finsterer Schmerz glomm. »Jacqueline, wärest du ein Mann, ich würde dich töten!« stieß er hervor.

Arrah rückte näher an Seaghan heran und faßte nach seiner Hand, bevor sie sich an die Comtesse wandte: »Ich lasse nicht zu, daß uns Lügen entzweien.«

Die Königin erhob sich und klatschte in die Hände. »Bravo! Bravo! Gut gesprochen!« Nun stimmten die Sympathisanten der Königin in den Applaus ein, entzückt, daß die königliche Favoritin gehörig in die Schranken verwiesen worden war. Die Comtesse starrte die Hofgesellschaft so haßerfüllt an, daß der Beifall jäh endete. Niemand besaß den Mut, ihrem Blick offen standzuhalten. Jacqueline drehte sich um und verließ den Audienzsaal.

Der König stampfte ungeduldig mit dem Fuß auf. »Aufhören! Wir befinden uns im Thronsaal und nicht in der Kampfarena. Dieses Beifallklatschen können wir nicht dulden.«

Die Königin, die ihrem Gemahl einen verächtlichen Blick zuwarf, klatschte daraufhin noch lauter.

Der König rief MacNamara zu: »Wir wollen Euch morgen Bescheid wegen Eurer Vermählung geben.«

Jacqueline de Villon begab sich zornbebend in ihre Gemächer. Sie nahm einen Schuh und schleuderte ihn gegen die bemalte Seidentapete. Nie hätte sie erwartet, daß er eine andere heiraten würde! Seine Verlobung hatte er mit der Begründung gelöst, er würde eine Frau nie so sehr lieben, daß eine Ehe gerechtfertigt wäre. Und der König! Die bloße Erwähnung von Truppen hatte ihn sabbern lassen wie ein Hund, dem man einen Knochen vorhält. Sie warf sich aufs Bett und trommelte mit den Fäusten auf die Seidendecke. Nein, sie würde sich nicht einfach so in die Ecke schieben lassen. In den Jahren als Geliebte des Königs hatte sie zumindest gelegentlich Seaghan MacNamaras Gesellschaft genießen können. Dies würde ein Ende finden, wenn er die Irin heiratete.

Die Zustimmung des Königs war noch nicht gegeben. Sie mußte eine Möglichkeit finden, sie zu verhindern. Nie würde sie zulassen, daß man sie beiseite schob.

Arrah verließ an Seaghans Arm den Audienzsaal Karls VII. noch triumphierender, als sie ihn betreten hatte. Die Hofgesellschaft bedachte die beiden mit Lächeln und wohlgefälligen Blicken. Es war ein bemerkenswert schönes Paar, fast so, als wären sie vom Schicksal dazu bestimmt, in der Ehe vereint zu werden.

An Bord ihres Schiffes wurde Arrah von einer Ahnung drohenden Unheils überwältigt. Es war ein Gefühl starker, durchdringender Kälte, als könne kein Feuer sie jemals mehr erwärmen. Seaghan sah ihr Beben und versuchte vergeblich sie zu trösten.

»Ich muß nach Hause«, wiederholte sie immer wieder.

»Denk an den König«, protestierte Seaghan. »Wir werden hier vermählt.«

»Ich muß fort. Jetzt gleich!« Draußen hatte es angefangen zu regnen. Sie gab Befehl, den Anker zu lichten, da sie unbeirrbar an ihrer Absicht festhielt. Seaghan aber mußte bleiben, um die Entscheidung des Königs abzuwarten. Sie ging zusammen mit Seaghan ans Ende des Docks. Kormorane schwammen im Wasser inmitten von Unrat, den man aus den Schiffen geworfen hatte.

Am Ende der Holzplanken zog er sie an sich. Es regnete nun heftig, sein Atem strich warm über ihr Gesicht. Er küßte sie, während er mit dem Daumen sanft ihr Kinn strich.

»Es tut mir leid, Seaghan. Zum erstenmal im Leben war ich nicht imstande, gegen dieses Angstgefühl anzukämpfen. Ich wünschte, du könntest mitkommen.«

»Ich muß bleiben. In wenigen Tagen werde ich dir wieder meinen Schutz bieten können. In der Zwischenzeit bin ich in Gedanken ständig bei dir. Ich liebe dich... Jede Trennung ist ein Vorgeschmack des Todes. Mehr brauchen wir nicht von der Hölle.« Er führte ihre Hand an seine Lippen. Dann drehte er sich um, zog den Mantel eng um sich und ließ sie am Dock stehen.

Unter vollen Segeln flog die Mōrrīgan heimwärts.

Jacqueline de Villon verfügte am Hof allenthalben über Späher. Sie wußte, daß kein Heiratsgesuch Gültigkeit erlangte, ehe nicht das königliche Siegel darunter prangte. Sie beauftragte einen ihrer Handlanger, MacNamaras Heiratsgesuch aus den Gemächern des Königs zu entwenden und zu ihr zu bringen. Der König verfügte über so viel Verstand wie ein kleines Kind. Sah er etwas nicht ständig vor sich, dann vergaß er es. Ein Heiratsgesuch war nur ein Antrag unter vielen, die es zu unterzeichnen und zu besiegeln galt.

Als der König sie abends aufsuchte, empfing sie ihn mit verführerischem Lächeln in einem roten Negligé aus durchsichtiger Seide. Er war leicht zu ergötzen – ein Umstand, der Jacqueline sehr zustatten kam, da sie mit minimalem Zeitaufwand ein Maximum an Einfluß erlangen konnte. Ein paar flüchtige Zärtlichkeiten, und er lag schnarchend und ächzend auf dem Kissen neben ihr und ließ ihr Zeit, Intrigen zu spinnen und sich mit anderen Männern zu vergnügen.

An diesem Abend aber ließ die Comtesse in ihren Aufmerksamkeiten nicht nach und wandte jede geheime Raffinesse an, damit der König zweimal zu seinem Vergnügen kommen konnte. Danach schlief er sofort ein und hörte auch nicht auf zu schnarchen, als sie ihm den Siegelring vom Finger zog.

Über einer Kerze ließ sie rotes Wachs schmelzen. Sie ahmte seine Handschrift nach und schrieb das Wort *refus* über das Gesuch. Dann goß sie etwas Wachs auf das Pergament und drückte den Siegelring hinein. Seaghan MacNamara würde die Irin nicht zur Frau bekommen.

In Sichtweite der Insel der Adler braute sich Nebel zusammen, ein Nebel, der nicht stieg, sondern tief hing, als sei er unentschlossen. Die drei Kiefern an der Spitze von Beetle Head waren zu sehen. Arrah sah auch die Möwen auf den Felsen, und die Worte eines Seemannsreimes kamen ihr in den Sinn: ›Seemöwe, Seemöwe, bleib auf dem Sand. Es ist nie gut Wetter, bist du an Land.‹

Gleich nachdem das Schiff in die Bucht einfuhr, spürte Arrah, daß etwas Schreckliches passiert sein mußte. Krähen und Raben kreisten in Schwärmen über ihr. Das Tor zur Adlerburg stand offen, und als sie näher kam, sah sie, daß der Wachposten einen blutigen Kopfverband trug. Noch ehe sie fragen konnte, was sich zugetragen hatte, rief Paddy Ohnebein ihr zu: »Arrah, Mädel! Gott hat sich von uns abgewendet. Sie waren da, und sie haben unser Herz mitgenommen. Sie haben unsere Milly entführt!«

40. KAPITEL

Arrah war überzeugt, daß sie das alles nur träumte. Sie berührte die Locke von Millys Haar und bemühte sich, de Burgos Brief noch einmal zu lesen. »Ihr werdet Euch auf Galway Castle persönlich präsentieren und an besagtem Ziel nur in Begleitung einer weiblichen Bediensteten eintreffen. Kommt Ihr dieser Aufforderung nicht nach, ist Eure Tochter verloren. Als Beweis dafür, daß wir das Kind in unserer Gewalt haben, sende ich Euch eine Haarlocke.«

»Angel und ich werden MacNamara verständigen«, hörte sie Hook sagen.

Arrah legte den Brief aus der Hand. »Nein, de Burgo sagt, ich müßte allein gehen.«

»Und wer garantiert Euch, daß er die Wahrheit sagt?«

»Niemand, aber mir bleibt keine andere Wahl.«

Ohne sich Zeit für Vorbereitungen zu lassen, brach sie auf.

An der irischen Westküste herrschte totale Windstille. Schlaff hingen die Segel an den Masten. Eine Nebeldecke lag auf dem Wasser. Man hörte nichts außer dem Ruderschlag, und es gab nichts außer Millys Locke und de Burgos Brief.

Einer der Seeleute stieß sein Messer in den Mast und pfiff leise nach dem Wind, doch auch der Windgeist schien das Schiff verlassen zu haben. Arrah nahm selbst die Trommelschlegel zur Hand und schlug den Rhythmus, der die Ruderknechte zu schnellerem Rudern zwang. Dennoch schien das Schiff an jeder Welle unendlich lange zu haften, ehe es zur nächsten überging. Um das Gefühl der Hilflosigkeit zu verdrängen, griff Arrah selbst zu einem Ruder.

Bei der hypnotisch wirkenden Ruderbewegung fing sie zu beten an. »Vater unser im Himmel, geheiliget sei dein Name...« Der betäubende Ruderschlag ließ Flüche und Gebete verschwimmen und eins werden. Noch immer herrschte Flaute, und der Nebel lastete still und unheilvoll auf ihnen.

Auf Galway Castle erhob sich Glundel, der keinen Schlaf finden konnte, von seinem Lager und blickte aus dem Fenster. Das Schwertergeklirr patrouillierender Wachen war zu hören, doch als er in die Tiefe sah, bedeckten dichte Nebelschwaden den Burghof, so daß er den Boden nicht sehen konnte. Er berührte das Fenstersims, das nebelfeucht war.

Immer wenn er versuchte, mit der kleinen O'Donnell zu sprechen, erntete er Worte des Zornes von de Burgo. »Glundel, meine Geduld wird bald erschöpft sein. Reicht es nicht, daß die Kinder des Gesindes vor dir nicht sicher sind?«

Glundel schlug mit der Faust auf das Sims. Er, Glundel, war es gewesen, der die Beziehung mit Bridgett aufrechterhalten hatte. Wäre er nicht gewesen, hätten sie das Kind nicht in ihre Gewalt bekommen, und dennoch sprang de Burgo mit ihm um wie mit einem Bauernlümmel.

Und was war dabei, wenn er Kinder mochte? Frauen haßte er. Ja, er hatte die Worte von dem alten Narren, seinem Onkel, gelernt – die wohlgesetzten Worte, mit denen man Weibern schmeichelte und ihre Schönheit pries. Insgeheim haßte er ihre Nähe. Er haßte ihre Brüste, und er haßte das Haar zwischen ihren Beinen. Er hatte zerstampfte Akelei in die Speisen seiner ersten Gemahlin gemischt, und sie war erkrankt und langsam dahingesiecht. Niemand hatte Verdacht geschöpft. Agnes hatte sich von seinem vernarbten Gesicht abschrecken lassen, so daß er sich um sie nicht weiter kümmern mußte.

Mit Bridgett war es anders. Sie hatte kaum Brüste und zwischen ihren Beinen nur Federflaum. Doch auch ihr hatte er sich nur mit geschlossenen Augen nähern können.

Er schnallte seinen Dolch um und öffnete leise die hölzerne Tür seiner Kammer. Vor der Tür schnarchte ein Wachposten. Ohne Glundel Joyce hätte niemand erfahren, daß der Franzose von Arrah den Laufpaß bekommen hatte, und niemand hätte sich Bridgetts Hilfe bei der Entführung des Kindes versichern können, denn die Insel war gut befestigt. MacNamara und de Burgo hätten rein gar nichts in der Hand gehabt, und jetzt behandelten sie ihn schlimmer als einen – Knecht.

Vorsichtig schlich Glundel den Gang entlang, der wie alle Gänge von Wandleuchten erhellt wurde. Sein Körper warf große Schatten auf die Wände. Er tat einen großen Schritt über einen auf dem Boden liegenden Hund hinweg, der die Augen öffnete und freudig den Schwanz auf und nieder bewegte.

Glundel lugte um eine Ecke. Verdammt! De Burgo hatte auch vor Millys Tür einen Posten aufgestellt. Überall Wachen. Wie ein Gefangener. De Burgos Gemach lag gegenüber.

Der Posten blickte in die andere Richtung. Er summte leise vor sich hin. Glundel duckte sich und war mit drei Schritten hinter dem Mann, die Klinge kampfbereit in der Hand. Er hielt dem Posten den Mund zu. Der Mann erstarrte, als der Dolch in seinen Körper drang.

Glundel ließ den Dolch im Rücken des Mannes stecken, bis jede Gegenwehr erloschen war. Der Hund erhob sich, streckte und schüttelte sich und trottete gemächlich auf Glundel und auf den Posten zu. Er fing an, das Blut aufzulecken, das zu Boden getropft war. Glundel steckte den Dolch in die Scheide, drückte die Tür zu Millys Schlafkammer auf und zerrte den Toten lautlos hinein.

Seine Augen brauchten eine Weile, um sich an die Lichtverhältnisse zu gewöhnen. Bridgett lag auf einem Strohsack zu Füßen des

Bettes, in dem das Kind schlief. Im Kamin war noch Glut, denn Milly litt an einer Erkältung. Glundel ließ die Leiche in einer Ecke liegen und schlich lautlos auf das Bett zu.

Milly fing zu husten an.

Glundel sprang zurück in die dunkle Ecke.

Bridgett rührte sich schmatzend im Schlaf. Glundel blieb reglos stehen. Er spürte, wie das Blut des Toten durch seine weichen *brocas* aus Rehleder drang.

Wieder wurde Milly von einem Hustenkrampf geschüttelt, so heftig, daß Bridgett sich aufsetzte und sich schlaftrunken übers Gesicht fuhr. Sie zog die Decke bis zu den Schultern hoch, stand auf und trat ans Bett des Kindes. Sie goß Wasser aus einer Karaffe in ein Glas und reichte es Milly.

In diesem Moment rutschte der Tote, den Glundel gegen die Wand gestützt hatte, weg und plumpste mit einem Geräusch zu Boden, das nur ein totes Gewicht verursachen konnte.

Bridgett stieß einen Schrei aus und bekreuzigte sich. Auch Milly schrie und fing wieder zu husten an.

»Pst, Bridgett!« flüsterte Glundel. Seine Hand lag am Dolchgriff.

»Master Glundel, was treibt Ihr denn hier?« Er sah durch die Dunkelheit ihr Lächeln. »Seid Ihr scharf darauf, Sir? Da müssen wir aber sehr vorsichtig sein, denn de Burgo wird wütender als ein gereizter Bär, wenn er dahinterkommt. Er hat mir befohlen, Euch nicht einzulassen.«

Unter anderen Umständen hätte Glundel Bridgett genommen, und die Sache wäre erledigt gewesen, denn sie war flink und zuvorkommend. Doch die ganze Zeit über hatte er nur an die zarte Haut und den erschrockenen Blick des Kindes gedacht.

»Ich bin gekommen, um sie mit in meine Kammer zu nehmen. Hier ist es zu kalt.«

Bridgett kam näher und bemerkte jetzt den in der Ecke liegenden Wachposten. Es war zu dunkel, als daß sie sein Blut gesehen hätte.

»Der hat wohl einen über den Durst getrunken, oder? Also, kommt schon und kriecht zu Bridgett. Die wird Euch die Kälte austreiben.« Sie wollte nach seinem Arm fassen.

Er rückte von ihr ab. »Nicht deswegen bin ich da.«

Plötzlich wurde Bridgett klar, daß er wegen Milly gekommen war. »Das lasse ich nicht zu!«

»Sei ruhig!«

»Ich lasse es nicht zu!«

»Du wirst tun, was ich sage!«

Sie blieb fest. »Ihr seid auch nicht anders als die anderen. Immer nur Versprechungen, hinter denen nichts steht.«

»Ich hab' dir gegeben, was ich versprochen habe. Kleider!«

»Und jetzt habt Ihr was Hübscheres gefunden als Bridgett, und Ihr wollt es haben. Den ganzen Weg bin ich mit ihr gekommen, damit ich mit Euch zusammensein kann. Ihr und Sebastian, ihr beide glaubt wohl, ihr seid zu gut für Bridgett.«

Jetzt war Milly hellwach. »Bridgett!« rief sie beklommen.

Bridgett bewegte sich auf das Kind zu. »Steh auf«, drängte Bridgett das Kind. »Ruf Master de Burgo.«

»Raus mit dir, du Biest!« knirschte Glundel.

Milly erschrak und fing laut zu rufen an: »Mami! Mami!«

»Ich gehe nicht! Ich rufe vielmehr Master de Burgo. Der wird Euren nächtlichen Streifzügen ein Ende bereiten. Ich habe gehört, wie er Euch und Euresgleichen schalt, die Kinder schänden.«

»Aus dem Weg, du falsches Biest!« Er schlug Bridgett mit aller Kraft ins Gesicht, so daß sie zu Boden fiel und alle viere von sich streckte.

Jetzt fing sie zu schreien an. »Master de Burgo! Master...« Ihr zweiter Schrei wurde erstickt, als Glundel seinen Dolch in ihre Brust stieß. Die Worte erstarben auf ihren Lippen. Er riß ihre schmale Vogelbrust mit der Klinge bis zu den Weichteilen auf. Eingeweide und Blut ergossen sich auf dem Boden. Glundel zog das Messer heraus, und Bridgett fiel wie ein leeres Gewand in ihr eigenes Blut. Als er sich über sie beugte, war sein häßliches Gesicht verzerrt vor Genugtuung. Ihre Zähnchen hatten einmal sein Wohlgefallen erregt. Ihre Zähnchen. Alle perfekt und regelmäßig. Er zog die Klinge einmal über ihre Kehle, warf sie zu Boden und sprang aufs Bett. Milly schrie...

Und durch den Nebel schrie Arrah, denn die gleichförmige Ruderbewegung hatte sie in einen tranceähnlichen Zustand versetzt. Irgendwo hinter dem Nebel sah sie Millys Augen in der Finsternis, Augen, aus denen Entsetzen sprach. Zwei blutige Hände wollten nach dem Kind fassen.

Die Mauern von Galway Castle ragten grau und abweisend aus dem Nebel auf. Dem Burggraben entströmte ein übler Gestank, der Arrah an den Hundekadavergeruch von Paris erinnerte. Auf der Wehranlage konnte sie die Umrisse der Wachposten ausmachen.

Der Nebel hob sich allmählich und hing in Streifen vom Himmel. Eichenwipfel krönten einen nahen Hügel.

Die schweren Balken der Zugbrücke senkten sich quietschend und ächzend.

»Gebt mir Euer Schwert«, forderte der Posten.

Arrah reichte es ihm, obwohl sie den Wunsch verspürte, den Posten und auch de Burgo zu töten. Wenn man Milly auch nur ein Haar gekrümmt hatte, würde sie de Burgo umbringen, und wenn sie dabei ihr eigenes Leben aufs Spiel setzte. Das spielte nun keine Rolle mehr. Wichtig war allein Milly.

Sie folgte einem anderen Posten über den Burghof. Hier war der Nebel ganz dicht. Mary folgte Arrah dichtauf.

De Burgo erwartete sie in der großen Halle. Neben ihm stand Finola.

»Sieh mal einer an«, ließ sich Finola vernehmen. »Wenn das nicht Arrah von der Heringsflotte ist.«

»Wo ist meine Tochter?« wollte Arrah wissen.

»In Sicherheit. Ich werde sie in Kürze freilassen.«

»Du bist ein elender Wurm, de Burgo. Und du ebenso, Finola. Milly ist immerhin deine Nichte!«

»Es ist ihr nichts zugestoßen«, erwiderte Finola mit ihrer wohltönenden Silberstimme.

»Schlägt Lord de Burgo neuerdings seine Schlachten, indem er Kinder stiehlt?« fragte Arrah herausfordernd. Ihre nach außen zur Schau getragene Ruhe stand in scharfem Gegensatz zu ihrem inneren Aufruhr.

»Ich habe es satt, ständig von Euren Überfällen und Kämpfen auf Land und zur See zu hören. Ohne Eure Hexenkunst, die Euren Männern zehnfache Kraft verleiht, werden wir sie mit Leichtigkeit besiegen. Die O'Donnells haben die Westküste Irlands lange genug beherrscht.«

Auf ein Zeichen de Burgos hin pochte ein Posten an eine Tür. Man hörte Milly durch die Tür rufen: »Mami, lauf weg! Sie wollen dich töten.«

Arrah stürzte auf die Tür zu und wurde von zwei Posten festgehalten. Da zog sie einen Dolch, den sie versteckt bei sich getragen hatte, und versetzte einem eine Schnittwunde in den Arm. Der zweite schwang eine Kette gegen ihre Hand, und sie ließ die Waffe fallen. Der erste umfing sie nun von hinten. Sie biß ihn, kam frei und lief wieder zur Tür. Vier Posten stürzten sich auf sie und packten sie grob an Armen und Haaren.

»Ich warne Euch... setzt Ihr Euch noch einmal zur Wehr, wird sie vor Euren Augen getötet.«

Arrah keuchte wie eine gefangene Tigerin.

»Mami! Mami!« hörte man die Stimme durch die Tür.

De Burgo gab ein Zeichen, und einer der Wachen ging an die Tür und klopfte energisch. Die Tür ging auf.

Milly lief weinend heraus. Das Haar fiel ihr lose herunter, in den Händen hielt sie Blumen. »Mami, lauf weg, man will dich hängen!«

Arrah zog Milly an sich. Die Tränen des Kindes benetzten ihre Wangen. Arrah berührte die Stelle über Millys Schläfe, wo man eine Locke abgeschnitten hatte. Unter ihren Händen spürte sie das Zittern der Kleinen, die ihr stockend etwas zu sagen versuchte.

»Glundel hat Bridgett mit einem Messer erstochen. Aus ihrem Körper fiel alles heraus. Und dann sprang er auf mein Bett. Ich habe nach dir gerufen. Master de Burgo hat Glundel niedergeschlagen. Und jetzt will er dich töten. Ich habe gehört, was sie gesagt haben.« Milly schluchzte verzweifelt.

Arrah spürte Übelkeit säuerlich in ihrem Mund. »De Burgo, ich...«

»Sie ist nur erschrocken. Er hat ihr nichts getan. Übergebt das Kind Eurer Magd. Sie kann gehen. Ich habe mir Euer Schiff angeeignet.«

»Ihr seid ein räuberischer Hai, de Burgo.«

»In diesem Land sind wir alle Haie. Auch Ihr, Arrah O'Donnell. Keiner gibt sich mit seinem Land zufrieden, alle fallen in fremde Gebiete ein. Wir haben Euer Schiff gekapert und einen Hinterhalt gegen ein englisches Handelsschiff arrangiert, damit es aussieht, als ob Ihr es angegriffen hättet. Wir haben Zeugen und einen englischen Friedensrichter. Ihr werdet wegen Piraterie zum Tode verurteilt. Vor vielen Jahren habt Ihr Phillipe, meinen Sohn, getötet. Jetzt seid Ihr an der Reihe. Ihr werdet sterben. Die Westküste Irlands ist frei von Arrah O'Donnells Schreckensherrschaft.«

»Mami!« rief Milly. »Sie dürfen dich nicht mitnehmen.« Sie schlang die Arme um Arrah. »Nicht, Mami!«

Arrah bückte sich und zog Milly an sich. Sie spürte, wie heftig das Herz ihres Töchterchens schlug, und sie erinnerte sich an ihre Vision von dunklen Stufen und einem Galgen. Ganz oben wartete eine düstere verhüllte Gestalt. Arrah drückte ihren Kopf an Millys Brust. ›Ich habe Angst‹, wollte sie sagen. ›Ich habe Angst vor dem Tod, und noch mehr habe ich Angst, dich allein zu lassen.‹ Aber das alles konnte sie Milly nicht sagen. »Wenn wir am meisten Angst haben, dürfen wir es nicht zeigen. Das nennt man Mut. Kannst du mit mir mutig sein?«

Milly schlang die Arme um den Hals ihrer Mutter. »Ich will nicht mutig sein. Ich will Angst haben dürfen und bei dir bleiben.«

Arrah hielt sie fest und schloß die Augen. Sie mußte alle Gefühle von Verzweiflung verdrängen. Arrah von den Adlern hatte alles besessen – Schiffe, Juwelen, Macht und für ganz kurze Zeit auch Seaghan. Jetzt mußte sie versuchen, Millys Tränen zu stillen. Es war das einzige, was zählte. Arrah atmete tief durch, bevor sie Millys Tränen trocknete und sagte: »Komm.« Sie löste die Kinderarme von ihrem Nacken und führte Milly ans Fenster. Die Wachen wollten sie daran hindern, aber Arrah schüttelte in wortlosem Befehl den Kopf. Sie tat es mit so viel Würde und Haltung, daß keiner sich vom Fleck rührte.

»Sieh zum Himmel«, sagte Arrah zu Milly. Der Nebel lichtete sich. »Dort am Horizont siehst du bei Sonnenuntergang den Abendstern. Denke an mich, wenn er aufgeht. Wenn ich ihn sehe, werde ich an dich denken, und wir werden beisammen sein. Weißt du noch, was wir immer gesagt haben, wenn ich dich abends zu Bett gebracht habe? Sag mir die Worte nach: Ich habe dich nicht so lieb…«

Milly schwieg.

Arrah nahm Millys Arme und breitete sie aus. »Ich habe dich nicht so lieb.« Sie breitete die Arme noch weiter aus. »Auch nicht soo… sondern ich habe dich lieb…«

Milly sprach nun die Worte mit: »…so, wie der Himmel hoch und der Ozean weit ist.«

»Denk an diese Worte«, schärfte Arrah ihr ein. »Ich werde dich immer liebhaben. Mary, komm und nimm sie mit.«

Auch Mary weinte. »Komm, Kind«, drängte sie sanft.

»Mami, nein!«

»Du mußt jetzt gehen. Denk an den Abendstern. Ich werde immer mit dir sein. Ich habe dich sehr, sehr lieb.«

41. KAPITEL

Der Kerkermeister, ein roher Mann, dem ein Geruch nach faulem Gemüse entströmte, als seien seine Kleider vermodert, betrachtete Arrah mit eigenartigem Blick: ein Auge war grau und trüb, das andere ständig in Bewegung.

Der Kerl nieste laut und fuhr sich mit dem Ärmel über die Nase, ohne den Blick von Arrah zu wenden.

Dann sagte er, daß er die Brosche haben wollte.

»Es ist die Brosche des Chieftains«, erwiderte sie. »Sie hat meinem Vater gehört…«

Plötzlich griff der Mann neben sich und zog eine bedrohlich aussehende Keule hervor. Arrah machte sich an der Brosche zu schaffen. Die Nadel stach ihr in den Finger.

»Mach schneller! Hab' nicht den ganzen verdammten Tag Zeit«, drängte der Kerkermeister.

Sie hielt die Adlerbrosche auf der Handfläche. Als der Mann nach dem Stück griff, zuckte Arrah zurück. Seine verfärbten Finger sahen gräßlich aus.

»Die Brosche hat meinem Vater gehört, Reevnarg O'Donnell.«

Eine Peitsche traf sie unvermittelt auf Rücken und Kopf. Da ihr Reaktionsvermögen durch ständige Übung blitzschnell war, wirbelte sie angriffsbereit herum. Sie erkannte Hirple. »Verräterischer Hundsfott! Ich dachte, du wärest tot!«

Wieder traf die Peitsche sie. »Ja, das Glück hat sich gewendet, Mädchen-Kapitän. Und jetzt rück die Brosche raus. Der Joyce wird mir dafür eine hübsche Belohnung geben.«

»Ehe ich sie einem Halunken wie dir gebe, lasse ich mich töten!« Es folgte ein weiterer Peitschenhieb.

Arrah stürzte sich auf ihn, gewillt, mit der Nadel seine Augen auszustechen. Drei Wachposten sprangen heran und hielten sie fest.

Hirple entriß ihr die Brosche. »Luder!« rief er laut. »Wenn ich könnte, wie ich wollte, würde ich dich runterschaffen. Dort ist eine Folterbank samt Eisen und Feuer. Alles mögliche. Sebastian hat um seinen Tod gefleht. Genau hier unter uns. Ich könnte dich soweit bringen, daß du wimmerst. Aber de Burgo erlaubt es nicht.« Er entriß ihr den Mantel. »Hier ist manch einer unter den Kriegern, der keinen so feinen Mantel hat. Die bezahlen dafür ganz anständig.«

»Du wirst in der Hölle vermodern!«

»Aber du vor mir, Mädchen-Kapitän. Der Henker hat schon seine Befehle bekommen. Aber zuvor noch was anderes... Die Posten draußen warten nur darauf, ihre harten Stücke in dich zu versenken. Die zahlen mir viel, wenn sie auf dich dürfen. Ich selbst, ich mag den Geruch von Weibern nicht, noch weniger die weichen Hinterbacken. Sebastian war mehr mein Fall. Hab' ihn auch gut genutzt. Ich und ein paar andere. Also, mach dich auf Besuch gefaßt, wenn die Wachablöse vorbei ist.«

»Die tiefsten Tiefen der Hölle sind für Tiere wie dich noch zu gut«, schleuderte sie ihm entgegen.

»Mädchen-Kapitän, auf deine Hölle geb' ich keinen Heringsfurz. Ich nehme das Geld, und die sollen mit dir machen, was sie wollen!«

Wenn jemand dahinterkam, daß Thomas als Henker fungierte, folgte unweigerlich die Frage, wie es war, wenn man einem Menschen die Schlinge um den Hals legte und ihn dann zappeln ließ. Zum Sterben gab es weder gute noch schlechte Zeiten. Der Tod kam, wenn er wollte, und es hatte keinen Zweck, gegen ihn anzukämpfen. Ein Schwertstich ins Herz, ein Schuß in den Kopf, Krankheit oder Galgen – alles lief auf dasselbe hinaus. Wenn Gott oder Teufel – er war nicht mal sicher, ob es zwischen den beiden einen Unterschied gab – einen haben wollten, dann hatte es keinen Zweck, dagegen anzukämpfen.

Diesmal aber war die Sache Thomas gar nicht geheuer, denn es rankte sich viel Aberglauben um die Seehexe. Die Leute hatten Angst, ihr Geist würde wiederkehren und sie heimsuchen. Deswegen sollte sie nach dem Tod am Galgen an vier Pferde gebunden und gevierteilt werden, damit ihr Geist nicht umgehen konnte. Und das war das Schreckliche, denn dies bedeutete den Verlust der Glorienhand. Die würden dann die Pferdetreiber an sich nehmen. Für die Glorienhand, die rechte Hand eines Verbrechers, gab es immer einen guten Preis – eineinhalb Pfund, so viel, wie er in zwei Monaten mit seiner Arbeit verdiente. Souvenirs feilzubieten war die einzige Möglichkeit, sich einen anständigen Verdienst zu verschaffen.

Die Nacht umgab Arrah mit völliger Stille. Der Burghof war dunkel. Ratten huschten durch die Zelle. Plötzlich drang Gesang an ihr Ohr. Zuerst waren nur ein paar Harfentöne vernehmbar, dann hörte sie ein Lied, dasselbe, das Arrahs Großmutter immer gesungen hatte.

Die Stimme war unverkennbar – es war Debrogails Stimme. Aber Debrogail war tot. Naira hatte sie getötet – und doch konnte sie nicht tot sein, denn die Stimme war zu nahe und zu klar. Arrah war mit einer an ihren Fesseln befestigten Kette an die Wand gekettet. An den Ketten zerrend rief sie: »Debrogail! Debrogail!«

Der Gesang verstummte. »Wer ruft meinen Namen?«

»Kennst du mich nicht mehr, du dumme Gans Beelzebubs?« rief Arrah laut.

Debrogail war wie vor den Kopf geschlagen. Es gab nur einen Menschen, der sie jemals so genannt hatte. »Arrah! Bist du es?«

Arrah preßte sich an die Mauer, in dem Versuch, ihrer Schwester möglichst nahe zu kommen, und sie trommelte mit den Fäusten gegen die Wand. »Debrogail! Antworte mir! Sprich mit mir!«

Als Arrah eine Ratte in einem Loch in der Trennwand verschwinden sah, fiel sie auf die Knie und fing verzweifelt an, mit den Fingern zu graben. »Debrogail! Debrogail! So sprich doch mit mir!« rief Arrah. Ihre Worte überstürzten sich. »Naira hat behauptet, sie hätte dich getötet. Sie selbst ist jetzt tot. O Debrogail, du wurdest nach der Geburt vertauscht. Du bist meine Schwester.« Sie scharrte und grub, doch der Stein gab nicht nach. Nach kürzester Zeit waren ihre Finger aufgeschürft. Auf der anderen Seite der Mauer herrschte Schweigen.

Debrogail reagierte auf das Gehörte mit Fassungslosigkeit. *Du findest das Verlorene in der Henkerszelle!* Das waren die Worte, die die alte Hexe vor vielen Jahren ausgesprochen hatte, als Debrogail sich an Naira hatte rächen wollen.

»Debrogail, hörst du mich?« rief Arrah.

Debrogail ging in ihrer Zelle ganz nach vorn und flüsterte laut durch die Gitter an der Tür: »Schrei nicht so laut. Sonst hören dich die Posten. Lebt Bres noch?«

»Ich weiß es nicht. Er hat Naira vor einiger Zeit verlassen.«

Debrogail fing zu weinen an. Vielleicht liebte Bres sie immer noch, so, wie sie ihn liebte. Und dann fiel ihr etwas anderes ein.

»Deine Mutter wurde vergiftet... unsere Mutter. Glundel hat Geralde de Burgo davon erzählt.« Sie brach wieder in Tränen aus. Nie hatte sie die Arme um die eigene Mutter gelegt und sie geküßt.

»Wenn sie geahnt hätte, wer du bist, wäre ihr das Herz gebrochen, weil sie dich als gemeine Magd behandelte«, sagte Arrah.

»Sie hat verlangt, daß ich dich Mistreß Arrah nenne.«

»Ich konnte es nicht leiden, wenn du mich so angesprochen hast. Du sollst mich nie wieder so nennen.«

»Ich hatte dich immer lieb, aber ich habe dich auch beneidet. Du warst so schön.«

»Auch du warst schön, Debrogail.«

»Die vielen schönen Kleider«, sagte Debrogail. »Ich war immer der Meinung, daß Bridgett eine Närrin war, weil sie sie anprobiert hat, aber gewünscht habe ich es mir selbst – nur hatte ich nie den Mut.«

»Hier im Kerker spielt es keine Rolle, was wir tragen.«

»Ich hege keinen Groll gegen Mistreß Margaret. Sie war sehr gütig zu mir. Dich hat sie mehr gescholten als mich.«

»Sie hätte dich mehr schelten sollen«, bemerkte Arrah trocken. »Vielleicht hätte es dir den Kerker erspart.«

»Was wird mit dir geschehen?« fragte Debrogail.

»Ich werde gehenkt.«

»Wenn ich Beelzebubs dumme Gans bin, dann bist du Beelzebubs dümmste Gans. Mich wird man wenigstens nicht töten«, meinte Debrogail darauf.

»Du hattest immer die Gabe, das Richtige zu sagen, damit man sich besser fühlt.«

»Und wann soll es sein?«

»Bald«, gab Arrah zurück.

Debrogail hatte es geschafft, daß Geralde sie und Magnus begnadigte. Sie wollte nun Nevil zu Arrahs Rettung benutzen. Wenn de Burgo Arrah an den Galgen schickte, wollte sie sich weigern, Nevil vorzusingen oder mit ihm zu spielen. Nein, Nevil durfte sie nicht strafen. Sie mußte sich etwas anderes ausdenken. Und dann kam ihr eine Idee.

Sie tauchte die Hände in den Wassereimer. Das Wasser war eiskalt.

»Debrogail, bist du noch da?« rief Arrah.

»Sei still«, sagte Debrogail. »Ich will den Posten rufen.« Noch immer hielt sie die Hände ins Wasser, so lange, bis sie sich eiskalt anfühlten. Dann rief sie: »Wachen!« Sie nahm die hölzerne Wasserschale und schlug damit gegen die Gitterstäbe. Dann nahm sie einige Decken und hüllte sich darin ein.

Magnus, der geschlafen hatte, erwachte von dem Lärm. »Debrogail, was geht da vor? Ich habe dich mit jemandem sprechen hören. Wer ist da?«

»Magnus, ich habe eine Schwester. Später will ich dir alles erzählen.« Sie fing wieder laut zu rufen an und hämmerte gegen die Stäbe.

Als der Posten schließlich kam, sank Debrogails Herz. Er war der größte Tölpel aus de Burgos Wachmannschaft. Der Mann, der sämtliche Ringkämpfe gewonnen hatte.

Gott verleih' mir Kraft, betete sie.

»Was ist?« fragte der Mann.

»Ich friere zu Tode«, sagte sie und streckte ihm die Hände durch die Stäbe entgegen. »Fühl meine Hände«, sagte sie. »Ich spielte auf meiner Harfe, und plötzlich überfiel mich eisige Kälte.« Die Harfe stand neben ihr.

Der Posten, der genau wußte, daß Debrogail gut behandelt werden mußte, antwortete: »Ich bringe dir noch ein paar Decken.«

»Decken habe ich genug, aber ich friere trotzdem. Bitte, tu etwas.«

Der Tölpel öffnete die Tür und trat ein. Wenn Debrogail Schaden nahm, verfiel de Burgos Enkel wieder in Raserei, und dann würde man die Wachmannschaft dafür verantwortlich machen.

Debrogail verschränkte die Arme vor der Brust und tat, als überliefe sie ein Kälteschauer. »Ich friere so sehr. Fast habe ich das Gefühl, ich müßte sterben.«

Der Mann sah sie an. »Ich rufe lieber den Bader. Er wird wissen, was zu tun ist.«

Debrogail sank in die Knie. »Bitte, hilf mir!« jammerte sie.

Der Posten kniete neben ihr nieder. »Was ist los?« Plötzlich erfaßte Debrogail die Enden ihrer Decken, um sie ihm flink auf den Kopf zu werfen. Im selben Augenblick nahm sie ihre Harfe und ließ den Holzrahmen auf seinen Schädel niedersausen.

In ihrer Zelle hörte Arrah, wie ein Schlüssel in ein Schloß gesteckt und ihre Zellentür geöffnet wurde. Sie griff nach ihren Ketten, in der Absicht, sie als Waffen zu benutzen, ließ sie aber sofort fallen, als sie eine Frau sah.

Debrogail lief auf Arrah zu und schlang die Arme um sie. Die zwei Frauen hielten sich umfangen und weinten. Für ein ausführliches Gespräch war keine Zeit. Debrogail bückte sich und löste Arrahs Fesseln. Anschließend umarmten sie sich noch einmal ganz kurz.

»Komm«, flüsterte Debrogail. »Wir müssen hier weg.«

Anstatt auf den Ausgang zuzuhalten, schlug Debrogail die andere Richtung ein.

»Hier geht es hinaus«, flüsterte Arrah.

»Ich muß Magnus holen«, gab Debrogail zurück.

Sie lief zu einer anderen Zelle, deren Tür sie rasch öffnete. Magnus, der auf dem Boden hockte, blickte erstaunt zu Debrogail auf.

»Magnus, wir fliehen!«

Magnus bemerkte eine Frau hinter Debrogail und wußte sofort, wer sie war. Er hatte das Aufsehen und die Unruhe mitbekommen, als Arrah O'Donnell in den Kerker geschafft worden war.

»Ich komme nicht mit«, erklärte er entschlossen.

»Natürlich kommst du mit uns«, entgegnete Debrogail.

»Debrogail, komm zu mir«, sagte er, und als sie sich zu ihm niederbeugte, ergriff er ihre Hände.

»Ich und die vielen Stufen«, sagte er mit einem Blick auf seine Krücken. »Ich würde euch bei der Flucht nur behindern.«

»Magnus, du mußt mitkommen, bitte!« Debrogail versuchte ihn zum Aufstehen zu bewegen, indem sie ihn an den Händen zog.

»Debrogail, er hat recht«, wandte Arrah ein. »Wir müssen uns beeilen, bevor die anderen Bewacher kommen.«

Debrogail wirbelte mit einer Wildheit zu Arrah herum, die sie in all den Jahren ihrer Kinderfreundschaft nie an ihr erlebt hatte. »Was man von dir sagt, ist die Wahrheit! Du bist scharf und hart wie ein verdammtes Schlachtschwert. Magnus war mein Bruder, bevor ich wußte, daß ich eine Schwester habe, und ich gehe nicht ohne ihn. Wenn du gehen willst, dann geh, aber allein.«

»Ich habe dich nicht nach all den Jahren gefunden, um dich zurückzulassen«, sagte Arrah und ging auf die beiden zu. »Nimm seinen Arm und hebe ihn hoch«, befahl Arrah und ergriff Magnus' anderen Arm.

»Ihr seid Törinnen, alle beide«, schalt Magnus.

Die Frauen halfen ihm, aus der Zelle und den Gang entlangzuhumpeln.

An der Treppe angekommen, trugen die zwei Frauen den Alten nun Stufe um Stufe in einem mühsamen Aufstieg.

Sie hatten noch zwei Stufen vor sich, als sie Stimmen hörten. In einem Schwung hoben sie Magnus auf den Treppenabsatz und verbargen sich hinter der Tür, die gegen sie aufschwang. Arrah sandte ein Stoßgebet zum Himmel. Laß mich leben, bis Milly erwachsen ist! Dann nimm mich hinweg! Aber jetzt schenke mir die Freiheit!

Arrah ergriff eine der Krücken und spähte hinter der Tür hervor.

Es waren zwei Wachposten. Die Krücke hochschwingend, versetzte sie dem näher zu ihr Stehenden einen Hieb auf den Schädel. Noch ehe er zusammenbrach, war auch der zweite bewußtlos.

Mit Debrogail und Magnus betrat sie nun einen zweiten Gang. Wieder folgte ein mühevoller Treppenaufstieg. Endlich war das Ende der Treppe erreicht. Debrogail wollte eben die Tür öffnen, als diese ohne Vorwarnung aufschwang. Debrogail schrie erschrocken auf.

Hirple sah sich Arrah direkt gegenüber, zog sein Schwert und brüllte: »Die Gefangenen sind frei!«

Arrah schleuderte die Krücke, die sie noch immer in der Hand hielt, gegen Hirple. Sie traf ihn auf der Brust, so heftig, daß er zurücktaumelte. Doch er blieb auf den Beinen und hielt noch immer das Schwert in der Hand.

Debrogail, die die zweite Krücke hielt, stürzte sich auf ihn. Hirple gelang es, ihr die Krücke mit dem erhobenen Schwert aus der Hand zu schlagen. Er sprang auf sie zu, bereit, sie zu erstechen. Aber Magnus warf sich schützend dazwischen und stieß Debrogail auf den Boden. Die Schwertspitze traf ihn in die Kehle.

Arrah hatte keine Waffe mehr in der Hand. Ein paar Stufen unter ihr steckte eine Fackel in einer Halterung an der Wand. Sie sprang die Stufen hinunter, während sie hinter sich Debrogail Magnus' Namen rufen hörte.

Mit ein paar Sätzen war Arrah wieder oben.

Hirple stellte sich mit blutigem Schwert Arrah entgegen.

»Wacht auf! Wacht auf! Arrah O'Donnell ist frei!« rief Hirple laut.

Von irgendwoher hörte Arrah, die mit der Fackel auf Hirple einhieb, eine Glocke. Sein lahmes Bein behinderte ihn, so daß er es an Behendigkeit mit ihr nicht aufnehmen konnte. Der Treppenabsatz hatte kein Geländer. Arrah mußte unbedingt versuchen, ihn in die Tiefe zu stürzen. Dieses Ziel vor Augen, stieß sie ihm die Fackel ins Gesicht und drängte ihn gegen die Mauer. Er versuchte einen Ausfall mit seinem Schwert. Feuer und Stahl kämpften miteinander. Traf er die Fackel, dann hieb er ein paar brennende Stücke ab, die auf der Treppe weiterbrannten. Eines dieser brennenden Stückchen hob er mit der Schwertspitze auf, um es ihr entgegenzuschleudern. Es traf sie an der Hand und verbrannte sie so schmerzhaft, daß sie die Konzentration verlor. In diesem Augenblick stieß er mit dem Schwert nach und drängte sie gegen die Treppe ab, die sie eben heraufgekommen war.

Debrogail, die sich über Magnus beugte, befand sich jetzt in Hirples Rücken. Sie packte eine der Krücken, die in den Eingang gefallen war, und versetzte Hirple damit einen Schlag, daß er gegen den Treppenabsatz fiel. Arrah zögerte nicht, ihm die Fackel direkt ins Gesicht zu stoßen. Er versuchte, mit einer Drehung auszuweichen, doch noch ehe er merkte, daß er zu schwungvoll reagierte, war er an den äußersten Rand des Treppenabsatzes geraten. Er suchte an der Bodenkante Halt. Vergebens, er konnte seinen Sturz nicht mehr aufhalten. Schreiend landete er auf dem darunterliegenden Steinboden.

Debrogail beugte sich wieder über Magnus. Sie hielt seine Hände fest.

»Cathlin ruft mich«, flüsterte er ihr zu. »Geh, Debrogail, ganz rasch.«

Debrogail führte seine Hand an ihre Lippen. »Mein Bruder! Wie lieb ich dich habe!«

»Du bist nicht mehr allein. Du hast eine Schwester gefunden. Ich hoffe sehr, du findest auch deinen Bres wieder. Lebwohl, Debrogail.« Seine Hand erschlaffte.

Debrogail brach in Tränen aus.

Arrah hatte genug Kampferfahrung, um zu erkennen, wann ein Mensch tot war. Sie berührte Debrogails Schulter. »Komm.«

»Er war der ehrenhafteste Mensch, dem ich je begegnet bin.«

»Du kannst nichts mehr für ihn tun.« Arrah zog Debrogail am Arm weiter.

Ein zweiter Posten stürmte mit gezücktem Schwert durch die Tür. Er hieb auf Arrahs Fackel ein und zerschnitt sie in zwei Teile, so daß der brennende Teil zu Boden fiel. Arrah ließ das Stück mit einem Tritt im Gesicht des Postens landen, und als er zurückzuckte, trat sie ihm zwischen die Beine. Sie faßte nach seinem Schwert, nahm Debrogails Hand und hastete durch die Tür.

»Hier, diese Richtung«, stieß Debrogail hervor. »Ich kann nicht mit dir mithalten. Ich bleibe hier.«

»Komm! Ich lasse dich nicht zurück.« Wieder zerrte sie an Debrogails Arm.

Debrogail blieb stehen. »Mir wird man nichts tun. Lauf in dieser Richtung weiter!« Sie deutete auf einen dunklen Gang, der sich vor ihnen öffnete.

Arrah hörte nun Laufschritte aus allen Richtungen. Näher kommende Lichter aus zwei Gängen verrieten ihr, daß die gesamte Wachmannschaft alarmiert war. Sie erspähte eine niedrige dunkle Wandnische. Entschlossen packte sie Debrogail, deren Rock sich an der Kante eines Steines verfing. Sie fiel hin und rutschte in die Nische. Arrah warf sich neben sie.

Sie sah, daß die Fackeln näher kamen. Arrah drückte sich flach auf den Boden, so flach, daß sie spürte, wie ihr Herz gegen Stein schlug. Am liebsten hätte sie sich in eine Ritze zwischen den Steinen verkrochen, um unentdeckt zu bleiben. Sie wußte, daß die Fackeln in alle dunklen Ecken und Winkel leuchteten. Das Licht kam immer näher. Um sie herum waren Schritte auf Stein, fluchende Männerstimmen und keuchende Atemzüge zu hören. Eines der Lichter kam noch näher. Mit angehaltenem Atem wartete Arrah. Debrogails Finger umklammerten die ihren. Sie spürte, wie der Fackelschein gnädig über sie hinwegglitt, und sie spürte das kalte Metall eines Schwertes am Hinterkopf.

Ein Mann rief: »Hier ist nichts!« Lichter und Schritte entfernten sich wieder.

Arrah wagte wieder zu atmen.

»Es gibt eine Stelle, ganz oben auf der Mauer, von wo aus man in den Graben springen kann«, flüsterte Debrogail.

Hand in Hand liefen die beiden einen Gang entlang, dann den nächsten, Stufen hinauf, immer wieder Stufen, bis sie die Brustwehr auf der Mauerkrone erreicht hatten. Draußen blies ein kalter Wind.

Ein Posten näherte sich schweren Schrittes. Atemlos preßten die Flüchtigen sich an die Mauer. Der Mann schritt vorüber. »Kannst du noch schwimmen, Arrah?«

Arrah nickte.

»Folge mir!«

Debrogail lief voraus. Ihr Rock hinderte sie beim Ersteigen der

Bogenschützenstellung auf der Mauer, deshalb raffte sie ihn bis zu den Knien hoch. Doch in der Dunkelheit verfing sich ein Stück des aufgerissenen Saumes im Stein, sie stolperte und stieß gegen die Wand. Arrah bückte sich, um ihr aufzuhelfen. Der Rock wehte Arrah ins Gesicht.

Keine der beiden bemerkte den Posten, der sich ihnen näherte.

42. KAPITEL

Im Morgengrauen sollte sie gehenkt werden. Die Nacht war still und dunkel, der Mond war für sie nicht mehr sichtbar. Sie hörte das Rascheln trockenen Laubes, das vom Wind über die Pflastersteine geweht wurde. Rattenfüßchen huschten über den Boden.

Arrah drückte das Gesicht zwischen die Stäbe und atmete den kalten Morgengeruch ein. Sie hatte sich die Flucht erkämpfen wollen und hatte versagt. Vielleicht war dies der Sinn des Lebens – Kampf, und wenn man mit aller Kraft gekämpft hatte und nicht mehr konnte, galt es, mit Würde zu sterben.

Der Morgen graute. Sie hörte eine Drossel singen. Als nächstes Geräusch vernahm sie das Klirren von Metall und das Schlagen einer Tür, dann wurde ein Schlüssel in das Schloß ihrer Zellentür geschoben. Die Ratten hielten inne.

»He du! Da ist ein Priester, mit dem du reden kannst«, rief der Kerkermeister.

Sie sah einen zweiten Mann.

»Beeilt Euch!« lautete der Befehl des Kerkermeisters. »Lord de Burgo wartet nicht gern.«

»Bereite dich darauf vor, Gott zu begegnen«, sagte der Priester in gütigem Ton. »Der Herr sei mit dir!«

Die Fesseln wurden ihr abgenommen. Einer der Wachen band ihr die Hände auf dem Rücken zusammen und führte sie hinaus. Nun sah Arrah, wie die ersten roten Banner des Morgens am Himmel entfaltet wurden. Sie dachte an die Banner ihrer Schiffe, die im Wind wehten. Milly würde jetzt schlafen. Sie hörte das Scharren eines Schwertes an der Mauer und sah die schmale Mondsichel hinter einer Wolke. Nebel hing dicht über dem Boden.

Der Himmel rötete sich immer mehr. Sie stolperte über eine Unebenheit im Pflaster. Jemand packte sie rüde am Ellbogen. Der Priester schritt mit todernster Miene neben ihr.

Glundel mit seinem zerflossenen Gesicht sah aus wie ein der Hölle entsprungenes Geschöpf.

Dann sah sie die Richtstätte und den Henker, riesig, schwarz und von tödlicher Endgültigkeit. Sein Gesicht war von einer Lederkapuze verhüllt, die Arme vor der Brust verschränkt. Sie spürte einen säuerlichen Geschmack im Mund. Den Wachposten auf der Wehr hatte sie erst im letzten Moment gehört. Debrogail hatte die Mauer erstiegen, und Arrah hatte sie hinunterstoßen können, bevor sie sich gedreht hatte, um den Angreifer abzuwehren. Sie hatte ihm ihr Schwert in die Rippen gestoßen, doch ein zweiter hatte sie hinterrücks überwältigt.

Der Bewacher an ihrer Seite drängte sie weiter.

Sie setzte den Fuß auf die erste zum Galgen führende Stufe. Ein hohles Geräusch, das in der Morgenstille doppelt laut klang und sie ganz einzuhüllen schien. Das Geräusch des Todes. O Gott, sie hatte so große Angst! Wieder versuchte jemand, sie zu drängen, so daß sie den nächsten Schritt tun mußte.

Arrah sah die vier bereitstehenden Rösser, drei dunkle und einen Apfelschimmel, der im Mondlicht seidig schimmerte. Sie konnte nur inständig hoffen, wirklich tot zu sein, wenn man sie an die Pferde band.

Die Dämmerung färbte den Himmel mit blutroten Fingern.

»Erlöse die Bußfertigen, wie Du es durch Jesus Christus, unseren Herrn, verheißen hast...« Gedämpft und monoton drangen die Worte des Priesters an ihr Ohr.

Der Henker stand reglos da, dunkel und still wie ein Sarg. Nur die Augen bewegten sich, Augen, die dunkel und glänzend aus der Kapuze funkelten. Das also war das Ende. Sie selbst hatte oft genug eine Maske angelegt, Masken des Mutes vor allem. Wenn es ihr glückte, Mut und Würde noch kurze Zeit zu bewahren, dann würde nicht einmal der Henker imstande sein, sie gänzlich zu vernichten. Er mochte ihren Körper töten, doch der Geist von Arrah O'Donnell war unbesiegbar. Arrah O'Donnells Seele würde sich adlergleich in die Lüfte erheben. O Gott, diese schreckliche Angst!

Jetzt machte der Henker zum erstenmal eine Bewegung. Er reichte ihr eine Augenbinde.

»Willst du mir in meinen letzten Minuten den Anblick des Sonnenaufgangs verwehren?«

Der Scharfrichter umfaßte ihre Schultern mit stählernem Griff und drehte sie um. Arrah hatte auf See nie Übelkeit kennengelernt, nun aber spürte sie das Heben und Senken des Meeres in ihrer Kehle. Er zog ihr die Binde über die Augen.

»Dominus regit... ich fürchte mich nicht, auch wenn ich durch das Tal des Todes wandle, denn Du bist bei mir, Dein Stab und Deine Rute sind mein Trost...«, zitierte der Beichtvater.

Der Henker berührte ihren Nacken. Die Intimität dieser Geste setzte sie in Erstaunen. Vielleicht war der Tod der letzte Geliebte einer jeden Frau. Sie spürte die morgendliche Kälte am Hals, so wie damals, als sie sich das Haar abgeschnitten hatte. Verrat war ihr Untergang. Nein, sie wollte nicht an Verrat denken, sondern an glückhafte Dinge, an das, was sie zu Milly gesagt hatte. *Ich habe dich so lieb, wie der Himmel hoch und der Ozean weit ist.* Wenn sie an das Glück dachte, dann würde ihre Angst vergehen. Der Abendstern... dort am Horizont. Der Sonnenaufgang war ein Zeichen, daß die Himmelstore offenstanden, um die Seelen zu empfangen, die des Nachts gestorben waren. Wieder ein Sonnenaufgang. Arrah, fasse dich. Sie spürte, wie die Schlinge um ihren Hals enger gezogen wurde. Sie dachte an Seaghans Finger an ihrem Nacken. Lebwohl, Seaghan, lebwohl, Debrogail, wo du auch sein magst. Fürchte dich nicht, Milly. Ich habe dich nicht so lieb... auch nicht so... sondern so, wie der Himmel hoch und der Ozean weit ist.

»Hast du letzte Worte zu sprechen?« fragte der Beichtvater. Seine Stimme kam aus weiter Ferne wie die Stimme in einem Traum.

»Antworte ihm«, flüsterte der Henker mahnend.

Arrah war leer und benommen. Sie konnte sich nicht rühren und nicht sprechen.

»Bei Deiner Todespein und Deinem blutigen Schweiß; bei Deinem Kreuz und Deiner Qual... Erlöse uns, o Herr, in der Stunde unseres Todes und am Tag des Gerichtes.«

Sie richtete den Blick in die Weite und sah einen Mann mit tiefer Kapuze neben einem Pferd. Er wartete auf sie, wartete darauf, ihr die Glieder vom Leib zu reißen.

»Und jetzt alles herunter vom Gerüst! Bei so vielen Leuten fehlt hinterher zuviel!« rief der Henker. Scharrende Schritte auf Holz wurden hörbar.

»Was, zum Teufel, hält dich auf?« rief de Burgo.

»Nichts... sie ist eine Frau, mehr nicht.«

»Ach was, Frau! Sie hat meinen Sohn auf dem Gewissen, und sie hat mir mein Eigentum geraubt.«

Schaudernd spürte Arrah, wie der Henker sich mit dem Seil an ihrem Hals zu schaffen machte. Er stand ganz nahe, so nahe, daß sie seine Körperwärme spürte, und dennoch überlief sie ein Schauder. Sie konnte nicht aufhören zu zittern.

In der sich rasch lichtenden Dunkelheit sah sie, daß seine Hände blutbefleckt waren.

»Ad te Domine... ich erhebe meine Seele; mein Gott, ich lege mein Vertrauen in Dich.« Die Stimme des Priesters war eigenartig beherrschend, verführerisch und hypnotisch. »Der ewige Gott ist mein Hort, und seine Arme sind meine Stütze.«

»Um Christi willen, schneller!« rief Glundel voller Ungeduld.

Sie spürte, wie ihr das Seil seitlich an ihrem Nacken unters Ohr gedrückt wurde. Dies alles war ein Traum, ein Traum, aus dem es kein Erwachen gab, sondern nur ein Versinken in tiefe Finsternis.

Arrah hörte den Hebel, den der Henker betätigte, und dann den dumpfen Aufprall, der folgte.

43. KAPITEL

Weit draußen auf dem Meer stiegen Nebel hoch. Ganz flüchtig wurde ein Schiff sichtbar, ein Tierauge blitzte gelb auf Deck auf. Vier Menschen waren zu sehen. Ein Hüne von Mann zwischen einer Frau und einem kleinen Mädchen. Er hatte die Arme um die Schultern der beiden gelegt. Das Haar der Frau war dicht und kastanienrot wie das des Kindes. Ein älterer Mann mit einer Augenklappe stand in einigen Schritten Entfernung daneben.

Milly, die das Meer liebte, blieb mit Mary und Patch an Deck. Seaghan führte Arrah in die Kapitänskajüte.

Ihre Flucht war wie geplant verlaufen. Nicht einmal Arrah hatte den Henker erkannt. Das zusätzliche Gewicht seines Körpers hatte das zuvor sorgsam angeschnittene Seil reißen lassen. Er war mit Arrah gemeinsam auf dem Boden gelandet. Mit Patch waren sie dann zu Pferde entkommen.

Doch das Trauma der Richtstätte hatte Arrah verändert und verletzlich gemacht. Seaghan war von dem überwältigenden Verlangen erfüllt, sie zu beschützen. Wenn er daran dachte, wie nahe sie dem Tod gewesen war, fühlte er einen Stich im Herzen.

Seine Rückkehr aus Frankreich hatte sich dank der eifersüchtigen Ränke Jacquelines verzögert. So war er buchstäblich in letzter Minute eingetroffen. Den Henker hatte er spät in der Nacht getötet, als Thomas aus dem Bett der Schankdirne aus der Taverne zur Richtstätte geschwankt war. Noch immer bekam er Herzklopfen, wenn er daran dachte, wie er den Henkerstrick im letzten Moment, als die Bewacher schon ungeduldig gewesen waren und sich über die Verzögerung beklagt hatten, angeschnitten hatte.

Eigentlich hätte er vor Freude außer sich sein sollen. Endlich konnte er mit Arrah das unternehmen, was er vom Augenblick der ersten Begegnung im Sinn gehabt hatte, er konnte sie nach Frankreich mitnehmen, um dort mit ihr zusammenzuleben. Und doch war er von Sorge erfüllt, denn Arrah schien das eingebüßt zu haben, was für sie so typisch war wie Gischt für das Meer. Ihre Lebenslust schien sie verlassen zu haben, sie benahm sich, als durchschritte sie einen Traum, als hätte ihr Mut sie verlassen.

Während er sie ansah, wurde ihm klar, daß er Arrah helfen mußte, ihre frühere Lebenslust wiederzugewinnen. Ohne ihren unbezähmbaren Willen wäre Arrah zu einem unglücklichen Leben verdammt. In Frankreich würde Arrah O'Donnells Geist wie eine Blume verwelken. Sie brauchte die irische Westküste, hier lebte sie auf und wurde durch das Tosen von Meer und Wind verjüngt. Sie brauchte diese Elemente, wie die Erde Regen braucht. Um Arrahs Lebensgeister wieder zu wecken, mußte die Insel der Adler zurückerobert werden.

Nie zuvor war er bereit gewesen, sein Leben einer Frau zuliebe zu ändern. Und jetzt stand er im Begriff, alles für die Frau, die er liebte, zu tun.

Er öffnete die Tür der Kajüte und rief der Besatzung zu: »Klar zum Wenden!«

Arrah sah ihn erstaunt an. »Warum willst du zurück?«

»Wir werden die Insel der Adler zurückerobern.«

»Nein, Seaghan!«

»Du stammst aus Irland. Weil du Irin bist, liebe ich dich so sehr. Wir beide gehören nach Irland.«

»Die Heimat ist dort, wo man sie sich schafft. Ich werde Irland im Herzen tragen, wo immer ich lebe.«

Aber Seaghans Blick verriet Entschlossenheit. »Kinder werden in Leidenschaft empfangen. Dein Vater hat dich in einem Augenblick der Lust gezeugt. Doch die Hügel, die Felsen und das Meer haben dich mehr als deine Eltern geformt. In Frankreich gibt es für dich keine Erfüllung und Herausforderung. Dort wird alles von Scharen willfähriger Domestiken für dich erledigt. Der königliche Hof ist eine Ansammlung von Gecken.« Seaghan ereiferte sich immer mehr. »Mein Vater hat dir die Heimat geraubt. Ich werde weder rasten noch ruhen, bis sie wieder dein ist. Auch ich wurde aus der Heimat verbannt, und ich kann ermessen, welchen Schmerz dies für einen Menschen bedeutet. Ich war immer überzeugt, daß ich dich in Frankreich glücklich machen könnte, nun weiß ich aber, daß du dich immer nach Irland sehnen wirst. Und wenn die Sehnsucht nach der Heimat in dir brennt, kannst du in Frankreich nicht glücklich sein. Weißt du, was es für einen Mann bedeutet, eine unglückliche Frau zu haben?«

»Seaghan, ich werde nie unglücklich sein, solange ich bei dir sein kann.«

»Wenn man in einer Umgebung aufwächst, in der Gewalt und Leidenschaft allgegenwärtig sind, vermißt man diese Elemente, wenn man sie nicht mehr um sich hat. Wir kehren zurück, weil ich dich liebe.«

»Ein Angriff auf die Insel ist nahezu unmöglich. An der Westseite die Klippen und in den engen Passagen...«

»Mein Großvater hat einmal von einem Geheimgang erzählt, den ein schiffbrüchiger Seemann entdeckt hat.«

»Diesen Gang kenne ich. Der Ausgang ist blockiert.«

»Ja, er ist blockiert. Mein Urahn ließ ihn mit Steinen füllen, aber wir können ihn wieder freimachen.«

»Der Gang ist zu lang. Eine so lange Strecke kann ich nicht schwimmen.«

»Kennt Arrah von den Adlern Furcht?«

»Ja.«

Er stand jetzt ganz nahe neben ihr und strich zärtlich und beschützend über ihren Leib. »Lieber wäre ich tot, als mit ansehen zu müssen, daß dir oder unserem Kind etwas zustößt. Aber du mußt die Insel zurückerobern, wenn du wieder glücklich sein willst. Du mußt die Insel für dich und unser Kind, das du unter dem Herzen trägst, zurückerobern. Arrah, die meisten Frauen können ohne besonderen Antrieb leben, du aber bist anders. Wenn du ein Leben ohne Herausforderung, ohne Aufgabe führst, bist du wie ein Adler, der mit einem Flügel zu fliegen versucht.«

»Vor vielen Jahren hat Patch etwas Ähnliches gesagt.«

»Er ist ein kluger Mann. Er hat mich überzeugt, zu dir zu segeln und dir die Brosche der O'Donnells zu bringen.«

Brion MacNamara hatte es geschafft, die Insel der Adler einzunehmen. Der Sieg war ihm in den Schoß gefallen, da die Truppen der O'Donnells nach Arrahs Gefangennahme den Kampfgeist verloren hatten.

Doch die Befriedigung, die er empfand, wich bald einem dunklen, verzweifelten Gefühl der Sinnlosigkeit. Ein im Hof angeketteter Wolfshund fing zu bellen an. Das Riesentier sah genauso aus wie jenes, das Reevnarg als Junge gehabt hatte, wie Brion noch genau in Erinnerung hatte. Brion wußte sogar noch den Namen des Hundes – Bran –, und er sprach ihn im Näherkommen leise aus. Der Hund fing zu jaulen an, so daß Brion fast glaubte, es sei derselbe Hund. Gleich darauf fiel ihm ein, daß es ausgeschlossen war. Zu viel Zeit war seither vergangen. Der Hund, den er vor sich sah, mußte ein Nachkomme des Wolfshundes sein.

Brion merkte, daß der Hund ein freudiges Winseln hören ließ, als wüßte er, daß Brion einst den alten Bran liebevoll gestreichelt hatte. Brion ließ sich neben dem Hund nieder.

Lange saß er da, strich dem Hund über die Schnauze und kraulte ihn unter dem Kinn. Schließlich lehnte er den Kopf an den Schädel des Hundes und ließ seinen Tränen freien Lauf. Er war hier als Feind eingedrungen, und doch hatte ihn dieser Sprößling eines Hundes aus der Vergangenheit als Freund in Erinnerung. Er selbst aber lebte mit der Erinnerung an Betrug und Mord, ein Mann ohne Frau, ein Mann ohne Freund. Er hatte die Insel erobert, aber er hatte niemanden, dem er sie vererben konnte. Er weinte um den Verlust von Freundschaft und Liebe.

Der Hund leckte winselnd an seinen Tränen und blickte mit großen braunen Augen zu dem Mann auf, der einst der Freund seines toten Herrn gewesen.

Brion faßte sich. Er war jetzt Herr der Insel, die dem Zugriff seines Clans zu lange entzogen gewesen war. Er löste die Leine des Wolfshundes und erlaubte Bran, mit ihm in die große Halle zu kommen.

Das Wappen der MacNamaras, der Löwe mit dem Speer, hatte bereits den Platz des Adlers der O'Donnells eingenommen.

Glundel Joyce war nach Arrah O'Donnells Flucht außer sich vor Wut. Jetzt war nicht nur das Kind seinem Zugriff entzogen, nein, auch das verhurte Luder, das sein Gesicht versengt hatte, war dem Tod entkommen. In den Tagen, die seit der Episode mit Bridgett und dem Kind vergangen waren, hatten de Burgo, Finola und MacNamara ihn wie den Abschaum des Abschaums behandelt.

Am Abend sollte auf der Insel zur Feier der siegreichen Allianz ein großes Fest stattfinden, für das alle emsig Vorbereitungen trafen. Glundels Blick fiel auf den Brunnen in der Mitte des Hofes… er wollte das Wasser vergiften. Dann würde Glundel Joyce als Herr der Insel wahrhaft Grund zum Feiern haben.

Arrahs eigene Erinnerung, ihr Gespür für das Meer sowie Seaghans Erinnerung an die Erzählung seines Großvaters halfen ihnen, den Ausgang zu finden, vielmehr den Steinhaufen, mit dem man den Ausgang vor langer Zeit blockiert hatte, damit niemand hineinschwimmen konnte.

Sie waren im Schutz der Dunkelheit und unter Mithilfe der Fischer zu der Stelle gelangt und hatten die Steine, einen nach dem anderen, entfernt. Sie planten, den Gang heimlich zu öffnen und die Burg zurückzuerobern, während alles schlief. Aber Seaghans Schultern waren zu breit für den schmalen Durchlaß. Arrah mußte selbst hinein.

Sie stand am Ufer, die Arme um sich geschlungen. Sie hatte Angst. Sie hatte das Gefühl, daß sie ihre Angst nicht losgeworden war, seit sie die Richtstätte erklommen hatte. Es waren Augenblicke, die ihr ein Gefühl für das große Nichts danach vermittelt hatten. Sie versuchte, Kraft aus Seaghans Armen zu ziehen, doch sie schaffte es nicht. Er zog sie an sich.

»Arrah von den Adlern, es gibt nur drei Kräfte in der Welt, die von Bedeutung sind: das Schwert, das Herz und der Verstand. Du hast dich nie gescheut, dein Schwert zu benutzen, und du hast dich stets beherzt gezeigt. Jetzt mußt du dich von deinem Verstand durch die Finsternis führen lassen. Als dein Fuß die Stufe der Galgenstätte berührte, ging das Vertrauen in die eigenen Fähigkeiten verloren. Vertraue mir, Arrah. Es gibt einen Weg. Vertraue darauf, daß du den Weg findest.« Sie sah die dunkle Kraft, die aus seinen Augen sprach.

Milly stand neben ihr. »Wirst du den Gang durchschwimmen, weil du Mut hast?« fragte Milly. Arrah durchzuckte es bei Millys Worten. Ihr fiel ein, was sie einst zu Milly gesagt hatte: »Wenn die Angst am größten ist, müssen wir so tun, als hätten wir Mut.«

Arrah zog Milly an sich. Die Worte ihrer Tochter hatten ihr neue Kraft verliehen. Dazu kam die Erkenntnis, das dies der Sinn des Lebens war: Man gewann Kraft aus sich selbst, aber auch von anderen. Sie mußte die Insel der Adler für sich und das Kind, das sie erwartete, zurückgewinnen, aber auch für Milly und Reevnarg.

Arrah entledigte sich ihrer Kleidung und tauchte ins Wasser. Während sie, geleitet von einem dunklen inneren Gefühl, den geheimen Gang entlangschwamm, spürte sie, wie das Wasser sie belebte. Sie stieß auf den luftgefüllten Hohlraum, der ihr schon einmal das Leben gerettet hatte. Damals war sie von Panik erfüllt, verängstigt und orientierunglos gewesen. Das Wissen darum, wo sie sich befand, ließ sie die Seitenwände des Ganges mit neuerwachter Energie anfassen. Sie würde wieder Herrin der Adler sein.

Mit Leichtigkeit fand sie die verborgene Treppe, die hinter dem Kamin im Gemach ihrer Mutter endete. Jetzt galt es, die Nacht abzuwarten. Wenn alles schlief, wollte sie die zwei Wachposten am Tor unschädlich machen und die Pforte für Seaghan und seine Leute öffnen. Dann würde einer Rückeroberung der Burg nichts mehr im Weg stehen.

Erst als Debrogail auf der Mauer gestanden hatte, hatte sie bemerkt, daß Arrah von zwei Wachen angegriffen worden war. Ehe sie Arrah zu Hilfe kommen konnte, hatte diese sie über den Rand gestoßen, und Debrogail war im Burggraben gelandet. Als sie aus dem morastigen Wasser gestiegen war, war sie Seaghan MacNamara, Bres' Clansbruder, in die Arme gelaufen.

Er hatte ihr seinen Mantel übergeworfen, während sie ihm unter Tränen berichtet hatte, was Arrah zugestoßen war. Dann hatte er sie in ein Haus gebracht, wo sie sich säubern könnte. »Wenn du Bres liebst, dann geh zu ihm. Er ist auf der Insel der Adler bei meinem Vater, der die Insel in Besitz genommen hat. Ich nehme Arrah mit nach Frankreich, dort kannst du uns mit Bres besuchen.«

Erst später hatte sie erfahren, daß Seaghan den Henker getötet und seine Stelle an der Richtstätte eingenommen hatte.

Seit Bres und Debrogail einander nach den Jahren der Trennung wiedergefunden hatten, waren sie nicht mehr als eine Minute getrennt gewesen. Noch einige Tage, und sie würden Mann und Frau sein.

De Burgo war außer sich gewesen, als er sie auf der Insel gesehen hatte, und er hatte verlangt, daß sie sofort hingerichtet würde. Bres hatte sein Schwert gegen de Burgo gezogen. »Noch ein Wort, und ich töte Euch!« hatte Bres de Burgo entgegengeschleudert.

Bres streichelte ihre zarte Haut, küßte ihre Augen und hielt sie fest, als wolle er sie nie wieder aus den Armen lassen. »Als Gott Adams Rippe nahm, um Eva zu erschaffen, blieb in jedem Mann ein Schmerz zurück, der nur gestillt wird, wenn er mit der Frau seiner Liebe zusammen ist. Ich habe diesen Schmerz all die Jahre unserer Trennung gespürt«, sagte er.

Sie fühlte, daß er hart wurde, und sie drückte sich unter ihn, bereit, seine Männlichkeit zu empfangen. Als er nachher keuchend und schweißüberströmt neben ihr lag, trocknete sie seinen Körper mit ihrem duftenden Haar ab.

Sie nahm sein schlaffes Glied in die Hand und bedeckte es mit ihrem Haar. Das erweckte sein Begehren von neuem, und er hob sie auf seinen erigierten Phallus.

Der zu Füßen Brion MacNamaras liegende Bran raffte sich mühsam auf und wollte auf die Beine. Aus Mitleid hatte Brion ihm frisches Wasser und Futter bringen lassen. Bran hatte ein wenig von dem Wasser getrunken, den Freßnapf beschnuppert und sich dann wieder ausgestreckt. Eine Katze kam, roch am Wasser, trank davon und verzog sich in eine Ecke.

Plötzlich begann der Hund zu winseln, als litte er große Schmerzen. Er versuchte aufzustehen und schaffte es nicht. Auch die herzzerreißend miauende Katze kämpfte sich hoch, nur um sofort wieder wie betrunken hinzufallen.

MacNamara sprang auf und brüllte aus vollem Hals: »Das Wasser ist vergiftet! Das Wasser ist vergiftet!« Er lief durch die Halle, stieß Krüge um, lief weiter in die Küche, wo Gemüse und Fleisch in Kesseln brodelte. »Rührt davon nichts an!« rief er.

Als er in die Halle zurückkehrte, waren Bran und die Katze tot. Brion gab Befehl, in allen Tätigkeiten innezuhalten, so als seien die Männer dem Gift zum Opfer gefallen. Ein Angriff stand unmittelbar bevor. Er wußte, daß sein Sohn hinter dem Plan steckte. Sollte Seaghan glauben, daß alle tot waren. Er, Brion MacNamara, würde Befehl geben, das Haupttor offenzulassen. Er würde sich in den Hinterhalt legen und seinen Sohn töten.

Bei Einbruch der Nacht waren Seaghan und seine Männer an der Westküste der Insel in einer kleinen geschützten Bucht gelandet. Der Nebel würde seine Truppen bei der Erstürmung der Burg dekken. Er kannte die Gepflogenheiten seines Vaters und wußte, daß dieser die Eroberung der Insel mit einem großen Gelage feiern würde. Mit großer Wahrscheinlichkeit würden Soldaten und Wachen stockbetrunken daliegen und ihren Rausch ausschlafen. Wenn Arrah ihm das Tor von innen öffnete, war der Kampf um die Burg so gut wie gewonnen.

Er hatte zweihundert Mann und dazu Patch. Milly und Mary hatten die Erstürmung der Burg unbedingt miterleben wollen, so daß es seiner ganzen Überredungskunst bedurft hatte, um sie dazu zu bewegen, auf dem Schiff zu bleiben. Noch nie hatte er es mit so eigenwilligen weiblichen Wesen zu tun gehabt! Er lächelte in Gedanken an Arrah, Milly und Mary, als er durch den Stechginster stapfte. Er liebte alle drei, jede auf eigene Weise.

Verdammt! Der Bannerträger blieb zurück. »Vorwärts, Junge!« befahl Seaghan. »Oder es setzt eine saftige Strafe!«

Ein beleibter, atemlos keuchender Krieger mit auffallend dunklem Gesicht kam dem Bannerträger zu Hilfe. »Komm, Junge, schneller!« mahnte der Dicke.

»Du dort!« rief Seaghan. »Sorge dafür, daß der Junge Schritt hält, sonst lasse ich euch beide auspeitschen!«

Der Rundliche zog die Schultern hoch und sagte gedämpft: »Aye, Sir!«

Zum erstenmal im Leben zweifelte Seaghan an Patchs Klugheit. »Patch!« rief er laut.

»Aye, Sir!« Der Einäugige kam eilends herbei.

»Die zwei dort, die du unbedingt dabeihaben wolltest. Der Runde und der Junge. Nutzlos wie Fische an Land.«

Patch sah den beiden, die mühsam dahinstolperten, dümmlich nach. »Aye, Sir. Es ist meine Schuld!« Ein Blinzeln des tätowierten Auges bekräftigte seine Worte.

»Wenn sie uns im Weg sind, geht das auf deine Kappe!«

»Ja, ich werd' mich um sie kümmern.«

Die Abteilung setzte den Marsch fort, bis die wehrhaften Mauern der Adlerburg vor ihnen aufragten.

Seaghan gab Patch im Flüsterton Befehle. Im Überschwang des Gelages hatte der Gegner offenbar vergessen, das Tor zu schließen. Der Angriff würde noch gefahrloser vonstatten gehen als erwartet. Dennoch war Vorsicht geboten.

Am Haupttor strauchelte der Junge, der die Standarte trug, und fiel geräuschvoll hin. Seaghan sprang vor, bereit, den Unglücksraben zu schlagen, doch da glitt dem Jungen die Mütze vom Kopf, und eine lange Haarflut floß über seine Schultern. Seaghan ließ die Hand sinken – der Junge war Milly.

»Verdammt, du bist um nichts besser als deine Mutter!« verwünschte er das Kind.

Milly brach in Tränen aus. »Ich wollte mithelfen! Ich wollte auch Mut zeigen!«

Der Krieger mit dem dunklen Gesicht war sofort zur Stelle und schalt Seaghan: »Ihr werdet doch ein Kind nicht verfluchen!«

»Mary, um der Liebe Christi willen!« Seaghan stieß Mary und Milly unsanft zusammen. »Patch, verdammt, die beiden müssen weg!«

»Mary hat mir keine Ruhe gelassen«, versuchte Patch sich zu verteidigen.

»Sofort!« befahl Seaghan.

Plötzlich hörte man Arrahs Stimme vom Fenster des Gemaches ihrer Mutter: »Hinterhalt! Es ist eine Falle! Sie sind bereit!«

Männer kamen aus dem nächtlichen Dunkel hervorgestürzt.

»Achtung! Angriff!« rief Seaghan.

In der Dunkelheit tummelten sich schemenhaft die Krieger, die töteten und getötet wurden. Siegesrufe, Todesschreie stiegen zum mondhellen Himmel empor. Männer riefen zu Gott, verfluchten ihn wegen ihrer Pein, beteten zu ihm, er möge ihren Waffen Sieg verleihen. Alle an diesem Kampf Beteiligten waren Opfer oder Henker. Für andere war kein Platz.

Seaghan, der gnadenlos alles niedermähte, was sich ihm in den Weg stellte, erkämpfte sich den Weg in die große Halle, wo er drei Schwertkämpfer ausschaltete, ehe er an Bres geriet. Die zwei Vettern standen sich gegenüber, die Klingen gezogen, lächelnd.

»Ich dachte, daß du nach Frankreich gesegelt bist«, sagte Bres.

»Ich bin gekommen, um diesen Ort für die Frau zu fordern, die ich liebe.«

»Ein unkluger Schritt. Dein Vater wird nicht eher ruhen, bis du tot bist«, warnte Bres. Er parierte einen Hieb seines Vetters. »Weißt du noch, wie wir als Kinder gespielt haben?«

»Du hast immer den Bösen gespielt«, erwiderte Seaghan.

»Weil du der bessere Fechter warst. Du hast mich immer getötet. Das sind Kinderphantasien – das Böse muß untergehen.«

»Wirst du mich jetzt dazu bringen, dich zu töten?« fragte Seaghan.

»Nein.« Bres ließ die Schwertspitze sinken. »Ich habe nie gutgeheißen, daß Brion dich verstoßen hat. Ich hielt ihm die Treue, aber nur so lange, bis er dich verbannt hat.«

»Du bist mein Freund geblieben, mein geliebter Clansmann – aber ich töte den, der hinter mir ist.« Seaghan fuhr herum, bereit, den Krieger zu treffen, der unversehens hinter ihn getreten war. Anstatt ihn zu töten, erstarrte Seaghan in der Bewegung. Der Mann hinter ihm war sein Vater.

Vater und Sohn, der eine ein schwarzhaariger Hüne, der andere ein grauer Titan, standen einander gegenüber. Aus ihren Blicken sprühte der Haß wie heißes Blei.

»Ich verfluche mich selbst, weil ich in den verräterischen Leib der Frau, die dich gebar, Leben pflanzte. Achtung!« Brion sprang auf Seaghan zu, der den Angriff abwehrte. Ausgezeichnete Fechter beide, umkreisten sie sich behende mit ihren Schwertern, die wie todbringende Nadeln in diesem Gewebe des Hasses wirkten. Seaghan unternahm einen Scheinangriff, um dann mit einer Oktav und Sekund Brions Wams aufzuschlitzen. Brion wich zurück, stolperte über eine Bank und ging zu Boden. Das Schwert entglitt ihm.

Seaghan stand über ihm. Sein Schwert war auf die Kehle seines Vaters gerichtet.

»Ist der Verräter etwa auch ein Feigling?« verhöhnte Brion seinen Sohn. »Töte mich lieber, sonst töte ich dich!«

Seaghan, der die Waffe senkte, entfernte sich wortlos. Brion faßte nach seinem Schwert und ging sofort wie ein wütender Bulle zum Angriff über. »Ich habe dir das Fechten beigebracht. Jetzt benutze dein Können oder stirb!«

Seaghan ging weiter.

Da packte Brion seinen Sohn an der Schulter, drehte ihn um und hieb mit der Faust gegen Seaghans Kinn. Seaghans Kopf schnellte zurück, ohne daß er einen Schritt zurückgewichen wäre. Er drehte sich wieder um und ging weiter, verfolgt von Brion, der immer wieder zum Angriff ansetzte.

Das Geräusch von Stahl auf Stahl klirrte durch die Halle. Brion sprang auf Seaghan zu, doch der Jüngere wich aus, und das Schwert durchstieß das Banner der MacNamaras und zerschnitt den Löwen in zwei Hälften.

In Brions Augen standen Tränen. Seine Worte kamen atemlos im Rhythmus des stählernen Klirrens. »Ich habe dich in den Armen gehalten, und du hast mich betrogen!«

»Vater, du selbst hast dich betrogen! Du hast sie immer allein gelassen. Eine Frau darf man nicht allein lassen.«

»Eine Frau dient ihrem Mann!«

»Eine Frau braucht Aufmerksamkeit wie deine verdammten Pferde und deine Jagdhunde.«

»Eine Frau tut wie ihr geheißen!«

»Hat sie mir aus diesem Grunde ihre Liebe geschenkt?« gab Seaghan darauf zurück.

Brion faßte nach einem Schemel und schleuderte ihn gegen den Kopf seines Sohnes. Seaghan fiel zu Boden, und sein Schwert flog aus seiner Hand.

Sein Vater ragte über ihm auf, bereit zuzustechen. »Ich verfluche dich, mein Sohn. Ich habe dir das Leben gegeben. Jetzt nehme ich es...«

Silberner Stahl blitzte auf.

»Arrah!«

Seaghan sprang sofort auf und stieß Arrah das Schwert aus der Hand, als sie nahe daran war, Brions Brust zu durchstoßen.

»Er ist mein Vater!« schrie Seaghan.

Brion richtete sein Schwert auf Seaghan. »Das war ein Fehler, mein Sohn. Erwarte den Tod!«

Arrah sprang vor Seaghan hin und deckte ihn mit ihrem Körper. »Seht mich an!« rief sie. »Seht mich an! An meinen Händen ist Blut. Ich muß töten, um meine Heimat zurückzugewinnen. An Euren Händen klebt auch Blut. Seid Ihr der vielen Toten nicht überdrüssig?«

»Aus dem Weg, Weib! Er hat meine Ehre besudelt!« rief Brion.

»Und Ihr habt meinen Vater getötet! Und er hat seine eigene Schwester getötet. Hier auf der Adlerburg hat es viel Haß gegeben. Das Adlerbanner wurde entfernt, an seine Stelle trat der Löwe der MacNamaras. Auch der hängt zerfetzt da. Wir fahren fort, einander zu töten, weil wir an Flüche und an dunkle Mächte glauben. Mein Vater ist tot. Meine Mutter ist wegen Eurer verdammten irischen Kämpfe gestorben. Die Frau, die mir so viele Jahre Schwester war, ist auch tot. Ist es nicht Zeit, vom Töten abzulassen und mit dem Leben zu beginnen? In diesem Land wächst eine neue Gefahr heran. Die Engländer bedrohen unsere Insel. Wenn wir stark sein wollen, müssen wir einig sein. Wir können uns nicht verschlingen wie Haie, Vater gegen Sohn, Bruder gegen Bruder.

Brion MacNamara, Ihr habt dem Mann, den ich liebe, das Leben gegeben. Wollt Ihr es ihm nehmen? Sollen wir zusehen, wie Irland unter unseren Händen zerfällt? Wollt ihr das ungeborene Kind, das ich unter dem Herzen trage, tot sehen, nur weil Ihr nicht vergeben könnt? Ein Leben mit so viel Haß im Herzen zu führen ist wie ein Versuch, mit zerbrochenen Flügeln zu fliegen.

Die Insel der Adler wird an Euer Enkelkind übergehen, an das Kind, das ich in mir trage. Wollt Ihr den Mann töten, der der Vater Eures Enkels ist?«

Brion MacNamara sah seinen Sohn und die Frau an, die vor ihm stand. Sein Arm zitterte. Zuerst war es ein kaum wahrnehmbares Beben, dann gerieten auch seine Schultern in Bewegung, und er ließ sein Schwert fallen. Tränen schossen ihm in die Augen. Seaghan stürzte auf ihn zu.

De Burgo und Finola hatten die Halle betreten. Von den anderen unbemerkt, war auch Glundel hereingeschlichen. Alle seine Pläne waren gescheitert. Brion MacNamara hatte das Gift entdeckt. Glundel hatte sich daraufhin mit Whisky und Selbstmitleid betäubt und war nun wie ein tollwütiger Hund, der vor Wut schäumte. Seine Kleider waren zerfetzt, blutig und mit Federn übersät. Er hatte alles getötet, was ihm in die Quere gekommen war, Freund oder Feind. Für ihn gab es keinen Unterschied mehr. Alles und jeder war sein Gegner. Sogar ein aus dem Stall entflohenes Huhn war zum Feind geworden, den er in einem haßerfüllten Tobsuchtsanfall verfolgt, zerstochen und zerhackt hatte. Dann hatte er auf dem Burghof auf Sterbende und Tote eingestochen.

Seine Lippen waren blutig, als hätte er von ihrem Blut getrunken. Er kam schwankend auf Finola zu und zielte mit einem Dolch auf ihre Brust.

Finola wich zurück. Das flatternde schwarze Gewand und die helle Haut ließen sie aussehen wie eine Elster, die rückwärts zu fliegen versucht.

Glundel packte ihren linken Arm, hob ihn an und stieß den Dolch tief in ihre Seite. Finola, die etwas sagen wollte, brachte nur ein Keuchen hervor.

De Burgo schnellte herum, aber Glundel wich aus. Ehe de Burgo noch einmal zustoßen konnte, war Seaghan zur Stelle. Er hatte Arrahs Schwert in der Hand, stieß es nun Glundel in die Seite und riß es nach unten. Die Eingeweide fielen wie bei einem geschlachteten Schwein heraus.

De Burgo sank neben Finola auf die Knie. Er hob ihren Kopf an und barg ihn in seinem Schoß. Zärtlich strich er ihr das Haar aus dem Gesicht.

»Geralde«, flüsterte sie. »Du warst gut zu mir.« Dann fiel ihr Kopf leblos zur Seite.

Glundel brach in schauriges Gelächter aus. »Du warst gut zu mir! Hörst du, Geralde! Du warst gut zu mir!« De Burgo zog einen Dolch aus seinem Gürtel und stieß ihn in Glundels Brust. Aber auch Glundel besaß einen versteckten Dolch, mit dem er auf de Burgo einstach, als dieser sich über ihn beugte. Die zwei Männer brachen übereinander zusammen. Ihr Blut lief in Lachen auf dem Boden zusammen.

Es war zu viel Blut geflossen, als daß eine Siegesfeier angebracht gewesen wäre. Arrah und Seaghan lagen eng aneinandergeschmiegt im Bett, bemüht, das Blutvergießen zu vergessen.

Sogar Paddy Ohnebein war Opfer der Gewalt geworden. Ein verirrter Pfeil hatte ihn getroffen, als Brion MacNamara die Insel eingenommen hatte. Armer Paddy. Aber vielleicht hatte es sein Gutes, wenn er nie erfahren würde, daß Naira seine Tochter gewesen war.

Aus der Ferne drangen die Geräusche des Meeres in Seaghans und Arrahs Gemach. Ringsum senkte sich Nebel auf die Insel.

Am Tag darauf brachten Seaghan und sein Vater die Adler, die einst Reevnarg gehört hatten, in die Hügel. Der Argwohn im Umgang miteinander schwand allmählich. Die Jagd und der Wind Irlands bewirkten, daß Vater und Sohn zueinanderfanden.

Am nächsten Tag gingen Patch und Mary Hand in Hand auf Arrah und Seaghan zu, als diese von einem Spaziergang auf den Klippen zurückkehrten. Hinter ihnen hob sich der Nebel vom Wasser.

»Arrah«, sagte Mary, »Ihr wart jetzt lange genug meine Herrin. Es wird Zeit, daß ich Herrin meiner eigenen Seele werde.«

Noch ehe Arrah etwas sagen konnte, setzte Patch fort: »Mary und ich.« Er zwinkerte. »Meine Frau ist tot. Mary will sich um meine Kinder und Enkel kümmern, wenn ich sie nach Irland hole. Ich hab' Tausende von Knoten geknüpft. Die See hatte bei mir ihre Chance. Wenn ich sterbe, soll es in einem weichen Bett an Marys Brust sein.«

Mary lief feuerrot an. »Patch hat etwas Geld von der Heuer gespart. Wir wollen eine Kneipe kaufen, die nennen wir ›Einäugiger Geißbock‹, nach meinem lieben Finn.«

Den Tränen nahe umarmte Arrah Mary. »Guter Gott, du wirst mir fehlen. Und Milly wirst du noch mehr fehlen. Aber meinen Segen habt ihr beide!«

»Jetzt wird nicht geweint«, schalt Mary. »Tränen sind für schlechte Zeiten.«

Als die beiden gegangen waren, zog Seaghan Arrah an sich und küßte sie. Dann blickte er sinnend hinaus auf das Meer. Der Nebel schien seinen eigenen geheimen Zauber zu weben. »Alle treten in den Ehestand. Für uns wird es auch höchste Zeit.« Debrogail und Bres standen kurz vor der Hochzeit und wollten sich als Eheleute auf MacNamara-Land niederlassen.

»Und der König von Frankreich?« neckte Arrah ihn. »Hat er seine Zustimmung gegeben?«

»Das hat er, aber ich hätte dich auch ohne seine Erlaubnis geheiratet. Ich beabsichtige nämlich, in Irland zu bleiben. Ich hatte nie die Zeit, dir das zu sagen.« Er lächelte. »Jacqueline hat den König in ihre Gemächer gelockt und ihn mit ihren Reizen so sehr betört, daß er erschöpft einschlief. Sie nahm seinen Siegelring an sich, um mein Ansuchen abschlägig zu bescheiden. Die Königin aber, die überall ihre Spione hat, entdeckte den Betrug und öffnete dem König die Augen. Er verbannte Jacqueline in die Normandie, wo es das elendigste Wetter von ganz Frankreich gibt. Er befahl, sie mit einem alten Baron zu vermählen, der aber ungemein rüstig ist und vermutlich hundert Jahre alt wird.«

»Wie viele Herzen hast du gebrochen?« fragte Arrah.

»Keines, an dem mir wirklich lag«, sagte er ganz ernst. »Ich habe für dich ein Hochzeitsgeschenk.« Er holte aus seiner Tasche ein prachtvolles Halsband, das er ihr umlegte. Es war auffallend groß, vom Format zweier Hände, und es erinnerte an Halsschmuck, wie ihn die irischen Könige in alter Zeit trugen. Dieses Halsband aber hatte die Form eines großen Adlers mit ausgebreiteten Schwingen. Die Adleraugen waren zwei Rubine, die Schwingen perlenbesetzt, die Fänge geschliffene Smaragde.

»Man nennt mich eine Hexe. Aber was ist das für eine Hexe, die gegen deinen Zauber machtlos ist?« sagte sie verträumt.

»Das Beste wird für dich und mich erst kommen, Herrin der Adler. Wir kommen in die Jahre. Jetzt sollten wir uns sanftere Winde ins Gesicht wehen lassen.«

»Du sprichst wohl von dir!« sagte sie herausfordernd. »Mir ist nichts lieber als ein steifer Wind!«

Er lächelte, denn dies war die Frau, deren stolze Haltung von Anfang an in ihm den Wunsch geweckt hatte, sie zu der Seinen zu machen. »Du bist eine Frau mit starken Leidenschaften, eine Frau, die viel Liebe braucht. Und ich kann dich so lieben, wie du es brauchst«, meinte er zuversichtlich. »Ich weiß, wann man dich langsam und zärtlich nehmen muß und wann schnell und heftig.«

»Ja, das wußtest du immer.«

»Du bist meine Mōrrīgan, meine Kriegsgöttin, die zur Liebesgöttin wurde.«

»Was meinst du... weshalb wurde Mōrrīgan Göttin des Krieges und der Liebe?«

»Weil die Liebe so mächtig ist wie der Tod. Weil nur die Liebe die Verwüstungen des Krieges, des Verrates, der Habgier heilen kann. Ich liebe dich.«

Einer Antwort bedurfte es nicht, denn sie lag in ihren Augen. Er sah die gelbe Abendsonne schräg durch die Nebelschwaden dringen, und er küßte Arrah wieder. Dann blickte er über die Bucht. Die Brandung umspülte die Küste in hell leuchtendem Grün. Die Luft war lau und duftete. Er zog Arrah an sich. Lange standen sie da, den Blick auf das Meer gerichtet, das sanft und lockend heranrollte.